古文物专家的鬼故事

THE COMPLETE GHOST STORIES OF M.R.JAMES

〔英〕蒙塔古·罗兹·詹姆斯 著　　徐成 译

人民文学出版社
PEOPLE'S LITERATURE PUBLISHING HOUSE

Montague Rhodes James
The Complete Ghost Stories of M.R.James

图书在版编目(CIP)数据

古文物专家的鬼故事 /(英)蒙塔古·罗兹·詹姆斯
著;徐成译.—北京:人民文学出版社,2016
　(域外聊斋)
　ISBN 978 - 7 - 02 - 012045 - 1

Ⅰ.①古… Ⅱ.①蒙… ②徐… Ⅲ.①故事-作品集
-英国-现代 Ⅳ.①I561.45

中国版本图书馆 CIP 数据核字(2016)第 197148 号

责任编辑:朱卫净　邱小群　骆玉龙
封面插画:杨　猛
封面设计:高静芳

出版发行　人民文学出版社
社　　址　北京市朝内大街 166 号
邮政编码　100705
网　　址　http://www.rw-cn.com

印　　刷　山东德州新华印务有限责任公司
经　　销　全国新华书店等

开　　本　890 毫米×1240 毫米　1/32
印　　张　15.75
字　　数　961 千字
版　　次　2016 年 11 月北京第 1 版
印　　次　2016 年 11 月第 1 次印刷

书　　号　978-7-02-012045-1
定　　价　52.00 元

如有印装质量问题,请与本社图书销售中心调换。电话:010 - 65233595

目录

卷 一

附 录

卷　二

附　录

卷　一

埃尔伯力克教士的剪贴册[1]

　　圣贝尔特朗·德·科曼热[2]是比利牛斯山山口上的一个破落小镇，它离图卢兹不远，十分靠近巴涅尔-德吕雄[3]。法国大革命之前，这里是主教管辖区，此处建有一座教堂，现在还有一些游客前来观光。一八八三年春，一个英国人来到了这个古老小镇，我实在没法用"城市"一词来夸大它，因为此地居民不足千人。那英国人来自剑桥大学，特意从图卢兹赶来参观圣贝特朗教堂[4]。他把两个朋友落在了图卢兹的旅店里，因为虽同为考古学家，但他的热情远高过那俩朋友。那两人答应第二天早晨过来与他汇合。对他俩来说，在教堂待上半个小时就足够了，之后他们三人将前往欧什[5]。这天，我们这位英国人到得挺早，教堂占据着整座科曼热小山，他打算用一整本笔记本和数打感光版来描绘以及拍摄这座美丽教堂的角角落落。为了让这个计划如愿以偿，叫

1　本篇原名为《一本奇书》。后以《埃尔伯力克教士的剪贴册》为名发表于《国家评论》(*National Reviews*)杂志（1895 年 3 月号）。本篇为作者最早写作的几篇鬼故事之一（大概写于 1892 年春天与 1893 年之间，作者于 1892 年春天第一次到访圣贝尔特朗·德·科曼热，1893 年 10 月他在剑桥大学闲谈社朗读了这一故事），这也是作者第一篇公开发表的鬼故事。
　　此篇被认为是典型的詹姆斯式鬼故事，讲述了一个古文物专家在研究过程中遭遇超自然事件。而且该故事也有很重的自传色彩；男主角丹尼斯通显然是照着作者自己写的。作者当年曾与两位友人骑着自行车穿越法国乡村，去探访古旧教堂，拍摄了大量照片，并被教堂里的手稿和其他文物深深吸引。本故事的灵感可能部分来源于作者自身的经历，1890 年作者在萨福克的一座偏远宅邸中发现了蒙茅斯的托马斯爵士所写的诺里奇之威廉爵士传记。故事主角的名字有可能衍生自苏格兰古文物专家詹姆斯·丹尼斯通（1803—1855），其著有《乌尔伦诺诸爵回忆录》等学术著作。《铜版画》一篇中丹尼斯通亦有出现。——正文中之注释为译者整合原版注释及自行加注而成
2　法国西南部上加龙省上一市镇。此处有庞贝（公元前 106—前 48）于公元前 72 年建立的罗马殖民地遗址。
3　简称吕雄，为上加龙省最南端处一市镇，接近西班牙边境。
4　1120 年左右贝特朗·德·利勒（后被称作圣贝特朗）在圣贝特朗修建了一座大教堂。13 世纪晚期至 14 世纪早期，该教堂被大幅改建。
5　法国西南热尔省省府。

教堂司事 [1] 陪上个一整天是十分必要的。于是，颇为粗犷的红帽子旅馆女掌柜去邀请了教堂司事或教堂管理人 [2]（虽可能不准确，但我偏好第二个称呼）。他过来后，那英国人发觉他是个异常有趣的研究对象。有趣的地方不在这个矮小、干瘦、皱缩的老人的外表上——他和法国一大批教堂管理人没什么两样；而在于他那种鬼鬼祟祟，或者说惊恐、压抑的气质上。他老是回头张望，背上和肩膀上的肌肉似乎都因为这持续的神经紧张而突起了，好像他预感随时都会落入敌人手中似的。他是被无法摆脱的幻觉所困扰，抑或因良心有愧而饱受折磨，抑或是个不堪忍受家中悍妇的丈夫？那英国人不知道该将他归为哪一类。他判断第三种解释当然是最为可能的，然而他总觉得教堂管理人害怕的应该是比家中悍妇更为可怕的存在。

由于那英国人（姑且称他为丹尼斯通）很快就专心地做起了笔记，又忙着拍照，因此他只是偶尔瞥两眼教堂管理人而已。每次他看教堂管理人时，都发现他离得不远，不是倚着墙缩成一团，就是蜷伏在某个牧师座席里。一段时间之后，丹尼斯通有些烦躁不安起来。他怀疑自己害得这老人没法去吃午饭 [3]；也怀疑管理人是不是担心他偷走圣贝特朗的象牙权杖或挂在圣水坛上方那满是灰尘的鳄鱼标本。这些想法开始让他十分难受。

"你不回家吗？"他终于问道，"我一个人也能做完笔记的。如果你担心的话就把我锁在里头吧。我至少还得在这儿花两小时呢，你肯定觉得冷，是吧？"

"老天爷！"那小老头说道，这提议似乎让他陷入了莫名的恐惧之中，"这种想法绝不能有！让先生您一个人在教堂里待着？不，不，无论是两小时还是三小时，我都无所谓的。我吃过早饭，也不觉得冷，先生，谢谢您了！"

"那好吧，老伙计，"丹尼斯通自言自语道，"我可警告过你了，后果你得自己承担了。"

---

1 负责照看教堂内部，并担任侍从职务的人。

2 负责照看教堂建筑及内部，同时承担敲钟及挖掘坟墓的人。

3 原文为法语。

不到两个小时，丹尼斯通便全面细致地查看了牧师座席、被废弃的巨大管风琴、尚·德·穆雷昂[1]主教时期所建的唱诗班席隔屏、窗玻璃及挂毯的遗迹，以及藏宝室中的物件。教堂管理人依旧紧跟着丹尼斯通，当一两声那种常在空洞的大房子里出现的奇怪声响传到他耳朵里时，他便常常回头看，好像被什么东西叮了似的。有时候那种声响确实挺奇怪的。

"有一次，"丹尼斯通对我说，"我可以发誓说，自己听到了一声从教堂塔楼高处传来的微弱的尖笑。我疑惑地望了望教堂管理人，他连嘴唇都白了。'是他，肯定是，不会是别人；门是锁着的。'他就说了那么几句，然后我们互相望了好一会儿。"

还有件小事也让丹尼斯通挺迷惑的。当时他正在查看一幅挂在祭坛后边、有些模糊的巨大画作。那幅画是一系列描绘圣贝特朗神迹的作品中的一幅。画作的内容几乎难以辨认，但画的下方有一段拉丁铭文写道：

"Qualiter S.Bertrandus liberavit hominem quem diabolus diu volebat strangulare." （圣贝特朗如何解救一个被恶魔追杀的人。）

丹尼斯通嘴角带着点揶揄的表情，微笑着转过头去和教堂管理人说话，令他吃惊的是那老伙计跪在地上，望着那幅画，眼神好似一个痛苦万分的哀求者，他紧紧合住双手，脸上泪水纵横。丹尼斯通自然连忙装作什么都没看见，但心头的疑惑却难以抹去。"这般拙劣的画作怎么能将一个人感动至此？"他似乎有点明白为什么教堂管理人一整天都看上去奇奇怪怪的：这人肯定是个执念狂；但他的执念是什么呢？

快五点时，短暂的白天接近黄昏，教堂逐渐被阴影覆盖，虽然一整天都能听到些奇怪的声响——比如模糊的脚步声、远处的谈话声，似乎变得更加频繁和引人注意了。毫无疑问，因为夜色将至，听觉变得更加敏锐了。

教堂管理人开始表现出着急和不耐烦了。看到丹尼斯通终于收起并放好了笔记本和相机后，他发出了一声欣慰的叹息，立刻匆匆带丹尼斯

---

[1] 尚·德·穆雷昂主教监督了圣贝特朗大教堂牧师座席的建造工作，牧师座席于 1535 年启用。

通去了位于塔楼下方的教堂西门。那时刚好响起三钟经[1]。拉几下笨重的钟绳，贝特朗大钟便在高高的塔楼里发出鸣响，她的声音荡过松树林，穿过山谷，随山泉大声鸣唱，告诉那些孤寂山岭上的居民们记住并重复天使对于圣母的问候，天使称圣母为"女人中蒙祝福者"。这之后，小镇迎来了一天中第一阵彻彻底底的宁静，丹尼斯通和教堂管理人这时也走出了教堂。

在教堂台阶上，他俩交谈了起来。

"先生您似乎对圣器室里的唱诗本挺感兴趣的。"

"是的。我正想问你镇上有没有图书馆呢。"

"没有，先生；或许以前有一个牧师会的图书馆，但这镇子这么小——"说到这儿，他似乎奇怪地犹豫了一下，接着又突然说下去了："但如果先生您是个古书爱好者[2]，那我家有些东西您可能会感兴趣的，就在这儿附近。"

这一下子让丹尼斯通燃起了希望，他曾梦想在法国一些未曾有人到访的角落里找到珍贵的古稿，但这梦想的火焰一会儿又熄灭了。或许只是普朗坦[3]在一五八〇年左右印制的一本乏味的弥撒书而已。这地方离图卢兹这么近，怎么可能未被收藏家们扫荡过？然而，如果不去看看就太傻了；如果他拒绝邀请的话，自己肯定会一直自责的。于是他俩就出发了。丹尼斯通半路上想起了教堂管理人当时那阵奇怪的犹豫以及突然间的坚定态度，他有点小人之心的想道，难道他被认为是个有钱的英国佬，教堂管理人诱骗他去郊外，然后趁机劫杀他？于是他稍显突兀地开始和教堂管理人聊起天了，并笨拙地插话说道，自己那俩朋友第二天一大早就会来和他会师。让他吃惊的是，他这么一说，似乎教堂管理人反倒立马就从某种焦虑之中解脱了一些。

"这真好，"他非常高兴地说道，"这太好了。先生您会和朋友一起旅

---

1 三钟经，在天主教教堂中早中晚各鸣诵一次，是记述圣母领报及耶稣降生的天主教经文。可参见让·弗朗索瓦·米勒（1814—1875）画于1857—1859年的名画《晚钟》（The Angelus）。

2 原文为法语。

3 克里斯托弗·普朗坦（1514—1589），法裔比利时印刷商，1549年起定居于安特卫普。他是当时的著名印刷商，他印制的书籍以其精致排版和雕版技术而闻名。他印刷过希伯来文、拉丁文及荷兰文的《圣经》。他是一支密教异端教派的秘密成员，除了印刷众多罗马天主教弥撒书、祈祷书及相关书籍外，他还匿名印制了许多该秘密教派的书籍。1576年他在巴黎成立了印刷分厂。

行；他们会一直和您待一块儿。和朋友一起旅行是件好事——有时候。"

最后三个字似乎是后来想到才加上的，那可怜的小矮个说完便又恢复忧虑的状态了。

他们一会儿就到了管理人家里，这房子要比邻里的住宅高大许多，是一座石材建造的屋子，门的上方雕刻有一块盾牌，那是埃尔伯力克·德·穆雷昂之盾。丹尼斯通告诉我，埃尔伯力克是尚·德·穆雷昂主教的一位旁系后裔，他在一六八〇至一七〇一年期间担任科曼热的大教堂教士。屋子上层的窗户用木板盖住了，正如科曼热其他地方一样，这屋子也显示出一种岁月流逝之感。

走上台阶时，教堂管理人停了下来。

"也许，"他说，"也许，这个，先生您没时间吧？"

"怎么会——我有的是时间——我到明天为止都没什么事做。我们去看看你的收藏品吧。"

说到这儿，门打开了，一张脸望了出来，这面孔比教堂管理人年轻许多，但也带着某种相似的不安表情：只不过有一点不同，这脸孔上的担心不是为了自身的安全，而是为对方而感到焦虑。很显然，这是教堂管理人女儿的脸孔；除却我已描述的那表情外，他女儿其实长得挺漂亮。她看到自己的父亲有一位身强体健的陌生人陪同，瞬间轻松了许多。父女之间简短地交谈了几句，丹尼斯通只听到只言片语，教堂管理人说"他在教堂里大笑"，那女孩听后一言不发，满脸惊恐。

没过一会儿，他们便坐在了屋子的起居室中，这是一间小却高的房间，地上铺着石板，大壁炉里的木柴燃烧着，火焰跳跃，屋里闪动着光影。起居室里放着一个高大的耶稣受难十字架，其中一边几乎要顶到天花板了，耶稣色彩自然，十字架则是黑色的，这塑像让起居室有了几分祈祷室的氛围。耶稣受难十字架下方是一个老旧但坚固的箱子，管理人拿了灯火，挪好椅子后，便走向那箱子，并从中拿出一本大书，丹尼斯通觉得整个过程中管理人越来越激动和紧张。那大书用白布包裹着，布上粗糙地绣着一个红色的十字架。在打开布块前，丹尼斯通便对这册书的大小和形状产生了兴趣。"没那么大的弥撒书，"他想道，"也不是圣歌集的常有形状；或许这真会是件宝贝。"过了一会儿，书已被打开，丹尼斯通感觉自己终于发现一样与众不同的珍品。在他面前放着一本巨大的对开本书册，或许制作于十七世纪，书的两侧用金色颜料印着埃尔伯力克·德·穆雷昂教士的徽章。这本书原可能有一百五十页纸，几乎每一页上都贴有一页泥金手抄本。丹尼斯通做梦也没想过能找到这样的藏品。书册中有十页《创世记》的印本，有插图，肯定是公元七〇〇年前印刷的。书中还有一整套《诗篇》中的插图，是英国印刷的，是十三世纪可能印刷出来的最高品质的作品；或许其中最棒的是，里面有二十页安色尔字体书写的拉丁文，通过其中的部分文字可以立马判断，可能出自某本古老的未为人知的基督教初期教会领袖的论著。这可能是帕皮亚《论主的言论》[1] 印本中的一部分吗？据信这书的最后抄本至迟出现于十二世纪的尼姆[2]。他下定决心，无论如何，必须带这册子回剑桥，即使他要动用自己所有的存款，并且在圣贝特朗等到款项汇到为止。他抬头望了望教堂管理人，想确定他是否流露出出售此书册的意愿。教堂管理人面色苍白，双唇喃喃着：

"请先生您翻到最后一页吧。"他说道。

于是丹尼斯通继续翻了下去，每一页都会发现新的宝藏；在书册的最后他看到了两页纸，相比他看到的其他页面，这两页纸要新得多，这让他十分不解。这两页肯定是当代的，毫无疑问，肆意妄为的埃尔伯力克教士为了制作这本无价的剪贴本，一定洗劫了圣贝特朗教会图书馆。那两页纸的第一页上画着一个草图，绘制得十分仔细，对此处熟悉的人立马便可认出是圣贝特朗大教堂南边的过道和回廊。图上有一些奇怪的标记，看似行星记号，角落里还有一些希伯来文单词；回廊的西北拐角处有一个金漆绘制的十字架。草图下方写着如下的几行拉丁文：

"Responsa 12mi Dec. 1694. Interrogatum est: Inveniamne? Responsum est: Invenies. Fiamne dives? Fies. Vivamne invidendus? Vives. Moriarne in lecto meo? Ita." (1694 年 12 月 12 日之答复。问：吾可否寻觅之？答：

---

1 帕皮亚（60？—130），小亚细亚希拉波利城的主教。作者在文中所指的论文为《主的神谕之阐释》，目前该文只部分存在于尤西比乌斯（约 270—340）及爱任纽（约 130—202）等人的引文中。该文似乎包含了关于圣马可及圣马太的一些早期信息。作者在此处将"神谕"翻译为"言论"是一种误译（原文为拉丁文）。

2 目前可确认这些剪贴页中包含了大量该书的内容，即使这些页面不是该书原本。——原注汝可。吾将富足？然。吾将衣食无忧？然。吾将寿终正寝？然。）

"这真是寻宝者的极好范例——让我想到了《古老的圣保罗大教堂》[1] 中的加特尔梅恩教士先生。"丹尼斯通翻看这一页时点评道。

之后他看到了让他印象深刻的一幅画作，他时常对我说，他相信没有任何一幅画作或图片可以让他印象如此深刻。虽然他看到的这幅画作现已不复存在，但留有一张照片（为我所有），照片本身便证实了他的观点。此处说到的画作是一幅十七世纪末的乌贼墨绘制的作品，第一眼看到，可能会觉得描绘了《圣经》中的一个场景[2]；因为画中的建筑（画作表现的是室内场景）以及人物有种半古典的味道，两百年前这被认为是适合用来描绘《圣经》场景的风格。画作右边，一个王者坐在宝座上，宝座位于十二级台阶上，王者头顶有一华盖，宝座两边各有一只狮子——很明显这是所罗门王。他身体前屈，伸出权杖，呈现出一种命令的姿态；脸上露出恐惧及厌恶的表情，也透露出一丝强势和自信。其实画作的左半部分是最为奇特的，引人注意之处主要在左半部分。宝座前方的过道上聚集着四个士兵，他们围绕着一个蹲在地上的东西，一会儿我将具体描述这东西。另有一个士兵死在了过道上，他的脖子被扭断了，眼珠暴突。那四个围聚的护卫望着所罗门王。从他们脸上可以看出更为明显的恐惧感；事实上，似乎他们全靠着对主人的极度信任才支撑着没有逃走。一切的恐惧显然是由蹲在他们中间的那个东西引起的。要用文字传达那东西对观者造成的印象是极其困难的，对此我完全不抱希望。我想起，曾经有一次我将这画作的照片展示给一个构词学讲师看，我想说他是一个极其理智、毫无想象力的人。但他看完后，当晚就坚决不肯一个人睡了，他告诉我随后好几天晚上他都不敢在睡觉前吹灯。但至少我可以描绘下这东西的主要特征。一开始你看到的只是一大坨粗糙、缠在一起的黑色毛发；之后会看到毛发下面是一个瘦得可怕的躯体，几乎像个骷髅，但肌肉如电线般凸起。那东西的双手苍白无光，和身体一样，也覆盖着又长又糙的毛，而且长着一双可怕的爪子。它的双

1　威廉·哈里森·安斯沃斯（1805—1882）出版于 1841 年的历史小说。故事发生于 1665—1666 年伦敦瘟疫及大火期间。托马斯·加特尔梅恩是小说中的一个编外牧师，他宣称通过占星术计算出圣保罗大教堂底下藏有宝藏。

2　作者可能暗指公元 3 世纪的一部伪典《所罗门圣约》。其讲述了所罗门与众多恶魔之间的事迹。

眼用烈焰般的黄色描绘，瞳孔则非常黑，这双眼正用一种野兽般的愤恨望着宝座上的所罗门王。想象一下，将南美那种可憎的捕鸟蛛转化成人形，并且赋予其仅次于人类的智力，你就会大致感受到这幅可怕画作引起的恐怖之感。举凡见过此画作相片的人都惊叹说："这肯定是现场描绘下来的。"

这画作带给丹尼斯通最初的那阵巨大恐惧感稍微减退后，他偷偷看了一眼管理人父女俩。教堂管理人用双手遮住了自己的眼睛；他女儿则抬头望着墙上的十字架，慌乱地拨弄着念珠，做着祷告。

最终丹尼斯通问出了那问题："这书册卖吗？"

又出现了他之前注意到的犹豫迟疑以及突然的下定决心之感，然后他得到了满意的答复："如果先生您想买的话。"

"你开多少价钱呢？"

"我卖两百五十法郎。"

这太令人吃惊了。即使是古董收购商的良心有时也会有所触动，更何况丹尼斯通比古董收购商有良知多了。

"好家伙！"他重复了几次，"你这书册比两百五十法郎值钱多了，我向你保证——远远高过这价钱。"

但回复依旧："我只卖两百五十法郎，不会加价了。"

实在没有理由拒绝这么个好机会。付了钱，签了收据，为这交易喝了杯酒之后，教堂管理人似乎换了个人似的。他站得更挺直了，也不再疑心重重地望身后了，实际上他开始放声笑或者说试着大笑了。丹尼斯通这时决定走了。

"我是否可以荣幸地陪先生您回到旅店里呢？"教堂管理人问道。

"哦，不用了，谢谢您！旅店离这儿不超过一百码。我很清楚怎么走，而且月光也很好。"

教堂管理人再三要求送他回旅店，而丹尼斯通也坚决推辞了。

"那好，但先生您如果遇到突发情况一定要通知我；走在路中间，两边比较高低不平。"

"好的，好的。"丹尼斯通说道，他急着回去单独查看这战利品；说着便夹着书册走到了过道里。

他在过道里遇到了管理人的女儿；似乎急着想私自做点小买卖；或

许如基哈西¹一般，想从她老爸手中逃脱的外国佬"拿点什么"。

"先生这是个银制的十字架项链，希望先生好心收下吧？"

说真的，丹尼斯通很少用到这些物件，这小姐到底想干什么呢？

"我什么都不需要——一点都不需要。先生您尽管拿着。"

她说这话以及其他一些话语时的语气无疑是非常真诚的，因而丹尼斯通只好万分感谢，并同意将这项链挂在了脖子上。这看上去像是他为这父女做了些他俩不知该如何回报的好事似的。他离去时，他俩站在屋门口望着他，当他在红帽子旅店门口最后一次挥手说晚安时，他俩还在屋门口望着他。

晚饭后，丹尼斯通回到卧室，只有那战利品和他在一起。女掌柜听说他去了教堂管理人家里，并带回了一本老旧的书册后，便表现出了一些特殊的兴趣。他似乎听到女掌柜与教堂管理人在餐厅²外面的走廊里匆匆交谈，对话结束时说到一句"皮埃尔和贝特朗今晚将睡在这屋子里"。

整个晚上，一种持续增强的焦虑感逐步占领了他——或许是发现这宝贝之后的喜悦引起的紧张反应吧。不管是什么引起的，最后这焦虑感让他觉得有什么人在背后，背靠着墙更为舒服些。当然这一切和他收获的藏品之价值相比，都变得无足轻重了。此刻，正如我已说过的，他一个人待在卧房里，浏览埃尔伯力克教士的宝藏，每一刻都会有神奇的发现。

"上帝保佑埃尔伯力克教士！"丹尼斯通说道，他非常习惯自言自语，"不知道他葬在何处？老天爷！真希望女掌柜可以学学怎么笑得开心点；听上去让人觉得好像屋子里有人死了一样。再吸半根烟，怎么样？我想也许是个好主意。不知道那女孩坚持要给我的十字架是干吗用的？我猜是上个世纪的物件了，是的，应该是。挂在脖子上真让人受罪啊——太沉了。很可能他父亲已经戴了很多年了。我想收起来之前还是清洗清洗吧。"

---

1 基哈西是先知以利沙的仆人，他出于贪婪，想从一个叫做乃缦的人那里谋求馈赠。因以利沙将此人的麻风病治愈，却不求丝毫报偿。《圣经·列王记下》第5章20节记载："神人以利沙的仆人基哈西心里说：'我主人不愿从这亚兰人乃缦手里接受他带来的礼物，我指着永生的耶和华起誓，我必跑去追上他，向他要些。'"
2 原文为法语。

他取下了十字架，把它放在桌子上，这时他的注意力被他左手肘边红布上放着的一样东西吸引了。两三个关于那是个什么东西的念头无比迅速地在他脑海里掠过。

"一个拭笔器？不，这屋子里没这种东西。一只老鼠？不，太黑了。一只大蜘蛛？我相信绝对不是——不，上帝啊！那是一只和画中一模一样的手！"

在极短的一瞬间，他已经看清了那只手。惨白，毫无光泽的皮肤，瘦骨嶙峋，肌腱极其有力；粗糙的黑毛，比任何人类手上的毛都要长；手指顶端长着尖锐的指甲，指甲朝前屈伸，灰色、粗硬并且弯曲。

超脱寻常的恐惧感让他心头一紧，接着他冲脱了座椅。那东西在他座椅背后慢慢站了起来，左手放在桌子上，右手正弯曲在他的头皮上方。那东西周身披着乌黑破烂的布条；和画中一样，它全身覆盖着粗糙的毛发。它的下颚很薄——该怎么描述呢——很浅，好似一只野兽的下颚；黑色嘴唇后面是牙齿；没有鼻子；眼睛是火焰黄的，瞳孔则又黑又深，闪烁着一种摧毁生命的狂喜般的愤恨与渴望，这是怪物身上最可怕的特点。这东西应该有某种程度上的智慧——高于野兽，但低于人类。

这可怕事件在丹尼斯通内心引起的是极度的生理恐惧以及最深切的心理憎恶感。他当时做了什么？他又能做些什么？他不太确定自己说了些什么，但是他清楚自己说话了，而且摸黑抓到了那个银质十字架，他意识到那恶魔朝他逼近了一步，这时他如一头痛苦的野兽一般大声吼叫起来。

两个矮小壮实的男服务员，皮埃尔和贝特朗，冲了进来，什么都没看见，但是感觉到被一个从他俩中间穿过的东西给撞到了边上，他们发现丹尼斯通已经晕厥。他们整晚都陪着丹尼斯通，他的两个朋友也在第二天早晨九点前到达了圣贝特朗。那时候他虽还感到有些颤抖和紧张，但已基本恢复正常。他的两个朋友在看过那幅画作，并且与教堂管理人交谈了之后，相信了他的故事。

黄昏时分，矮个子管理人找了个理由来到旅店，充满兴趣地听了女掌柜转述的故事，但他丝毫不感到惊讶。

"那就是他——那就是他！我亲眼看见过他。"这是他唯一的评论；

面对诸多提问，他只给了一个答复："我看到过两次；但感觉看到过上千次[1]。"他不肯告诉别人那书册的来源，也不肯叙述自己经历的详细情形。"我快要安眠了，我将好好休憩。你们为什么要烦扰我？"他说道。[2]

我们永远无法知道他或者埃尔伯力克·德·穆雷昂教士承受过何等煎熬。那幅影响重大的画作背面有几行文字或许可以为这件事做出点解释：

Contradictio Salomonis cum demonio noctumo.

Albericus de Mauleone delineavit.

V. Deus in adiutorium. Ps. Qui habitat.

Sancte Bertrande, demoniorum effugator, intercede pro me miserrimo.

Primum uidi nocte 12mi Dec. 1694: uidebo mox

ultimum. Peccaui et passus sum, plura adhuc

passurus. Dec. 29, 1701[3]

我其实一直都不怎么了解丹尼斯通对于我以上叙述之事件的真实看法。他有一次引用了《便西拉智训》中的一段话："风被造出来，携带惩罚，猛烈异常，足以'撼山'。"[4] 还有一次他说道："以赛亚是一个直觉灵敏的人；他不是说过巴比伦废墟里住着夜间的怪物吗？[5] 这些东西在目前都超出了我们的理解力。"

他的另一个想法也让我印象深刻，而且我很赞同。去年，我们一起去了趟科曼热，去看看埃尔伯力克教士的坟墓。那是个巨大的大理石

---

1 此句原文为法语。

2 当年夏天他便去世了；他的女儿嫁了人，居住在圣帕普。她从未知悉困扰他父亲的详细情形。——原注

3 译文如下：所罗门王与恶魔之争。埃尔伯力克·德·穆雷昂绘制。《短歌》。耶和华啊，求你速速帮助我。《诗篇》。无论谁居住（91）。圣贝特朗放出恶魔，望我厄运当头。1694 年 12 月 12 日首次见到此物：很快我将最后一次见到它。我有罪，也已为此承受痛苦，还有很多痛苦等着我。1701 年 12 月 29 日。
   《神职人员百科》中记录埃尔伯力克教士的死亡日期是 1701 年 12 月 31 日，"安睡时突然暴毙"，这样的描述在撒马丁尼的这本名作里并不常见。——原注

4 又名《西拉书》，是一部《旧约》伪典。大约成书于公元 1 世纪晚期。引文选自第 39 章 28 节。译文已根据其他英文译本进行补充完善。

5 参见《圣经·以赛亚书》第 34 章 14 节："旷野的走兽要和豺狼相遇，野山羊要与伴偶对叫；夜间的怪物必在那里栖身，自找安歇之处。"

建筑，墓前有座埃尔伯力克教士的雕像，他身穿黑色教士袍，头戴假发，雕像下有一段关于其学识的详细颂文。我看见丹尼斯通和圣贝特朗的教区牧师聊了一会儿，当我们启程离去时，他对我说："我希望这是正确的：你知道我是长老教信徒——但我——我还是相信'埃尔伯力克·德·穆雷昂安息时有人为其做弥撒并颂唱挽歌'。"接着他加了一句，语气里带点北部英语的味道，"我没想到他为此付出了如此巨大的代价。"

这本剪贴册现藏于剑桥大学的温特沃斯图书馆 [1]。丹尼斯通为那幅画作拍了照，在结束第一次科曼热之旅时他将画作烧毁了。

---

1 此图书馆为虚构，原型可能是作者曾长期工作过的剑桥大学菲兹威廉博物馆。

失去的心脏[1]

　　据我所知，那是一八一一年九月的一天，一辆驿站马车驶抵位于林肯郡中心的奥斯沃比大宅[2]门口。马车一停，车上唯一的乘客，一个小男孩便跳了下来，并在按响门铃与大门开启前的短暂间隙中，万分好奇地四处张望着。他看到一座高大的方形红砖房，建于安女王[3]统治时期；一七九〇年增建了素净的古典风格石柱门廊；这大宅有很多窗户，既高且窄，窗玻璃很小，装着粗厚的白色窗框。宅前顶部是一面三角墙，墙上有扇圆形窗户。宅邸左右两边有厢房，通过独特的玻璃顶走廊与中间的主楼连接，走廊则由廊柱支撑。这些厢房只是宅邸的马厩和下房而已，厢房顶部是装饰性的穹顶，上面装有镀金的风信旗。

　　黄昏之光照射着大宅，使得窗玻璃如许多火焰般闪着光芒。大宅前面是一片平坦的庭园，里面散布着橡树，边上种着高耸入天的冷杉。树木遮住了庭园边上教堂塔楼的钟，只有金色的风标被光照到。六点的钟声敲响，随风轻柔传送。男孩站在门廊上，等着大门开启。他感觉，整体而言，虽然笼罩着一种早秋傍晚常有的忧郁气息，但宅邸留给他的印象还不错。

1　《失去的心脏》写于 1892 年 7 月（当时作者第一次游览爱尔兰，第一次看到圣米占教堂）到 1893 年 10 月间。1893 年 10 月此篇小说在闲谈社朗诵。1895 年，此篇发表于《蓓尔·美尔杂志》，之后收入《古文物专家的鬼故事》中。作者对这篇小说并不满意，在出版商要求下才将其收入《古文物专家的鬼故事》中。这是作者作品中第一篇以浮士德式人物为主角的作品。有人认为作品中为永生而食用人心的情节可能脱胎于丹麦民间故事。

2　英格兰中部偏东的一个村庄，位于林肯郡的斯里福德往南四英里处。附近确有一座奥斯沃比大宅，但现只剩废墟。

3　安女王（Anne of Great Britain, 1665 年 2 月 6 日—1714 年 8 月 1 日），又译为安妮女王，大不列颠王国女王，1712 年至 1714 年在位。

驿站马车将他从沃里克郡带来此处，大约六个月前他成了孤儿。感谢他年长的表兄阿布内先生的慷慨提议，他现在来到奥斯沃比居住了。这一提议很出人意料，因为任何认识阿布内先生的人都将其视作节俭的隐士，在他平淡不惊的居家生活中出现一个小男孩会带来一些新的、似乎不怎么和谐的因素。事实上，对于阿布内先生的职业以及脾性人们了解甚少。据说有人听到剑桥大学的希腊语教授说，没有人比奥斯沃比的主人更了解晚期非基督教宗教信仰。他的藏书室里当然有一切当时可以收集到的关于古代秘密宗教仪式[1]、俄耳甫斯教诗歌[2]、密特拉崇拜[3]以及新柏拉图主义[4]的书籍。在大理石铺地的大厅里放有一组制作精良的密特拉屠牛雕塑，这是宅邸主人以高价从黎凡特运来的。他向《绅士杂志》[5]投过一篇关于此雕像的描述性文章，也在《重要博物馆》[6]杂志上写过一系列引人注目的关于东罗马帝国人的迷信的文章。总而言之，他被认为是一个泡在书堆中的人[7]。因此邻居们非常吃惊，他竟听说了孤儿表弟斯蒂芬·艾略特的事情，更别说自愿接他到奥斯沃比大宅来住了。

无论他的邻居们期待着什么，又高又瘦又节俭的阿布内先生确实打算热情接待他的年幼表弟。宅门一开，他便冲出书房，兴奋地搓着双手。

"孩子，你好啊？你好啊？你几岁了？"他说道，"嗯，希望你一路没有太累，还能吃得下晚饭吗？"

"没有，谢谢您，先生，"艾略特少爷回道，"我挺好的。"

"很好，小伙子，"阿布内先生说道，"孩子，你几岁了？"

1　厄琉息斯秘仪是一支流传于古希腊厄琉息斯地区的秘密教派。该教派崇拜德墨忒尔及珀耳塞福涅，其可溯源至迈锡尼文明时期，直到公元4世纪遭基督教镇压后才灭亡。

2　俄耳甫斯教诗歌是一本献给俄耳甫斯（希腊神话中的诗人与歌手）的赞美诗集，可上溯至公元前5世纪。该诗集大致勾画出了非基督教的神谱。

3　印度-伊朗神祇，对密特拉的崇拜于公元2—3世纪传入罗马帝国（主要是由士兵传入）。该教的一些特点被早期基督教吸收。

4　公元3世纪时期，由亚历山大城的普罗提诺（204—270）领导的一个哲学流派，提倡复兴柏拉图及其他非基督教哲学家的学说，强调所有存在皆来自一源。

5　一本1731—1907年间在伦敦出版的著名季刊，其主要内容为学术文章及政论观点。

6　为作者虚构。

7　作者对阿布内的描述显示这一角色有可能原型为托马斯·泰勒（1758—1835），其为威廉·布莱克及托马斯·拉夫·皮考克的朋友。作为一个新柏拉图主义者和新毕达哥拉斯主义者，他将俄耳甫斯诗歌集翻译成了英文（《神秘的入会仪式或俄耳甫斯的颂歌》，1787年），也曾写过《论厄琉息斯及酒神秘仪》一文。

刚认识两分钟，他竟然问了两次这个问题，似乎有些奇怪。

"下一个生日我就十二岁了，先生。"斯蒂芬说道。

"亲爱的孩子，你生日是什么时候？九月十一号吗，啊？很好，非常好。还有差不多一年时间，不是吗？我习惯——哈，哈！——我习惯把这些事情都记在我的本子里。确定那时你是十二岁吗？没错？"

"是的，没错，先生。"

"很好，很好！帕克斯，带他去邦奇夫人房里，让他喝点茶，或者吃点晚饭什么的。"

"好的，先生。"古板沉稳的帕克斯先生应道，便带着斯蒂芬去用人区了。

邦奇夫人是斯蒂芬来到奥斯沃比后遇到的人里最让他舒服、最有人情味的一个了。她让他觉得毫不拘束，十五分钟后他们就成了要好的朋友，之后也一直是好朋友。斯蒂芬来到时，邦奇夫人已经五十五岁了，她出生在奥斯沃比附近，在大宅里也已待了二十年之久。因此若说有谁对这宅邸及其周遭了解得清清楚楚，则非邦奇夫人莫属。而且她非常乐意与人分享这些信息。

斯蒂芬生性好奇、喜欢探险，他当然有一堆关于大宅以及宅邸庭园的问题急着想弄清楚。"月桂小径头上的礼拜堂是谁建的啊？楼梯间挂着的那幅画像里的老人是谁，就是坐在桌边、手下放着个骷髅的那位？"邦奇夫人丰富的知识储备一一解开了这些疑团以及许多类似的问题。但也有一些问题解释得并不令人满意。

十一月的一个傍晚，斯蒂芬一边坐在女管家房间里烤火，一边审视着他周遭的一切。

"阿布内先生是个好人吗？他会上天堂吗？"他突然问道，怀着孩子对长辈解答此类问题能力的特殊信心，他们认为长辈的决定对其他法官也适用。

"好？我的好孩子！"邦奇夫人说，"主人是我见过最好的人啦！我没和你说过他从街上带回来的小男孩吗？你这一提，已经是七年前了。还有一个小女孩，是在我来这儿两年之后。"

"你没说过。邦奇夫人，快告诉我他俩的事，现在就说吧！"

"好吧，"邦奇夫人说道，"那小女孩我好像不太记得了，只记得有一天主人去散步时，带她回了家，并且吩咐当时的女管家艾利斯夫人好好照顾她。那可怜的孩子自个儿告诉我，她无亲无故。她在这儿和我们住了大概三个礼拜，后来，不知她骨子里就是个吉普赛人还是怎么的，有天早上我们都还没睁眼她就起床走了。从那以后我就再没听到过任何她的消息了。主人非常着急，把所有池塘都打捞了个遍。但我觉得是那些吉普赛人把她拐走了，因为她离开的那天晚上宅子周围有人在唱歌，持续了一个钟头呢。帕克斯说他整个下午都听到他们在树林里叫唤。哎呀，哎呀！那孩子虽然挺怪，沉默寡言的，但和我相处得不错，没想到她还挺居家的。"

"那小男孩怎么了呢？"斯蒂芬问道。

"啊，那可怜的男孩！"邦奇夫人感叹道，"他是个外国人，说自己叫杰瓦尼[1]。一年冬天，他在马车道附近演奏手风琴。主人一看到就把他叫了进来，问他哪儿来的，几岁了，靠什么过活，家人在哪儿等等，非常和蔼。但他也一样，他们都是些没教养的孩子，这些个外国佬，我觉着他和那女孩一样，某个晴朗的早晨就走了。我们猜了整整一年他为啥走，去干吗了，因为他的手风琴没拿走，就在那架子上挂着。"

那天傍晚接下去的时间里，斯蒂芬又向邦奇夫人询问了各种各样的事情，他还尝试着让那手风琴发出点声响。

当晚他做了个古怪的梦。宅子顶层走道的末端有一个废弃的旧浴室，他的房间也在那一层。浴室锁着门，但门的上半部分装着玻璃，挂在玻璃上的棉布门帘很久前就没了，因此你可以朝里面望，能看到右手边是依墙固定的铅衬浴缸，浴缸头冲着窗户。

在我说的那天晚上，斯蒂芬·艾略特觉得自己正透过门玻璃朝浴室里望。月光透过窗户照射进来，他看到浴室里躺着个人形物。

他对自己所见情景的描述让我想起曾在都柏林圣米占教堂地窖看到的场景，里面有几个世纪以来经过防腐处理的干尸[2]。尸体都出奇的瘦，看上去很凄惨，铺满了灰尘，呈铅白色，包裹在寿衣般的长袍里。尸体

1 邦奇夫人的发音不准确，后文中显示小男孩的名字为Giovanni，她发为Jevanny，故两个翻译是不同的。
2 圣米占教堂位于都柏林的教堂街上，建于1685—1686年。该教堂以地下室的干尸而闻名。1892年作者曾参观过该教堂，将其地下室描述为"恐怖的"、"噩梦般的"。

瘦削的嘴唇瘪了进去，露出了若有若无的可怕微笑，双手则紧紧压在心脏的位置上。

正当他看着那个人形物时，它嘴里似乎发出了一声模糊的，几乎难以察觉的呻吟，双手开始摆动。这景象吓得斯蒂芬往后退了退，结果他醒来了，发现自己确实站在走廊冰冷的木地板上，月光正浓。他鼓起勇气——在我看来对他这年纪的男孩而言这勇气绝不常见——走向浴室去确认他梦中的人形物是否真的在那里。结果并没有，于是他回去睡觉了。

第二天早上，他的故事引起了邦奇夫人极大的注意。她甚至重新做了那浴室门玻璃上的棉布帘子。而且他在早餐时将自己的经历告诉阿布内先生后，对方对此十分感兴趣，并将这事记在了他所谓的"他的本子"里。

春分快到了，阿布内先生时常提醒他表弟，说古人一直认为春分对于年轻人而言是十分重要的节气；斯蒂芬应该照顾好自己，晚上要关好卧室的窗户；塞索里努斯[1]有过对春分的重要论述等等。那段时间发生了两件给斯蒂芬留下深刻印象的事情。

他度过了一个异常不安和压抑的夜晚，虽然不记得自己做了什么特别的梦。第一件事情就发生在那晚之后。

第二天傍晚，邦奇夫人正忙着帮他修补睡衣。

"天呐，斯蒂芬少爷！"她很不耐烦地脱口而出，"您怎么把睡衣扯得这样粉碎？少爷，看这儿，您真是给帮您修补睡衣的用人添了不少麻烦啊！"

睡衣上确实有一连串非常严重而且不知哪儿来的裂缝和破口，毫无疑问补好睡衣需要有高超的缝补技术。破口都位于左胸上，是些六英寸左右的平行长裂缝，其中一些并未刺穿亚麻布的纤维。斯蒂芬只能说自己完全不知道裂缝是怎么来的，他可以肯定前一天晚上还没有。

"可是，"他说，"邦奇夫人，这些裂缝和我卧室门板上的抓痕一模

---

[1] 公元3世纪的古罗马文法家。其现存的唯一作品是《论生日》，在该文第21章13节有关于春分的一小段讨论。

一样。我确定它们和我完全没关系。"

邦奇夫人张大了嘴盯着他，然后抓起一根蜡烛便急匆匆地离开了房间，斯蒂芬听到她去了楼上。过了一会儿她回来了。

"嗯，"她说，"斯蒂芬少爷，我觉得挺奇怪的，那些抓痕和印迹怎么会跑那儿去。猫啊狗啊都抓不到那么高的地方，别说老鼠了。说真的还挺像中国人的指甲印，我有个做茶叶生意的叔叔告诉我的，那时我还是小女孩。亲爱的斯蒂芬少爷，如果我是你的话，就不会和老爷说这事了。睡觉的时候把房门锁好。"

"我一直都锁的，邦奇夫人，一做完睡前祷告我就锁了。"

"啊，真是个好孩子，坚持做祷告就没人能伤到您啦！"

说着邦奇夫人又忙着修补破损的睡衣了，她偶尔停下来想会儿事，一直忙到睡觉前。这是一八一二年三月的一个星期五晚上。

第二天傍晚，帕克斯先生的突然到来，使得斯蒂芬和邦奇夫人通常的两人小分队增加到了三人。男管家帕克斯按规矩都一个人待在自己的储物间里。他没看到斯蒂芬也在房间里，而且他十分慌张，说话也不像平常那样慢条斯理了。

"如果老爷有心情，他也可能在晚上自己去拿酒，"他一开头就说道，"邦奇夫人，但一般都是我白天去拿，或者就不喝酒了。我不知道酒窖里有什么东西，很可能是老鼠或者风声。但我岁数不小了，没法像以前那样做个彻底检查了。"

"可是帕克斯先生，你知道宅子里有老鼠是件很奇怪的事情啊。"

"邦奇夫人，我没说这不奇怪。而且，我确实从船坞工人那里听到过会说话的老鼠的故事 [1]，好几次呐。以前我从不相信这些，但今天晚上，如果我愿意委屈自己，把耳朵贴到地窖里层格子箱门上的话，肯定能听到它们在说些什么。"

"哦，好吧，帕克斯先生，我可没心思听你这些鬼话了，老鼠在酒窖里说话什么的！"

"好吧，邦奇夫人，我不想和你争。我想说的是，如果你愿意去里

---

1 暗指查尔斯·狄更斯（1812—1870）的《非商业旅人》（1860年）第15章中的"护士的故事"，里面讲到一只会说话的老鼠。

层格子箱边，把耳朵贴在门板上，你现在就能证明我说的是真的。"

"你说的是什么胡话啊，帕克斯先生，不该给孩子听到这些！喂，你会吓坏斯蒂芬少爷的！"

"啊！斯蒂芬少爷？"帕克斯说道，突然意识到那男孩的存在，"斯蒂芬少爷肯定知道我是在和你开玩笑呢，邦奇夫人。"

实际上，斯蒂芬少爷心里很明白，帕克斯先生一开始就不可能是在开玩笑。他对这事很感兴趣，虽然不是令人愉快的那种感觉。但无论他怎么问，男管家都不愿再透露酒窖经历的更多细节了。

我们现在来到了一八一二年三月二十四日。对斯蒂芬而言，这一天的经历非常诡异。这天风很大、很吵，让整个宅子和庭园都显得躁动不安。斯蒂芬站在庭园围栏边上，遥望园中时，觉得仿佛有一列无穷无尽的隐形人队伍从他身边随风飘过，他们进行着无止歇、无目的、无结果的挣扎，想要停下来、抓住可以让他们停止飘荡的东西，再一次和人间取得联系。他们曾经是这个世界的一部分。

那天午饭后，阿布内先生说："斯蒂芬，好孩子，今天晚上十一点钟你能来我书房一趟吗？我得忙到那会儿才有空，我想告诉你一些与你未来生活相关的东西，对你而言这十分重要。别和邦奇夫人或宅子里的任何人提起这事，你最好在通常的时间回房间去。"

生活中又增加了新的兴奋点，斯蒂芬很渴望抓住机会，熬夜到十一点。那天傍晚上楼时他往书房里望了望，瞧见壁炉前放着一个火盆，之前他经常注意到房间角落里的这个火盆，桌子上放着一个古旧的镀银杯，里面装满了红酒，杯子边上放着一叠写满了字的纸。斯蒂芬路过时，阿布内先生正从一个圆形的银盒子里往火盆里倒香灰，但他没有注意到斯蒂芬的脚步声。

风渐渐小了，这是个寂静的月圆夜。卧室窗户开着，大概十点钟时，斯蒂芬站在窗边眺望乡间。虽然夜晚很宁静，但远处月光下的树林里，神秘住户们还不愿就此睡去。池塘彼岸时不时地传来一阵阵古怪的叫声，好像迷了路的绝望流浪者。很可能是猫头鹰或者水鸟的叫声，虽然听上去不是很像。它们是在往这边移动吗？现在，它们听上去已经在池塘的这一边了，过了一小会儿，它们好像在灌木丛里穿梭着。然后悄然无声了，正当斯蒂芬打算关上窗户继续看《鲁滨孙漂流记》[1]时，他瞥见两个人站在大宅与庭园之间的砾石小道上，好像是一个男孩和一个女孩。他俩肩并肩站着，抬头望着窗户。那女孩形状的家伙让斯蒂芬不由自主地回想起了梦中躺在浴缸里的那个人形物。男孩则让他感到更加惊恐。

女孩一动不动地站着，似笑非笑，双手紧紧贴着心口。那男孩长着黑头发，很瘦而且衣衫褴褛。他举起了手臂，似乎在进行恐吓，显示出一种难以满足的渴望。月光照射着他近乎透明的双手，斯蒂芬发现月光透过了他那长得可怕的指甲。他双手举起站在那儿，显露出了一片可怕的景象：他的左胸上有一个黑漆漆、大开着的口子。斯蒂芬脑海中——而不是耳边——回响起了他听到的饥渴又孤独的叫喊声，这叫喊声整个傍晚都回荡在奥斯沃比树林中。顷刻工夫，这对让人惊恐的家伙就悄无声息地快速离开了砾石小道，斯蒂芬发现他们不见了。

斯蒂芬感到十分害怕，他决定拿着蜡烛下楼去阿布内先生的书房，他俩约见的时间快到了。书房或者说藏书室，在前厅的一侧，斯蒂芬被内心的恐惧驱使，不一会儿就到了那儿。但进书房却没那么容易，他可以肯定书房门没有锁，因为钥匙还和往常一样插在门上。他不停敲门都没有回应。阿布内先生好像正忙着，他在说话。怎么，为什么他想叫喊似的？为什么叫唤声好像又哽住了？难道，他也看到了那两个诡异的孩子？过了一会儿，一切都安静了，房门在斯蒂芬惊恐的疯狂推撞下终于打开了。

在阿布内先生书房桌子上发现了一些文档，当斯蒂芬·艾略特到了足以理解这些文档的年纪时，他明白到底发生了什么。文档中最重要的语句摘抄如下：

"这是古人通常持有且坚信的一种信仰（我对古人在这些问题上的智慧有过一些切身体会，因此对他们的论述有信心），通过特定步骤——这些步骤对我们现代人来说似乎有些未开化的色彩——人们可以获得非常显著的精神升华。比如说，吸收一定数量同类的灵魂精华，个

---

1 英国小说家丹尼尔·笛福（1660—1731）的代表作。

人可以彻底超越控制我们宇宙基本要素的神力等级。

"据记载，西门·马吉斯[1]利用一个被他——用《克肋孟志》[2]的作者所采用的诽谤性词语——'谋杀'的男孩的灵魂为媒介，能够飞翔、可以隐身，还能变成任何他希望的形状。此外，我在赫尔墨斯·特利斯墨吉斯忒斯[3]的著作中发现了相当详细的记载，据称只要食用不少于三个，二十一岁以下之人的心脏，也可以产生与此类似的满意结果。为了验证这个方子的真实性，过去二十年的大部分时间里我都在挑选用于实验的 corpora vilia[4]。实验对象必须是那种轻易移除也不会在社会上引起空缺感的人。我实施的第一步是在一七九二年三月二十四日，移除了一个叫菲比·斯坦利的吉普赛血统的女孩。第二步则是在一八〇五年三月二十三日夜晚，移除了一个流浪的意大利孩子，他叫做乔瓦尼·帕欧利。最后一个'受害者'——这是一个我感情上极其反感的词——必须是我的表弟，斯蒂芬·艾略特。日期必须是一八一二年三月二十四日。

"按要求进行吸收的最佳手段是从活体上取下心脏，将其烧成灰，与大约一品脱红酒混合，最好是波尔图[5]葡萄酒。起码前两个实验对象的残余部分都很容易隐藏：一个废弃的浴室或者酒窖都是不错的藏匿地点。实验对象超自然的部分可能会造成一些扰动，也就是流行语尊称为"鬼魂"的东西。但对于一个有哲学精神的人而言，他不会认为那些东西企图对他进行报复的无用努力有什么重要性。只有实验本身才是关键。我怀着强烈的满足感期待着实验——如果成功——将会给我带来的精神释放和升华。这不仅能让我摆脱（所谓）人类正义的约束，更能在

---

1 据《圣经·使徒行传》第 8 章 9—24 节记载，西门是一个行邪术的人。撒玛利亚人以为他是神圣的。早期的基督教作家认为他会飞行、可隐身、可变为他人模样、意念移动家具以及其他一些邪术。

2 约成书于公元 3 世纪，托称为教宗圣克肋孟（约卒于公元 96 年）所著。该书仅存于鲁菲诺的拉丁文译本中，其中写道：西门·马吉斯为施洗约翰之门徒。在该书第 2 章 15 节中，西门说道："曾经，我用神力将空气转化为水，将水转化为血，再将之固化为肉，组成了一个新的人——一个男孩——我这成果比造物主上帝的作品还要尊贵。他用泥土创造人类，而我则用空气——一种更难以使用的物质；然后我又分解了他，把他变回空气，但我将他的像放在了房间里，以证明并纪念我的作品。"《克肋孟志》的作者随后写道："我们可理解为他所说的男孩在被他残忍杀害后，其灵魂已被他用于他所欲之途径中。"参见菲利普·马森·帕尔默及罗伯特·帕蒂森·摩尔所著《浮士德传统的根源》(纽约：牛津大学出版社，1936 年)，18 页。

3 埃及神祇托特的希腊名。基督教诞生后，有很多密教著作都是献给赫尔墨斯的，这些著作后来被中世纪的占星家及炼金术士利用。

4 意为不值钱（没价值）的身体。

5 著名葡萄酒产地，位于葡萄牙西北部的杜罗河口。

很大程度上让我超越生死大限。"

　　阿布内先生被发现坐在椅子里，头后仰着，脸上笼罩着一层愤怒、惊恐以及凡人的痛苦表情。他左胸上有个可怕的撕裂伤口，心脏暴露在外。他双手无血，桌上的一把长刀也光净如新。伤口可能是一头凶残的野猫造成的。书房的窗户打开着，验尸官认为阿布内先生的死亡是由某种野生动物造成的。但斯蒂芬·艾略特在研究了上述我摘抄的文档后，得出了很不一样的结论。

铜版画[1]

不久前，我有幸为您讲述了我朋友丹尼斯通在为剑桥大学的博物馆搜集艺术品时遇到的惊险故事。

他回到英国后并未大肆宣传其经历，但这无法阻止这些故事传入许多朋友及其他人耳中，其中便包括一位在另一所大学[2]主管美术博物馆的先生。可以预料，这故事应该会给这样一位与丹尼斯通从事相近职业的人留下深刻印象，并且这位先生应该会十分渴望获知对这些事件的解释，以确信自己并不大可能遭遇如此令人不安的紧急情况。不过，他确实为自己感到庆幸，因为他不需要为他的大学搜集古代手稿，这是谢尔伯恩图书馆[3]的工作。如果古代手稿权威们乐意，他们很可能会为了这些藏品搜遍欧洲大陆每个鲜为人知的角落。但此刻他十分乐意将自己的注意力限定在为博物馆的英国地域风景画及雕版收藏添砖加瓦，虽然现有藏品已经十分突出。然而，结果证明，即使是这样一个如此普通的、人所熟知的部门亦有其黑暗之处，威廉姆斯先生便无意间遭遇了一回。

即使是对地域风景画兴趣极少之人也知道在伦敦有一位画商的协助对于搜寻这类藏品而言是必不可少的。J.W. 布瑞特内尔先生每隔一小段时间便会出版非常吸引人的目录册。目录册的条目繁多且更新频繁，主要包括英格兰及威尔士地区的一些别墅、教堂及乡镇题材的雕版、设计图和古旧素描。对于威廉姆斯先生的职业而言，这些目录册自然是必需

---

1 本篇最早出版于《古文物专家的鬼故事》中，是作者最有特点的一篇作品。正如杰克·萨利文在《优雅的噩梦》中所说："本篇有两个层次的超自然叙事：画作（即铜版画）的变化以及它的变化重现出来的场景，这本身又是一个超自然故事。"
2 指牛津大学。
3 为作者虚构，可能暗指牛津大学的波德莱恩图书馆。

品，但由于其博物馆已有大量地域风景画藏品，因此他只可算一位常客，而非大买家。他期望布瑞特内尔先生可以填补其藏品中的空白缺憾之处，而非提供珍品。

去年二月，布瑞特内尔先生"百宝库"的目录册送到了威廉姆斯先生博物馆的书桌上，一同寄到的还有这位画商的一封用打字机写的短信。短信内容如下：

亲爱的先生，

我们恳请您注意附寄目录册第九百七十八号作品。我们可将其寄予您以供查看。

您忠诚的

J.W. 布瑞特内尔

威廉姆斯先生翻到随送目录册的第九百七十八号，他注意到这作品并非什么传世之作。在相应的位置，他找到了以下条目：

九百七十八号——未知作者。有趣的铜版画：一座本世纪早期宅邸景观。十五乘十英寸大小；黑色边框。两英镑两先令。

这画作并无特别吸引人之处，而且价格似乎过高，但既然深谙业务及其顾客需求的布瑞特内尔先生似乎十分看重这幅画，威廉姆斯便写了封明信片要求将这作品连同此次目录册中其他一些雕版及素描送来试货。之后，他便并无多少期盼地开始了一天的日常工作。

任何邮包都会比预期之日晚一天送达，布瑞特内尔先生的邮包证明了——我想应该这么说——这一规律不存在意外情况。邮包由周六下午的邮递服务送达博物馆，威廉姆斯先生已经下班了。根据惯例，用人将邮包送到了他在学院里的住处，以使其不必等到周日之后才能查看寄来的画作，并将其无收藏意愿的作品寄回去。当他和朋友一起进屋喝茶时发现了这个邮包。

我只关心那幅相当大的黑色边框铜版画。我已将布瑞特内尔先生目录册中所给的简短描述抄录于上文。虽然我不希冀自己可将此画描述得如同我亲眼见到那般生动，但我一会儿会给出此画作的更多细节。如今在许多老旧旅馆的走廊及一些远离尘嚣的乡村别墅的过道里仍然可以见到与这一画作十分相似的仿制品。这是一幅相当平庸的铜版画，而一幅平庸的铜版画可能是所知雕版种类中最差劲的一种。画作展现的是一座并不十分高大的上世纪别墅的正面景观。这房子有三排配有简单窗框的窗户，窗户周围是磨花粗面石砖。房子屋顶矮墙的角上有球形及瓶形的雕刻。房子正中则是一个柱廊。房子的两边是一些树，屋子正前方有相当宽阔的一个草坪。画作很窄的空白处刻有"A.W.F. 所刻"的铭文；除此以外别无其他题字。所有这些细节让人觉得这是一件业余之作。威廉姆斯先生简直难以想象为何布瑞特内尔先生要给这样一件作品贴上两英镑两先令的价签。他十分鄙夷地将这画作翻转过来，看到背面有一个纸标签，左半部分已经磨损。留下来的只是两行文字的末端：第一行有以下文字"—恩格雷宅邸"；第二行则是"—塞克斯"。

或许花点时间确认画中的地点是有意义的，用一本地名索引书即可完成。然后他可以将这幅画送还给布瑞特内尔先生，并附上一些他对于布瑞特内尔先生判断力的看法。

因为天色已黑，威廉姆斯点上了蜡烛，并沏了茶，给和他一起打高尔夫球（我相信此处所写的那个大学的权威们都浸淫于高尔夫球以获得放松）的朋友倒上。他们边喝茶边谈论着，谈论的内容玩高尔夫球的人自己可以想象。但作为一个有责任心的作者，我并无权利将这谈话强加给不玩高尔夫球的人。

他们得出的结论是某几次击球可以打得更好，以及在一些紧急情况下，两个选手的运气都太差了。这时他的朋友——我们姑且称之为宾克斯教授——拿起了那幅加框的版画，说道：

"这是什么地方，威廉姆斯？"

"我正想搞清楚呢，"威廉姆斯边说边去书架拿地名索引书，"看画的背面。一个不是在苏塞克斯就是在埃塞克斯的叫什么'雷宅邸'的地方。正如你看到的，名字的一半已经磨损。我想你不会凑巧知道这地方吧？"

"我猜这是那个叫布瑞特内尔的人寄来的吧？是吧？"宾克斯说，

"是为博物馆买的？"

"呃，如果价格是五先令，我想我会买的，"威廉姆斯说，"但是因为一些诡异的原因他要价两畿尼 [1]。我想不明白为什么。这幅画作如此低劣，而且里面也没有人物来增添生气。"

"我觉得这画确实不值两畿尼，"宾克斯说，"但我觉得画得没那么糟糕。我认为这月光画得挺好的；而且我想这画里曾经有一些人物，至少一个人物，在这幅画前端的边缘。"

"我来看看，"威廉姆斯说，"好吧，光线确实画得比较高明。你说的人物在哪里呢？哦，看到了！只有一个头，在画作非常前端的地方。"

确实画里面——仅仅比一个小黑点强点，在版画极其边缘的地方——有一个男人，也可能是女人的头，用衣服包裹着，这人背朝观画者，面朝房子看着。

威廉姆斯之前没有注意到这一点。

"不过，"他说，"虽然这画作比我之前想得高明些，但我总不能把博物馆的两畿尼花在一幅我连画中地名都不知道的作品上。"

宾克斯教授还有自己的工作，因此很快就走了；直到接近晚饭时间，威廉姆斯一直都忙着尝试确认这画作中的房屋，但徒劳无获。"如果'恩'前面的元音还在的话，就会容易很多，"他想，"但现在的情况而言，这屋子的名字可能是'盖斯汀雷'到'朗雷'中的任何一个，而且以此结尾的名字比我想到的要多得多；这本破书里也没有目的地索引。"

威廉姆斯先生所在学院的晚餐时间是七点。不需要详细描述晚餐。他遇到了下午一起打高尔夫球的同事，他们十分随意的餐桌谈话内容我们也毫不关心——因为主要是一些高尔夫球相关的话题。

晚餐后，他们在公共休息室里待了一个多小时。夜里晚些时候，其中几位来到威廉姆斯的房间，毫无疑问他们玩了惠斯特牌戏，并抽了烟。在这期间，威廉姆斯看也没看就从桌上拿起了那幅铜版画，递给一位对美术比较感兴趣的同仁，并告知了此画的来历以及一些我们已经知道的特别之处。

1　一畿尼等于 21 先令，20 先令等于一英镑。

那位先生随意地拿起画作，看了看，然后饶有兴趣地说道：

"威廉姆斯，这画真的相当不错啊，非常有浪漫主义时期的感觉。在我看来，光线的处理非常得当，画中的人物虽然有些怪异，但却让人印象深刻。"

"哦，是吗？"威廉姆斯说道，他正在为其他客人倒掺了苏打水的威士忌，因而没法走过去查看那幅画。

夜色渐深，客人们也准备告辞。等他们走后，威廉姆斯需要写一两封信以及处理一些杂务。午夜稍过，他终于处理好一切走进卧室。点燃卧室蜡烛后，他就熄了灯。那画作就面朝上地放在桌子上，上一位客人查看后便没有动过位置。在熄灯的时候，他注意到了这幅画。他看到的景象害他差点把蜡烛丢到了地板上。现在说起来，他还坚称如果当时蜡烛灭了，他一定会被吓坏的。但是事情并未如此，他将蜡烛放在桌子上，好好地看了看那幅画。确实——毫无疑问，这绝对不可能，但又百分百是真的，在画中那座无名宅邸前方的草坪上有一个人，而在下午五点钟的时候那里还没有人。那人四肢爬行着朝房子行进，全身裹在一件奇怪的黑色衣服里，背上则有一道白色十字架。

我不知道该如何应对这种情形。我只能告诉您威廉姆斯先生做了什么。他拎着这画的一角，拿着它穿过走廊走向他所拥有的第二套房间，将这画锁在了一个抽屉里，并将两套房间的门都紧紧锁住，然后就上了床，但在上床前他记下了这幅画自来到他这里后发生的非同寻常的变化，并签上了名。

他迟迟未能入睡，但一想到并不仅有他一人的证言来证实画作的变化，就感到了一丝欣慰。显然前一晚上看过这画的人肯定看到了一样的场景，否则他可要怀疑自己的眼睛或者脑子出严重的问题了，幸好这一可能性已被排除。第二天有两件事情等着他处理：他必须审慎地评估这幅画作，并为此邀请一个证人，另外他必须下决心努力搞清楚画中宅邸的真相。因此他决定邀请邻居尼斯贝特共进早餐，随后花一个早上翻阅地名索引。

尼斯贝特并不忙碌，因而九点三十便来了。抱歉地说，即使已经这么晚了，威廉姆斯先生还是尚未穿戴整齐。早餐期间，威廉姆斯只字未提那铜版画，只是说自己有一幅画作想征求尼斯贝特的意见。只要是熟悉大学生活的人便能想到，两个坎特伯雷学院 ¹ 的研究员在一次周日的早餐中，谈话有可能涉及多么广泛、有趣的话题。从高尔夫球到网球，他们几乎没有漏过任何话题。但是我仍可断定威廉姆斯先生十分心绪不宁，因为他的注意力自然而然地集中在了那幅十分奇怪的画作上。此时，那画作正被正面朝下地放置在对面房间的抽屉里。

饭后他们抽起烟斗，威廉姆斯等待的恰当时刻终于到来。他相当——几乎颤抖——激动地跑过走廊，打开抽屉，抽出那幅画——仍然面朝下——然后跑了回来，将其放在尼斯贝特手中。

"现在，"他说道，"尼斯贝特，我希望你准确告诉我你在这幅图中看到了什么。如果你愿意，请描述一下，要很详细。一会儿我告诉你原因。"

"好吧，"尼斯贝特说道，"我看到一个月光下的乡间别墅——英国的，我猜想。"

"月光？你确定吗？"

"当然。如果你要我仔细描述的话，月色正在消退，天空中有云。"

"很好，继续。我发誓，"威廉姆斯自言自语道，"我第一次看到这画时，里面没有月亮。"

"嗯，没有其他可以说的了，"尼斯贝特继续说道，"这房子有一——二——三排窗户，除了底下一排的中间那个窗户被门廊替代了以外，其他每一排有五扇窗子。而且……"

"但其中的人物呢？"威廉姆斯特别有兴趣地问道。

"没有人物啊，"尼斯贝特说道，"但是……"

"什么！画前端的草坪上没有人物？"

"什么都没有。"

"你能为此发誓吗？"

"当然可以。但是还有一件事。"

"什么？"

"为什么最底下一排窗户有一扇被打开了，大门左边的一扇。"

"是吗？天呐，他肯定已经进去了。"威廉姆斯十分兴奋地说道；他

---

1 剑桥大学无此学院。

急忙跑到尼斯贝特所坐沙发的后面，从其手中拿过那幅画，亲自来确认这件事情。

确实如此。画中并无人物，有一扇窗户开着。威廉姆斯惊讶得说不出话来，过了一会儿，他走到写字台，十分潦草地写了点东西。然后，他把两张纸拿给尼斯贝特，让他先在其中一张上签名——这张是尼斯贝特自己对于这幅画的描述，您刚才已经知道了——然后让他读另一张，那张是威廉姆斯在前一晚的记录。

"这些意味着什么呢？"尼斯贝特说道。

"问得好，"威廉姆斯说道，"嗯，我现在觉得，我必须做一件事或者说三件事。我必须问嘉伍德"——这位是他前一晚的访客——"他看到了什么。然后，我得在这画进一步变化前拍一幅照片。同时，我要弄清楚这画画的是哪里。"

"我就可以帮你拍照，"尼斯贝特说道，"我会帮你拍的。但是，你知道，这看起来好像我们在破解一起某个地方发生的惨剧。问题在于，这是否已经发生，或者即将发生？你必须弄清楚这是什么地方。嗯，"他又看了看这幅图，并说道，"我想你是对的：他已经爬进去了。如果没有搞错的话，楼上某个房间有人要有麻烦了。"

"我想的是，"威廉姆斯说道，"我想把这幅画给老格林看看（他是学院的资深研究员，而且做过许多年总务主任），他非常有可能知道这地方。我们学校在埃塞克斯和苏塞克斯有财产，这两个郡他在任职期间一定去过好几次。"

"他很有可能知道，"尼斯贝特说道，"我还是先拍照吧。但注意，我记得格林今天不在学校。他昨天晚上没来吃晚饭，我听他说过星期天要离开学校。"

"也是，"威廉姆斯说道，"我知道他去布莱顿了。嗯，如果你现在给这画拍照，那我就去找嘉伍德，记录下他的描述，我走的时候你盯着点这幅画。我现在开始觉得两畿尼对这画而言也没有高得很离谱。"

过了一会儿他就回来了，并且嘉伍德先生也一起来了。嘉伍德说道，他看这画的时候，里面的人物已经离开画的边缘，但还没有爬到草坪里面。他记得那人衣服背上有一个白色的印记，但是记不清是否是十字架了。这一印象性描述被记录成档，并签上了名。尼斯贝特则着手拍摄这幅画作。

"现在你打算怎么办?"尼斯贝特说,"你难道要一整天都坐着,盯住这幅画吗?"

"呃,不,我不打算这样,"威廉姆斯说道,"我宁可想象我们注定要看到全过程。你看,在昨晚我看这幅画到今天早上这段时间里可以发生很多事情,但是这个东西只不过进了屋子而已。它可以轻松地完成它要做的,然后再回到原来的位置。但窗户还开着,我认为这一事实意味着它现在还在里面。因此我觉得把画放在一边没有关系。而且除此之外,我觉得这画在白天不会有太大变化,如果不是完全没有变化的话。我们可以下午出去散会儿步,然后回来喝茶,或者等天黑再回来。我把画放在这桌子上,并且锁上门。除了我的用人,没人进得了房间。"

三人均同意这是个好计划。进一步讲,如果他们三人共度下午的话,就不太可能会把这件事情告诉别人。因为任何有关这一事件的传言都会引起整个灵异事件研究会[1]的强烈反应。

我们可以给他们一点休息时间,直到五点钟。

五点的时候,也可能是五点左右的时候,他们三个走进威廉姆斯的住处。一开始,他们看到房间门没有关时颇感不快,但随后想起周日的时候用人会比平时提前一个小时左右进来听候吩咐。然而,一个意外事件正等待着他们。他们首先看到那幅画和之前一样,斜倚在桌上的一堆书旁,其次他们看到威廉姆斯的用人坐在对面的椅子上,满脸恐惧地盯着那幅画。怎么会这样?费尔切先生(这名字可不是我编造出来的)可是一位相当称职的用人,他给学院里其他用人树立了职业道德的榜样,而且也是附近几所学院的模范。因此,对于他的职业操守而言,坐在主人的椅子上,或者对主人的家具或画作显示出特殊的注意都是非常不寻常的事情。确实,他自己似乎也觉得这样有失体统。所以,三位先生进屋时他十分吃惊,并且吃力地站了起来。他随后说道:

"先生,非常抱歉,我不该随意坐在您的椅子上的。"

---

[1] 为作者虚构,"灵异事件研究"一词原文为"Phasmatological",为作者生造的词,大意为"灵异事件研究"。该协会有可能暗指灵异研究会(见《马丁的教堂围地》中的相关注释)。灵异研究会成立于1882年,1885年成立了美国分会。

"没事，罗伯特，"威廉姆斯先生打断他，"我本打算找个时间问问你关于这幅画的想法。"

"嗯，先生，我当然不应该提出与您的意见相违背的看法，但是这幅画真不该挂在我女儿会看见的地方，先生。"

"是吗，罗伯特？为什么？"

"是的，先生。呃，那可怜的娃娃，我想起有一次她见到一本多尔[1]插图的《圣经》，那些图根本比不上这幅画一半可怕。但如果你相信，我们那次还是陪了她三四个晚上。如果她看到这画里的骷髅——不管这是啥——抱走那个可怜的孩子，她铁定会被吓坏的。您知道小孩是这样的，他们遇到点小事就会紧张得不得了。我想说的是，先生，这幅画不该随便放，至少不该放在容易被吓坏的人看得到的地方。先生，您今晚需要什么吗？谢谢，先生。"

说完这些话，这位优秀的用人便继续去服务他的主顾，你一定猜得到，他离开后，那几位先生立马跑去看那幅铜版画了。和先前一样，那所房子依旧浸沐在逐渐消退的月光下，云朵飘荡着。那扇开着的窗户已经被关上了，那个人物又一次出现在草坪上；但这一次它并没有小心翼翼地四肢着地爬行着。现在它站了起来，轻快地大踏步走向画作的前端。月亮在其身后，黑色的外套裹住面部，垂荡下来，因此其脸部能被看到的只有一个惨白的、如穹顶般的额头，以及几根散乱的头发。看画的人一定会十分庆幸自己只能看到这些而已。它低着头，用手臂夹着一个物体，大致可以看到并辨认出这是一个孩子，但是却难以判断死活。这个东西的腿部可以被清晰地辨认出来，两条腿瘦得可怕。

五点到七点之间，这三个伙伴一直坐着轮流观察这幅画。但它不再变化。他们最终认为将它放在一边没有什么问题，打算等他们吃完晚饭回来再等待它进一步的发展变化。

他们尽早地回来了，当他们再次聚齐时，那幅画还在那里，但是那个人物已经不见了，别墅在月光下显得十分宁静。除却查阅地名索引和参考书外，这个晚上别无其他事情可做。终于，威廉姆斯成为了幸运儿，或许就该是他查到这个地名。在晚上十一点三十分，他从穆瑞的

1　费尔切指的是多雷（1832—1883）插图版的《圣经》，他的发音不标准，因此发成了"多尔"。

《埃塞克斯郡指引》[1] 查到了以下文字：

"十六点五英里，安宁雷[2]。这座教堂是一幢有趣的日耳曼时期建筑，但在上个世纪被大面积地按照古典主义风格进行了重修。教堂包括弗朗西斯家族的墓园，此家族的宅邸'安宁雷宅邸'是一座牢固的安女王时期建筑。其紧靠教堂院落，占地八十多英亩。此家族现已灭亡，其最后一位继承人在一八〇二年神秘失踪，当时他还只是一个婴儿。他父亲阿瑟·弗朗西斯先生是一位才华横溢的业余铜版画制作者，在当地很有名。在其子失踪后，他彻底隐居在宅邸中，在失踪惨剧发生三年后，被人发现死于画室中，死前刚刚完成了此宅邸的一幅铜版画。这幅画现在罕有人知晓。"

这看起来是合理的解释，而且确实如此，格林先生回来后立刻认出画中宅邸即为安宁雷宅邸。

"格林，关于那个人物有什么解释吗？"威廉姆斯十分自然地提出了这个问题。

"威廉姆斯，我十分肯定我不知情。来本校区工作前，我第一次听说这个事情时，那地方流传着这样一个故事：老弗朗西斯非常痛恨那些越界偷猎的人，无论什么时候，只要他有机会便会抓住那些他怀疑的人，并把他们赶出领地。除了一个人外，其他偷猎者都逐渐被他赶走了。乡绅在当时享有现在不敢想象的权力。嗯，那个剩下的人是你在农村里时常可以遇到的那类人——一些古老家族的最后一位继承人。我相信他们曾经也是有宅邸的贵族。在我自己的教区里也有这样的人。"

"哦？好像《德伯家的苔丝》里的那个人一样？"威廉姆斯插话道。

"是的，我猜是的，虽然我自己绝不会看这本书[3]。教堂里有一大排的坟墓都是他的祖先的，这让他更感到凄凉心酸。但人们说，弗朗西斯总是抓不住他的把柄——他总是钻着法律的空子——直到有天晚上守夜人在树林中抓到了他，他正好在弗朗西斯庄园的尽头。我现在还能指出

---

1 指约翰·穆瑞的《埃塞克斯郡、萨福克郡、诺福克郡及剑桥郡手册》，该书于 1870 年出版，后多次重印。

2 为作者虚构。

3 托马斯·哈代的《德伯家的苔丝》（1891 年）中，小贩杰克·德贝菲尔德得知自己可能是一显赫家族之后裔。格林说他"绝不会看这本书"的表态反映了当时对此书的一种态度，因为书中直白地表现了引诱、背叛等被认为是有伤风化的内容。

那个地方，我某个舅舅先前有块地产正好与其相接。可以想象，他们发生了争执。这个叫做高迪（这确实是他的名字——高迪，我想我应该记对了——高迪）的可怜人，他真够倒霉的，争执中打死了一个守夜人。哎，这正是弗朗西斯和大陪审团想要的结果，你知道那时候大陪审团是什么德行的，于是可怜的高迪立即就被绞死了。以前有人将他的埋葬地点指给我看过，在教堂的北面——那个地方的习俗你们是了解的：任何受绞刑或者自杀而死的人都葬在教堂的北面[1]。有人猜想是高迪的某个朋友策划着绑架了弗朗西斯的儿子，让他的家族也断子绝孙。这事不可能是他亲戚做的，因为他没有亲戚了。可怜人啊！他是家族的最后一支血脉啊，有种家族最后的希望[2]的那种感觉。我不确定——因为这事对于一个埃塞克斯郡的偷猎人而言很不寻常。但是，你看，我现在应该说这事看起来更像是老高迪自己干的。哎！我真不愿这么想！威廉姆斯，给我点威士忌！"

威廉姆斯把这件事告诉了丹尼斯通，丹尼斯通又将其转述给了各种不同的人，其中就包括我，以及一个研究蛇的撒都该[3]教授。非常遗憾地说，那位教授被问及对于此事的看法时，他只说，"哦，这些桥津人[4]喜欢信口雌黄"——这一反馈意见符合他听完此事后应有的态度。

我还要说一句，此画现存于阿什雷恩博物馆[5]。有人对其进行了检查，以确认其是否用了隐形墨水，但没有发现相关痕迹。布瑞特内尔先生除了确信这幅画非同寻常外，对此一无所知。虽然这幅画一直被密切观察，但它再也没发生过任何变化。

---

1 作者很熟悉这一传统，不圣洁的死尸一般被埋葬在教堂北面。
2 原文为拉丁文。
3 古时犹太教一个以祭司长为中心的教派，形成于公元前2世纪，进入公元1世纪后不久便消亡了。他们不相信灵魂不灭，亦不信天使以及神灵的存在。此处作者以此讽刺该教授坚决不相信超自然现象。
4 作者根据"Oxbrige"（指牛精剑桥为代表的文化氛围）编造的一个词。虽然此处指的是两个城市中的普通居民。
5 意指阿什莫林博物馆，为牛津大学主要的美术博物馆，对作者当时所在的菲兹威廉博物馆而言是个竞争对手。

白蜡树[1]

举凡游览过东英格兰的人都知道，那边散落着一些小型乡间宅邸，这些建筑潮湿且规模不大，常为意大利风格，宅邸被八十到一百亩左右的庭园围绕。用橡木劈成的灰色栅栏、长势甚好的树木、被芦苇丛围绕的池塘，以及远处成排的森林，使得这些宅邸一直对我极具吸引力。我也喜欢那些柱状门廊——一般见于某座安女王时期的红砖宅邸，宅邸常以灰泥粉饰，以使其和十八世纪末的"希腊风"相称；宅内门厅高至穹顶，常与廊台相通，并装有小型管风琴。我也喜爱宅中的藏书室，在其中你可能找到从十三世纪的《诗篇》印本到莎士比亚四开本等各样书籍。当然，宅内的画作我也喜爱。或许我最喜欢的事是幻想这宅子刚建成，或宅邸主人生活富足安康时，宅内生活会是如何的。即使如今钱财不再充裕，人们的品位也大相径庭，但生活依旧有趣，宅内生活又会是如何的呢。我希望可以拥有这样一座宅邸，且有足够的钱去经营它，并在其中适当地招待亲朋好友。

但以上都是题外话。我想告诉你们一些诡异事件，这些事件便发生在我上面提到过的那样一座宅邸里。故事发生地是萨福克郡的卡斯特林恩宅邸[2]。故事发生的那个时代至今，宅邸应该已被多次整修，然而我描述过的根本特征依然留存了下来——意大利式的门廊、四四方方的灰白

---

1 本篇最早出版于《古文物专家的鬼故事》中。作品透露出作者对于蜘蛛近乎病态的惧怕（作者曾打算以《蜘蛛》为该小说题目）。白蜡树确有神秘的象征意义，但在英国民间文化中，一般都是正面意义的。圣诞壁炉里的柴一般为白蜡树，人们认为燃烧白蜡树可保家庭富足；白蜡树制作的工具可以让人干活干得更多更好。但是，人们认为女巫的坐骑便是白蜡树做的扫帚，恰好本篇中女巫有重要意义。

2 为作者虚构，但有研究者认为其原型为作者早年居住的利物米尔大宅；而这宅邸的名字可能来自于诺福克的皇家宅邸山德林恩。1883 年作者的一些伊顿公学同学曾去此地拜访阿尔伯特·维克多王子。

宅子、外表比内里更新、以森林为边的庭园，以及池塘。曾经使这宅邸与众不同的一个特质现在已经无处寻觅了。如果你从庭园望向宅邸，会看到右手边有一棵巨大的老白蜡树，距离宅邸墙壁不足半码，树枝甚至已经触及宅邸。我估计，自从卡斯特林恩不再是军事重地、护城河被填埋，并且这座伊丽莎白时期宅邸建成之后，这棵白蜡树就已经在了。总之，一六九〇年时这棵树几乎完全长成。

那年，宅邸所在地区发生了几起女巫审判事件。我想，如果要准确统计旧时代人们普遍惧怕女巫的根由——如果存在的话——是需要花费很长时间的。被指控为女巫的人是否确实认为自己拥有某种超能力？或者即使她们没有能力，那她们是否至少产生过对邻居作恶的意愿？如此多的所谓"坦白"是否仅仅是搜巫者残忍手段下的屈打成招？我认为这些问题至今未有定论。现在我要讲的故事总让我停笔冥思，我没法将这些问题当做胡思乱想而抛之脑后。读者需要对此作出自己的判断。

卡斯特林恩教区也有一位信仰审判[1]的受害者。此人名叫马瑟索尔夫人[2]，与一般乡村女巫相比，她只不过相当富裕，且地位更为显赫而已。教区里几位有名望的农民努力营救过她，他们全力证明她的品德，而且对于审判团给出的结论表现得相当焦虑。

对这妇人而言，最为致命的证词来自于当时卡斯特林恩宅邸的主人马修·费尔爵士。他作证说，曾有三次，自己透过窗户看到，她在满月之时，"从我家旁边那白蜡树上"搜集树枝。她爬进树枝丛中，身上只穿无袖内衣，用一把弯得出奇的小刀割断细枝，似乎还在自言自语。每一次马修爵士都想全力抓住这妇人，可是他不慎发出的响动总会让那妇人警觉，当他下楼来到庭园里时，看到的只是一只奋力穿过庭园、跑向村落的野兔而已。

第三次晚上，他使尽全力用最快速度跟踪那只野兔，结果被带到了马瑟索尔夫人家。然而他足足敲了一刻钟的门，那妇人才非常生气地出来，看上去睡眼惺忪，似乎刚从床上起来。爵士也无法解释自己为何到访。

虽然其他一些教区居民也提供了更多没那么离奇惊人的证据，但爵士的这一证言是马瑟索尔夫人被定罪并判处死刑的主要依据。审判结束一周后，她便在贝里·圣埃德蒙兹[1]被施以绞刑，一同行刑的还有其他五六个不幸之徒。

马修·费尔爵士是当时的副郡长，他也在行刑现场。那是一个下着毛毛雨的湿漉漉的三月清晨，刑车驶上刑场北门外崎岖不平、长满杂草的山头，绞刑架就立在那儿。其他死囚已经麻木绝望或被悲伤击垮，但马瑟索尔夫人临死也未改她的脾性。当时的法庭笔录员写道，她的"怨愤"确生效于围观之人——甚而影响行刑者——举凡见之者皆定言其如狂魔现世。然其未抗刑拒法，只对行刑者投以极恶毒骇人之眼神——其中一人事后确言——每忆及此眼神便令其心神不宁，足六月有余"。

然而，据说她当时只说了些似乎毫无意义的话："宅邸将有宾客至。"这句话她小声重复了好几次。

马修·费尔爵士对这妇人的举止也印象深刻。死刑结束后，他在回家路上与同行的教区牧师聊起了这件事。他其实并不十分情愿在法庭上提供那些证词；他对搜巫热也不以为然，但他当时以及之后都肯定地认为，对于马瑟索尔事件他想不出其他任何解释，而且他也不太可能看走眼。整个事件让他矛盾万分，他喜欢与周围的人保持和睦关系；但对这件事，他认为自己有责任，因而向法庭提供了证词。这句话似乎是爵士感言的要点，牧师对此表示了赞赏，正如任何心智正常者都会做的那样。

几周之后，正是五月圆月之时，牧师和乡绅在庭园里再次会面，随后一同走向宅邸。费尔夫人去看望重病的母亲了，马修爵士独自在家，因而牧师克罗姆先生便同意晚些时候在宅邸与爵士共进晚餐。

马修爵士当晚似乎有些不在状态。他们两人的谈话主要是关于家庭及教区事务。凑巧的是，马修爵士在备忘录中记下了自己对于财产处置的一些想法和意愿，事后证明这极其有用。

大概九点半时，克罗姆先生打算回家，于是马修爵士与他在宅子后

---

1 萨福克郡西部的一个自治市，17世纪时该地发生过多起女巫审判事件。

面的砾石走道上稍稍散了会儿步。唯一让克罗姆先生印象深刻的事情
是：他俩当时正好看到那棵我前文中描述过的、在宅子窗边生长的白蜡
树，这时，马修爵士停下了脚步，并说道：

"那棵白蜡树树干上跑上跑下的是什么东西？不该是松鼠吧？这时
它们应该已经回窝了啊。"

牧师望了望，看到了那跑动着的东西，在月光之下没法判断它的颜
色。但那清晰的轮廓，即使一瞥，也已经在牧师脑海中留下印象。他说
可以发誓，虽然听上去很愚蠢，但不管那东西是不是松鼠，它的腿不止
四条。

两人依旧无法判断那快速移动的是什么，于是便各自回家了。他们
或许之后还曾碰面，但那肯定是几十年之后的事了。

第二天早上六点，马修·费尔爵士并未如往常一般下楼来，甚至到
七点、八点，他都没有下来。于是仆人便上楼敲他的房门。我无需赘述
仆人们聆听门内回应时的焦虑以及他们再次敲门的场景。最终门是从外
面打开的，仆人发现主人已死，而且全身发黑。正如你可能想到的，现
场并未发现任何暴行的痕迹，但窗户却大开着。

其中一个仆人赶去通知牧师，牧师让他去通知验尸官。克罗姆先生
以最快速度赶到宅邸，仆人带他去了爵士的房间。在牧师遗留的文书中
存有他当时的笔记，从中可以看出他对马修爵士怀有真挚的敬意，也为
其感到深切的悲痛，其中有以下几段文字，我抄录于此，因其说明了整
个事件的过程，也展现了当时人们对此事的普遍观点：

"房间未见丝毫强行闯入之痕迹，窗扉洞开，此为吾逝友当季之习
惯。其以银盏夜饮麦芽酒少许，约一品脱，是夜并未饮尽。此酒经贝里
之医师霍奇金先生检测，未见任何有毒之物，医生应验尸官之请，发誓
检验结果无误。此举皆因尸体极其肿胀发黑，旁人自然疑为毒物所致。
床中尸体极不寻常，其扭曲者如是，可推知吾之良友、教区之名望死时
必痛苦异常。且有一事难得解释，吾觉其为此野蛮杀戮之元凶之可怖诡
谲之计谋。负责抬送清洗尸体之若干妇人——皆甚感悲痛，且皆为此殡
丧行当中有名者——身心皆痛苦困惑万分，言于吾曰，其裸手触及尸体
胸口便即刻感到手心异乎寻常之刺痛瘙痒，上臂皆迅速严重肿胀，吾视
之，果如是。后事证明，此疼痛延续数周之久，害其无法复工。事后肤

上未见痕迹。

"听闻此事，吾即派人唤得医师，其尚在宅内。吾等以水晶放大镜细致查验尸体胸口之皮肤，然以此良具辅之吾等亦未寻得重要线索，惟见些许小孔及刺痕，吾等推知毒物应从中进入。此令吾忆起波吉亚教皇[1]之指环，及旧时意大利毒师恐怖技巧之其他范例。

"尸体特征详述如上。容吾多言，吾自行占卜，结果有无价值当留后世研判。吾友床边有一小开本《圣经》，其每日睡前醒后皆会读一段落。日常琐事吾友均严守时刻，阅读《圣经》等重要事宜，自不用言。吾拿起《圣经》，查验完吾友可怜之身后，转而沉思造物者之奥秘，吾不禁为吾友潸然泪下。举凡人之处于无望之时皆欲奋力抓住或可燎原之星火，吾亦想到尝试古老且人称迷信淫技之占卜术。运用此术最著名之范例为先王、有福之殉难者查理国王以及福克兰大人，其事迹常被论及。[2]吾须坦言，此次占卜助益不多；然，虑及日后此事件之前因后果或可由此推知，吾亦将占卜结果记下，以备有聪慧过吾者从中发觉此案真凶之线索。

"吾占卜凡三，开《圣经》，手指于某语句之上。一自《路加福音》十三章七段：把它砍了吧；二自《以赛亚书》十三章二十段：其内必永无人烟；第三次占卜之结果来自《约伯记》十九章三十段：它的雏也咂血。"

以上即为克罗姆先生文书中值得抄录的部分。马修·费尔爵士被妥善收殓并入土为安后的第一个星期日，举办了他的葬礼布道仪式，克罗姆先生为其布道。布道的内容以《神秘之法；或，英格兰之险境及反耶稣之邪恶行径》为题印制出版，其代表了牧师的观点，周围居民也普遍持有这一观点，他们认为乡绅是天主教阴谋[3]死灰复燃的受害者。

---

1 波吉亚教皇（1431—1503），全名罗德里哥·波吉亚，1492年成为教皇亚历山大六世。民间故事传闻他有一个毒戒。

2 占卜术此处是指随意翻开《圣经》选取一段经文，从而预测命运的方法。据说，1642—1643年的冬天，查理一世在福克兰子爵二世卢修斯·卡利的陪同下来到牛津大学波德莱恩图书馆进行了"维吉尔抽签"（即用古罗马诗人维吉尔的作品代替《圣经》进行的占卜术）。据说查理一世选到了《埃涅阿斯纪》中狄多谴责埃涅阿斯背叛她的那一段："请你们不要让他享受王权和美好的时光，而让他不到寿限就死在荒沙地带，没有葬身之处。"（译文引自杨周翰译本，译林出版社，1999年）查理一世于1649年1月30日被议会斩首。

3 传言1678年耶稣会企图暗杀国王查理二世，以便其信奉罗马天主教的弟弟约克公爵（后来的詹姆斯二世）登基。实际上根本就无此阴谋，整个事件都是疯癫的国教牧师迪特斯·欧慈杜撰出来的（参见《马丁的教堂围地》相关注释）。此次事件导致35名无辜者被处决，他们多数是罗马天主教徒。

马修爵士的儿子——小马修爵士继承了父亲的名号和财产。卡斯特林恩惨剧的第一部分也告一段落了。虽然合情合理，但我还是说一句吧，新晋男爵并未占用其父逝世的那个房间。而且在小马修爵士管理期间，除了偶尔有访客住在里面外，几乎无人在此房间内过夜。小马修爵士于一七三五年逝世，他在世期间没有发生什么特别的事情，除了家牛及其他禽畜的死亡率一直出奇的高，而且死亡率随着时间推移还有略微的上升。

如果对相关细节感兴趣，可以查看一封于一七七二年写给《绅士杂志》的通讯，可从中找到一些数据，其内容都来自男爵的文书记录。男爵采用了简单的权宜之计来解决禽畜死亡率高的问题，晚上的时候他将禽畜都关在窠窝中，连羊都不让在庭园中过夜。因为他发现只要将禽畜关在屋内，就没有发生过偷袭事件。这之后，离奇死亡发生在了野鸟以及供狩猎的野生动物身上。由于我们找不到关于动物死亡症状的详实描述，而且通宵守望也未发现什么线索，因此我不会再赘述这一被萨福克农户称为"卡斯特林恩病"的现象。

如我所述，小马修爵士于一七三五年去世，其儿子理查德爵士继承了父位。在他管理宅邸期间，费尔家族在教区教堂的北墙边建造了宏伟的家族厢席。由于乡绅希望将厢席造大些，因此需要挪走教堂坟场里的几座坟墓，以满足乡绅的要求。其中一座便是马瑟索尔夫人的，多亏克罗姆先生在一张教堂及其后院的图纸上进行了标注，因此可以确切地知道马瑟索尔夫人的坟墓位置。

村子里还有一些人记得这著名女巫，因此得知她的坟墓将被打开时，村里人都有些好奇。人们发现虽然女巫的棺材依旧完好无损，内中却空无一物，没有尸体没有遗骨。这实在是一件蹊跷的事情，引起了村民们极大的惊讶和担忧。因为在女巫下葬的时候根本没人想过会有盗墓者之类的人，除了为解剖目的盗取尸体外，实在想不出有什么合理动机去偷一具死尸。

时隔四十年后，有一段时间，这事让人们再次记起了审判女巫的那些故事，以及女巫们的所作所为。理查德爵士下令焚毁棺材，虽然很多人认为这做法太过草率，但人们还是奉命行事了。

理查德爵士无疑是个不招人喜欢的革新派。在他继承家业前，卡斯特林恩宅邸是座古色古香的红砖建筑；但理查德爵士曾赴意大利旅行，沾染了些意大利品位，而且他比先辈都更富裕些，于是决定将这英式别墅改造成一座意大利宫殿。因而他在红砖外涂了粉饰灰泥，嵌上了琢石；在门廊和花园里放了些不明所以的大理石雕刻；在庭园池塘对岸建了一座复制版的蒂沃利[1]女先知神庙[2]。于是卡斯特林恩宅邸换上了全新的样貌，可我不得不说它原先的样子迷人多了。然而在改建后的几年里，很多周围的上流社会人士都将这一工程视为榜样。

一天清晨（是 1754 年），理查德爵士一夜辗转反侧后醒来。夜晚风很大，他房间的烟囱一直有些扬灰，但天气很冷，他不得不生着火。而且窗外总有个东西在咯吱咯吱闹腾，让人不得安宁。更让他烦心的是，白天有几位重要客人来访，他们自然会打点猎什么的，然而最近狩猎物的死亡率非常高，他很怕自己作为猎场主的名声被败坏。当然最让他心烦意乱的是晚上难以入眠，他绝对没法再睡在那屋里了。

这件事是他早餐时主要思考的问题，早餐后他便开始彻底检查所有房间，以确定哪一间最合他的心意。他花了很长时间都找不到一间满意的。他现在的房间有两扇分别朝东和朝北的窗户；而且仆人时常经过他的门口，他也不喜欢房间里的床架。这不行，他必须选一间窗户朝西的房间，这样就不会一大早被太阳晒醒了。而且房间必须离仆人工作区域远一些。最后他只能向女管家求助。

"这个，理查德爵士，"她说道，"您知道宅子里只有一间屋子符合您的要求。"

"哪一间啊？"理查德爵士问道。

"是马修爵士以前住的西厢房。"

"好，带我去看看，今晚我就要睡那儿，"她主人回道，"怎么走？肯定是往这边。"说着他就快步走了。

"哦，理查德爵士，可那房间已经四十来年没人住过了啊。马修爵士在那儿去世后，里头都差不多没换过气。"

---

1 意大利拉齐奥区的一个古镇，由罗马人始建，最初叫做蒂波利。
2 蒂沃利曾有一座圆形的女先知神庙，现只剩遗迹，最晚建于公元 1 世纪。

她边说边窸窸窣窣地跟着爵士。

"奇多克夫人，快，把门打开。我至少得看看这房间。"

房间打开了，里面的空气确实闷热，还夹着尘土味。理查德爵士走到窗边，习惯性地急不可耐，他把百叶窗拉开，用力打开了窗门。宅邸的这头四十年来几乎没怎么变，随着窗外白蜡树的生长，这一块完全被挡住了。

"奇多克夫人，给这房间全天通风，下午的时候把我床一类的家具都挪过来。先前那房间今晚给基尔莫尔[1]的主教住。"

"打扰了，理查德爵士，"一个陌生声音突然插话道，"在下可否与您交谈几分钟？"

理查德爵士转过身，看到门口站着一个穿黑衣服的人，正行着鞠躬礼。

"打搅您了，请原谅，理查德爵士。您可能想不起我是谁了。我叫威廉·克罗姆，我爷爷在您祖父在世时担任这里的教区牧师。"

"啊，先生，"理查德爵士说道，"克罗姆家族的人在卡斯特林恩通行无阻。我很高兴可以延续这段跨越两代人的友谊。我有什么能为您做的吗？如果我没说错的话，看您来的这时间，和您的行头，想必您挺着急的吧？"

"确实是这样的，爵士。我要尽快从诺威奇赶去贝里·圣埃德蒙兹，顺道过来交给您一些文书，是我们在查看祖父遗物时发现的。我想这些文书可能涉及您的一些家族利益。"

"克罗姆先生，您实在太体贴了。您一定要和我去会客室喝上一杯，我们可以一起查看这些文书。对了，奇多克夫人，你就按我说的，让这房间透透气……是的，我祖父是在这儿去世的……确实，这树可能搞得这房间有些阴湿。别说了，我不想再听废话。我求你别再阻拦我了。我已经吩咐过了——快去。先生，您跟我过来吧？"

他俩径直去了书房[2]。克罗姆先生带来的包裹——他刚刚升任剑桥大

1　爱尔兰至少有一百个叫基尔莫尔的地方，作者此处可能指北爱尔兰阿尔玛的基尔莫尔，那里有一座爱尔兰教会重要的教堂。1754年时基尔莫尔的主教是约瑟夫·斯多里（卒于1757年）。

2　旧时英国会客室常为主人之书房，或与书房相连通。

学卡莱尔学院的研究员，恕我赘言，后来他还整理出版了一套权威版本的波利艾努斯[1]著作集——中除了老牧师在马修·费尔爵士去世时所做的笔记外，还有一些其他文书。理查德爵士第一次见到那难解的《圣经》占卜结果[2]，具体内容你们已经知悉。这些经文让理查德爵士沉思了好一会儿。

"嗯，"他说道，"我祖父的《圣经》给了一条重要建议——把它砍了吧。如果这句话说的是那棵白蜡树，祖父便可安息了，我会考虑这建议的。这树简直就是伤风疟疾的大温床。"

会客室中的藏书虽不多，但却推迟了理查德爵士运送一套他在意大利购买的藏书来宅中的计划，建造一间合适的房间来收藏它们的计划也被推后了。

理查德爵士将目光从文书转移到书架上。

"我在想，"他说道，"这未卜先知的《圣经》是否还在？我好像见过。"

他穿过会客室，从书架上拿下一本破旧厚实的《圣经》，可以肯定是当年那一本。因为扉页上写着如下赠言："致马修·费尔，来自爱他的教母，安妮·艾尔多思，一六五九年九月二日。"

"克罗姆先生，或许我们可以再测试一下这《圣经》。我敢打赌，我们会从《历代志》中找到一些名字。唔！看我们找到什么了？'你要殷勤地寻找我，我却不在了。'[3]好吧，好吧！你祖父可能可以从中预测出什么，是吧？不找先知帮忙了！这都只是些传说而已。好啦，克罗姆先生，非常感谢您带给我这个包裹。恐怕您急着赶路吧？允许我再敬您一杯。"

在真诚好客的氛围中（理查德爵士认为这年轻人言行举止十分得当），他俩互相告辞了。

当天下午客人们到访，有基尔莫尔的主教、玛丽·赫维夫人以及威

1　有两位古代作家叫波利艾努斯。兰普萨库斯的波利艾努斯（大约卒于公元前271年）是哲学家伊壁鸠鲁的早期信徒之一，他的作品现在只有片段保存下来；作者此处指的应该是公元2世纪时，马其顿的雄辩家波利艾努斯，他著有八卷本的《战略》。

2　原文为拉丁文。

3　语出《圣经·约伯记》第7章21节。

廉·肯特菲尔德爵士等人。晚宴是在五点，之后他们饮酒、打牌、吃宵夜，最后各自回房间休息了。

第二天早晨，理查德爵士没有和客人一起外出打猎，他和基尔莫尔的主教交谈了一阵。这位主教与他同时代的很多爱尔兰主教都不同，他时常视察教区，而且确实在教区里住过相当长的一段时间。是日清晨，这两位沿着屋外柱廊边走边谈，聊了聊这宅子的改造以及翻新工程。这时主教指着西厢房的窗户说道：

"理查德爵士，我的爱尔兰乡亲们可不会愿意住到那个房间去的。"

"为什么啊，主教大人？那实际上是我自己的房间。"

"嗯，我们那儿的爱尔兰农民一直相信，睡在一棵白蜡树边上会带来极差的运气。您那棵白蜡树长势良好，离你房间的窗户不足两码。或许，"主教微笑着，继续说道，"这树已经给您造成影响了，恕我直言，您朋友们都希望看到您精神奕奕，但似乎您昨晚并没休息好。"

"这话确实不假，天呐，我昨晚十二点到四点都没睡好。明天我就把这树砍了，以后我就再也不会受它干扰了。"

"我很赞赏您的决定力。您呼吸的空气被这树阻隔，要通过叶子才到您那儿，这想必健康不到哪儿去。"

"我觉得主教大人您说得很对。但昨晚我没有开窗。是那不间断的噪声让我睡不着，肯定是树枝刮擦窗玻璃的声响。"

"理查德爵士，我觉得不会是树枝的。您从这儿望过去，看。没有一根树枝可以碰到您的窗户，除非有一阵大风，可昨晚上没什么风啊。树枝离窗玻璃足有一英尺呢。"

"确实，大人您说得对。那我真不明白了，究竟是什么东西在刮擦窗玻璃——都在窗台上留下划痕和印迹了？"

后来他们一致认为是那些顺着常春藤爬上窗台的老鼠在作祟。这是主教的想法，而理查德爵士也接受了这解释。

白天静静地过去了，夜幕降临，客人们都各自回房间了，他们都祝爵士晚上可以睡好点。

此刻我们在他的房间里，蜡烛已熄，乡绅已就寝。房间位于厨房上方，这天晚上空气静谧暖和，于是窗户被打开着。

床架边光线很暗，但那边有奇怪的动静；似乎理查德爵士极其小声地快速晃动着他的头。在这视线模糊的一片漆黑中，你可能会以为他有好几个头，圆圆的、偏棕色，并且前后晃动着，甚至都晃到胸前了。这景象太可怕了。没有其他东西了？看那儿！有什么东西轻轻扑通掉到地上了，像只小猫似的，一眨眼溜出了窗户；接着又有一只——四只——随后一切又恢复安静了。

"你要殷勤地寻找我，我却不在了。"

正如马修爵士一样，理查德爵士全身发黑地死在了床上。

仆人以及客人们得知这一消息后，面色惨白、沉默无言地站在那窗户底下。意大利毒师、天主教刺客、污浊的空气——大家提出各种大胆猜想，基尔莫尔的主教望着白蜡树，看到在比较低的一根粗枝的分叉处蹲着一只公猫。那猫望着树干上被岁月侵蚀出来的一个大洞，它兴趣浓郁地看着树洞里的什么东西。

突然那猫立了起来，朝树洞伸长了脖子。接着它脚下一块树皮陷了下去，猫也顺势滑进了树洞。猫儿滑进树洞的声响吸引了大家的注意。

大部分人都知道猫会叫唤；但很少有人——但愿如此——听到过那猫在大白蜡树树洞里发出的那种惨叫声。树洞里传来两三声尖叫，目击者们也不确定到底有几声，接着是一阵又轻又闷的骚动或者说挣扎声。玛丽·赫维夫人当场就晕厥了，女管家捂着自己的耳朵逃走了，直到摔倒在柱廊上。

基尔莫尔的主教以及威廉·肯特菲尔德爵士待在了那儿。虽然只是一只猫的惨叫而已，但他俩其实也有些害怕。威廉·肯特菲尔德爵士咽了一两口口水才能开口说话：

"这树里有些我们不知道的东西，主教大人。我认为应该立刻进行搜查。"

主教也表示同意。于是仆人拿来梯子，其中一个园丁爬了上去，他望树洞里探了探，看不到什么东西，只能依稀辨认出有什么东西在挪动。于是他们打算拿来一盏灯笼，用绳索系着放进树洞里。

"我们必须弄个水落石出。主教大人，我拿性命担保，这些惨死案例的秘密就在那树洞里。"

于是园丁手拿灯笼，又一次爬上了梯子，他小心翼翼地用绳索把灯笼给放了下去。他弯腰望着树洞，旁人可以看到灯笼的黄光照射着他的脸，突然，人们看到他脸上流露出极度恐惧以及厌恶的表情，接着他便痛苦地大叫起来，直接从梯子上摔了下来——幸好有两个仆人把他接住了——灯笼则掉进了树洞里。

园丁昏死了过去，过了一阵子他才能开口说话。

园丁恢复知觉前，事态有了变化。灯笼肯定在树洞里破开了，烛火遇到了堆积在里面的干枯树叶以及垃圾，几分钟后树洞里飘出浓厚的黑烟，接着火焰冲出，长话短说，白蜡树着火了。

旁观者们在几码远之外围成了一圈，威廉爵士和主教命令男仆准备好他们能找到的武器和工具；很显然，无论是什么东西在树中筑巢，它们肯定会被火焰逼出来的。

确实如此。起先在树枝分叉处他们见到一个通身着火的圆形躯体——大概有人头那么大——那东西突然出现，接着似乎撑不住了，往后退了几步，如此反反复复了五六次；然后一个类似的圆球跳了出来，落在了草地上，过了一阵子那东西都没动静。于是主教大人壮大胆子，尽量走近些看了下——他看到一个巨大的蜘蛛残骸，纹理突出而且已被烧焦！随着火势从上往下蔓延，更多这种可怕的躯体从树干里冒了出来，人们看到这些家伙通身长满灰色的毛发。

白蜡树整整烧了一天，在它被烧成炭之前，人们都没离开过，并且他们要时不时地对付那些从树干里跳出来的恶心东西。最终，过了很长一段时间都未再有东西跳出来，于是大家小心翼翼地靠近了树根，并做了检查。

"他们发现，"基尔莫尔的主教告诉我，"树根下的泥土里有一个圆形的空洞，里面有几具因烟灰窒息而死的蜘蛛尸体；对我而言，更诡异的是，在这蜘蛛巢穴靠近宅邸墙壁的那一边，蜷缩着一具人类尸体，或者说是骷髅，尸身的皮肤已干枯，紧贴着骨头，依稀还有些黑发残留。据验尸者称，这无疑是具女尸，而且显然已经死了五十多年了。"

第十三号房间 [1]

在日德兰半岛上的市镇中，维堡 [2] 理所当然地享有重要地位。它曾是主教辖区所在地；而且那里有一座宏伟且几乎全新的教堂，外加一个迷人的花园、一个极其美丽的湖，以及许多鹳鸟。附近便是被称为丹麦最美丽地区的哈尔德 [3]；芬得鲁普也离维堡不远，一二八六年的圣则济利亚日，马斯克·斯蒂格在这里刺杀了削剪王埃里克五世 [4]。十七世纪时，埃里克国王的坟墓被打开，人们发现他头骨上有五十六处钉头锤重击的痕迹。当然我并不是要写一本旅行指南。

维堡有很多不错的旅馆——普雷斯勒、凤凰旅馆都是舒适惬意之所 [5]。我接下去要讲讲我表弟的经历，他第一次造访维堡时却选择住在金狮旅馆。那次之后他再没去过维堡，接下来的几页故事或许可以解释为何他不愿再去此地。

金狮旅馆是镇上为数不多、未毁于一七二六年大火的建筑之一，当年那大火几乎彻底摧毁了大教堂、教区教堂、市政大厅 [6]，以及很多其他

---

1 本篇最早出版于《古文物专家的鬼故事》中。作者在《M.R. 詹姆斯鬼故事集》的序言中提到，这故事早在 1899 年便成形了。他于当年第一次到访斯堪的纳维亚半岛，随行的还有詹姆斯·麦克布莱德以及威尔·斯通。他们一路旅行，到过丹麦以及瑞典南部。但作者 1900 年才第一次游览维堡，所以他可能记错了该故事的创作时间。

2 丹麦中部维堡省的一个城市。该城历史可追溯到公元 800 年前。1060 年该城被宣布为主教辖区。所谓的"全新"教堂是罗马风格的，在原教堂遗址的基础上兴建于 1864—1876 年。原教堂修建于 1130—1180 年，只有地下室被保留了下来。日德兰半岛是丹麦的主要半岛。

3 位于维堡西南方，是离维堡大约 7 公里的一处古老庄园。

4 削剪王埃里克五世（约 1249—1284），他被刺杀于芬得鲁普（维堡西面的一个市镇）的一处谷仓里。当时他正和侍从在里面过夜。当时确实认定马斯克·斯蒂格为凶手，但时至今日仍有争论，有人认为其为幕后政治家的替罪羊而已。

5 这两个旅馆都是真实存在的。凤凰旅馆是一个奢华的吸引当时中产阶级的高级旅馆。

6 原文为丹麦文。

古趣盎然的景观。金狮旅馆是一栋庞大的红砖建筑，其正面由红砖建造，屋顶有阶梯状山墙，正门上方则印有《圣经》文句；可以驶入多用马车的天井则被用木材及灰泥交织而成的"网孔墙"围绕。

我表弟走向旅馆大门时，正值夕阳西下之时，落日余晖正好照射在旅馆壮观的正墙上。他很喜欢这古朴的感觉，认为自己一定可以在这个极具老派日德兰风格的旅馆里度过一段非常轻松满意的时光。

我表弟安德森先生来维堡是有特殊任务的。他正忙于研究丹麦教堂史，得知维堡的档案馆[1]有一些从大火中幸存下来的文书，其内容涉及罗马天主教在丹麦的最后时期[2]，因此他决定在维堡待上一段时间——或许要个两三周——研究和抄录这些文书。他希望能在金狮旅馆找到一间足够大的房间，可以同时用作卧室和书房。于是他向老板解释了自己的需求，对方仔细想了想后，提议让他亲自去看看一两间较大的房间，并自行挑选一间。这主意听上去不错。

顶楼很快就被否决了，因为奔波一天后还要爬好一会儿楼梯；三楼没有大小符合要求的房间；从房间大小上来看，二楼倒有两三间很符合要求。

老板强烈推荐第十七号房间，但安德森先生说那房间的窗户对着隔壁屋子的一堵死墙，下午的时候房间里会很暗的。第十二号或十四号房间都更合适，因为这两个房间的窗户都对着街道，虽然会有些噪音传来，但明亮的夜灯以及怡人的景色完全可以抵消这个问题。

最终他选了第十二号房间。和邻近的房间相似，十二号房有三个窗户，都位于房间的一边；窗户既高且异常的长。房间里自然没有壁炉，但有个不错的火炉。这火炉挺老旧的了，铸铁打造，炉侧有亚伯拉罕将以撒献于上帝的浮刻，浮刻之上有段来自《创世记》第二十二章的铭文[3]。房间里其他东西就属于寻常摆设了；墙上唯一有趣的画作是一幅大约一八二〇年印制的老旧的彩色维堡地图。

晚餐时间临近，安德森泡了个澡，清爽地下楼来，几分钟之后晚餐

1　档案馆，原文为丹麦文。

2　丹麦于 1536 年开始信奉路德教派，维堡在这一时期的宗教争论中扮演了重要角色。

3　原文为《摩西第一经》，即指新教《旧约》中的《创世记》。

铃才会响起。于是他用这几分钟时间看了看和他一起入住酒店的旅客名单。将住客姓名列在一块大黑板上是丹麦通行的做法，黑板上分行和列，房间号写在每一行的开头。住客名单没什么有趣的信息。住客里有一位律师、一个德国人以及几个哥本哈根来的旅行商人。虽然有个六七次，安德森都注意到丹麦旅馆的房间号码中没有十三号，但这黑板上唯一值得注意的也就是这一点了。他不禁想知道对十三这个数字的避讳——非常常见——是否真的如此普遍且强烈，以至于很难找到一个用十三这个数字编号的房间。他打算问问老板，是否他以及他的同行们真的遇到过很多拒绝住在十三号房间里的顾客。

晚餐以及睡觉前的那段时间，他说没发生特别的事（我在此处讲述的故事完全是从他那儿听来的）。晚饭后他花了点时间拿出行李，归置衣物、书籍以及文档等，无事可讲。十一点左右，他打算上床睡觉，但他有个几乎雷打不动的睡前习惯，正如现在很多人那样，他睡前一定要读几页书。他想起自己在火车上读的那本书在厚大衣的口袋里，而且他现在就想读那本书，但厚大衣挂在餐室外面的一个挂钩上。

跑下楼去拿书不需要多少时间，走廊也不怎么暗，要找回自己的房间没什么困难。他虽这么觉得，但回到房门口，转了转门把手时，才发现房门完全打不开，而且他听到里面有一阵朝房门口急促挪动的声响。显然他走错了，他自己的房间是在这间的左手边还是右手边呢？他瞄了一眼这房间的号码，发现是十三号。因此他的房间该在左边，确实如此。直到他在床上躺了几分钟，按通常习惯看了三四页书，灭了蜡烛，打算转过身睡觉时，他才想起来，旅馆黑板上明明没有十三号房间。他很遗憾没选十三号。或许他住到里头还算帮老板的一点小忙呢，老板可以对别人说一个出身良好的英国绅士在这房间里住了三个星期，并且表示非常喜欢这屋子。但可能这房间被用作用人房之类的了，不管怎么说，很可能十三号房间没有他现在这间那么大那么好。他睡眼惺忪地望了望房间，外面的街灯让房间里有些光亮，可以看得清。他感觉视觉上有点奇怪。一般情况下，光线不好时房间看上去应该比灯光明亮时更大，但这屋子的长度似乎缩短了，按比例而言，高度却增加了。得了，得了！睡觉比这些胡思乱想要紧得多，于是他进入了梦乡。

第二天，安德森便动身去了维堡的档案馆。正如在丹麦时常遇到的那样，他受到了热情的接待，他希望查阅的资料都非常轻松地拿到了。呈现在他面前的档案远比他预期的要多，而且更加引人入胜。除了公文外，还有一大捆与约尔根·弗里斯[1]有关的信件，他是最后一位执掌主教职位的罗马天主教教士。在这些信件中，安德森意外发现了许多与主教私生活及性格特点有关的有趣的"私人"细节。其中多处谈到主教在镇上的一座房子，但他并不住在那里。房子的住客显然是一个臭名昭著的宗教改革的反对者。信中写道，此人是本城之耻辱；其进行秘密巫术，已将灵魂出卖给魔鬼。主教竟然资助并藏匿这样一个恶棍、吸血的巫师[2]，人们认为这和严重贪腐以及迷信巴比伦教派一样不可接受。主教勇敢地直面这些指责；他抗议说自己也痛恨诸如秘密巫术之类的事情，并要求他的反对者将这件事情诉之于合法程序——当然是指宗教法庭——将此事追查到底。如果有证据证明尼古拉斯·弗兰肯术士干过这些以非正式方式指控他的罪行的话，他自己随时准备着、而且也很愿意谴责弗兰肯。

安德森还没来得及仔细看新教领袖拉斯穆·尼尔森[3]的信件，档案馆的关门时间就到了，但他把握了这封信的大意，大概意思就是基督徒们现在不再受制于罗马主教的决定，主教法庭不是而且也不可能成为裁判如此严肃沉重事件的合适或可胜任的审判机构。

离开档案馆的时候，管理档案馆的一位老先生陪着安德森先生。他们走着走着，谈话的内容自然引到了刚才我提到的那些档案上去。

维堡的档案管理员斯佳伟涅斯先生虽然非常清楚他管理下的档案概况，但是他并不是宗教改革时期相关档案的专家。他对于安德森讲述的关于那些档案的事情非常感兴趣。他说自己热切期待安德森先生的作品早日出版，安德森提到会在自己的著作中囊括与这些档案相关的内容。"这座弗里斯主教的房子，"他补充道，"对我而言真是个谜团，它的位置到底在哪儿呢？我曾经非常仔细地研究过旧时维堡的地志，但很不幸的是，一五六〇年制作的主教财产地籍册虽然大部分都保存在档案馆

1　约尔根·弗里斯（1493？—1547），1521 年被任命为主教时年仅 28 岁。
2　原文为丹麦文。
3　历史上确有一位拉斯穆·尼尔森（1809—1894），是丹麦的一位哲学教授，但应和小说中的人物无关。

里，但有其镇上房产名录的那部分却不见了。不过没关系，总有一天我会找出那房子的所在。"

在进行了少许运动后——我不记得他干了些什么或者说在哪儿运动的——安德森回到了金狮旅馆，吃了晚饭，玩了会儿单人纸牌游戏，然后便去睡觉了。在去自己房间的路上，他突然想起忘记和老板聊聊旅馆里没有十三号房间的事了，但他觉得在向老板提及此事前，或许应该先确认下十三号房间确实存在。

要想确认并不困难。房门上清清楚楚地写着那房间号，而且里面明显有人在进行着什么活计，因为当他靠近房门时，他能听到里面有脚步声以及人声，或者说是一个人的声音。在他停在门前以确认房间号码的那一小会儿时间里，脚步声停止了，而且那人似乎离门非常近。让他有些惊讶的是，他听到了一声极其兴奋时人们常发出的那种快速的"嘶嘶"喘息声。他回到自己房间，再一次惊讶地发现房间看上去比自己挑选的时候小了许多。这让他有点失望，不过只是少许失望而已。如果他觉得房间确实不够大，那他可以轻易地换个房间。这时他想要从旅行箱里拿点什么出来——我记得是一块胸袋巾——旅行箱被门童放在了离床最远一端的靠墙处，在一个很不牢靠的支架或者凳子上。这时他发现一件古怪的事：旅行箱不见了。箱子被多管闲事的用人挪走了；毫无疑问里面的物件应该都被放在衣橱里了。但没有，衣橱里什么都没有。这真让人烦躁。他很快排除了小偷的可能性，这种事情在丹麦很少见，但肯定有人干了件蠢事（这在丹麦很常见），他一定要严肃地说说女佣[1]。不管他要的到底是什么，总之没有急迫到无法等到第二天早上再拿的，因此他决定不拉铃打扰用人了。他走到窗边——右边的那扇——望着静悄悄的街道。对面是一座高大的建筑，有一大面没有窗户的墙；路上没有行人；夜晚黑漆漆的，几乎什么都看不到。

灯在他的身后，所以他能在对面墙上清楚地看到自己的投影，以及左手边十一号房间那个大胡子男人的投影，他没穿外套，来来回回地走了一两次，接着他梳了梳头发，之后穿上了睡衣。右手边十三号房间住客的投影也看得到，这对安德森而言更加有趣。十三号房间的住客和他

---

1 原文为丹麦语。

一样，手肘支在窗台上，望着街道。看上去他是个又高又瘦的男人——或者有可能是个女人？——至少，这个人在睡觉前往他或她的头上盖了块布什么的，而且安德森觉得那人肯定用了红色的灯罩——他的灯也一直闪烁着。对面墙上可以清晰地看到一盏不怎么旺的红色灯火上下跳跃着。安德森稍稍探出了头，想看看能不能更清楚地看到那个人。但是除了窗台上一叠轻薄的，也许是白色的东西外，他什么都看不到。

这时街道上传来一阵遥远的脚步声，临近的脚步声似乎让十三号房间的住客发觉自己的位置非常暴露，因为他突然非常快速地从窗边挪开了，而且他也熄灭了红灯。安德森刚才一直在抽烟，他将烟头放在窗台上，随后便睡觉去了。

第二天早上他被送热水一类东西的女佣叫醒了。他起了床，思索了下正确的丹麦语单词，尽可能清楚地说道：

"千万别挪我的旅行箱。你放哪儿去了？"

毫不出人意料，女仆笑了笑，完全没有回答便离开房间了。

安德森非常生气，在床上坐了起来，打算把她给叫回来，但他还是坐在那儿，眼睛盯着前方。他的旅行箱就在支架上，就在他刚抵达旅馆时，门童放置的那个位置上。对于一个为自己精确观察力感到自豪的人而言，这无疑是一个非常严重的打击。昨天晚上他怎么可能会没有看见这个箱子呢？他不打算假装自己明白这事了，但无论如何箱子就放在那儿。

阳光不仅让旅行箱现了身，更让这有三扇窗户的房间的真实尺寸显现了出来，这让住客安德森感到满意，毕竟他的选择还是不错的。他基本穿戴整齐后，走到三扇窗户的中间那一扇，打算看看外面的天气情况。另一件让他震惊的事情等着他。昨天晚上他的观察力真是差得出奇了。他可以发十次誓，保证自己睡觉前做的最后一件事情是在右手边的窗户旁抽烟。但烟头竟然出现在了中间这扇窗户的窗台上。

他走下楼去吃早餐。他去得够晚的了，但十三号房间的住客比他还晚：房间门口还放着他的靴子——一双男靴。所以说十三号房间住的是个男士，而非女士。就在这时，他瞥见了门上的号码。那是十四。他想，自己肯定已经路过了十三号房间，自己没注意到而已。十二个小时内犯了三个愚蠢的错误，这对一个有条不紊、头脑清晰的人来说实在太不能容忍了，于是他掉头去确认房间号。十四号房间旁边的是十二号房，也就是他自己的房间。根本没有什么十三号房间。

仔细思考了一会儿过去一整天里经历的这些事情后，安德森决定先把这些疑问放一放。如果他的眼神或者脑子出了毛病，他应该早有机会来断定这一事实；如果他自己没问题的话，那他显然是遇到了一些非常有趣的事情。无论是哪种情形，事态的发展当然都值得关注下去。

白天的时候他继续查阅我已经概述过的那些与主教相关的信件。让他感到失望的是，这些信件并不全。关于尼古拉斯·弗兰肯术士事件，只能找到另一封相关的信件。信是由约尔根·弗里斯主教写给拉斯穆·尼尔森的。他写道：

"虽则吾等绝不赞同汝于宗教法庭之评价，且若有必要吾等在此问题上将与汝抗争到底。然因吾等真诚、受人爱戴之尼古拉斯·弗兰肯术士——汝于其亦置若干虚假恶意之指控——突然离吾等而去，显见，此次争端因而搁置。然因汝进而宣称圣徒及福音传道者圣约翰在其神圣之《启示录》中以着朱红色衣之女人 [1] 为象征，隐指神圣之罗马教廷，汝当知吾等绝不同意。……"

无论安德森如何搜寻，都找不到这封信的后续，也找不到任何关于此争议事由 [2] 消失的原因或者方式。他只能猜测弗兰肯突然去世了；而且尼尔森的上一封信——那时弗兰肯显然还在世——与主教的回信之间只隔了两天，因此弗兰肯的死肯定是非常出人意料的。

下午的时候他匆匆游览了哈尔德庄园，在拜克隆 [3] 喝了下午茶；虽然他精神有些紧张，早上的经历让他担心自己的眼睛或者脑子出了毛病，但他完全没有发现这方面的任何征兆。

吃晚饭时，他坐在旅馆老板身边。

"到底，"在闲聊了一会儿之后，他问老板道，"是什么原因使得这个国家里的大部分旅馆的房间号里都没有十三呢？我发现您这儿也

---

1 《圣经·启示录》第 17 章 3—4 节："……我就看见一个女人骑在朱红色的兽上；那兽有七头十角，遍体有亵渎的名号。那女人穿着紫色和朱红色的衣服，用金子、宝石、珍珠为装饰；手拿金杯，杯中盛满了可憎之物，就是她淫乱的污秽。"新教常将这段经文诠释为暗指罗马天主教。

2 原文为拉丁文。

3 维堡附近确有一地名为拜克隆，然难以断定是否为作者所指之地。

没有。"

老板似乎有点被逗乐了。

"您竟然注意到了这种细节啊！我自己也想过一两次这个问题，但实话告诉您，我常说，一个受过教育的人是不会在乎这些迷信的。我自个儿是在维堡高中读的书，我们的老校长一直是那种很反对任何迷信伎俩的人。他已经去世很多年了——他真是个正直的好人啊，不仅聪明，而且勤劳。我记得我们还是孩子的时候，有一个雪天——"

老板陷入了回忆之中。

"那您不觉得对于十三这个数字有什么特殊的反对理由吗？"安德森问道。

"唉！肯定有。嗯，您瞧，我是由我辛劳的老父亲带着开始干这一行的。他一开始在奥尔胡斯¹ 开旅馆，接着子女出生后，他就搬到了维堡，这儿是他的老家。他在这儿经营凤凰旅馆直到一八七六年他去世为止。之后我就在西尔克堡² 开始经营旅馆，前年我才搬到这栋屋子里来。"

接着老板讲述了关于这座房子的状况的一些细节，以及他刚接手时经营上的一些情况。

"那您来这儿的时候，有十三号房间吗？"

"没有没有。我正要和您说呢。您瞧，像这儿这样的地方，我们基本上服务于商业阶层——旅行商人们。让他们住在十三号房间？嘿，他们宁可露宿街头。对我自个儿而言，我住的房间是什么号码不会造成一毛钱差别，我也经常这么告诉他们；但他们坚信住十三号房间会倒霉运。他们中间流传着一大堆这种故事，什么一个人睡在十三号房间里，从此就变得不一样了，或者丢失了最好的顾客，或者这样或者那样。"老板思考了一下更生动的表达方式后，这样说道。

"那您这儿的十三号房间拿来干吗用了？"安德森问道，虽然这问题并不重要，但他说这话时，清楚地感觉到一种奇怪的紧张感。

1　丹麦第二大城市和主要的港口，位于日德兰半岛沿岸。
2　丹麦日德兰半岛中部的一个城市。19世纪50年代此处形成了西尔克堡村，但直到1900年才发展成为一个市镇。

"我这儿的十三号房间？啊，我没和您说这房子里没有十三号房间吗？我以为您已经注意到了呢。如果有的话，那应该就在您房间的隔壁。"

"嗯，是的；只不过我碰巧想到——我是说，我觉得昨天晚上在走廊里，我看到有扇门上写着十三号；而且，说实话，我几乎可以肯定没有看错，因为前天晚上我也看到了。"

正如安德森所料，克里斯滕森先生果然嘲笑了他所说的，而且反复强调说这旅馆里现在没有，以前也不曾有过十三号房间。

从某种角度来说，他确定不疑的表态让安德森宽慰了一些。但他还是有些疑惑，他开始觉得，确定自己是否产生了幻觉的最好方式，无疑是在今天晚些时候邀请老板去他的房间里吸根雪茄。他随身带来的一些英国乡镇的照片无疑是个充足的邀请理由。

克里斯滕森先生对于他的邀请感到非常高兴，极其乐意地接受了。他们约定十点左右见面，这之前安德森有一些信件要写，于是就先回房间写信了。他有些不好意思地承认，但他也没法否认事实上他对于十三号房间是否存在这一问题变得相当紧张。因此他从十一号房间那边走回自己的房间，以使自己无须路过十三号那道门，或者说那道门应该存在的地方。进房间后，他疑心重重地扫视了一下，除了一种难以名状的房间变小了的感觉外，里面没有什么好让他不安的东西。今天晚上不会再有旅行箱出现或失踪的问题了。他自己清空了里面的物件，并把箱子放在了床底下。他费了点劲才使自己不去想十三号房间，接着他便坐下来写信了。

住在他附近的住客都没发出什么大响动。走廊里偶尔有一扇门打开，一双靴子被扔了出来，间或一个旅行商人哼着小调走过。窗外时而有两轮马车轰隆隆地压过粗劣的卵石路，以及踏过石板路的一阵快速的脚步声。

安德森写完信，叫了威士忌以及苏打水后，便走到窗前去研究对面无窗墙上的投影了。

据他所知，十四号房间住的是位律师，一个一本正经的人，吃饭时话不多，基本上都忙着钻研盘子边那一小捆文书。可是，显然独处时他习惯于发泄下自己的非理性情绪。否则他怎么在那儿跳舞呢？隔壁房间的投影明确地显示出他在跳舞。他消瘦的身影一次次穿过窗户，他舞动着双手，以惊人的灵活度踢起了一条枯瘦的腿。似乎他是赤脚的，地板肯定很结实，因为他移动时完全没有发出声响。律师安德斯·詹森先生于晚上十点钟在旅馆房间里翩翩起舞，这似乎是一幅宏大风格历史画作的不错素材；安德森的思绪——类似《尤多尔佛之谜》中艾米丽[1]所想到的那样——开始"整理成了下列诗句"：

> 当我回到旅馆时，
> 时值晚上十点整，
> 用人以为我不舒适；
> 我根本不把他们理。
> 当我锁上了房间门，
> 并将靴子脱在外，
> 我整整跳了一整晚。
> 即使邻里们怨恼，
> 我也要继续把舞跳，
> 因为我了解法律戒条，
> 不管他们唠里唠叨，
> 他们的抗议我一笑而过。

　　如果老板未在此时敲响房门，那估计将有一首长诗呈现给读者。他进了房间后，从他吃惊的表情上可以判断，正如安德森一样，克里斯滕森先生也被这房间不太寻常的样子给震惊了。但他没有说什么。安德森的那些照片引起了他极大的兴趣，引得他聊了许多自己的往事。如果不是因为律师此刻开始歌唱，安德森真不太清楚该如何把谈话内容引导到他希望聊聊的十三号房间上去。律师唱歌的方式无疑会让大家觉得他不是严重喝多了，就是神经错乱了。他们听到了一种又高亢又尖细的嗓

1　安·雷德克里夫的哥特小说《尤多尔佛之谜》（1794 年）的女主角，在关键时刻，时常用诗歌来表现她的内心活动。文中所引的这一段位于小说第 7 章开头，"当她倚靠在窗边……她的思绪变成了下面的诗句"，接下来便是这首题为《凌晨第一个小时》。

音，似乎因为长久未开口，那声音显得很干涩。至于他唱了什么则难以辨认，而且也不成调。那歌声忽而飘升到令人惊讶的高度，接着又回落成一声绝望的叹息，好似冬风吹过一个空空的烟囱，或者说好像管风琴的音栓突然坏了一样。那歌声实在让人不寒而栗，安德森觉得如果自己是一个人的话，他一定会跑出去求救，并跑进附近某个旅行商人的房间里找个伴。

老板目瞪口呆地坐在那儿。

"我不知道这是什么情况，"他终于开口说道，擦了擦自己的额头，"这听上去太可怕了。我以前也听到过一次，但我当时确认是猫发出的声音。"

"他是疯了吗？"安德森问道。

"肯定是的；真让人难过！多好的一个住客啊，而且他的职业上也这么出色，我还听说，他家里还有孩子要抚养呢。"

这时，传来一阵不耐烦的敲门声，敲门人没等允许便进了房间。原来是那个律师，他穿着睡衣，头发凌乱，看上去怒气冲冲。

"请原谅，先生，"他说道，"但是我将感激万分，如果您可以停止——"

说到这儿，他停了下来，因为显然他面前的这两位都无须为那噪音负责；片刻的安宁之后，那声音又响了起来，而且比之前更加疯狂。

"上帝啊，这到底是怎么一回事？"律师吼道，"到底哪里传来的？到底是谁？难道是我疯了吗？"

"詹森先生，这肯定是从隔壁您的房间传出来的吧？难道不是有只猫或者什么东西卡在烟囱里了？"

这是安德森所能想到的最佳的说辞了，他说完后就意识到这种说法没什么意义；但随便说点什么，总比站在那儿、听着这可怕的声音、看着老板那宽大苍白的脸庞要好。老板两只手臂夹着椅子，脸上汗水直流，并颤抖着。

"不可能，"律师说道，"不可能的。我房间里没烟囱。我之所以过来，是因为我确信噪音是从这儿发出来的。肯定是我隔壁的房间里发出来的啊。"

"难道我和您的房间之间没有别的门吗？"安德森急切地问道。

"没有，先生，"詹森先生非常确定地说道，"至少，今天早上没有。"

"啊！"安德森说，"今晚也没有吗？"

"我不确定。"律师说道，带着几分犹豫。

突然隔壁房间的吼叫声，或者说歌唱声平息了，能听到那唱歌的人似乎自个儿低声笑着。这声响让三个人都颤抖了一下。之后便无声无息了。

"来，"律师说道，"克里斯滕森先生，您有什么要说的吗？这到底什么意思？"

"老天爷啊！"克里斯滕森说道，"我该怎么说呢！先生们，我也和你俩一样不知所以然啊。愿我永远都不再听到这种噪音吧。"

"我也不想再听到了，"詹森先生说道，他小声地又说了些什么。安德森觉得听上去像是《诗篇》的最后几个词，omnis spiritus laudet Dominum[1]，但他也不确定。

"但咱们得做点什么，"安德森说道，"咱们仨。我们要不去查看下隔壁房间吧？"

"可是隔壁是詹森先生的房间啊，"老板感叹道，"没用的，他自个儿就是从那边过来的啊。"

"我不是很肯定，"詹森说道，"我觉得这位先生说得对：我们必须去看看。"

当时能搜集到的自卫武器只有一根棍子和一把雨伞。准备一探究竟的三人战战兢兢地来到走廊上。走廊里一片死寂，但隔壁房间的门底下透出一丝光来。安德森和詹森朝门走去。詹森转了下门把手，突然使劲一推。毫无反应。门还是关得严严实实的。

"克里斯滕森先生，"詹森说道，"您能去把您这儿最强壮的用人叫过来吗？我们必须彻查到底。"

老板点了点头，急匆匆地走了，能离开这儿他还挺乐意的。詹森和安德森则继续站在门外，盯着那门。

"你看，这是十三号。"安德森说道。

1　拉丁文，意为"凡有气息的，都要赞美耶和华"（《圣经·诗篇》150：6）。

"是的；这边是你的房门，那边是我的。"詹森说道。

"白天时，我房间有三扇窗户。"安德森说道，尽量不让自己发出紧张的干笑声。

"天啊，我的房间也是！"律师回道，转过身看着安德森。此刻詹森正背对着房门。这时门开了，一条手臂伸了出来，抓向他的肩膀。那手臂包裹在一层破烂发黄的亚麻布里，显露出来的皮肤上长着长长的灰毛。

安德森充满厌恶和恐惧地大叫了一声，及时把詹森拉开了，没让那手抓到。当门再次关上时，他们听到了一阵低沉的笑声。

詹森什么都没看到，但当安德森急匆匆地将刚才躲过的那场危险告诉他之后，他陷入了极其紧张的状态中。他提议说应该离开这儿，并把自己反锁在他俩房间中的其中一间里。

然而，正当他在说着自己的计划时，老板和两个强壮的用人来到了现场，三人看上去都非常严肃警惕。詹森一见到他们便滔滔不绝地讲述了刚才的经历，这些话可没起到鼓舞士气的作用。

那俩用人放下了他们带来的铁锹，而且非常直截了当地说自己是不会冒着生命危险闯进这个恶魔的巢穴里的。老板极其紧张又非常犹豫不决，他明白如果这次不直面危险，那他的旅馆算是被毁了；但他又不愿亲自去面对危险。幸好安德森突然想到了重新鼓舞低落士气的办法。

"难道，"他说道，"这就是我常耳闻的'丹麦人的勇气'[1]？里头又不是一个德国佬，即使是，我们也是五比一啊。"

听了这话，两个用人和詹森立马行动了起来，他们朝那门猛冲了过去。

"站住！"安德森说道，"别头脑发昏。老板，你站在外头拿住灯。你两个用人中的一个去闯门，门开了的话别进去。"

那几个人点了点头，年轻点的那个用人朝前走了几步，举起铁锹，朝上门边框重重地砸了一下。没有一个人预料到结果。这一砸没有木头

---

1 可能指的是丹麦人时常和德国人打仗，因而很多丹麦人对德国人怀有复杂的情绪。1864年丹麦人在一场重要的战争中输给了德国人，维堡曾被4500名普鲁士士兵占领。

碎裂的声响——只有一声闷响，好像那一击砸在了坚实的墙上。那用人大叫一声，丢掉了铁锹，使劲搓着自己的手肘。他的叫喊声吸引了大家一时的注意；然后安德森又看了看那扇门。门不见了！他看到的只是走廊上的一堵灰泥墙，墙上有一道相当深的裂痕，那地方正是铁锹砸到的位置。十三号房间消失不见了。

他们一动不动地挤在一块，盯着那堵空墙。楼下院子里传来了一只公鸡的打鸣声；安德森循声望了过去，透过长走廊尽头的窗户，他看到东边的天空已泛白，黎明了。

"也许，"老板犹豫地说道，"两位先生今晚想要换一个房间——一个双床房如何？"

詹森和安德森都没有反对这一提议。经过刚才那一遭之后，他们都更愿意搭伴行动。他们回房间收拾今晚要用的东西时，两人的便利就显现出来了，其中一个人刚好可以一块过去，举着蜡烛。他们注意到十二号房间和十四号房间都各有三扇窗户。

第二天早上，这几位又聚集在了十二号房间里。自然，老板竭力避免找外人帮忙，但这个谜团必须解开。因此老板说服两位用人承担起木匠的活计。他们移走了家具，离十四号房间最近的那块地方都被撬开了，代价是许多木板彻底被毁。

你自然会想，发现的是一具骷髅——比如尼古拉斯·弗兰肯术士的骷髅。但并非如此。他们在支撑木板的横档之间发现的是一个小铜盒。里面有一份折叠端正的羊皮纸文书，上面写着大概二十行字。安德森和詹森（事实证明他算一个古文字学家）都对这个发现感到很兴奋，希望能从中找到解释这些神秘现象的钥匙。

我有一本从未读过的占星术著作的印本。此书卷首插画是一幅汉斯·塞巴德·贝翰[1]的木刻作品，画中展现的是一群围坐在桌边的圣人们。行家或许凭此细节便可判断是哪一本书了。我自己想不起书名了，而且此刻这书也不在身边；但是书的扉页上写满了东西，自从我购得此书后，十年间我都无法确定该从哪个方向开始读这些文字，更别提断定

---

1 汉斯·塞巴德·贝翰（1500—1550），德国雕版家、蚀刻家、画家，以及木刻家。他的插图作品主要取材于《圣经》以及古代经典。

那是什么语言了。安德森和詹森长时间地查看铜盒子里的文书后，那情形和我的经历差不多。

经过两天的思考，詹森作为两人中胆子较大的一个，大胆推测那不是拉丁语就是古丹麦语。

安德森不想随便假设，而且他非常愿意将这盒子以及羊皮纸文稿送给维堡历史学会，放进他们的博物馆里。

几个月后，我和安德森坐在乌普萨拉[1]附近一处森林里时，我听他讲了这整个故事。我们刚刚参观完那里的图书馆，我们——或者说是，我——刚在那儿嘲笑了丹尼尔·萨尔特涅斯（晚年成为柯尼斯堡大学的希伯来语教授）向撒旦出卖自己的两份契约[2]。安德森并没有被逗乐。

"年轻的傻瓜！"他说道，指的是萨尔特涅斯，其进行这草率行为时仅仅是个本科生，"他怎么会知道自己招来的会是什么样的'朋友'？"

当我告诉他这种契约的通常情形时，他只咕哝了一下。正是那天下午，他讲述了您刚看完的这个故事；但他拒绝对此事作出任何推断，也不同意我得出的一些推论。

---

1 瑞典东南部一城市。

2 丹尼尔·萨尔特涅斯（1701—1750），普鲁士柯尼斯堡大学的希伯来文教授。作者于1901年到访瑞典时，曾见到"两份丹尼尔·萨尔特涅斯于1718年和魔鬼签订的契约（用鲜血签的名），他因为写了这两份契约被判了死刑"（引自1901年8月18日作者给双亲的家信）。

马格纳斯伯爵[1]

　　我根据手头的一些文稿写出了这个故事，读者将在这几页故事的末尾知道我是如何得到这些文稿的。但非常有必要在我摘录这些文稿前说明一下它们的状况。

　　文稿的一部分由一系列为某本旅行书籍所准备的素材组成，这种书在四五十年代是十分常见的出版物。霍拉斯·马瑞阿特[2]的《日德兰及丹麦诸岛住客志》即是我所指的那一类书的杰出代表。这种书常常讨论欧洲大陆上一些鲜为人知的区域，用木刻画或钢版画做插图。它们会给出旅馆住宿以及交通方式的细节等，诸如此类现如今我们期望在一本编写良好的导游书中能找到的信息。而且这些书主要由记录下来的对话组成，谈话对象有机智的外国人、活泼的旅馆老板以及喋喋不休的农民。总而言之，这种书爱扯闲篇。

　　我手头的这些文稿开始是为了这样一本书准备素材。随着叙述的推进，我发现这文稿具有记录单人经历的特点，而且这份记录几乎一直叙述到了叙述者死亡的前夕。

　　文稿的作者叫莱克索尔先生。关于他的信息，完全来源于他的文

<hr />

1　本篇最早出版于《古文物专家的鬼故事》中。故事的瑞典背景在很大程度上来源于作者1899—1901年在瑞典的游览经历。显然本篇小说创作于1901—1902年。实际上克里斯蒂娜女王时期，瑞典确实有一位马格纳斯·德·拉·嘉迪伯爵（1622—1686）；但小说中伯爵的宅邸罗白克却可能是以斯德哥尔摩郊外的尤里克斯达尔宫为原型。该宫曾为瑞典国王卡尔十二世（1682—1718）的妹妹乌尔丽卡·埃利诺拉（1688—1741）的住所。乌尔丽卡于1719—1720年成为瑞典女王，在本小说中曾提及她。17世纪时马格纳斯曾短暂占有尤里克斯达尔宫。小说中的叙述者莱克索尔先生的原型有可能是内桑尼尔·威廉·莱克索尔（1751—1831），他是英国历史学家及议会成员，著有《一些欧洲北部地区——尤其是哥本哈根、斯德哥尔摩及彼得堡——的游览纪略》（1775）等书。

2　霍拉斯·马瑞阿特（1818—1887），著有《日德兰及丹麦诸岛及哥本哈根住客志》（伦敦：约翰·穆瑞出版社，1860年；共2卷）。

字，从文稿中我推断他是一个过了中年的男子，拥有一些私人收入，基本上孤身一人。似乎他在英格兰没有固定的住所，主要居住在旅馆和公寓里。很有可能他也曾经设想过到了一定阶段便安定下来，但这阶段从未到来；而且我认为七十年代早期的大货仓火灾[1]很可能烧毁了许多可告诉我们他之前经历的资料，因为他有一两次提到过自己有财产储藏在大货仓。

而且莱克索尔先生显然出版过一本书，该书叙述了他在布列塔尼的一段度假经历。除此之外，关于他的著作我别无其他信息了，因为我仔细查阅书目集后，确信此书不是匿名出版，便是用笔名出版的。

关于他的性格特点，也不难得出一些肤浅的见解。他肯定是个聪明而且受过教育的人。根据大事记来看，他貌似几乎要成为他所属学院——牛津大学布雷斯诺斯学院——的研究员了。他常犯的错误无疑是好奇心太重，对于一位旅行者而言这可能是很要命的错误，显然他最终为这个错误付出了巨大的代价。

他最后一次旅行时，正在为另一本书做准备。他发现斯堪的纳维亚半岛是个有趣的写作课题，四十年前英国人并不熟知那块区域。他肯定凑巧读到了一些瑞典历史或者回忆录一类的旧书，于是觉得写作一本叙述瑞典旅行经历，同时夹杂一些瑞典显赫家族历史轶事的书籍可以填补空白。他得到了几份引荐信，从而与某些瑞典名流取得了联系，一八六三年初夏他向瑞典出发。

无须赘述他在瑞典北部的旅行，他待在斯德哥尔摩的几周也略过不讲。我只须说，斯德哥尔摩的一些学者告知他西约特兰[2]一座古老庄园的所有者手上有一些重要的家族文书，而且还帮其获得了检阅这些文书的许可。

此处所说的庄园，或 herrgård[3]，我们叫它 Råbäck（发音近似"罗白克"），虽然这不是它的真名。这座庄园是整个瑞典此类建筑中最

---

1 大货仓建于 1830 年，位于伦敦西南部的莫特寇姆街，为一巨大的储藏库。1874 年 2 月 13 日的一场大火几乎将其彻底烧毁。
2 位于瑞典南部约塔兰地区的一个旧省。
3 瑞典语，"大宅"的意思。

好的几座之一，达尔拜格¹的《旧时与今日之瑞典》²中收有一幅此庄园的雕版画，此画刻于一六九四年，画上的庄园和今日游客所见到的相差无几。一六〇〇年之后没多久，庄园就建成了，大体而言，从建材到建筑风格，都和当时的英国宅邸非常相似——红砖以及青石饰面。建造此庄园者来自伟大的德·拉·嘉迪家族，他的后裔们至今仍拥有这一庄园。当必须提及他们时，我将使用德·拉·嘉迪这一名号。

他们极其热情和礼貌地接待了莱克索尔先生，而且请他在研究期间住在宅邸里。但是莱克索尔先生更喜欢独自生活，而且他对自己的瑞典语交谈能力也不自信。因此他住在村里的旅馆中，在夏季月份里，无论如何，住在那里还是非常舒适的。这样的安排使得他每天需要稍稍走上不到一公里的路，往返于庄园和旅馆之间³。宅邸矗立于庄园之中，被高大古老的树木保护着——应该说它与这些树木共同成长着。在古树附近你会发现一座设有围墙的花园，穿过花园便进入了一片密集的森林，森林围绕着一个小湖——瑞典布满了这样的小湖。之后便来到了庄园的围墙边，你需要爬过一座陡峭的小山——一座盖着薄薄一层泥土的石头堆——小山顶上是教堂所在，教堂被高大茂密的树包围着。对英国人而言，这座教堂非常奇特。教堂的中殿和侧廊有些低矮，里面布满靠背长椅以及边座。西侧廊里矗立着华美的古旧管风琴。管风琴装饰华丽，有着银色的音管。教堂顶是平的，上面绘有一幅某位十七世纪艺术家的作品，这是一幅古怪且令人生厌的"最终审判"，画面上充斥着可怕的火焰、倾颓的城市、燃烧的船只、哭泣的人们，以及嗤笑着的黑褐色恶魔。屋顶上吊着精巧的黄铜圆烛架；布道坛好似一座玩偶屋，上面布满了小个的木制彩绘天使及圣徒雕像；牧师的桌子上固定着三个沙漏。现如今在瑞典的很多教堂均可见到此类景象，使得这座教堂与众不同的是它的额外建筑。在北面侧廊的东头，庄园的建造者为自己以及家族修建了一座陵墓。那是一座高大的八面体建筑，通过一系列椭圆形窗户采

1 即达尔拜格伯爵埃里克·琼森（1625—1703），瑞典军事家，农民出身，通过自己的军事才能成为贵族。
2 原书名为拉丁文。写作于1691—1715年，共有3卷。该书收集了达尔拜格及其他人的一系列画作，主题均为瑞典的市镇、宫殿以及古迹。此书中收有一幅尤里克斯达尔宫的雕版画。
3 以下此段描述以从庄园到旅馆的顺序进行。

光。屋顶则是穹形的，顶部是一种类似南瓜形状的结构，逐渐向上形成尖顶，这是瑞典建筑师非常喜爱的结构。屋顶的外部为铜制，涂着黑漆，而陵墓外墙却白得刺眼——这和教堂外墙比较一致。从教堂里无法进入这座陵墓，在其北面有独立的台阶和大门。

经过教堂便是通往村庄的小路了，再走三四分钟就到旅馆门口。

待在罗白克的第一天，莱克索尔先生便发现教堂门开着，于是便记录了教堂的内部结构，我已将其概括于上文。然而他无法进入那座陵墓，只能透过钥匙孔窥视。他发现里面有精美的大理石雕像、铜棺，以及大量的家徽饰品，这让他更加渴望进去察看一番了。

他在庄园里查阅的文稿正是他写书所需要的，其中包括家族通信、日记以及庄园最早的几位主人的账本，这些文稿都写得很清楚，而且被小心地保存了下来，里面充满了生动有趣的细节。文稿透露出，第一代德·拉·嘉迪是一个孔武有力的人。庄园建好没多久，这一地区就陷入了暴乱时期，农民起义并且攻击了好几个城堡，造成了一些破坏。罗白克的主人在镇压动乱中起到了领导性作用，文稿中记载了他对动乱始作俑者的处决，以及其对其他动乱者毫不留情的严厉惩罚。

这位马格纳斯·德·拉·嘉迪的画像是宅邸中最精良的一幅，莱克索尔先生在结束一天的工作后，依旧兴趣盎然地研究了一番这幅画。他没有仔细描述此画，但我感觉到画中的脸庞之所以给他留下印象，是因为其中透露的力量而非俊美和善意；实际上，他写道，马格纳斯伯爵基本上可以说丑得出奇。

这天，莱克索尔先生和嘉迪家族共进晚餐。傍晚稍晚时他走回了旅馆，然而天色依旧未暗。

"我一定要记得，"他写道，"去问问教堂司事，看他能不能让我进入到那教堂边的陵墓。他自己肯定有办法进去的，因为今晚我看见他站在陵墓台阶上，我觉得他不是在锁门就是在开门。"

我读到，第二天一大早，莱克索尔先生和旅馆老板聊了会儿天。一开始，我对他写下如此一大段对话感到非常震惊；但很快就意识到，我现在读的这些文稿是——至少刚开始时是这样的——他正在构思的一本书的素材。而且这书原本打算写成半新闻体样式，是可以容忍其中夹杂着对话一类的东西的。

他写道，他的目的是想探究一下，这片马格纳斯·德·拉·嘉迪伯爵曾经活动过的土地上是否还流传着关于他的任何传说，以及民众对他的评价是受爱戴抑或相反。他发现伯爵绝对不是个受人爱戴的人。如果佃农在为他这个领主干活的日子里迟到的话，他们就得骑木马[1]，或是在庄园院子里遭受鞭打和烙刑。有一两件事例说道，有人的土地侵犯了伯爵的领地，于是某个冬夜，他们的房子便神秘地着火了，全家人都在屋子里。但似乎在老板心头最萦绕不去的是——因为他不止一次提到这个话题——伯爵曾经参加过黑色朝圣，而且还带回了一个什么人或者什么东西。

正如莱克索尔先生那样，你自然也会问，那黑色朝圣是怎么回事。但现在你的好奇心可暂时得不到满足，莱克索尔先生的也是。关于这个问题，老板显然不愿意充分回答，事实上他一点都不愿回答。刚好有人叫他，于是他带着明显的喜色，小跑着走开了。几分钟后，他只把头探进旅馆门，说他被人叫去斯卡拉[2]，得到傍晚才能回来。

因此莱克索尔先生只能心有不甘地去庄园里工作了。不过他忙着研究的那些文稿让他的思绪很快转移到其他问题上了。他正忙着查阅一七〇五至一七一〇年之间，斯德哥尔摩的索菲亚·阿尔贝蒂娜和她在罗白克的已婚表亲尤丽莎·李奥诺拉的通信。这些信件反映了当时的瑞典文化，使其显得分外有趣，对此，任何读过瑞典历史手稿委员会出版的全套通信的人都可以作证。

下午他看完了这些信件。把装着这些信件的盒子放回书架上时，他非常自然地顺手拿下了离盒子最近的几卷文稿，以决定第二天重点查阅其中的哪一些。他查看的这个书架上主要放着一些第一代马格纳斯伯爵所写的账本。但是其中一卷并不是账本，而是一本关于炼金术以及其他议题的书，写于十六世纪，而且并非伯爵所写。因为对炼金术方面的文献不是很熟悉，莱克索尔先生在手稿里留了大量空白，以方便抄录各种文献的题目以及开头段落：《凤凰之书》《卅字书》《蛤蟆之书》《米里亚姆之书》以及《哲学家集成》¹ 等等 ²；接着他非常详细地表达了他的喜悦之情，因为在该书中间原本是空白的一页上，他发现了马格纳斯伯爵亲笔所写的文字，开头写着"黑色朝圣之书"³。虽然伯爵只写了几行字而已，但这已足够显示：旅馆老板早上提到的这种信仰至少早在马格纳斯伯爵的时代便已存在了，而且伯爵本人可能也持有这种信仰。下面是伯爵所写文字的译文：

"凡欲长生者，凡欲得忠诚之信使，欲见仇敌血流，其必先赴哥拉汛 ⁴ 之城，朝拜……之首领"此处有个词被抹去了，不过抹得并不彻底，莱克索尔先生觉得那个词应该是 aëris(空中)⁵，他非常确定自己是对的。但是这些文字到此就结束了，只剩下一句拉丁文 "Quære reliqua hujus materiei inter secretiora"(此事的其余部分见诸更私密之处)。

不可否认，这些文字透露出伯爵品位及信仰之可怕；但是对莱克索尔先生而言，由于间隔了近三百年的时光，一想到伯爵可能在自己的孔武有力中添加了炼金术，又或在炼金术中加入了类似魔法的东西，这只是让伯爵的形象更为生动；莱克索尔先生在大厅里长时间地审视了伯爵的画像后，踏上了回旅馆的路，但他脑海里尽想着马格纳斯伯爵。他无心观赏周边景色，闻不到树木在黄昏时发出的香味，看不到湖面上的夕阳光影；突然，他猛地停了下来，震惊地发现自己已经到了教堂大门口，此时离旅馆的晚饭时间只有几分钟了。他的眼神落在了陵墓上。

"啊，"他说道，"马格纳斯伯爵，您就在那儿。我非常想见见您。"

"正如很多单身汉一样，"他写道，"我习惯大声地自言自语；不像一些希腊或拉丁小故事中所说的，我可不期待有人回应我。当然，或者说这一次很幸运，没有传来任何回应或者其他值得注意的反应：只有教

---

1 原文为拉丁文。

2 以上这些书名多为虚构或无法确认。但《哲学家集成》确有此书，为一本拉丁文炼金术方面的书籍，显然衍生自公元 900 年左右的一本阿拉伯文著作。原书有三个不同版本，其中一版由古里艾尔摩·格拉塔罗里（Guglielmo Grataroli）收于《哲学家集成》中。1896 年，A.E. 威特将其译为英文。

3 原文为拉丁文。

4 加利利的一个城市，虽然耶稣行了异能，当地居民仍拒绝悔改，耶稣因而责备他们说："哥拉汛哪，你有祸了！……因为在你们中间所行的异能，若行在推罗、西顿，他们早已披麻蒙灰悔改了。"参见《圣经·马太福音》第 11 章 21 节。

5 这一段暗指《圣经·以弗所书》第 2 章 2 节的类似内容："那时，你们在其中行事为人，随从今世的风俗，顺服空中掌权者的首领，就是现今在悖逆之子心中运行的邪灵。"

堂的保洁女工——我猜想——把什么金属物品掉到了地上，喀啦一声让我一惊。我想马格纳斯伯爵睡得十分沉。"

同一天傍晚，旅馆老板听莱克索尔先生说想见见教区司事或执事（在瑞典以此称呼他），于是在旅馆大厅将他介绍给了这位执事。很快，第二天参观德·拉·嘉迪陵墓的事情便安排好了，接着他们两人随意聊了一小会儿。

莱克索尔先生记得斯堪的纳维亚半岛教堂执事的一个职责便是向牧师候选人教授坚振圣事 [1] 的相关知识，他觉得可以借机温习下自己在《圣经》方面的记忆。

"您可否告诉我，"他说道，"关于哥拉汛的任何事情？"

执事似乎有些吃惊，但从容地告诉他，耶稣是如何谴责哥拉汛这个村庄的。

"可以肯定地说，"莱克索尔先生说道，"那个地方，我猜，现在已经是一片废墟了吧？"

"但愿如此，"执事回答道，"我曾经听一些老牧师说过，基督的敌人将在那里降生 [2]；还有些传说——"

"啊！什么样的传说？"莱克索尔先生插话道。

"那些传说，我想说，我不记得了。"执事说道，没过一会儿他就道了声"晚安"走了。

旅馆老板现在孤身一人，全由莱克索尔先生处置了。这个好问者可不想放过他。

"内尔森先生，"他说道，"我了解了一些黑色朝圣的事。您可否也把您知道的都告诉我。马格纳斯伯爵带了什么东西回来？"

也许瑞典人习惯性于缓慢作答，抑或旅馆老板是个例外，我不是很肯定；但莱克索尔先生写道，老板在说话前，至少花了一分钟盯着他看。接着他靠近他的这位住客，吃力地说道：

"莱克索尔先生，我可以告诉您一个小故事，别的我不会再说

1　又称坚振礼、坚信礼、按手礼，是基督教礼仪，象征人通过洗礼与主建立的关系获得巩固。现时只有罗马天主教会、东正教会、圣公会、循道卫理教会等持守。
2　从一些中世纪早期的基督教文献来看，确实存在过这种信仰。

了——绝不。我说完后您不能问任何问题。在我爷爷年轻时——那是九十二年前了——有两个人说：'伯爵已经死了，我们不用理他了。今晚我们就要去他的树林里随便打猎。'——就是那一长片您见过的，罗白克大宅后面那座山上的树林。唉，那些听到他们话的人回答说：'别，别去；我们确定你们会遇到那些不该行走的人行走着。他们应该在安息，而不是行走。'那两人大笑，那时候也没有看林工来保护树林，因为根本没人想去那里打猎。那个家族也不在宅邸里。那两人可以随心所欲。

"好吧，那天晚上他们去了那片树林。我爷爷便坐在这间屋子里。那是个夏日天光挺亮的夜晚。他开着窗户，可以望到树林，也可以听到动静。

"他就这么坐着，还有两三个人和他在一块儿，他们都聆听着。一开始什么声响都没有；接着他们听到有人——您知道距离有多远的——他们听到有人尖叫，好像那人魂灵中最里面的部分被拽了出来似的。房间里的人都互相紧握着手，他们就这么坐了整整四十五分钟。然后他们听到另一个人，大概就在三百厄尔 [1] 外。他们听到那人大声笑着；这笑声不是那两人中的某一个的，而且实际上他们说，那都不是人的笑声。接着他们听到了一扇大门关上的声音。

"之后，在太阳出来后，他们跑去找牧师。他们对牧师说：

"'神父，穿上您的道袍，戴上您的环领，去埋葬那两个人吧，他们是安德斯·比约申和汉斯·托尔比约恩。'

"您知道，他们很确定那两人已经死了。于是他们去了那片树林——我爷爷从来没有忘记这场景。他说，他们自己都像是行尸走肉。牧师也是如此，怕得脸色都发白了。他们去找他时，他说道：

"'昨晚我听到一声惨叫，之后又听到一声狞笑。如果我没法把这事忘掉，我想我再也睡不着了。'

"于是他们来到树林里，在树林的边缘发现了那两人。汉斯·托尔比约恩背靠着一棵树站在那儿，他一直都在用手推什么——把根本不存在的东西从他身上推开。他没有死，于是人们把他带走了，把他安置

1　旧时欧洲量布匹的长度单位，一厄尔约等于 45 英寸，约 1.143 米。

在尼雪平¹的一个屋子里，冬天未到他就死了；他活着时一直都在推手。安德斯·比约申也在那儿，但他已经死了。我告诉您安德斯·比约申曾经是个英俊的男人，但那时他的脸不见了，因为骨头上的肉全被吸走了。您明白那场景吗？我爷爷没有忘记那个样子。他们把他放在随身带来的尸架上，在他的头上盖了块布，牧师在前面走着；他们尽量准确地唱起了亡灵诗篇。正当他们唱到第一段的末尾时，其中一个人跌倒了，那人抬着尸架前头，其他人回头看了下，发现那块布掉了下来，安德斯·比约申的眼睛向上看着，因为上面已经没有眼皮了。他们没法忍受下去了，因此牧师把布盖了回去，叫人去取了铁铲，就地将他埋葬了。"

莱克索尔先生写道，第二天早饭后不久，教堂执事就叫他过去，带着他去了教堂和陵墓。他注意到陵墓的钥匙就挂在布道坛边上的一枚钉子上，他想到，似乎按惯例教堂门都是不锁的，因此如果陵墓里有很多有趣的东西，第一次探访没法看完的话，他想偷偷地去第二次甚至更多次也不会是什么难事。他一进那陵墓，便觉得庄严肃穆。里面的纪念碑——主要是十七世纪和十八世纪的大型纪念碑——华美且多样，而且还有丰富多彩的墓志以及家徽装饰。穹顶房的中央放置着三具铜质棺材，棺材上覆盖着雕刻精美的装饰图案。正如丹麦和瑞典的惯例，其中两具的盖子上有一个巨大的金属十字架。第三具——看得出来是马格纳斯伯爵的——上面则以伯爵的全身雕像代替了十字架，棺盖边沿则是几条相似的装饰带，上面雕刻着不同的场景。其中一幅是战争场景，喷出硝烟的大炮，筑着围墙的城镇，以及长枪兵团。另一幅则展现了一场处决。第三幅中，在一片树丛中，一个人全速奔跑着，头发飞了起来，手向前伸张着。他的身后跟着一个奇怪的东西；很难判断雕刻者是否本打算刻一个人，结果没能力描绘出必要的外貌；或者说雕刻者本来就打算将其呈现为现在这个野兽样貌。考虑到其他作品的雕刻技巧，莱克索尔先生更倾向于后一种设想。那个东西有些短得过了头，身体的大部分都蜷缩在一件冒兜罩袍里，袍子拖着地。那东西唯一一个露在外面的部分看形状也不像手或者手臂。莱克索尔先生将之比喻为蝠鲼的触角，接着写道："看到这雕刻，我自言自语道：'这幅雕刻，显然是某种隐喻式的

¹ 瑞典东部南曼兰地区的一个城市。

表达——一个恶魔追逐着被索命之人——有可能是马格纳斯伯爵和他的神秘伙伴的传说的来源。让我们看看这个猎人被刻画成什么样貌：毫无疑问肯定是个吹着号角的恶魔。'"但是实际上里面并没有那么可怕的形象，只有一个穿着斗篷的人站在一座小山上，他支着一根手杖，饶有兴趣地观赏着这场"狩猎"，雕刻者在作品中尝试着表达了人物的这一情绪。

莱克索尔先生提到，有好几个做工精细的钢挂锁——一共有三个——用来保护棺材的安全。他看到其中一个已经被解开了，就躺在过道上。由于不想耽误执事太长时间，也不想浪费自己的工作时间，他往庄园方向走去。

"奇特的是，"他写道，"行走在熟悉的路上，自己想着事情，竟然导致对周围景观的全然无视。今天晚上我第二次彻底忘了我在往哪里走（我计划私自探访陵墓，以抄录墓志铭），突然一瞬间我回过了神来，发现我（和上一次一样）正朝教堂大门走去，而且我想自己还在唱着或者哼着些什么，'您醒了吗，马格纳斯伯爵？您睡了吗，马格纳斯伯爵？'还哼了些我想不起来的东西。看来，我这样神志不清的状况肯定持续了有一会儿了。"

他在事先预计的地方找到了陵墓的钥匙，进去抄写了大部分他想要的东西；实际上，他一直待到光线太暗无法看清为止。

"我肯定说错了，"他写道，"之前说伯爵棺材上只有一道挂锁被打开了；今晚我看到其中两个都松了。我把两个锁捡了起来，想把它们锁上，但没有成功，只好小心翼翼地将它们放到了窗边。剩下的那个锁依旧很紧，虽然我认为这些是弹簧锁，但猜不到它们是怎么被打开的。如果我成功打开了那把锁，恐怕我会自行打开铜棺的。真奇怪，我对这个——恐怕得说——有些残忍和冷酷的老贵族竟然兴趣盎然。"

我发现第二天便是莱克索尔先生在罗白克的最后一天了。他收到了几封与他的某些投资有关的信件，需要他回到英格兰；他对那些文稿的研究工作基本完成了，旅途又很漫长。因此他决定去做个告别，往他的笔记里添加些最后的素材，然后就出发了。

这些最后的素材以及告别结果比预期多花费了些时间。热情好客的嘉迪家族坚持要他留下来共进正餐——他们下午三点吃正餐——在他跨出罗白克宅邸的铁门前，已经接近六点半了。他详细描述了自己在湖边的每一步，决定让自己沉浸其中，此刻他正最后一次在这样的时间行走在这庄园里。当他来到教堂所在的小山顶时，他徘徊了好几分钟，望着近处和远处那无边无际的树林，在翡翠色苍穹下，这些树林显得深沉葱郁。最后他决定离开了，突然一个想法袭上心头，他当然要和马格纳斯伯爵告个别，正如和其他德·拉·嘉迪家族成员那样。教堂便在二十码外，而且他知道陵墓的钥匙挂在哪里。没过一会儿他便站在那巨大的铜棺面前，和往常一样，他大声得自言自语道："马格纳斯，你活着的时候可能有点卑鄙凶残，"他接着说，"但是无论如何，我想见见你，或者宁愿——"

"就在那一刻，"他写道，"我感到脚上被什么击了一下。我迅速地退后了，有个东西咔嗒一声掉在了过道上。是第三把，三把锁在棺材上的挂锁中的最后一把。我弯腰捡起了它，接着——老天作证，我写下的全是真事——在我直起身之前，听到了一阵金属铰链的喀拉声，我清清楚楚地看到棺盖往上翻了开来。我可能表现得像个懦夫，但是为了老命我没法再待下去了。我用极快的速度跑出了这可怕的建筑，所用的时间都不够我写下这些字的——几乎和我说出这些话的时间差不多；更让我害怕的是，我没法锁上那道门。当我此刻坐在房间里，记下这些经历时，我问我自己（不到二十分钟前）那金属的喀拉声是否还在继续，我无法判断是或不是。我只是知道，除了我所写下的事情外，还有些东西让我惊恐不安，但是不管是声响或者景象，我都记不起来了。我到底干了些什么？"

可怜的莱克索尔先生！第二天他按计划启程回英格兰，并且安全回到了英格兰；但是从他变了样的字迹，以及前后矛盾的简短笔记来看，他已经失魂落魄了。与他的文稿一起，我还得到了几本小笔记本，其中一本虽不能说提供了关于他的经历的关键记载，但是至少能给出一些蛛丝马迹。他大部分的旅程中都是坐运河船的，我在笔记本中发现了至少六次，他痛苦地尝试着数清同行旅客的人数以及描绘他们的样子。那些条目是这样子的：

　　"24. 斯科讷[1]一乡村牧师。常见的黑外套，黑色呢帽。

　　"25. 商务旅客，从斯德哥尔摩去往特罗尔海坦[2]。黑色外套，棕色帽子。

　　"26. 身着黑色长斗篷的人，宽边帽，穿着非常过时。"

　　这一条用线画了出来，加了备注："也许和十三号是同一个人。还没看到他的脸。"查看十三号，发现他是一位身着法衣的罗马牧师。

　　清点旅客的结果总是一样的。点数时有二十八个人出现，其中一个总是身穿黑色长斗篷，戴着宽边帽子，而另一个则是"身材矮小者，黑色斗篷和冒兜"。另一方面来看，记录中总是说只有二十六个游客在吃饭时出现，那个穿斗篷的人可能没有出现，而那个身材矮小的人肯定没有出现过。

　　在抵达英格兰时，莱克索尔先生可能是在哈里奇[3]登陆的，抵达后他便决定立刻躲开某个人或者说某几个人，但他从未写清楚是什么人，显然他认为那些人在追踪他。他不信任铁路，于是坐马车——封闭空间的旅程——穿越埃塞克斯郡朝贝尔切姆·圣保罗村[4]驶去。当他临近该地时，正值八月某个月明之夜的九点左右。他朝前坐着，透过窗户望着田野和灌木丛从身边掠过——除此之外几乎没什么可以看的。突然他来到了一处交叉路口。拐角处一动不动地站着两个人；都穿着深色斗篷；高一点那个戴着帽子，矮个儿则戴着冒兜。他还没来得及看清他们两人的脸，而且也看不出那两人有任何动静，然而马儿非常激烈地被吓退了，立刻飞奔起来，莱克索尔先生重重地倒回了自己的位置，心情绝望。他之前见过这两个人。

　　抵达贝尔切姆·圣保罗后，他很幸运地找到了一处家具完备的住处，相对而言，接下去的二十四小时他生活在安宁之中。他最后的笔记是在那一天写下的。我没法在这儿给出全文，因为那些文字太不连贯而

1　位于瑞典南部斯堪的那维亚半岛最南端，为约塔兰地区一旧省。

2　瑞典西部西约塔兰省的一自治市。

3　国埃塞克斯郡一港口城市。

4　英国埃塞克斯郡的一村镇，位于萨福克郡的克莱尔东南方两英里处。

且非常随性，但是它们的主要内容则十分清楚。他正等待着追踪者们到来——他不知道他们以何种方式、何时会来——他不停地感叹"他到底干了什么"以及"难道真的走投无路了吗"，他知道医生会认为他疯了，警察会嘲笑他。牧师不在身边。除了锁上门，祈求上帝救助，他还能干什么？

直到去年，贝尔切姆·圣保罗的人都还记得许多年前的一个八月，来了一个奇怪的先生；隔天清晨他被发现已经死亡，为此曾有过一场关于其死因的调查；看过尸体的陪审团成员都晕倒了，他们中的七个看过尸体，没有一个人愿意说出自己看到了什么，最后的结论是上帝显灵；那座房子的主人在事发那星期便搬了出来，后来搬离了那一地区。但是我认为当地人不知道，这个神秘事件是否有过一丝一毫的解释或者说是否可能有一个解释。巧合的是，作为一份遗产的一部分，这座小房子去年成了我的财产。一八六三年后，它就一直空着，似乎也没什么希望可以把它租出去；我让人把它拆了。我在此处为你概述的这些文稿，便是在这屋子里最好的一间卧室的窗户下，一个被人遗忘的橱柜里找到的。

"哦，吹哨吧，我会来找你的，朋友"[1]

"整个学期都结束了，教授，我想您很快就要去休假了吧。"并未出现在本故事中的某个人对这位存在学[2]教授说道，他们正在圣詹姆士学院[3]舒适的礼堂里参加一次晚宴。两人相邻而坐，坐下没多久那人就如是问道。

这位教授岁数不大、穿戴整洁，而且说话清晰准确。

"是的，"他回道，"这学期朋友们要我学一下高尔夫球，我打算去东海岸——实际上就是本恩斯托[4]——（我打赌你们知道那地方）待上个一星期或十天，来提高我的高尔夫球水平。我预计明天出发。"

"哦，帕金斯，"他另一边的邻座说道，"如果你要去本恩斯托，我希望你可以去看看圣殿骑士分堂[5]的遗址，到时告诉我你觉得是否值得暑假时去挖掘一番。"

你可能已猜到，这是一位研究古文物的人说的，但由于他几乎不在这段序幕中露面，所以无须为他费墨水了。

"当然可以，"帕金斯教授说道，"如果你能告诉我那遗址的大致方

---

1 本篇最早出版于《古文物专家的鬼故事》中。大致写作于 1903 年，因作者当年圣诞聚会时在国王学院朗读了这篇小说。标题衍生自罗伯特·本恩斯（1759—1796）的一首无名歌曲，该歌曲第一句即为"哦，吹哨吧，我会来找你的，朋友"。本篇中的鬼魂或许是作者笔下最为特别的，很有可能来源于作者的一个噩梦。在作者的另一篇小说《不寻常的祈祷书》中，鬼魂像是一卷白色法兰绒，"顶端好似一张脸"，与本篇中的鬼怪有相似之处。

2 存在学（Ontography），是作者的生造词，onto 意指广泛的存在或者某些特指的物体，因此译为"存在学"。作者也可能借此暗示主人公怀疑灵魂或者超自然现象的存在性。

3 为作者虚构。

4 为作者虚构。作者曾提及本恩斯托即由英国萨福克郡的港口城市费利克斯托衍生而来。其友人菲利克斯·考博德曾居于该地。1893 年，以及 1897—1898 年作者曾到访该地。

5 正式全名为"基督和所罗门圣殿的贫苦骑士团"。十字军东征时，于1119 年成立于巴勒斯坦的军事组织，目的是保护朝圣的信徒。分堂则是圣殿骑士团在各地的分支机构，英格兰有二十三座这样的遗址。

位，当我回来时，我会尽量告诉你那块地方的现状；或者我可以写信告诉你，如果你愿意告诉我到时候你最可能在哪儿。"

"谢谢了，不用那么麻烦。我只不过想着暑假时带着家人去那边，想到在英国，很少有圣殿骑士的分堂遗址得到了充分勘探，我觉得或许有机会在放假时做点有用的事。"

教授对这想法有点不以为然，勘探一处分堂竟可被称为"有用"。他的邻座继续说道：

"那个遗址——我怀疑地面上是否还能看到些什么——现在肯定已经非常接近沙滩了。你知道，那一块海岸被大海侵蚀得很严重。我觉得，从地图推断，遗址肯定在距离环球旅馆大概四分之三英里的地方，位于镇子的北端。你打算住在哪儿来着？"

"实际上，我正好住在环球旅馆，"帕金斯说道，"我在那儿预订了一间房。其他地方都订不到了；貌似大部分旅馆在冬天都关门了；其实，环球旅馆说不管什么大小的房间，只有一间房了，实际上还是个双床房，而且他们也没有什么地方可以放这张床了。我至少有个挺大的房间，我会带些书过去，在那儿做些研究；虽然我不希望在自己的临时书房里放一张空床——更别说两张了，但我想我能随遇而安地度过在那里的短暂时光。"

"房间里多了张床就要'随遇而安'了，帕金斯？"对面一个直率的人说道，"你看，我可以过去，短暂住上几天；和你做个伴。"

教授有些吃惊，但还是礼貌性地笑了一下。

"罗杰斯，从任何角度讲，我都非常乐意。但是我怕你会觉得特别无聊；你也不玩高尔夫球，是吧？"

"不玩，谢天谢地！"粗鲁的罗杰斯先生说道。

"好，你瞧，我不写作的时候，基本上都会在高尔夫球场，正如我所说，恐怕这对你而言会很无聊的。"

"哦，不一定啊！那地方肯定有我认识的人；但是当然，如果你不想我过去的话，可以直说，帕金斯；我不会生气的。事实——正如你常说的——从来不会惹人生气。"

帕金斯确实是个有点礼貌过了头，而且非常实事求是的人。恐怕罗杰斯先生有时候利用了他的这些性格特点。此刻帕金斯心中正在进行一场斗争，有那么一会儿，他没法做出任何回答。这段间歇过去后，他说道：

"好吧，如果您想要听实话，罗杰斯，我在考虑刚才提到的那个房间到底够不够大，两个人住会不会舒适；而且我还在想你是否（注意，如果你不逼我我是不会说这话的）会对我的工作造成某种程度的妨碍。"

罗杰斯大声笑了起来。

"说得好，帕金斯！"他说道，"没关系的。我保证不会打搅你的工作；你自己别为这担心了。不，你不希望我去的话，我是不会去的；但我想我应该过去，帮你把鬼赶跑。"说到这儿，他可能朝着邻座挤了下眼或者用手肘轻推了一下邻座。帕金斯的脸可能也红了起来。"对不起，帕金斯，"罗杰斯继续说道，"我不应该说这个的。我忘了你不喜欢轻率地提及这些话题。"

"好吧，"帕金斯说道，"既然你提到了这个话题，我可以坦率地承认，我不喜欢轻率地讨论你所谓的鬼魂。处于我这样职位的人，"他继续说道，把声音提高了些，"我发觉，必须小心谨慎，以防让人觉得我认可现如今对这些论题的普遍观点。你知道的，罗杰斯，或者说你应该知道；我认为我从未隐藏过我的观点——"

"没有，你当然没有，老伙计。"罗杰斯小声[1]插嘴道。

"——我认为，如果对'那种东西有可能存在'这一观点做出任何表面上的，或假装的妥协，就等于放弃了所有我坚持的最神圣的信念。但是恐怕我没有成功吸引您的注意力。"

"您所谓的一心一意的专注，正是布林伯博士实际上所说的，"[2][3]罗杰斯插嘴道，看上去非常想准确地复述出这句话来，"但是不好意思，帕金斯，我把你的话打断了。"

"没事，一点都没关系，"帕金斯说道，"我不记得布林伯了；或许他不是我这个时代的人。不过我不用继续说了。我肯定你明白我的

---

1 原文为意大利语。

2 罗杰斯先生说错了，参阅《董贝父子》第 12 章。——原注。

3 《董贝父子》是狄更斯的一部小说，写作于 1846—1848 年之间。布林伯博士是小说中保罗·董贝所就读的寄宿学校的创办人。第 12 章中布林伯博士没有说过罗杰斯先生提到的那句话。但是布林伯博士确实时常表示自己非常反感在晚餐时对孩子们以及教职员工说话时被打断。

意思。"

"明白，明白，"罗杰斯草草回道，"就这样吧。我们到本恩斯托再充分讨论，或者其他地方也可以。"

在复述以上对话时，我尝试着给读者一种印象——这也是我心中的感觉——帕金斯有点碎碎念，或者说他的言谈举止像只老母鸡；唉！完全缺乏幽默感，但同时在自己的信仰上又不屈不挠，十分虔诚，是个非常值得尊敬的人。不管读者是否感受到了这些，这就是帕金斯的性格特点。

正如帕金斯所愿，第二天他便顺利离开学院，来到了本恩斯托。他在环球旅馆获得了热情接待，被妥当地安顿在了我们已经听说过的那间宽敞的双床房里。他在休息前，把研究资料有条不紊地放置在了宽大的书桌上。书桌位于房间外侧的那头，三面都有朝向大海的窗户围绕；也就是说，中间的窗户直面大海，左边和右边的窗户则分别可以望见北面和南面的海岸线。往南看就是本恩斯托村了。北边则看不到什么房屋，只有海滩和它背后低矮的峭壁。最靠近窗户的地方是一条——不是很显著的——野草带，上面点缀着废弃的锚和绞盘机等物件；再往前便是一条宽阔的小径；小径外则是海滩。无论先前大海离环球旅馆有多远，现在它们之间的距离已经不到六十码了。

旅馆里的其他住客自然多是来打高尔夫球的，其中有些需要特别描述一下。也许最引人注目的人物是个退伍军人[1]，他现在是伦敦某俱乐部的秘书长，拥有异常有力的嗓音，而且持有坚定的新教观点。这可以从他参加完教区牧师的教礼后发表的观点中看出。教区牧师是个可敬的人，他倾向于维持古雅的宗教礼仪，因而他遵照东盎格鲁传统，勇敢地保留下了传统教礼。

帕金斯教授的主要性格特点之一便是充满毅力，到达本恩斯托的第二天，在威尔森上校的陪同下，他把白天的大部分时间用在了所谓"提高高尔夫球水平"上。在下午的时候——我不确定，是否应该怪罪于球技提高的过程——上校的行为举止透露出极其恼怒的神色，一想到要和

1　原文为法语。

他一起从球场走回旅馆，帕金斯心里就有点发怵。他偷偷地迅速观察了一下上校那竖立的胡子和发红的脸庞，决定比较明智的做法是：让下午茶和烟草去安抚上校的心情，然后到晚饭时，实在没办法避免的情况下，两人再碰头。

"晚上我想沿着海滩走回旅馆，"他小心地说道，"是的，顺道看看——光线应该足够的——迪斯尼[1]提到的那片废墟。其实，我不是很确定废墟的方位；但我猜应该可以无意中撞到的。"

我想说，这回他说的可真应验了。他小心翼翼地从高尔夫球场走向鹅卵石滩时，脚被绊住了——部分是因为一丛金雀花根，部分是因为一块较大的石头——摔倒了。当他站起身，查看周围环境时，发现自己身处一片有些凹凸不平的地面上，上面有一些小的坑洼和凸起。那些凸起的地方，他检查后，发现只不过是一堆堆裹在泥浆里的打火石，被长出的草皮覆盖了。他十分肯定地得出结论，自己一定是在那片答应帮人查看的圣殿骑士分堂遗址上。似乎发掘者在这儿进行挖掘不会徒劳无功的；地基的大部分也许位于不太深的位置，可以显示出这建筑的大致结构。他依稀记得，圣殿骑士——也即这一遗址的拥有者——习惯建造圆形教堂，他觉得离自己较近的一系列特别的凸起和土堆看上去确实像是按照圆形方式安排的。很少有人能够抗拒在自己的专业之外进行一点业余研究的诱惑，从而显示出如果自己严肃地从事这一事业便可以做得多么成功。然而我们的这位教授，即使他也有这种不光彩的欲望，但他心里真的还是非常想帮助迪斯尼先生的。于是他仔细地沿着他注意到的那片圆形区域走了走，在他的小笔记本里记下了这区域的大致面积。接着他检查了圆圈中心以东位置的一块椭圆形的凸起，他觉得那里似乎曾是一个讲坛或者祭坛的底座。在这块凸起的北端，有一块草皮脱落了——被某个男孩或者其他野生[2]生物撕走了吧。他觉得也许应该检查下其中的土壤，寻找建筑物的存在证据，于是他拿出小刀，开始刮掉上面的泥土。这时又有一个小发现：他刮

---

1 此处有可能指剑桥大学考古学系的迪斯尼讲座教授。这一教职由英国考古学家约翰·迪斯尼（1779—1857）于1851年资助设立。
2 原文为拉丁文。

着刮着，一部分泥土便往里面掉进去了，露出一个小洞。他点亮了好几根火柴，想看清这个洞到底是什么，但是海风太大，把火柴全吹灭了。然而他用小刀敲刮了一下洞壁，觉得这肯定是一栋建筑中的人造孔洞。这个洞是矩形的，它的边、顶部以及底部，即使并未涂灰泥，也是光滑和规则的。当然这个洞是空的。不！当他把小刀收回来时，听到了金属的碰撞声，他把手伸进去在空洞的底部碰到了一个圆柱形的物体。他自然将这物体拿了出来，当他将它对着即将消退的暮光时，他发现这也是一样人造之物——一根大约四英寸长的金属管，显然已经年代久远。

当帕金斯确定这古怪的孔洞里没有其他东西时，已经很晚了，天色也已太暗，他没法再做进一步的研究了。他的发现竟然出乎意料的有趣，于是他决定明天白天再为考古牺牲点时间。他确定，那个现已安然躺在他衣袋里的物件无论如何都会有一点价值的。

他回旅馆前最后望了一眼遗址，那遗址显得萧索荒凉。西边昏沉的黄光显出高尔夫球场，仍然可以看见有几个人正从球场走向俱乐部，还可以看见静立的圆形炮塔，爱尔德赛村[1]的灯光，被一道道黑色木制防波堤间隔开来的白色沙带，以及暗沉低鸣着的大海。北风有些刺骨，但他朝着环球旅馆走去时，风吹在了他的背上。他快步走过鹅卵石路，发出了一阵咯吱声，来到了沙滩上，沙滩上一切静好，只不过每隔几码他就必须跨过一条防波堤。他最后回头望了一眼，想测量下他离开圣殿骑士教堂遗址后所走过的路程，结果发现有个人也同他一起走在海滩上，不过没法看清楚那人的样子，看上去那人在努力追赶他，然而距离几乎没有缩短。我的意思是那人的动作看上去好像在奔跑，但他和帕金斯之间的距离却似乎并未实质性地缩短。因此帕金斯觉得，至少基本上可以肯定他不认识那个人，等着他赶上来会显得很愚蠢。尽管如此，他开始觉得在这样孤寂的海边，有个伴还是不错的，当然前提是你可以选择你的同伴。在他的童年时期，曾经读过一些故事，讲述了在类似环境下的一些相遇，现在他都还不太敢回想这些情节。但直到他回到旅馆，他一直都在想这些故事，尤其是其中一个让很多人在童年时期都浮想联翩的

1　为作者虚构。

故事。"我在梦中见到基督徒出发了，但还没有走多远，就看见一个凶恶的魔王在田野里迎面而来。"[1] "我现在该怎么办呢，"他想道，"如果我一回头，结果看到黄色天空下一个醒目的黑色身影，而且那东西还长着犄角和翅膀？真不知道我到时应该停下来还是逃跑。幸好我身后那位先生不是那种东西，而且现在看来他和我之间的距离和我刚看到他时差不多。好吧，按这个速度，他可没法像我那么快就吃到晚饭咯；哦，天哪！离晚饭时间只有一刻钟了，我得抓紧了！"

事实上，帕金斯几乎都没时间换衣服了。当他在餐桌上遇到上校时，这个军人的内心已然一片和平——至少是他能做到的最大程度的和平了；晚饭后的桥牌时间里，上校也心平气和，因为帕金斯可是个桥牌高手。临近十二点时，帕金斯打算回房休息，他觉得整个夜晚过得非常令人满意，在相似状况下，即使在环球旅馆待上两周甚至三周时间，都是可以接受的——"尤其是，"他想道，"如果我能继续提高我的球技。"

他走在走廊里时遇到了环球旅馆的杂役，那人拦住他，说道：

"对不起，先生，我刚才掸您的外套时，有个东西从衣袋里掉了出来。先生，我把它放在您房里的五斗橱上了，先生——那是个烟斗还是啥的吧，先生。谢谢，先生。就在您的五斗橱上，先生——好的，先生。晚安，先生。"

这番话让帕金斯想起了下午的这个小发现。他非常好奇地对着蜡烛光把这东西转了过来。他现在发现，这是铜做的，样子看上去和现在的狗哨非常像；实际上这就是——是的，这当然就是——一个实实在在的哨子。他把它放到唇边，但哨子里塞满了细小踏实的沙子和泥土，敲也敲不出来，只能用小刀去刮掉了。帕金斯是个爱干净的人，他把里头的泥土清了出来，放在了一张纸上，随后他拿着纸把泥土倒出了窗外。他打开窗户时，发现月明星稀，有那么一会儿他站着看了会儿海，发现大晚上的有个游荡者站在旅馆前的海岸上。随后他便关上了窗户，很吃惊本恩斯托的人竟然习惯如此晚睡。他又把那哨子拿到了烛光下。嘿，这

1　这一引言出自约翰·班扬的《天路历程》，然而并不准确。原文如下："我在梦里看见……可怜的基督徒可够受了；因为他还没有走多远，就看见一个叫做魔王的凶恶的敌人在田野里迎面而来。"作者在庙林预备学校读书时校长会在周日读《天路历程》给他们听。

上面显然有记号，不仅仅是记号，而是字母！他稍稍摩挲了一下，那些刻得很深的铭文就清晰可见了，但是教授不得不承认，他仔细思索了一会儿后，发现这些文字的含义对他而言就如伯沙撒墙上的文字[1]一般含义不清。哨子的前头和后头都有刻字。前头的如下：

FLA[2]
FUR BIS
PLE

后头的如下：

✠QUIS EST ISTE QUI UENIT ✠[3]

"我应该可以翻译出来的，"他想着，"不过我觉得我的拉丁文太久没用了。当我想这个问题时，我不认为自己可以认出哨子上的字。长一点那句看上去够简单的。应该是说，'来的到底是谁'？好吧，找出答案的最好方法显然是吹口哨叫他过来。"

他尝试着吹了下那口哨，但突然停了下来，他对自己吹出的声响非常吃惊，但又感到很高兴。这哨声听上去像是从无尽远处传来的，虽然听上去很柔和，但他总觉得方圆几里都肯定能够听到。这个声音似乎还具有一种在人脑中形成画面的能力（很多气味都有这能力）。有那么一刻，他清晰地看到一片宽阔、阴沉的夜空景象，清风吹过，画面中间有个孤独的身影——那人在干什么，他没法判断。如果不是突然有一阵强风拍打了窗户，把画面打破了，他也许还能看到更多。那阵风来得太突然，他抬头一望，正好看到漆黑的窗外，一只海鸟的翅膀留下的白色掠光。

哨子的声音让他十分痴迷，他禁不住又试了一次，这一次他更大胆了。哨声比上一次稍微重了点——如果有变化的话，但第二次吹却毁了

---

1 伯《圣经·但以理书》第5章1—30节记载先知但以理解释了出现在巴比伦的伯沙撒王宫殿墙上的神秘文字（mene mene tekel upharsin），正确预言了伯沙撒王身死国亡的命运。

2 关于这一文字的具体含义学者们并未达成共识，但较为可信的解释为：这是一组拉丁短语 Fur, flabis, flebis，意为"贼人，你将吹奏，你将哭泣"。

3 此句取材自《圣经·以赛亚书》第63章第1段："这从以东……来……的是谁呢？"此处"以东"为一地名。

那幅影像——脑海里没有形成画面，他心里还有些期盼可能再次出现画面。"上帝啊！这怎么回事啊？几分钟内，这风竟然吹成这样！多可怕的一阵风啊！瞧！我就知道这窗扣没什么用！啊！我就猜到——两支蜡烛都灭了。这风真可以把房间都撕裂了。"

首要任务是要把窗户关上。从一数到二十的工夫里，帕金斯一直都在和那小小的窗门做斗争，风的力量如此之大，他觉得自己似乎是在推开一个壮实的窃贼。突然间风小了下去，门窗砰地关上了，窗栓也自己扣上了。现在该重新点上蜡烛，看看这风造成了什么损坏（如果有的话）。没有，没东西看上去不对头；甚至窗户上都没有玻璃破裂。但是刚才的噪音显然至少吵醒了旅馆里的某个人：可以听到上校穿着长裤，拖着重重的脚步在楼上徘徊，嘴里咕哝着。

这风起得很快，却没有立马消退。风继续吹着，呼号着，刮过旅馆，有时候发出如此凄惨的叫声，正如帕金斯客观地说道，这会让喜欢胡思乱想的人感到非常不舒服的；即使是缺乏想象力的人，他想了一刻钟后，也会觉得没有这风声会更开心一些。

帕金斯不是很确定，究竟是这风，还是高尔夫球造成的兴奋感，抑或是分堂遗址上进行的研究让他睡不着。总之他一直醒着，时间长得足够让他猜想（在这种情况下我恐怕也时常这样）自己是各种致命疾病的受害者：他躺着数了数自己的心跳，确信心脏随时都可能停止工作，又沉重地对自己的肺、脑子以及肝脏等等起了疑心——他确定这疑心病会在太阳出来后消退，但那一刻到来之前很难将这疑心病放到一边。一想到另一个人也可能和他同病相怜，他便获得了一丝感同身受的安慰。附近的一个邻屋住客（在黑暗中不容易判定他的方位）也在自己的床上翻来覆去。

之后，帕金斯闭上了眼睛，决定努力尝试睡着。然而过度的兴奋感又以另一种形式发挥威力了——形成画面。要相信体验过的人[1]，当一个人尝试睡着时，闭上眼睛确实会看到画面，而且那些画面完全不对他的胃口，只能睁开眼睛，让这些画面消散。

帕金斯这回的遭遇可谓让他心烦意乱。他发现出现在他脑海里的画

1　原文为拉丁文。

面是连贯的。当他睁开眼时，那画面自然不见了；但当他再次闭上眼睛时，画面又再次出现，而且会接着发展下去，不是比之前快一些就是慢一些。他看到的场景如下：

一长条的海岸线——卵石的边沿是沙滩，每隔一小段距离便有黑色的防波堤，防波堤一直延伸至水中——实际上，这场景和他下午走回来时看到的如此相似，由于没有任何地标，因此几乎无法区分两者。光线很昏暗，给人一种风雨欲来的印象，某个冬日傍晚稍晚的时候，下着零星冷雨。在这萧瑟的舞台上，一开始看不到什么演员。接着，在远处，一个上下跳动的黑色物体出现了；过了一会儿后，他看出那是一个人，正在奔跑、跳跃、爬过防波堤，每过一小会儿他就心急地回头看。随着这人走近些了，虽然没法看清他的脸，但是能更清楚地发现他不仅很焦虑，而且受了极大的惊吓。而且他已经筋疲力尽了。他继续跑着；每一个前后相继的障碍物都似乎给他造成了比上一个更大的困难。"他能爬过这下一个吗？"帕金斯想道，"这个防波堤似乎比其他的要高一些。"确实如此；那人半爬半翻地跨了过去，整个人都倒在了防波堤另一边（离观众最近的那一边）。似乎他真的站不起来了，就那样蜷缩在了防波堤下面，神情痛苦焦虑地张望着。

目前为止还看不到究竟是什么让这个奔跑者如此害怕；但这时在海岸的远处开始出现一小点某种浅色物体，那东西正极其迅速且毫无规律地前后漂移着。那东西也在快速变大，显示出一个包裹在惨白的、颤抖着的布料中的形体，但看不清楚是什么。那东西的动作有种让帕金斯非常不想近距离观察的特质。它会停下来，举起手臂，把身子欠向沙滩，然后佝偻着冲过沙滩来到海水边，接着又往回移动；接着它直直地立了起来，再一次以让人感到恐怖的惊人速度前行而去。终于，这个追捕者左右徘徊在了距离那人蜷缩藏身的防波堤只有几码远的地方。在两三次徒劳无功的来回冲撞后，那东西停了下来，笔直地立了起来，手臂高高地举着，然后直接冲向了那块防波堤。

帕金斯总是在这一刻没法坚定地闭住眼睛。他担心了好一会儿，怕这是失明的前兆，或是用脑过度，或是吸烟过量之类的。终于他屈服了，于是点亮了蜡烛，拿出一本书，打算醒上一晚，这好过一直被这影像折磨。他觉得这只可能是自己白天海边行走以及所思所想的病态反映。

火柴划过火柴盒的声响，以及火光的亮度一定是惊吓到了黑暗中的什么生物——老鼠或者什么的——他听到这东西从他床边快速地穿房而过，发出一阵窸窸窣窣声。天啊，天啊！火柴熄灭了！真没用！但第二根烧得旺些，蜡烛点好了，书也在手上了，帕金斯仔细看了会儿书，没过多久，瞌睡便彻底征服了他。在他井然有序且小心谨慎的生活中，他第一次忘记吹灭蜡烛。第二天早晨八点他被叫醒时，烛台里还有一丝火星，小床头桌上留下了一道惨淡的烛泪。

早饭过后，他回到房间，最后整顿下自己的高尔夫球服——上天又一次分配了上校作为他的球伴——这时一个女佣走了进来。

"哦，如果您不介意，"她说道，"先生，您床上需要额外的毯子吗？"

"啊！谢谢你，"帕金斯回道，"是的，我想我需要一条。天气似乎很有可能变得更冷。"

没过一会儿，女佣就拿着毯子回来了。

"我该放在哪一张床上呢，先生？"她问道。

"什么？怎么，就那张——我昨晚睡过的那张上。"他说着便指了指那床。

"哦，好的！不好意思，先生，但似乎您两张床都睡了下；至少早上时两张床都需要我们收拾。"

"是吗？真是奇怪！"帕金斯说道，"我当然从没碰过另一张床，除了在上面放过一些东西。那床真的看上去像是有人睡过的？"

"哦，是啊，先生！"女佣说道，"嗯，床上的东西都皱巴巴的，被扔得到处都是，请原谅，先生——看上去像是有谁晚上没怎么睡好似的，先生。"

"天呐，"帕金斯说道，"嗯，我在整理行李的时候可能把床搞得比我想象得要乱了些。给你添了麻烦，太对不起了。我很肯定有个朋友快来了，顺便说一句，是个剑桥大学来的先生，他会过来住上一两晚的。我想这没问题吧，是吧？"

"哦，没，当然没问题，先生。谢谢您，先生。真的没什么麻烦的。"女佣说完便和她的同事去聊天打趣了。

帕金斯出发了，怀着坚定的决心，一定要提高自己的球技。

我很高兴可以汇报说，目前为止帕金斯在提高球技这件事上成功了。之前一直抱怨第二天又要和他一起打球的上校，随着上午时光的过去，现在变得非常乐于交谈了；他的声音低沉雄厚，传遍了球场，正如我们一些不怎么出名的诗人肯定说过的那样，"如同教堂塔楼里传出的管风琴之雄壮低音"[1]。

"昨天晚上这风可真够大的，"他说道，"在我老家，我们会说是有人在吹哨子了。"

"是吗，这样啊！"帕金斯说道，"你家那一带如今还流行这种迷信吗？"

"我不知道是否该称之为迷信，"上校说道，"整个丹麦以及挪威都相信这说法，约克郡沿海一带也是如此；我的体会是，请注意，那些老乡们坚持这些看法一般而言总是有些根本原因的，而且他们世世代代都相信这些。该你打了。"（无论他下一句原本可能说了什么，打高尔夫球的读者可以自行想象一下，在适当的间歇时会有些恰当的题外话插入。）

当对话继续时，帕金斯略微有些迟疑地说道：

"关于刚才我们讨论的话题，上校，我想我该告诉你，本人对这些问题持有非常坚定的观点。事实上，我坚决不相信所谓的'超自然现象'。"

"什么！"上校回道，"你是要告诉我你不相信预知力，或者鬼魂，或者任何类似的东西吗？"

"任何这类东西我都不信。"帕金斯坚定地回答道。

"好吧，"上校说，"那样的话，在我看来，先生您没比撒都该派[2]教徒好多少咯。"

帕金斯正想回应上校的观点说：依他之见，撒都该人是他在《旧约》里读到过的最理智的人群。但他有些不确定，《旧约》里是否提到了很多次撒都该人，于是他觉得还是一笑了之为好。

"也许是吧，"他说道，"但是——嘿，给我球杆，伙计！——请等

1　此句引言暂未确定出处。
2　见《铜版画》中相应注释。

一会儿，上校，"短暂间隙后，"好了，关于吹哨呼唤风这事，我来说说我的理论。说实话，我们还未完全知悉导致风起的自然规律——渔民之类的人，当然对此一无所知。一个行为古怪的男人或女人，也许不是本地人，在不寻常的时间里，好多次出现在海滩上，人们听到他（她）在吹哨。之后没多久，吹来一阵狂风；能够准确观知天相的人或者拥有一个气压计的人可以预知风的到来。但渔村里的普通人并没有气压计，他们只知道几条预测天气的简单规则。很自然，我开头提到的那个奇怪的人就会被人认为是风的始作俑者，或者说那人也会非常渴望获得能够呼风这一名声，是吧？现在说说昨晚的风：它起来的时候，我自己正在吹哨。我吹了两次哨，那风就好像是严格应着我的呼唤来的。如果有谁看见我——"

他的听众在这段长篇大论下有些不耐烦起来，我恐怕得说帕金斯有点陷入了大学讲师的腔调；但在他说到刚才那句时，上校打断了他。

"你在吹哨？"上校问道，"你吹的是什么样的哨子？先打这一杆。"间隙。

"上校，说到你问的这个哨子，那真是个奇怪的物件。我把它放在——没有啊；我知道，我把它留在房间里了。我实际上是昨天找到它的。"

接着帕金斯叙述了一下他发现那哨子的过程，上校听完后咕哝了下，表示如果他处在帕金斯的位置，他一定会小心处理这个曾属于一群罗马天主教徒的物件。一般而言，可以肯定地说，你永远不知道有什么事情是那群人做不出来的。从这个话题他转移到了教区牧师的恶劣行径，他在上个礼拜天宣布说这礼拜五将是圣多马使徒之庆节 [1]，十一点时会在教堂举行教礼。这种种安排都让上校深深地怀疑教区牧师即使不是个耶稣会 [2] 信徒，也至少是个隐藏着的天主教徒；帕金斯在这一领域不是很能理解上校所说的，于是也未反驳。实际上，他们早上相处得很好，午饭后他俩也没想分道扬镳。

1　在英国国教教礼中，应为 12 月 21 日；罗马天主教中则为 7 月 3 日。

2　天主教的主要男修会之一，1534 年 8 月 15 日由依纳爵·罗耀拉与圣方济·沙勿略、伯铎·法伯尔等人在巴黎成立。建立后很长一段时间，耶稣会都被人怀疑建立秘密组织，图谋不轨。

　　下午的时候，他俩打球依旧顺利，至少打得好到他们忘记了所有其他事情，直到光线开始变暗。直到那时，帕金斯才想起自己本打算去分堂遗址做进一步研究的；他想了下后觉得这也不是什么大事。哪一天去都是可以的；他还是和上校一起回旅馆吧。

　　他们走到旅馆拐角处时，上校差点被一个快速冲过来的男孩撞到，而且那男孩非但没逃跑，反而依旧抓着上校，大口喘着气。这位军人嘴里蹦出的头几个词自然是咒骂斥责性的，但他很快就意识到那男孩已经被吓得几乎说不出话了。一开始怎么问都得不到回答。等那男孩缓过气来之后，他开始号啕大哭，而且还抱着上校的双腿。最后他虽然放开了手，但继续哭着。

　　"你到底是怎么了？刚才发生什么了？你看到什么了？"这两位先生问道。

　　"呃，我看到它在窗户里面朝我挥手，"男孩哀嚎道，"我不喜欢那东西。"

　　"什么窗户？"烦躁的上校问道，"来，振作起来，孩子。"

　　"正前方的窗户，旅馆的那扇。"那男孩回答道。

　　此时帕金斯觉得应该送男孩回家，但上校不同意；他说他想把事情搞清楚；像这样子吓孩子是很危险的行为，如果那些人是在恶作剧，他们得为此付出点代价。他接着问了一连串问题，大概明白了事情经过：那男孩和其他几个伙伴在环球旅馆前的草地上玩耍；之后他们回家喝下午茶去了，他正要回家时，凑巧抬头望了一下旅馆正面的窗户，看到那东西在向他挥手。那东西看上去呈现某种人形，据他所说，穿着白衣服——没法看见它的脸；它朝他挥着手，那就不是一个正常的东西——更别说是个正常的人了。房间里有灯光吗？不知道，他没想过要看看房间里是否有灯光。是哪一扇窗户？是最顶上的那扇还是下面那扇？是下面那扇——那扇大窗户，旁边有两扇小窗户的那扇。

　　"很好，孩子，"又问了几个问题后，上校说道，"你现在快回家吧。我猜是有人想吓你一下。下一次，要像个勇敢的英国男孩那样，拿起石头砸——嗯，不，不能那样，但你可以去和旅馆服务员说，或者和老板辛普森先生说，嗯——是的——你就说是我让你这么做的。"

　　男孩的脸上露出了怀疑的表情，他觉得辛普森先生不大可能洗耳恭听他的抱怨的，但上校似乎没有察觉到这一点，继续说道：

"这儿有六便士——不，我看是一先令 ¹——你回家去吧，别再想这件事了。"

男孩激动地表达了谢意，然后急匆匆地回家了，上校和帕金斯绕到了环球旅馆的正面，查看了一番。只有一扇窗户是符合他们刚才听到的那番描述的。

"好吧，这真奇怪，"帕金斯说道，"显然那孩子说的是我的窗户。威尔森上校，你能上去一会儿吗？我们应该可以发现是否有人擅自进入我的房间。"

很快他们便来到了走廊里，帕金斯尝试着开了下门。然后他停了下来，摸了摸衣袋。

"这比我想的还要严重，"他接着说道，"我记得今天早上出发前我把门锁上了。现在门还锁着，而且更严重的是，钥匙在我这儿。"说着他便举起了钥匙。"好吧，"他继续说道，"如果用人们习惯在白天住客不在时进入他们的房间，我只能说——嗯，我完全无法赞成这做法。"他也意识到自己的语气太弱了，于是忙着去开门了（门确实是锁着的），并点燃了蜡烛。"唉，"他说道，"好像没什么变化。"

"除了你的床。"上校插话道。

"抱歉，这不是我的床，"帕金斯说道，"我不睡这一张。但确实，这看上去像是有人在床上搞了鬼把戏。"

确实如此：床单被绕了起来，以一种极其扭曲的混乱方式缠在了一起。帕金斯陷入了沉思。

"肯定是因为，"他终于开口道，"昨晚我拿出行李时把床单搞乱了，那时起用人就没整理过。也许用人进来整理床铺，那男孩从窗外看见了他们；接着他们被叫走了，并且把门锁回去了。是的，我想肯定是这么回事。"

"好吧，打铃，问问他们。"上校说道，帕金斯觉得这方法比较靠谱。

女佣过来了，长话短说，她发誓说早上这位先生在房间里时，她便把床铺好了，之后就再也没来过这儿。没有，她没有房间的其他钥匙。辛普森先生保管着钥匙，他可以告诉这位先生是否有人上来过。

这真是个谜。调查显示，没有丢失值钱的东西，而且帕金斯记得桌子上小物件的摆放位置，因此他足以断定桌上的东西没被弄乱过。辛普森夫妇进一步表示他们俩在白天时都没有将房间的额外钥匙给过任何人。像帕金斯这样头脑灵活的人也没法从老板、老板娘和女佣的言行举止中察觉到任何犯罪迹象。他更倾向于认为那男孩骗了上校。

晚餐以及整个傍晚，上校都一反常态地沉默着，而且陷入了沉思。当他向帕金斯说晚安时，他不太自然地小声说道：

"如果晚上你需要我，你知道我在哪儿的。"

"嗯，是的，谢谢你，威尔森上校，我想我知道的；不过我希望，自己没什么机会打搅到你。顺便说一句，"他加了一句，"我给你看了那支我提过的哨子了吗？我想没有吧。好吧，在这儿呢。"

上校就着烛光小心翼翼地转了转这哨子。

"你看得清那些刻字吗？"帕金斯把哨子拿回去时，说道。

"不行，这种光线下不行。你想拿它干什么？"

"哦，嗯，等我回到剑桥大学，我会把它交给那边的某些考古学家们，看看他们觉得这东西怎么样；很有可能，如果他们觉得这有价值，我会把它送给学校里的某个博物馆的。"

"先生！"上校说道，"好吧，你的想法可能是对的。可我只知道，换了我的话，我会把这东西直接扔进海里。我说了也没用，但我心里很清楚，希望你从这件事上能学到点什么。希望如此吧，我很肯定，祝你晚安。"

他转身走了，留下帕金斯在楼梯下欲言又止，没过多久他们都各自回到了房间。

非常不幸的一个意外是，教授的房间里，窗户上都没有百叶窗或者床帘。前一天晚上他几乎没想过这件事，但今晚看上去无疑升起了一轮明月，直接照耀着他的床，很有可能一会儿会照醒他。当他注意到这个问题时，心里非常烦躁，但是他的心灵手巧实在让我嫉妒，他成功地利用一块火车毯、几根安全别针、一根手杖以及一把雨伞撑起了一块屏风，如果立着不倒的话，确实可以让他的床完全照不到月光。没过多久他便舒服地躺在床上了。他读了会儿艰深的书籍，直到足以产生一股坚定的睡意为止，他睡眼惺忪地环视了一圈房间，吹灭了蜡烛，便倒向了枕头。

他肯定沉睡了一个小时或更长时间，直到突然一阵"咔嗒"声以极其令人厌恶的方式将他惊醒了。过了一会儿他便明白发生什么了：他仔细搭建的屏风坍塌了，一轮非常明亮的苍白月亮直直地照着他的脸庞。这真是让人心烦意乱。他有可能起来重新搭一个屏风吗？如果他搭的话有可能睡着吗？

有那么几分钟，他躺在床上，思考着这些选项。接着他突然转过身去，双眼大睁，屏息聆听着。他肯定有一阵响动，就在房间另一边的那张空床上。明天他要把这床撤了，因为里面肯定老鼠之类的东西在闹腾。现在安静下来了。没有！又开始了一阵骚动。那边传来一阵窸窣摇晃的声音：这声音显然比老鼠能发出来的响多了！

我自己能够体会到教授的那种疑惑和恐惧，因为三十年前我曾经在梦中见过同样的事情发生；但是读者也许难以想象这对他而言是多么可怕的事情，他看到原以为是空床的地方坐起了一个人形的东西。他一下子就跳出了自己的床，奔到了窗户前，那里躺着他唯一的武器——那根他用来支撑屏风的手杖。结果显示，这是他采取的最糟糕的行动，因为空床上的那东西，突然以柔滑的动作，从床上滑了下来，伸张着双臂，占据了两张床之间的位置，正好对着门。帕金斯既恐惧又困惑地看着它。不知为何，与这东西擦肩而过，从房门里逃出是个他无法容忍的主意；他无法忍受——他也不知道为何——触碰到这东西；至于让这东西来触碰他，那他宁可跳出窗户，也不会让这事发生的。此刻这东西站在一长条阴影区域里，他还没看到它的脸是什么样子。现在它开始挪动了，弯着腰，就在这一瞬间帕金斯既害怕又欣慰地意识到，这东西肯定是瞎子，因为它似乎用包裹在布里的手去随意触摸，以这种方式感知周围。那东西半背着他，突然意识到了它刚刚离开的那张床，于是对着床猛冲了过去。它弯着身子，以一种让帕金斯颤抖的方式——帕金斯这辈子都没想过有可能发生这种事情——触摸着枕头。过了一小会儿，它似乎意识到那床是空的了，接着它移向了有光亮的区域，面朝着窗户。它终于显露出自己的本来面目了。

　　帕金斯本人非常讨厌被人问到这东西的样子，不过我确实听他描述过一次，我理解关于这个东西他主要的印象是一张很恐怖，极其恐怖的由皱巴巴的亚麻布组成的脸。他没法描述，或者他不愿意描述在这张脸上看到了什么样的表情，但是可以肯定的是，这东西快把帕金斯吓疯了。

　　但他没法从容地长时间观察它。它以令人恐惧的速度移到了房间中央，在它触摸和挥舞手臂时，布匹的一角扫过了帕金斯的脸。他没有办法——虽然他知道发出声音是多么危险的事情——他没有办法控制住一声厌恶的惊叫，这叫声让那搜寻者立刻获得了线索。它迅速跳向了他，片刻之后帕金斯半个身体都往后靠出了窗户。他用最尖锐的嗓音一声又一声地呼叫着，那张麻布脸紧紧地贴向了他的脸。就在这一刻，几乎是他有可能获救的最后关头，救兵赶到了，正如你已猜到的：上校破门而入，正好看见那可怕的两人倚在窗边。当他走到他俩身边时，只有一人还在了。帕金斯一下子向前晕瘫在房间里，他面前的地板上堆着一叠皱巴巴的床单。

　　威尔森上校什么都没问，他忙着防止任何人走进房间，并将帕金斯扶到了床上；他自己则裹着张毯子，在另一张床上度过了这晚剩下的时间。第二天一大早罗杰斯来到了旅馆，他如果前一天到来的话肯定不会如此受欢迎的。他们三人在教授的房间里进行了很长时间的讨论。讨论结束后，上校离开了旅馆，食指和大拇指之间夹着一个东西，他以一只强健的手臂可以投掷的最大力道将这东西尽可能远地扔进海里了。之后，环球旅馆的后院里升起了一阵布匹燃烧的浓烟。

　　必须承认我已经想不起来，旅馆究竟用什么解释打发了旅馆员工和住客们。总之教授洗清了患有震颤性谵妄 [1] 这一极有可能产生的嫌疑，旅馆也避免了鬼屋的恶名。

　　如果上校当时没有出现从而阻止事态发展，那帕金斯会遭遇什么将是毫无悬念的事情。他不是摔出窗户，就是精神失常。但不是很清楚的是，这个呼应着哨声而来的生物除了吓人之外还能造成什么恶果。似乎除了它用来构成自己身躯的床单以外，它自身绝对没有实质性的东西。

1　又称撤酒性谵妄或戒酒性谵妄，为一种急性脑综合征，多发生于酒依赖患者突然断酒或突然减量。

上校想起一件发生在印度的较为相似的事件，他的看法是，如果帕金斯与其短兵相接，那家伙其实也造不成什么伤害，它的唯一能力就在于吓唬人。上校说，这整个事件足以证实他对于罗马教廷的看法。

　　故事已经讲完了，但是你可以想象，教授在某些问题上的观点现在已经没有以前那么坚定了。他的神经也受了罪：即使到现在，他都无法直视一件一动不动地挂在门上的白色罩衣，而且如果在冬日午后看到田野里的稻草人，他会好几个晚上都睡不着。

托马斯修道院院长的宝藏¹

一

"Verum usque in praesentem diem multa garriunt inter se Canonici de abscondito quodam istius Abbatis Thomae thesauro, quem saepe, quanquam adhuc incassum, quaesiverunt Steinfeldenses. Ipsum enim Thomam adhuc florida in aetate existentem ingentem auri massam circa monasterium defodisse perhibent; de quo multoties interrogatus ubi esset, cum risu respondere solitus erat: 'Job, Johannes, et Zacharias vel vobis vel posteris indicabunt'; idemque aliquando adiicere se inventuris minime invisurum. Inter alia huius Abbatis opera, hoc memoria prœcipue dignum iudico quod fenestram magnam in orientali parte alae australis in ecclesia sua imaginibus optime in vitro depictis impleverit: id quod et ipsius effigies et insignia ibidem posita demonstrant. Domum quoque Abbatialem fere totam restauravit: puteo in atrio ipsius effosso et lapidibus marmoreis pulchre caelatis exornato. Decessit autem, morte aliquantulum subitanea perculsus, aetatis suae anno lxxii^{do}, incarnationis vero Dominicae mdxxix^o."

1　此篇据作者所言，创作于 1904 年夏，最早在《古文物专家的鬼故事》中出版，后收入《M.R. 詹姆斯鬼故事集》中。本篇的德国背景反映出作者 1904 年 7 月进行的一项工作。他研究了赫特福德郡的阿什里奇小礼拜堂的彩绘玻璃，后来其写了题为《阿什里奇小礼拜堂彩窗札记》（1906）的小册子，其中写道："在我看来，这些彩窗均为十六世纪产物……我猜测所有彩窗皆来自同一教堂——埃菲尔地区的施泰因菲尔德修道院教堂。920 年，此修道院创立，原为本笃会修道院……一百七十七年之后，本笃会日渐萧条，最终被……普雷蒙特雷会取代。"作者在该小册子的讨论中透露，他其实并未去过施泰因菲尔德修道院。本篇中的密文不禁让人想起爱伦·坡的《金甲虫》，或许这透露出作者广泛阅读了侦探小说。

"我想，我得把这段话翻译一下，"这位古文物学家自言自语道，他刚把以上这段文字从一本非常罕见且已极其松垮的书上抄下来，那书名为《施泰因菲尔德诺伯特修道院文集》[1]，"好吧，这事儿迟早都得干。"于是乎以下这段译文很快就完成了。

"时至今日，教士中仍传言，托马斯院长藏有一宝藏。施泰因菲尔德修道院中之人常行搜索，然迄今徒劳无功。传闻托马斯在其盛年之时便将一大笔黄金藏匿于修道院某处。常有人问他藏宝之地，他则时常笑而回曰：'约伯、约翰和撒迦利亚[2]将告知于你或你的后来者。'他有时复言自己不会对寻到之人心怀恨意。此位修道院院长所做之其他工作中，我将特别提到的是，他在教堂南侧廊的大窗上绘制了精美之人像，其肖像及徽章亦在窗上，可为佐证。其亦几乎彻底翻新了修道院院长之住处，在庭院中开凿新井，饰以刻有精美浮雕之大理石。其年七十二时，突然辞世，是年公元一五二九。"

此刻，该古文物学家面对的问题是，要找到施泰因菲尔德修道院教堂中的彩绘玻璃窗之所在。革命之后不久，有大量彩绘玻璃从德国及比利时那些解散的修道院中流散出来，辗转来到本国，或许它们现在正装饰着我们各种各样的教区教堂、大教堂以及私人小礼堂呢。在这些我国艺术财富的非自愿"捐献者"中，施泰因菲尔德修道院是其中贡献最大的一个（这些话引自这位古文物学家所著之书中有点沉闷的序言），来自这一修道院的大部分窗玻璃可以较为容易地辨别，因其上有大量铭文，其中提到了施泰因菲尔德这一地方；另外玻璃绘画的主题中也呈现了若干意义明确的组诗及故事。

故事开头我引用的这段文字让这位古文物学家开始了另一项鉴定工作。在一个私人小礼堂中——且不论其在何处——他曾见到过三个巨大的人像，每一个都占据了一整块窗玻璃，而且显然出自同一个艺术家之

1　此书介绍施泰因菲尔德的普雷蒙特雷修会修道院，该修道院位于埃菲尔地区。书中兼叙历任院长的生平。此书于1712年由克里斯蒂安·阿尔伯特·俄哈德在科隆出版，此人为埃菲尔地区居民。之所以以"诺伯特"来修饰此修道院是因为普雷蒙特雷修会是由圣诺伯特创立的。——原注

此书名原文为拉丁文。埃菲尔地区位于德国西北部。"普雷蒙特雷"指普雷蒙特雷修会，此修会由圣诺伯特（1080？—1134）创立于普雷蒙特雷，该地位于法国拉昂附近。该修会遵循圣奥古斯丁之戒律，其种种戒律包括戒肉。至19世纪早期时，该修会几已无人延续。——译者注（后文不特注明则皆为译者注）

2　三人均为《圣经》中之人物。

手。绘画风格清晰地表明这位艺术家是个十六世纪的德国人；但目前为
止还未能更为准确地确定这些玻璃的来源地。你听了会否感到吃惊？玻
璃中所画的是族长约伯、福音传道者约翰以及先知撒迦利亚，他们每一
个都手握书籍或卷轴，上面刻有一句来自于他们各自著作中的句子。当
然，古文物学家注意到了这一点，他感到惊奇，为何这些铭文与他可
以查阅到的公认文本有着奇特的差异。约伯手中的卷轴题有以下文字：
"Auro est locus in quo absconditur"（一般文本为 "conflatur"）[1]；约翰的书
上写着 "Habent in vestimentis suis scripturam quam nemo novit" [2]（一般文
本为 "in vestimento scriptum"，这几个词之后的文字来自于另一段经
文）；撒迦利亚的铭文是 "Super lapidem unum septem oculi sunt" [3]（这是
三段铭文中唯一未作改动的）。

　　我们这位"调查员"一想到为何这三个人物会被放在同一扇窗户
上，就感到十分的困惑。这三个人物之间，无论是历史层面，还是象征
意义，抑或教义上，均无联系。他只能假设说，他们三位肯定是一幅巨
大的先知及使徒群像的一部分，这组群像有可能覆盖了某个大教堂一
整片的顶层天窗。但是《文集》中的那段话颠覆了这一设想，它表明
德——勋爵私人小教堂窗玻璃上的这三位人物的名字，时常挂在施泰因
菲尔德的托马斯·冯·艾申豪森院长的嘴上。这位院长在大概一五二〇
年的时候，为修道院的南侧廊装上了彩绘玻璃窗。可以合情合理地推
想，这三个人像有可能是托马斯院长所做修缮的一部分。而且，或许再
一次仔细检查窗玻璃便可确认或者放弃这一判断。萨摩顿先生恰是个闲
人，于是他即刻出发，去那私人小教堂"朝圣"了。他的猜想被充分地
证实了。不仅那玻璃窗的风格及制作工艺与所描述的日期及地点十分符
合，而且他还在小教堂的另一扇窗户上找到了一些玻璃，上面绘有托马
斯·冯·艾申豪森院长的徽章。已知的是，这些玻璃是与那些人像玻璃

1　藏金有方。——原注
　　此句为拉丁文，出自《圣经·约伯记》28 章 1 节，原文为"炼金有方"，此处将"熔炼"（conflatur）换成了
　　"隐藏"（absconditur）。
2　他们衣服上的文字没有人知道。——原注
　　此句为拉丁文，由两句经文组成，分别为《圣经·启示录》19 章 16 节之"在他的衣服和大腿上有名写
　　着……"以及 12 节之"……又有写着的名字，除了他自己没有人知道"。
3　在一块石头上有七眼。——原注
　　此句为拉丁文，出自《圣经·撒迦利亚书》3 章 9 节。

一同买来的。

在他研究的间隙中，萨摩顿先生回想起了关于宝藏的传闻，这念头挥之不去。仔细想了想这件事情后，他觉得越来越清楚的是，如果院长给予那些提问者的谜一般的回答是有意义的话，那么他肯定是说，秘密隐藏在他为修道院教堂安装的窗玻璃的某一处。这一点毫无疑问，再进一步讲，之前提及的窗玻璃上那些卷轴上的奇怪引文或许提供了隐秘宝藏的线索。

因此，每一个有可能对解开院长给后人留下的谜题（肯定是他有意为之）有帮助的特征或记号，他都十分小心地做了标注。回到伯克郡的宅邸后，他又点灯熬夜地查看描摹图及速写图。两三个礼拜后的某一天，萨摩顿先生吩咐他的男仆，让他为自己及主人收拾行李，因为他们将要开始一段短期的出国旅行了。无论他们要去哪儿，此刻我们暂不追随他们的脚步。

二

秋日早晨天气宜人，帕斯伯里[1]的教区牧师格里高利先生在早餐前出去散步，他一直走到马车车道的大门口为止，为的是去和邮差碰头，顺道呼吸下凉爽的空气。这两个目的他都达成了。他还没来得及回答完自己年少的子女们——他们陪着他——抛给他的十多个各种各样的问题，邮差的身影便已出现。在今早的邮件中，有一封信件上面盖着个外国邮戳、贴着外国邮票（这立马就成了小格里高利们激烈争抢的对象），信封上的地址显然是一个教育程度很低的英国人写的。

当牧师将信件打开，翻到签名页时，他发现这是他的朋友、乡绅萨摩顿先生的贴身男仆写来的。信中说道：

尊敬的先生，
　　我对主人所处境况十分担心，因此写信恳请先生您好心过来一

1　帕斯伯里为虚构之地名。

趣。主人遭受了严重的打击，正卧病在床。我从没见过他变成现在
这个样子，但无疑，除了先生您以外没有人能帮助他。主人让我告
知您，来到此处的捷径是：驾车到科布伦茨[1]然后坐双轮轻便马车。
希望我把这说明白了，但我自己也感到困惑，是什么让主人在夜里
如此焦虑和虚弱。我斗胆说一句，在这帮外国人中能瞅见一张英国
面孔，那真是件开心事。

您顺从的仆人

威廉·布朗

附：那个不知是小镇还是村子的地方，叫做施廷菲尔德[2]。

　　读者自可仔细想象，收到这样一封信后，这位平和的伯克郡牧师是
如何一下子陷入了吃惊、困惑以及匆忙的准备工作之中的。是年为公元
一八五九年。我只消说，当日格里高利先生便坐上了去镇里的火车，并
成功买到了去往安特卫普的客船船票，以及去往科布伦茨的火车票。从
这一枢纽城市前往施泰因菲尔德也并不困难。

　　作为本故事的叙述者，我有着极大的劣势，因为我从未亲自去过施
泰因菲尔德；而且这出好戏中的主要角色们（我的信息就来自于他们）
都只能给我关于当地景观的一个模糊、而且相当阴暗的印象。我大致获
知，那是个小地方，有一座大教堂，但里面的古老陈设都已被掠夺；还
有一些几为废墟的大型建筑围绕着教堂，它们主要是十七世纪的产物；
至于那修道院，正如欧洲大陆上大部分修道院一样，在当时被住在里头
的教士们以华丽的风格进行了重修。对我而言，花钱去那儿参观并不划
算。虽然那地方应该比萨摩顿先生或格里高利先生所认为的要有魅力得
多，但显然那里几乎——如果不是彻底没有的话——没有什么顶级景观
可以观览。或许，除了某样东西之外，但我并不想看它。

　　那位英国绅士和他的仆人所住的旅馆是（或当时是）这个村子里唯

1　科布伦茨：德国西部城市。
2　作者在此信件中有意使用拼写错误的词语以及语法混乱的语句来显示布朗的受教育程度较低，此处"施廷菲
　　尔德"即是"施泰因菲尔德"的不标准拼写。

一"可住"的地方。车夫立马就把格里高利先生带到了那里，布朗先生正在门口等候着。在伯克郡宅邸时，布朗先生是神情淡然、蓄着连鬓胡的那类贴身男仆的典范，但他现在却异乎寻常的焦躁不安。他身穿轻便花呢套装，显得很焦虑，几乎可以说是急躁不堪了，显然他对现状六神无主。看到教区牧师那"诚实的英国面孔"，他真是感到溢于言表的欣慰，但他一时却不知该如何用言语去表达自己了。他只能说：

"唉，先生，见到您我真是太高兴了，真的。先生，我肯定主人也会很高兴的。"

"你主人现在怎么样了，布朗？"格里高利先生急切地问道。

"我觉得他好些了，先生，谢谢您；但他之前真是受罪了。我希望他现在能睡一会儿了，但是……"

"到底发生什么事了——从你的信上我没弄明白？是发生什么意外了吗？"

"好吧，先生，我不太清楚自己是否应该谈论这事儿。主人特别强调，应该由他来告诉您。没有弄断骨头，我们至少得为这个感到欣慰一下……"

"医生怎么说？"格里高利先生问道。

此时他们已经走到了萨摩顿先生卧房的门外，于是便低声交谈着。格里高利先生恰好走在前面，伸手去摸索门把手，他的手指碰巧划过了门板。布朗还没来得及反应时，房间里便传来一声可怕的叫喊。

"苍天在上，谁在那儿？"这是他们听到的头几个字，"布朗，是你吗"

"是的，先生，是我，先生，还有格里高利先生。"布朗急忙回答道，传来的回应是一声清晰可闻的宽慰的叹息声。

他俩进了房间，午后的阳光被挡在窗外，房间里暗沉沉的。格里高利先生看到他朋友那通常恬静的脸庞此刻竟显得如此憔悴，脸上还有惊恐的冷汗，这可怜的景象让他吃了一惊。萨摩顿在罩有床帘的床上坐了起来，伸出一只颤抖着的手来欢迎他。

"见到你就好了，我亲爱的格里高利。"这是对牧师第一句问候的回答，而且显然这是句实话。

布朗后来说，聊了五分钟天之后，萨摩顿先生比前几天好多了。他的食量增加了，而且充满自信地说，自己已恢复不少，可以在二十四小时内便前往科布伦茨。

"但有一件事情，"他说着，又变得情绪纷乱了，格里高利先生不喜欢见到他这样，"我得求你帮我办了，我亲爱的格里高利。别，"他继续说道，并用手压住了格里高利的手，以防他插话，"别问我是什么事，或者我为什么希望做那件事。我还不想解释，否则我又要想起那事了——这会抵消掉一切你的到来所带给我的好处。我只想说，帮我办这事儿，你无需承受任何风险，布朗明天就可以告诉你怎么做。不，我还不能说。只是要放回个东西……以保持……某个东西……不，我还不能说。可以叫布朗过来吗？"

"好吧，萨摩顿，"格里高利先生说道，他正穿过房间朝门口走去，"在你觉得可以告诉我之前，我不会问你要什么解释的。如果你托我的事如你所说的那么简单，那我愿意明天一大早就帮你去办。"

"啊，我知道你愿意的，亲爱的格里高利；我就知道你靠得住。我真是对你感激不尽。嗯，布朗来了。布朗，和你说句话。"

"需要我离开吗？"格里高利先生插话道。

"不用，天，不用。明天早上第一件事情——格里高利，你不介意早起的，我知道——你必须带牧师去……那儿，你明白的。"布朗点了下头，看上去严肃而急切。"你和他把那东西放回去。你根本不需要紧张；白天时非常的安全。你懂我的意思。那东西就在台阶上，你知道，哪儿……我们放哪儿的，"布朗干咽了一两次，没说出话来，躬了下腰，"还有……哦，差不多就这样吧。不过我还有句话，亲爱的格里高利。如果你能做到不向布朗询问此事的话，我将更加感谢你。如果一切顺利，最晚明天傍晚，我想，我自己就可以将这故事从头到尾地讲给你听了。好了，祝你晚安。布朗会待在我这儿——他陪我睡——如果我是你的话，我会把房门锁好的。是的，一定要锁好房门。他们——这儿的人习惯这样，最好锁好门。晚安了，晚安。"

说完，他们就分开了。如果说，格里高利先生真在后半夜醒来了那么一两次，而且还觉得自己听到，紧锁着的房门的下半部分有窸窸窣窣的声音的话，那么应该说，一个性格恬静之人突然睡到一张陌生的床上，而且还卷进了一件神秘事件的中心，按理说他自然早料到了会有这种感觉。当然，直到晚年时，他都依然觉得自己在那天午夜至黎明期间听到了两三次那种声响。

太阳初升，他便起身了，很快他就和布朗结伴出门了。虽然萨摩顿先生求他帮的忙十分令人困惑，但这件事本身却并不难，而且也不危险，他离开旅馆半个小时不到，便完成了这项工作。究竟这是件什么事，我现在还不打算说。

这天早晨晚些时候，基本恢复精神的萨摩顿先生终于能够启程离开施泰因菲尔德了。这天傍晚，我不确定是在科布伦茨，还是在旅途中的某个地方，萨摩顿先生兑现承诺，开始解释整个事件。布朗也在场，但他永远也不会告诉别人，自己对于这个事件到底理解了多少，我也没法对此作出判断。

三

以下便是萨摩顿先生的故事：

"你们俩大概都知道，我这次探险，是为了探究某个与德——勋爵私人小教堂里的一些古老彩绘玻璃窗有关系的东西。嗯，整个事件开始于一本古旧印刷书籍里的这段文字，我烦请你们注意下这段文字。"

说到这儿，萨摩顿先生详细地讲述了一些我们早已熟知的背景事实。

"在我第二次拜访小教堂时，"他继续说道，"我的目的在于，尽量全面地记录玻璃窗上的每一个人像、字符，以及金刚石刻印，甚至包括那些显然只是偶然留下的印记。我着手处理的首个要点便是那些有铭文的卷轴。这些铭文的第一句，也就是约伯的那句'藏金有方'，做了明显的改动，让我不得不认为这句话暗指宝藏；于是我满怀信心地查看了第二句，也就是圣约翰的那句'他们衣服上的文字没有人知道'，你自然会想问，这些人像的衣袍上面是否有铭文？我未曾发现，三个人像的斗篷上都绘有宽宽的黑色镶边，这在彩色上显得十分刺眼，而且也不美观。我承认，当时我很困惑，差一点我就想，搜索到此结束算了，就像当年那些施泰因菲尔德的教士们一样，但还好我有点小运气。说来也巧，窗玻璃上有很厚的灰尘，德——爵士这时恰好进来，看到我双手都黑了，于是他便好心地要求送一把土耳其人头帚[1]过来，清洁下窗户。我猜那扫帚里肯定夹了片什么硬东西。总之我注意到，当那扫帚划过其中一件斗篷的镶边时，留下了一条挺长的划痕，下面即刻显出了一些黄色的斑迹。我让仆人先停下他手头的活儿，接着便爬上梯子去检查那划痕处了。可以十分肯定，黄色的斑迹确实在那儿，被刮走的是一块很厚的黑色颜料，显然这是在窗玻璃过烧后，用刷子刷上去的。因此可以很轻松地刮掉，也不会损伤到玻璃本身。于是我开始刮那涂层，你简直没法相信——不，我低估你了，你肯定已经猜到了——在这黑色颜料底下，有块干净的地方，有两三个清晰可见的黄色的大写字母。当然，我的喜悦之情溢于言表。

"我告诉德——勋爵，自己发现了一处铭文，觉得这会非常有意思，并恳请他允许我刮开所有的铭文。他很爽快地便答应了，叫我按照自己的想法去办，随后他有事在身，就先走了——我得说，这对我是件好事。我立马就开始工作，发现这活儿十分轻松。那颜料因为时间久远，已经散裂，几乎一碰就掉下来了。我觉得总共没过多久，我便把三大扇窗户上的黑色镶边都给去掉了。正如那铭文所说'他们衣服上的文字没有人知道'。

"这发现当然使我坚信自己走对路子了。那，这铭文写的是什么呢？当我在清扫窗玻璃时，我尽力克制自己不要去读那些字母，直到我把所有的玻璃都清扫完了，再来享受这一成果。当我全部完工时，亲爱的格里高利，我向你保证，我差点没因为极度的失望而哭出来。我看到的是一堆混杂在一起的、毫无办法解读的字母，就像是在帽子里摇晃打乱了一样。那些字母如下：

约　伯　DREVICIOPEDMOOMSMVIVLISLCAVIBASBATAOVT

圣约翰　RDIIEAMRLESIPVSPODSEEIRSETTAAESGIAVNNR

撒迦利亚　FTEEAILNQDPVAIVMTLEEATTOHIOONVMCAAT.

1　土耳其人头帚：一种刷帚，前方的刷毛一般会超出刷板少许，以方便清洁一些物件的内壁。由于刷头形似爆炸头，因此戏称为"土耳其人头帚"。

H.Q.E.

"头几分钟，我脑子一片空白，而且我看上去也肯定十分迷茫，不过这没让我失望太久。我几乎立马就意识到，自己面对的是一串密码或者密文。考虑到这密文年代较早，我觉得可能很容易破解。于是我迫不及待地小心抄下了这些字母。我要告诉你另一件小事，就发生在我抄写的过程中，这事儿使我更确信这是密文了。抄完约伯衣服上的字母后，我数了一下，以确保抄对了。总共有三十八个字母，当我刚检查完时，发现衣服镶边的边沿有一处被利物刮出来的痕迹。原来是罗马数字 xxxviii[1]。长话短说，每扇窗玻璃上都有类似的注脚——如果我能称之为'注脚'的话；显而易见，彩窗画师是严格按照托马斯院长的命令刻写铭文的，而且他费尽心力确保了铭文的正确。

"嗯，发现这个之后，你可以想象下，我是多么细致地排查了整块窗玻璃的表面，以期找到更多线索。当然，我没有忽视撒迦利亚卷轴上的铭文——'在一块石头上有七眼'，但是我很快就得出结论，这肯定是指一块石头上的印记，肯定要到藏匿宝藏的原址[2]才能找到。长话短说，我尽可能地记录了笔记、画了速写，并做了描摹，然后回到了帕斯伯里，从容地解读那密文。哦，我经历了各种苦闷！一开始，我自以为十分聪明，因为我确定解开密文的关键可以在一些关于密文书写的古旧书籍中找到。与托马斯院长同时代、稍早些年份的约阿希姆·特里特米乌斯所写的《隐写术》[3]似乎特别有用。因此我搞到了这本书，还有塞莱尼亚的《密码学》[4]，以及培根的《科学的发展》[5]和其他一些书。可是我一无所获。接着我尝试了'出现频率最高的字母'原则，先是用拉丁文做基础，然后用德语。但这也没用。我不清楚是否应该如此解读密文。之

---

1 xxxviii：此为罗马数字的 38。

2 原址：原文为拉丁文。

3 原书名为拉丁文，指德国历史学家、神学家约翰尼斯·特里特米乌斯（1462—1516）所著之《密码学》。此书为密码学的先驱之作。之后的版本采用《隐写术》这一书名。

4 古斯塔夫·塞莱尼斯是奥古斯特二世，不伦瑞克-吕纳堡公爵（1579—1666）。《密码学》（1624）中包含了对特里特米乌斯先驱之作的概括复述。原文中，作者所写的 Selenius（Selenus 的拉丁文属格）是错的，应为 Seleni。

5 弗朗西斯·培根爵士的《论科学的价值和进步》（1623）是其早期一篇名为《学术的进步》（1605）的论文之拉丁文译本，这是知识史上的里程碑式作品，但与密码学无涉。

后我重新回到窗户本身，我重读了笔记，抱着一丝希望，希望院长自己在某个地方提供了我渴求的解密之钥。从人物衣着的颜色或花纹上，我得不出任何结论。画中也无风光背景，没法寻得辅助性景物。华盖中也没有任何东西。似乎唯一可能的信息来自于人物的姿势。'约伯，'我读道，'卷轴握于左手，右手食指向上指着。约翰，左手拿着写有铭文的书籍；右手两指划着十字。撒迦利亚，左手拿着卷轴；右手如约伯那样往上指着，不过他有三根手指向上指着。'我想到，换句话说，约伯有一根手指向上，约翰有两根，撒迦利亚有三根。这其中是否藏有什么数字机关？我亲爱的格里高利，"萨摩顿先生说道，手放在他朋友的膝盖上，"这就是那机关所在。一开始我没用对方法，但是在尝试了两三次后，我明白了它的含义。铭文的第一个字母后，你跳过一个字母，下一个字母后，你跳过两个字母，之后你再跳过三个字母。现在看看我得到的结果把。我在那些组成单词的字母下画了横线：

DREVICIOPEDMOOMSMVIVLISLCAVIBASBATAOVT
RDIIEAMRLESIPVSPODSEEIRSETTAAESGIAVNNR
FTEEAILNQDPVAIVMTLEEATTOHIOONVMCΔAT.H.Q.E.

"你看出来了吗？'Decem millia auri reposita sunt in puteo in at...'（一万［块］黄金存放在一口井里，井在……），后面是一个不完整的单词，以 at 开头。到此为止进展顺利，剩下的字母我也尝试用同样的方法解读；但是却不对头，我猜测最后三个字母后面所加的三个点也许暗示了解读程序上的不同。这时我想道：'托马斯院长那本叫《文集》的书中难道没有提到过井吗？'有的，提到过。他挖了一口 puteus in atrio[1]（院中的井）。这样，显然 atrio 就是我要找的词。下一步便是抄写出铭文中剩余的字母，删去那些我已经用过的。出来的结果便是你将在这纸片上看到的：

RVIIOPDOOSMVVISCAVBSBTAOTDIEAMLSIVSPDEERSET

---

1 拉丁文。

AEGIA

NRFEEALQDVAIMLEATTHOOVMCA.H.Q.E.

"现在我知道自己需要的头三个字母是什么了，便是 rio——使得 atrio[1] 这个词得以拼完整；你会发现，这三个字母是在头五个字母里发现的。一开始，我有点困惑，因为出现了两个 'i'，但很快我就发现，剩下的铭文中，必须每隔一个字母那样来提取字母。你可以自己拼凑一下。延续第一轮解读的结果，得出的结论是这样的：

> 'rio domus abbatialis de Steinfeld a me，Thoma，qui posui custodem super ea. Gare à qui la touche.'

"最终整个密文便解读出来了：
'一万块黄金存放在一口井里，井在施泰因菲尔德修道院院长宅邸的院中，由我，托马斯所藏，我已派守卫者保护这黄金。Gare à qui la touche[2].'

"我得说，最后一句话是托马斯院长采取的策略。我在德——勋爵的小礼堂的另一块玻璃上也发现过这句话，连同托马斯的徽章一起。他又亲自将这句话写入了密文之中，虽然从语法角度讲，这句话不怎么切合。

"好吧，我亲爱的格里高利，如果换作别人，受此诱惑，他们会做什么？他们也会情不自禁地前往施泰因菲尔德，将这秘密一路追查到底吗，就像我一样？我不相信有人能忍住不去。反正我是没办法，无须多言，我以人类文明所能提供的最快方式来到了施泰因菲尔德，暂住在了你见过的那家旅馆里。我得告诉你，我心中也有些不祥的预感，一方面是怕失望；另一方面则担心有危险。有可能托马斯院长的井已经被完全拆毁了，也可能有人虽完全不知道密文，但凭着一身运气，在我之前偶然发现了宝藏。而且……"——说到这儿，他的声音明显有点颤抖——

1　atrio：拉丁文，"院子"的意思。
2　法文：意为"触碰者当小心"。

"我不怕承认，那句提到宝藏的守卫者的话，让我心里有点不安。但若你不介意，我将先不讨论这问题，直到我们必须说起时为止。

"一有机会，我和布朗便开始探看那地方。自然我对人宣称自己对修道院遗址很感兴趣，我们当然还是得去看一看教堂，这让我心里有些不耐烦。但看一看曾经装有那些彩绘玻璃的窗户还是有些意思的，尤其是那些在南侧廊最东端的窗户。我吃惊地看到，那窗户的花式窗格上还留存有一些玻璃残片以及徽章图案——上面有托马斯院长的盾牌，还有一个拿着卷轴的小人像，卷轴上写着'Oculos habent, et non videbunt'（有眼却不能看）[1]，我理解为，这是院长在讽刺他的教士们呢。

"然而，显然首要任务是找到院长的宅邸。据我所知，修道院的结构图上没有标明院长宅邸的位置。你也无法进行推测，譬如牧师会礼堂会在修道院回廊的东边，抑或如教士宿舍会和教堂的某个耳堂相连通。我觉得询问太多问题，会使人回想起关于那宝藏的残存记忆，因此我最好先自己去探寻一下。这探寻耗时不久，也并不困难。教堂东南边有个三面墙的院落，周围都是废弃的建筑和长满草的走道，你今天早上也看到了，那就是我要找的地方。这地方已无人使用，离我们旅馆也不远，而且周围也没有可以俯瞰此地的人居建筑，对此我感到非常高兴。教堂东面的山坡上只有果园和小牧场。那是个礼拜二下午，山坡上的细碎石子在水雾朦胧的落日中可说是无比熠熠生辉。

"下一步，井呢？你已经知道了，那井的位置直白明了。真是口让人印象深刻的井啊。那井栏我觉得是意大利大理石制作的，上面的雕刻我想也肯定是意大利来的。你或许还能记起来，上面有以利以谢和利百加的浮雕，以及雅各为拉结[2]打开井口的浮雕，以及其他一些类似的主题。但是我猜想，为了避免他人起疑心，院长小心谨慎地没有刻任何嘲讽性的或暗示性的铭文。

"我自然兴趣十足地检查了这个井的结构。井头是方形的，其中一

1　语出《圣经·诗篇》115 章第 5 节："有口却不能言，有眼却不能看。"此篇意在批评异教徒之偶像。

2　《圣经·旧约》中有若干个以利以谢，但作者可能意指大马士革的以利以谢，据《创世记》15 章第 2—3 节，以利以谢是亚伯拉罕的仆人；据《创世记》22 章第 23 节，利百加是彼士利的女儿，亚伯拉罕的侄女，以撒的妻子。雅各是以撒和利百加的儿子、以扫的同生兄弟，见《创世记》25 章第 26 节。《创世记》29 章第 1—11 节写道，在哈兰，雅各为表妹拉结挪开井口的大石，使其可以喂羊喝水。后雅各娶拉结为妻。

边有个开口；一个拱架横跨井口，里面有个转绳所用的井轱辘，显然这轮轴依旧状态良好，因为虽然最近无人使用这口井，但至少六十年前还有人用，或许再晚几年时也还有人在用。接着要考虑这井的深度，以及如何进入其中的问题了。我推测深度大约在六十到七十英尺[1]；至于第二个问题，似乎院长真的很希望引领寻宝人直达他藏宝室的门口。正如你亲眼所见的，井壁砖石上筑有大石块，围绕着井的内部形成了一圈圈的阶梯，一直往下。

"这事儿实在好得让人难以置信。我怀疑有诈，石块可能设计成一有重物放上便会翻倒；但我用自己的体重以及手杖尝试了好几块石头，看上去它们确乎都非常结实。不用说，我决定当晚和布朗亲自试验一下。

"我准备得很充分。我知道自己要去勘探的是什么样的地方，因此带了充足的绳索以及好几卷绑带，用来缠绕我的身体；还有用来支撑的横木，以及灯光、蜡烛和铁锹，所有的东西都装在一个毛毡袋里，不会引起怀疑。确定绳子够长，吊水桶的井轱辘还能正常运转后，我们便回去吃晚饭了。

"我和旅馆老板小心谨慎地短聊了会儿，发现我如果和仆人在晚上九点出门，为月光下的修道院画速写（求上帝原谅！），店家也不会太感惊讶。我没有询问有关那口井的问题，换做是现在我也不会问的。我想，至少我知道的和此处任何一个人知道的一样多，"他明显颤抖了一下，"我现在真是一点都不想知道了。

"我们快讲到关键时刻了，虽然我讨厌回想这事，但是格里高利，我确定，从各方面考虑，如是回想此事对我有好处。大约九点的时候，布朗和我便拿着我们的包出发了。我们没有引起他人注意，因为我们从旅馆院子的后面溜了出去，走过一条小巷，来到了接近村子边缘的地方。五分钟不到，我们便来到了井边。我们在井边稍稍坐了会儿，以确保没有人打搅，或者偷窥我们。我们只听到在东边的山坡下某个很远的、望不到的地方，有马匹在吃草。完全没有人看得到我们，而且漂亮的满月为我们带来充足的光线，使得我们可以将绳索稳妥地安装在井轱

辘上。接着我在手臂下方用绑带缠绕了身体。我们把绳索的末端十分安全地穿在了井上的一个圆环内。布朗手拿点燃的灯具，跟随着我。我手里则拿着铁锹。于是我们便小心翼翼地往下行进了，在落脚之前我都会感觉一下那块石头，同时我查看着井壁，搜寻刻有标记的石块。

"我们走下去时，我稍微大声地数着步数。在我数到第三十八时，依旧未在石井表面发现什么异常的东西。即使我已走到此处，也没看到什么标记，我顿时感到一片空白，心里开始怀疑，院长的密文是否可能是场精心设计的骗局而已。当我走到第四十九步时，楼梯到头了。我心情无比沉重地开始往回走，当我回到第三十八阶时——布朗拿着灯，在我上面大概一两步台阶的地方——尽全力详细检查了井壁上的一点点不规则的印记，但是并未发现任何记号的遗迹。

"突然，我吃了一惊，这部分井壁的质地要比其他的光滑一些，至少从某种角度上讲，不太一样。很可能这是泥浆而不是石块。我用铁锹猛击了一下，里面传出一阵明显的回声，虽然这可能是因为我们在井里头的缘故。但还有其他情况，一大片泥浆片掉落在了我的脚边，我看到了泥浆后面石块上的标记。亲爱的格里高利，我找到了院长。即便到了此刻，我想到这个就有种自豪之感。寥寥数下，我便把整块泥浆给敲掉了，看到了一块两平方英尺左右的薄石片，上面雕刻着一个十字架。我又有点失望，但这次只是片刻而已。是你，布朗，你的一句无心感叹，让我重拾信心。如果我记对的话，你说：

"'这十字架真好玩，看着像是很多眼睛。'

"我从你手中夺过了灯具，怀着不可言喻的喜悦，发现这十字架是由七只眼睛组成的，四只垂直，三只水平。如我所料，彩窗上的最后一个卷轴的言辞就这样验证了。这就是'在一块石头上有七眼'。目前为止，院长的信息都是准确的，当我想到这一点时，那'守卫者'带给我的焦躁感比之前更强烈地回来了。但我仍不打算后退。

"我没有给自己思考的时间，接着把那块石头旁边的泥浆块都敲走了，然后用铁锹在石块的右边撬了一下。石块立刻就挪动了，我发现这只是一块很薄很轻的石片而已，我自己都可以轻松地抬起来。这石片把一个洞口掩藏住了。我将石片完好地抬了起来，放到了台阶上，因为有可能将石片恢复原位对我们有重要意义。之后我在洞口上方的台阶上等了几分钟。我不知道自己为何如此，但我想是为了看看是否有什么恶心的东西从里面跑出来。什么都没有发生。于是我便点燃了一根蜡烛，小心翼翼地将其放进了洞穴中，想看看里面是否空气污浊，顺便看看里面有什么。里面的空气确实不怎么新鲜，差点把火焰给熄灭了，但没过多久，蜡烛又非常稳定地燃烧着了。从洞口看，洞穴里里以及左右两边都有些空间，我可以望见一些圆形的浅色物体，其中可能有些包裹。等待是没有意义的。我面对着那洞穴，往里头探望了下。洞的前端没有什么东西。我把手伸了进去，十分小心地往右手边摸索着……

"布朗，给我杯干邑。格里高利，我一会儿继续讲……

"嗯，我朝右手边摸索过去，手指碰到某个卷曲着的东西，感觉上，嗯，多多少少有点像羽毛。那东西潮潮的，显然是某个又重又大的东西的一部分。我得说，没有什么迹象让我感到警觉的。我胆子更大了，尽可能地把两只手都放了进去，我把那东西朝我这儿拽了拽，竟然拽动了。这东西虽沉，但比我想象的要容易挪动。正当我把它往洞口拉的时候，我的左手肘磕到了蜡烛，烛火熄灭了。我基本上已经把这东西拉到洞口了，正准备把它拽出来。就在这时，布朗尖声吼叫了一下，便飞快地拿着灯具跑了上去。一会儿他就会告诉你为什么了。我很吃惊，朝他望了一望，看见他一开始在顶上站了会儿，然后退后了几码。接着我听到他静静地说，'没事，先生'。于是我继续在一片漆黑中拉那个大包裹。那东西在洞口挂了一下，然后便滑向了我的胸口，并且把它的手臂缠在了我的脖子上。

"亲爱的格里高利，我告诉你的绝对属实。我相信自己已经熟知人类恐惧与恶心的极限了，这是人在发疯之前可以忍受的极限了。我现在只能勉强叙述这次经历的大致过程。我清晰感觉到一阵极其恶心的霉味，而且一张冰冷的脸庞贴在了我的脸上，那张脸还慢慢地在我脸上挪动着。还有好几条——我不知道有多少——腿或者手臂或者触角一类的东西缠绕着我的身体。我大声尖叫了出来，布朗说听上去像是野兽的吼叫。我从自己所站的台阶上往后倒了过去，那生物也顺势滑了下去，我想它也到了我所在的那级台阶。如有神助，我身上的绑带还很牢固。布朗没有惊慌失措，他有足够力气拉我到达井口，并非常迅速地把我拉了出去。我不知道他是如何做到的，我想他自己也难以告知你。我相信他设法把我们的工具藏在了附近一处废弃的建筑物中，并且万分艰难地把我带回了旅馆。我当时的状态完全无法解释，而布朗又不会德语；但第二天早上我编了个故事告诉别人，说自己在修道院的废墟里狠狠摔了一跤，我猜他们是信了。现在，在我继续往下说之前，我希望你听听布朗那几分钟的经历。布朗，和牧师讲讲你和我说的那些话儿。"

"好的，先生，"布朗有些紧张地低声说道，"事情是这样的。主人在那个洞前忙碌着，我呢就拿着灯具观望着。这时我觉得自己听到上头有什么东西掉进井水里了，于是我抬头一看，发现有人探头朝我们望着。我记得自己肯定说了啥，然后我就拿着灯跑上台阶了。我的灯刚好照到那张脸。先生，那可不是个善类，我可不想再见到了！是个老头，整张脸都陷了下去，我觉得他是在笑。我很快跑了上去，差不多就和我说话一样快，但当我到了地面上，发现根本连人的影儿都没。根本没有人来得及跑开的，更何况是个老家伙，我还确认了下，他没有窝在井边，没有。接着我就听到主人可怕地叫了一声，我就看他吊在绳子上。就像主人说的，我咋样把他拽上来的，我也没法说清楚了。"

"你听到了吗，格里高利？"萨摩顿先生说道，"好了，你能解释下这件事情吗？"

"整个事情非常可怕，而且异乎寻常，我必须承认，这让我没了法子。但我确实有点觉得，有可能，嗯，那个设了圈套的人可能过来围观他的计划成果了。"

"是啊，格里高利，是这样的。我想不到其他……如此靠谱的解释了，如果这个词儿可以用在我的故事里的话。我想那肯定就是院长……好吧，我没什么其他的要说了。那天晚上我痛苦万分，布朗陪我坐了一夜。第二天我也未见好转，没法下床，也没医生。即使有医生能过来，我也怀疑他能够帮我什么忙。我让布朗写信给你，接着度过了第二个可怕之夜。还有，格里高利，我可以肯定的是，有件事比第一次的惊吓更让我难受，因为这事持续更久——整个晚上，我的房门外都有什么人或者什么东西监视着。我甚至觉得外头有两个人。我在这黑暗时光里不仅时时听到轻轻的噪声，还闻到一股味道，一股可怕的霉烂味。我那天夜里穿的衣服都已经脱了下来，让布朗扔掉。我想他是把衣服丢进他房里的壁炉内了；但那股味道还是萦绕着，和在井里头一样浓郁。而且更要紧的是，这味道是从门外传进来的。但是只要黎明第一道天光一来，这味道就淡去了，而且那噪音也听不到了。我由此相信这东西，或者说这些东西是黑夜里的生物，无法忍受阳光；因此我确定如果有人可以把那石片放回原位，则它或者它们将会失去法力，直到有人将石片再度移走。我必须等到你过来帮我完成这件事情。我当然没法叫布朗一个人去做这件事情，更不可能把这件事告诉当地人。

"好了，这就是我的故事了。如果你不相信的话，我也没办法。但是我觉得你是相信的。"

"确实如此，"格里高利说道，"我也找不到其他解释了。我只能相信了！我亲眼见到了那口井和石片，而且我想自己也望了一眼洞里的包裹还是什么的。而且，老实告诉你，萨摩顿，我觉得昨晚我的房门也被监视了。"

"我敢说是这样的，格里高利。但谢天谢地，总算结束了。对了，你去到那个鬼地方之后有什么要说的吗？"

"没什么，"对方回答道，"布朗和我非常轻松得便把石片挪进了原位，而且他按你的意思拿铁锹和楔子把石片牢牢地固定住了。我们也设法用湿泥将石块表面涂抹好了，使得它看上去和井壁的其他部分一模一样。我注意到了一件事，井口有个雕像，我想你肯定没看到。那是个可怕、诡异的东西，也许最接近癞蛤蟆的样子，它旁边有个标注，上面写着两个单词，'Depositum custodi'[1]。"

---

1 "尽职守卫"。—— 原注

校园怪谈[1]

两个人坐在吸烟室里谈论他们的私立中学生活。"在我们学校，"A说道，"楼梯上有一个鬼脚印。什么样的？嗯，很假。就是一只鞋子的形状，带着个方形脚趾，如果我记得不错的话。楼梯是石头做的。我从没听说过与这脚印有关的故事。如果你仔细想想，这还挺奇怪的。我想问，为什么没人编个故事出来呢？"

"你永远搞不懂小男孩们。他们有自己的一套迷信。顺便，有个课题给你——'私立中学的民间故事'。"

"不错，不过收获会很小。我想，如果你调查一下鬼故事的流传途径，比如说，私立中学里那些男孩间互相传播的鬼故事，就会发现它们其实是书本故事的高度浓缩版而已。"

"如今，《海滨杂志》[2] 和《培生杂志》[3] 之类会成为重要参考资料。"

"毫无疑问的是，这些杂志在我上学时还没发行或者还没人想到它们。让我想想，看我是否还记得听到过的几个主要故事。开头，有一所房子，连着好几个人坚持要在其中一个房间过夜。天亮时他们每个人都跪在角落里，刚说完'我看见了'就立刻死了。"

"这不是伯克利广场那所房子[4]吗？"

---

1 本篇最早出版于《古文物专家的鬼故事续》中。这篇小说是为剑桥大学国王学院的教堂唱诗班学校创作的。作者的朋友 A.C. 本森在他的日记中记载，他于 1906 年 12 月 28 日听作者朗诵了本篇作品。在《M.R. 詹姆斯鬼故事集》的序言中作者承认故事背景即为庙林预备学校，1873—1876 年作者就读于该学校。

2 一本于 1891—1950 年出版于伦敦的杂志，阿瑟·柯南·道尔爵士的"福尔摩斯系列故事"最初即刊登于此杂志。除此之外，该杂志亦刊登过不少超自然题材小说。

3 一本于 1896—1939 年出版于伦敦的杂志，该杂志刊登的奇幻小说相对较少，不过作者的《山顶远望》曾于 1932 年 2 月刊登于该杂志上。

4 意指伯克利广场 50 号，伦敦著名的鬼屋，是多篇鬼故事的发生地。最著名的一篇是罗达·布劳顿的《事实，完全事实，只有事实》。

"我敢说是的。接着有个人在晚上听到走廊里有声响，于是开了门，发现一个人四肢着地朝他爬来，眼珠挂在脸颊旁。除了这些还有，让我想想——对了！一个人被发现死在了某个房间里，额头上有马蹄铁印迹，而且床底下的地板上也全是马蹄印。我不知道这是为什么。还有一个妇人在一所诡异宅邸里锁上自己的卧室门后，听到床帘里传来一个微弱的声音'我们得一起过夜了'。这些故事都没有解释也没有结局。我怀疑他们是否还在继续流传。"

"哦，非常有可能还在流传——正如我说的，加上一些从杂志里来的情节。你从没听过私立中学里真实发生的鬼故事，是吗？我想应该没有，我遇到过的人从没听过。"

"从你这话的语气推断，我猜你听过？"

"我实在不确定，但这事就在我脑海中。事情发生在三十多年前，就在我的私立中学，我根本无法解释这事。"

"我说的这所学校在伦敦附近，位于一个非常古老的大宅子里——一座巨大的白色建筑。宅子周围有很不错的庭院，和很多泰晤士河谷的古老花园一样，里面有巨大的雪松树，我们用来玩耍的三四个运动场上长着古老的榆树。现在想来，那地方大概挺吸引人的，但男孩子很少承认自己的学校有任何可取之处。

"一八七〇年之后没多久的某年九月，我来到那所学校。当天一起到校的男孩里，有个我特别喜欢的：他是苏格兰高地来的，就叫他麦克利欧吧。我不需要花时间描述他了，总之我和他相处得特别熟。从任何一方面讲，他都不特别，读书和体育运动方面都不是很突出，但他和我就是处得来。

"学校挺大的，通常情况下有一百二十到一百三十个男生在读，因此需要相当多数量的男老师，老师的变动也非常频繁。

"某个学期来了一个新的男老师——可能是我第三个或第四个男老师。他叫萨姆普森，高个子，有点胖，脸色苍白，长着黑色满面胡。我觉得我们挺喜欢他的，他有很多旅行经历，在校内散步时会给我们讲有趣的故事，所以我们抢着接近他，好听他说那些趣事。我还记得——天哪，那之后我就几乎没想起过这事——有一天他表链上的一个饰品吸引了我，他让我仔细观察了一下。现在想起来，那是个拜占庭金币，一面有某个难以辨认的皇帝的肖像，另一面则几乎被磨平了，他在上面粗暴地刻上了自己名字的首字母 G.W.S.，以及一个日期，一八六五年七月二十四日。我现在都还记得，他告诉我这是他在君士坦丁堡捡的。那硬币大概有一个弗罗林¹那么大，也可能要小很多。

"嗯，第一件怪事是这样发生的。萨姆普森教我们拉丁语语法。他最喜欢的方法之一——或许这方法挺好的——是让我们自己造句来阐明他正在试着教给我们的那些语法规则。当然脑子发昏的男孩可以从中抓住一个恶作剧的机会，很多校园故事都这么说——或者说，有这种可能性存在。但萨姆普森是个很好的监管者，我们不忍在他身上恶作剧。嗯，那次他正在告诉我们如何用拉丁语表达'记得'，他要求我们造一个包含动词 memini²——'我记得'——的句子。好吧，我们大多数人都造了些普通句子，比如'我记得我父亲'或者'他记得他的书'或者其他一样无趣的语句，我敢说肯定很多人写了 memino librum meum³之类的句子。但我提到过的那个叫麦克利欧的男孩显然在想一些比这些句子更复杂的东西。其他人都希望自己的句子尽快通过，然后去干别的事情。因此有些人在桌子底下踢他，我坐在他旁边，用手指戳他，小声地叫他抓紧时间。但他好像一点都没听到。我看了看他的作业纸，发现他什么都没写。于是我更加使劲地推了推他，还严厉指责他害我们大家都要等他。这确实起了点效果，他惊了一下，似乎睡醒了，接着快速地在作业纸上草草写了几行字，就和其他作业纸一起交了上去。因为他最后一个交，或者说差不多是最后一个，而且萨姆普森和那些写了 meminiscimus patri meo⁴之类句子的男孩有很多话要说，于是还没轮到麦克利欧，十二点的钟声就已经敲响了，麦克利欧只好等着老师改他的句子。我出来时，外面没什么事，于是就等着他出来。他出来时走得很慢，我猜是发生了什么麻烦事。'嗯，'我说，'你写得怎么样?''哦，我不知道，'麦克利欧回答，'没什么事，不过我觉得萨姆普森挺讨厌我

1　一为 1252 年在佛罗伦萨发行的一种金币；一为 1849 年到 1971 年英国流通的一种银币。从前后文看，此处应指第二个含义。
2　拉丁语。
3　拉丁语，意为"我们记得我父亲"，此句语法有误，应为 memion mei libri。
4　拉丁语，意为"我们记得我父亲"，此句语法有误，应为 meminimus patris mei。

的。''怎么，你胡乱写了一通？''那倒没有，'他说，'我自己觉得句子是对的，我写的是：Memento——这词表达'记得'够恰当了，然后是属格形式——memento putei inter quatuor taxos。''胡扯什么呢！'我说，'你干吗把这句话乱写上去啊？什么意思啊？''有趣的地方就在这里，'麦克利欧说，'我不太确定这句话的准确含义。我只知道它跑进我脑海里，我就用炭笔写了下来。我猜得到这话的意思，因为在写出来之前我脑子里有一个画面。我相信这句话的意思是'记得四棵……中的井'，那种深色的、长着红色小果子的树叫什么？''你是说花楸树吗？''是一种我从没听说过的树，'麦克利欧说，'不是花楸，我告诉你，是红豆杉。''好吧，那萨姆普森说什么了？''唉，他对这话的反应很奇怪。他看到这句话后就站了起来，走到壁炉边上，背对着我，一言不发地站了好一会儿。接着他说话了，没有转过身来，而且说得很冷静：'你觉得这句话是什么意思呢？'我把自己的想法告诉了他，不过我记不起那种蠢树的名字了。他想知道我为什么要写这句话，我只好搪塞了一下。之后他就不谈论这个话题了，开始问我在学校待了多久了、我的家人住在哪里之类的问题。后来我就走了，但他看上去很不舒服。'

"关于这件事，我不记得我们俩还说过什么。第二天麦克利欧因为感冒之类的原因卧床不起，过了一个礼拜或更久的时间他才回来上课。一个月过去了，没有发生什么引人注意的事情。不管萨姆普森先生是否真的如麦克利欧想得那样被惊吓到了，总之他没有表现出来。当然，我现在非常确定，在他过去的生活中一定有过很古怪的经历。但我不会装得好像我们这群男孩子那时就已经能够敏锐地猜到这类事情似的。

"类似的事情还有一件，也是我要告诉你的最后一件此类事情。那次之后，我们又做了几次造句练习来阐明不同的语法规则，但除了我们造句出错外，没有发生过什么特别的事情。然后，有一天，我们正学习让人沮丧的、人们称之为条件句的东西。我们需要造一个表示未来结果的条件句。无论对错，我们都造好了句子，并上交了作业纸，萨姆普森开始批改它们。突然，他站了起来，嗓子里发出某种奇怪的声响，接着从贴着他讲桌的门里冲了出去。我们呆坐了一两分钟，然后——我想这样做不太对——但我们还是走上讲桌，我和另外一两个同学看起了他讲桌上的作业纸。我当然以为是有人写了什么胡话，萨姆普森去告他的状了。但我注意到他跑出去时一张作业纸都没带走。嗯，讲桌上第一张作业纸是用红墨水写的——班里没人用红墨水——也不是班里任何一个同学上交的。他们都看了那张作业纸——麦克利欧以及所有人——并且发毒誓说不是他们的。于是我想到清点一下作业纸数量，这一下我可以很肯定，讲桌上有十七张作业纸，而班里只有十六个男生。好吧，我把多出来的作业纸包了起来，并保存了下来，我相信我现在还有这张作业纸。你肯定想知道上面写了什么。非常简单的一句话，也足够无害的，我刚才就该说的。

"'Si tu non veneris ad me, ego veniam ad te'，我想意思是说，'如果你不来找我，我就去找你。'"

"你能把那张作业纸给我看看吗？"听的人插问道。

"好，可以的，但另外有件怪事。当天下午我从储物柜里拿出那张作业纸——我确定是同一张，因为我在上面留了个指印——结果上面一点书写痕迹都没有了。正如我说过的，我保存了这张纸，那之后我尝试过多种方法来检验是否纸上使用了隐形墨水，但毫无收获。

"这个就说到这儿。大概半个小时后，萨姆普森又回到了教室，他说感觉很不舒服，告诉我们可以走了。他小心翼翼地走到讲桌旁，瞥了一眼最上面的那张纸。我想他肯定觉得自己做了白日梦，总之，他没有提出疑问。

"那天是个半休息日，第二天萨姆普森又出现在学校里，和平时没什么区别。当天晚上，我故事里的第三件事也是最后一件事发生了。

"我们——麦克利欧和我——睡的宿舍与主楼垂直相对。萨姆普森睡在主楼二层。那晚满月，月色十分明亮。在一点到两点之间某个时候，具体时间我不知道，我被人摇醒了。是麦克利欧，他看上去精神很好。'过来，'他说道，'快来！有个夜贼从萨姆普森的窗户爬进去了。'我一能清醒说话便说道：'好吧，为什么不把大家都喊醒呢？''不，别，'他说，'我不确定那是谁，别发出声响，过来看看。'我自然过去看了，当然也没有看到任何人。我非常生气，差点把麦克利欧骂得狗血淋头，只不过——我也不知道为什么——好像的确有点不对头——那感觉让我庆幸不需要一个人面对这事。我们继续趴在窗边往外看，一有机会我就问他听见或者看见什么了。'我什么都没听到，'他说，'但在我叫醒你大概五分钟之前，我发现自己在这儿朝窗外望，有个人坐在或跪在萨姆普森的窗台上，朝里面看着，我以为他在打招呼。'‘什么样的人？’麦克利欧耸了下肩，‘我不知道，’他说，‘但我可以告诉你一件事——他瘦得出奇，看上去好像全身都是湿的，而且，’他说道，环顾了下四周，好像不想听到自己声音似的低声说道，‘我根本没法确定那人是不是活的。’

“我们继续低声聊了一会儿，最后还是爬回了床上。整个过程中，房间里没有人醒来或者翻身。我相信我们之后还睡了一会儿，但第二天都感到异常疲惫。

“第二天萨姆普森先生不见了，再没人找到他，我相信从那以后就没有出现过他的踪迹。再想起这件事情，其中最奇怪的一点在于，事实上，似乎我和麦克利欧都从未向第三个人提到过我们看见了什么。当然，也没人对这件事提出疑问，如果有人问起这件事，我倾向于相信我们不可能作出任何回答。我们好像无法谈论这件事情似的。

“我的故事就是这样，”叙述者说道，“这是我知道的唯一一种讲述校园鬼故事的方法，但至少，我觉得这算是个方法。”

给这个故事加一个后续可能会被认为是太过传统的做法，但确实有后续存在，而且也必须写一个后续。这个故事的听众不止一位，在当年晚些时候，或者第二年，其中一位听众住在爱尔兰的一个乡间别墅里。

某天晚上，别墅主人在吸烟室里翻一个装满零碎东西的抽屉。突然他把手放在了一个小盒子上。“好，”他说，“你对古老的东西有研究，告诉我这是什么。”我的朋友打开了小盒子，看到里面有一条细细的、装饰着一个物件的金链子。他看了看那物件，摘了眼镜以便仔细地查看。“这东西什么来头？”他问道。“来头够怪的，”主人回答道，“你知道灌木林里的红豆杉树丛，嗯，一两年前，我们清理了空地里的那口老井，你猜我们找到什么了？”

“有没有可能是一具死尸？”客人说道，心里有种奇特的紧张感。

“确实，而且，绝无戏言，我们发现了两具。”

“老天爷！两具？有什么能显示出他们怎么掉进去的吗？这个东西是从他们身上发现的吗？”

　　"是的。从其中一具尸体的破烂衣服里发现的。不管发生了什么样的故事，肯定是坏事。其中一具尸体的手臂紧紧抱着另一具。他们在井里至少待了三十年——比我们到这个地方要早得多。你可以猜到，我们很快就把那井给填了。你能看出手里那金币上面刻着什么吗？"

　　"我想可以，"我朋友说道，把金币举到了光亮处（他毫无困难地读出来了），"好像是 G.W.S.，一八六五年七月二十四日。"

玫瑰园[1]

安斯特拉瑟夫妇正坐在埃塞克斯乡村的韦斯特菲尔德大宅[2]的起居室里享用早餐。他们正讨论着这一天的安排。

"乔治,"安斯特拉瑟夫人说道,"我想你最好坐汽车去莫尔登[3],看看能不能买到我提到过的那种针织品,我在义卖市场的摊位上要用到。"

"哦,好吧,如果你想要的话,玛丽,我当然可以去买,但是今天早上我和杰弗里·威廉姆森大致约好了要去打一轮高尔夫球。义卖集市不是要到下个星期四吗,是吧?"

"那又怎样,乔治?我想你应该能猜到,如果我在莫尔登买不到我要的那些东西,我就得写信给镇上的各种商家,他们头一遭肯定会送一些要么是价格极不合理,要么是质量极糟糕的东西过来。如果你确实和威廉姆森先生有约了,那你最好信守诺言,但我不得不说一句,我想你至少可以告诉我一声。"

"哦,没,没有,那算不上是个约定。我明白你的意思了。我会去的。那你自己干些什么呢?"

"嗯,等我打点好家务之后,我必须想想我那新玫瑰园的布置。对了,你去莫尔登之前,我希望你可以带着柯林斯去看看我选定的那块地。你应该知道在哪儿。"

---

1 本篇最早出版于《古文物专家的鬼故事续》中。有学者认为本篇的超自然现象取材自19世纪晚期民俗学家埃瓦尔德·堂·克里斯滕森搜集的丹麦民间故事。其中一个故事说到"让一个恶灵宁静之法在于将其驱赶到相对与世隔绝之处,类似未经开垦的荒原等,在那里将其驱赶到地下,并用穿心木钉住他"。亦有学者发现,英格兰东部一些郡流传着"凉亭底下压着鬼魂"的故事,这也可能对作者产生了影响。

2 为作者虚构。不过苏赛克斯确实有一个韦斯特菲尔德,在黑斯廷斯往北4英里处。

3 埃塞克斯郡的一个城市,在切姆斯福德往东9英里处。其历史可追溯至诺曼征服英格兰之前。

"呃，我不确定自己是否知道，玛丽。是在远处那头吗，向着村子的那边？"

"天啊，不是那儿，我亲爱的乔治；我以为自己已经说得很清楚了呢。不是那边，是贴着通往教堂的灌木林小道的那一小块空地。"

"哦，对，就是那个我们说以前肯定有座凉亭的地方：有旧座椅和柱子的那个地方。但你觉得哪儿阳光够吗？"

"我亲爱的乔治，请相信，我还是有些常识的，你别想用凉亭之类的理论来说服我。是的，只要我们砍掉一些黄杨木，那块地就会有足够的阳光了。我知道你要说什么，不过我也没打算让你去清理那块地。我一小时后出来，我想要柯林斯做的，只不过是在那之前把旧座椅和柱子清掉。我希望你可以赶快出发。午饭后，我打算继续画我的教堂素描；如果你喜欢，到时可以去高尔夫球场，或者——"

"啊，好主意——非常好！是的，你去完成那幅素描，玛丽，我很乐意去打上一局球。"

"我刚要说的是，你可以拜访下主教；不过我想我提任何意见都没用。你现在赶紧准备好，否则半个早上都过去了。"

安斯特拉瑟先生的脸刚才正有些往下拉，现在又缩了回去，他急匆匆地出了房间，很快就听到他在走廊里下指示。安斯特拉瑟夫人——一个五十来岁的威严妇人——再次思考了早上的信件后，便去做家务了。

几分钟后，安斯特拉瑟先生在温室里找到了柯林斯，他们向那片选定做玫瑰园的地方走去。我不是很了解什么样的条件是最适合这些苗圃的，但我倾向于认为安斯特拉瑟夫人虽然喜欢自称"伟大的园丁"，但在玫瑰园选址这一问题上她并没有深思熟虑。那是一块又狭小又阴湿的空地，一边是条小径，另一边则是茂密的黄杨木、月桂树以及其他常绿植物。空地上几乎没长草，看上去黑乎乎的。遗留下来的锈迹斑斑的座椅，以及大约在空地中央位置的一根老旧起皱的橡树柱子，使得安斯特拉瑟先生推测那里曾经有座凉亭。

显然柯林斯并不知悉女主人对这片地的打算；当听安斯特拉瑟说了之后，他表现得毫无热情。

"我当然可以很快就把那些椅子挪走，"他说道，"它们对那地方而言也不算个装饰，而且都烂了。看这儿，先生"——说着他掰下了一大块——"都烂穿了。好的，把它们都清走，我们当然能办到。"

"还有这柱子，"安斯特拉瑟先生说道，"也得挪走。"

柯林斯走了过去，双手摇了摇那柱子，然后搓了搓脸颊。

"那东西牢牢地插在土里，我说那柱子，"他说道，"那东西在那儿好多年了，安斯特拉瑟先生。我怀疑自己没法像挪那些椅子那样迅速地把这柱子拔出来。"

"但你的女主人尤其希望能在一个小时内把这柱子挪走。"安斯特拉瑟说道。

柯林斯微笑了下，缓缓摇了摇头。"请原谅我，先生，但请您自己摸一下这柱子。不行的，先生，没人能办到不可能办的事，是吧，先生？我可以在下午茶时间后，把这柱子拔出来，先生，但这需要挖很久。您要求的，您瞧，先生，请容我解释一下，您想要把这柱子周围的土松一松，我和另一个小伙子得花点时间干这个。不过这些椅子，"柯林斯说道，似乎他把工作计划的这一部分视为自己足智多谋的安排，"嗯，我可以把这障碍物挪走，嗯，从现在算起，不到一小时时间我就可以把它们都清走，如果您允许我开始动手。只不过——"

"只不过什么，柯林斯？"

"好吧，我不该对这吩咐表示异议，您都已经这么说了——或者其他人这么吩咐的（这句话是匆匆忙忙加上去的），但是请原谅我，先生，我自己肯定不会挑这块地来做玫瑰园的。嗯，看看这些黄杨木和月桂树，它们一直都把光线挡住——"

"啊，是的，当然，我们得砍掉一些黄杨和月桂。"

"哦，确实，砍掉它们！是，肯定得，但是——对不起，安斯特拉瑟先生——"

"对不起，柯林斯，不过我得出发了。我听见车子已经在门口了。你的女主人会解释她到底想要做些什么。我到时候会和她说，你觉得可以很快就把椅子挪走，不过柱子得到下午。祝你早安。"说完留下柯林斯在那儿搓着脸颊。

安斯特拉瑟夫人虽然很不高兴听到丈夫的反馈，但也没强求柯林斯改变他的计划。

那天下午四点钟左右，她便允许自己的丈夫出去打高尔夫球了。她一板一眼地搞定了柯林斯那边的事，也完成了一天的家务，于是让仆人在适当的地点放了折叠凳和阳伞。她刚坐下，打算继续画她那从灌木丛角度望去的教堂的素描画。这时一个女仆从小径上急匆匆地过来，告诉她说威尔金斯小姐到访。

安斯特拉瑟夫妇几年前从威尔金斯家族手中买下了韦斯特菲尔德庄园，威尔金斯小姐是这个家族为数不多还在世的成员之一。她之前一直住在附近，这一次很有可能是来告别的。"也许你可以让威尔金斯小姐来这儿和我坐坐。"安斯特拉瑟夫人说道，很快威尔金斯小姐——一个年长的妇人——就过来了。

"是的，我明天就离开爱许思庄园了，我可以告诉我弟弟，您把这儿改进了这么多。当然他会禁不住对老房子感到一点点惋惜——我自己也是——但这花园现在看着真让人喜欢啊。"

"我很高兴您这么说。但您可别认为我们已经完成改造了。我带您看看我打算种一片玫瑰园的地方。离这儿很近。"

威尔金斯小姐聆听了关于花园计划的细节的长篇大论，但她的思绪显然飘到了别处。

"嗯，很不错，"她最后非常心不在焉地说了一句，"但您知道吗？安斯特拉瑟夫人，恐怕我想起了以前的时光。我很高兴可以在您改造这块地之前再次见到它。弗兰克和我在这儿有过一段传奇经历。"

"是吗？"安斯特拉瑟夫人微笑着说道，"一定要和我说说。肯定是很特殊、很让人着迷的事情吧。"

"并不是很让人着迷，不过我一直觉得这事情很诡异。我们小时候谁都不愿意一个人来这儿，到现在，在特定的心情下，我都不确定自己敢不敢来这个地方。这是那种很难用言语表述出来的事情——至少我觉得很难——而且如果表述不恰当，听上去会很愚蠢的。我能勉强告诉您这件事情，嗯，这事几乎让我们独处时都害怕这个地方。那是一个非常炎热的秋日，接近傍晚时，弗兰克在花园里蹊跷地失踪了，我去找他，要抓他去喝下午茶。沿着这小径走过去，我突然发现了他，他并没有如我所预料的那样躲在灌木丛里，而是坐在那老旧凉亭的椅子上——您知道，这儿以前有座木凉亭——他在角落里睡着了，但他脸上的表情太过痛苦，我真的以为他肯定是生病了，甚至已经死了。我朝他奔了过去，摇了摇他，把他叫醒了；他虽然醒了，却大声尖叫起来。我向您保证，这可怜的孩子看上去几乎被吓破胆了。他催着我回屋子，一晚上状态都很糟糕，几乎没睡着过。我记得，当时得有人陪着他熬夜。很快他就恢复了，但是过了好几天他都不愿说为什么自己会那样。最后他终于说了出来，他确实睡着了，而且做了一个非常诡异的、支离破碎的梦。他并没有看到多少周围的景象，但他很真实地感受到了那些场景。首先他认出自己站在一个有好多人的大房间里，他对面有某个'非常有权势'的人。有人在向他提问，他觉得那些问题非常紧要，但每次他一回答，据他说，某个人——不是他对面的那个人，就是房间里的另一个人——似乎总要找出点东西反驳他。所有的人声听上去都非常遥远，但他记得一点点他们所说的话：'十月十九日你在何处？'以及'这是你的字迹吗'等等。听到这儿我明白了，他梦到的当然是一场审判；但是家里从不允许我们看报纸，而且一个八岁的男孩竟然对法庭上发生的事情有这么清晰的概念，真是奇怪啊。他说，整个过程中他都感到极度的焦虑、压抑和绝望（虽然我想他用的不是这些词）。庭审之后，有一段间隔，他记得自己极其不安和痛苦，接着出现了另一幅画面，他意识到自己来到了户外，那是个阴云密布的寒冷早晨，下着小雪。那是一条街，至少是个两边都是房子的地方，他还感觉到那里聚集了成堆成堆的人，他被带上了一道咯吱作响的木台阶，站在了某个平台上面，但实际上他唯一能看到的是附近某处熊熊燃烧的一小撮火焰。抓着他手臂的那个人松开了手，向那堆火走去，他说那时他处于一种比梦中任何部分都还要糟糕的恐惧感之中，如果我没有叫醒他的话，他不知道自己会遭遇什么。对一个孩子而言，这梦还真奇怪，不是吗？好吧，梦就讲到这儿。肯定是在那一年的晚些时候，弗兰克和我在这儿，日落时分我坐在凉亭里。注意到太阳要下山了，我便叫弗兰克跑进屋看看下午茶是否准备好了，我则刚好可以读完正在读的那本书的其中一章。弗兰克做事总比我预期的要慢，暮光褪得很快，我只得俯下身子去看清楚书上的字。突然间，我意识到亭子里有人在悄悄对我说话。我唯一能辨别出来——或者说我认为自己可以辨别出来——的词貌似是'拉，拉。我推，你拉。'

"我被吓得站了起来。那声音——比悄悄话要重一些——听上去非常嘶哑而且很生气，但又似乎是从很远很远的地方传来的——就像弗兰克梦里的那声音一样。但我虽然被惊到了，但还有足够的勇气去看看周围，试着找出声音的来源。然后——这听上去很可笑，我知道，但这毕竟是事实——我确定当我把耳朵贴近一根旧木柱子时，那声音听上去最大。那柱子是座椅尾端的一部分。我非常确定是那里传出来的，我记得在那柱子上做了某些记号——我从自己的针线筐里拿了一把剪刀，尽可能深地刻了个记号。我自己也不知道为什么这么做。对了，我在想这是不是就是那根柱子啊……啊，是的，有可能就是；上面有记号和抓痕——但是没法确认。总之，就是跟你这根柱子很像的一根。我们的父亲知道我俩在凉亭里都受了惊吓之后，便在某个傍晚吃完晚饭后亲自去了趟凉亭，没多久那亭子就被拆了。我记得听到过我父亲和一个老人聊起这亭子来，那老人以前在这儿打零工，他说：'别害怕，先生，他被困在里面了，没人会把他放出来的。'但当我问到那是谁的时候，父亲没有给我满意的答复。也许我长大后父母有可能告诉我更多详情，但是，正如您所知，我们还未长大成人，他们就都离世了。我必须说这事对我而言一直都非常诡异，我常常问村子里的长者，他们是否知道一些古怪的事；但他们要么什么都不知道，要么就不愿意告诉我。哎呀，哎呀，你看我用儿时的回忆打搅你这么久了！但这凉亭确实在某段时间里深深地影响了我们的思绪。你可以想象，不是吗，我们因为这亭子而编造出来的那些个故事。好了，亲爱的安斯特拉瑟夫人，我现在必须走了。希望今年冬天咱们可以在镇上见面，怎么样？"……

那天傍晚前，座椅和柱子都被清走了，而且都分别连根拔除了。人人皆知夏末天气是变化莫测的，吃晚饭的时候柯林斯夫人过来要了些白兰地，因为她丈夫得了重感冒。她担心他第二天没法干什么活了。

安斯特拉瑟夫人晨醒时有些心绪不宁。她确定晚上有什么流浪汉溜进了花园里。"还有件事情，乔治，等柯林斯能恢复干活时，你一定要告诉他去处理下猫头鹰。它们的声音太古怪了，我肯定有只猫头鹰溜了进来，就停在我们窗户外头某个位置。如果它闯进屋子，我肯定会被吓疯的；听叫声，那肯定是只特别大的鸟。你没听到吗？没有，肯定没有，你和平时一样睡得很死。不过我必须说，乔治，你看上去像是昨晚没睡好啊。"

"亲爱的，我必须说，我觉得如果再来那么一晚，我就要丧失理智了。你完全想不到我做的那些梦。我醒来时都没法聊起那些梦，如果这房间不是这么光亮、充满阳光，到现在我都不敢回想它们。"

"好吧，说真的，乔治，我得说，对你而言这真不常见。你肯定吃了——不，你昨天吃的和我一样——除非你在什么乌七八糟的俱乐部吃了茶点；是吗？"

"没有，没有；就喝了杯茶，吃了点面包和黄油而已。我真的很想知道自己是怎么拼凑出那梦来的——我想人确实是用自己所见所读的很多小细节拼凑出自己的梦的。听着，玛丽，那梦是这样的——如果这不会让你觉得无聊的话——"

"我想听听那梦是怎么样的，乔治。如果我听够了，我会告诉你的。"

"好吧。我必须告诉你，从某个角度讲，这梦和其他噩梦不太一样，因为我并未真的见到任何对我说话的人或者碰触过我的人，但这梦的真实感还是给我留下了极其恐怖的印象。一开始我坐着，不，我在某个老式的装有饰板的房间里踱着步。我记得里头有个壁炉，炉里面有很多烧焦的纸张。我处于一种为某件事情极度焦虑的状态。屋子里还有个人——我猜是个仆人，因为我记得自己对他说，'准备马匹，尽快'，接着我等了一会儿。之后我听到好几个人走上楼来，传来一阵马刺撞到木地板的声音，然后门就打开了，无论我在等着什么，总之那事发生了。"

"嗯，但是，什么事呢？"

"你瞧，我没法说清楚，就是那种在梦里让你心烦意乱的冲击。要么你被惊醒了，要么梦里的一切都成了空白。我就遇到了这种情况。然后我就身处一个深色墙面的大房间里了，我想那房间也和之前那个一样装有饰板，里面有好些人，显然我站在那儿——"

"接受审判，我猜，乔治。"

"天呐！是的，玛丽，我是在接受审判；难道你也梦到了？真是诡异啊！"

"不，不是的；我睡得不够多，没做梦。继续说，乔治，我一会儿告诉你为什么我知道。"

"好的；嗯，我正在被审判着，毫无疑问，从我的情绪来看，那审判事关生死。没有人为我辩护，某个地方有一个非常可怕的家伙——在法官席上；我应该已经发过言，只不过他似乎极其不公正地抨击着我，曲解我说的每一句话，向我提出非常讨厌的问题。"

"什么问题？"

"嗯，我在某些地方的日期，我应该曾经写过的信件，以及为什么销毁某些文件；我记得他对我的回答报以冷笑，那笑声让我非常灰心丧气。听上去没什么，但我可以说，玛丽，当时真的非常让人害怕。我很肯定，曾经确实有这样一个人，他肯定是个非常可怕的恶棍。他说的那些话——"

"谢谢，我没兴趣听他说的话。我自己随便哪天都可以再打听。审判是怎么结束的？"

"哦，对我不利；他想要这样的结果。玛丽，我真希望可以给你个概念，审判之后的那种压力对我而言持续了好几天，不停地等待，有时候我在写些东西，我知道它们对我非常重要，然后我等待答复，但杳无音讯。之后我出了监狱——"

"啊！"

"你为什么发出感叹？你知道我见到的情景？"

"是一个阴沉沉的冷天吗，街上下着雪，你附近有一丛火在燃烧。"

"老天啊，是的！你也做了同样的噩梦！真的没有？好吧，这是最奇怪的一点！是的；这是叛国罪的行刑现场，对此我毫不怀疑。我知道自己躺在稻草上，一路遭受着痛苦的颠簸，然后我得爬一些台阶，有个人抓着我的手臂，我记得看到了一架梯子的一角，听到了人声鼎沸。我真觉得自己现在没法忍受挤到一大群人当中、听着他们说话所造成的噪音。然而，幸运的是，我没有经历真的刑罚。我的脑子像被雷击了一下似的，梦一下子就停止了。但是，玛丽——"

"我知道你要问什么。我想这次算是某种读心术吧。威尔金斯小姐昨天过来了，告诉我她弟弟小时候做的一个梦，那时他们还住在这儿，无疑昨晚我醒着听到那可怕的猫头鹰叫声以及灌木丛中那些人的谈笑声时（对了，我希望你可以去看看他们有没有造成什么破坏，并且把这事报告给警察），由于某种原因我想到了那个梦；所以，我猜，在你睡着时，这梦肯定从我脑子里钻进你脑子里去了。确实，非常奇怪，可怜的，害你昨晚睡得这么差。你今天最好尽可能多呼吸新鲜空气。"

"哦，现在没事了；可我想我还是去一趟俱乐部吧，看看能不能和谁打上一局。你呢？"

"今天早上我的事可多了；下午如果没杂事打搅的话，我会继续画画。"

"当然啦——我非常期待画作的完成。"

没发现灌木丛中有什么东西被损坏。安斯特拉瑟先生兴趣冷淡地检视了一下玫瑰园那块地，连根拔起的柱子还放在那儿，之前插柱子的那个洞还没有填上。经过询问得知，柯林斯虽然恢复了些，但还是没法回来工作。他通过妻子之口转述说，希望自己把那些东西清理掉，并不是什么错事。柯林斯太太加了一句说，韦斯特菲尔德有很多爱碎嘴的人，最烦人的就是那些老家伙了；他们倚老卖老，觉得在这个教区里，他们比谁都生活得久。但至于他们说了什么，就无从得知了，只不过可以确定那些话让柯林斯非常恼火，纯属一派胡言。

吃过午饭以及短暂的午休后，安斯特拉瑟夫人恢复了精力，她舒服地坐在素描椅上，就在穿过灌木丛通往教堂墓地侧门的小径上。树木和建筑是她最喜爱的绘画题材，坐在这个位置，她可以仔细观察两者。她画得非常认真，当太阳落到西边长满树木的山丘下时，她的画作看上去已经非常赏心悦目了。她想继续画下去，但是光线变化得太快，显然最后几笔必须等到明天再添加上去了。她站起身，朝屋子走去，中途稍作停顿欣赏起了西边宁静的碧绿苍穹。之后她穿过黑漆漆的黄杨木丛，并且在小径快要进入草坪的那个地方，又一次停了下来，细细品味了下静谧的黄昏风光。她在脑海中想道，天际线上的那个肯定是卢廷斯村落[1]教堂中的某座塔楼。这时在她左边的黄杨木丛中有只鸟（也许吧）闹腾了一下，她转过身去，惊奇地看到树枝间隐约显露出一样东西，一开始

---

1 此处应该是指埃克塞斯郡切姆斯福德附近的罗丁斯（Rodings）村落，此村落群是英国最大的单一名称村落群。

她以为是张十一月五日面具 [1]。她凑近看了看。

那并不是一张面具，而是一张脸——宽大、光滑的一张粉红色的脸。她记得那张脸的额头上冒出的细小汗滴；她记得那下巴刮得十分干净，那双眼紧闭着。她还记得——记得非常清楚，以至于她一想到这点就非常受不了——那张嘴大张着，上嘴唇下露出唯一一颗牙齿。正当她盯着看时，那张脸逐渐消失在了灌木丛的阴影中。她在崩溃前跑进了屋子，并锁上了门。

安斯特拉瑟夫妇在布莱顿休养了一个多礼拜后，收到了一封埃塞克斯考古学会寄来的信，询问他们是否拥有某些历史画像，学会希望将其收于即将出版的一本关于埃塞克斯肖像作品的书籍中，该书将会在学会的资助下出版。随信而来的还有学会秘书的一封信，里面提到以下内容："我们尤其急于确认阁下是否拥有此画的原始雕版，本人已随信附上照片。画中人物为 ＿＿＿＿ ＿＿＿＿ 爵士 [2]，国王查尔斯二世时期的首席法官，想必您知道，他被罢免后退隐于韦斯特菲尔德，据信他满心悔恨地逝世于此地。可能您有兴趣知悉，最近在教区记事录中发现一条奇特的历史记录，不过并非是在韦斯特菲尔德的记事录中，而是在卢廷斯大教区的记事录中。此记录大意是说自爵士死后，教区深受其扰，韦斯特菲尔德的教区牧师召集了卢廷斯村落的所有神职人员前来安葬爵士；他们确实这么做了。该记录结尾时提及'穿心木位于韦斯特菲尔德毗邻教堂墓地的一块田地之西侧'。或许您可以告知我们在您教区是否还流传着关于此事的传闻。"

"随信附上的照片"让安斯特拉瑟夫人想起了一连串事情，这让她极度震惊。于是她只好在国外过冬了。

安斯特拉瑟先生去韦斯特菲尔德做一些必要的安排时，趁机把这故事告诉了教区牧师（一位年长的绅士），牧师表现得毫不惊讶。

1　此面具起源于 1605 年由盖伊·福克斯策划的"火药阴谋"，企图在国会大厦炸死英王詹姆士一世。孩童会在盖伊·福克斯日戴此面具，庆祝"火药阴谋"被挫败。

2　作者很有可能暗指威廉·斯克罗格斯爵士（1623？—1683），他曾于 1678—1683 年担任英格兰及威尔士首席法官一职。在天主教阴谋事件期间，他担任首席法官，由于威胁恐吓证人而臭名远扬。1680 年 11 月 23 日，下议院以擅自提前解散大陪审团为由对其进行弹劾。1681 年 3 月 24 日他陈情认为自己无罪，然查尔斯二世仍于是年 4 月 11 日将其撤职。之后他退隐于埃塞克斯郡的维尔德宅邸，1683 年 10 月 25 日在宅中去世。

　　"事实上，我自己大概拼凑出了以前发生的那些事情，一部分是听老人说的，一部分则来自我在你家庭院里看到的情形。当然某种程度上我们也受了点罪。是的，一开始比较糟糕；正如你所说，像猫头鹰的叫声，有时候是人的交谈声。有天晚上是在你的庭园里，其他几次则是在几处村舍周围。但最近这种情况出现得很少了；我想这会逐渐消失的。我们的教区记事录中没有什么信息，除了安葬记录以外，还有一句话，很长时间我都以为那是句家训；不过上次我查看时，注意到这句话是后来某个人加上去的，而且旁边的首字母缩写是我们十七世纪晚期的一位教区牧师的，A.C.——奥古斯丁·克朗普顿 [1]。在这儿，你看——莫扰静眠之物 [2]。我推测——好吧，只能说天机不可泄露。"

1　为作者虚构。
2　原文为拉丁文。

《律书》[1]

    某个秋日傍晚，一位脸庞瘦削、留着灰色皮卡迪利连鬓胡[2]的长者推开了通向某座著名图书馆门厅的弹簧门。他对一位图书馆工作人员说，他认为自己有权使用这一图书馆，并询问是否可以借一本书。如果他属于享有这一特权的人士之一，那当然没问题了。他拿出名片——约翰·埃尔德瑞德先生——工作人员查阅了登记册后，给出了肯定的答复。"嗯，还有一点，"他说道，"我好久没有来这儿了，已经记不得你们图书馆的布局了。而且快到关门时间了，心急火燎地上下楼梯对我而言可不是件好事啊。我这儿有我想借的那本书的书名，你们谁有空的话帮我去查找一下吧？"看门人想了一会儿后，叫住了一个刚路过的年轻人。"加瑞特先生，"他说道，"你有时间帮这位先生一个忙吗？""乐意效劳。"加瑞特先生回复道。于是他拿到了那张写有书名的小纸条。"这事儿交给我吧；正好片刻前我刚查看过这一区域，不过我还是先在图书目录里查看下吧，以防万一。我想先生您只要这一个版本吧？""是的，如果可以的话，我不要别的版本。"埃尔德瑞德先生说道："真的太感谢你了！""请别这么说，先生！"加瑞特先生说完便赶紧走了。

    "我想是这本，"当他的手指划过图书目录页面停在了某一条书目

1　本篇最初发表于《古文物专家的鬼故事续》中。《律书》是一本真实存在的著作，为犹太教经典《米书拿》（又译《密西拿》，意为"第二次、重复"）的一部分。《米书拿》是一部口传律法，为《塔木德》的重要组成部分。《律书》包括五部分，记载了第二圣殿（公元前586年，第一圣殿被摧毁，第二圣殿于公元前六世纪晚期建于耶路撒冷；公元70年，第二圣殿亦被摧毁）的设计布局和结构。著名的犹太学者摩西·迈蒙尼德（1135—1204）曾为此书作注。其为那赫曼尼德斯的论敌。

2　皮卡迪利连鬓胡：又称邓德里雷长连鬓髯，该胡型起源于英国剧作家汤姆·泰勒（1817—1880）的作品《我们的美国表亲》，剧中的邓德里雷勋爵便留有此胡型。该胡型特点为脸颊两侧留有蓬松的长髯，流行于维多利亚时期的英国。

上时，他自言自语道，"塔木德：律书，那赫曼尼德斯[1]评注，阿姆斯特丹，1707，11.3.34，希伯来语类。当然是这本了，这不是什么难事。"

埃尔德瑞德先生坐在门厅的椅子上，焦急地等待他的信使回来。当他看到加瑞特先生两手空空走下楼来的时候，失望之情溢于言表。"先生，抱歉让您失望了，"这年轻人说道，"书被拿走了。""哦，好吧！"埃尔德瑞德先生说道，"这样啊？你确定没搞错吗？""我想不太可能搞错的，先生。不过如果您愿意等一小会儿，您有可能见到那位把书借走的先生。他肯定也快要离开图书馆了，我想我看见他从书架上把那本书拿走的。""原来如此！我猜，你不认得他吧？有没有可能是哪位教授或者学生？""我想不是的，肯定不是个教授。如果是的话，我肯定认得的；不过这个点，图书馆那块区域的光线不怎么好，我没看见他的脸。我刚才应该告诉您，他是个矮小的老先生，有可能是个牧师，穿着个斗篷。如果您能等的话，我可以轻易确认他是否特别想借那本书。"

"不用了，不用，"埃尔德瑞德先生说道，"我不等了——我现在等不了了，谢谢你——不用了，我必须得走了。如果可能，我明天会再来的，也许你能确认是谁借走了那本书。"

"当然，先生，我会把书准备好的，只要我们——"但是埃尔德瑞德先生已经走了，匆忙让人觉得这样对他身体未必有好处。

加瑞特有些空闲时间，他想道："我要回那书架看看，看能不能找到那老人。很可能他可以过几天再借那本书的。我敢说埃尔德瑞德先生没打算长时间借那本书。"于是他向希伯来语分区走去。但当他到那儿时发现没人在那儿，那本标有 11.3.34 的书就在书架原位上。加瑞特先生的自尊心受到了打击，竟然这样无缘无故地让一个借书者失望。若不是图书馆有规定，他真想把这书拿到楼下门厅放着，这样的话埃尔德瑞德先生再来的时候书已准备妥当了。无论如何，第二天早上他会留心埃尔德瑞德先生的，他恳请看门人到时候通知他。实际上，当埃尔德瑞德先生到来时，他自己正好在门厅里。那时图书馆刚开门没多久，里头除了工作人员几乎没其他人。

---

1 摩西·那赫曼尼德斯（摩西·本·那赫曼，1194—1270）是加泰罗尼亚的一位犹太圣经诠释家及医师。目前未发现他给《律书》写过评注。

"非常抱歉,"他说道,"我很少犯这种愚蠢的错误,但我很肯定,我见到的那位老先生把书拿了出来,握在手里,却没有打开。您知道的,先生,人们常这样,当他们打算借走一本书时,常常看都不看一眼。不管怎样,我现在就上楼,这次一定把书拿给您。"

此处插入一段空隙时间。埃尔德瑞德先生在入口处徘徊了一会儿,读遍了所有告示,看了看手表,坐了下来,望着楼梯。他做了一个极不耐烦的人可以做的一切事情,直到过了大概二十分钟,他终于开口询问看门人:加瑞特先生去的那个区域是不是非常远。

"好吧,我也觉得这很奇怪,先生。他通常手脚很快,可能他被管理员叫走了,肯定的。不过即使是这样,我觉得他会说您还在等着他呢。我用气动导管[1]和他联系下,看看什么情况。"他通过气动导管发了信息。当他收到相应答复时,脸色都变了,他又补充性地问了一两个问题,很快答案就传了回来。他走到柜台前,低着嗓音说道:"先生,我不幸听说,似乎发生了些有点麻烦的事儿。看来加瑞特先生有些不幸遭遇,管理员叫车把他送回家了,从另一头门走的。我听说,他受到了打击。""什么,真的吗?你是说有人伤到他了?""不是的,先生,没有暴力袭击,但是,我想应该是被突发的身体——您可以这么概括——不适袭击了。加瑞特先生体格不是很好。至于您的书,先生,也许您可以自己去找。让你这样连续失望两次,实在太对不住了……""呃——好吧,加瑞特先生为了帮我忙,竟然这样遭遇不幸,我实在很抱歉。我想我必须先不管那书了,我要去探望他。我想,你能告诉我他的地址吧。"这事儿很简单,加瑞特先生实际上就租住在离火车站不远的一处公寓里。"还有另一个问题。昨天你有否凑巧注意到有位老先生在我之后离开图书馆的?他可能是个牧师,穿着一件——是的——黑色斗篷。我觉得他可能——我想,嗯,他可能待在——更准确地说,我可能认识他。"

"没有穿黑色斗篷的,先生,没有。在您走后,只有两位先生走得比您迟,先生,两个都是年轻人。其中一个是卡特先生,他借了本音乐书,另一位是个教授,他借了些小说。就这两人,先生。之后我便去喝茶了,能喝上下午茶真好啊。谢谢您,先生,非常感谢。"

---

1 气动导管:19世纪末至20世纪早期英美图书馆中用于传输文件以及书籍的一种管道装置。

埃尔德瑞德先生依旧心急火燎，他坐着马车来到加瑞特先生的住处，但是那年轻人的身体状况还不允许他见访客。他有些恢复了，但是他的女房东考虑到他一定遭受了很严重的打击，觉得根据医嘱，很可能他明天才能见埃尔德瑞德先生了。埃尔德瑞德先生在黄昏时分回到了自己的酒店，我恐怕他度过了一个百无聊赖的夜晚。

第二天他见到了加瑞特先生。加瑞特先生身体好时，是一个开朗帅气的小伙子。此刻他却是个脸色非常苍白、全身颤抖的家伙。他坐在火边，靠一把扶手椅撑着，常常发抖，时常看着门，好像会有他不欢迎的客人到来似的，不过埃尔德瑞德先生不在其列。"其实我才应该向您道歉，我非常想为此表示歉意，可我不知道您的地址。幸好您来我家了。我真的不愿意搞得这么麻烦，为此我很是遗憾，但您也理解，我没法预见这事儿——我是说我遭遇的打击。"

"千万别这么想；好吧，我算半个医生。我肯定，医生已经好好看过您了，不过请原谅我多问一句。您是摔倒了吗？"

"没有。我确实摔在地上了，但不是从什么高处。实际上，我是受了惊吓。"

"你是说什么东西惊吓到您了？您认为您见到些东西了？"

"恐怕，这事儿没有什么我'自认为'的成分。是的，确实是我见到的某个东西。您还记得您第一次来图书馆那次吗？"

"嗯，当然记得。好吧，嗯，我恳请你不要试着描述那东西了。我肯定，回想它对你没有什么好处。"

"但实际上，如果我能将这事儿和像您这样的先生说说的话，我心里能舒服点。您或许可以帮我解释解释。那天，就在我走进您要的那本书所在的分区时……"

"说真的，加瑞特先生，别讲了。再者说，我的手表告诉我时间很紧了，我还要收拾好东西去赶火车呢。别讲了——一个字都别再讲——也许这会给您造成困扰，比您想象的还不好。我还有一个事要说。我觉得，实际上我对您的不幸有间接的责任，因此我认为我应该支付此事产生的所有开销，嗯？"

但这一提议遭到了坚定的拒绝。埃尔德瑞德先生没有强求，几乎立马就走了。不过，他走之前，加瑞特先生坚持要他记下《律书》的分类编号，加瑞特说，埃尔德瑞德先生有空时可以自己去借那本书。但是埃尔德瑞德先生再也没有去过图书馆。

威廉·加瑞特当天还有另一位访客——乔治·厄尔以同龄人以及图书馆同事的身份来看望他。厄尔是当天发现加瑞特不省人事地倒在放有那本希伯来语书籍的"分区"或者说小隔间（该隔间朝向宽敞走道中央位置的一条小过道）地板上的人之一。厄尔自然非常担心他朋友的身体状况。因此图书馆一关门，他就来加瑞特住处探望了。"好吧，"他说道（在聊了些其他事儿之后），"我真不明白是什么让你不舒服的，不过我感觉图书馆的空气有些不对头。我注意到了，在我们发现你之前，我和戴维斯一起走过走道，我对他说：'这儿有股霉味，你在其他地方闻到过吗？这肯定不对头儿。'哎，好吧，如果谁长期住在有这种味道的地方（我和你说，这味道比之前我感觉到的更严重了），那这气味肯定会侵入人体内，到时候就会出问题，你不觉得吗？"

加瑞特摇了摇头。"确实是有股味道——不过不是一直都有的，虽然过去一两天我也注意到了——是一种不正常的、强烈的尘土味儿。不过不是，我不是因为这个出事的。是因为我看到的一些东西，我想跟你说说这事。我去希伯来语分区取书，楼下有位先生想借某本书。前一天，因为同一本书，我犯了个错。之前我也为同一位先生上楼去找那本书了，不过我确定自己看到一个穿着斗篷的老牧师把他取了出来。我告诉那位先生说有人拿走了那书，于是他就走了，说第二天再来。我又回到楼上，看看能不能从牧师手里拿到这书，可牧师不见了，书就在架子上。嗯，昨天，如我所言，我又去了。这一次，你说奇不奇怪，注意，是大早上十点钟，也是那块区域一天最亮堂的时候，我又看到了那位牧师。他背对着我，看着架上的书。我正要去那个书架。他的帽子放在桌子上。他是个光头。有那么一小会儿，我仔细盯着他看了下。我对你说，他那秃顶非常脏。我看着觉得他头很干瘪，而且看上去满是灰尘，头顶上那几根残发看上去更像是蜘蛛网，而非头发。好吧，我故意发出了点噪声，咳了咳，挪了挪脚。他转了过来，我看到了他的脸——之前我都没见过他的正脸。我再次声明，我没看走眼。虽然因为某些原因，我没注意到他的下半张脸，但我确实看到了上半脸。那半张脸极其干瘪，双眼深深地凹陷下去。眼睛之上，从眉毛到颧骨，都盖着蜘蛛网，厚厚的一层。哎，如他们所说，这把我吓晕了，其他事我就不知道了。"

我们没必要去问厄尔为这一现象提供了什么解释。总之，他的解释没法让加瑞特相信自己并未见到那些景象。

在威廉·加瑞特回到图书馆工作前，图书馆管理员坚持要他休上一礼拜假，去呼吸下新鲜空气。因此，几天后，他便拿着包出现在了火车站。他要去海边的本恩斯托[1]，他之前并未去过该地。此刻，他正在找一个符合心意的吸烟车厢。有一个车厢，而且就只有这个车厢看上去符合要求。但正当他走向那车厢时，他看到车厢门前站着一个人，看着真像和最近的不快经历有关的那个人啊。他心中升起一阵让人恶心的紧张感，他几乎不知道自己在干什么了，只是奋力打开隔壁车厢的门，飞快冲了进去，好像死神追到了脚后跟似的。火车开动了，他刚才肯定被吓晕了，因为之后他意识到有人在他鼻子边放了个嗅盐瓶。这位"医生"是个长相和蔼的老妇人，她和她女儿是这个车厢里唯一的乘客。

然而，他不太可能主动向他的同车厢乘客提起刚才发生的那件事。但事实是，各种感谢、询问以及寒暄性对话不可避免地紧接而来。在到达旅途终点前，加瑞特发现自己遇到的不仅是名"医生"，还是位女房东。辛普森夫人在本恩斯托正好有公寓要出租，这房子各方面看都很适合加瑞特。在这一时节，房子没其他住客，因此加瑞特便常常与辛普森母女接触。他发现和她俩做伴非常令人满意。待到第三个晚上的时候，他们已经非常熟稔，他甚至被邀请去她们的私人起居室共度傍晚了。

在交谈中，加瑞特提到他在一间图书馆工作。"啊，图书馆是好地方啊，"辛普森夫人说道，叹息了一声停下了手中的活计，"不过话虽这么说，书可把我害惨了，确切地说是某本书。"

"嗯，我靠书过活，辛普森夫人，说它们任何的不好，都会让我感到难过。我真不愿意听到书籍让您受苦。"

---

1 海边之本恩斯托：为作者虚构，见《哦，吹哨吧，我会来找你的，我的朋友》中之相关注释。

"或许加瑞特先生可以帮我们解决这个谜团呢，妈妈。"辛普森小姐说道。

"我可不想让加瑞特先生开始一段可能浪费一生的找寻工作，亲爱的，我也不想因为私事麻烦他。"

"但如果您觉得我可能有那么一点点用的话，恳请您告诉我那个谜团是什么，辛普森夫人。如果是要探寻任何关于某本书的信息的话，您瞧，我这工作还挺适合去干这个的。"

"是的，我明白这个，但最糟糕的是，我们不知道那书的名字啊。"

"也不知道那书是写什么的？"

"不，这个也不知道。"

"除了我们认为那不是本英语书，妈妈，不过这也不算个什么线索。"

"好吧，加瑞特先生，"辛普森小姐说道，她还没有继续手中的活计，现在正思绪重重地望着炉火，"我来告诉您那故事。请您务必保守秘密，可以吗？谢谢您。事情是这样的，我有个舅公，叫让特博士。或许您曾听说过他。并非因为他是个名人，而是因为他选择了一种奇怪的下葬方式。"

"我觉得我在某本指南书里见过这个名字。"

"很有可能，"辛普森小姐说道，"这可怕的老人啊！他留下了指示，他在宅子附近的田野地下建造了一间砖房，他要求自己身穿日常衣服坐在房子里的一张桌子旁边。当然那村子里的人说，他们曾见到他身穿老旧的黑色斗篷出现在那儿。"

"哦，天呐，我可没听说这种事儿，"辛普森夫人接着说，"不管怎么说，他已经去世二十多年了。他曾是个牧师，虽然我断言自己无法想象他是怎么成为牧师的。在他生命的最后阶段可没履行过什么教职，不过我觉得这是件好事。他靠自己的产业过活，他有块很好的地产，就离这儿不远。他没有妻子也无儿无女，只有一个外甥女，也就是我；还有一个外甥。他对我俩没有什么特殊偏爱，他对谁都这样，基本就是这样。如果真有点区别的话，他更喜欢我表哥，而不是我，因为约翰的脾性更像他一些，我恐怕得说，还有他那非常刻薄的处世方式。如果我没结婚的话，事情可能就不一样了，可是我结了，他对此非常痛恨我。好吧，后来发现，他有地产，还有很多钱，他对这些财产有绝对的支配权，据我理解，我们——我和我的表哥——在他去世后将会平分这些财产。某一年的冬天，如我所说，已是二十多年前了，他生病了，我前去照料他。那时候我丈夫还健在，但那老家伙不愿意让他一同前往。正当我坐着马车去到宅子时，我看到约翰表哥坐着一辆敞篷马车离开，我注意到，他看上去眉飞色舞的。我来到宅子里，为我舅舅做了力所能及的一切，但很快我就肯定他是个将死之人了，他自己也是这么认为的。在他去世前一天，他让我整日坐在他身边，我意识到，他留了些什么话要告诉我，很可能不是什么好事儿，他尽量拖延着，只要他感到自己还有力气这么拖下去。恐怕，他是故意想让我一直这么心情紧张着。但，最后他终于说了。'玛丽，'他说道，'玛丽，我按着约翰的意思立了遗嘱，他继承了一切，玛丽。'哎，这当然对我而言是个痛苦的打击，因为我们——我丈夫和我——并不富裕，而且如果他可以活得没那么劳累，可以活得轻松点的话，我觉得他或许可以多活几年的。但我没有对舅舅说什么，只是说他有权利按照自己的意愿来做事。一是因为我想不出还能说什么，二是我觉得他还有话要说，结果真是如此。'但是，玛丽，'他说道，'我不是很喜欢约翰，我为你立了另一张遗嘱。你将得到一切。不过你得先找到这张遗嘱，你看，我不打算告诉你遗嘱在哪里。'说完他就自己窃喜起来，我等待着，因为我再一次觉得他没有说完。'真是个好姑娘，'过了一会儿，他说道，'你等等，我会把我告诉约翰的都告诉你。但我得提醒你，你没法凭我告诉你的这些话就去和他打官司，因为除了你自己的话以外，你没法找到其他的间接证据，而约翰这家伙在必要时，是会造伪证的。那就好，你明白了。嗯，我突然想到我该用不寻常的方式写下这个遗嘱，因此我把他写在了一本书里。玛丽，是一本印刷书籍，这屋子里有成千上万本书。但注意了！你没必要在这里头费精力，因为这本书不在其中。它在其他地方存放着，如果约翰发现了，他任何一天都可能去到那个地方，找到那本书，但你却没办法。那可是个好遗嘱啊，很正规地签了名，也公证了，不过我觉得短时间内你没法找到那些公证人。'

"我仍然一语未发，如果我当时要采取什么行动的话，我肯定会抓住那卑鄙的老家伙，使劲摇晃他。他就躺在那儿自个儿大笑着，终于他说道：

"'嗯，嗯，你听到这些都非常冷静，我本想让你俩同样吃惊的，约翰能用土地赚些钱，可使他去到那书所在的地方，因此我再告诉你两样他所不知道的事。遗嘱是用英语写的，不过你如果看到它的话，你会认不出来那是英语。这是第一件事，第二件则是，我去世后，你将在我书桌上发现一个给你的信封，里面有一样帮助你找到那书的东西，如果你够聪明，能够使用那东西的话。'

"说完这话没几个小时后，他就去世了，虽然我通知了约翰·埃尔德瑞德……"

"约翰·埃尔德瑞德？打断您一下，辛普森夫人，我想我见过一个叫约翰·埃尔德瑞德的先生。他大概长什么样子啊？"

"我上一次见他得有十年了。现在他得是个瘦削的老先生了，他留着那种以前人们称之为邓德里雷或者皮卡迪利什么的胡子，除非他把胡子刮了。"

"——连鬓髯。是的，就是那个人。"

"您是在哪儿遇到他的啊，加瑞特先生？"

"我不知道是否可以告诉您，"加瑞特撒了个谎，"在某个公共场所。但您还没说完呢。"

"我其实没有什么要说的了，当然，从那以后约翰就无视了我的所有信件，自己享受着那份产业，而我和女儿却只能在这儿干起出租公寓的营生了，不过我得说，无论如何，这活计没像我担心的那么令人不满。"

"可那信封呢。"

"对了！哎，正是这信封带来了一个谜团。把我书桌里那纸条拿给加瑞特先生。"

那是一张小纸片，上面除了五个数字外，别无他物，这五个数字之间没有空隙也无任何标点：11334。

加瑞特先生想了想，他眼中灵光一闪，突然他"扮了个苦脸"，接着问道："您觉得，关于这本书的书名，埃尔德瑞德先生是否可能比您拥有更多线索？"

"有时候我觉得他肯定有，"辛普森夫人说道，"是这样的，我舅舅肯定在他死之前不久立下这遗嘱的（我记得，他亲口和我说了），之后立刻把那本书弄走了。但他所有的书都仔细登记在目录册里了，而目录册在约翰手中，约翰特别仔细，确保宅子里的书一本都未被卖出去。我听说，他经常到处走访售书商和图书馆，因此我猜测他肯定已经发现我舅舅的藏书室中哪些登记在册的书不见了，他肯定在寻找这些书。"

"是的，是的。"加瑞特先生说着又陷入了沉思。

他当天便收到了一封信，他极其遗憾地告知辛普森夫人，那封信使得他必须得缩短自己在本恩斯托的假期了。

要离开她们，他感到很遗憾（对于要和他分别，她们至少也同样的遗憾），他开始觉得一场对辛普森夫人（我们是否该加上辛普森小姐呢？）而言意义重大的危机很可能即将来临。

加瑞特在火车上感到既不安又兴奋。他挖空心思地思考着，埃尔德瑞德先生询问的那本书的出版号是否对应着辛普森夫人那张小纸片上的数字。但令他沮丧的是，他发现上周的那次打击对他影响太大，他已经记不起关于那本书的书名或者内容的任何印象，甚至他去哪一个分区查找那本书也记不得了。但图书馆分区的其他部分以及相关的工作他却依旧记得一清二楚。

还有件事也让他一想起来就觉得烦心——他一开始迟疑了下，后来便忘记向辛普森夫人询问下埃尔德瑞德的住址了。但他可以写信去询问。

至少那纸上的几个数字还提供了点线索。如果它们指的是图书馆中的出版号的话，那么它们只能有几种可能的理解方式。它们或许可以被分为 1.13.34、11.33.4 或者 11.3.34。他可以花个几分钟时间把它们都尝试一遍，如有任何一本不见了，他都有办法追踪到。虽然他得花个几分钟时间向他的女房东以及同事解释下自己为何提前回来，但他很快便着手干活了。1.13.34 在书架上，而且并非外语作品。当他在同一个走道里，走近 11 分区时，脑子里的联想让他全身一寒。但他必须继续下去。在匆忙扫过 11.33.4（他最先看到这本，这是本全新的书）之后，他沿着 11.3 这一行四开本扫视着。他担心出现的空隙果然在那儿，34

被借走了。他花了一点时间确定这本书没有被放错地方，随后他便去门厅了。

"11.3.34 被借走了吗？你记不记得自己注意过这个号码？"

"注意到这号码？加瑞特先生，你把我当什么了？如果你今天很空闲的话，就自己拿着借书单看吧。"

"行吧，埃尔德瑞德先生有没有再来过？我身体不舒服那天来过的那位老先生。嘿！你记得他的。"

"你想干嘛？我当然记得他。没有，他没有再出现过，你去休假后便没有再出现过。不过我似乎……过来下，罗伯茨应该知道。罗伯茨，你记得海尔德瑞德[1]这个名字吗？"

"当然啦，"罗伯茨说道，"你是说那个要求我们用已付费包裹给他寄书的人吗？我希望他们都照办了。"

"你是说你们在为埃尔德瑞德先生寄书？快，快说！是不是？"

"好吧，加瑞特先生，如果一位先生寄来一张填写正确的借书单，秘书也说这书可以外借，而且箱子也一同准备好了，根据寄来的单子填好了地址，一笔足够支付铁路运费的钱也准备好了，那我斗胆问一句，在这种情况下您会采取什么行动，加瑞特先生？您会不会不辞辛劳地去照办，或者说把这包裹直接扔柜台下面，然后……"

"你说得太对了，当然了，霍奇森，说得非常对。不过你能不能好心帮我个忙，给我看看埃尔德瑞德先生送来的借书单？我想知道他的地址。"

"当然可以，加瑞特先生。只要我不被糊弄，搞得好像我不知道自己的职责似的，我很愿意在我职权范围内尽一切所能帮助您。登记册上有借书单信息，J. 埃尔德瑞德，11.3.34，书名：特——啊——母——好吧，拿去，你可以自己判断是什么，我敢打赌说，那不是本小说。这儿有海尔德瑞德先生的申请出借这本书的便条，我认为这便条提供了找书的线索。"

"谢谢，谢谢。但是地址呢？便条上没有地址啊。"

"啊，确实，嗯，这个……加瑞特先生，等一下哈，我有他地址。

---

1 说话者口音不标准，将"埃尔德瑞德"发成了"海尔德瑞德"。

嗨，那地址条是放在包裹里寄来的，考虑得非常周到，让我们省去了麻烦，直接把书放进去，就可以寄回去了。非说在整个事情中，我有什么错误的话，那就是在这一点上，我忘了把他的地址写在我这本记录用的小册子里了。尽管我不敢说自己有什么合适的理由来开脱没登记地址这个事儿，但是我没时间啊，我敢说，您要处理那么多事情的话，也不会有时间的。还有，不，加瑞特先生，我脑子里不记这些东西的，否则我拿这本小册子干吗用？这就是本普普通通的笔记本，您瞧，当需要时，我经常用它来记录这些姓名啊地址啊一类的信息。"

"这做法真不错啊，当然了……但是，好吧，谢谢你。包裹是什么时候送走的？"

"今天早晨十点半。"

"哦，好的，现在不过一点钟而已。"

加瑞特沉思着上了楼。他怎样才能知道那地址呢？打电报给辛普森夫人的话，为了等回电，会错过一班火车[1]的。对了，还有另外一种方法。她说过埃尔德瑞德住在她舅舅的房子里。如果是这样的话，他或许可以在书籍捐赠名录里找到这个地址。他可以快速翻看名录，因为他知道这本书的题目了。很快他便将名录拿到手，他知道老人已经去世超过二十年了，这让他省了不少力气。他直接翻到了一八七〇年。只有一个条目是有可能的，"一八七五，八月十四日，塔木德：律书，附 R. 那赫曼尼德斯评注[2]，阿姆斯特丹，1707. 捐赠人：布莱特菲尔德大宅[3]之 J. 让特，D.D.[4]"

通过一本地名索引，加瑞特发现布莱特菲尔德距离主干线的某个小站三英里地。现在该去问问看门人是否记得包裹上写的名字类似于"布莱特菲尔德"。

"没有，不是这名字。既然你提到了，加瑞特先生，那应该不是布莱德菲尔德就是布瑞特菲尔德，不过不是你说的那个名字。"[5]

目前为止一切顺利。下一步，查看火车时刻表。二十分钟后就有一班火车，旅程需要花费两个小时。这是唯一的机会了，不能错过，于是他搭上了那班火车。

如果说踏上旅程那刻他感到有些不安，那在旅途中他就有点心烦意乱了。如果他找到了埃尔德瑞德先生，他能说什么？难道说发现此书为一珍本，因而必须召回？显然这不是实话。或者说这本书中有重要的手稿遗迹？埃尔德瑞德当然会把书展示给他看，而扉页肯定已经被他撕走了。或许他可能发现撕裂的痕迹——很可能是扉页上撕裂的边缘——但埃尔德瑞德肯定会说，他也注意到了这一破损，并且对此表示遗憾，谁又能反驳此回应呢？总而言之，这场追踪显得非常无望。唯一的机会是，那本书在10：30离开图书馆，它很可能并未赶上11点20分那班最近的火车。如果是这样的话，他或许可以幸运地与书同时到达，然后编造个故事以使埃尔德瑞德先生打消借书的念头。

当他出了火车，来到站台上时，天色已临近傍晚。正如大部分乡村车站一样，这个车站似乎静得有些不正常。他等了会儿，直到和他一道出站的一两位乘客都慢慢离开了之后，他询问站长，附近是否住着一位埃尔德瑞德先生。

"是的，而且我想，他住得非常近。我猜他要过来这边拿这一直期盼的包裹。他今天已经来过一次了，是不是，鲍勃？"（冲着搬运工）。

"是的，先生，他来过。而且似乎他认为都是因为我，包裹才没在两点前到达的。无论如何，我现在拿到他这个包裹了。"说着，那搬运工便挥舞了一下一个方形的包裹。加瑞特扫了一眼便确定，那里头装的便是在这一特殊时刻对他而言最为重要的那样东西。

"布莱特菲尔德，先生？是的，离这儿三英里。穿过这三片田地有条捷径，可以缩减半英里路程。来了，埃尔德瑞德先生的轻便马车来了。"

一辆单马双轮马车载着两个人驶了过来，加瑞特在走过小小的火车站场时回头望了一眼那两人，他轻易地认出了其中一人。看到埃尔德瑞德自己驾驶着马车，他有些高兴，因为当着仆人的面，他很有可能不会打开包裹。但另一方面，他很快便能到家，除非加瑞特在他到家短短几分钟内便出现，否则一切都没戏了。他必须要抓紧时间，他也确实争分夺秒了。他的捷径让他沿着三角形的一边行进，而马车则要驶过三角形的两条边，而且马车在车站又耽搁了一会儿，因此当加瑞特听到车轮声非常靠近时，他已经在三块田地的第三块中了。他已尽可能地快速行进了，但马车行驶的速度让他感到绝望。以这种速度的话，马车肯定会比他早十分钟到达，而十分钟对于埃尔德瑞德先生而言，已足够完成他的计划了。

正是在这一刻，运道竟然转了。夜色寂静，声音传播得非常清晰。很少有声音能比他此刻听到的声音带给他更大的慰藉：马车停了下来。那两人说了些话后，马车便接着开走了。加瑞特在极度的焦虑中等待着，马车驶过篱笆梯[1]（此刻他正站在附近）时，他能够望到车上只有仆人，没有埃尔德瑞德。接着，他发现埃尔德瑞德步行跟在后面。透过通往大路的篱笆梯旁边高高的树篱，他望着那瘦高的家伙手臂下夹着包裹，快速走了过去。他还在口袋里摸索着什么。就在他路过篱笆梯时，有什么东西从某个袋子里掉了出来，落在了草地上，但发出的声响太小，埃尔德瑞德没有注意到。过了一刻钟后，加瑞特先生终于可以安全地跨过篱笆梯，走到大路上了，他把那东西捡了起来，原来是盒火柴。埃尔德瑞德继续走着，他边走，双手边忙活着，但因为路边的树木投下阴影，所以没法看清他在做什么。不过加瑞特跟踪得非常仔细，他在不同地方发现了解释埃尔德瑞德行为的关键——一段绳子，接着是包裹的外包装——埃尔德瑞德试图将这些扔过树篱，但却落在了树篱上。

此刻埃尔德瑞德放慢了脚步，能够看出他打开了那本书，正在翻着书页。他停了下来，显然黯淡的光线让他烦恼。加瑞特溜进了一扇树篱门里，不过依旧盯着他。埃尔德瑞德急匆匆地环顾了下四周，在路边一根倾倒的树干上坐了下来，拿起打开的书，凑着眼看着。突然，他把书放在了膝盖上，书还打开着。他开始摩挲起口袋，显然徒劳无功，很明显他非常恼火。"你现在肯定很想见到你的火柴。"加瑞特想道。接着埃尔德瑞德抓住了一页书，小心翼翼地开始撕下它，这时发生了两件事情。首先，一个黑乎乎的东西似乎落在了白色的书页上，并且沿着书页

1　篱笆梯：横跨树篱或矮小围墙的阶梯，方便行人通过。

跑了下去。接着正当埃尔德瑞德吃了一惊，转身去看后面时，一个小小的黑色形体从树干后面的阴影里升了起来，它伸出两只手用一团漆黑包裹住了埃尔德瑞德的脸，盖住了他的头和脖子。他的腿和手臂疯狂地挥舞着，但没有传出任何声响。接着就没有什么动静了，埃尔德瑞德一个人在那儿。他已经向后倒在了树干后面的草丛里了。那本书被扔到了大路上。加瑞特在看到这场可怕的挣扎后，心中的愤怒和疑虑都暂时没有了，他冲上前去，大声叫喊着："救命！"而且，让他感到极其欣慰的是，一个工人恰好出现在了对面的一片田地上。他俩一起扶起了埃尔德瑞德，支撑着他的身躯，但都徒劳无功了。毫无疑问，他们得出结论，他已经死了。"可怜的先生啊！"他们把他放倒时，加瑞特对那工人说道："你觉得刚才发生什么了？""我刚才离这儿不足两百码，"那人说道，"我看到埃尔德瑞德乡绅坐在那儿看书，我觉得他是被突发痉挛害死的，他的脸看上去都发黑了。""如你所说，"加瑞特说道，"你没看见他身边有什么人吗？这不会是一场袭击吧？""不可能，没有人能从我或者你的眼皮底下溜走的。""我也这么觉得。好吧，我们必须找些帮助，得叫医生和警察。或许我最好把这本书也交给他们。"

显然这一事件必须进行死因研讯，而且加瑞特显然需要待在布莱特菲尔德以提供他的证词。医学检验显示，虽然死者脸部以及嘴中发现了一些黑色尘灰，但致死原因是衰弱的心脏遭受了打击，而非窒息。那本事关性命的书籍被取证，这是一本印刷精美的四开本希伯来文书籍，看上去，即使对最敏感的人而言，这书也不太可能激起什么兴奋感。

"加瑞特先生，你说已逝的这位先生在心脏病突发前正在撕下书中的一页？"

"是的，我认为是其中一张扉页。"

"确实有一张扉页被撕了一半。上面写着希伯来文。您能帮忙看一下吗？"

"上面有三个英文名字，先生，还有一个日期。不过很遗憾地说，我读不懂希伯来文。"

"谢谢您。这几个名字看上去像是签名。他们是约翰·让特、沃尔特·吉布森以及詹姆斯·弗罗斯特，日期是1875年7月20日。现场有谁知道其中任何一个名字的吗？"

在场的一位牧师自愿陈词说，死者的舅舅叫做让特，死者正是从舅舅那儿继承了产业。

他们把书给了牧师，他迷惑地摇了摇头："这看上去和我学过的希伯来文一点都不像。"

"你确定这是希伯来文吗？"

"什么？是的……我想……不，我的好先生，您说得太对了，我是说，您的提问真是到了点子上。当然，这根本不是希伯来文。这是英文[1]，而且是份遗嘱。"

他们只花了几分钟时间便发现这确实是一份约翰·让特博士的遗嘱，遗嘱中将目前由约翰·埃尔德瑞德持有的财产全数赠予玛丽·辛普森夫人。显然，发现这样一份文件可以充分证明埃尔德瑞德先生为何突受打击了。至于被撕了一半的扉页，验尸官指出由于任何猜疑正确与否，将永远不可能获知，因此这些猜疑也就没有任何作用了。

《律书》自然被验尸官带走去做进一步的调查了，加瑞特先生私底下向他透露了这本书的来历，以及据他所知道的，或者所猜测的这些事件的详情。

第二天他便回去上班了，在走向车站时，他路过了埃尔德瑞德先生遇难的地方。离开之前，他情不自禁地又过去看了一下，虽然即使在如此阳光明媚的早晨，回想起自己在那儿见到的情景依旧让他颤抖。他心怀不安地在那根倾倒的树干后面走了走。那儿还有些黑乎乎的东西，这把他吓退了一会儿，但那东西完全没有动弹。他靠近看了看，发现那是一团又黑又厚的蜘蛛网。他小心地用手杖搅和了一下，几只大蜘蛛从里面跑了出来，溜进了草丛里。

不难想象，威廉·加瑞特是如何从一个大图书馆里的小助理，变成了目前布莱特菲尔德大宅里的未来主人的。现在，大宅属于他的丈母娘，玛丽·辛普森夫人。

---

1 即以对应的希伯来文字母拼写的英文。

施展如尼魔咒 [1]

四月十五日，一九〇一

尊敬的先生，

　　我奉＿＿协会理事会之命将《炼金术真相》一稿退还于您，感谢您向我们即将召开的会议赐稿。同时通知您，理事会认为无法在会议议程中囊括此稿。

我是

您忠诚的，

＿＿＿秘书

四月十八日

尊敬的先生，

　　很抱歉通知您，我的职位无权为您安排一次关于您来稿内容的访谈。您提议同理事会某位理事探讨此话题，但我会会规不允许此类活动。请允许我向您保证，您所赐稿件经过了我会最充分考虑，在未经一位才能突出的权威人士审稿之前，我会绝不会退稿。任何私人问题皆不可能影响我会之决定（恕我赘言）。

相信我（如上）

四月二十日

1　本篇是作者最著名的作品之一，最早出版于《古文物学家的鬼故事续》中。有学者认为卡斯维尔是以阿莱斯特·克劳利（1875—1947）为原型的。克劳利因进行多种诡异实验以及黑魔法，被人称作"大野兽"。其为英国著名的神秘学家。毛姆的小说《魔法师》（1908）中的反派便是以其为原型的。因此1911年时作者可能已经知晓此人，但这一说法未能获得学界一致赞同。
　　本篇是作者的小说中为数不多的被害人成功摆脱恶果的作品之一。1957年，此小说被改编成电影《魔鬼的诅咒》，由雅克·特纳导演，查尔斯·班内特和海尔·E.切斯特编剧。

____协会秘书诚恳地委托我们通知卡斯维尔先生，他不可能透露任何一位或若干位参与卡斯维尔先生稿件审阅工作的人士之姓名。同时他表示关于此问题无法回复后续来信。

"卡斯维尔先生是谁?"秘书的妻子问道。她凑巧在他办公室里，（似乎不太应该地）拿起了以上三封打字员刚刚送进来的信件。

"嗯，亲爱的，目前看来卡斯维尔先生是个怒气冲天的人。其他的我就不怎么了解了，但他是个有钱人，住在沃里克郡的拉福德庄园[1]。显然，他是个炼金学家，非常渴望告知我们有关炼金术的一切。大概就这么些，但最近一两周我可不想见到他，好了，如果你准备好了，我们就可以走了。"

"你们做了什么惹他生气的事情?"秘书夫人问道。

"平常事，亲爱的，平常事而已；他投了一篇论文稿，希望可以在下次会议时讨论。我们就把这稿子送给了爱德华·邓宁审阅，他几乎是英格兰唯一懂得这些东西的人了。他说这稿子完全没戏，所以我们就退稿了。从那以后卡斯维尔先生就不停地给我写信。他的最后要求是想知道我们把这篇烂稿子送给谁审阅了。我的回复你已经看到了。看在上帝的份上，你别把事情说出去。"

"我想我绝对不会的。我做过这样的事情吗? 我非常希望他永远不知道是可怜的邓宁先生审的稿子。"

"可怜的邓宁? 我不知道你为什么这么称呼他。邓宁活得很滋润，兴趣广泛，有个舒适的家，时间全由自己安排。"

"我只是说如果这个人知道是邓宁，然后去骚扰他的话，我会为他感到抱歉的。"

"哦，哈，也对! 那我敢说他真得叫做可怜的邓宁先生了。"

秘书和他妻子出发去朋友家吃饭了，他们要拜访的那家人正好是沃里克郡人，于是秘书夫人早就盘算好要小心翼翼地打探下卡斯维尔先生的一些事情。但她省却了将话题引过去的麻烦，因为他们到了没多久，

---

1 为作者虚构。

这家的女主人就对男主人说道："今天早晨我看到拉福德的修道院院长了。"男主人吹了个口哨道："是吗？什么风把他吹到城里来了？""天知道。我坐车经过大英博物馆的时候，他正从里面出来。"对于秘书夫人而言，询问一下这位"修道院院长"是否真是个修道院院长，并不显得唐突。"哦，亲爱的，不是。他只是我们在乡下的一个邻居，几年前他买了拉福德庄园。他的真名叫卡斯维尔。""他是你们的朋友吗？"秘书问道，偷偷向妻子挤了下眼睛。这问题引起了他俩激烈的否认。关于卡斯维尔先生真没什么好说的。没人知道他以何为生。他的用人是一群讨人厌的家伙。他为自己发明了一种新的宗教，经常进行无人知晓的可怕仪式。他气量极小，从不宽恕他人。他长相恐怖（女主人坚持这一点，而她丈夫则表示异议）。他从未做过善事，对他人的影响都是非常恶劣的。"亲爱的，公正点，"她丈夫插话道，"你忘了他招待过学校的孩子们。""别提了，真的！但我很高兴你提到了这事，因为从这事可以看出他是个什么样的人。嗯，弗洛伦斯，你听听这事。他在拉福德的第一个冬天，这好邻居写信给他的教区牧师（虽不是我们教区的牧师，但我们十分了解他），提议给学校的孩子们放一场幻灯片。他说他有些新品种的幻灯片，孩子们应该会感兴趣的。好吧，牧师相当惊讶，因为卡斯维尔先生曾表现出对孩子们的不满——抱怨他们闯入他的庄园之类的事情；但牧师当然接受了他的提议，也定下了时间。那天晚上，我们这位牧师朋友亲自去看了一下，以确保一切正常。他和我们说，此生他最感激的事情就是那天晚上他没让自己的孩子去看幻灯片，事实上他的孩子们在我们家参加一个儿童聚会。因为显然卡斯维尔先生想把这些可怜的农村孩子吓个魂飞魄散，如果他当时未被阻止，我相信他一定会这么干的。刚开始他放了些温和的幻灯片。其中有小红帽的故事，但即使如此，法拉先生说那狼太可怕了，好几个年纪小点的孩子被带离了放映场地。他说卡斯维尔先生开始这个故事的时候，制造出了一种类似远处狼嚎的声响，这是他有史以来听过的最可怕的声音。法拉先生说他展示的幻灯片都非常精巧，它们都无比真实，他无法想象这些幻灯片是从哪里来的或者怎么制作出来的。好吧，随着表演的继续，故事一个比一个可怕，孩子们看得出了神，全场鸦雀无声。最后他展示了一组幻灯片，表现了一个小男孩在傍晚时分穿过他的庄园——我是说拉福德庄园——的场景。在场的每个孩子都能从幻灯片中辨认出这些地方。这个可怜的男孩被一个穿着白衣的可怕的、跳动着的生物尾随，一开始你可以看见这东西在树丛间闪躲，渐渐地它越来越清晰地出现在画面中，终于它追上了那男孩并把他抓走或者撕成了碎片。法拉先生说看了这个之后他做了平生最可怕的噩梦，至于这对孩子们造成什么影响简直令人不敢想象。这幻灯当然太过分了，于是他非常直接地对卡斯维尔先生说不能再放下去了。他只回了句：'哦，您觉得是时候停止放映，然后送孩子们回家睡觉了？很好！'如果您想听下去的话——他接着换了一张幻灯，上面画满了蛇、蜈蚣以及恶心的带翅生物，而且不知怎么，他还让这些生物好像在往幻灯片外爬动一样，感觉都要爬到观众中去了，同时还伴有一种干涩的飒飒声。孩子们几乎吓疯了，他们当然四散而逃。很多孩子在跑出房间时受了伤，我想他们没有一个那天晚上睡得着觉的。这之后村子里出了大麻烦。当然在很大程度上孩子们的母亲都责怪可怜的法拉先生，而且如果孩子们的父亲有机会走进拉福德庄园，我相信他们一定会把每扇窗户都砸碎的。哎，就这样，这就是卡斯维尔先生：拉福德修道院院长，亲爱的，你可以想象我们有多'崇敬'他。"

"是啊，我觉得他有成为臭名昭著的罪犯的潜质，我是说卡斯维尔，"男主人说道，"谁进了他的黑名单我都会为他（她）感到难过的。"

"他难道就是……或者我把他和某个人搞混了？"秘书问道，（他已经皱了好久眉头，似乎在努力回想一些事情。）"他是不是很久以前——十年或者更久前出版过《巫术的历史》的那个人？"

"就是他。你还记得对这本书的评价吗？"

"我当然记得。而且，我还认识那篇最尖刻的书评的作者。你肯定也认得，你肯定记得约翰·哈灵顿。我们上学那会儿，他是圣约翰学院[1]的。"

"哦，是啊，虽然在我毕业之后，不记得见过他或者听说过他的任何消息，直到有一天我读到了关于他的死因调查的审讯。"

"死因调查？"其中一位女士问道，"他怎么了？"

"嗯，他从一棵树上摔了下来，扭断了脖子。但问题是，什么东西

---

1 剑桥大学一学院。

把他吸引到树上去的呢？我不得不说这事真邪乎。他这个人并不是运动型的啊，是吧？也没发现他有什么不正常的怪癖——一个人大晚上的沿着乡村小路走回家，周围也没什么流浪汉——他在当地很有名而且受人欢迎——然后他突然发疯似的狂跑，连帽子和拐杖都丢了，最后快速爬上了一棵灌木篱墙边的树——那树还挺不好爬的，一根枯枝突然断裂，他就摔到地上，扭断了脖子。第二天人们发现尸体时，他脸上带着你可以想象到的最惊恐的表情。当然这很明显，肯定有什么东西在追他，人们说可能是野狗或者动物园里跑出来的野兽，但什么也没有发现。那是一八八九年的事了，我相信他弟弟亨利（我记得他也是剑桥的，你可能不记得了）从那以后开始努力调查这事的真相。他当然坚称这事肯定是有预谋的，但我不知道。很难想象这事怎么预谋。"

过了一会儿话题又转回到了《巫术的历史》上来。"你看过那书吗？"男主人问道。

"嗯，我看过，"秘书回答道，"我竟然读了它。"

"这书真的如评论所说那么糟糕吗？"

"哦，从行文风格和规范上来说确实很糟糕。这书确实该遭到恶评。而且这书太邪恶了。作者相信自己所写的每一个字，我常常怀疑他尝试过其中大部分的魔咒。"

"好吧，我只记得哈灵顿的书评，我必须说如果我是作者，这书评一定会扼杀我的学术理想的。我可能再也抬不起头了。"

"在这一事件中，书评可没起到这作用。好了，现在已经三点半了，我得走了。"

回家的路上，秘书的妻子说道："我真希望这可怕的家伙不会发现邓宁先生与他的论文退稿有任何关系。""我想他不太可能知道的，"秘书说道，"邓宁自己绝不会提这事，这些事情都是机密的，同样原因我们也不会说出去的。卡斯维尔没法知道他的名字，邓宁目前还没在这一领域出版过任何著作。唯一的危险是卡斯维尔可能通过询问大英博物馆的工作人员来得知此事，邓宁时常去那里查阅炼金术方面的古稿。我没法嘱咐他们不要提到邓宁，是吧？我一说他们反倒就开始碎嘴了。我们只能希望这事不会发生了。"

然而，卡斯维尔先生是个狡猾的家伙。

以上部分算是故事的引子。那个礼拜快结束的某天晚上，爱德华·邓宁先生正从大英博物馆出来往家里走，他忙着在博物馆里做研究。他一个人住在郊区的一处舒适的宅邸里，由两个服侍了他很久的优秀女佣照顾。关于他我们已有所耳闻，无需赘言。那就让我们跟着他踏上无聊的回家路吧。

他首先搭乘火车到离他家一两英里的地方，然后再坐一段有轨电车。电车终点站离他家正门大概还有三百码距离。他上车之前已经读了好久书，而且车厢里的光线也只允许他看一看对着他座位的车窗广告。跟平时一样，这车上的广告和他平日里经常看到的没有什么区别，或许有可能出现兰普洛夫先生和一位著名皇室法律顾问的对话，那对话写得令人信服且出彩，谈论的主题是解热生理盐水。对邓宁先生而言这些广告已无法刺激他的神经了。我说错了；离他座位最远的角落里有个车窗广告似乎并不常见。黄底蓝字，他能看到的就只有一个名字——约翰·哈灵顿——以及一串好像日期的数字。本来他对这广告没什么兴趣，但是乘客逐渐下站后，他出于好奇就沿着座椅走了过去，想看清楚那广告。那广告不是平日里能见到的那种，对此他稍稍感觉自己挪过来看是值得的。广告如是说："纪念约翰·哈灵顿，F.S.A.[1] 桂冠会员，阿什布鲁克[2] 人。于一八八九年九月十八日去世。允许他三个月时间。"

电车到站了。邓宁先生还在盯着那黄底蓝字的广告看，直到售票员提醒后，他才站起来。"不好意思，"他说，"我刚才在看那幅广告。很奇怪的广告，是吧？"售票员慢慢地看了看这广告。"好吧，我发誓，"他说，"我以前从来没见过这广告。嗯，这确实很奇怪啊！我觉着是谁到这儿搞恶作剧来了。"他拿出一块抹布，吐了点唾沫把车窗里里外外都擦了一遍。"不行啊，"他说着走进车来，"这不是贴上去的，好像是长在玻璃里的，我是说正如你们说的，它存在于玻璃这种'物质'里。

---

1 指古文物学会理事。该学会于 1717 年成立，但其成员自 1707 年便开始非正式的聚会。苏格兰及爱尔兰也有古文物学会。作者本人便是该学会成员。
2 为作者虚构。

先生您不觉得吗？"邓宁先生检查了一下这广告，并用自己的手套擦了擦，表示了同意。"谁负责这些广告啊，竟然让人有机会把这个装上去。我希望您去问问。我会把这广告上的文字记下来的。"这时司机喊道："乔治，快点，时间到了。""知道了，知道了。这边有点小状况。你能过来看看这块玻璃吗？""玻璃咋了？"司机说着走了过来。"嗯，谁是阿灵顿[1]？这是咋回事啊？""我刚才还在问，是谁负责在您这车上贴广告的呢，而且我提议有必要询问一下谁把这广告贴上去的。""好吧，先生，这些都是公司办公室决定的，这活归我们蒂姆斯先生管，我想是他负责这事的。我们今晚卸车时留个话问问，或许明天您凑巧还坐这趟车的话，我就可以告诉您了。"

这就是那天晚上发生的事情。邓宁先生不嫌麻烦地查了下阿什布鲁克，发现这地方在沃里克郡。

第二天他又进城了。电车（是同一趟车）在早上的时候太满了，他没和售票员搭上话；他唯一能肯定的是那诡异的广告不见了。那天傍晚这件事的神秘色彩又加深了。他错过了电车，也可能他想走回家去，但时间已经不早了。回家后，他正在书房工作，一个女仆进来说有两个电车公司的人急着找他说事情。这让他想起了那广告，据他回忆，那时候他差不多忘记这事了。他让那两人进来——是电车售票员和司机。寒暄过后，他问关于此广告蒂姆斯先生有什么要说的。"嗯，先生，这正是我们冒昧到访的原因，"售票员回答说，"蒂姆斯先生不耐烦地告诉威廉说，据他所知，没有我们描述的那种广告送来过，也没有预定过，或者付过费，或者刊登过，啥都没有，更别说会出现在电车上了，我们简直就是要他，浪费他的时间。'好吧，'我说，'如果真是这样，蒂姆斯先生，我只请您亲自去瞅瞅那广告，'我说，'当然啦，如果广告不在那里，'我说，'你可以随便骂我什么。''好，'他回答说，'我会的。'于是我们直接就去看了。好吧，先生您得说说，我们看到那广告时，是不是上面写着'阿灵顿'之类的字样，您看得应该也十分清楚吧——黄玻璃蓝色字，您得替我作证，那时候我就说像是嵌在玻璃里的，因为，如

1　司机的下层口音，省去了 H 音。司机和售票员的对话中，原文有许多模拟下层口音和语法的变体，在译文中适当体现。

果您还记得，您让我用抹布擦了擦。""我清楚地记得，十分确信，怎么了？""您可以不觉得怎么了，我却觉得糟糕透了。蒂姆斯先生进电车时拿了盏灯——不不，他让威廉拿着灯站在外面。'好了，'他对我说，'我久仰大名的那幅珍贵广告去哪儿了？''在这儿，'我回答说，'蒂姆斯先生。'说着我就用手指了过去。"售票员停了下来。

"嗯，"邓宁先生说，"我猜，广告不见了，因为玻璃碎了？"

"没碎！如果您愿意相信我的话，那里根本没有广告，那些字的影子都找不到——那些玻璃上的蓝色字——好吧，我实在不想说了。我从没遇到过这种事情。让威廉继续说吧，但我只想说，我这倒腾个什么劲啊？"

"蒂姆斯先生怎么说？"

"唉，他真照我说的那样做了——狠狠地骂了我们一通，我也没辙，也不怪他。但咱俩，我和威廉，想着，我们看到您记了点笔记——呃，我是说那些字……"

"我确实记了，现在还存着呢。你们希望我和蒂姆斯先生说说，亲自给他看吗？你们是为了这事来的？"

"您瞧，我说得没错吧？"威廉说道，"能和绅士打交道是最好的，我一直这么说的。你看，乔治，你可没法再抱怨说，我今晚带着你瞎闹了吧。"

"得了，威廉，得了吧。别唧唧歪歪，好像今晚是你拽着我来似的。我自个儿愿意来的，行吧？话说回来，我们不该这么浪费您的时间，先生；但如果明早您能去趟公司办公室，和蒂姆斯先生说说您瞅见的东西，那我们真得感激您啊。嗯，您瞧，咱们不介意被蒂姆斯先生骂几句。但如果办公室的人觉着咱们出现幻觉，唉，这后果就不好说了，说不定会被当成疯子——唉，您肯定明白我的意思。"

乔治还在喋喋不休讲这事时，就被威廉拉着出去了。

第二天，邓宁先生和蒂姆斯先生（他和邓宁算是点头之交）说了这事，也给他看了自己的记录，蒂姆斯先生的怀疑消了一大半；公司档案里也没留下关于威廉和乔治的不良记录；但这事依旧是个谜。

次日下午的一件事进一步引起了邓宁先生对这件事的好奇心。当时他正从俱乐部走向火车站，注意到前面不远处有个人拿着满满一手的传单，就是那种处于发展阶段的公司常让职员发送给路人的传单。这发传单的人没挑选一条人流拥挤的街道；实际上邓宁先生到那人身边之前，那人一张传单都没发出去。他路过时，手里被塞了一张。那人的手碰到了邓宁，他感觉有点惊讶，那只手粗糙得出奇，而且很热。他看了看发传单的人，但他对此人的印象非常模糊，不管之后如何回想，都记不起那人的长相。他走得很快，边走边瞄了一眼那传单。那是一张蓝色的纸，用大写字母写着"哈灵顿"这个名字，这引起了他的注意。他停了下来，有些吃惊，摸索着正要取出眼镜。结果一个急匆匆的路人把传单从他手里拽走了，没法再拿回来了。他往回跑了几步，但那路人呢？发传单的人呢？

邓宁先生第二天走进大英博物馆古稿借阅室时有点心事重重。他填写了《哈雷三五八六》[1]以及其他一些古稿的借阅单，几分钟后管理员把古稿拿了过来。正当他把自己最想看的那一卷拿出来放到桌子上时，他似乎听到有人在后面小声叫他的名字。他急忙转头，结果把自己那一小堆松散的文稿给蹭到地上去了。除了借阅室的一个管理员外，他没发现什么自己认识的人，他冲管理员点了下头后，便开始捡地上的文稿。他觉得所有文稿都已捡起，于是开始工作，这时他身后那张桌子的一个胖胖的男士——那人收拾好了自己的东西，正站起身要走——碰了碰他的肩膀，说道："我能把这给您吗？我想应该是您的。"说着便递给他一份他落下的四页对折稿。"这是我的，谢谢您。"邓宁说道。过了一会儿，那人便离开了借阅室。快完成下午的工作时，邓宁先生和管理员聊了会儿天，顺便问了问那位胖胖的男士是谁。"哦，那个人叫卡斯维尔，"管理员回答道，"一周前他还问我，谁是炼金术方面的巨擘，我当然和他说您是我们国家这方面唯一一个专家。我看看能不能追上他，我肯定他很想见见您。"

"看在老天的份上，千万别这样！"邓宁说道，"我非常不想见到他。"

---

1 此处指的是现大英图书馆（1973年从原大英博物馆分出）馆藏的"哈雷藏书"（The Harleian Collection，或Harley Collection），主要由罗伯特·哈雷（Robert Harley，1661—1724）及其子爱德华·哈雷（Edward Harley，1689—1741）收集而成，内中囊括众多珍贵古稿。

"哦！好吧，"管理员说道，"他不怎么来这儿；我敢说您碰不到他的。"

邓宁不得不承认，那天回家的路上，他不止一次地感到，他没有像往常那样喜欢一个人过夜了。他觉得好像有种难以名状、不可触摸的东西降临在了他和他的仆人身上——实际上他觉得自己被控制了。在火车以及电车上，他都想坐得离旁边的人近些，但不凑巧的是，这天火车和电车都出奇地空。售票员乔治正在沉思，好像是在仔细计算乘客的数量。到家时，他在台阶上碰到了他的医生华生大夫。"邓宁，很抱歉地说，我不得不打乱你家里的日常安排了。你的两个女佣都倒下了[1]。实际上她们得去疗养院住几天。"

"我的天！怎么回事？"

"我觉得应该是尸碱中毒。看得出来，你自己没事，否则你就没法这么走来走去了。我觉得她们没什么大问题。"

"天啊，天啊！你查出原因了吗？"

"嗯，她俩说午饭时从一个小贩那儿买了些贝壳。这事很蹊跷。我到处问了问，但这条街上没其他人见过什么小贩。我当时也没法即刻告诉你；她俩得过几天才能回来。今晚你就到我家吃饭，无论如何，咱们总有办法熬过这几天的。八点吃晚饭，别心烦。"

虽然确实有些心烦和不方便，但毕竟邓宁不需要一个人度过傍晚了。邓宁先生和医生（刚搬到附近不久）度过了一个愉快的傍晚，大概十一点半时，他回到了自己冷清清的家中。回想起那一夜他可一点都不会感到舒服。他已经关了灯，躺在床上。他正在想临时女佣第二天早上到得够不够早，来不来得及帮他预备热水，这时他十分清楚地听到自己书房门打开的声音。走廊里虽没有传来脚步声，但他觉得这开门声肯定有蹊跷，因为傍晚时他把文稿收拾好放进抽屉后就把书房门关了。与其说是勇气，不如说是一种责任感促使他穿着睡衣，走到走廊里，靠着栏杆仔细聆听动静。没有一丝光线；也没进一步的响动：只有一阵温暖的、甚至有些热烘烘的气息在他小腿周围徘徊了会儿。他走回了房间，决定把门锁好。但接下去又遇到了一些让他不舒坦的事情。有可能

1　原文为法语，直译为"丧失战斗力的"。

郊区节约成本的供电商觉得午夜之后用户就不需要光亮了，于是停止了供电；也可能是电表出问题了，总之电灯打不开了。显然他需要找根火柴，顺便看下表：至少可以知道自己还有多少难熬的时光要度过。于是他把手伸向枕头底下自己熟悉的那个角落；结果他没摸到表。据他说，他碰到的是一张嘴，獠牙毕露，周围全是毛，他断言这不是一张人的嘴。我觉得没必要去推断他当时说了什么或者做了什么；总之在他冷静下来之前，他便把自己锁在了另一个房间里，耳朵紧贴着房门。他在那间房里度过了最最痛苦的一晚，随时提防着有什么东西摸索房门；然而什么也没有发生。

第二天早晨，他仔细听着响动，颤抖着冒险回到了自己的房间。幸好门还开着，百叶窗向上翻开着（还没到翻下百叶窗的时间，女佣们便离开家了）；长话短说，房间没有东西。怀表也在往常的位置上；一切如常，只有橱柜门打开了，通常情况下都是关着的。后门口的铃声宣布临时女佣来了，那是邓宁先生前一晚预约的。神经紧张的邓宁先生开门让女佣进来后，继续检查了屋子的其他地方。然而依旧毫无收获。

这一天过得十分阴郁凄惨。虽然管理员卡斯维尔不常出现，但他还是不敢去大英博物馆，怕碰到卡斯维尔，他觉得自己没法应付一个可能充满敌意的陌生人。他有点厌恶自己家了，又不想再去麻烦医生。他抽空去了趟疗养院，得知女管家和女佣的身体恢复得不错，稍微高兴了一点。临近午饭时间，他去了趟俱乐部，见到协会秘书时，他心里又感到了一瞬喜悦。吃午饭时，邓宁将自己忧愁中有事实依据的部分告诉了协会秘书，但他没法将那些重重压在他心头的感觉说出来。"我可怜的朋友，"秘书说道，"真是不幸！你瞧，就只有我和老婆在家。你一定要过来和我们一块儿住。是的！不准推辞；下午就把你的行李拿过来。"邓宁没法拒绝，说实在的，随着时间一点点过去，他变得极度忧虑，不知道今晚又会发生什么。他赶回家收拾行李时，心里禁不住有些高兴。

秘书夫妇好好观察了下邓宁先生，他俩对他那种落寞的神态感到非常吃惊。他们想尽办法让他能够开心点。虽然不能说毫无效果，但之后他和秘书两个男人单独抽烟时，邓宁又变得六神无主了。他突然说道："盖顿，我觉得那研究炼金术的家伙知道是我拒了他的稿子。"盖顿吹了声口哨，问道："你怎么会这么觉得呢？"邓宁和他讲了自己与博物馆管理员的谈话，盖顿不得不同意说邓宁的猜测应该没错。邓宁接着说道："不是说我多介意，只不过如果我俩碰到，那会很尴尬的。我想他是个脾气很差的家伙。"谈话再一次中断了；盖顿越来越强烈地察觉到笼罩在邓宁脸上和神态上的那种失魂落魄，终于——经过一番挣扎——他直截了当地问邓宁是否有什么不好的事情烦扰着他。邓宁宽慰地叹了口气。"再不把这心事说出来，我都感觉自己要死了，"他说道，"你知不知道一个叫约翰·哈灵顿的人？"盖顿被彻底震惊到了，但那一刻他只能问邓宁为什么提这个人。接着邓宁完整讲述了自己的经历——电车上发生的事情、他家里发生的事情、街上发生的事情，以及精神上受到的种种折磨，结束时他又问了刚才那个问题。盖顿有些不知道该如何回答他。或许应该告诉他哈灵顿的下场；只不过邓宁现在精神紧张，哈灵顿的故事又如此残酷。秘书不禁怀疑是否这两件事情因为卡斯维尔这个人而相互有关联。对于一个崇尚科学的人而言，这种结论有些难以接受，但用"催眠暗示"就可以让自己舒服点。最后他决定今晚他的回答应当有所保留，他打算和老婆先讨论下这件事。于是他回答说自己在剑桥大学时认识了哈灵顿，据说他在一八八九年突然过世了，并顺带说了一些关于此人的细节以及他已出版的著作。秘书确实和老婆聊了这事，正如他所料，她当机立断，肯定了他之前摇摆不定的想法。她提及哈灵顿在世的弟弟亨利·哈灵顿，说或许前一天他们见的那家人能帮忙找到亨利。盖顿表示反对："他或许是个绝望透顶的怪人。""你可以问问班尼特一家，他们认识他。"盖顿夫人说道。第二天她便去拜访班内特一家了。

没有必要进一步详述亨利·哈灵顿和邓宁相互结识的过程。

下一个应该叙述的场景是这两位之间的一段对话。邓宁告诉了哈灵顿那亡者的名字是如何奇异地出现在他面前的，除此之外，还讲了他之后的那些经历。接着他问哈灵顿，是否愿意回想一下与他哥哥之死相关的一些情形。可以想象哈灵顿听完邓宁所说之后有多惊讶，但他还是爽快地作出了回应。

"在那场惨剧发生的几个礼拜前，"他说道，"很明显，约翰时常处于一种非常古怪的状态，临近惨剧那几天倒不这样了。有几件事可以说说，他最强烈的感觉是自己被什么东西尾随着。他确实是个敏感的人，但之前他从没有过这种感觉。我不得不觉得是有什么恶念在起作用，你刚才跟我说的那些事让我想起了很多我哥哥的遭遇。你觉得这中间有什么关联吗？"

"我脑子里依稀想到的只有一件事。我听说你哥哥在去世前不久，非常严肃地批评了一本书。最近我凑巧和写那书的人打了交道，而且是以他憎恶的方式。"

"别告诉我那人叫卡斯维尔。"

"怎么了？他就叫这名字。"

亨利·哈灵顿往后欠了欠身。"这是我想到的最后一种可能。我得再进一步解释下了。根据我哥哥约翰说的一些事，我觉得可以肯定我哥哥开始相信——虽然他很不情愿——卡斯维尔是这痛苦的始作俑者。我要和你说一些似乎和这有关联的细节。我哥哥是个音乐行家，经常去城里听音乐会。他去世前三个月，某次他听完音乐会回来，给我看了一下节目单——是一个有分析点评的节目单。他总爱收集这些东西。'我差点拿不到这张节目单了，'他说道，'我想我可能丢了节目单，无论如何，当我在椅子底下以及衣服口袋里找节目单时，邻座的一个人给了我他的节目单，他说他可以把节目单给我，反正对他而言没其他用处了。说完那人就走了。我不知道那人是谁——一个胡子刮得挺干净的胖先生。如果拿不到这节目单我会很遗憾的，当然我可以再买一份，但反正这一份是免费的。'还有一次，他告诉我，在回旅店的路上以及过夜时，他都感到很不舒服。我现在回想起来，这些事情就串在一起了。这之后不久，他在整理这些节目单，打算按次序把它们捆在一起，在那张特别的节目单里（顺便说下，我几乎没看过那节目单），他发现节目单顶部有一张纸条，上面用红黑两种颜色写着一些奇怪的文字——这些字写得非常仔细——我觉得这些文字最可能是如尼文。'啊，'他说道，'这肯定是邻座那胖先生的东西。看样子把这还给他可能比较合适；可能是个什么东西的复本；显然写这东西可花了不少精力。我该怎么找到他的住址呢？'我们讨论了一下，觉得没必要登广告寻找。我哥哥最好在下场音乐会时留意下那个人，他很快就要去听下一场音乐会了。那张纸就放在书上，我们都坐在壁炉边；那是个有点凉意，又刮着点风的夏日傍晚。我想可能门被风吹开了，虽然我没注意到；总之一阵风———一阵暖风——非常突然地吹了进来，吹走了那张纸，直接把它吹进火里了；那纸又轻又薄，瞬间便灰飞烟灭，飞出烟囱去了。'好吧，'我说道，'现在你没法把它还回去了。'有一小会儿，他什么都没说，接着非常生气地说道：'是，我还不回去了；但你也不用一直说吧，好像我不知道似的。'我说我就说了一次啊。'你是说你说了最多四次而已吗？'他就回了我那么一句。这个细节我不知为何记得非常清楚；说回点子上，不知你有没有看过我可怜的哥哥评论过的那本卡斯维尔的书。说真的，您没必要看，但我看了，我哥哥去世前和去世后我各读了一次。第一次我俩一起嘲笑那本书。书写得毫无章法———一堆分离不定式 [1]，以及很多其他不当的文法，牛津毕业的人看了都得吐了。而且那人似乎无所不写：把古典神话、《金色传奇》[2] 中的故事以及关于当代野蛮人习俗的报告都混在了一起。如果你知道如何利用这些素材，毫无疑问它们都很合适，但他根本不懂得如何利用。他似乎把《金色传奇》和《金枝》[3] 放在了同样重要的位置上，而且两本书他都信；简而言之，他的书真是一本可怜又可鄙的大杂烩。嗯，我哥哥去世后，我又把那本书读了一遍。这次没比之前感觉好多少，但留给我的印象却截然不同了。我原先就怀疑——正如我和您说的——卡斯维尔对我哥哥充满恶意，甚至他对之后的惨剧负有责任；此刻那书对我而言简直就是一场邪恶的表演。其中有一章让我很震惊，他在里面讲述了为获得他人青睐或者将他人铲除而对人'施展如尼魔咒'——或许第二个目的是最主要的；他讨论这个话题的方式确实让我觉得他是在讲述一种真正的知识。我现在没时间讲述细节，但已有的信息让我非常肯定音乐会上的那个好心人便是卡斯维尔；我怀疑——我很肯定——那张纸条非常重要，而且我相信如果我哥哥能把它

---

1 英语语法中的一种句式，将副词插在 to 与动词原形之间。
2 雅各布斯·得多·沃拉吉内（1230？—1298？）的作品，出版于 1483 年。沃拉吉内曾担任伦巴第省长官及热那亚大主教。该书主要讲述了一些圣人的传奇故事。此书在中世纪流传甚广。1483 年，威廉·卡克斯顿（1415—1492）将此书翻译成英文出版。
3 全名为《金枝：宗教及民间传说之根源》，是宗教人类学领域的重要著作。该书对当时的知识界产生了撼动性的影响。作者詹姆斯·乔治·弗雷泽爵士（1854—1941）为剑桥大学三一学院研究员。M.R. 詹姆斯在此处对《金枝》的讽刺之情折射出他对宗教研究中的理性主义之不认同。

还回去，他现在就有可能还活着。所以，我突然想问，正如我刚才所说的，你有没有什么需要妥善放起来的物件？"

正要回答时，邓宁想起了大英博物馆古稿借阅室里的那一幕。"这么说他确实给了你一些文稿；你检查过吗？没有？如果你允许的话，我们必须马上查看这些文稿，而且得非常仔细地查看。"

他们来到邓宁空荡荡的家里——两个用人依旧没法回来工作，所以屋子还是空荡荡的。邓宁的一堆文稿都放在写字台上积灰，这里面有一刀草草书写、用来打草稿的小开纸；当他拿出其中一张时，一张又薄又轻的纸条从中溜了出来，而且极其迅速地飘到了房间里。窗户打开着，但是哈灵顿及时关上了，正好将纸条截住。"正如我所料，"他说道，"这纸条可能和给我哥哥的那张一模一样。邓宁，你得小心了；对你而言，这可能意味着非常严重的后果。"

他们详细地讨论了一下，并且仔细检查了那纸条。正如哈灵顿所说，这上面的字母确实最可能是如尼文字母，而不是其他文字，但是他们两人都不认得这些字母，而且很犹豫是否可以抄写这些文字，因为他们担心——他们承认道——抄写会让这文字中蕴含的任何邪恶力量永存下去。因此根本不可能（如果我还抱有一丝希望的话）确认这奇特的信息或者说魔令究竟说了些什么。邓宁和哈灵顿都认为持有这东西的人将会招来非常可怕的"伙伴"。他们都觉得应该将这东西送回去，而且唯一安全且确保有效的方法是直接送还当事人。卡斯维尔认得邓宁，因此需要好好策划一下。首先他必须刮了胡子，改变自己的外貌。然而万一厄运提前降临呢？哈灵顿认为他们可以确认时间表。他知道自己哥哥受诅咒的那场音乐会的日期是六月十八日，而厄运则在九月十八日降临。邓宁提醒他，车窗上的广告提到了"三个月"。"或许，"他补充道，干涩地笑了一下，"我的死期也在三个月后。我想，可以用我的日记确定日期。对的，我是四月二十三日去的大英博物馆；那我们的最后期限是七月二十三日。好了，你知道，对我而言，了解令兄遭遇的每一段进展极其重要，希望你能告诉我，如果你还愿意讲的话。""当然可以。嗯，对他而言，最烦人的事情是，每次独处时便有一种被监视的感觉。过了几天，我就去他房间睡了，他稍微好受些了；然而，他睡着时还是会说很多梦话。关于什么的？事情解决前详细说这些明智吗？我觉得不太好，但我可以告诉你：那几个星期里，他收到了两样东西，都盖着伦敦的邮戳，地址则是个商用地址。其中一样是比维克[1]的一幅木刻画，是从书页里草草撕下的。画中有个人走在月夜下的一条路上，他被一个恶心的邪恶生物尾随着。画的下方写着几句《古舟子咏》[2]里的诗句（我想这画描绘的就是这个），诗句讲一个人回头看身后——

> 继续向前，
> 再也不敢回头看，
> 因为他知道有一个可怕的魔鬼
> 紧紧尾随在身后。

另外一样则是一个日历，类似零售商贩时常赠送的那种。我哥哥并没有仔细看这日历，但在他去世后，我看了一下，发现九月十八日之后的页面全被撕走了。你可能会惊讶，为何他在遇难那天晚上独自出门，事实是在生命的最后十来天里，他完全没有那种被尾随或者监视的感觉了。

讨论的结果如下：哈灵顿认识卡斯维尔的一个邻居，认为有办法盯住卡斯维尔的一举一动。邓宁的任务则是随时准备遭遇卡斯维尔、好好保管那张纸，并且要能随时拿到。

随后他们分开了。之后的几个礼拜无疑给邓宁的神经带来巨大的压力：从他拿到纸条的那天起，似乎就有一道无形的屏障在他身边升起，这屏障逐渐演变成一片窒息般的黑暗，让他无法求助于任何一种可能的逃脱办法。身边也没有人能给他想个办法，似乎他完全失去了主动权。他无比焦虑地等待着哈灵顿的指示，五月、六月以及七月初都过去了，但这段时间卡斯维尔待在拉夫德，完全没动静。

终于，距离邓宁视为死期的日子不到一个礼拜时间时，他收到了如

---

1 即托马斯·比维克（1753—1828），英国雕刻家，用木雕作品为多部儿童书籍制作了插图，他的插图作品还包括《伊索寓言》、约翰·盖伊（1685—1732）的作品，以及奥利弗·高德史密斯（1730—1774）的诗作等。但他并未给《古舟子咏》做过插图。
2 英国浪漫主义诗人、"湖畔派"代表人物之一塞缪尔·柯勒律治（1772—1834）的诗作。文中所引内容来自该诗第二部分448行至451行。

下一封电报："他周四晚搭港口联运火车自维多利亚站出发。勿错过。我今晚找你。哈灵顿。"

哈灵顿按时赶到，他们两人商量了行动方案。火车在九点钟驶离维多利亚站，在多佛之前的最后一站是克里登[1]。哈灵顿从维多利亚站开始盯住卡斯维尔，等火车到克里登时留意邓宁，如果有需要，他会用商量好的名字招呼他。邓宁则尽可能地乔装打扮，他的行李上不会有任何标签或者名字首字母，而且无论如何必须把那张纸带着。

我无需描述邓宁等在克里登站台时心中的那种疑虑。由于感觉到笼罩着他的那层愁云最近几日明显减轻了，因此他越发感到了危险的临近。感觉轻松是一个不祥的征兆，而且如果卡斯维尔这次避开了他，那就希望全无了；而且发生这种情况的可能性很大。也许他要旅行的传闻本身就是个圈套。他在站台上来回踱步，并且烦扰每一个搬运工人，询问联运火车的种种信息，这二十分钟真是苦不堪言。终于火车来了，哈灵顿正坐在车窗边。当然，两人装作不认识是非常重要的。于是邓宁行至通廊车厢的最里面，然后慢慢地挪向哈灵顿和卡斯维尔坐的那个隔座。发现火车并不是很满，他感到欣慰了些。

卡斯维尔非常警觉，但没有认出邓宁。邓宁没有挑选正对着他的座位。他尝试着估算把那纸还回去的可能性有多大，一开始他没法想下去，但他最终克服了内心的障碍。在卡斯维尔对面的位置上，也就是邓宁旁边的位置上，有一堆卡斯维尔的衣物。将纸条塞进衣物里面是没用的，因为没法确保万无一失，或者说邓宁不放心，必须有一种方法，由他将纸条送出去，而且对方接受了才行。座椅上还有个开口的手提包，里面是一些文档。他是否可以将这包藏起来（卡斯维尔有可能没拿这包就下车了），然后装作找到了这包，将其还给卡斯维尔？这是脑海中蹦出来的一个想法，他能和哈灵顿商量下就好了！可惜没办法。时间在一分一秒地过去。卡斯维尔不止一次起身，并走到走廊里。他第二次离开时，邓宁正打算把那包弄到地上，却发现了哈灵顿在用眼神警告他。卡斯维尔正从走廊往座位上看：或许他在观察他俩是否互相认识。他回到了座位上，很明显有些焦躁不安。当他第三次站起身时，机会来了，确实有一样东西从座位上滑到了地上，而且没发出什么声响。卡斯维尔又

1 伦敦附近一地名。

一次出去了，而且离开了走廊玻璃窗的视线。邓宁捡起了掉在地上的那东西，这是解决问题的关键物品———一个库克牌的卡片夹，里面有一些票卡。这种卡片夹的外盖上有一个小袋子，几秒钟后，我们所知的那张纸条就在这个卡片夹的袋子里了。为了确保万无一失，哈灵顿站在隔间门口，不停摆弄着百叶窗。大功告成，而且正是时候，因为火车已开始减速，快到多佛站了。

过了一会儿，卡斯维尔重新回到隔间。邓宁不知道自己是怎么做到的，但他确实做到了，他努力让自己的声音不颤抖，将这卡片夹递给卡斯维尔，说道："先生，我能把这给您吗？我想这是您的。"稍微看了下里头的票卡后，卡斯维尔嘟哝着说出了他们希望的回答："是的，十分感谢您，先生。"接着他把卡片夹放进了胸前口袋里。

接下去的几分钟充满了紧张感，因为他们不知道如果纸条被提前发现，会发生什么。在那几分钟里，他俩都注意到车厢似乎变暗了，而且变得暖和起来。卡斯维尔则坐立不安，感觉十分难受。他把那堆随意堆放的衣物挪到了身边，然后又十分厌恶地扔了回去。接着他坐得直直的，焦虑地看着他们俩。他们则忧心忡忡地收拾着自己的行李；他们两人都觉得火车到达多佛城站时，卡斯维尔似乎想说些什么。按惯例在城区到码头的那段路程上，他俩应该站到走廊上去。

他们在码头上下了车，但这趟火车人实在太少，他们不得不在站台上徘徊了一阵，直到卡斯维尔超过他俩，和搬运工一起走向轮船去了。那时他俩才能放心地握了握手，互相恭喜了一下。这事让邓宁差点晕过去。哈灵顿让邓宁倚着墙，自己则往前走了几码，来到可以望见轮船舷梯的地方。卡斯维尔此刻正走到舷梯处。舷梯口的检票员查验了他的票，他夹着外套走进船中。突然，检票员在他身后喊道："您，先生，请等等，另一位先生出示船票了吗？"卡斯维尔刺耳的声音从甲板上传来，检票员弯着腰，望着他，"见鬼？好吧，我不知道，但我肯定有另一个人，"哈灵顿听到检票员自言自语道，然后他又大声说道："我看错了，先生，肯定是您的毯子，请原谅！"接着他对旁边的下属说道："他带了条狗，或者什么？真好笑。我发誓他不是一个人。好吧，不管是什么，船上的人会搞定的。船开了。再过一周，我们就要迎接度假的乘客们了。"五分钟后，便只能看到轮船渐行渐远的光影了，除了多佛码头一长排的街灯、轻轻的晚风，以及一轮明月，别无他物。

他们俩在沃登勋爵酒店[1]的房间里坐了很久。虽然他们最大的焦虑已经移除，但仍然被一个疑问困扰，而且困惑颇深。他们是否有权置一个人于死地，虽然之前他们相信自己有权这么做？他们不该至少警告一下他吗？"不，"哈灵顿说道，"若如我所料，他就是真凶的话，那我们做得仅仅是履行正义而已。即使你觉得我们该警告他，该怎么警告？去哪里警告？""他只去阿布维尔[2]，"邓宁说道，"我看到他的船票了。如果我发个电报给《乔安妮指南》[3]中列出的旅馆，说'检查你的卡片夹，邓宁'，我会感到更开心的。今天是二十一日，他还有两天的时间。但是我怀疑他已经万劫不复了。于是电报留在了旅馆办公室里。"

不清楚他们的行为是否达到了应有的目的，或者说，即使目的达到了，我们也不清楚他们是否明白其中的来龙去脉。我们所知的是，二十三日下午，一个英国游客在查看阿布维尔的圣伍尔夫拉姆教堂[4]的正面时，被一块从教堂西北塔楼周围竖起的脚手架上滚落的石块砸中头部，当场死亡。当时教堂正在修缮之中，事实证明，事发时脚手架上并没有工人。这位游客的资料证明其为卡斯维尔先生。

再讲一个细节。在卡斯维尔的财产拍卖会上，哈灵顿以售后不可退换的方式买得一套比维克画集[5]。正如他所料，有旅人和魔鬼那幅木刻画的页面被撕掉了。之后，经过了一段时间的考虑，哈灵顿将他听到的他哥哥的一些梦话告诉了邓宁，但邓宁听了一会儿就让他别说了。

---

1 此为多佛的一家真实存在的酒店，作者在去法国途中常常在此留宿。
2 法国皮卡第大区索姆省的一座城市，位于索姆河畔。
3 阿歇特出版公司自 1841 年起出版的一系列法语旅行指南，1919 年起这一系列旅行指南重新命名为《蓝皮指南》(Guide Blue)。
4 该教堂修建于两个时期，第一阶段为 1488—1539 年，第二阶段为 1661—1669 年。第二次世界大战时该教堂被严重损毁。作者对此教堂非常熟悉。
5 此处指《托马斯·比维克作品集》(纽卡索尔：托马斯·比维克及儿子出版社，1818—1826 年；共 5 卷)，该作品集收录了他最重要的作品。

巴切斯特大教堂的牧师座席[1]

于我而言，这件事情起因在于我读到了十九世纪早期某一年的《绅士杂志》讣告版块的一条告示：

"二月二十六日，受人尊敬的约翰·班威尔·海恩斯，D.D.[2]、索瓦布里奇之会吏长[3]、皮克希尔及坎德里[4]之教区牧师，猝死于其巴切斯特大教堂围地之寓所，享年五十七岁。其毕业于剑桥大学，_____学院，在校期间勤勉好学、才智聪慧，获得师长赏识；其按期获得第一学位，名列剑桥大学数学荣誉学位考试优胜者之前茅。以上学术成就使其很快便获得学院的研究员职位。一七八三年他被授予神职，之后不久便受其友人及资助人——已故的无比受人尊敬的利奇菲尔德[5]主教——提拔获得然可斯顿-撒布-阿什[6]的助理牧师之永久神职。……他快速晋升，先是成为巴切斯特大教堂的受俸牧师，后获得圣诗领唱人之荣誉，这一切证明了人们对他的尊敬是恰当的，也证明了他突出的才能。一八一〇年会吏长普尔特尼[7]突然离世，其接任了会吏长一职。他的布道符合基

1　本篇最初发表于《现代评论》(1910年4月刊)中。这是《古文物专家的鬼故事续》中唯一一篇曾发表在杂志上的作品。文中的巴切斯特镇是虚构的，显然借自安东尼·特罗洛普的系列小说。该系列小说从《典狱官》(1855)以及《巴切斯特塔》(1857)，一直到《巴赛特的最后纪事》(1867)为止，小说的故事均发生在巴赛特郡的巴切斯特。作者在《M.R.詹姆斯鬼故事集》的序言中提到，巴切斯特大教堂以及南敏斯特大教堂(出现在《大教堂历史一页》中，见本书第二卷)是坎特伯雷、索尔兹伯里及赫里福德三座大教堂的混合体。

2　D.D.：神学博士之缩写。

3　会吏长：圣公会中一教职，由主教任命，地位仅次于主教。

4　索瓦布里奇、皮克希尔、坎德里：约克郡确有一地名为皮克希尔，但应与此无关；索瓦布里奇及坎德里均为虚构。

5　利奇菲尔德：位于斯塔福德郡，在伯明翰东北十五英里处。其为塞缪尔·约翰逊(1709—1784)之故乡。

6　然可斯顿-撒布-阿什：为作者虚构。

7　普尔特尼：为作者虚构。

督教之教义，亦与其供职之教堂的一贯原则合拍，而且布道水准并非一般。他的布道不见一丝狂热，唯有学者之文雅与基督教之荣光共存。他的布道没有教派之间的狭隘偏见，传递出对人类真正的博爱精神，它们将长久萦绕在听道者的记忆中。（此处略去若干内容）他笔下的作品包括一篇为主教制度所做的有力辩护文。本篇对其缅怀致敬之文的作者常常细读此文，文中提及慷慨心和进取心的缺失，这确已成为我们这代出版商的通病。诚然，他已出版的著作仅有一版生机勃勃、行文优雅的瓦莱里乌斯·弗拉库斯的《阿尔戈远航》[1]译本；一卷《关于耶和华生平若干事迹之演说》，这些演讲都发表于其任职的大教堂中；以及一些他在多次探视会吏长辖区时对神职人员发表的短令等等。然这些著作因种种原因而与众不同。本文所悼念之逝者的旧相识们不会轻易忘记他的温文尔雅和热情好客。他对肃然庄严的教堂建筑的兴趣——他在这些建筑古旧的拱顶下尽善尽美地履行职责——尤其是他对宗教仪式中音乐部分的兴趣，可以被认为是虔诚的。这与如今很多居于教堂高位的神职人员表现出来的那种冷漠的礼貌形成了强烈的、令人欣慰的对比。"

此文最后一段，在告知读者海恩斯博士终身未婚后，继续写道：

> 或许应该预言说，这样一位温和仁慈的人也应该如此这般，在晚年到来时慢慢地、安静地离去。可上苍的旨意又是多么神秘莫测！在受人尊敬的生命黄昏即将来临之时，海恩斯博士静享的退隐生活注定要被打乱，唉，被一场未曾预料到的可怕悲剧打碎。二月二十六日清晨……

不过，或许在我讲述完导致这一惨剧的情形之前，最好还是先不摘录剩余的部分了。相关事件的信息现在已经可以获得了，我是从另一资料上发现的。

在很偶然的情况下，我读到了上面引述的那一讣告，同时读到的还

1　瓦莱里乌斯的《阿尔戈远航》创作于公元 1 世纪，是一部未完成之作。讲述了希腊神话中跟随伊阿宋乘快船阿尔戈号盗取金羊毛的五十位英雄的故事。由罗德岛的阿波罗尼奥斯的《阿尔戈英雄纪》演变而来。1999 年之前并不存在完整的英文译本。

有很多同一时期的其他人的讣告。这一讣告在我脑海里激起了点好奇心，但我只是想到，如果有机会查看上述那段时期的当地档案的话，我会想起海恩斯博士的，此外我没有花精力查询此事。

最近我正在登记分类他所属学院图书馆中的古手稿。书架上标有号码的卷本已快整理完毕，于是我前去询问管理员是否有他认为应该囊括在我的书目描述中的其他书籍。"我觉得没有了，"他说道，"不过我们最好去看看手稿分区，确认一下。您现在有时间做这事儿吗？"我有时间，于是我们来到图书馆，核对了古手稿，在调查临近尾声时，我们来到了一个我之前没见过的书架前。架子上主要是布道文、一捆捆残缺的文稿；学院习作；一部叫做《居鲁士¹》的史诗，该诗作分若干诗篇，是某个乡村牧师闲暇时的作品；某位已故教授的数学论文，以及其他类似的文稿，我对这些文稿十分熟悉。我对此做了简短的笔记。最后，上面还有个锡盒子，它被拽了出来，上面已落满了灰尘。盒子上的标签已相当模糊，上面写着："尊敬的会吏长海恩斯之文稿。一八三四年由其妹莱蒂西亚·海恩斯小姐赠予。"

我立刻就知道这个名字我在什么地方偶然看到过，而且我很快就想起是在哪里了。"这肯定就是那个，在巴切斯特下场离奇的海恩斯会吏长。我在《绅士杂志》里读到过他的讣告。我可以把这盒子拿回家吗？您知不知道里面是否有有趣的东西？"

管理员非常乐意让我把这盒子带回家从容地查看。"我自个儿还从没看过里头呢，"他说道，"不过我一直想看一下。我非常确定，这就是那个咱们老院长曾经说过的，学院一开始就不该接受的盒子。很多年前他对马丁说的，他还说只要他还有权管理图书馆，这个盒子就永远不应被打开。马丁跟我说了这些，他非常想知道里面是什么。不过当时老院长是管理员，这盒子一直放在院长宅邸中，所以他在职期间根本没法接触这盒子。他去世后，他的继承人不小心把这盒子拿走了，几年前才还回来。我不知道为什么没打开它，但是我下午得离开剑桥，您最好自个儿先看看。我想我可以信任您，您不会在图书目录中发布任何不该发布

---

1 居鲁士：应指居鲁士大帝（卒于公元前 530 年），波斯国王，第一位统一波斯帝国各区域的统治者。色诺芬著（公元前 427—前 355）有《居鲁士的教育》。

的内容的。"

我把盒子拿回了家，检查了里面的东西，之后便请教管理员应该如何发布一些其中的内容。因为他允许我根据盒子里的东西写一个故事，前提是我要隐去相关人士的身份。我将试试，看能写出个什么样的故事。

那些材料自然主要是日记和信件。我该引用多少、概括多少，这都取决于对文章篇幅的考虑。要充分理解当时的事态，则必须做少许研究，不过并不费时费力。而且贝尔所著的《大教堂系列书》[1] 的巴切斯特卷中的插图和文本也为这一研究提供了极大的便利。

如今，当你走入巴切斯特大教堂的唱经楼时，你会穿过一道金属以及彩色大理石制成的圣坛屏风，此屏风由吉尔伯特·斯考特爵士[2] 设计。你会发现自己置身于一个——我不得不说——非常空旷且装修古怪的地方。牧师座席是近代式样，上面没有华盖。教堂高级牧师的座席以及受奉牧师的姓名都幸运地保存了下来，这些信息刻写在安装于座席上的小黄铜板上。管风琴位于三拱式拱廊[3] 中，你所能看到的均是哥特风格的。祭坛背后的装饰屏风[4] 以及其周围的结构则和其他教堂相似。

一百年前的细致雕刻展现出别样的风貌。管风琴位于一张巨大的古典屏风上。牧师座席也非常古典而且非常巨大。祭坛上方有木制的圣体伞[5]，它的角上装有陶瓷。再往东面则是一张坚固的圣坛屏风，设计得很古典，是木制的，而且上面有雕刻做装饰。那装饰图案里是一个三角形，周围光环围绕，光环包围着某些金色的希伯来字母。小天使雕像注视着这些字母。牧师座席东段靠北面处，有一个配有巨大回音板的布道坛，那边还有一条黑白大理石铺就的走道。插图中有两位女士和一位先生正欣赏着这总体的景致。从我搜集到的其他资料中，我得知，和如今一样，当时会吏长的座席就在牧师座席东南端的主教宝座隔壁。会吏

1　此处指贝尔所著的大教堂系列书籍，这是一套关于英国大教堂的书籍，1896—1932 年由乔治·贝尔及儿子公司（伦敦）出版。

2　吉尔伯特·斯考特爵士（1811—1878）：英国建筑师，曾建造及修复了许多座堂和教堂。

3　三拱式拱廊：指一些大教堂的中殿、唱经楼或耳堂中，墙体拱门上面的拱廊式结构，多为装饰性结构。

4　装饰屏风：教堂祭坛后方石制或木制的装饰性屏风，多配有壁龛、小雕像及其他装饰品。

5　圣体伞：教堂中的一种华盖式结构，一般由圆柱支撑，顶部张开；或倚建在墙体上。一般位于祭坛上方。

长的宅子几乎面朝教堂的西面，那是一座精致的威廉三世[1]时期的红砖建筑。

当一八一〇年，海恩斯博士和他妹妹一起搬入此宅时，他已人到中年。这一荣誉一直以来都是他的梦想，但他的前任一直占着这一职位，直到九十二岁。在其前任适当庆祝了一下九十二岁生日大约一周后，某个年末的早晨，海恩斯博士正兴致高昂地冲进早餐室，搓着双手，哼着小曲，却迎面看到他妹妹坐在常坐的茶壶后面的位置，向前倾着身子，不可抑制地拿着手帕啜泣着，这让他欢快的心情突然烟消云散。"怎么了，发生什么？有什么坏消息吗？"他说道。"哦，约翰尼，你没听说吗？亲爱的会吏长真可怜啊！""会吏长，啊？怎么了？他生病了？""不，不是。今天早上他们在楼梯上发现了他。太令人震惊了。""怎么可能！天啊，天，可怜的普尔特尼！是什么突发病吗？""他们觉得不是，这最让人难过了。似乎全是因为他们那个叫做简的愚蠢女仆！"海恩斯博士没有立马回应。"我不太明白，莱蒂西亚。怎么能怪那个女仆呢？""唉，据我所知，有一根楼梯毯压条不见了，她没告诉会吏长，可怜的会吏长一脚踩在了台阶的边沿上。你知道橡木是很滑的，好像他摔了整整一段楼梯，把脖子摔断了。这对普尔特尼小姐来说真是太伤心了。当然，他们会立马解雇那女孩的。我一直都不喜欢她。"海恩斯小姐又陷入了悲伤之中，不过最终她终于有些释然了，至少能够吃下点早餐了。不过他的哥哥却吃不下早饭，他在窗前静静地站了几分钟后，便离开了早餐室，那天早晨再也没出现过。

我只需补充说，那位粗心的女仆立刻就被辞退了。之后没多久，人们在楼梯毯下面发现了那压条，这更进一步证明了——如果需要点证据的话——那女仆的极度愚蠢和马虎大意。

多年以来，海恩斯博士就因能力而引人注目，他理应是普尔特尼会吏长接班人的热门人选，结果也没有令他失望。他被如期任命为会吏长，热情满满地开始履行与这一职位相匹配的职责了。他的日记中有很

---

1 威廉三世（1650—1702）：英国国王，1688 年与妻子玛丽从荷兰回到英国，发起"光荣革命"，接受《权利法案》，英国形成君主立宪体制。

大篇幅都是在感叹，普尔特尼会吏长把相应工作以及相关文件搞得一团糟。灵恩和巴恩斯伍德[1]的税差不多有十二年没收了，大部分已经无法追讨回来；七年没有探视辖区；四座教堂高坛[2]已年久失修。会吏长指派的代理人几乎和他一样无能。可以说这种情况没有继续下去真是一件幸事，海恩斯某位朋友的来信证实了这一观点。"挡路人[3]"（残忍地暗指《帖撒罗尼迦后书》中之典故）[4]，"终于被清除了。我可怜的朋友！你将踏入好一个烂摊子啊！我敢发誓说，我上一次造访时，他找不到任何一张文书，听不清我说的任何话，记不住我所办事务的任何内容。但是现在，多亏这粗心的女仆，还有那松垮的楼梯毯，可以盼望关键事宜能够在不惹人怒吼、生气的前提下处理妥当了。"这封信被塞在其中一本日记本的封皮口袋中。

新任会吏长的投入和热情是毋庸置疑的。"只要给我时间，我将把我眼前无数的错误和混乱归置得稍有秩序，然后我将非常愿意虔诚地和老年信徒们共唱赞美歌，我怀疑他们很多人都只是动嘴不动心。"我并不是在某本日记中找到这段感慨的，而是在一封信里。博士的朋友应该是把信回给了他尚在世的妹妹。然而博士并不只是空感叹而已。他透彻且务实地查明了这一职位的权利和义务，他还在某个地方进行了计算，认为三年时间足够让会吏长的事务井然有序起来。事实证明这一估算是准确的。三年内他都忙着进行改革。但我并没有在他三年之后的日记中看到他悠闲地去颂唱《西面颂》[5]。他又忙起了别的事宜。三年来，由于公务繁忙，他只能偶尔参加教堂宗教仪式。如今他开始对教堂建筑及宗教音乐感兴趣了。我没有时间详述他与管风琴演奏师的矛盾，这位老先生一七八六年起便担任演奏师一职了，总之会吏长没得到过什么胜利果实。与主题更相关的是，他对大教堂以及其中的摆设突然有了热情。

---

1 灵恩和巴恩斯伍德：均为虚构。

2 教堂高坛：一般环绕祭坛而建，供牧师及唱诗班使用。多在教堂东段。

3 挡路人：原文为希腊文。

4 典故出自《圣经·帖撒罗尼迦后书》第2章7节："因为那不法的隐意已经发动，只是现在有一个拦阻的，等到那拦阻的被除去。"

5 《西面颂》：原文中作者以《西面颂》拉丁文版开头两个词做代指，此处意译为《西面颂》。见于《圣经·路加福音》第2章29—32节："如今可以照你的话，释放仆人安然去世。"此赞美歌在英国教堂中常在圣餐仪式后唱。

在一封写给席尔瓦纳斯·厄本[1]的信稿（我觉得这封信没有寄出去）中，他描绘了唱经楼中的牧师座席。正如我已提到过的，实际上牧师座席大约建于一七〇〇年，属于相当晚期了。

"会吏长座席位于东南端，在主教座位的西边（现如今此座属于那位真正卓越的、担任巴切斯特大教堂主教的高级教士，这十分恰当）。其上有些奇特的装饰物，使其显得与众不同。唱经楼中的内部装饰是在韦斯特教长的努力下完成的，祈祷台延伸至最东端，那一头除了刻有韦斯特教长的徽章外，还有三座不大但却引人注目的小雕像，风格比较诡异。其中一座是一只雕刻精巧的猫，此猫下蹲的姿态自有股令人赞叹的精气神，显示出灵活度、警觉度以及对鼠类而言极其可怕的捕捉技巧。猫的对面是一个坐在宝座上的人物，显示出一股王者气派。但雕刻家想要描绘的并不是凡间的君王。雕像的脚部被故意用其身上所穿的长袍遮住了，但无论是它所戴的皇冠还是帽子都盖不住那尖尖的耳朵以及弯曲的犄角，泄露了它的冥界属性。它那放在膝盖上的手长有令人恐惧的长且锋利的爪子。这两座雕像之间，矗立着一个裹在长斗篷中的人物。第一眼看去，可能会误认为是个僧侣或者"灰衣修士"[2]，因为它用斗篷罩着头，腰部还垂着条缠结绳。然而稍微观察一下就会得出截然不同的答案。即刻就能看出来那缠结绳实际上是绞索，被一只完全包裹在斗篷里的手抓着。那凹陷的五官——简直让人不敢描述——颧骨上破裂的肌肉，显示出这是死神。这几座雕像显然不是出自二流雕刻家之手。若贵杂志通讯记者中有人恰巧知道这些雕像的来源及内涵，我对贵杂志必将万分感激。"

信稿中还有更多的描述，考虑到这几座雕像现如今已不见踪影，这更激起了我的兴趣。结尾有一段话值得摘录在此：

> 最近对牧师会账目的一些研究显示，牧师座席上的雕刻出自奥斯汀之手，他是土生土长的本城或本地区人，并非通常所记录的荷

1　席尔瓦纳斯·厄本：为《绅士杂志》创办人爱德华·凯夫（1691—1754）的笔名，后成为《绅士杂志》主编的通讯名。
2　灰衣修士：指天主教托钵修会中的方济会会士，因他们着灰衣。

兰艺术家。雕像的原木取自附近一处橡树林。那片树林是牧师会及
教长的财产，名为圣木林。最近我到与这片树林接壤的一个教区探
视，从那里年长的、非常受人尊敬的教区牧师口中得知，至今那里
的居民中还流传着相关传说，说那用于制作宏伟雕像——关于这些
雕像，我在上文中已草草描绘——的橡树既古老又巨大。其中一棵
橡树，生长在树林中央，人们称之为"绞刑橡树"。之所以有这个
称呼是因为在这棵橡树根部周围的泥土中发现了很多人骨。而且当
地有一习俗，在一年的某些时候，如果想要确保自己的事情能够办
成，无论是爱情方面还是普通生活事务，那就在这棵橡树的树枝
上悬挂用稻草、细枝以及其他类似的原始素材草草制作的小偶像或
傀儡。

会吏长的考古调查就说到这儿。回到他的职务上来，日记中可以获
得一些相关信息。在他履职的前三年，他辛苦且细心地工作，从头到尾
都显示出高昂的精神状态。毫无疑问，在这段时间内，他的讣告中提及
的友好礼貌等名声是实至名归的。但这之后，随着时间流逝，我发现一
片阴影开始笼罩着他——这注定要演变成彻底的黑暗——我不得不怀疑
这肯定体现在了他外在的行为举止中。他在日记里大量记录了自己的恐
惧与烦恼，除此之外没有供他发泄这些情绪的地方了。他尚未娶妻，而
且妹妹也不常在他身边。据我判断，他应该没有将这些心事告诉他妹
妹。我将摘录一些日记内容：

　　一八一六年八月三十日——日子黑得越来越快了。会吏长相关
的文书已经整理妥当，秋冬傍晚的时间我得安排别的事务。莱蒂
西亚的身体状况使她没法在此度过这几个月，这真是让我难过。为
什么不继续写《主教制度辩》呢？这可能会有帮助。
　　九月十五日——莱蒂西亚离开我去布莱顿了。
　　十月十一日——晚祷时，唱经楼第一次点亮了蜡烛。我发现自
己十分惧怕黑夜漫长的季节，这让我十分震惊。
　　十一月十七日——被我桌子上的雕像吓了一大跳。我不记得之
前是否仔细注意过它。因为一件偶然事件，我的注意力才被吸引过

去。遗憾地说，在颂唱《圣母玛利亚颂》时，我几乎睡着了。我的手放在一座猫雕像的背上，这雕像是座席一端三座雕像中离我最近的。但我当时并不知情，因为没有朝那个方向看，直到我被一阵柔软的感觉惊到了，那是一种好似粗糙毛皮的手感，而且那雕像还突然动了一下，似乎那生物正转过头来咬我。我瞬间彻底清醒了过来，而且依稀觉得自己肯定发出了一声压抑的惊叹声，因为我注意到司库先生朝我这个方向飞快地转了下头。那种难受的感觉留下的印象太强烈了，我发现自己正在白罩衣上搓手。这件意外促使我在晚祷后仔细察看了那些雕像，比之前要更仔细。我第一次注意到这些雕像的雕刻技巧是多么高超。

十二月六日——我真的很想念莱蒂西亚。尽管我尽可能地把夜晚时间都花在写作《主教制度辩》上了，剩余时光还是让人受尽煎熬。这屋子对我这个孤家寡人而言太过巨大，而且几乎没有什么客人来访。我去卧房路上有种很不舒服的感觉，似乎有某个东西陪伴着我。实际上（也可能是我自己幻想出来的）我听到了声响。我十分清楚，这是大脑初步退化的常见症状——我相信如果真是因为这个，我反而不会那么焦虑不安。我本人并无——一点都没有——甚至我的家族史中也没有任何可以支持这一猜测的病史。工作，勤勉地工作，精准地履行身上的职责，这是我最好的药方，我相信这将会是有效果的。

一月一日——我不得不承认，心头的烦恼与日俱增。昨夜，我后半夜从教长住处回来后，拿着蜡烛上楼去。我差不多已经走到楼梯顶了，突然有个声音朝我低语道："容我祝你新年快乐！"我不可能听错的，这声音十分清晰，而且还带着一种奇怪的强调语气。如果当时蜡烛掉了，简直不敢想象会发生什么，幸好没有。事实是，我奋力爬完了最后一段楼梯，飞快地走进卧房，锁上了门，之后便没有其他怪事了。

一月十五日——昨晚我凑巧要下楼去书房拿我的表，去睡觉时我不小心将表落在桌子上了。我想当我在最后一段楼梯的顶部时，突然感觉到一个尖锐的声音低声在我耳边说道："小心啊。"我抓住楼梯扶手，下意识地望了一圈。当然，周围空无一物。片刻之后，我继续上楼，有一只猫从我双脚中溜过，害我差点摔下楼梯。感觉那是一只挺大的猫。回头看根本没用，当然，我再一次什么都没看到。有可能是厨房里那只猫，但我觉得不像。

二月二十七日——昨晚发生了一件诡异的事情，我真希望能忘掉它。或许我将它记录下来，便可以明白这件事的真相了。大约九点至十点的时候，我在藏书室工作。大厅和楼梯间似乎极不寻常得热闹，充满了——我只能称之为——无声的动作。我的意思是说，似乎那里不停有东西来来往往的，但当我停下笔来谛听时，或者往外望着大厅时，那里却又寂静如故。我大概十点半便去卧房了，比平时要早，去卧房时我也没听到什么噪声。说来也巧，我告诉约翰，让他来我房间拿封写给主教的信，我希望第二天一大早就能送到主教宅邸。因此，当他听到我回房间时，便要起身来取信。虽然我记得把信带到了房间，但我那时候已经忘记这事儿了。但是当我在给表上发条时，我听到有记轻轻的敲门声，一个低沉的声音说道："我可以进来吗？"（我绝对听到了）我想起了寄信这事，于是从镜台上拿了信，说道："当然了，进来吧。"然而，没有人回应我的邀请，此刻我深深地怀疑自己犯了个错误。因为我打开了门，把信递了出去。那时走道里显然没有人，但就在我站在那儿的时候，走道尽头那道门打开了，约翰拿着蜡烛出来了。我问他刚才是否来敲过门，结果得知他并没有。我不喜欢这种情形，虽然我现在精神非常紧张，而且我得花些时间才能睡着了，但我必须让自己不再去胡思乱想了。

回春后，他妹妹回来和他一起住了几个月，海恩斯博士的日记变得比较欢快了，实际上，已看不出什么抑郁的症状了。但九月上旬开始，他再一次孤身一人了。而且确实有证据证明他又遭受了困扰，而且这一次比之前更为紧迫。关于此事，我稍后再回来叙述。我将偏离主题，在此摘录一个文档，无论合适与否，我认为这和故事情节是有关系的。

海恩斯博士的账簿和他的其他文书一起保存了下来，其中显示，自从他当上会吏长没多久之后，便产生了一笔每季度二十五英镑的支出，收款人是 J.L. 单单看这笔款项，则完全不知其中玄机，但我将它和一封极其肮脏而且书写混乱的信件联系在了一起。这封信正如我之前引用过的那封一样，也放在某本日记的封皮口袋中。信上没有日期以及邮戳的痕迹，而且要读懂也十分不容易。这封信大致如下 [1]：

尊敬的博士，

　　过气几奏，我一及盘着搜到您的来信，您没有回复我猜澈您没有收到我的信丧封信说我和我男人这季节可难过了农场上似乎啥都跟我们过不去真不知道去哪里赚房租钱这真愁死人了您可否大发 [慈悲，很可能是这个意思，不过那拼写让人无法还原出来是什么词] 给我四十英镑否则我就要柴取其他手段了我可不想那样。如果不是您我也不会丢掉在普尔特尼博士家的工作我想我问您要钱是正当的您很清楚如果被逼急了我会说些什么但我不希望这种不开心的事发生我是个总希望万事开心的人。

您忠诚的仆人
简·李

我推测了下这封信的写作时间，实际上，大约在同一时间，有一笔付给 J.L. 的四十英镑支出记录。

我们回到日记上来：

　　十月二十二日——晚祷时，在颂唱诗篇时，我又经历了和去年类似的事情。如以前一样，我把手放在其中一个雕像上（现在我通

1　此信原文为显示出写信人的无知无识，通篇几乎无标点，单词拼写混乱，在译文中则以错别字代替拼写之错误。正确的内容如下：

尊敬的博士，

　　过去几周，我一直盼着收到您的来信。您没有回复，我猜测，您没有收到我的信。上封信说，我和我男人这季节可难过了。农场上似乎啥都跟我们过不去，真不知道去哪里赚房租钱。这真愁死人了，您可否大发慈悲，给我四十英镑？否则我就要采取其他手段了，我可不想那样。如果不是您，我也不会丢掉在普尔特尼博士家的工作。我想我问您要钱是正当的。您很清楚，如果被逼急了，我会说些什么。但我不希望这种不开心的事发生。我是个总希望万事开心的人。

您忠诚的仆人
简·李

常避开那个猫雕像），这时——我本想要说出口的——雕像发生了变化，但这会让人觉得我小题大做，毕竟这肯定是由于我自己的生理感觉而已。无论如何，那木头似乎变得寒冷且柔软，好像湿麻布做的似的。我可以确定自己感觉到这一变化的时间。唱诗班正唱道（**愿你派一个恶人辖制他**）派一个对头站在他右边 [1]。

我屋子里的低语声今晚更加持续不断了。甚至在卧房里我都摆脱不了这声音。我之前并没有注意到。我并不是一个容易紧张的人，我希望自己不会变成那样的人。易紧张的人肯定会为此饱受烦恼，甚至受到惊吓。今晚那猫站在了楼梯上。我觉得它一直坐在那儿。厨房里并没有猫。

十一月十五日——我必须再一次记录下一件我不明白的事情。我睡得很不好。虽然没有明确的图景出现在脑海里，但有那么一会儿，我被一种十分生动的印象困扰着，感觉有湿漉漉的嘴唇在冲着我的耳朵以极快的速度，语气强烈地说着话。我想，这之后我睡着了，但随后惊醒了，感觉好像有一只手搭在了我的肩上。让我极度惊恐的是，我发现自己站在第一层楼梯最下面一段台阶的最上面。月光透过大窗户明亮地照射着，使我可以看到第二或第三个台阶上有一只大猫。我顿时无语。我不知道自己是怎么再次爬上床的。是的，这真让我内心沉重啊。[后面一两行字被涂抹掉了。我觉得我读到了类似'做到最好'之类的字样]

在这之后不久，会吏长的坚定信念在这些现象的打击下开始瓦解了。十二月及一月的日记中首次出现了一些激动的言语以及祈祷词，之后这些内容变得逐渐频繁起来，由于它们过于痛苦且令人不安，我略去不引。然而，在这段时间内，他在工作上依旧顽强不屈。我不知道他为什么不以健康不佳为由请假去巴斯或者布莱顿，我的感觉是，那样反倒对他不好。因为他这个人，如果承认自己被这些烦心事打败了，那他会立刻崩溃的，他自己明白这一点。他确实想通过邀请宾客来减轻这些烦恼。他以如下方式记录了这么做的结果：

---

1 此句出自《圣经·诗篇》第 109 章 6 节。

一月七日——我终于邀请到艾伦表弟来小住几日了，他将住在我隔壁的房间。

一月八日——安静的一夜。艾伦睡得很好，但是抱怨说有风。我自己的经历如旧，仍然是低语声啊低语声，他到底想说些什么？

一月九日——艾伦觉得这屋子很吵闹。他也觉得我的猫大得不寻常，品种不错，但是非常狂野。

一月十日——艾伦和我在藏书室待到了十一点。他两次出去查看女仆们在大厅里干什么。他第二次回来时告诉我，他看到其中一个女仆穿过了走道尽头的一扇门，而且说道如果他妻子在这儿的话，她肯定会让女仆们更井然有序的。我问他那女仆穿什么颜色的衣服，他说是灰色或者白色。我就知道是这样。

一月十一日——艾伦今天走了。我必须要坚强。

之后几日，"我必须要坚强"这几个字一次次地出现在日记中。有时候日记里就只有这么一句话，这种情况下，这句话是用少见的大写字母写的，而且下笔很重，那支书写用的笔肯定都要被折断了。

显然会吏长的朋友们没有注意到他行为举止上的任何变化，这让我强烈地感受到了他的勇气和定力。关于他生命中的最后几天，日记中除了我已引用的内容外，并无更多内容了。他生命的最后一刻必须用讣告那优雅的言辞来进行叙述了：

二月二十六日清晨寒冷且下着暴风雨。早晨时，仆人们凑巧要去本文哀悼之逝者的宅邸的前厅，当他们发现他们爱戴的、尊敬的主人正躺在主楼梯的地面上，那姿势让人感到极度地害怕，对他们而言这是何等的恐怖啊。他们寻求了支援，当发现逝者遭受了残暴凶狠的袭击后，大家都被震惊了。逝者脊柱多处断裂。这可能是摔落导致的：发现楼梯毯有一处松了。但是除此之外，逝者眼睛、鼻子以及嘴部均有伤痕，似乎是由某种野生动物造成的。令人想到便害怕的是，这些伤导致五官难以辨认。无需赘言，几个小时前便已生命迹象全无，这是尊敬的医学专家鉴定的结果。这次神秘袭击的罪犯或罪犯们也消失在了迷雾中，迄今为止，即使是最为可靠的推测也无法解开这一可怖事件造成的令人悲伤的谜团。

该讣告的作者接着讨论了雪莱先生、拜伦勋爵以及伏尔泰先生[1]的著作对于造成这一灾难或有推波助澜作用，并在结尾处有点语义暧昧地希冀这一事件或可"成为年轻一代的榜样"。但是他的这一部分言论没有必要完全引用。

我已得出结论，海恩斯博士对普尔特尼博士之死负有责任。但是与会吏长座席上那个死神雕像相关的这一事件则有些扑朔迷离了。不难推测，这一雕像由"绞刑橡树"雕刻而成，但似乎没法确证。不过，我去了一次巴切斯特，心里想着要探寻一下是否还有这一木雕遗迹的消息。其中一会教士介绍我认识了当地博物馆的馆长，我朋友说，相比其他人，他更可能提供给我一些相关信息。我向这位先生描述了以前牧师座席上某些雕像以及徽章，并询问是否还有什么保存下来的。他向我展示了韦斯特教长的徽章以及其他一些部件。这些，他说道，是从一个老居民那儿拿到的，他曾经还有一座雕像，有可能是我询问过的其中一座。那个雕像有个奇怪的特点，他说道："拥有这雕像的老先生告诉我，他是在锯木厂捡到这雕像的，他在那儿得到了当时幸存的几部分，于是给孩子们带了回去。在回家路上，他把玩着那雕像，结果裂成了两部分，一张纸从中掉了出来。他捡起了那张纸，发现上面有字，他把纸放进了自己的口袋，之后又放进了他家壁炉上的一个花瓶里。前不久，我正好在他家，凑巧拿起了那个花瓶，翻转了过来，想看看底部有没有刻字，结果那纸片就掉在了我手里。我把这纸片交还给那老先生时，他告诉了我刚才我说的那个故事。他说这纸就给我了。这纸片又皱又破，因此我将它裱在了一张卡片上，就在这儿。如果您能告诉我上面的字是什么含义，我将万分感激。而且，我想说，我也会十分惊讶的。"

1　这三位思想家在他们的时代都因宣扬无神论或反对宗教权力而承受恶名。珀希·比希·雪莱（1792—1822）曾写有《论无神论的必要性》（1811）、《驳自然神论》（1814），以及其他反宗教的短文；乔治·高登·拜伦勋爵（1788—1824）在《该隐》（1819）及《审判幻景》（1822）等诗歌中表达了尖锐的宗教怀疑论。伏尔泰（1694—1778）有可能是个自然神论者，但他非常反对有组织的宗教。

　　他把卡片给了我。纸片上的文字十分古朴，但字迹清晰，上面写的是：

> 吾生于林
>
> 血来灌淋
>
> 教堂中蠹
>
> 谁手碰触
>
> 若为血手
>
> 务必担忧
>
> 小心惩戒
>
> 无论昼夜
>
> 夜风狂掠
>
> 就在二月

　　　梦于公元一六九九年二月二十六日，约翰·奥斯汀

　　"我想这是个咒语或者诅咒吧，你不觉得是这么种东西吗？"馆长说道。

　　"是的，"我说道，"我想可以这么认为。藏有这纸条的那个雕像后来怎么了？"

　　"哦，我忘说了，"他说道，"那老先生告诉我那雕像太丑陋了，把他的孩子吓坏了，就把它烧了。"

马丁的教堂围地[1]

　　几年前，我曾短暂住在西部的一个教区牧师家里，我所属的协会在那里有地产。我打算察看一下此地景致。到访的第一个早晨，早餐后不久，我们便得知当地的木匠及修理工约翰·希尔已做好陪同我们的准备了。教区牧师问我们早上打算参观教区的哪一块区域。我们打开此地的地图，当我们将参观路线描述给他听之后，他用手指着具体的一个点。"别忘了，"他说道，"到了马丁的教堂围地后，让约翰·希尔讲讲这地方。我想听听他会和你们说些什么。""他应该会告诉我们什么呢？"我问道。"我不知道，"教区牧师说道，"或者说，如果说这话不确切，那我该说午饭前我不知道。"说完他就被人叫走了。

　　我们出发了。约翰·希尔是那种愿意分享他拥有的一切信息的人，你可以从他那儿听说很多关于此地居民以及他们闲言碎语的趣闻。遇到陌生的词汇，或者是他觉得对你是陌生的词汇，他常常会拼写出来——比如雄—天—鹅，雄天鹅等等。然而，抵达马丁的教堂围地前，他所说的话与我的目的无关，因此无需记录。那块地引人注意，因为那可能是你能见到的最小围地之一——只有几平方码，边界都被树篱围着，而

1　本篇最早出版于《古文物专家的鬼故事续》中。在《M.R. 詹姆斯鬼故事集》的序言中作者坦言小说的发生地原型为德文郡的萨普福德·考特尼。1893 年作者曾去该地检视国王学院的一些地产。本篇中的法官杰弗里斯是真实存在的，其为第一代维姆的杰弗里斯男爵（1648—1689）。在斯图亚特时期英格兰，他恶名昭著。在担任伦敦地方司法官期间（1678—1680），他在"天主教阴谋"事件（参见《白蜡树》中的相关注释）中作风严厉。担任首席法官期间（1683-1685），他在镇压蒙默思叛乱后实施了"血腥审判"。1685—1688 年他担任大法官，但后来失势，死于伦敦塔中。作者广泛阅读了杰弗里主持的审判记录。在《审判艾薇女士》（牛津大学出版社，1929 年）的序言中，作者表达了自己对国家审判的兴趣："直到 1648 年，我们开始有了真正鲜活的庭审报告。从这一年开始到 17 世纪末，那些案宗可以成为此类文献的精华……'天主教阴谋'、詹姆斯二世统治时期，以及英国革命后不久的那些卷宗无疑是最丰富的；我不得不说，在这些卷宗中，有杰弗里斯的庭审是最引人注意的。当他作为法官或成为被告时，庭审就变得十分有意思。"

且没有可以通入其中的门或者缝隙。你可能会误认为这是一个弃置已久的村舍花园，但它远离村庄，也没有耕种培植的痕迹。这块围地离道路不远，属于当地称之为"荒野"的一部分，换句话说，那就是横插进面积较大的田地中的一块未经修整的山地草场。

"这一小块地为什么要这样围起来？"我问道，约翰·希尔（我没法如我所想的那样完美转述他的回答）顺利回答了。"先生，我们把这儿叫做马丁的教堂围地。这块地有点奇特，先生，它叫做马丁的教堂围地，先生。马—丁，马丁。冒昧问一下，先生，牧师让您询问我有关这地方的事了吗，先生？""是的，他说了。""啊，我想也是，先生。我上星期和牧师说了说这地方，他非常感兴趣。先生，好像那里头埋着个杀人犯，叫马丁。先生，老萨缪尔·桑德斯，他之前住在这里一个叫南镇的地方，关于这围地他有个老长的故事，先生。一个年轻女人被残忍地杀害了，先生。她的喉咙被割断了，尸体又被丢进了这里的水里。""那人因此被执行绞刑了吗？""是的，先生，我听说，在好几百年前的某个诸圣婴孩庆日[1]，他就在这儿上去点的路边被吊死的。判他死刑的人有个外号叫血腥法官；我听说，非常凶狠血腥。""叫做杰弗里斯，是吧？""可能是杰弗里斯——杰—弗—杰弗里斯。我想起来了，就是他。这故事我从桑德斯先生那儿听了好多次，这个叫马丁的小伙——乔治·马丁——他的罪行暴露前，他就被这年轻女人的鬼魂纠缠着。""你知道是怎么回事吗？""不，先生，确切怎么回事我也不知道。但我听说，他可受了不少罪，也是罪有应得啊。桑德斯老先生说过件事，是关于新旅馆[2]里头一个橱柜的。据他说，那年轻女人的鬼魂从橱柜里爬了出来，但我记不清了。"

以上便是约翰·希尔提供的信息。我们继续参观其他地方。我在方便的时候，把所听到的告诉了教区牧师。他给我看了教区的账簿，上面记录说一六八四年教区曾出钱建过一个绞刑架，第二年挖了个坟墓，这两件事都是为乔治·马丁做的；但桑德斯已经去世了，牧师也想不出教

---

1 时间为每年 12 月 28 日，这个庆日是为了纪念被希律王杀害的伯利恒孩童们，希律王本想杀死婴儿时期的耶稣。见《圣经·马太福音》第 2 章 16—18 节。

2 据学者考证，新旅馆（New Inn）是真实存在的，位于英国德文郡的萨普福德·考特尼，建于 16—17 世纪之间。

区里还有谁可能知晓这个故事。

回到邻近图书馆的地方后，我自然去更为直截了当的地方搜索此案。但似乎哪儿都找不到此案的信息。不过，当时的一份报纸以及一两份新闻通讯上登了几则短讯，由于当地对犯人（据称犯人是一位有产业的绅士）存在偏见，审判地从埃克塞特[1]移至伦敦；杰弗里斯担任法官，犯人被判处死刑，证词中有一些"古怪的段落"。直到当年九月，我才获得进一步的信息。一个知道我对杰弗里斯感兴趣的朋友，给我送来了从某个二手书商的图书目录中撕下的一页纸，上面有个条目写到法官杰弗里斯、有趣的古稿、谋杀案的审判等等。让我高兴的是，从这个条目推测，我用几先令便可购得一本关于马丁一案的逐字逐句的法庭速写记录。我发电报购得了这一手稿。这是一本薄薄的，装有封面的册子，有人在十八世纪时，用普通书写法[2]在封面上写了标题，那人还加了这么一条注解："家父在庭中录得这些文字。他告诉我说，案犯的朋友已与杰弗里斯法官达成协议，不将此文公布。家父打算待时间合适再自行发布，他将此文展示给格兰维尔牧师看，牧师亦热情鼓励他。然他们未料到此计划完成之前家父突然逝世。"

上面还加了 W.G. 这两个姓名首字母。有人说这最初的记录者可能是 T. 格尼，他多次在国家审判中担任此职。

我自己能看懂的就只有这么多了。没过多久，我便听说有人能够破译十七世纪的速记。不久前，我拿到了整本手稿的打印译稿。我在此处复述的部分，可以让约翰·希尔以及（或许）另外一两个住在此案发生地的人脑海中关于此事的残缺故事得到完善。

这份报告的开篇有个序言，大概意思是说，虽然从法庭发言记录看，其内容属实，但这份报告并非直接记录自庭审；报告的作者在其中加入了一些庭审时发生的"不寻常的段落"，从而形成了目前这份完整的报告。作者意在适当时机出版此报告；但尚未将此报告转写成普通书写法，以防此报告落入未经授权之人手中，从而导致作者及其家人无法从中获益。

---

1 英国德文郡的郡治所在，位于英国西南部。
2 相对于速写速记而言，指完整写出词句。

接着就是报告正文了：

本案于十一月十九日，星期三开审。以伟大君主我们的国王之名起诉……（请原谅我在此处略去一些地名）的乔治·马丁先生。于老贝利[1]开庭，进行提审、听审及判决。案犯关押于新门监狱[2]，已被带至庭上。

公诉书记官　乔治·马丁，抬起你的手。（他照办。）

接着宣读了起诉书，其中提及案犯"目中毫无对上帝的敬畏，于恶魔之教唆下心为其所诱。于吾王查理二世治下第三十六年之五月十五日[3]，在前述之教区，对同教区之未婚女子安·克拉克施以暴力。在上帝与吾尊敬之君王之太平盛世下，于彼时彼地穷凶极恶且早有预谋地，怀着恶毒之歹意攻击并以价值五便士之刀具于彼时彼地割断安·克拉克之喉咙，安·克拉克于彼时彼地因此伤而毙命。且案犯破坏吾尊敬之君王之宁静平和，且有辱于其皇冠与尊严，将安·克拉克之尸身抛掷进此教区某一池塘内"。

接着案犯请求获得一份起诉书之副本。

首席法官（乔治·杰弗里斯爵士）　什么？你定当知道向无此理。而且，此起诉书言简意赅；你除了服罪别无他法。

案犯　大人，我担心此起诉书涉及法律事由，本人恳请法庭为我指派一位律师，以考虑此问题。而且，大人，我相信某案是照此办理的：法庭给予了犯人一份起诉书之副本。

首席法官　是何案？

案犯　大人，实际上本人从埃克塞特城堡[4]押至此处后，一直关押在狱。不允许任何人来看我，也没有人给我提供法律建议。

1　指中央刑事法院，负责处理英格兰和威尔士的重大刑事案件。因位于老贝利街上，因此常以老贝利指称。

2　旧时英国有刑事听审委任状，这是授予巡回法官或巡回审判专员的一种委任状，授权他们依大巡回陪审团的起诉书调查审理在所指定辖区内指控犯有叛逆罪、重罪和轻罪的罪犯。当时中央刑事法院的提审在押案犯的程序在新门监狱执行。新门监狱建于英王亨利一世时期，位于伦敦城西城门楼中。

3　查理二世应在其父查理一世死后（被克伦威尔处死）登基（1649年），然其在克伦威尔时期流亡海外。于1660年王政复辟时才恢复王位。若从1649年计算，则查理二世治下第36年应为1684年。

4　又名鲁杰蒙城堡（Rougemont Castle），1068年左右开始修建。部分城堡仍被德文郡法院使用，直到2006年一座新的法院建成。

首席法官　我说的是，你所言的案件是哪一个？

案犯　大人，我没法告诉您此案的准确名称，但我记得曾经有过这样一个案例，我恳请——

首席法官　一派胡言。说出案例的名称，我们会告诉你该案例是否和你有关系。你可得到任何法律允许之物，然此事绝不可能；此事违反法律，我们必须遵照法庭程序。

总检察长（罗伯特·索耶 [1] 爵士）　大人，我代表国王恳请法庭允许案犯辩护。

公诉书记官　对如上罪行，你有罪，还是无罪？

案犯　大人，我恳请法庭做出公判。如果我现在辩护，则之后是否还有机会对起诉书表示异议？

首席法官　有，有，此环节在裁决之后；会为你保留此项权利，若涉及法律问题，则本庭会为你指派律师。你现在应做之事便是辩护。

在与法庭辩论了一小会儿后（考虑到起诉书已十分明了，这显得很奇怪），案犯辩称无罪。

公诉书记官　案犯 [2]，你愿如何被审判？

案犯　我愿接受上帝和家乡的审判。

公诉书记官　愿上帝赐予你一个好的裁判。

首席法官　嗯？此话怎讲？没让你在埃克塞特接受家乡的审判，让你来到伦敦，这已是一个优待。现在你却请求被家乡审判。难道要我们把你送回埃克塞特？

案犯　大人，我以为这是法庭套话呢。

首席法官　确实如此，案犯；不过只在心甘情愿时才这么说。好

1　罗伯特·索耶（1633—1692），1681—1689 年担任英国总检察长。其于 1685 年负责起诉迪特斯·欧慈（1649—1705），认定此人伪造了所谓的"天主教阴谋"。

2　原文为 cul-prit，根据英国法律的传统，culprit 一词源于 cul. prit，这是法语法律短语 Culpable: prit d'averrer nostre bille 的缩略语。这些词语是公诉书记官在回答对于被指控罪名不服的申诉时所说的，意思是："证明有罪。我将要证实我们的控告属实。"其缩略形式 cul.prit 被错误地理解为一种称呼，书记员用它来称呼被控犯有叛国罪或重罪但又申辩无罪的犯人。Culprit 一词最早在 1678 年以这种用法被记录下来。这个词语自那以后被用来被控告的人。

吧，继续，请陪审团宣誓。

随后陪审团宣誓，我略去了他们的名字。案犯未对陪审团提出异议，他说自己不认识其中任何人。随后案犯要求使用笔墨纸，首席法官回应说："好，好，以上帝之名，给他吧。"之后法庭向陪审团陈述一般性指控，案件庭审由国王之初级出庭律师[1]多尔本先生开头。

总检察长随后发言：

尊敬的法官大人以及陪审团的绅士们，本人为国王之律师，代国王起诉在审之案犯。正如你们已听到的，其因谋杀一位年轻女子而遭到起诉。诸如此类的罪行你们或许会认为并不少见，很遗憾地说，正如我们几乎日日都会听说的事件一般，在类似案件中确实没有过分凶残、反常之案情。但我必须承认，此案犯所被指控之谋杀案中，确有一些奇异之处，使之引人注目。我认为在英国大地上很少或者从未发生过此种罪案。我们将陈述案情，被杀害者为一可怜的农村姑娘（而案犯则是一位有良好社会地位的绅士），除此之外，上苍并未赐予此女子充足的智力和能力，她是一个我们时常所说的"无知者"或"智障儿"。因此，对于这样一位女子，人们通常认为如案犯这般的绅士极可能无视之，或者说，即使他确实注意到了她，亦会对其不幸遭遇表示同情，而非以极其可怕、野蛮之方式对其下毒手。我们会向你们展示案犯之具体行径。

现在从头开始讲述此案，并依次向你们讲述：大概在去年圣诞时，也就是一六八三年，这位叫马丁先生的绅士刚刚从剑桥大学回到家乡，他的一些邻里对他极其热情（因其家族在该郡范围内拥有良好之名声），趁圣诞期间到处带他寻欢作乐，因此他时常骑着马从一个宅邸去往另一个宅邸。有时候，若他的目的地较遥远，或者其他原因，例如路面险阻等，他便被迫在旅馆过夜。正因如此，圣诞节后一两日，他凑巧来到该女子及其双亲所居之地，并在该地的一个叫新旅馆的旅馆过了夜。据我所知，新旅馆有良好的声誉。旅馆里有些本地人在跳舞，安·克拉克被

---

1 未被任命为皇家大律师（Queen's Counsel）或高级出庭律师（Senior Counsel）的出庭律师。它与出庭律师的年龄及其进入律师界时间的长短无关。

带了进来，由她的姐姐照看着；但由于如我所说的，她理解力低下，且外貌并不标致，她并不应该被带到这种欢闹的场合来。因此她只是站在房间角落里而已。在审之案犯看到了她，并问她是否愿意一起跳舞，一般人都会认为他肯定是以玩笑的口吻说的。虽然她的姐姐和其他人都极力劝阻——

首席法官　可以了，检察长先生，我们可不是坐在此处聆听旅馆的圣诞聚会故事的。我不想打断您，但请确保您会说一些比这更重要的事情。否则接下去您就要说他们是和着哪支曲子跳的舞了。

总检察长　大人，我不会用不重要的内容浪费法庭时间的，但我们认为阐明这段不可思议的关系如何开始，这是一项重要的事由。至于舞曲，我真的认为，证人证词将会显示，这曲子也和手头的案件有关系。

首席法官　继续吧，继续吧，以上帝的名义，不要说不恰当的事情。

总检察长　一定，大人，我会围绕中心的。先生们，我认为已向你们充分解释了被害者与案犯的第一次相见，我将长话短说。总之，从那以后，这两人便时常碰面。该年轻女子为自己得到了（她自以为）如此合衬的爱人而感到高兴。他每周至少一次要经过她所住的那条街，她总是在盼着他；似乎他们商定了一个暗号：他会哼着那天旅馆演奏的那支曲子，据我所知，这是一支在当地非常著名的曲子，副歌唱道："女士啊，可以和我散步吗，可以和我聊天吗？"[1]

首席法官　嗯，我记得我的家乡什罗普郡[2]也有这歌。是这么唱的，是吧？[此处法官哼了一部分此曲，非常清晰可闻，似有损法庭尊严。而且好像他自己也感觉到了，因为他说道：] 这只是为了确认此曲，我怀疑舞曲是第一次出现在法庭上。我们允许的摇晃扭动多数是在泰伯恩[3]。[他看着案犯，看上去案犯非常烦躁不安] 检察长先生，您说这舞曲对本案非常重要，我敢说，我认为马丁先生非常同意您的说法。人犯，什么让你这么苦恼？表现得好像一个见着鬼的演员似的！

1　此为一首流行的民歌，至少可追溯至 17 世纪。

2　英国英格兰西米德兰兹的单一管理区，西接威尔士的边界。

3　在今伦敦大理石拱门附近，为 1388—1783 年伦敦主要的刑场，之前行刑主要在新门监狱。此处法官用了"舞蹈"一词的双关义，其还有"摇晃"之意，当指绞刑犯的晃动挣扎。

案犯　大人，我对这些琐碎、愚蠢的事由感到震惊。

首席法官　好吧，好吧，这些事由是否琐碎需要检察长来决定。不过我得说，如果他没有比刚才所说之话更糟糕的内容，则你也无须感到震惊。此事难道没有更深层的含义了吗？请继续，检察长先生。

总检察长　大人及各位先生——你们确实可以理所当然地认为，目前为止我所说的这些都显得有些琐碎。当然，如果此案仅限于一个可怜的傻姑娘被一个出身良好的年轻男士戏弄，则并无大碍了。但随着案情发展，我们将说明三四周后，案犯与该郡一位年轻淑女订立了婚约，此女士与案犯非常般配，这样的一个婚约理应给他一个幸福、受人尊敬的生活。但很快，这位淑女便似乎听说了村里流传的关于案犯及安·克拉克的那些闲言碎语，她认为不仅对他的爱人而言，这是不应当的行为，而且对她而言也是丢人现眼。他竟然成为了旅馆里那些人的笑柄。因此她当机立断，在父母的首肯下，通知案犯他们两人的婚约解除了。我们将向你们说明，案犯在得知此一消息后，极其迁怒于安·克拉克，认为是她导致了自己的不幸（虽然事实上除了案犯自己没人应为此负责）。之后他对她恶言相向，并多次进行了威胁，后来他再见到她便不仅羞辱她，还用马鞭抽打她。但没人可以劝服这个可怜的智障儿断绝对他的情愫。她还是时常跟在他身后，用各种手势和残言碎语表达对他的情意。直到她成为了——如他所说——他的眼中钉。然而他正参与的一些事务导致他必须经过她家，他无可避免地时时要和她相遇（我相信如果可以不经过那儿，他肯定会这么干的）。我们将进一步阐明，以上为今年五月十五日之前的情形。那天，案犯骑马穿过村庄，如往常一样，遇到了那位年轻女子，不过他没有像最近那样与她擦肩而过，而是停了下来，对她说了些话，她因此显得极其高兴，然后他便离去。自那天之后，她便失踪了，纵使细致搜寻也毫无结果。案犯再次路过该地时，她的家属询问他是否知道她的下落，他说完全不知情。他们向他表达了担心之情，担忧她那较差的心智被他的关注搅乱了，怕她会对自己做出冲动之举。他们还提到，曾多次恳请他不要再注意她了，因为他们担心不幸将会发生，但对于这些，他都一笑而过了。不过虽然他表现轻松，但可以注意到大概从那时起，他的言行举止有了变化，据说他看上去成了个心事重重的人。我读到了一段证词，但我不敢提请你们的注意，虽然在我看来此证词是有事实依据的，而且也有值得信任的誓言作证。先生们，我认为，这是上帝为谋杀进行报复的极好事例，他必将要回无辜者的鲜血。

[此处检察长先生停顿了会儿，然后便翻页了；在我以及其他人看来这非常值得注意，因为他并不是个急躁之人。]

首席法官　嗯，检察官先生，您所说的事例是什么？

总检察长　大人，此事非常奇异，事实上，在我参与过的案件中，没有过类似情形的。长话短说，先生们，我们将传证人上庭证实在五月十五日之后，有人见过安·克拉克。而且是日之后见到的安·克拉克不可能是一个活人。

[此处，庭上的人发出一阵嗡嗡声，很多人都笑了，法庭要求肃静，等众人静下后]——

首席法官　这个，检察长先生，您可以把这故事留上一礼拜，到时候就是圣诞节了，你可以用此故事去吓唬厨房女佣们 [听闻此言，人们又笑了，似乎案犯也笑了] 天呐，伙计，你在扯些什么——鬼魂、圣诞故事和旅馆里的人——此案事关此人的性命啊！（对案犯）还有你，先生，我想让你知道，这儿也没有多少机会让你感到愉快的。你来这儿可不是为了寻开心。我该了解检察长先生的，不过他目前为止陈述的案情还不如起诉书里说得多。继续吧，检察长先生。也许我不必说得如此尖锐，不过您必须承认您的行为举止有点异于往常。

总检察长　没有人比我更清楚此事，大人。不过我会直截了当地讲完它的。我要告知你们，先生们，六月时，安·克拉克的尸体在一个池塘里被发现了，喉咙被割断了。在同一片水域中，还发现了案犯的一把刀具。案犯曾试图找回上述之刀具；验尸官的检验报告对在审之案犯不利；因此按惯例其应在埃克塞特受审；但是为他考虑，由于无法在他的家乡找到公允的陪审团来审判他，所以他可享受特殊优待，来到伦敦受审。下面我们将传唤证人。

随后证实了案犯与安·克拉克之间相熟这一事实，还有验尸官的验尸报告。这部分的审判内容我就略过了，因为其中没有什么特别的内容。接着法庭传唤了莎拉·阿斯科特，她当庭宣誓。

总检察长　你从事什么职业？

莎拉　我在 ＿＿＿＿ 经营新旅馆。

总检察长　你认识在审之案犯吗？

莎拉　认识，他自从去年圣诞节第一次来我们旅馆后，就经常过来。

总检察长　你可认识安·克拉克？

莎拉　认识，很熟。

总检察长　请问，就外貌而言，她是个什么样的人？

莎拉　她是个矮胖的女人，我不知道您还想我说些什么。

总检察长　她长得好看吗？

莎拉　不，一点也不好看，她长得非常不好看，可怜的孩子！她长着个大脸；颧骨突出；肤色很差，像个癞蛤蟆似的。

首席法官　女士，那是什么？你说她像什么？

莎拉　大人，请原谅我。我听马丁先生说，她的脸看上去像只癞蛤蟆似的；也确实如此。

首席法官　是吗？检察长先生，您能打断她一下吗？

总检察长　大人，我理解，"癞蛤蟆"是"蟾蜍"的土语。

首席法官　哦，一只蟾蜍啊！唉，继续吧。

总检察长　你可否向陪审团陈述去年五月你与在审之案犯之间发生了什么吗？

莎拉　先生，是这样的。安没回家的第二天晚上，大概九点钟，我正在屋子里忙着干活；除了托马斯·斯内尔以外没人陪着我，外头天气很糟糕。马丁先生走了进来，要了一些喝的，我逗趣地对他说："先生，您在忙着找您的心肝宝贝吗？"他突然冲我发火，要我别说这种话。我很吃惊，因为我们常常拿她来开他的玩笑。

首席法官　她是指谁？

莎拉　安·克拉克，大人。而且我们没听说他和别处的一位年轻淑女订婚的消息，否则我肯定会更注意自己的言行举止的。我什么都没说，但心里有些不高兴，于是我开始唱起歌来，自己哼着那首他们第一次见面时的舞曲，我觉得这会让他不舒服。他之前来到这条街上时经常唱，是同一首歌；我经常听到它："女士啊，可以和我散步吗，可以和我聊天吗？"我想到需要去厨房拿点东西，于是便过去了，一路上我都在唱着，比刚才更大声更大胆。我在厨房时突然觉得自己听到屋子外面有人在应和着，但风太大了我没法确定。然后我就不唱了，这时我清清楚楚地听到那声音说："是的，先生，我愿散步，我愿与您聊天。"我知道那正是安·克拉克的声音。

总检察长　你怎么知道那是她的声音？

莎拉　我不可能听错的。她的声音很难听，是一种尖锐刺耳的嗓音，尤其是她唱歌时。村子里没有人能模仿她的声音，因为大家经常试着模仿。听到她的声音我非常高兴，因为我们都很担心她出什么事。虽然她是智障儿，但她性格很好，也很温和。我自言自语说："啊，孩子！你回来了啊？"说着我就跑进了前厅，路过马丁先生时我对他说："先生，您的甜心回来了，我把她叫进来吧？"说着我就去开门了；但马丁先生抓住了我，他看上去好像丧失了理智似的，或者说快要丧失了。"你，别开门！"他说道，"看在上帝的份上！"我不记得他说的其他话了，他全身都在颤抖。我很生气，对他说："什么！你难道不高兴找到这可怜的孩子吗？"我叫了托马斯·斯内尔，对他说道："如果先生不让我开门，你去把门打开，让她进来。"于是托马斯·斯内尔去把门打开了，狂风吹了进来，吹翻了我们点着的两支蜡烛。马丁先生往后靠了靠，松开了我，我觉得他是摔到地上去了。在一片漆黑中，我花了一两分钟才重新点上蜡烛，我去摸索火柴盒时，虽然不是很确定，但是我听到有人走了过去；而且我确定屋子里的大橱柜被打开，又关上了。等我把蜡烛点亮时，看到马丁先生坐在靠背椅上，脸色惨白，满脸是汗，好像刚才晕厥过去了一样，他双手奪拉着。我正要去帮帮他时，瞥见好像有类似衣物的东西被锁进了橱柜里，我想起刚才曾听到橱柜门关上的声音。我觉得可能是有人趁刚才蜡烛熄灭时溜了进来，现在正躲在橱柜里。于是我走近些，查看了下，发现橱柜门外露出了一截黑色外套，下头还露出了一段棕色裙子的边缘，这两截衣服都低垂着，看上去这人应该是蜷缩在里面的。

　　总检察长　你当时觉得那是何物？

　　莎拉　我觉得是女人的衣服。

　　总检察长　你能推测下这是谁的衣服吗？你是否认识任何穿这种衣服的人？

　　莎拉　从我能看到的部分来说，那是套寻常衣物。我看到我们教区很多女人都穿这种衣服。

　　总检察长　像是安·克拉克的衣服吗？

　　莎拉　她也常穿这种衣服，但我不能肯定那就是她的。

　　总检察长　对此套衣服你是否观察到了其他东西？

　　莎拉　我还注意到那衣服非常湿，不过外面刮风下雨的。

　　首席法官　女士，你是否用手触碰了那衣物？

　　莎拉　没有，大人，我不想碰到它。

　　首席法官　不想？为何？难道你这么讲究，对触碰一件湿衣服都心存顾虑？

　　莎拉　大人，我确实没法说出什么原因，只不过那衣服看上去非常肮脏丑陋。

　　首席法官　好吧，继续。

　　莎拉　接着我又叫了托马斯·斯内尔，我让他过来，当我打开橱柜门的时候，叫他把里头出来的人给抓住。"因为，"我说，"里头躲着个人呢，我想知道她要干吗。"我刚说完，马丁先生惨叫，或者说吼叫了一声，便冲出屋子跑进黑夜里了。我还按着橱柜门，这时我感到有人从里面把门推开了，托马斯·斯内尔过来帮我，虽然我们使劲按着门，不让它打开，但是它还是被冲开了，我们都摔倒了。

　　首席法官　请问出来的是什么———只老鼠？

　　莎拉　不是的，大人，比老鼠大，但是我看不清那是什么。那东西非常迅速地穿过地板，跑出门去了。

　　首席法官　但是请问，看上去像什么？是一个人吗？

　　莎拉　大人，我不知道那是什么，但它匍匐着爬行，看上去黑乎乎的。托马斯·斯内尔和我，我们都吓坏了，但我们还是尽快跟着那东西到了门口，大门大开着。我们朝外面望了望，可是一片漆黑，什么都看不到。

首席法官　地板上没有什么痕迹吗？你们地板是什么材质的？

莎拉　大人，是石板铺的，抛过光的。地板上有一道湿漉漉的痕迹，但我们没法从中推断出什么，托马斯·斯内尔和我都不行，而且我说过，那晚狂风暴雨的。

首席法官　嗯，在我看来，不知道——虽然她所说的故事确实非常诡异——这一证词能有何用。

总检察长　大人，我们传唤此证人，是为了证明案犯在被害人失踪后不久便表现出可疑之言行举止。我们恳请陪审团考虑此细节，同时还请考虑屋子外听到的那声音。

接着案犯问了些不太重要的问题，下一个传唤的证人是托马斯·斯内尔，他的证词和阿斯科特夫人所言大致一致，不过增加了以下内容：

总检察长　当阿斯科特夫人离开前厅时，你和案犯之间是否发生了什么？

托马斯　我当时口袋里有一卷东西。

总检察长　一卷什么？

托马斯　一卷烟草，先生，我当时有点想吸烟。于是去壁炉架上拿了个烟斗，那是个烟草卷，因为我自己一疏忽把小刀落在家里了，我也没多少牙齿去咬那烟草了，大人以及其他人，你们可以亲自看看我的牙齿——

首席法官　此人在说什么？直达主题，伙计！你认为我们坐在此处是为了观察你的牙齿吗？

托马斯　不是的，大人，我不是这个意思，我绝不是这意思！我知道各位大人都有比我好的营生，牙口也比我好，我可不怀疑这点。

首席法官　上帝啊，这是个什么人！是，我是有更好的牙齿，如果你再跑题我会让你知道后果的。

托马斯　我恳请您原谅，大人，不过事情确实是这样的。我觉得无伤大雅，于是斗胆问马丁先生借小刀，来切开我的烟草。他先是摸了摸其中一个口袋，接着又摸了另一个，但刀子根本不在里面。我说道：

"啊！先生，您把刀子弄丢了啊？"他站了起来，又摸了摸，然后坐了下来，发出了一声惨叫。"老天啊！"他说道，"我肯定把刀子丢那儿了。""可是，"我说道，"先生，看这样子刀子是不见了。您有给它估过价吗？"我又说道："您可以发个告示。"但他坐在那儿，双手抱着头，似乎根本没听到我说的话。这时阿斯科特夫人从厨房回来了。

当被问及是否听到屋子外面的歌声时，他说"没有"，因为通往厨房的门是关着的，而且外面狂风大作。不过他说没有人会听不出安·克拉克的声音的。

接着一个叫威廉·莱达维的男孩被传唤上庭，他大概十三岁，经过首席法官的例行询问，法庭认定其知晓誓言的性质。于是他进行了宣誓。他证词中的事件发生在上述事件大约一周之后。

总检察长　好了，孩子，不要惊慌，如果你说出实情，这里没有人可以伤害到你。

首席法官　是的，只要他说的是实情。但记住，孩子，你面对的是天地间伟大的上帝，他拥有地狱之钥匙；以及我们这些国王的大臣，我们拥有新门监狱的钥匙。也请记住，此事关系到案犯的性命。如果你说谎话，案犯因而遭遇不幸，你的所作所为如同他的谋杀行径一样恶劣。你一定要实话实说。

总检察长　把你知道的都告诉陪审团，大声说出来。今年五月二十三日傍晚你在哪里？

首席法官　这个，这么小的男孩怎么会记得日子。孩子，你记得那天吗？

威廉　记得，大人，那天是我们那儿集市开集的前一天，我打算要花个六便士呢，而且再过一个月便是仲夏节 [1] 了。

陪审团一员　大人，我们听不到他说的。

首席法官　他说他记得那一日，因为第二天便是当地的集市了，他

1　又名圣约拿庆节，是一个夏至来临时的庆祝活动。在北欧是一个重要的节日，在东欧、中欧、英国、爱尔兰、冰岛等地也会庆祝仲夏节。

打算花费六便士。让他站到那桌子上。嗯，孩子，你当时在何处？

威廉　大人，我在荒原上放牛。

但那男孩满口村言村语，法官大人听不大懂，因而询问是否有人可以翻译一下，当地的教区牧师也在场，因此他在宣誓后便进行了翻译。那男孩说道：

"大概六点钟的时候我在荒原上，坐在池塘边的一处荆豆丛后面。案犯非常小心翼翼地走了过来，在他周围看来看去，手里拿着根貌似长杆的东西。他站了好一会儿，好像是在听什么，然后便用那杆子去水里探测了。我离池塘很近——不到五码的距离——听到那杆子好像打到了什么东西，发出一声翻滚的声响。案犯丢下了杆子，摔倒在地上，双手捂着耳朵，奇怪地在地上打起了滚，过了一会儿他站了起来，悄悄地离开了。"

被问及其是否与案犯有过交流时，男孩说："有，在那一两天前，案犯听说我常在荒原上后，就问是否在附近见到过一把刀子，他说如果我能找到就给我六便士。我说我从没见过类似的东西，但我可以去到处问问。然后他说他可以给我六便士，让我什么都别说，他真的给了。"

首席法官　这六便士便是你要去集市上花的那些钱？

威廉　是的，请原谅，大人。

被问及他是否观察到池塘有什么不寻常的迹象时，他说道："没有，除了水变得非常臭以外。那之前几天起，牛就不愿喝里面的水了。"

被问及他是否见过案犯和安·克拉克在一起时，他开始大哭，他们花了很长时间才让他重新言辞清晰地继续讲下去。最后是教区牧师马修斯先生让他安静下来的，法庭再次提及刚才那个问题，他说去年圣诞节之后，他见过安·克拉克在荒原上，在离着有些距离的地方等案犯，他见过好几次。

总检察长　你是近距离地看到的吗，可以确认是她？

威廉　是的，很确定。

首席法官　为什么很确定，孩子？

威廉　因为她会站在那儿，上蹿下跳的，并且手臂像只鹅（鹅这个词他用了土语，不过牧师解释说那词就是鹅的意思）似的挥舞着。而且她那种体型，不可能是其他人的。

总检察长　你最后一次见到她是在何时？

说到此处证人又开始哭了，而且紧抓着马修斯先生。马修斯先生叫证人不要害怕。最终他还是说出了这个故事：集市前的那天（即是他之前所说的那个傍晚），案犯走了之后，已是黄昏时分，他非常想回家，但是害怕自己走动起来的话，案犯会发现他，于是他在荆豆丛后面又坐了几分钟。他望着池塘，看到某个黑乎乎的东西从离他最远那边的水中冒了出来，爬上了岸。当那东西爬上荒原高处时，在天空的映衬下，他可以清楚地看到，那东西站了起来，上下挥舞着手臂，朝着案犯离去的方向非常迅速地跑了。当被十分严肃地问及他认为那是谁时，他起誓说除了安·克拉克，不可能是别人。

之后他的主人被传唤上庭，证明这男孩当天晚上很晚才回去，因此还被责骂了，当时他看上去像受到了极大的惊吓，但没法说是为什么。

总检察长　大人，我们已经为国王完成了举证。

接着首席法官要求案犯进行辩护。案犯照做了，不过他说得不多，而且吞吞吐吐的，他说希望陪审团不会凭一群乡下人还有小孩的证词便剥夺他的性命，那种人是很容易相信坊间传闻的；在审判中他深受偏见影响；说到这儿，首席法官打断了他，说将他的审判从埃克塞特移至此处，他已经受到特殊优待。案犯对此表示赞同，说他的意思是自从他被押至伦敦后，没人看护他，确保他不遭受干扰和不安。对于这一点，首席法官传唤了执法官，向他询问了案犯的安全保护工作，但是询问毫无收获；不过执法官说，他的下属曾通知他说，见到有人站在案犯牢房门口，或者走在通往案犯牢房的楼梯上，然而这个人根本不可能进入监狱的。当被进一步问及那可能是什么人的时候，执法官除了一些道听途说的消息外，没有其他可说，而道听途说不可作为法庭证词。当案犯被问及，他指的是否便是此事，他说不是，他不知道这件事情。然而一个人在性命攸关之时是很难保持沉默的。但人们发现他急切地否认了。之后他就没说什么了，也没有再传唤什么证人。于是总检察长向陪审团发言。[他发言的全文都录在这手稿中了，如果时间允许，我愿节录他讨论死者所谓的再次现身的那一部分内容：他引述了一些古代学术权威著作中的内容，比如圣奥古斯丁[1]的《论照料死者》[2]（旧时超自然作者们最喜欢参考的一本书），还引用了一些或许可以在格兰维尔的著作中找到的事例，在朗先生[3]的书中可以更便利地找到这些事例。但他并没有多说这些事例的细节，只是说可以在书籍中找到而已。]

首席法官随后为陪审团总结了证词。我也没在他的发言中发现什么值得复述的内容，但他自然对证词的奇异特点印象深刻，他说他从未听说过这样的证词，但也没有法律规定要无视这样的证词，因此陪审团必须考虑是否相信这些证人。

陪审团短暂商议后得出的结论是：案犯有罪。

他被问及是否有话要说，从而中止判决。他说起诉书中他的名字拼错了，应该是中间有 Y 的"马丁"，而起诉上是中间有 I 的"马丁"。但因为此非重大事由，被法庭驳回，检察长先生说，而且他可以找到证据证明案犯很多次自己也是按照起诉书里的拼法书写名字的。案犯没有进一步的发言要求，法庭判决其死刑，他将在案发地附近接受绞刑，并用铁链吊起示众[4]，行刑日定于即将到来的十二月二十八日，即诸圣婴孩庆日。

1　圣奥古斯丁（354—430），希波的圣奥古斯丁，罗马帝国末期北非柏柏尔人，早期西方基督教神学家、哲学家，曾任北非城市希波的主教，故史称希波的奥古斯丁。其代表作有《上帝之城》等。

2　原文为拉丁文。大约写于 421 年的一篇论文，探讨埋葬死者的合适礼仪。该文在中世纪以及文艺复兴时期传播甚广。

3　朗先生（1844—1930），指苏格兰多产作家安德鲁·郎。他在宗教、神话学以及神秘学方便著述颇丰。作者在此处可能指诸如《神话、仪式与宗教》（1887）、《公鸡巷与常识》（1894）、《梦与鬼魂之书》（1897）以及《魔法与宗教》（1901）。朗是灵异研究会的创始人之一。

4　在处理恶性谋杀案件时，法院可以下令将被执行死刑后的罪犯尸体在谋杀现场附近用铰链吊起以示众。此种刑罚由 1752 年的制定法予以确认，于 1834 年被废除。

宣判后案犯看上去已全然绝望，只好请求首席法官允许他的家属在他所剩无几的日子里来看望他。

首席法官　好，我诚心应允，有看守在场便可。不过我担心安·克拉克也可能来找你。

听到这话，案犯突然爆发了，喊叫着让法官不要对他说这种话。法官非常愤怒地对他说，他不值得任何人手下留情，他这个屠夫般的杀人犯竟然懦弱地不敢吞噬自己的恶果："我恳求上帝，"他说，"她将日日夜夜陪伴着你，直到你生命的尽头。"之后案犯便被带走了，据我理解，案犯已经晕厥了，法官宣布闭庭。

我不可避免地注意到案犯在审判期间一直非常焦躁不安，甚至比其他重大案件中的犯人还要严重。比如，他仔细地盯着人群看，经常突然转头，好像会有人趴在他耳边似的。值得注意的是，在这次审判中人们竟然如此安静，而且（虽然在一年的这一时节中，也许再正常不过的了）法庭中光线十分阴暗，下午两点之后没多久，便点起了蜡烛，而城中并无雾气。

有趣的是，最近我从几个年轻小伙那儿听说，他们在上文提及的那个村中举行音乐会，文中提到的那首歌"女士啊，可以和我散步吗？"在那儿受到了冷遇。第二天早上他们和几个当地人聊天时得知，这首歌在当地是被人极其厌恶的；小伙子们觉得在北道顿 [1] 并不是这样的，但在此处这首歌被认为是不吉利的。但是，无人清楚为什么会形成这样一种观点。

1　英国德文郡的一个镇，在奥克汉普顿东北方向六英里处，离萨普福德·考特尼不到两英里。

附　录

鬼故事[1]

I

我认为每个人对超自然话题都有种天生的热爱。每个人都会记得自己曾经仔细搜查窗帘——在睡觉前刺探房间里的黑暗角落——怀着某种让人愉悦的不确定感，想知道某处是否可能藏着个眼眶大开的骷髅或者皮包骨头的食尸鬼。我自己常常这么干。当然，我们都知道根本没有这种东西——但也许有人会对我们恶作剧，你知道，无论如何我们最好做到万无一失。人们总会讲些诡异的故事。这些故事传达出大部分人对"鬼怪"所持有观点的实质，此类故事可在聊天时听到，或者是在辩论之中——这话题的讨论一般会分成两派——开始话题的人容易轻信他人，随后"每个发言者讲述自己的故事"，接着会有个无畏的反对者出现——大致便是在这两种情形下。那个鲁莽的反对者在寻找论据时，我对他表示同情。

严肃地说，要不相信某些种类的鬼故事是非常难的。比如预言、家族箴言以及事先的凶兆，都属于这一类。举个例子，"此故事从未公开过"，是一个"当时在场"的老人告诉我的。人物姓名隐去不表。

上世纪早期，某个村庄的乡绅夫人正坐马车穿过自家的庄园去参加一个乡村舞会。夜空灰蒙蒙的，而且有雾（这是毫无疑问的）。突然，

1 本篇最早刊登于《伊顿漫谈》第二期（1880年5月18日）第10页以及第4期（1880年6月21日）第25页。这应该是作者现存最早的一篇有关鬼故事的文字。

她望出马车车窗，"看到些东西"；至于是什么东西，那老人可不愿冒险泄露天机，然而我推测出，那东西便是那位夫人的"替身妖"。其中一匹马挣脱了，另一匹马直接掉头回了宅邸。

那位夫人再也没有出过宅子，除了最后在棺材中出殡（令人印象深刻的沉默）。当然告诉我这故事的人可不相信这种事情；然而，故事就是如此。

说个有事实依据的，恐怕很多人都知道这故事，我到时候就会停下这不消停的笔了。长话短说：布鲁彻将军打完仗独自回到家。一进屋子他便看到他的双亲以奇怪的姿态坐在壁炉边——他俩早已去世，他的姐妹们也围坐在房间里。他朝他们打了招呼，结果没有回应。他其中一个姐妹站了起来，碰了他一下。他便晕厥了，当他醒来时发现孤身一人。有那么几天他神不守舍，但在某段神志清晰的间隔中，他觉得自己快要死了。他命人请来上级，告诉他实情：说他的姐姐发出警告，这天是他的死期，然后就去世了。

我的家具现在看上去很恐怖，我必须得停笔了。

II

我苦恼地意识到，在这个话题上，我刚才的努力显得极度贫乏且生硬。毫无疑问，对于这一点，任何花力气读了的人都会发现。

在我精读了几本超自然故事集后，惊讶地发现迄今还没有出现真正的完作；即使是虚构作品和真实故事两个类别中的佳作，也均无一符合要求。编著这样一部作品几乎和编写一本好的赞美诗集一样难。首先，编辑在挑选作品时要分外小心；因为，可以在普通故事集中读到的无数篇"被充分证实"的鬼故事，开篇不久便展现出某种千篇一律之感。我们都明白这些故事是怎样的，一八几几年，一个住在 D 城的可敬的 C 夫人，有一天她正坐在一扇开着的窗户边，望着屋子前面的一个小花园；然后她是如何见到了自己的侄子——当时他侄子应该在印度——他走在通向屋子大门的砾石小径上，她如何惊叹道"那是约翰尼"，结果他瞬间便消失了。接下来的一封信件又是如何告知她侄子的死讯的，她见到侄子幻影的时候正是他死亡的那一刻。此类故事最常见的形式就说到这儿。

而且，可取的一点是，此类故事的叙述者以一种认为自己所说故事为真的口吻来讲述。（恐怕，顺便说一句，我自己已经违背了这规矩。）叙述者偶尔也应该屈尊写一些难以置信的场景，我指的是那种出现血、尸骨、身包裹尸布的鬼，以及其他有着"移动丧葬广告"性质情形的故事。然而"难以置信的"这个词可不能被理解为适用于以下这个故事，我可以提供十分无懈可击的证据，因本人与信息提供者极为熟识，且本人确知下文及讲述的"所有"事件是可信的。

一位"迟到的旅行者"很晚才抵达某个村庄，因此没法找到过夜之处。由于正值夏日，夜空清朗，于是他决定露宿在外。因为某种无法解释的冲动，他竟然将露宿行头安置在了教堂墓地里。他在教堂北边的一处拱壁下躺了下来，无忧无虑的他全然忘了周围都是杀人犯和自杀者的坟墓（通常情况下，这些人都被葬在教堂的北边），他睡着了。过了一会儿，他醒了过来，依稀有种不舒服的感觉，似乎有东西在拉他的衣服。他头顶上月光闪闪，月光透过教堂塔楼的窗户，使得那些钟显得轮廓分明、分外清晰。他看到教堂墓地的远方是山脉与树林，他下面的山谷里则有一处宽阔静谧的池塘，月光正映照在池塘上。他欣赏了几分钟风景后，打算接着睡觉，结果月光照亮了一个朝他靠近的物体——实际上已差不多到他的脚跟了。那是一双呆滞无神的眼睛，属于一个正蜷伏在茂密草堆中的家伙。它身上裹着的东西看上去像是污浊、破烂的寿衣。他依稀可以看清它那又长又瘦的爪子，看上去那爪子非常渴望抓获点什么。他无心再继续观察更多细节了。"走开""跑走"甚至"即刻走"等词汇都很难准确描述出他离开教堂墓地的速度。只需要说"他离开了"就够了。

我写这篇文章本来意在描述几种恐怖故事的叙述方法，可惜篇幅有限。我只能为具有欺骗性的标题以及自己所写的毫无连贯性的内容表示歉意，并"尽快"[1]停笔。

---

[1] 原文为拉丁文。

国王学院小礼拜堂一夜[1]

很奇怪的是，很少有人注意到我们小教堂里的彩绘玻璃——应该说相对而言很少有人注意。你可能听到过热情洋溢的礼拜者有时赞叹西窗的精美绝伦。不过他们基本上属于那种希望看到美观的煤气灯替代掉忽明忽暗的蜡烛的人，他们也希望可以用一些充满热情的公众合唱——比如《听，听我的灵魂》或《勇敢效法但以理》——来使教堂仪式更加轻松愉快[2]。唉，我们的玻璃窗对大部分参观者而言简直就是天书，甚至对常住在此的人也是如此。有人抱怨说很难看懂它们，这句话有一定的道理。这篇文章的真实意图在于简单介绍下这些中世纪艺术的杰作中所蕴含的渊博学识。我必须提醒您，在一七五四年……

下午的教礼结束后，我坐在小教堂的某条长椅上，为《剑桥评论》写了以上那么一段关于彩窗的文章，这时我停了会儿，慢慢开始对我所在的地方浮想联翩，陷入了瞌睡中。您能猜到下一句话是什么，我就不再重复着烦您了。我被教堂南门关闭的声响吵醒了，发现自己被锁在了里面。在这种情况下，除了敲响大钟外，我没法让别人知道我在里头，但此刻我又惊又懒，什么都不想做。于是我就这么坐着。月光照了进来，我可以看清窗户里的某些人物，这让我很高兴。我把注意力集中在

---

1 本篇可能作于 1892 年左右，是目前所知作者最早的一篇有超自然因素的小说。本篇可理解为作者在 1892 年 5 月 26 日的《剑桥评论》中发表的一篇有关国王学院小礼拜堂的彩绘玻璃窗文章的姊妹篇。作者早在 1882 年就读于剑桥大学国王学院时便对彩绘玻璃窗产生了兴趣。1893—1906 年，作者曾提议为这些彩绘玻璃拍照存档，并进行修缮。他还在 1899 年写了一本小册子，题为《国王学院小礼拜堂彩窗指南》。

2 后文提及西窗为较现代的一扇窗户，作者借此讽刺那些喜新厌旧者。

了表现流便望着空井，企图发现约瑟[1]的那幅画上。让我惊恐的是，我清楚地看到他放下手臂（之前因为惊讶而高举着），退到井边，坐在了井沿上。接着他打了下哈欠——我听到的——开始在自己衣服里摸索着。然后他开始用某种生硬的语调说话了，说多了听着就自然些了。

"好吧，我猜约瑟这家伙是跑出去玩了。我猜他也不会在那坑里。现在吸会儿烟斗吧。"

是的——他说了"烟斗"。你能想象我当时的感受，他显然是从自己的红色衣衫里拿出一个极黑的黏土烟斗，装上烟丝，并在井沿的石块上擦了根火柴，点燃了烟斗。很快一股劣质粗烟丝的味道弥漫了整个神圣的教堂中。但是流便注定没法在这夜晚清净地吸上一口烟。在他对面，一种象征着吗哪[2]的东西从天而降——形状像是巨大的半克朗[3]硬币——一阵尖锐的瞬里啪啦声让我回想起了这个典故。流便吃了一惊，合拢双腿，开始揉搓起胫骨来，嘴里咒骂着。突然，他把烟斗放在井沿上，愤怒地向彩窗前景走去。

"摩西，"他说道，"这事我说了好几次了。如果你没法管好那些以色列人，那我就得和管理员说说，把你挪出这窗户，放到某扇破窗户里去。你非常清楚，他会这么干的。我不会容忍他们用吗哪砸我的，而且我觉得，你如果要那些吗哪你就自己去拿。你又不是没有多余的吗哪。我也许只是个预表人物[4]，但我不会吃亏的。"

然后是一阵死一般的静寂，接着吗哪窗户里传来一阵细语声。然后摩西（我尽量看清楚了，因为他和我在教堂的同一边[5]）往前迈了一步，并道歉，说他刚才的注意力被别的事情牵住了，并保证这种冒犯的行为不会再发生。这解释似乎让流便满意，之后摩西还聪明地用手杖轻拍了

1 流便为雅各及利亚的儿子。他的兄弟们想杀死同父异母的弟弟约瑟，但小心谨慎的流便劝服他们不杀约瑟，而将其藏于一空井中。流便不在时，他们乘机将约瑟卖给了米甸人。流便发现约瑟不在坑中了，非常吃惊。（《圣经·创世记》第37章19—29节），窗户17。

2 在40年的旅居生涯中，上帝从天堂送一种叫吗哪的食物给犹太人吃，《圣经》记载此种食物像芫荽子，白色，吃起来像掺蜜的薄饼。（《圣经·出埃及记》第16章4节），窗户9。

3 旧时英国值2先令6便士的硬币。

4 一种关于《圣经》研究的神学理论，认为《新约》和《旧约》都来自于上帝的默示，《旧约》中有些内容不适用于基督徒，因此在有些地方，《旧约》不能作字面理解，而是作为《新约》事件的寓意或预示。这样在《旧约》中看见《新约》中的内容，术语称为"预表"。

5 可能"我"位于中厅，而国王学院礼拜堂中厅的长椅是分列两边，背靠彩窗的。

几个流便后裔的背部和肩部——他甚至派一个在中央窗格的"信使"去金牛犊[1]场景的那扇窗户上，向自己的镜像[2]借取手杖。

但你不能说只有这几块窗户出现了这么新奇的景象。每一块窗户都传出闹腾的谈话声；男人的声音、女人的声音以及动物的叫声。我注意到所有《新约》题材的窗格子都还黑着，而且悄无声息，但预表人物、信使以及本丢·彼拉多[3]似乎被某种内部光源点亮了。

"快起来，"位于东端的拿俄米对她死去的丈夫说道[4]，"你以为谁会坐你身边，没日没夜地哭啊？"以利米勒顺从地站了起来，喃喃说着什么要过去见约伯[5]之类的话。

约伯的妻子（你可以回想到，她正在指责他，而且常有一个可怕的魔鬼协助着）此刻非常乐于继续责备自己的丈夫，我从她的开场白推断出了这一点："……跟亚当似的一丝不挂地坐在这堆恶心污浊的粪堆上——身上全是污泥。你真该为自己感到羞愧……"但此时即使是魔鬼也提出了异议，说他不会袖手旁观，看到这位先生被这样欺负。如果约伯先生——他从没见过这么友善的人——自己不决定站起来反抗，那该是他朋友为他说话的时候了。至于坐在粪堆上，又没衣服穿，好吧，魔鬼只想知道是谁把他搞成这样的。

夏娃的到来为这讨论添加了新元素。很不巧的是，她凑巧听到了约伯夫人对亚当稀少的衣饰所发表的评价，她此刻正由撒旦陪同着，快速赶了过来，询问这些话语究竟要表达什么含义。这可真是一个大吵一架的理由，实际上这争吵持续了好一会儿。但我很高兴地注意到，约伯和以利米勒趁机溜走了，我发现，他们去伊甸园里和亚当静静地享受雪茄去了。

那些占据着中央窗格子，手中拿着长长卷轴的先生们，聚集到了西窗上，组成了某种仆人俱乐部。而西窗作为一面现代玻璃，已经完全不

---

1 在逃出埃及后，摩西之兄亚伦和以色列人铸造了金牛犊。摩西从西奈山上下来后，发现他的百姓正盲目拜祭着金牛犊，于是他将其摧毁。（《圣经·出埃及记》第31章18节至第32章35节），窗户6。
2 此处指金牛犊这扇玻璃上也有摩西，而手杖则出现在这扇玻璃上，因此作者戏谑地写了摩西向摩西借手杖的情节。
3 钉死耶稣的古代罗马总督。
4 拿俄米为以利米勒之妻，以利米勒在将家人带往摩押地时去世。（《圣经·路得记》第1章1—3节）窗户14。
5 《旧约》中没有以利米勒见约伯的记载。

见踪影了。他们中的一些人把卷轴落在了身后，但大部分人还是随身带着，他们把卷轴扔得满地都是。第二天某几个人的卷轴会搞混的。我注意到，其中一两位用领结把卷轴绑在了脖子上，由于几个世纪来他们一直都是这么干的，导致现在已经基本没法认清卷轴上的字了。唯一没参加聚会的几个人是那四个一模一样的圣路加，他立马跑到西边的一扇破窗上，把以诺[1]给拽了出来。以诺被上帝取了肉身，而且现在又残破不堪，可经不起这么粗暴对待了。然而，圣路加可不乐意想那么多。

"快出来，"路加们说道，"老伙计，我们今晚就把你修好。你将被彻底修补好。喝了这个冲剂，我们就可以把你拆解开来了。"

"不，还不能喝冲剂，"第二个路加说道，"得放血——你忘了放血了。盖伦说过，'在动每一刀之前都要先放血'。"[2]

"真的要泻药？"第三个路加说道，"盖伦？你自个儿去喝那恶心的泻药[3]吧。他体内的咸体液必须排出来，否则我们之后会遇到麻烦的。得用祭坛尘灰、乳香以及一只肥大的教堂蜘蛛来制作一种溶液。"

以诺痛苦呻吟了下。"我讨厌蜘蛛，"他说道，"你们昨晚给我的尘灰差点害我爆炸了，因为是工作日，只有在管风琴大声演奏时我才能咳嗽。"

没人听他的。第四个路加之前一言未发，似乎他一直慢慢地独自一圈圈地跳着舞，而且用拇指试了试折叠小刀的刀刃。他这时走近了，慢慢地说道："刀刃上就只有一点墨水[4]。过来，你脑袋充血了。"（虽然实际上，此刻没有人比以诺更脸色惨白的）"你需要的是好好地放放血；托提阿非罗[5]大人的福，我们会帮你放血的。"他们朝以诺逼近，我听到了一阵微弱的惨叫声。从那以后我就开始想，每天我看着以诺，似乎他看

---

1 以诺是该隐的长子，他在活了 365 年后被上帝取去（未死即连肉身被上帝取走，不再存于人间）。（《圣经·创世记》第 5 章 24 节），窗户 25。

2 盖伦（129？—200？），古希腊医学家及哲学家，欧洲古代最著名的医学家之一。中世纪以及文艺复兴早期，盖伦的放血疗法被人们广泛采用。

3 放血和泻药在此处是一词两义。

4 因为这把刀也是在玻璃窗上绘制出来的。

5 一位未确定身份的人物，《圣经》中的《路加福音》（第 1 章 3 节）以及《使徒行传》（第 1 章 1 节）均献给提阿非罗。

上去越来越绝望和困惑，如果他再继续长久受此折磨，恐怕就会破损得太严重，学院都没法修复他了。

其他一些著名人物也有各自的烦恼。多俾亚的母亲——一位受人尊敬的老妇人——急着要过去和书念人聊聊天，但她有几个麻烦得克服下。首先是她儿子的那条狗，一个不停朝她又吼又吠的邪恶小家伙，这让她很害怕[1]。其次她不是很确定"那个和狮子在一起的年轻人"（可能是说但以理）是否"值得相信"：他是否能控制住这些猛兽，因为她曾听说过许多动物园里发生的惨剧，而且"他也没开动物园，比动物园差远了"。[2]

但以理恼怒地否定了这些非难，但似乎多俾亚母亲的担忧也是有依据的，因为但以理[3]饲养的两头狮子中，有一头好奇心强的狮子凶狠地朝大流士王扑了过去。这可吓坏了隔壁窗户的一位天使，他手上本抓着哈巴谷的头发，一惊之下，这倒霉的先知直接掉进了狮子坑里。但以理以最为迅猛的动作避免了惨剧的发生。[4]

除了狮子和狗以外，托比特夫人还有另一个棘手的邻居，看形状是约拿的鲸鱼[5]，那东西（我听她说）经常到处乱蹦，当她和其他女士出去喝茶时，它总是溅湿她的丝绸裙。"如果某些摆出先知架势的家伙能够稍微管管好自己的东西，那该有多好呀。"这个冷嘲热讽让约拿很受触动，他有些粗暴地说道，他还不知道，原来一位先知——虽然他在《圣经》里也就只有五章的篇幅[6]——还不如一个伪经中的老妇女，而且伪经中也只有五六行诗句提到她而已。再说了，抱怨像这鲸鱼这般无害的动物，难道不是很小家子气的行为吗？这鲸鱼说白了可能只是某种隐

---

1 多俾亚和他双亲的亚纳及托比特的故事见于《多俾亚传》中，此书为天主教及东正教《圣经·旧约》的一部分，但不包括在新教《旧约》中，书中确有提及多俾亚的狗。"书念人"的故事是指以萨迦的领地上一个叫书念的地方，有一位青年男子在先知以利沙的帮助下奇迹般复活（《圣经·列王记下》第4章32—37节），窗户8。

2 但以理和狮子的故事见《圣经·但以理书》第6章1—28节。大流士朝中的高官试图陷害但以理，遂求王下旨在30日内严禁人向王以外的任何神或人祷告祈求。违者必被扔入狮子坑中。但以理不理禁令，仍照常向耶和华祷告祈求。他终于被扔进狮子坑里。但耶和华施行奇迹，派天使封住狮子的口。窗户17及18。

3 指两扇窗户中均有但以理这一人物。

4 迦勒底王伯沙撒被杀后，玛代人大流士当上了迦勒底国王（《圣经·但以理书》第5章31节）。他立但以理为三位总长之一（同上，第6章2节）。《哈巴谷书》讲述了先知哈巴谷的事迹，不过他的事迹在《圣经》中记载甚少。

5 《圣经·约拿书》中记载约拿因躲避耶和华的神谕而遭大鱼吞食。

6 《约拿书》只有四章。

喻[1]而已。对此，连同许多其他事宜，托比亚夫人反驳道，如果这是条鲸鱼，那它就不可能是个隐喻。她真希望自己小时候能把地理学好点，隐喻不生活在尼尼微[2]，应该在埃及。

那天晚上我还有很多见闻，但以上这些是其中比较值得注意的事件，即便是这么几件事，恐怕我还是耽误了您太多时间。

1　参照前注"预表"。
2　古亚述国国都，位于底格里斯河东岸，今伊拉克北部城市摩苏尔附近。

《古文物专家的鬼故事》序言

　　这些故事我是在很长一段时间里写的，其中大部分都朗读给我耐心的朋友们听过，通常是在圣诞节期间。其中一个朋友[1]表示愿意为这些故事做插图，我们商定，如果他真要画的话，我就考虑下将这些故事出版。他完成了四幅画作，都收录在本书中了。之后，非常出人意料地，他很快地离去了。正因如此，大部分故事都没有配上插图。凡是认识这位艺术家的人，都会理解我多渴望维持他作品的原貌，即使这些作品残缺不全；其他人也能感受到我在此表达的怀念之情，他是众多友情的中心所在。

　　这些故事本身没有什么高尚的追求。如果其中任何一篇让读者夜晚走在孤寂的路上时，或者后半夜坐在行将熄灭的炉火边时，感受到一丝愉悦的不舒适，那我写作它们的目的便已达到了。

　　其中两篇故事——本书开头两篇——曾经分别发表于《国家评论》和《蓓尔·美尔杂志》中，我愿借此感谢这两本杂志的编辑慷慨地允许我在本书中重印这两篇小说。

M.R. 詹姆斯

国王学院，剑桥大学

万圣节前夜，一九〇四

1　指詹姆斯·麦克布莱德。

《古文物专家的鬼故事续》序言

　　几年前我承诺，如果积累到一定数量的话，我会出版第二卷鬼故事集。这一时刻已经到来，您眼前的便是第二卷了。可能我无须提醒评论家们，当我构思这些故事时，根本没有想过作为作家的严肃责任感，而我们这个时代对小说作家总有这样的要求；而且我也没有尝试着在故事里体现出深思熟虑的"心理"理论。当然，对于如何有效地呈现一个鬼故事，我有自己的想法。我认为，通常而言，故事背景必须是相当熟悉的，其中大部分的人物以及他们的对话都是你在任何一天都可能遇见或听到的。一个发生在十二或者十三世纪的鬼故事或许可以显得浪漫及充满诗意；但它永远没法让读者对自己说："如果我不够小心，这种事情也可能发生在我身上！"依我看来，另一个必要元素是，其中的鬼怪必须是可怕而充满恶意的：可爱的或者助人为乐的鬼怪很适合童话以及民间传说，但对于一个虚构的鬼故事而言却毫无用处。而且，我认为所谓"神秘主义"这一术语，如果不恰当地使用，会把单纯的鬼故事（我所尝试写的均是此类）置于半科幻的领域，从而需要运用想象力之外的其他技巧。我很清楚自己的作品属于十九世纪（不是二十世纪）这一类型作品的范畴，但是难道最佳鬼故事的范本不都是六七十年代时写出来的吗？

　　然而，我不能断言说自己由严格的写作方法指引着。我的故事都是在连续几年的圣诞节时期写的（除了其中一篇）。如果在即将到来的圣诞节期间——或者任何时候，这些故事可以让一些读者获得欢乐，那我就可以名正言顺地出版这些故事了。

　　我非常感谢《当代评论》杂志的编辑，他允许我重印其中一篇刊登于该杂志的故事《巴切斯特大教堂的祭坛》。

M.R. 詹姆斯

卷　二

亨弗里斯先生和他继承的遗产 [1]

　　大约十五年前，八月末或九月初的某天，一列火车驶抵了英国东部一个乡村车站——威尔斯索普。一位个子挺高、长相相当英俊的年轻人下了车（和其他乘客一起）。他拿着个手提包，以及一些扎成一捆的文书。从他四处张望的样子来看，你会推断说，他一定等着人来接他呢。显然，确实有人在等着他。车站站长往他这边跑了一两步，然后似乎想起了什么，转过身去，朝着一个跟在他身后的矮胖男人示意了一下。那人脸上蓄着一圈短须，正满脸疑惑地查看着列车车厢。"库珀先生，"站长喊道，"库珀先生，我猜这就是您在找的那位先生。"然后他对着刚下车的这位乘客说道："先生，您是亨弗里斯先生么？很高兴能够欢迎您来到威尔斯索普。大宅里来了辆车，运您的行李。这位是库珀先生，我想您知道吧。"库珀先生已经赶了过来，此刻正抬帽致意并握手呢。"真是非常荣幸啊，"他说道，"正如帕尔默先生刚才的慈言善语所说的。那些话本该我先来说的，可惜我没认出您来，亨弗里斯先生。先生，祝愿您搬来我们这儿住的第一天是个大吉日。""非常感谢，库珀先生，"亨弗里斯说道，"谢谢您和帕尔默先生的美好祝愿。我真心万分希望宅子换新住户——相信你们对此一定非常难过——不会给那些我将接触到

1　本篇最初发表于《古文物专家的鬼故事续》中，后重印于《鬼故事集》。作者在《鬼故事集》序言中提到，这个故事"是为了填充篇幅而写"（指的是为《古文物专家的鬼故事续》填充篇幅），从而可以理解为何此篇颇为冗长了。显然本篇是作者基于《约翰·亨弗里斯》这一片段创作而成的，虽然后者只讲了一个人继承了一份神秘遗产，未提及迷宫。作者的朋友阿瑟·霍特问及该故事的隐秘情节时，作者回答道（1912年1月3日）："我能给出的解释如下。建造迷宫的老威尔森先生的骨灰就保存在那圆球里，只要迷宫门不被打开，他就会安息。他们打开迷宫，放好了线索绳，离开的时候依旧大门敞开，于是他就醒了过来，从圆球中出来了。连续两个晚上他被误认为是一株爱尔兰紫杉以及墙边的一丛植被，最后一天晚上他在其后裔面前现了真身。好似从未知深度的地方中爬了出来，并在适当的位置出现了，即迷宫平面图的正中央。"

的人们带来不便。"他停了下来，觉得这些话未能以最合适的方式组合在一起。这时库珀先生插话了："哦，亨弗里斯先生，对此您可以十分放心。我向您保证，先生，所有人都热情欢迎着您的到来呢。至于任何礼节习惯上的更改，若是对邻里而言造成不便的话，嗯，您已故的舅舅——"说到此处，库珀先生又停了下来，或许是遵循了他内心的某种调节原则，也可能是因为帕尔默先生大声清了清嗓子，问亨弗里斯要火车票的缘故。他俩离开了这个小车站，在亨弗里斯的建议下，他们决定步行前往库珀家。午饭已准备妥当。

寥寥数行便可解释这些人物之间的关系。亨弗里斯极其意外地继承了某个舅舅的遗产，无论是这位舅舅还是这份遗产，他都未曾见过。他只身在世，能力出众，为人和善。过去四五年间，他受雇于一个政府机构，工作所得恰好可以支撑他的乡村绅士生活。他专心用功，有些羞涩，除了高尔夫和园艺，没什么热爱的户外活动。今天他第一次来到威尔斯索普，找财产管理人库珀先生商量一些需要立马处理的事务。有人或许会问，他为何第一次来到此处？难道按照礼节，他不该来参加舅舅的葬礼吗？这并不难回答：他舅舅去世时，他正在海外，他的地址一时无法获知。因此直到他听说一切都已安排妥当后，才来到威尔斯索普。此刻我们发现，他已抵达库珀先生舒适的宅邸了。这房子面朝牧师的住所。他刚和满面笑容的库珀夫人和库珀小姐握了手。

离开饭还有几分钟，他们坐在了起居室的精致座椅上。亨弗里斯本人注意到他们都在观察他，这害他默默冒着冷汗。

"亲爱的，我刚还和亨弗里斯先生说，"库珀先生说道，"我希望，而且相信，他搬来威尔斯索普与我们为邻的这一天将会被记成一个大吉日的。"

"是的，我确定，一定会的，"库珀夫人真心诚意得说道，"以后很多日子都会是好日子的。"

库珀小姐也说了类似的话语。亨弗里斯尝试着开个玩笑，说要把整本日历都涂成红色的。这话虽然引来了一阵大笑，但显然他们并未完全听懂。说到这儿时，他们前去吃午饭了。

"亨弗里斯先生，您有否了解过这一带地区？"过了一会儿，库珀夫人问道。这是个不错的开场白。

"没，抱歉，我得说没有了解，"亨弗里斯说，"从我在火车上的沿途所见而言，这儿非常怡人。"

"哦，这儿是挺怡人的。真的，因为这乡间环境，有时候我说，真不知哪儿能比这里更好；这儿的人也很不错，总是有那么多社交活动。但恐怕您来得有些晚了，错过了一些很不错的游园会，亨弗里斯先生。"

"我想也是，天哪，实在太可惜了！"亨弗里斯说道，流露出一丝欣慰之感，但他又觉得对这个话题还有些别的话可说，"但毕竟，库珀夫人，您瞧，即使我早些日子来了，也没法参加那些活动啊，是吧？您知道，我可怜的舅舅刚刚去世……"

"哦，天啊，亨弗里斯先生，是这样的。我刚才那么说真不合适！"（库珀先生和库珀小姐对此观点也一脸赞同之意。）"您心里会怎么想我啊！真是太抱歉了，您一定要原谅我啊。"

"没事的，库珀夫人，我向您保证。老实讲，我不能信誓旦旦地说，舅舅的过世对我而言是莫大的悲痛，因为我从未与他谋过面。我刚才的意思只不过是说，我认为自己不该参与那一类欢愉活动，即使是短暂露面。"

"唉，您这么说实在是太善良了，亨弗里斯先生。是吧，乔治？您真的原谅我吗？但是想一想！您从没见过可怜的老威尔森先生！"

"素昧平生，也从未收到过他的信件。但话说回来，您也得原谅我一些事儿。除了写信之外，我还没能感谢你们呢，你们不嫌麻烦地帮我找到在宅邸里打理我起居的人。"

"哦，这一点都不麻烦，亨弗里斯先生。但我坚信您会对他们满意的。那一对我们雇来担任男女管家的夫妇，我们已经认识有些年了。他们真是为人和善、受人尊敬。另外，我保证库珀先生可以为打理马厩和花园的人负责。"

"是的，亨弗里斯先生，他们都是些好伙计。园丁头头是唯一一个威尔森先生时期就在这儿工作的人。毫无疑问您肯定在遗嘱上看到了，以前的大部分雇员都从老先生那里得到了些遗产，因而都退离了岗位。正如我妻子所说，您的男女管家定能为您把一切打理妥当的。"

"所以说，亨弗里斯先生，一切都已准备好了，您今天就可以去宅邸了，据我理解，您是这么希望的吧，"库珀夫人说道，"万事俱备，只是没什么伴儿，恐怕您得自己一个人住段时间了。我们理解您想要立马搬进宅子里。如果不是的话，您肯定了解，我们是极其愿意您在这儿住下的。"

"库珀夫人，我相信您乐意我住这儿，非常感谢您。但我想，我还是立马搬进去比较好。我已非常习惯独居了。我也有很多事儿来消磨以后的夜晚时光——查阅文件以及看书等等。我在想，今天下午，库珀先生是否可以抽空陪我去宅子那边，带着我熟悉下环境……"

"当然可以，当然可以，亨弗里斯先生。我的时间悉听尊便，到几点都没问题。"

"父亲，您是说晚饭之前都可以吧，"库珀小姐说道，"别忘了我们得去布莱斯奈茨家吃饭呢。还有，所有的花园钥匙你都有吗？"

"库珀小姐，您精通园艺吗？"亨弗里斯先生问道，"我希望您能告诉我，我在宅子里能看到些什么。"

"哦，我说不上精通园艺，亨弗里斯先生。我很喜爱鲜花——我常说，宅邸的花园可以整理得非常讨人喜欢。现在那儿挺老派的，种了很多的灌木。里头还有个旧庙宇，以及迷宫。"

"是么？您有否勘探其中呢？"

"没呢，"库珀小姐吸着嘴唇、摇着头说道，"我一直非常想去，但老威尔森先生总是把它锁着。他甚至不肯让沃卓普夫人进去（她住在本特利，离这儿很近，还有，她精通园艺，如果您想知道的话）。所以我才问父亲是否拿到了所有的钥匙。"

"我明白了，嗯，显然我得进去看看，等我熟悉了里面的路，我就带你进去。"

"哦，非常感谢您，亨弗里斯先生！这样的话，我就可以嘲笑福斯特小姐了（对了，她是教区牧师的女儿。他们现在外出度假了——都是好人呐）。我们总是打赌，我俩之中，谁能最先进入那迷宫。"

"我想花园钥匙肯定在宅子里，"库珀先生说道，他刚才查看了一大把钥匙，"藏书室里还有好些钥匙。好了，亨弗里斯先生，如果您准备妥当了，我们便可以向女士们告别了，让我们开始这段小小的探索之旅吧。"

当他们走出库珀先生家前门时，亨弗里斯自感如同受了夹道鞭刑一般，虽乡民们并不是有组织性地夹道欢迎，但他还是得不停地碰帽檐示意，还要被村子街道上聚集的异常众多的男男女女们盯着看。接着，当他们经过庄园大门时，他不得不和门房看守人的老婆相互问候，还得和门房看守人问候，此人照看庄园驰道。但我不能浪费时间去全面叙述这一过程。当他们行进在门房与宅邸之间那半英里左右长的马路上时，亨弗里斯乘机问了他的随行者一些问题，这一问便提及了他那已故去的舅舅，没过一会儿，库珀先生便开始了一番详细的解释。

"想来也稀奇，正如我老婆刚才所说的，您竟然从没见过那老先生。但是，您别误会，亨弗里斯先生，我可以肯定地说，在我看来，您和他之间几乎没什么共同点。我丝毫没有贬低的意思，没这意思。我可以告诉您他是个什么样的人，"库珀先生说着突然停了下来，眼睛直盯着亨弗里斯先生，"如俗话所说，我可以'简而言之'地告诉您。他是个完完全全、彻彻底底过分担心自己健康的人。这话儿可把他形容得很到位。他就是那么个人，完全过分担心自己的健康。对周围发生的事儿，他丝毫不参与。我想，我之前冒昧地向您寄过一些本地报纸的剪报，那些是我在他去世时投递的文章。如果我没记错的话，文章的主要内容就如我刚才所说的。但亨弗里斯先生，请别，"库珀继续说道，动情地拍了拍自己的胸脯，"请别误会，除了您令人尊敬的舅舅、我的前雇主那最令人称赞，嗯，最令人称赞的品质外，我并无意愿说其他的话。亨弗里斯先生，他正直，心胸坦荡荡；他宽以待人；他善于体谅别人，又愿意施人恩惠。但有个问题，有个最大的障碍——他不幸的身体状况——或者我该说得更准确些，他对健康的渴求。"

"嗯，可怜的人儿。他最后的病痛前是否忍受着什么特别的不适？我推想，他最后的病痛也只不过是岁月不留情吧？"

"是的，亨弗里斯先生，就是这样。就如煎锅里闪烁的火星子慢慢地熄灭一般，"库珀边说，边使了个他认为合适的手势，"旋转的金罐渐渐停止转动[1]。至于您提的另一个问题，我得给个否定的回答了。通常情

---

[1] 此句应该是指《圣经·传道书》第12章6—7节的内容："银链折断，金罐破裂，瓶子在泉旁损坏，水轮在井口破烂；尘土仍归于地，灵仍归于赐灵的。"即指生命终结，尘归尘，土归土。

况下他缺少活力？是的。特殊的疾病？并没有，除非您认为他常常发作的恼人咳嗽也算的话。好啦，我们差不多到达宅邸了。亨弗里斯先生，您不觉得这是座雄伟的房子吗？"

总体而言，这房子称得上雄伟。但它的结构有些奇怪——这是座非常高的红砖宅邸，一堵朴素的女儿墙[1] 几乎完全遮住了屋顶。这给人的印象是，这是座建在了乡间的市区住宅。宅邸建有一段基座，上有一部相当壮美的楼梯直通正门。正是由于这房子的高度问题，看上去它似乎应该配有厢房，但却没有。马房及其他用人房则被树木遮挡着。亨弗里斯推测这房子大致建于一七七〇年前后。

被雇来担任宅中管家、厨师以及女管家的年长夫妇已经在正门内等候。当新主人到达宅邸时，他们即刻打开了门。亨弗里斯已经知道他们姓卡尔顿；在随后与他们的短暂对话中，他对他俩的仪表仪态留下了不错的印象。他们商定，亨弗里斯第二天应该在卡尔顿先生的陪同下查看金银餐具及酒窖；而卡夫人[2] 则应该和他谈谈麻布制品、寝具一类的相关事宜，比如此处已有些什么，又该添置些什么等等。之后他就先让卡尔顿夫妇下去了，他和库珀要开始参观宅邸了。宅邸的结构布局对本故事没有什么重要意义。一楼的几个大房间都令人满意，尤其是藏书室，和餐室一般大，而且里面有三扇朝东的长窗。为亨弗里斯预备的卧房就在藏书室正顶上。室中有很多不错的古旧画作，其中一小部分十分引人入胜；里面的家具都并非新品，其中的藏书基本上至晚也是七十年代出版的。在听闻并亲眼参观了他舅舅对宅邸所做的一些改造后，他又细细看了一幅他舅舅亮闪闪的画像，该画像就挂在起居室里。看了这些后，亨弗里斯不得不同意库珀的说法，他舅舅身上大体上没有什么吸引他的地方。一想到自己没法对舅舅感同身受——他为无能为力而承受着痛苦[3]——他便觉得难过；无论是否心怀对未知外甥的温情，他至少为外甥的福利作出了巨大的贡献。亨弗里斯觉得威尔斯索普是个能让他开心起来的地方，尤其是在那藏书室里，他会分外开心的。

---

1 女儿墙：是建筑物屋顶四周的矮墙，除了装饰作用外，也有防渗水等作用。
2 原文此处将 Calton(卡尔顿) 简化为 C. (卡)。
3 原文为拉丁文。

现在该去看看花园了，空空如也的马厩可以一会儿再去，洗衣房也是。于是他们便向花园走去。很快他就发现，库珀小姐认为花园充满可塑性，这确实是有道理的。而且库珀先生继续雇佣这个园丁也是明智之举。已故的威尔森先生或许不具备——应该说肯定没有——跟得上潮流的园林观念，但无论如何，对这个花园的修整都是在一个有见识之人的眼皮子底下进行的，而且这里的设备和树种都非常出色。库珀很高兴见到亨弗里斯面露喜色，而且也乐意听到他时不时地提出些意见建议。"能看出来，"他说道，"您在这儿找到了特'藏'¹所在啊，亨弗里斯先生，无须多少时日，您就可以让这个地方变成个万众'举'目²的美景。真希望主管园丁克拉特仁在这儿。当然，如我所说，他是很愿意来这儿的，不过他儿子发烧了，'无关紧要了'³，可怜的家伙！他如果能听说这地方让您眼前一亮，就好了。"

"是啊，你和我说了他今天没法过来，我为这缘由感到抱歉，但明天还有足够的时间呢。绿茵驰道尽头那土堆上的白色建筑是什么啊？是库珀小姐提到过的庙宇吗？"

"是的，亨弗里斯先生——友谊之庙。这是您已故的舅舅的祖父用特地从意大利运来的大理石建造的。您是否有兴趣去那里转转？从那儿您可以看到整个庄园的美妙景色。"

这座庙宇的基本框架是按照蒂沃利的女先知神庙⁴建造的，顶部则以穹顶收起，只不过整个建筑要比女先知神庙小很多。庙宇墙面上有古老的阴森浮雕，不过他们绕着庙宇进行了气氛愉快的参观。库珀找到钥匙，稍有些困难地打开了沉重的大门。庙宇内部的天花板非常壮美，但里面没什么家具。地板上大部分的空间都被一堆厚厚的圆形石块占领，每一个石块的上表面都稍稍凸起，上面都深深地刻着某个字母。"这是什么意思啊？"亨弗里斯询问道。

---

1 原文为 meatear，实为法语单词 "métier"（意为特长、专业）的错误发音，库珀市场喜欢用些大词，但发音却常常不准。在译文中用中文近似发音表现。

2 原文为 signosier，实为 cynosure 的错误发音（意为万众瞩目之处，吸引人的中心）的错误发音。

3 无关紧要了：原文 horse doover 是法语词组 hors d'oeuvre 的错误发音，库珀又忍不住掉书袋，然而此词意为 "开胃菜"、"无关紧要"、"失准" 等等，并不符合上下文的含义。估计他以为这个词组可以表达 "没法工作了" 一类的意思。

4 参见《白蜡树》中相关的注释。

"意思？呃，有人说，万事万物均有意义，亨弗里斯先生，我猜这些石块也和其他事物一样有其存在的目的。但是，要说这目的是或者曾经是什么（此处库珀先生有意显出点说教的意味），我自己确实没法为您道个明白，先生。关于这些石头，我所知道的，可用非常简短的话语概括，便是——据说他们是由您已故的舅舅从迷宫里挪出来的，这事儿发生在我来到这儿之前。亨弗里斯先生，这便是……"

"哦，迷宫！"亨弗里斯惊叹道，"我都忘记这事儿了，我们得去看看那迷宫。在哪儿？"

库珀带他到庙门口，用手杖指了指。"往那儿看，"他说道（有点像亨德尔的《苏撒拿》中第二个士师的那样——用你那紧盯的双眼望向西边，那儿有棵大树直抵云天[1]），"顺着我的手杖，放眼望去，顺着正对我们所站之处的那条小路，我保证，亨弗里斯先生，您将看到迷宫入口上方的那道拱门。您望得见的，就在和通向这座庙宇的那条走道相交叉的走道尽头。您想即刻就过去吗？因为如果要去的话，我得回屋取钥匙。如果您愿意先走过去，那我过一会儿回来找您。"

于是，亨弗里斯便沿着通向庙宇的驰道慢慢走去了，他路过宅子面朝花园的那一面，走上了通往拱门的绿茵走道。库珀刚已向他指明拱门所在了。让他惊奇的是，他发现整个迷宫都被高墙所围，而且拱门还装有一道用挂锁锁住的铁门。然而他随即便想到库珀小姐曾说起过，他舅舅反对任何人进入花园的这一区域。现在他已经站在门外了，可库珀还没赶到。他花了几分钟时间，看了看入口上所刻的铭文"Secretum meum mihi et filiis domus meae"[2]，想了想这句话的出处。过了一会儿，他有些不耐烦了，想着有没有可能翻过这堵墙。显然，不值得这么干。如果他穿了件老旧点的衣服，那他就可能真这么做了。能不能打开那非常老旧的挂锁呢？不行，显然打不开。然而，当他心情急躁地猛踢了铁

---

1 《苏撒拿》为德国裔英国作曲家乔治·弗雷德里克·亨德尔（1685—1759）首演于1749年的清唱剧。剧中故事来自于《但以理书》外传中有关苏撒拿的故事。苏撒拿为一个犹太妇人，因两位士师欲霸占其身体未成，而污蔑她与人通奸。后在但以理的审讯下，苏撒拿得以洗脱罪名。文中所引语句出自该剧第三幕第一场。"大树"原文为holm tree，其既可指冬青树亦可能为常绿橡树，两者叶子相似。亨德尔是作者最喜爱的作曲家之一，其他伊顿公学的一次演讲中曾据及生命中"最美好之事物"："最美好之事物，盖以《圣经》、荷马、莎士比亚、亨德尔及狄更斯（之作品）为代表。"

2 此句意为："我的秘密属于我及我家中之子嗣。"脱胎于《圣经·以赛亚书》第24章16节："我有秘密，我有秘密，我有祸了。"但在钦定版圣经中却被译为："我消灭了，我消灭了，我有祸了！"

门最后一脚后，什么东西松动了，挂锁竟掉落在了他的脚边。于是他拨开了数量不少的荨麻，打开大门，走进了围墙里。

这是个圆形的红豆杉迷宫，由于长期未加修剪，树枝早夸张地四处生长了。迷宫中的过道也几乎无法通行了。亨弗里斯只有完全无视树枝的瓜葛、荨麻的钉刺，以及其中的湿气，才能勉强破出一条道路来。不过他想道，无论如何，这种状况更有助于他找回走出迷宫的路，因为他留下了非常明显的足迹。他记忆中，自己从未进过什么迷宫。现在看来，这也不算是什么遗憾事了，里头既潮湿又黑暗，而且牛筋草和荨麻被踩压后发出的气味也很不好闻。然而这迷宫并不是非常复杂的那种。他都没仔细想自己走的是哪条路，这会儿就已（顺便，库珀到了吗？还没有！）非常接近迷宫的中心了。啊！终于走到中心了，真是轻松抵达。里头有奖励等着他呢。迷宫中央有个装饰品，他的第一印象认为这是个日晷，但当他撩开一部分缠绕在其上面的、厚厚的荆棘枝条和田旋花后，他看到这并非一件普通的装饰品。那是一根大约四英尺[1]高的石柱，顶部有一个金属球——从绿幽幽的铜绿来看，这应该是铜制品——上面刻有简约的图形以及一些文字，而且刻得非常精致。这就是亨弗里斯所看到的景象。他粗略看了一下那些图形，认为这个球便是那种神秘的、被称之为浑天仪的东西。可以推断，至今还没有人从这球上获得到过任何关于天象的信息。然而现在天色太暗——至少在迷宫里——没法仔细检查这个有趣的东西了，而且他现在听到了库珀的声音，听上去如同一只行走在丛林中的大象一般。亨弗里斯朝他喊道说，让他按着自己已踩踏出来的痕迹行走，很快库珀便气喘吁吁地出现了迷宫中心的小圈子里了。他对迟到感到歉意满怀。最终他还是没能找到迷宫的钥匙。"但瞧，"他说道，"正如老话所说，您得来全不费工夫地闯进了神秘迷宫的中心。好了！我想这些地方已经有三四十年无人踏足了。我自己之前当然是从未进来过。好吧，好吧！那句关于天使不敢踏入的老话怎么说来着？[2] 今天这个事儿又证明了这话的正确性。"亨弗里斯虽与库珀相识不

---

1 四英尺：大约合 121.92 厘米。
2 此句语出亚历山大·蒲柏的《论批评》第三部分第 66 行："因为哪里天使不敢踩，傻瓜便急着冲进来。"此处，库珀掉书袋的毛病又犯了。

久，但已足可断定他引用这个典故并无恶意。因此他无视了这句刺耳的感叹，只是提议说，该回屋喝个迟来的下午茶了，顺便让库珀去忙他自个儿的傍晚事务。于是他们十分轻松地沿着所来之路走出了迷宫，就和进来一般容易。

"您是否知道，"亨弗里斯在他俩往宅邸走去时问道，"为何我舅舅要把这地方如此仔细地锁上？"

库珀停了下来，亨弗里斯感到他肯定即将吐露真相。

"亨弗里斯先生，如果我声称自己对此事有所了解的话，那我肯定是在骗您，这样做毫无益处。大概十八年前，我刚刚来这里任职时，那迷宫和现在您所看到的状况已经一模一样了。据我所知，唯一一次提起迷宫这事儿便是我女儿向您提到的那件事。沃卓普夫人——她没什么好让我挑刺的——曾写信请求获得进入迷宫的许可。您舅舅把这短笺给我看了，写得非常有礼貌，在本地而言，可谓无懈可击。'库珀，'他说道，'我希望你以我的名义回复这封信。''当然，威尔森先生，'我说道，因为我已非常习惯于代行秘书之职，'我该如何答复呢？''嗯，'他说道，'请将我的敬意致以沃卓普夫人，并告诉她，一旦迷宫那块区域得到修整处理，我将非常乐意让她第一个前来观赏。但由于彼处已关闭多年，如果她能好心不再催促此事，我将十分感激她。'亨弗里斯先生，这就是您舅舅关于此事的最后嘱咐，除此之外我想我没法再补充什么了。不过，"库珀停了一下后补充道，"可能只是因为，据我所能做出的判断而言，他非常排斥（人们有时候因为这个或那个原因便会如此）有关他祖父的回忆。我跟您说过的，这迷宫便是他祖父建造的。那是个有着特殊原则的人，而且是个大旅行家，亨弗里斯先生。下个安息日[1] 您就有机会在咱们教区的小教堂看到他的石碑了。他去世了很久之后才陈列出来的。"

"哦！对建筑有如此品味的人，我猜他应该给自己设计了陵墓吧。"

"呃，我倒没注意到过您提到的这类东西。实际上，仔细想想，我根本没法确定他的安息之处是在咱们的通常界定范围内的。我非常肯定他并没有躺在墓穴里。我多管闲事了，不该是我来告知您有

---

1 安息日：不同教派的安息日有所不同，周五、周六及周日均可能为安息日。

关此话题的信息的。不过，无论如何，亨弗里斯先生，我们不能说，这可怜的老死去了的皮囊[1]放在何处是件具有重要意义的事情吧，是吧？"

说到这儿，他们走进了屋子，库珀的猜测因此被打断了。

下午茶已放置在了藏书室里，库珀先生正好找到了适合这一场景的话题："多么杰出的藏书啊！我从本地区的行家那儿了解到，这屋藏书可是顶一流的。这些书籍里的一些图版也非常出色。我记得您舅舅曾给我展示过一幅绘有外国城镇景象的插画，非常引人入胜，是以一流的工艺制版的。还有一幅完全是手绘的，那笔墨如新，仿佛是昨天才画上去的。但他告诉我，这是几百年前的某个老僧侣的作品。我总是非常热衷于让自己多受点文化熏陶。一天辛勤劳动后，对我的头脑而言，没有什么能与好好读上个把小时相比。远比把整个傍晚都浪费在某个朋友家里要好——这倒提醒了我，哎呀。如果我不尽快赶回家，准备好浪费掉这样的一个傍晚的话，我老婆就要找我麻烦了！亨弗里斯先生，我必须要走了。"

"这也提醒了我，"亨弗里斯说道，"如果我明天要让库珀小姐前来参观迷宫的话，我们必须得把它稍微清理一下。你能向相关的人打个招呼吗？"

"嗯，当然可以。明早让几个仆人拿长柄镰刀去，就能劈出条路来。我路过门房时留个话，而且我会告诉他们，最好带些木棍或者胶布，他们好边干活边标记下路径。或许这可以减少您的麻烦，您就不用亲自过去吩咐他们了，亨弗里斯先生。"

"好主意！是的，就这么干，明天下午我会恭候库珀夫人和小姐的，你自己就十点半的时候过来吧。"

"这对她俩，对我而言都绝对是荣幸啊，亨弗里斯先生。晚安了！"

亨弗里斯在八点钟时吃了晚饭。若不是因为这是他在此处的第一个夜晚，而且卡尔顿也显然很愿意偶尔聊上几句，他就可以看完旅途中所买的那本小说了。事实是，他不得不听听卡尔顿关于邻里以及季节的一

---

[1] 老死去了的皮囊：语出莎士比亚的剧本《哈姆莱特》第三幕第 1 场第 66 行，"当我们摆脱了这垂死之皮囊"。

些感想，还得回应一下。自卡尔顿孩童时期以来（亦在此地度过），季节似乎还都算符合时节，而邻里则发生了大变化——整体而言也并非每况愈下。尤其是，一八七〇年以来，村上那家小商店获得了极大的改进。现在，合理范围内，你想要的东西都几乎可在那里买到：这是个便利之处，设想如果突然要某样东西（他知道从前会有这样的情况），他（卡尔顿）就能走去店里（假设那店铺还开着的话），然后订货啦，就不需要去教区长家借了。然而在以前的时候，除了蜡烛、肥皂、糖蜜，或许还有廉价的儿童图画书外，你去店里都是徒劳无功的。而且十次有个九次，你是要去买除了瓶装威士忌以外的东西。无论如何……[1] 总之，亨弗里斯先生觉得以后他得拿本书做挡箭牌了。

藏书室显然是消磨饭后时光的好地方。他手拿蜡烛，嘴叼烟斗，在藏书室里逛了会儿，查看了一下藏书品种。他一直以来都对老旧藏书室非常感兴趣，现在他有上好的机会来系统性地了解一间老藏书室了，因为他从库珀处得知，除了一份为遗嘱认证所做的粗略目录外，并无一份藏书书目。编制一份系统排列的书目[2] 将会是一项有趣的冬日工作。而且可能从中发现宝贝，如果库珀所言为真，说不定还有手稿呢。

他查看了一阵后，感觉（在类似的地方，我们也会有这种感觉）很大一部分藏书根本就是晦涩不可读。"虽然我认为，古典书籍及早期基督教作家之作品、皮卡尔的《宗教仪式》[3] 以及《哈雷杂成》[4] 都还不错，但谁会去读托斯塔图斯·阿布兰西斯[5]、皮内达论约伯[6]，或者类似此类的书呢？"他抽出一本薄薄的四开本书，这书的装订已经松垮了，

1　冒号至省略号的这段话是以卡尔顿的口吻说的。

2　原文为法语。

3　此处指《世界一些国家的宗教仪式及习俗》（1731—1739年出版，7卷6册），此书是对由法国艺术家贝纳德·皮卡尔（1663—1733）作插图的《世界各国人民的宗教仪式及习俗》（1728—1743出版，共9卷）的部分翻译。

4　《哈雷杂成》：1744—1746年出版，共8卷。是一套囊括了若干少见、稀奇及有趣的小书册的藏书集成。主要内容是关于英国历史的，由威廉姆·奥尔蒂选编自爱德华·哈雷，牛津伯爵二世的藏书（哈雷藏书，详见《施展如尼魔咒》相关注释）。

5　托斯塔图斯·阿布兰西斯：阿尔方索·托斯塔图斯（1414—1454）的拉丁名字，意为阿维拉来的托斯塔图斯。其为西班牙中部古城阿维拉的主教，曾著有多部神学及政治学著作。1569年他的十三卷的《作品集》出版。

6　胡安·德·皮内达（1558—1637）：著有《约伯评注十三书》（1597—1601出版，共两卷）。皮内达曾在西班牙宗教审判庭任职，著有多种《圣经》经卷评注。

写有字迹的标签从中掉落了下来；他看到咖啡早已准备好了，于是便
在椅子上坐了下来。他终究还是打开了这本书。可以说他取出这本书
来的原因和书籍本身无关。因为他虽然觉得这书可能收录了一些特别
的剧本，但不可否认的是，书本封面空空如也，而且让人讨厌。实际
上，这是一本布道和冥思集，而且残缺不全，因为第一张纸不见了。
看上去这书是十七世纪末期出品的。他翻了翻书页，直到他的目光被
一个页边上的注释吸引了："《关于此不幸情形之寓言》。"他觉得可以
看看作者在虚构创作方面有何天赋。"我曾听闻或读过，"文章这么写
道，"——是寓言抑或真事，我请读者自行判断——有个人，如《阿
提卡传说》中的提修斯[1]一般，径自闯入一座迷宫或迷魂阵[2]中。这迷
宫确不似今日我们的园艺家设计的样式那般，它面积甚广，而且其中
有未知的陷阱和圈套，不仅如此，人们传言其中还潜伏着可怕的居住
者，谁人遇上，便要付出生命的代价。您可确定，在这种情况下，少
不了有朋友的劝解。'想想那个人，'一个弟兄说道，'他踏上你所知
道的那条路，再也没有出现过。''或者像另外一个人那样，'母亲说
道，'他只斗胆走进去了一小段，从那天起便精神失常，没法说出他
看到了什么，再也睡不了一晚安稳觉。''你是否听说过，'一个邻居大
声说道，'从那些栅栏上面以及大门的门栅间露出来的脸庞是什么样
的？'但这些话都没有用。此人的决心已定，因为似乎这个国家家家
户户普遍流传着一个说法，这迷宫的中央核心区域有一块珠宝，它价
值连城、稀世罕有，可让找到它的人一生富足。如果他可以独自找到
它，那这珠宝便属于他了。接着呢？我还需赘言吗？[3]这冒险者走进
了大门，整整一天，他的朋友们都没有收到他的音讯，只有夜晚远处
传来的几声模糊的喊叫声，这已经让他们在床上辗转反侧，因惊恐而
大汗淋漓了。他们毫不怀疑，自己的儿子和弟兄已经成为这旅途中沉
船上不幸罹难者名单上的一员了。于是第二天，他们哭泣着去找教区

1　普鲁塔克（约46—约120）曾记述过提修斯的生平。提修斯为雅典城的英雄，在国王米诺斯和皇后帕西法的
　　女儿阿里阿德涅的帮助下，他闯入迷宫，杀死了牛首人身的怪物米诺陶，从而从克里特的米诺斯王的奴役中
　　解放了阿提卡城。

2　原文为 "Labyrinth or Maze"，这两个词中文一般均译为"迷宫"，然前者通常无岔路，仅一条道路通往中心；
　　而后者则是岔路重重，需要自行判断如何走向中心。故此处将后者译为"迷魂阵"。

3　原文为拉丁文。

牧师，请他下令敲响丧钟。他们路过迷宫门口时，觉得这段路异常艰辛，由于他们非常惊恐，因而本想加快脚步，但却突然瞥见路上躺着个男子。于是他们走向前去（他们心中如何猜测你自可估量），发现竟然是他，他们以为已经失去了他。且他尚未死去，虽然昏厥如死。于是，他们本是哭丧而去，却欢喜而回，并且用尽办法让这冒险者恢复健康。他恢复神智之后，听到亲朋们的焦虑担忧，以及是日早晨他们所赴之事后说道：'唉！你们应该完成你们本要做的事情。因为，尽管我带回了珠宝（他向他们展示了珠宝，确实是一块稀有之物），但和这珠宝一起，我也带回了让我夜不成寐、日不成欢之物。'于是他们急于知道他这话的含义，想知道他们该如何做，来缓解他心中之痛。'哦，'他说道，'这事在我胸中。我无论怎么办，都没法逃避它。'因此，无须神人帮助，他们也可猜到让他极度难受的是那些他所见景象的回忆。但除了偶尔的只言片语，他们之后很久都未听他提起此事。然而，最终他们设法拼凑出了大概的经过：一开始，太阳明媚，他大踏步向前，没花多少力气便到达了迷宫的中央，找到了那珠宝。于是便开心地往回走了。但随着夜幕降临，所有林中之野兽都活动起来了，他开始感觉到有个东西在一路相随。他觉得，那东西在隔壁走道中朝他所在的走道看，张望着他。而且当他停下脚步时，这位同伴也停了下来，这让他有些心神不宁。而且随着夜色更深，他觉得似乎不止一个东西跟着他，甚至有可能是一大帮东西。至少他从灌木丛中发出的窸窸窣窣声音可以判断。除此之外，有一阵还有低语声，似乎它们之间在进行交谈。但是至于它们是什么，以及它们长什么样子，则无论如何劝说，他都不肯说出脑中所想。当他的听众问及他们那晚听到的叫喊声（上文已有提及）是什么时，他如是答复：大约午夜时分（他的大致判断），他听到很远的地方有人叫他的名字，而且他发誓只有他的弟兄才这么叫。于是他停了下来，用最大的音量呼喊了一下，他觉得回声或者他的叫喊引起的响动，掩盖了当时其他稍微轻点的声响。因为当周遭再度寂静下来时，他听到离身后很近的地方，有啪嗒啪嗒的奔跑声（不是很重），那时他非常害怕，于是也跑了起来。他一直跑到黎明破晓。有时候他喘不过气来了，于是就面朝下躺着了，他希望跟踪者可以在黑暗中与他擦肩而过。但这种时候，它们一般也会停下脚步。他能听到它们喘气和嗅味道的声音，好似一只猎犬失去了嗅迹。这给他的内心造成了极度的恐惧，他逼着自己在行进过程中转身、突然折返，如果这能够让它们失去嗅迹的话。似乎这行动本身还不够可怕，他还一直担心自己会摔进陷阱或落入圈套中。他听说过这些陷阱和圈套，而且自己也确实亲眼看到过几个，有些在路边，有些则在路中央。总之（他说道）没有什么人曾经历过如他在迷宫中艰难度过的那一晚般可怕的夜晚。无论是他钱袋中的这块珠宝，抑或印度地区所出产的最富丽堂皇的珠宝都不能完全抵消他经受的苦痛。

"我将不再进一步赘言此人所受苦恼的详情，因为我相信读者们的智慧足以料到我想要描述的相应情形。难道这珠宝不就象征着世人为获得尘世之乐而带回来的代价吗？这迷宫难道不就是一个藏有如此宝藏（如果我们可以听信世俗的观点的话）的俗世之形象吗？"

读到这儿的时候，亨弗里斯觉得玩点单人纸牌游戏是换换口味的好主意，作者对寓言主旨的"升华"就让它一边去吧。于是他把这书放回了原来的位置，心想他舅舅是否曾经偶尔读过这些文字。如果他曾经读过，那这故事是否刺激了他的想象力，让他如此讨厌迷宫，竟决定把花园里的那个给锁了。没过多久之后，他便去睡觉了。

第二天整个上午，他都和库珀先生辛勤劳动着。浮夸点说，库珀先生对宅邸上的事儿可谓"了若指掌"。他今天早上心情非常愉悦，没忘记打扫迷宫的吩咐，此刻这一工作正进行着呢。他女儿已经对此翘首以盼了。他也希望亨弗里斯先生睡了个好觉，以及这惬意的天气能够持续下去。午饭时候，他详细讲述了餐室中的画，并指出了庙宇和迷宫建造者的画像。亨弗里斯饶有兴趣地查看了这幅肖像。这是一幅意大利画师的作品，是老威尔森先生年轻时游览罗马城时绘制的。（画中背景里确实看得到斗兽场。）他五官中极具特点是那张消瘦、苍白的脸和一双大眼睛。他手中拿着一卷半摊开的纸，可以看出上面画的是一个圆形建筑的设计图，很有可能就是那庙宇，也可能是迷宫的一部分。亨弗里斯踩着一把椅子上去查看，但画中细节不够清晰，不值得临摹下来。但这提醒了他，他可以自己画一幅迷宫的平面图，挂在大厅里，供客人参观。

那天下午他便下定了这一决心。因为当库珀夫人和小姐到来时，她俩非常渴望被引领进迷宫，可他发现自己却完全没法领着他们走到中心。园丁们已经挪走了使用过的标记。即使在他们向克拉特仁求助之后，他竟也和其他人一般无助。"问题是，您瞧，威尔森先生——我是说亨弗里斯——这些迷宫就是故意造得那么相像的，以造成误导的景象。不过，如果您跟着我，我想我可以找到正确的路。我将把帽子放在这儿，当作一个起点。"他笨重地走起了，五分钟后他便安全地把大家带回了帽子边。"这可真是件怪事了，"他说道，不好意思地笑一下，"我确定自己是把这帽子放在一株荆棘灌木上的啊，但你们可以看到，这条通道上根本没有荆棘灌木啊。如果您允许，亨弗里斯先生——这回说对了，是吧，先生？——我去叫个人进来把这地方做些标记。"

在连续喊了好几次之后，威廉·克莱克过来了。他过来找大伙的时候有些麻烦，先是人们看到他，或者说听到他在里面的一条走道内，接着，几乎是在同一时刻，又觉得他在外面的一条走道里。不管怎么说，他最终还是找到了他们。一开始他也没什么主意，于是站在了那帽子旁。克拉特仁仍然觉得把帽子放在地上是有必要的。然而即使按照这个策略，他们还是花了足足四十多分钟徒劳无功地瞎走着。最终，亨弗里斯看到库珀夫人已十分疲惫，于是他不得不提议大家撤回去喝下午茶，并且向库珀小姐致以了诚挚的歉意。"无论如何，您还是赢了和福斯特小姐打的赌，"他说道，"您已经进过迷宫了。我向您保证，我的首要之事便是做一个迷宫的准确结构图，用线条标出您可以行走的路径。""先生，这正是所需之物啊，"克拉特仁说道，"有人画个结构图，然后保存起来。您瞧，如果谁进来了这儿，然后突然下起雨来，但又找不到出去的路，那可就十分糟糕了。如果您不允许我直接开一条便道通往迷宫中央——我的意思是，沿着条直线把每条走道边沿的树砍掉一些，这样您就可以清楚地望进去了——那他们可得花好几个小时才出得去了。当然，这么干的话这迷宫就被毁了，我不知道您会不会同意这么做的。"

"不，我还不会这么做。我会先画个结构图，然后给你一份副本。

之后如果遇到那种情况，我再考虑你刚才说的办法。"

下午的失败让亨弗里斯既生气又丢人，如果傍晚他不再次尝试着走到迷宫中央，那他心里是不会舒服的。他一步没错地走到了中央，这让他更为光火。他想即刻就开始画结构图，但天色正在暗下去，他觉得等他把必须的材料准备好时，工作已没法进行了。

于是第二天早晨，他拿着画板、铅笔、指南针，以及厚画纸等物件（有一些是从库珀家借的，有一些则是在藏书室的橱柜里找到的），来到了迷宫中央（又一次顺利抵达），拿出了这些工具。然而，他耽搁了一下才开始。之前遮住那根柱子和圆球的荆棘以及野草现在都被清走了，他第一次有机会清楚地看到这两样东西的模样。那柱子毫无特征，和那种放置日晷的柱子无甚区别。但那圆球却不一般。我已经说过，这圆球上细致地雕刻着图形和铭文，亨弗里斯第一眼看到时以为这是一个浑天仪，但他很快就发现，这和他对那类物体的印象并不符合。不过有个特点似乎很眼熟，一条长有翅膀的蛇——天龙星座——盘亘在大约是地球仪上赤道的那个位置。但除此之外，上半球的大部分区域被一个巨大雕像大张着的翅膀给盖住了，这雕像的头被球体极点（顶端）的一个圆环遮住了。在头部的位置上，可以辨认出一些词"黑暗王子"[1]。球体的下半部分上，有一块区域刻有交错的影线，上面刻有"死荫"[2]字样。字的附近是一连串的山脉，群山之间有一峡谷，火焰熊熊。上面写着（你得知后会不会感到惊讶？）"欣嫩子谷"[3]。天龙星座上下所刻图形与普通星座图形虽无大异，但又不完全相同。比如，上面刻画有一裸体男子手持棍棒，但却不是海克力斯[4]，而是该隐[5]。另一个人则下半身陷进了土里，双

---

1 黑暗王子：原文为拉丁文"princeps tenebrarum"，常用来形容魔鬼撒旦，但在《圣经》中并未出现此语。不过在《歌罗西书》第1章13节中有"黑暗的权势"这一称谓出现（"他救了我们脱离黑暗的权势"）。

2 死荫：原文为拉丁文"umbra mortis"，此一词在《圣经》中频繁出现，最有名的一段为《诗篇》第23章4节："我虽然行过死荫的幽谷，也不怕遭害。"

3 欣嫩子谷：原文为拉丁文"vallis filiorum Hinnom"，此为穿过耶路撒冷的三个峡谷之一。峡谷中有一个叫做陀斐特的地方，当地人崇拜太阳神，并将孩童作为祭品献给摩洛神。希腊语中称之为Gehenna，意思为欣嫩谷，后演化为地狱的同义词。

4 海克力斯：在希腊神话中被称为"赫拉克勒斯"。宙斯与阿尔克墨涅之子，完成十二项功绩，并解救了被缚的普罗米修斯。

5 该隐：亚当与夏娃之长子，亚伯与塞特的哥哥。因上帝偏好亚伯所献供物，该隐将亚伯杀害，遭到上帝惩罚。

手绝望地伸着，这是可拉[1]，而非蛇夫座[2]。第三个人的长发缠在了一棵弯弯曲曲的树上，这是押沙龙[3]。接近底端的是一个穿着长袍、戴着高帽的人，他站在一个圈儿中，冲着两个盘旋在外头的、满身是杂毛的恶鬼喊话。上面的描述是"魔法师奥斯塔尼斯"[4]（亨弗里斯对这个人物不甚熟悉）。这整个的图景真好似一个邪恶之祖的大集合，或许这受到了但丁研究的影响。亨弗里斯觉得这物件显示了他曾祖父非常特别的品味，但他又觉得可能其当年在意大利挑选了这个圆球后，便再未仔细审视过了。显然，如果他十分重视这个圆球，那他不会任其风吹雨淋。他敲了敲球体金属，似乎里头是空心的，而且也不是很厚。接着他又重新开始绘制他的迷宫结构图了。画了半个小时之后，他发现如果不用提示的话，根本没法进行下去了。于是他从克拉特仁那儿拿了一卷麻线，沿着入口到中心的路径放了一路，并将线的末端系在了那圆球顶端的圆环上。这个小技巧令他在午饭前画出了一个大致的结构图，下午的时候他更加清晰地进行了补充完善。接近下午茶时间时，库珀先生也来了，并对他的进展表示十分感兴趣。"现在这个——"库珀先生说着，把手放在了圆球上，但他突然就缩回了手，"嘿！这玩意儿吸热吸得吓人啊，是吧，亨弗里斯先生。我猜这金属——是铜吧？——应该是绝热体或者导体，或者他们叫的那啥来着。"

"今天下午太阳挺猛的，"亨弗里斯说道，有意无视了他说的那科学名词，"不过我没注意到那圆球已经被晒得滚热了。没有——对我而言，这球没那么热。"他加了一句。

"奇怪！"库珀先生说道，"我现在连手都没法放在上面了。我猜可能是我们俩的体质有些不同。亨弗里斯先生，我敢说您是个体质偏寒的

1　可拉：《圣经》中记载，哥辖人可拉因摩西和亚伦未能带以色列人到达应许之地，故其背叛了他们，上帝以地裂惩罚他，见《民数记》第 16 章。在《犹大书》第 11 节中，将其与该隐放在一起，因他们都违抗了上帝的权威。

2　蛇夫座：黄道带星座之一，据希腊神话，医神阿斯克勒庇俄斯死后宙斯将其变为蛇夫座，其手杖上之灵蛇则变成巨蛇座。

3　押沙龙：据《圣经·撒母耳记下》记载，押沙龙为大卫的三子，企图篡权，后于耶路撒冷登基。但很快其政权即被推翻，他逃亡时，头发被橡树枝丫缠住。最后被大卫手下的将领约押所拿，约押手下的几个少年人将其杀死。

4　魔法师奥斯塔尼斯：其为波斯王薛西斯一世（约公元前 519—前 465）宫廷上的魔法师。多部古籍中均提及过他，比如老普林尼（23—79）的《博物志》、米努修的《奥特威斯》（提及奥斯塔尼斯"信仰游荡的邪恶魔鬼"）。

人，我就不是了，我俩的差别就在这儿。如果您相信的话，我今年整个夏天实际上都是按老规矩睡觉的，每天早上都用尽可能冷的水洗浴。一天又一天——让我帮您弄这跟绳子吧。"

"没事儿，谢谢了。不过如果你能帮我收拾一下这些四处散落的铅笔和杂物的话，我将会万分感激的。我觉得咱们现在已一切妥当，可以回屋了。"

他们离开了迷宫，亨弗里斯一边往外走，一边收起了线索绳。

当天晚上下了场雨。

结果，无论是不是库珀的过失，总之非常不幸的是，前一天晚上唯一忘记收回来的便是那结构图。毫无意外，这图已经被雨水毁了。除了重新开始绘制结构图，别无他法了（这次不会花费太长时间了）。重新放置了线索绳后，他便从头开始了。但亨弗里斯还没画多少，就被打断了，原来是卡尔顿拿了封电报过来。他以前在伦敦的老板有事问他。对方只要求一个简短的面谈，但这招呼显得很急迫。这真是讨厌，不过也没有十分让人烦恼。半小时后便有一班合适的火车，除非事情变得很出乎意料，否则他可能五点前便可以赶回来，无论如何八点前肯定可以回来了。他把结构图交给了卡尔顿，让他拿回屋去。但没有必要把线索绳给撤掉了。

一切都如愿进展。这天他在藏书室度过了非常兴奋的一晚，因为他凑巧发现了一个橱柜，里面藏着些更为珍稀的书籍。当他上床睡觉时，他高兴地发现用人记得将窗帘拉开了，并开着窗户。他放下了蜡烛，来到了窗边。从这个窗户可以望见花园和园林。这晚月明星稀，再过短短几周时间，呼啸的秋风便要打破这宁静了。然而现在，远处的树林沉溺在一片深深的静谧中，草坡由于露珠而熠熠发亮，某些花朵的颜色都几乎可以推测出来。月光正好照出那庙宇的飞檐，以及铅灰色穹顶的弧线，亨弗里斯不得不承认，这么看来，那些旧时代的花哨建筑确实华美。简而言之，月光、树木的芳香，以及这绝对的宁静在他脑海中搅起一阵古老的联想，他一直在那儿沉思冥想了很久很久。当他转身离开窗户时，他觉得自己从未如此完整地看到过此般的景色。唯一一个让他突觉不和谐之感的是一株小的爱尔兰紫杉，这树又瘦又黑，突兀地显出来，好似灌木丛中的前哨兵，只有通过它，才能走进迷宫。他心想，这个也应该砍掉，奇怪的是竟然有人会觉得在这个位置种上一株树会显得好看。

然而，次日上午，由于忙着回复来信，以及与库珀先生一道清查藏书，他便忘记了那株爱尔兰紫杉。顺便，有封当天寄到的信件需要提一下。寄信人是库珀小姐提到过的沃卓普夫人，她又重新提出了曾向威尔森先生提出过的申请。首先，她恳请说，自己将要出版一本迷宫之书，非常诚恳地希望可以将威尔斯索普迷宫的结构图囊括进去；而且如果亨弗里斯先生可以让她尽早参观这迷宫（如果允许她参观的话）——因为她马上就要去外国过冬天了——那真是万分好心了。她在本特利的宅子离这儿并不远，因而亨弗里斯能够送一封手写的便笺给她，建议她第二天或者第三天便来参观。即刻便可推断，信使带回了最为感激涕零的回应，大概意思是明日对她而言就十分方便。

当天另外件事便是迷宫的结构图成功完成了。

又是一个清朗、星光闪烁的宁静之夜，亨弗里斯又在窗前驻足了许久。当他正要拉上窗帘时，那爱尔兰紫杉又浮上了他的心头。不过，前一晚他要不就是被一个树影误导了，要不就是说那树木也不是真像他想的那般扎眼。不管怎么说，他觉得没必要再为这个劳心。但他想要清走一片深色的草，它们已侵占了一部分的宅子墙面，而且几乎就要把底层的一排窗户都给遮没了。这丛草看上去似乎不太值得留在那儿。他估摸这草是潮潮的，对人不健康；且他不觉得这草有什么用处。

次日（是个周五——他是周一的时候来威尔斯索普的），沃卓普夫人在午饭后没多久便坐着马车过来了。她是个结实的老妇人，愿意聊各种各样的话题，而且特别想让亨弗里斯对她有好印象。亨弗里斯迅速地答应她的请求，这让她十分满意。他们两个一起彻彻底底地探索了这地方；当沃卓普夫人发现他确乎了解一些园艺方面的知识后，她对他的好评都快飞上天了。她热情地参与了关于他那些改进方案的讨论，而且她也同意如果破坏了宅子附近这片区域的布局的话，那将是暴珍天物。看到那庙宇后，她特别地高兴，说道："亨弗里斯先生，您知道么，我觉得，关于那些标了字母的石块，您财产管理人说得对。我写到的其中一个迷宫——遗憾地说，它已经被那些蠢人给毁了——那迷宫之前在汉普郡的某个地方——便是用这种方法标示路线的。那迷宫里的是瓷砖，不过就和您那些石块是一样的。那些字母用正确的顺序排列起来就成了一段铭文，我忘记那铭文了，关于提修斯和阿里阿德涅什么的。我有铭文的副本，还有那被毁迷宫的结构图。怎么有人干得出这种事呢！如果您毁损了您的迷宫，我永远都不会原谅您。您知道么？迷宫越来越少见了。差不多每一年我都听说有座迷宫被摧毁了。好了，我们直入主题吧。如果您太忙的话，我十分认得自己的路，在里面迷路我也不害怕。关于这一点，我太了解迷宫了，虽然我记得曾经被困在巴斯贝里[1]的一个迷宫里，错过了午饭——那也是不久前的事儿。不过，当然啦，如果您能和我一道探索，那自然是再好不过的了。"

这段充满自信的序曲之后，想必上天应该让沃卓夫人绝望地在威尔斯索普迷宫里迷上会儿路。然而这事儿并未发生，不过很难说她在这新迷宫里获得了预期的那些乐趣。可以肯定的是，她对地面上一系列的小凹陷产生了兴趣——极其浓厚的兴趣。她向亨弗里斯指出了这一点，并且她觉得这些凹陷标志着曾经放置标有字母的石块的地方。她还告诉了他，在布局上，其他迷宫与他的迷宫在什么方面比较相似，并且解释了为何通常有可能依据迷宫结构图，将一个迷宫的建造日期的时间范围确定在二十年内。她已然知晓这个迷宫肯定可以追溯至大约一七八〇年左右，而且它的特点也符合预期。而且，那圆球已经彻底吸引了她的注意力。从她的经验来看，这个圆球是独一无二的，她仔细观察了很长时间。"我想要一份这个圆球的拓片，"她说道，"如果有可能做一份的话。是，我肯定对此您一定非常慷慨，亨弗里斯先生，但我相信您不会为了我的缘故去尝试做一份拓片的，真的。我不应该在这里不顾礼节。我觉得自己会被憎恶的。不过，说实话，"她继续说道，转过身来，对着亨弗里斯，"您不觉得——自从我们进来以后您不觉得——有人盯着我们么？而且如果我们以任何一种方式越过了雷池，就会有——嗯，突袭？您不觉得？我反正觉得。我倒不着急知道我们多久才出迷宫门。"

"毕竟，"当他们再一次踏上回宅邸之路时，她说道，"可能只是因

1 巴斯贝里：虚构之地名。

为里头空气稀薄，而且又很闷热，这压迫了我的大脑。不过，我将收回自己说的一句话。我不确定如果明年春天，您把这迷宫给拆毁了，我最终是否会拒绝原谅你。"

"无论我会不会这么做，您都可以获得一份结构图，沃卓普夫人。我绘制了一幅，至晚今天夜里便可以帮你描摹一份副本出来。"

"太好了！我只需要一份铅笔摹本，加上比例尺。我可以轻易地将其改为和其他图版一样的风格。非常、非常感谢！"

"不客气，明天你就能拿到了。希望你能帮我解开这些石块之谜。"

"哦？凉亭里的那些石块？确实是个谜团。它们都杂乱无章吗？肯定是的，但是那些摆放这些石块的人肯定是有指向性的——或许您在您舅舅的遗物中可以找到关于这些石块的文章呢。如果没有的话，那您得叫个密码学方面的专家来了。"

"还有另外一件事，也请您发表意见，"亨弗里斯说道，"藏书室窗户下的那株灌木似的东西，换做是您，也一定会清走吧，是吧？"

"那一株？这个？哦，我想我不会的，"沃卓普夫人说道，"隔着这么些距离，我有些看不大清，但那树看着也不碍眼。"

"或许您是对的；只不过昨天晚上，我从这树正上方的房间窗户望出去，觉得它占了太多空间。当然，从这个位置看，它似乎也没占太多空间。好吧，我就暂时随它了。"

接着他们就去喝下午茶了，之后沃卓普夫人便乘车而去。但驶到车道一半路程时，她停下了马车，叫了下亨弗里斯——他还站在前门的台阶上，他跑上前去聆听她的临别之言。她说道："我突然想到，您或许值得花时间去查看下那些石头的底面。它们肯定有标号，不是吗？再次再见了。出发回家，谢谢。"

不管怎么说，今晚的主要工作已经决定了。为沃卓普夫人描一张结构图，然后与原图仔细校对，这意味着至少得花上几个小时。于是，九点之后没多久，亨弗里斯便在藏书室里拿出了相关材料，开始了这项工作。这是个空气凝滞的闷热之夜，他只得把窗户大开着，而且他不止一次地撞到了蝙蝠这一可怕的不速之客。这可怕经历让他将视线余光一直盯在窗户上。有那么一两次，他觉得那边有个不是蝙蝠的东西，一个体积更大的东西，那东西似乎有心思来和他做个伴。如果有人静悄悄地跨过了窗台并蜷缩在了地板上，这得多恶心啊！

结构图描摹好了，还需要与原图校对一下，看看是否有什么通道的开合给画错了。他各用一根手指对着两张纸，沿着从入口处开始的那条必经之路校对着。他发现了一两个小错误，但在接近迷宫中心的位置，有一处搞混了，这很可能是因为第二只或第三只闯入的蝙蝠。在修正副本之前，他在原图上仔细地将这条路的最后几个拐弯处检查了一下。至少原图上是对的，沿着这路线可以毫无障碍地到达迷宫中心。原图上有个不需要在副本上出现的特点——一个大概有一先令那么大的丑陋黑点。是墨水吗？不是的，这看上去像是个洞，但那个位置怎么会有个洞呢？他倦眼惺忪地盯着这块，描摹的工作是非常累人的，他已是劳累困顿了……但显然这是一个非常奇怪的洞。看上去似乎它不仅穿过了纸张，还穿过了纸张下面的桌面。是的，而且还穿过了桌子底下的地板，延伸，一直延伸下去，直到无限深的地方。他俯身望着这个洞，已经彻底迷惑了。就好像年幼时，你或许曾全神贯注地望着一平方英寸的床单，直到它变成了一片拥有山林，甚至教堂、房屋的景色。你忘记了床单以及你自己的实际大小。正如此刻，这个洞似乎对亨弗里斯而言成为了这个世界上唯一存在的东西了。因为某些原因，一开始他就觉得这洞十分可怕，但他盯了那么一会儿后，才感到了一阵焦虑。接着焦虑感上身，而且越来越强烈——那是一种恐惧感，由于担心某个东西会从洞里冒出来而产生；还有一种极度痛苦的确信感，恐怖之物已经在路上了，他没法不目睹这一切。哦，是的，在非常非常下面的地方有一阵骚动，那阵动静正在往上移动，朝着表面进发。它越来越近了，那东西是黑灰色的，上面有好几个黑孔，那是个脸状的东西——人脸———张被烧焦的脸。随着一阵如黄蜂从烂苹果中钻出一般的可怕扭动，一个人形的东西爬了上来，它挥舞着黑漆漆的双手，随时准备着抓住那正在望着它的那个人的头部。亨弗里斯绝望的抽搐了一下，往后摔了过去。头部撞到了一盏挂灯后，他摔在了地上。

他有些脑震荡，身体受了刺激，在床上躺了好一阵。医生感到十分的不解，并不是因为他的症状，而是因为亨弗里斯向他提出的一个要求。他一恢复说话能力便向医生提出了这要求："我希望你能把迷宫里的那个圆球打开¹。""我倒想到，那里头基本没足够的空间，"这是医生能编出来的最佳答复了，"但相对我而言，这对你影响更大，反正我已经过了跳舞的岁数了。"亨弗里斯听了之后，咕哝了几句，便转身睡去了。医生暗示护士们，这位病人还没有脱离危险呢。在他能够更好地表达自己的想法之后，亨弗里斯说清楚了自己的意思，并且收到承诺此事将立刻执行。他急着想知道医生看到的结果，第二天早上医生看上去有些伤心。亨弗里斯觉得把事情说出来对他更有好处。"好吧，"他说道，"恐怕那球是彻底毁了；我猜那金属肯定已经被磨蚀得很薄了。总之，凿子一击它便破成碎片了。""哦？继续说，快！"亨弗里斯急迫地说道："哦！你肯定想知道我们在里头发现了什么。好吧，那里面装了半满的灰状的东西。""灰状？你们觉得那是什么呢？""我还没有彻底检查过那东西，因为没时间。但是库珀打定主意说——我敢说肯定是因为我说的一些话——那是个骨灰盒……千万别太激动，先生；是的，我必须承认我觉得他或许是对的。"

那迷宫已被拆除，沃卓普夫人也原谅了亨弗里斯。实际上，我记得他娶了她的侄女。她说对了——她猜测庙宇里的那些石头是标号的，每块石头底部都标有一个号。其中一小部分的数字已经磨损了，但剩下那些已经足够让亨弗里斯重新拼出那铭文了。那句话是这样的：

PENETRANS AD INTERIORA MORTIS.²

虽然忆起他的舅舅时，亨弗里斯依旧心存感激；但有一点他不太能释怀，他舅舅竟然烧毁了詹姆斯·威尔森的日记和信件。正是他为威尔斯索普建造了这座迷宫和庙宇。有关这位先祖的逝世以及葬礼的情况，毫无传言留存。但是他在遗嘱——这几乎是唯一可以获得的有关他的资

---

1 把……圆球打开：在英语里 ball 有舞会的含义，因此 open the ball，可以理解为"开一场舞会"，故有后文"没什么空间""跳舞"一说。

2 拉丁文本的《圣经》之《箴言》第 7 章 27 节中有以下语句："viae inferi domus eius penetrantes interior mortis." 这段文字讲述一个淫妇的诱骗伎俩。中文译文为："她的家是在阴间之路，下到死亡之宫。"文中的这句拉丁语即是"下到死亡之宫"的意思。

料——中出奇慷慨地将一大笔遗产留给了有着一个意大利名字的仆人。

库珀先生的观点是，从凡人所能及的角度来说，这些严肃事件对我们是有意义的，如果我们有限的智慧能够将这意义解析清楚的话。而卡尔顿先生则想到了一个已经去世的姑妈，她在大约一八六六年的时候，在科文特花园的一个迷宫中迷路一个半小时之久，那迷宫也可能是在汉普顿宫。

这一系列经历当中最为诡异的一件事是，那本写着迷宫寓言的书完全消失了。自从亨弗里斯从那本书中摘抄了一些段落并送给了沃卓普夫人之后，他再也找不到那本书了。

维特敏斯特之宅[1]

阿什顿博士——托马斯·阿什顿，神学博士——坐在他的书房里。他身穿便袍，剃光了的头上戴着顶丝帽，此刻他摘下了假发，将之放在了帽楦上，那帽楦位于一张靠墙的桌子上。他大约五十五岁左右，体格健魄，面色红润，眼神凶悍，上嘴唇有些下塌。正当我描述他时，他的脸颊和眼睛都被透过一扇朝西的、高大框格窗户照到他身上的单调午后阳光给照亮了。阳光照射到的这个房间也挺高，里面放着成排的书架，书架间显露出装有饰板的墙面。桌子上，在博士的手肘附近有一块绿色的布，上面摆有一个放着墨水瓶的托盘——他则会称之为银质墨水台——几根鹅毛笔、一两本小牛皮封面的书籍、若干纸张、一把陶制长烟斗、一个黄铜烟草盒、一个放在草编匣里的烧瓶以及一个烈酒杯。此时为一七三〇年十二月某天的下午三点多。

我在上段文字中所描述的便是一个粗略的观察者望进这房间时会注意到的情景。当阿什顿博士坐在他的皮质扶手椅上、朝窗外望着时，他又看到了什么呢？除了他花园里的灌木丛及水果树的顶端外，从他这个方向几乎什么东西都看不到，但几乎可以完整地看到宅子西墙的红砖。西墙中部是一道门，一道用非常精致的铁质涡卷装饰着的双闸门，因此可透过它望见点门后的情景。透过铁门，他可以望见地面几乎倏得向下陷进了底部，下面肯定有条小溪顺势流过。而另一边地势则陡峭地升起，那上面是一片有点庄园感觉的田地，上面密密麻麻地长满了橡树，

---

1 本篇最早发表于《瘦鬼及其他鬼故事》中。《维特敏斯特之宅》细致描绘了 18 世纪的故事背景，讲述了一个男孩利用诡异魔法宝物的故事。正如作者另外几篇故事一样，本篇也显示出其对蜘蛛近乎病态的厌恶之情。《瘦鬼及其他鬼故事》的书名便是从本篇中的"心地麻木凋零造就丑陋的瘦鬼"一句中引申而来。

当然现在这个时节树叶都掉光了。树与树之间并没有极其紧密，至少可从树干间瞥见一线天空和地平线。此刻天色金光熠熠，而那地平线——看上去似乎是一片树林——则显出了紫色。

但是阿什顿博士审视这幅景色数分钟后所说的话竟然是："讨厌！"

一听到这话，听者便会意识到，有一阵急促的脚步声正在靠近书房。根据传来的回声便能推断那些人正穿过一个比书房大许多的房间。书房门打开时，阿什顿博士坐在椅子上转过了身来，看上去期待着什么。进得门来的是一位女士，一位穿着当时服装的矮胖女士，虽然我已尝试着描述了博士的着装，但我不会描述他夫人的穿着，进门的正是阿什顿夫人。她看上去十分焦急，甚至显得有些痛苦、心烦意乱。她低头凑到阿什顿博士耳边，语气十分烦躁、几乎是耳语般地对他说道："亲爱的，他的情况很糟，恐怕是恶化了。""这……这，真的吗？"他往后靠了靠，望着她的脸。她点了点头。这时，不远处传来两声庄严的钟声，飘荡在高空中，告示着三点已过半。阿什顿夫人一惊，说道："哦，你觉得是否可以下令今晚停止大教堂鸣钟呢？那钟就在他房间上方，会让他睡不着的，而可以肯定的是，睡眠是他康复的唯一良方。""嗯，肯定，如果有需要，切实的需要的话，可以下令，但我不能擅用职权。弗兰克这孩子，你保证他的康复与停止敲钟紧密相关吗？"阿什顿博士说道，他声音既响亮又坚定。"我十分确信。"她夫人回答道。"那么，如果这么必要的话，让莫莉跑去告诉西姆普金斯，以我的名义要求他日落时停止敲钟。对了，还有，这之后让她去告诉扫罗勋爵，我希望即刻便在书房里见他。"阿什顿夫人急匆匆地去了。

在有其他访客到来前，我们先来了解下事态。

除各种教会要职外，阿什顿博士还是富足的维特敏斯特牧师会教堂[1]的受俸牧师。此教堂虽非主教座堂，但亦是经过教会解散及宗教改革[2]后幸存下来的早期教堂之一。该教会的架构和特色在我所描绘的时代过去一百年后，依旧得以延续；其中的大教堂、主持牧师及两位受俸

---

1 牧师会教堂：指通常不设主教，由教堂参事会集体管理的教堂。
2 维特敏斯特是英格兰西南部格洛斯特郡的一个村庄，在斯特劳德市西北方五英里处。事实上该处并无符合作者描述之教堂，他使用此地名亦可能纯属巧合。"教会解散"指英王亨利八世在他与罗马教廷断绝关系、于1534年建立英国教会后，于1536至1540年间解散天主教会一事。

牧师的住宅、唱诗班以及其他附属设施均保存完整并可如常运转。稍晚于一五〇〇年，有位主持牧师，是个伟大的建筑家，他建造了一个宽阔的四方形红砖宅邸，将教堂与牧师们的住宅连接了起来。一些神职不再有必要，他们的职位缩减成了头衔而已，并由镇上及邻近地区的教士或律师担任。因而本是为八到十个人提供住宿的宅子现在由三个人分享了，即主持牧师与两位受俸牧师。阿什顿博士的住所囊括了整个建筑中先前用作日常会客厅和餐厅的区域，占据了四方院整整的一边，而且在宅子的一端有一扇通往教堂的便门。正如我们已经知道的，住所的另一端则可以望见村中的景色。

宅子就讲到这里。至于宅子里的住户，阿什顿博士是个富有之人，膝下无子女，但他领养了——或者说，承担了抚养的责任——连襟之孤儿。这个孩子名唤弗兰克·赛达尔，已搬来宅里数月。一天，一封来自爱尔兰贵族基尔多南伯爵[1]（他与阿什顿伯爵是在大学时认识的）的信件寄到，其中提及博士是否可以考虑将伯爵之继承人扫罗子爵收养在自己家，同时担当类似导师的角色。基尔多南勋爵很快就要去驻里斯本大使馆任职，这孩子并不适合此次旅程。"并非言其体弱，"伯爵写道，"虽则你将视其为古怪，近来我亦有此感，更有佐证者，今日其年迈保姆前来明言此儿已着魔，且不论此；我确信你可使其回正道。旧时你手腕刚强，我予全权于你，可见机行事。实情是，此处并无与其年龄特质相近之男童为伴，故任其游荡于围场及墓园。其归家后常以奇异故事将仆人惊吓以极。故我为你及贵夫人预警。"或许是因为一看就明白，他有可能获得一个爱尔兰的主教职位（伯爵信中某句话似乎暗示了此事），所以阿什顿博士接受了对扫罗子爵大人的监护职责，以及随其而来的每年两百畿尼的经费。

于是，九月的某个晚上，他来了。他从所乘的马车上下来后，先是走过去和驭马的男孩说了些话，给了他一些钱，并拍了拍马脖子。不知他是否做了什么把马匹给吓到了的动作，总之差点引起一场可怕的事故。那畜生激烈地惊了起来，驭马男孩毫无准备地给抛了出去，后来他发现自己拿到的小费也找不到了；马车蹭到门柱，掉了些漆；正在搬运

1　基尔多南伯爵：事实上并无此爵位。

行李的仆人脚上被车轮给碾了一下。扫罗勋爵走上台阶，来到门廊的灯光下，阿什顿博士正在迎接他。他是一个大概十六岁左右的清瘦少年，长着黑色的直发；肤色惨白，正如此类人物常有的气色一般。对于刚才的事故和混乱场景，他足够淡然，并表达了对那些受伤或可能受伤的人们的恰当的关切焦虑之情。他的嗓音柔滑动听，而且神奇的是竟然丝毫没有爱尔兰口音。

弗兰克·赛达尔年纪要小一些，大概十一二岁，但扫罗勋爵并未因此拒绝与他为伴。弗兰克教了他各种他从未在爱尔兰玩过的游戏，而他也能快速学会；而且他也能够读懂弗兰克的书，虽然他在家时并未接受过或只接受过少许正规教育。没过多久，他便可以设法弄清楚大教堂墓地里那些墓碑上的铭文了，他也常常针对藏书室里一些古旧书籍向博士提出一些需要费些思考才能回答出来的问题。可以推断说，他和仆人们也相处得十分愉快，因为他来了不到十天，仆人们便争先恐后地想把他服侍好了。彼时，阿什顿夫人正因为找不到新的女佣而十分为难。只因宅中有所变动，而镇上她习惯招用人的几家子又没有闲手空出。被逼无奈，她只能去比往常更远的地方雇用人。

以上这些概述我是从博士日记及信件中的笔记中获得的。这些只是概述而已，考虑到所要讲述的故事，我们需要知道更多关键的、细节化的信息。我们从那一年晚些时候的日记条目中获得了这样的信息，我认为这些文字是最后一个事件发生后一道写上去的，但由于文字只涉及短短几日，因此没有理由怀疑作者记忆事件经过的准确性。

某个礼拜五的早上，一只狐狸，也可能是一只猫把阿什顿夫人最为宝贵的、全身没有一根白毛的小黑公鸡给叼走了。她丈夫常常跟她说，这公鸡很适合作为埃斯库拉庇乌斯[1]的祭品，这让她感到非常不安；现在可没人能安慰得了她了。两个男孩到处寻觅小公鸡的踪迹，扫罗勋爵找回了几根羽毛，看上去好像有一部分被放在花园里的垃圾堆上烧过。就在同一天，阿什顿博士从楼上的一扇窗户往外望时，看到那两男孩正在花园的一角玩耍，他们所玩的游戏令其十分不解。弗兰克正专注地盯着他手中的某样东西，扫罗站在他身后，似乎在聆听什么。过了几分

---

[1] 埃斯库拉庇乌斯：为古希腊—古罗马神话体系中的医药之神，古希腊语称之为阿斯克勒庇俄斯。

钟，他轻柔地把手放在了弗兰克的头上，几乎就在那一瞬间，弗兰克突然扔掉了他握在手中的东西，双手遮住了眼睛，跌倒在了草地上。扫罗脸上露出极度的愤怒之情，立马捡起了那东西。关于那东西，只能看到它是闪闪发光的。扫罗将其放进了自己的口袋里，转身要走，让弗兰克一个人蜷缩在了草地上。阿什顿博士轻轻敲了敲窗玻璃以引起他们的注意，扫罗慌张地抬头望了望，立马奔到弗兰克身边，扶着他的手臂将他拉了起来，并带着他走开了。当他俩进屋吃晚饭时，扫罗解释说他们当时在排演雷达米斯图斯悲剧的一段，情节是女主角用手中握着的玻璃球解读其父亲王国的未来命运，并被她所见到的可怖事件吓坏了[1]。在他进行这番辩解时，弗兰克默不作声，他只是十分迷惑不解地盯着扫罗。阿什顿夫人认为，他一定是从湿漉漉的草皮上沾染了寒气，因为当天晚上他便发了高烧，有些紊乱失调；而且不仅是身体紊乱，他的精神也十分失调不安，因为似乎他有什么想跟阿什顿夫人说的，只不过一堆家务事让她难以花心思去关注他。当她按平时习惯的那般，前去查看孩子们房间里的灯烛是否已经拿走，并向他们道晚安时，他似乎已经睡着了。虽然她觉得，他的脸红得很不正常；而扫罗勋爵却脸色苍白，表情宁静，并在睡梦中露出了微笑。

翌日上午，阿什顿博士碰巧被教堂及其他事务缠身，没法给孩子们上课。因此他布置了作业让他俩写好后交给他。弗兰克至少三次过来敲他的书房门，而每一次博士都凑巧忙着会见客人，因此都草草地便把他打发走了，他后来对此感到十分懊悔。那天有两位教士留下来吃午饭——他们已为人父——他俩都提到说这孩子看上去正发着烧，他们的判断十分正确。如果立马就让他去床上休息的话就好了，因为几个钟头后，下午时分他跑进了宅子，大声哭着，那样子实在吓人；他奔向阿什顿夫人，紧紧抱着她，求她保护自己，并且不停地说道："赶走它们！赶走它们！"此刻显而易见的是，他已经病得不轻了。于是他搬出了自己平时所睡的房间，住到了另一个房间里，医生也过来检查了。医生宣

1　雷达米斯图斯（？—58）：公元1世纪亚美尼亚之王子，参见塔西佗《编年史》（12.44-51）。其亦是亨德尔1720年的歌剧《拉达米斯托》的主角，该剧由尼古拉斯·海恩编剧。但无论是塔西佗的书中还是亨德尔的歌剧中均无小说中描述的情节。

称他的病很重，已经影响到大脑了，并说道如果不能保证绝对的安静，他将一命呜呼。医生所开的镇静类药物也用上了。

现在我们沿着另一条情节线，又一次达到了我们刚才所在的故事节点。大教堂的钟被禁鸣，扫罗勋爵此刻正站在书房的门外。

"这可怜孩子现在这个样子，你能给出什么缘由吗？"这是阿什顿博士的第一个问题。"嗯，先生，我想，基本上和您已经知道的一样。虽则我必须谴责自己，昨天我们排演那出您所见到的愚蠢戏剧时，他被吓坏了。恐怕他太往心里去了，我本意并非如此。""此话怎讲？""嗯，我和他讲了我在爱尔兰听到的一些愚蠢故事，是关于我们称之为'第二视觉'[1]的。""第二视觉！那是种什么样的视觉呢？""嗯，您知道的，我们那边一些无知的人假装有些人有能力预见未来——有时候是从一块玻璃里，或者有可能是在空气里，在基尔多南就有一个老妇人宣称其有这种能力。大概是我把这事情过分渲染了，但我从没想到弗兰克对这件事会如此当真。""你错了，子爵大人，大错特错，你怎可乱玩这种迷信把戏，你应该考虑下这是在谁的家里，这种行为对我为人和性情而言是多么不合适，对你自己也是。但请告诉我，你，如你所说的，演戏而已，怎能搞出些把弗兰克吓成这样的名堂？""先生，关于这一点我也丝毫不解。他怒吼着什么战争、爱人、克里奥朵拉和安提贞尼斯[2]之类的，然后一瞬间说起了一些我根本听不懂的话，接着他便如您所见的那样摔倒了。""嗯，是在你把手放在他头顶上的时候吗？"扫罗勋爵快速地瞄了一眼提问者——既迅速又充满仇恨——他第一次显得未加准备。"可能大约是在那个时候吧，"他说道，"我尝试过回忆此事，但还是不能肯定。无论怎么说，我当时没有任何特别的举动。""啊！"阿什顿博士说道，"好吧，我的勋爵，这次惊吓对我可怜的外甥可能造成非常严重的后果，如果我不告知你这一点，那我就铸成大错了。医生对他的身体状况非常悲观。"扫罗勋爵双手紧握在一起，诚恳地望着阿什顿博士。"我宁愿相信你没有任何恶意，因为可以肯定，你没有任何理由对这可怜孩

1　第二视觉：传说中可以预见未来或者望到远距离事物的特殊能力。

2　克里奥朵拉为古希腊神话中居住在帕纳塞斯山仙女，为波塞冬所爱；安提贞尼斯（？—前316年）为亚历山大大帝麾下将领之一。

子下毒手。但是关于此事，我不能全然不责怪你。"他正说着，急促的脚步声又再次传来，阿什顿夫人快步走进房间，手里拿着蜡烛，因为此时夜色已经降临。她十分焦躁不安，"哦，快来！"她呼喊道，"立马过来，我想他要走了。""走了？弗兰克？怎么可能？那么快？"博士说着些断断续续的话语，一把抓起桌上的一本祈祷书，便跟着他夫人跑出书房了。扫罗勋爵在原地待了一会儿。女佣莫莉看到他弯下腰，用双手捂住脸。如果说莫莉有什么最后证词要说的话——她事后说道——他正努力抑制住自己一阵大笑的欲望。接着他便静静地走出了书房，跟在众人身后。

阿什顿夫人不幸言中。我无意详细揣测那临终场景，但阿什顿博士所记录的内容对于本故事有重要意义，或者说可被认为有重要意义。他们问弗兰克是否想再见一下他的玩伴扫罗勋爵。在这最后时刻，这男孩看上去非常镇静自若，"不，"他说道，"我不想见他；但你们应该告诉他我担心他会感到极度寒冷。""亲爱的，这是什么意思？"阿什顿夫人说道。"就这句话，"弗兰克说道，"此外，告诉他我现在摆脱他们了，不过他可要当心了。阿什顿姨妈，对你的小黑公鸡，我感到很抱歉。但他说如果我们想看到所有可见的情景，就必须要那样利用小公鸡。"

没过多久，他便去世了。阿什顿夫妇都很悲痛，自然阿什顿夫人是最为悲伤的。博士本人虽不是个感情用事的人，但他依旧为少年夭折而感到痛心。而且除此之外，他越发怀疑扫罗并没有将全部事情告诉他，并且他怀疑这其中有什么事情已经超越了常理。他离开死者的卧室，正要穿过宅子的四方院落，走去教堂司事的住处。因为必须要敲响教堂中最大的一口钟——丧钟；必须在教堂院子里挖一处坟墓；而且现在也没有必要停止教堂钟声的鸣响了。当他在黑夜中慢慢踱回住处时，他觉得必须要再见一次扫罗勋爵。黑色小公鸡的事情虽然可能显得琐碎，但他必须弄清楚。这可能只是那重病的孩子的幻想而已，但若不是如此，难道他没读过一个女巫审判案吗？里面就有提及一些残忍的牺牲祭祀把戏。没错，他必须要见扫罗。

与其说我从他的文字中找到了这些想法，倒不如说是我推断的。可以肯定的是他俩有过另一次对话，也可以肯定扫罗不会（或者如其所言，不能）解释弗兰克所说的话，虽然那些话，或者说其中一部分话语，似乎让他感到非常惊恐。然而并未找到这次对话的详细记录。当他极其不情愿地道晚安时，他要求博士为他祈福。

当基尔多南勋爵在里斯本大使馆收到信件时已是一月末尾了，那封信至少让这位自大又疏忽的父亲受到了一次沉重打击。扫罗死了。弗兰克葬礼上的情形让人非常不安。是日天气可怕，又阴沉又刮大风，抬棺人从大教堂的门廊出发，朝坟墓走去。他们在摇晃不停的黑色棺罩下摸黑踽踽前行着，这不是一个容易的工作。阿什顿夫人在自己的房间里——彼时女性不能参加亲人的葬礼——但扫罗在葬礼现场。他身穿那个年代的丧服，脸色惨白，表情僵硬，犹如死人一般。只有在那么两三次情况下，他突然把头转向左边，往身后望了一眼，那时他的面部活泛了起来，露出一种可怕的表情，像是听到了什么让他害怕的动静。没有人目击他出走，但那天晚上便没人找得到他了。整整一夜，大风都猛烈拍打着教堂楼上的窗户，并呼啸着吹过山地，掠过林地。在野外搜寻是没有用的，因为不可能听到任何呼救的叫喊声。阿什顿博士所能做的只有提醒教会周围的人们，通知镇上的警察，坐着等待一切消息；他也确实这么做了。第二天一大早，教堂司事就带来了消息，他有个任务便是在七点钟为来做早祷的人们打开教堂门。他让女佣冲上楼去通知她的主人，女佣双目圆睁，头发散乱地去了。两人随后穿过院落，直奔大教堂的南门而去，他们在那里发现了扫罗勋爵。他绝望地攀附在教堂巨大的门环上，头低沉在肩膀中间，长袜已成碎布，鞋子也不见了，双腿血肉模糊。

以上便是需要通知基尔多南勋爵的，基本上故事的第一部分也到此结束了。弗兰克·赛达尔和扫罗子爵——基尔南多的威廉伯爵之独子及继承人——合葬在了一个墓中。那是维特敏斯特教堂墓地里一个祭坛式石墓。

阿什顿博士在他的受俸牧师宅子里继续生活了三十多年，我不知道他的生活有多么宁静，但至少没有眼见的干扰。他的继任者偏爱镇上的一座自有宅邸，因此这高级受俸牧师的宅子就闲置了。在这两任之间，他俩亲历了十八世纪的逝去和十九世纪的到来；因为阿什顿的继任者海恩兹先生在二十九岁时成为受俸牧师，其逝世于八十九岁上。故直到一八二三年或一八二四年才有继任此职位者愿将此宅邸当成自己的家。

这么做的那位先生叫做亨利·奥尔蒂斯博士，一部分读者可能知悉他的名字，因为他是一系列题为《奥尔蒂斯集》多卷本著作的作者。这套书在众多藏书丰富的图书馆之书架上占据着一个必然受人顶礼膜拜之席位，因为极少有人取阅它们。

奥尔蒂斯博士和他的侄女以及仆人花费了几个月时间才将家具和书籍从他在多塞特郡的牧师住所搬到维特敏斯特的四方院里来，并把一切都安顿好。终于所有工作都完成了，这宅子（虽然无人居住，但一直都保持完好无损）又重获生机，就好像基督山伯爵在奥特伊的别墅[1]一般，再一次活过来，歌唱起来、兴盛起来了。六月的某个清晨，早餐前，奥尔蒂斯博士在花园里踱步，这宅子看上去分外壮美，他望过宅子的红色屋顶，看着大教堂的钟楼上四个金质风信旗，那背后是一片极蓝的天空，天上缀着极白的小片云朵。

"玛丽，"他说道，他在早餐桌前坐了下来，并将一个又硬又亮的东西放在了桌布上，"这是仆童刚才找到的。你比我眼尖，能猜出这是干什么用的吗？"这是个圆形的、极其光滑的小牌子，大概有一英寸厚，材质看上去像块透明玻璃。"不说别的，这个看着很吸引眼球。"玛丽说道，她是一个长相秀美的姑娘，发色偏浅，有着一双大眼睛，而且热衷于文学。"是的，"她叔叔说道，"我就猜你看到它会高兴。我推测它是属于宅子里的。凑巧出现在了角落里的垃圾堆中。""不过，我不能肯定地说我真的喜欢它。"几分钟后玛丽说道。"亲爱的，为什么不喜欢啊？""说真的，我不知道。可能只是我胡思乱想了。""是了，当然是你那些奇思异想和天方夜谭啦。好啦，这是什么书，我是说书名叫什么，就是你昨天一整天都埋头看的那本？""叫《法宝》[2]，叔叔。哦，如果这东西是个法宝，那该多迷人啊！""对的，是《法宝》。啊，好啦，这东西就交给你了，不管这究竟是什么。我得去办我的公事了。宅子里一切都好吗？你还住得惯吗？用人起居室[3]里有什么牢骚吗？""没有，真的，这里一切都

1　此处指大仲马（1802—1870）的名著《基督山伯爵》中的情节。男主角埃德蒙·堂泰斯，即基督山伯爵，越狱后在奥特伊（如今为巴黎的一部分）获得了一处大宅子。

2　《法宝》：the Talisman 为英国作家沃尔特·司各特爵士（1771—1832）的小说。小说情节主要关于一件有神奇治愈魔力的珠宝。

3　用人起居室：英国大宅子里供用人闲暇时休憩及用餐的地方。通常与用人餐室同意，但如果没有额外空间供用人休憩，则用人起居室面积会相应扩大，兼顾休憩及用餐之职能。

已经很好了。除了麻布制品橱的锁以外——我已经告知过你了——只有一点点[1]牢骚，就是玛珀尔夫人说她没法赶走宅子另一头，你常要穿过的那间屋子里的锯蝇[2]。顺便，你确定你喜欢那间卧室吗？你知道，那屋子和其他人的都离得很远啊。"喜不喜欢？我当然喜欢啦。亲爱的，离你们越远越好。呵呵，可别觉得我嘴欠，我道歉！但锯蝇是什么东西？它们会啃噬我的大衣吗？如果不会的话，他们可以占据那个房间，我无所谓。反正我们不太可能使用那间屋子。"不会，当然不会。它说的锯蝇是那种红色的，像长腿爸爸[3]似的昆虫，但是要小一点[4]，那房间里现在肯定停满了这种昆虫。我不喜欢它们，但我也不觉得它们能干出什么恶事来。"这么好的一个早上，似乎已经有好几件事惹你不喜欢了啊。"她叔叔在关门出去时说道。奥尔蒂斯小姐仍旧坐在椅子上，盯着那块小牌看，此刻她正将其握在掌中。她脸上的笑容渐渐消失，取而代之的是一种充满好奇，又十分专注的表情。玛珀尔夫人的出现以及她那万年不变的开场白打破了玛丽的沉思："哦，小姐，我能和您说句话吗？"

本故事的下一个资料来源是奥尔蒂斯小姐寄给一位利奇菲尔德的朋友的一封信件，这信是一两天前便开始写的。信件自然没法摆脱彼时女性思潮领袖、部分人称为"利奇菲尔德天鹅"的安娜·西沃德[5]的影响。

"我最亲密的艾米丽，你听闻我们——我挚爱的叔叔和我自己——终于在此一称呼我们为主人——不对，应是主人与小姐——的宅子里安定好了，一定会感到欣喜。在过往时代，它有过那么多其他主人。在此处我们体味到了现代的优雅与古老风格的混合之感，我俩以前的生活中从未有过这种滋味。这个镇子虽然小，却也可供我们审视文雅社交的乐处，虽确实有些索然，但却是真实的。邻近乡村中的那些人，有些是那些零星分布的大宅里的居民，他们常接触大都市中的华美建筑，因此对宅子每年都会更新修整；有时，在对比之下，其他宅子粗犷朴实

---

1 原文为法语。

2 锯蝇：又称叶蜂。膜翅目昆虫，属于广腰亚目（叶蜂科），其共同特点是外露的产卵器，形似锯齿，故得名锯蝇。通常此类昆虫以植物为生。

3 长腿爸爸：原本是大蚊（大蚊科大蚊属双翅昆虫，腿极长）的戏称，但后来用来形容腿极长的盲蛛。

4 显然这里说的是姬蜂（瘦姬蜂），而非真正的锯蝇。——原注

5 安娜·西沃德（1747—1809）英国诗人及书信作者，其从父亲处继承了一大笔钱后便定居在斯塔福德郡的利奇菲尔德。她与利奇菲尔德最著名的望族塞缪尔·约翰逊熟稔。她的书信于1811年出版，共六卷，行文如同她的诗歌一般妩媚娇滴。

的温馨惬意之感也同样让人开心、合人心意。当厌倦朋友们的会客室和客厅时，我们随时可以逃脱那些白日里智识的交锋或闲谈闲聊，在我们庄严的大教堂的严肃之美中寻求避难。它那银色的钟每日'鸣钟召集祷告'[1]，在教堂静谧的墓园的林荫道上我们怀着温柔之心冥想，时不时的双眼变得湿润，因为感怀那些逝去的青年之人、美丽之人、年老之人、智慧之人及善良之人。"

从此处开始信件的内容和风格都出现了生硬的断层。

"可是，我最亲爱的艾米丽，我没法再用你应享有的字斟句酌来写这封信了，虽然我们俩都享受这一过程。我必须要告知你的是一件与已知经验完全陌生的事情。今天早上早餐时，我叔叔拿来了一样物件，是在花园里找到的。这是一块玻璃或水晶质的牌子，形状如下（她画了个小示意图），他把这牌子给了我。他走开后，那块牌子便放在我身边的桌子上。我盯着它看着，也不知道为什么，看了有那么几分钟，直到被叫去处理日常琐事为止。若我说，似乎我自觉开始看见这个东西里映射出了我所在的房间里不存在的物品和场景，你一定会露出怀疑的微笑。但是，在经历了这事之后，我立刻就躲进了自己的房间里，拿这个我怀疑是具有重大魔力的法宝：你不会觉得这样很奇怪的。它并未让我失望。艾米丽，我以对我俩而言都最为宝贵的回忆向你做出保证。今天下午我所经历的一切，超越了先前我认为真实可信的范畴。长话短说，我一个人坐在卧室里，大夏天，光天化日之下，我望进这透明的小圆牌中，看到了以下情景。首先，是一片让我感到陌生的景色，一个欠打理、土丘遍布的草地围场，中间是一片灰色石质的废墟，围场周围是粗犷的石围墙。废墟中站着一个又老又丑穿着红色斗篷和破烂裙子的妇人，她正和一个穿着许是一百年前服饰的男孩说话。她把一件闪着光的东西放进他手里，他也放了些什么到她的手中，我看到是钱，因为有一枚硬币从她颤抖的手中掉落到了草地上。这个场景消逝了，顺便，我应该提及，在围场的粗墙上我发现了骨头，甚至有一个骷髅头，尸骨散乱地分布着。接着，我看到了两个男孩。一个便是上个场景中的男孩，另一个年纪要小

1　鸣钟召集祷告：应为误引了莎士比亚剧作《皆大欢喜》第二幕第七场中公爵的一句台词"曾经被神圣的钟声召集到教堂里去"（朱生豪译本）。

一些。他们在某个花园的一角，花园周围有围墙。虽然在布置上已经有
所不同，而且树木也更小个一些，但我可以清楚地辨认出来，这个花园
便是我现在从卧房窗户能够望见的那个。看上去，两个男孩正在演出某
部怪异的戏剧。地上有什么东西在阴燃。年纪大些的那个把双手悬在那
堆东西上方，然后将手举了起来，我觉得像是在做祷告的架势。我看到，
让我一惊，他手上有浓浓的血迹。天空阴云密布。这时，那男孩脸朝向
花园的围墙，用他那举起的双手召唤着，随着他的动作，我意识到跨过
围墙顶有个活动的物体正在变得清晰可见，不过我没法看清那是否是什
么动物或人形物体的头或者身体其他部位。就在这一刻，年岁稍大的男
孩突然转过身去，抓住了年岁稍小男孩的胳膊（这男孩刚才一直俯身凝
视着地上的一个东西），两个人急匆匆地离开了。我便看到草地上有血，
一小堆砖块，还散乱着我认为是黑色羽毛的东西。这一场景结束了，下
一个场景十分黑暗，或许我没能全然理解其含义。但首先我似乎看到的
是一个人，他一开始低低地蜷伏在树木或灌木间，狂风正吹打着树丛，
接着他开始极其快速地跑动起来了，还不停地转过他那苍白的脸来看看
身后，似乎他在惧怕追踪者。不过确实，追踪者们正努力地追赶着他。
它们的形状由于光线暗淡看不清，数量上大概有三四个，这只是我的猜
测而已。我推测整体而言，它们更像犬类，而非其他，但又绝对不是我
们见过的那种犬类。如果我可对眼前这恐怖场景闭上双眼，我肯定立马
这么干了，但是我没法做到。最后我看到的是受害者猛冲过一道拱门，
接着紧握住了什么东西，他攀附在了上面，那些追踪者赶上了他，似乎
我耳边回荡着一声绝望的惨叫。有可能我失去了知觉，可以肯定的是在
一段黑暗的过渡后，我有一种在天光之中醒来的感觉。以上，字字属实，
艾米丽，便是今天下午我所见的'景象'，我没法用其他名词称呼它了。
告诉我，难道我不是被迫目睹了与这所宅子有关的一场悲剧的片段吗？"

　　第二天，这封信继续写了下去。"我停笔时，昨日的故事并未完结。
关于我的经历我一字未对叔叔说，你自己清楚，他那固执的寻常思想根
本对这些故事毫无准备，在他看来，这种事情具体的处理方法便是喝复
方番泻叶浸剂 [1]，或者是喝一杯波尔图葡萄酒。在一个沉默无言的傍晚之

1　复方番泻叶浸剂：一种通便药，由番泻叶、硫酸镁及甘草提炼物制成的浸剂。

后，我便去休息了。虽然沉默无言，却不苦闷。还没上床时，让我一惊的是，我听到了一声只能形容为远处的吼叫的声响，我知道这是我叔叔的声音，虽然我从没听他那么大声地喊叫过。他的卧房在这座大宅最远的一端，要到达那房间必须穿过一个长约八十英尺，古色古香的厅堂；一间天花板很高的，装有饰板的房间；以及两个无人使用的卧室。在第二间卧室中——这房间里几乎没有家具——我找到了他，一片漆黑，他的蜡烛丢在地上，已经熄灭了。当我手握蜡烛，跑进房间时，他用两臂抱住了我，全身颤抖着。我有生以来，他第一次这个样子。他感谢了上帝，接着催我快走出这房间。至于是什么把他吓了一跳，他只字不肯透露。'明天吧，明天。'他只说了这么些话。用人赶紧在我房间隔壁屋里帮他临时准备了一张床。我猜测他那晚睡得也不会比我好。我到了后半夜才稍微睡去一会儿，那时候天色已经变亮了。但我做的梦也极其可怕，其中一个在我脑海中留下了极深的印象，我必须要写下来，以期可以减少它所留下的印象。梦里我来到自己的房间，预感有一股邪恶之力正在迫近我。我心中十分犹豫又不情愿地——我也无法解释为何——走向了衣橱。我打开了顶层的抽屉，里面除了丝带和手帕，什么都没有。接着我打开了第二层抽屉，里面也同样没什么让我吃惊的东西。然后，哦，天呐，是第三层也就是最后一层抽屉，里面有一大堆整齐折叠着的麻布制品。我充满好奇地盯着麻布堆顶上，心中开始有一丝恐惧之感，我看到那上面有了些动静，一只粉色的手从折皱里戳了出来，并开始在空气中无力地摸索起来。我再也受不了了，于是冲出了房间，紧紧地关上了房门，用尽全力想锁上它。但是钥匙卡在锁孔里怎么也转不动，此时房间里传来了一阵窸窸窣窣、跌跌撞撞的声响，而且这声音离门越来越近。我不知道自己为什么不奔下楼去。我还继续抓着门把手，幸运的是，当门从我手中被一股不可抗之力猛地拉开时，我醒了过来。你可能觉得这梦并不十分吓人，但我可肯定这梦对我而言极其惊悚。

"今天早餐时，叔叔十分沉默寡言，我觉得他是在为昨日给我们带来的惊吓而感到惭愧。但过了会儿，他问我斯比亚曼先生是否仍在镇上，又说道，他认为其为一个还算明事理的年轻人。我想你知道的，亲爱的艾米丽，至于这一点我毫无反对意见，而且对于他提的这个问题，我也不可能不知道。于是他便去找斯比亚曼先生了，之后我便未再见过他。我必须即刻把这一堆怪事寄送予你，否则可能又得多等一班邮差，信才能寄出了。"

读者们若推测玛丽小姐和斯比亚曼先生在是年六月份后没多久便结为连理，那这推测并不离谱。斯比亚曼是个翩翩少年，他在维特敏斯特附近一处不错的产业。而且最近这段时间他常来"王首旅馆"待上几天，名义上是出公差，但他肯定有些闲暇时光，因为他的日记非常丰富高产，尤其是我故事中所讲的这段时间。在我看来，或许是因为玛丽小姐要求，他才把这件事情尽可能全面地记录下来了。

"奥尔蒂斯叔叔（我多么希望不久之后便有权这么称呼他了！）今早到访。在我们短暂聊了一堆无关话题后，他说道，'斯比亚曼，我希望你听一下这奇怪的故事，并暂时保密，直到我进一步搞清楚为止。''当然可以，'我说道，'你可以信得过我。''我不知道怎么解释这事儿，'他说道，'你知道我的卧房和别人的房间都离得很远，我要穿过一个宽阔的厅堂以及两三个其他房间才能到达卧房。''那，这是在靠近大教堂那边的尽头了？'我问道。'对，是的。嗯，好吧，昨日早晨玛丽告诉我说，我卧房隔壁的房间被某种虫子给侵扰了，女管家没法赶走它们。或许事情的解释就是这个，但也许又不是。你觉得呢？''啊，'我说道，'您还没告诉我需要解释个什么事情呢。''是哦，我想我是还没告诉你。不过顺便一问，锯蝇是什么东西？它们有多大？'我开始怀疑他是不是脑子出了点问题。'我所认为的锯蝇，'我非常耐心地说道，'是一种红色的动物，有点像长腿爸爸，但又没那么大，大概一英寸长吧，也可能更短些。它的身体很硬，在我看来……'我刚要说'特别令人厌恶'，但他打断了我：'得了，得了，一英寸甚至更短，不会是这样的。''我只能告诉您，'我说道，'我所知道的。您如果从头到尾把这困惑您的事儿说给我听，岂不更好？那我或许可以给您出点主意什么的。'他沉思冥想地望着我。'或许是吧，'他说道，'我今天还跟玛丽说来着，说我觉得你还稍明些事理。'（对此我表示了感谢。）'实际上，奇怪的是我有点羞于启齿。我以前从未遇到过这种事儿。好吧，昨晚大概十一点左右，或者更晚些，我拿着蜡烛，准备回房间。我另一只手拿着一本书，在睡前我总是要看一会儿书的。这习惯可危险了，我不建议你这么做，但我知道该怎么处理火烛和床帏。接着说，首先，当我走出书房，进到隔壁的宽阔厅堂，并关上门时，我的蜡烛灭了。我想是因为我门关得太快，造成了一阵风。我心里很不高兴，因为除了我卧室外，附近找不到火绒盒。但我十分清楚回房间的路，于是我继续向前走了。然后，一片漆黑中，我的书从手里掉出去了。我得说书是从我手里猛地抽走的，这才更能表达出我当时的感觉。书掉在了地上，我捡了起来，然后继续走着，比刚才更加心烦了，而且有点受惊。然而如你所知的，那个厅堂有很多没有帘子的高窗，因此在像这几天一般的夏夜里，不仅可以看清楚里头家具的位置，还可以看清是否有什么人或什么东西在挪动。不过里面并没有人，没出现这种情况。于是我穿过了大厅，以及隔壁的账房，账房里面也有大窗户，接着我便走进了通往我卧室的两间卧房之中。这两间房里的窗帘紧闭着，我得走慢点，因为我东踏一脚西踩一下的。就在这其中第二间卧房里，我差点就长睡不醒 [1] 了。我打开第二间房的时候便觉得有什么不对劲儿的地方。我承认自己确实想过，是否应该转身去找另一条通往卧室的路，而不是走这一条。然而我感到很惭愧，想起人们常说的三思而后行，虽然我不确定在此事上我选择了最佳方案。若要我准确描述我的遭遇的话，事情是这样的。当我走进那房间时，便听到满屋子都是干涩的、轻轻的、窸窸窣窣的声响，接着（你还记得这屋子里伸手不见五指）好像有什么东西朝我冲过来了，我不知道如何形容，那感觉是一些又长又瘦的手臂，或者说是腿或触角，爬满了我的脸、脖子以及身体。似乎这些东西力道很小，但是，斯比亚曼，但我觉得此生从未有过这般恐惧及恶心之感，我记忆中是没有过的。这东西确实花了些劲儿让我吓得不轻。我尽全力地吼叫了起来，并把我手中的蜡烛乱扔了一气。当我意识到自己在窗户附近时，我扯开了窗帘，想办法让足够的光线照射了进来。我能够看清有东西在摇晃了，从形状上我看出是昆虫的腿，但是，上帝啊，那也太大了啊！嗯，那畜生一定得有我那么高。而你却告诉我说锯蝇只有一英寸长，甚至更短。这事儿你怎么看，斯比亚曼？'

"'看在老天爷份上，您先把故事说完，'我说道，'我从未听说过这样的事。''哦，'他说道，'我已经说完了。玛丽拿着蜡烛跑了进来，发

---

1 原文为拉丁文。

现里面什么都没有。我没有告诉她发生了什么事。昨天晚上我换了卧室，我打算长期更换了。''您有否搜查过那间奇怪的房间？'我说道，'您在里面放了什么？''我们不用那间房的，'他回答道，'里面有个旧橱柜，以及少许其他家具。''橱柜里头呢？'我问道。'我不知道，从未见它打开过，不过我知道橱柜是锁着的。''好，我应该看看那里面有什么，以及如果您有时间，我确有兴趣亲自去看看那个地方。''实际上我不想劳烦你的，但你道出了我的心声。说个时间吧，我带你过去。''就在此刻吧。'我立马说道，因为我察觉如果此事悬而未决，他是没有心思做其他事情了。他十分乐意地站了起来，我觉得他面露赞同之意。'走吧。'然而，他就说了那么一句。而且去他家的路由上一直都非常沉默。我的玛丽（正如他在公开场合如此称呼她一般，我私下里也这么称呼她）被叫了过来，接着我们便向那房间走去。博士仅仅告诉她说，昨晚自己在那儿被吓了一跳，至于事情详情则未加透露。但此刻，他说明并非常简洁地描述了一下他去卧室时发生的事件。当我们来到那重要事发地的附近时，他容许我走在了前面。'就是这个房间，'他说道，'进去吧，斯比亚曼，回头告诉我们你发现了什么。'无论我在午夜可能遇到些什么，我相信大中午任何邪恶之物都会受阻的。我一把推开房门，便走了进去。这是间采光很好的房间，右手边有大大的窗户。不过我觉得这屋子通风不是特别好。里头主要的家具便是那有些磨损的老旧深色木橱柜。里面还有一个四柱床架，那只是个架子而已，里面藏不了什么东西；还有一个斗柜。窗台和附近的地板上躺着成百上千的锯蝇尸体，还有一只反应迟钝的活体，我乘机搞死了它。我试着拉了下橱柜的门，打不开。斗柜的抽屉也同样被锁着。我意识到，在某个地方传来一阵忽有忽无的窸窸窣窣声，但我没法确定是从哪儿传来的。在我向外面等着的人汇报情况时，没有提到这事儿。但我说道，显然下一件事便是查看这些紧锁着的家具里面究竟是什么。奥尔蒂斯叔叔转向玛丽说道：'叫玛珀尔夫人来。'玛丽便走开了——我敢肯定，没有人有她这般的步伐——很快，她便回来了，步伐显得冷静些，一个看上去小心谨慎的年长妇人与她一同过来了。

　　"'玛珀尔夫人，这些家具的钥匙你有吗？'奥尔蒂斯叔叔问道。他这句简单的话语引来了一大串（虽然不咄咄逼人，但也够啰嗦的了）的回应。如果她的社会阶级稍稍高些，或许就能成为贝茨小姐[1]的榜样了。

"'哦，博士，小姐，还有您，先生，'她说道，躬身向我致了下意，'那些钥匙啊！我们刚来接手这宅子一切事务时，有个人来过，是谁来着？那个来处理事务的先生，我招待他在次会客室吃了午饭，因为大会客室里的东西还没按照我们的想法打理好。他吃了鸡肉、苹果馅饼还有一杯马德拉酒[2]，好吧，好吧，玛丽小姐，您得说我啰哩啰嗦了。我提这事儿是为了帮助自己回想。这下想起来了，那人叫加登纳，就跟我上礼拜从菜蓟[3]想到布道的经文一样。我从这个加登纳先生那里拿到的每一把钥匙都贴有标签，其中每把都是这宅子里某道门的钥匙，有时候一把能打开两道门。我所说的门，是指房间的门，而不是像这种橱柜的门。是的，玛丽小姐，我很清楚，我只是为您叔叔，及先生您，把这个交代清楚。这位先生给我保管的，还有一个盒子。他走了以后，我虽然明白这是您叔叔的财产，但觉无甚大碍，于是就自作主张摇晃了下那盒子。如果我没有出人意料地误判，那么盒子里面的也是钥匙，但是至于是什么钥匙，博士，那我就不知道了。因为我不会擅自打开那盒子的。'

"让我不解的是，奥尔蒂斯叔叔在听了这番话后依旧保持沉默。可能从以往经验来看，他已经明白即使插进话去也是没有用的。我知道，玛丽已经被逗乐了。无论如何，他没有插话，只是在最后说了句：'玛珀尔夫人，这盒子在你手边吗？如果在的话，请你把它拿过来。'玛珀尔夫人伸出手指指着他，带着些责怪或是有些郁闷却又得意之感。'这个，'她说道，'博士，如果换做我是您的话，我也会这么问。如果说我已因为此事责怪自己多次的话，已经差不多有个五十次了。我有时在床上睡不着，有时坐在椅子上，我为您和玛丽小姐工作已经整整二十个年头，没有人能期望一个更好的——是的，玛丽小姐，但我说的是实话，我们都十分清楚，到底是谁一有机会就想搞出些变动来。"就这样吧，"我对自己说，"可是请问，当博士让你对那盒子做出解释时，你该说些什么呢？"不，博士，如果您是那种我听说过的主人，而我又是那种我

1　贝茨小姐：为简·奥斯汀小说《爱玛》中简·费尔法克斯那啰哩啰嗦、令人厌烦的姨妈。

2　马德拉酒：马德拉为大西洋上葡属群岛及主岛的名字。该岛所产的一种加强（加入蒸馏酒精）葡萄酒。

3　菜蓟：一种原产地中海沿岸的菊科菜蓟属植物。在我国则分布于陕西省等地。花蕾和叶子均可食用。

所知悉的用人，那我眼前的任务也许就简单些了。但事情在于，按常理来说，实事求是地，我唯一能选择的方式便是告诉您，玛丽小姐如果不来我房里，帮我回想一下——她的智慧或许可以找回我脑子错过的信息——的话，那未来许久都不会有这样一个盒子——虽然是个小盒子而已——出现在您眼前了。'

"'唉，亲爱的玛珀尔夫人，你之前怎么不告诉我，你希望我帮你找到那盒子？'我的玛丽说道，'别，不必告诉我为什么会这样，我们马上过去找那盒子吧。'他们二人一道匆匆离去了。我能够听到玛珀尔小姐开始进行了一番解释，无需怀疑，这段话必定延续到了女管家房间里最深处。于是只剩奥尔蒂斯叔叔和我了。'多难得的用人，'他说道，朝着房门点了点头，'在她的打理下一切井然有序，她说话很少会长于三分钟的。''奥尔蒂斯小姐该如何帮助她回想起那盒子呢？'我问道。

"'玛丽？哦，玛丽会让她先坐下，然后询问她姑妈上次生病的事儿，或者壁炉架上那陶瓷狗是谁送给她的，总之是一些完全无关的事情了。接着，正如玛珀尔所说的，一件事带出另一件事，关键信息就会被带出来，比你想象的都快。来了！我相信我听到她们已经往回走了。'

"确实如此，玛珀尔夫人急匆匆走在玛丽前面，伸着双手捧着那盒子，满脸喜气。'那什么来着，'她走近了时口中喊道，'从多塞特郡搬来这个地方前我说什么来着？不是说我自己是个多塞特女人，也没有必要是。所谓"藏得好，寻得着"，这盒子就在我当时放置的地方，什么？我敢说得是两个月前了。'她把盒子交给了奥尔蒂斯叔叔，我和他饶有兴致地检查了盒子，因而我此时无暇去注意安·玛珀尔夫人，虽然我知道她在那儿继续解释盒子究竟是放在什么地方的，以及玛丽是怎么帮助她回忆起这个盒子的。

"这是一个老旧盒子，用粉色的带子捆扎着，并且上了封印，盒盖上面贴着张标签，上面的陈旧墨迹写着'高级受俸牧师之宅，维特敏斯特'。打开盒子后，发现里面有两把中等大小的钥匙，以及一张纸，上面的字迹与标签上的一致，写着'废弃卧房内的橱柜及斗柜之钥匙'，以及'橱柜及斗柜中之物品由我以及此宅中我的继任者，代为尊贵的基尔多南家族托管，以防此家族有后裔索取其中之物。然我已尽全力搜寻，据我所知，此一尊贵家族已香火断绝。最后一任伯爵恶名昭著，被

流放海外；其独子以及爵位继承者逝于我宅中（其令人悲伤的死因之相
关文书亦由我放置在此同一橱柜中，于吾主之一七五三年，三月二十一
日）。进而言之，除非有重大不便之处，非基尔南多家族之人，若掌有
这些橱柜之钥匙，我力荐让一切维持现状。此一观点基于重大且充分之
理由；令我欣喜的是，此一教会及教堂中之其他成员亦赞同了我的判
断，他们对此文中所提及之事件均十分熟悉。托·阿什顿，S.T.P. 高级
受俸牧师。威尔·布莱克，S.T.P.，教堂执事。亨·古德曼，S.T.B.，初
级受俸牧师'。[1]

"'啊！'奥尔蒂斯叔叔说道，'重大不便之处！所以此人觉得有可
能发生些什么事。我怀疑是这个小伙子，'他继续说道，拿钥匙指着大
概写着'独子以及爵位继承者'的那行，'呃，玛丽？基尔南多子爵是
扫罗。''你是怎么知道的，叔叔？'玛丽说道。'哦，我怎会不知？全写
在戴布里特[2]的那两本小开本厚书里呢。但我注意到了树荫小径边的一
座坟墓，他就葬在那儿。我好奇，其中有什么故事吗？你知道吗，玛珀
尔夫人？另外顺便一提，看看窗边你那些锯蝇吧。'

"于是玛珀尔夫人现在同时面临着两个议题，要妥善处理两者，她
显得有些被逼无奈。奥尔蒂斯叔叔给她这样一个机会显然是非常草率
的。不过我只能推测这是因为他有点轻微的犹豫，不知是否该使用自己
手中的钥匙。

"'哦，那些虫子啊，博士和小姐，这三四天它们真是嚣张够了。先
生，你们没人能猜到，您也一样，也肯定猜不到，它们是怎么样个架
势！我们先是来打理这房间，当时百叶窗是拉着的，我敢说已经很多很
多年了，一只虫子也没看见。于是我们费了好大劲，打开了百叶窗门
闩，让窗子开了一整天。第二天我让苏珊拿着扫帚去里面扫扫，两分
钟不到，她就七冲八跌地跑到用人起居室里来了，我们彻彻底底地把
那些虫子从她身上拍下来。唉，她的帽子和头发里都是，我保证您连她
头发的颜色都看不出来了。而且她眼睛周围都爬满了。还好她不是那种

---

1 S.T.P.：即神圣神学教授之拉丁文首字母缩写；S.T.B.：即为神圣神学学士之拉丁文首字母所写；其中斜体的原文均为拉丁文。
2 戴布里特：约翰·戴布里特（1752—1822）为英国出版商，其自 1803 年开始出版《戴布里特英格兰、苏格兰及爱尔兰贵族录》，每年更新，延续至今。

喜欢胡思乱想的姑娘，如果换做是我，那种恶心东西一叮到我，我就要吓疯了。现在它们又像死尸一样躺在那里了。好吧，礼拜一那阵它们还挺活泼的，现在是礼拜四了，是么？哦，不对，是礼拜五。那时只要走近这道门，就能听到它们在朝门上扑腾，您一旦打开房门，它们就冲过来，它们会的，就好像要吃了您似的。我禁不住自己想道："如果你们这些虫子是蝙蝠的话，那我们晚上可该跑哪儿去啊？"你也没法踩碎它们，不像那些普通蝇类。好吧，有些东西我们还是要心怀感激的，如果我们能从中吸取点教训的话。另外说到这坟墓的话，'她说道，急速转移到了她的第二个议题上，排除了任何被人插话的机会，'是那两个可怜的小伙子的。我说可怜啊，回想一下的话，是我在你们来这儿前，博士和玛丽小姐，我和西姆普金斯夫人喝过茶，她是教堂司事的老婆。他们家族在这个地方，嗯？得有一百年了，就在这个宅子里。他们能随手指着墓园中任何一座坟或墓，然后告诉你墓主人的姓名和年纪。关于这个小伙子他说道，我是说西姆普金斯先生啦，嗯！'她抿着嘴唇，并点了几次头，'快告诉我们，玛珀尔夫人。'玛丽说道。'继续讲。'奥尔蒂斯叔叔说道。'那小伙怎么了？'我问道。'这个地方从未发生过这样的事情，自从坞丽女王[1]的时代以来，自从教皇即位以来，任何时代都没有过，'玛珀尔夫人说道，'唉，你们知道吗，他就住在这个宅子里，他还有跟随他的那些东西，据我所知就在这间屋子里。'（她不安地在地板上转着脚）'谁跟随着他？你是说宅子里的用人吗？'奥尔蒂斯叔叔疑心地问道。'不能称之为人，博士，绝对不能，'她回答道，'我相信，他从爱尔兰带来了其他东西。不是的，宅子里的人是最后一批获悉他的所作所为的。在镇子上，没有一家人不知道他夜不归宿，和那些跟随者在一起。嗯，那些跟随者连挖坟，扒童尸皮的事都做得出来。西姆普金斯先生说，心地麻木凋零造就丑陋的瘦鬼。不过它们最终背叛了他，他说道，大教堂的门上至今还能看见一道痕迹，那是当年它们追杀他的地方。这话确实当真，因为他带我去看了那地方。这些就是他告诉我的。

---

[1] 英国历史上有三位玛丽女王，一为玛丽一世（1516—1558）；二为玛丽二世（1662—1692），其为英王詹姆斯二世长女，荷兰执政、英国国王威廉三世之王后及共治者；三为苏格兰玛丽女王（1542—1587）。按文意，玛珀尔夫人应该指前两位中的一位。

他虽是一个爵爷，但却取了个圣经中恶君的名字，真不知他的教父们是怎么想的。''他叫扫罗。'奥尔蒂斯叔叔说道。'确实叫扫罗，博士，谢谢您。我们读到过的那个搅醒坟墓中沉睡鬼魂的国王不就是扫罗¹吗？这个年轻的爵爷叫这个名字不也是件怪事吗？而且西姆普金斯先生的祖父在某个黑夜里，曾看见他爬出自己的窗户，手拿蜡烛来到墓园里，一个坟墓一个坟墓地游荡过去。那些跟随他的东西则跟在他脚边穿过了草丛。有一天夜里，他直接来到老西姆普金斯先生房间面朝墓园的窗户前，并且把脸紧贴着窗户，以确定房间里是否有人发现了他。幸好老西姆普金斯先生及时轻声躺倒在窗户底下，并且屏住了呼吸。他一动不动，直到听见他走开了为止。他还听见他走路时，身后的草地上传来一阵窸窸窣窣的声响。第二天早上，他望出窗时，发现草地上有踏痕，还有一根死人骨头。哦，毫无疑问他是个心狠手辣的孩子，但他最终付出了代价，死后也受罪。''死后？'奥尔蒂斯叔叔问道，皱了下眉头。'哦，是的，博士，老西姆普金斯先生那个年代以及他儿子——也就是我们的西姆普金斯先生的父亲——那个年代，是的。以及我们西姆普金斯先生也见过。他们一夜接着一夜地发现，特别是在凄冷的夜晚，生着火时，就在那同一个窗户上，他的脸便出现在窗玻璃上。他双手摆动着，嘴巴一张一合、一张一合，有个那么一两分钟时间，接着便消失在了黑暗的墓园里。他们不敢在那种情形下打开窗户，他们可不敢，虽然在内心里，他们怜悯这个可怜的家伙，这样被困在寒冷中，随着时光流逝，似乎他逐渐消亡殆尽了。好吧，我确实认为我们的西姆普金斯先生讲的关于他祖父所说的那些话，都千真万确，"心地麻木凋零造就丑陋的瘦鬼"。''我猜也是。'奥尔蒂斯叔叔突然说道，这突然的插话害得玛珀尔夫人只得先停下了，'谢谢你。走吧，所有人。''为什么，叔叔，'玛丽说道，'您最终还是不打算打开那橱柜了？'奥尔蒂斯叔叔的脸红了，真的红了。'亲爱的，'他说道，'你尽可以叫我胆小鬼，或者夸奖我小心谨慎，你可以任挑一种方式。但是，我既不会亲自去打开那橱柜或斗柜，也不会把这钥匙交给你或任何其他人。玛珀尔夫人，可否劳烦你找

1 据《圣经·撒母耳记上》第28章7节至20节记载，并不是扫罗唤醒撒母耳的鬼魂，而是其命令一个隐多珥妇女为其召唤鬼魂。

261

一两个人把这些家具都挪到阁楼上去吗？’’‘当他们搬家具时，玛珀尔夫人，’玛丽说道，在我看来，不知道为何，似乎她叔叔的决定，让她感到欣慰而非失望，‘我有个东西想和这些家具放在一块儿，只是一小包而已。’

　　"我们离开了这间奇异的房间，我觉得大家并未心怀遗憾。当天奥尔蒂斯叔叔的指令就执行了。因此，"斯比亚曼先生总结道，"维特敏斯特有了一个蓝胡子[1] 房间，我颇愿推断，一个惊奇箱[2] 正等待着高级受俸牧师宅子里未来的某位住户。"

1　蓝胡子：为法国诗人夏尔·佩罗（1628—1703）创作的童话故事。故事中，一个富有贵族杀死 6 位前妻，将尸体藏于城堡的一个房间里，后被其新婚妻子发现。
2　惊奇箱：即 Jack-in-the-box，一种玩具，盒内装有小丑，底部为弹簧，打开盒盖小丑即会弹出。

波因特先生日记[1]

　　在伦敦，一间资历老、名气大的图书拍卖行的展拍厅自然是收藏家、图书管理员和书商们聚会的好地方。不仅是在进行拍卖的时候，或许当那些用于拍卖的图书正在展阅时，此话更为准确。正是在这样一间展拍厅里，一连串非同寻常的事件拉开了序幕。受这些事件影响的主要人物在几个月前将故事详细地告诉了我，此人便是詹姆斯·丹顿先生，其担任 F.S.A.[2] 等职。他之前在三一学堂[3]，但现在，或者说最近，搬到了沃里克郡的兰德康姆大宅[4]。

　　最近某年的某个春日，他有事在伦敦待了几天。主要是为了他在兰德康姆的新宅子之装潢事宜。或许得知兰德康姆大宅是新建的会让您感到有些失望，对此我无能为力。毫无疑问，曾经该处确有老宅子，不过那宅子既不壮美也无甚趣闻。即使那老宅子又壮美且有古趣，亦没法抵挡此一故事发生几年前的一场灾难性大火，老宅被夷为平地。我很高兴地说，宅中最有价值的物件都被抢救了出来，而且宅子也做了全面的保险。因此丹顿先生在面对为他自己，以及唯一的亲人[5]——姑妈——兴建一座新的、更加方便的住处这一任务时，能够拥有相对轻松的心态。

　　身处伦敦，手中有大把的时间，而且离我已经大致提及过的那间展拍厅亦不远，丹顿先生便寻思着自己可去那里消磨个把小时，碰碰运

1　本篇最初发表于《瘦鬼及其他鬼故事》，后重印于《M.R. 詹姆斯鬼故事集》中。本篇体现了作者赋予日常用品以超自然恐怖意象的能力。文中有些内容的出处存在争议，或者我们只能接受结尾所引用的莎士比亚戏剧选句，很多事情并非我们可以完全解释的。
2　F.S.A.：古文物学会理事，作者本人便是此学会成员。详见卷一《施展如尼魔咒》中相关之注释。
3　三一学堂：剑桥大学的学院之一，注意与三一学院之区别。三一学堂建于 1350 年。
4　兰德康姆：此一地名确实存在于格罗赛斯特郡，但沃里克郡并无此地名。
5　原文为法语。

气，看能否在他得知正在展览的这一部分著名的托马斯古稿集成中，找到一些与沃里克郡他所住区域有关的历史或者地貌方面的内容。

于是他便走进了拍卖行，买了本目录册，上楼去了展拍厅，里面如往常一般，书籍放置在箱子里，有一部分则被放置在长桌子上。靠着展架，及坐在桌子边上的那些人当中，有好多位他都很熟悉。他和其中几位互相点了点头，问候了下，之后便静下心来查看他的目录册了，并标记了一些有兴趣的条目。他进展得挺快，五百个条目已经查看了大约两百个——时不时地从架子上拿下一卷大致地瞄上一眼——这时有人拍了拍他的肩，于是他抬头看了下。打断他的人是那种聪慧有才之人，此人蓄着山羊须，身穿法兰绒衬衣；在我看来，他在十九世纪的最后二十五年可谓著述颇丰。

我并不打算复述他们二位之后进行的整个对话。我只需说明对话内容主要是和他俩共同的熟人有关，比如，丹顿先生某个朋友那最近刚结婚并定居在了切尔西的侄子；丹顿先生某个朋友的嫂子一度身体极度不适，不过现在已经好转了；以及丹顿先生某个朋友几个月前用极大的折价买到的一件瓷器等等。从以上这些你就可以正确推断出这对话基本上属于独白性质。然而，那朋友及时地想到丹顿先生来这里必是有目的的，于是说道："你有特意在找什么吗？我觉得这批货里没什么东西。""嗯，我觉得里头可能会有一些跟沃里克有关的藏品，但在这目录册上我没见到什么以沃里克命名的条目呢。""没有，显然没有，"那位朋友说道，"话虽如此，我记着我注意到了一本类似沃里克郡日记的东西。那人叫什么名字来着？德瑞盾？波特？彭特——不是 P 开头就是 D 开头的，我能肯定。"他快速地翻动着目录册。"对了，就是这个。波因特。货号 486，这可能吸引你。我觉得，这些书就在那边，拿出来放在桌子上了。刚才有人在查阅。好了，我得走了。再会了！你会来我家坐坐的，是吧？今天下午你能来吗？四点钟左右我们会演奏点音乐。好吧，那，等你下次来城里吧。"他便走了。丹顿先生看了看手表，让他仓皇的是他不能再多待片刻了，得去拿上行李赶火车去了。但这短暂的时间正足够他发觉那日记有大大的四卷，日记记述的时间大约是一七一〇年前后几年，里头似乎还加了很多不同内容的插页。看来为这日记留下个二十五英镑的按金是相当值得的，而且当他要离这日记而去时，他熟悉的经纪人正好走进展拍厅，使得他可以办妥了这事儿。

这天傍晚，他回到了和姑妈的临时住处；这是座小小的亡夫遗宅，离大宅也就几百英码距离。第二天早晨，他俩又继续讨论起新宅子装修的问题了，目前为止这讨论已经持续几个星期了。丹顿先生向他的至亲汇报了自己在城里的考察结果——关于地毯、椅子、橱柜以及卧房里的瓷器的详情。"好的，亲爱的，"他姑妈说道，"但是我没注意到关于印花棉布的情况。你究竟去了没……?"丹顿先生在地板上跺了跺脚（确实，除了地板他脚还能跺哪儿）。"哦，天啊，哦，天啊，"他说道，"我就忘了这个。我感到抱歉。实际上我正要去那儿，凑巧路过了罗宾斯拍卖行。"他姑妈挥了挥双手："罗宾斯！接下来就会寄来又一包裹的可怕旧书，而且价格又贵得离谱儿。詹姆斯，我真是觉得，既然我已经担起这些麻烦事儿了，你总得想办法记着我几次三番嘱咐你去料理的那么一两件事儿吧。我又不是说在为自己谋什么。不知道你是不是觉得我从中得着了什么乐趣，但如果你真这么觉得，那我向你保证，完全相反。你根本想不到这事儿让我多费心，又着急又忙乱。况且你只需要去到店里把东西给订上就好了。"丹顿先生插了句忏悔含义的感叹："哦，姑妈……""是的，是没什么关系，亲爱的，我也不想说得太尖锐，但你得知道这有多让人心烦：尤其是这会让我们整个工期都拉长，而且我不知道需要多久。今天是周三，辛普森一家明天要来，你不能丢下他们走开啊。周六我们又有朋友过来，你知道的，过来打网球。是的，确实是你说要请他们来的，但是，当然啦，邀请信是我写的。詹姆斯，这副样子太不靠谱了。我们总得偶尔对邻里表现得友善些，你难道想被别人说我们不通人情吗? 我刚才说什么来着? 好吧，无论如何结论就是，至少得等到下星期四你才能再去一趟城里；我们如果没定下印花棉布式样，就不可能搞定任何其他东西了。"

丹顿先生斗胆提到，刷漆和贴墙纸已经完成了，所以她刚才的观点有点太极端了，但他姑妈此刻并不打算承认这一点。实际上，他根本提不出任何她觉得可以接受的观点。幸而这天晚些时候，她的立场稍有动摇，在查看侄子提供的样本和价格单时已不再那么心怀厌恶之情了，甚至有几次还有所保留地认同了他的选择。

对他而言，因为知道自己任务没有完成心里自然有些难受，但一想到那草地网球聚会他就更加难受了。此类活动在八月当然是无可避免的烦心事，但他一度认为五月份不会有这种情况。不过星期五早上寄来的一封通知信稍微让他的心情好了些，信上说他以十二英镑十先令的价格成功拍得了那四卷本的波因特日记手稿本；第二天早上日记也寄到了，这进一步改善了他的心情。

周六早上他必须载着辛普森夫妇出去兜风，下午的时候又得参与到和邻里及客人们的活动中，这让他除了打开包裹外，没法再做其他的了。直到周六晚上，客人们回房休息了，他才得以查看包裹。直到这一刻他才能明确肯定自己确已购得阿克林顿[1]（大约离他自己的教区四公里）的乡绅威廉·波因特先生的日记，而之前他总是不放心。这位波因特先生一度是牛津大学古文物学者圈子的成员，那圈子的核心人物是托马斯·赫恩[2]；而似乎赫恩跟他一直争辩不休——不过在赫恩这一伟大人物的职业生涯中这倒并不新奇。和赫恩本人的随感集类似，波因特的日记中除了记录每天的日常事件外，还有大量关于印版书籍的笔记、对钱币，以及其他引起他注意的古物的描写，以及关于这些事物的信件草稿。拍卖目录中的简介并未告知丹顿先生这日记本中藏有如此多的趣处。他熬夜阅读四卷日记中的第一本，直到深夜，实在不应该。

星期天上午，在去过教堂后，他姑妈进得书房来，但她一看到桌子上那四本棕色皮面的四开本便偏离了自己本要对他说的话。"这些是什么？"她满腹狐疑地问道，"新来的，是吧？哦！是这些东西导致你忘了印花棉布的吗？我觉得是的。真恶心！我很想知道，你为这些花了多少钱？超过十英镑？詹姆斯，这真是作孽！好吧，既然你有钱砸在这些东西上，那你不可能有理由不为我的反活体解剖联盟[3]捐款，而且应该慷慨地捐款。可实际上没钱给你浪费，詹姆斯，而且我会非常生气的，如果……你刚说这日记是谁写的？阿克林顿的老波因特先生？好吧，当然啦，搜集一些关于附近地区的旧书籍也有点趣味。但是十英镑！"她

---

1 阿克林顿：作者虚构之地名。

2 托马斯·赫恩（1678—1735）：英国古文物学家、图书学家，曾工作于牛津大学波德莱恩图书馆。他里程碑式地整理和分类了图书馆的藏书，并整理了众多早期英国史料。他曾卷入多场关于宗教及学术上的论战。如今他的名声主要在于其十一卷本的日记上，题为《托马斯·赫恩之评叹随想》（1885—1921出版）。

3 反活体解剖联盟：19世纪后期在英美有众多此类社团，它们反对活体解剖动物、在活体动物身上做医学实验。作者此处可能是指1877年成立的伦敦地方反活体解剖社。

拿起了其中一卷——并不是她侄子正在读的那本——随手打开了，接下去一秒，她便把那书扔在了地上，并厌恶地叫了一声，原来一只螳螂从书页间掉了下来。丹顿先生把书捡了起来，憋住一句咒骂，说道："可怜的书啊！我觉得你对波因特先生太凶了。""是吗，亲爱的？我恳请他原谅，但你知道我受不了这些可怕的生物。我来看看自己有没有造成什么破损。""没有，我觉得一切正常。但是瞧这儿，你翻到了什么。""天哪，是啊，确实！真是有趣。詹姆斯，把别针拿掉，让我来看看。"

那是一张大概有四开本书页那么大的印有图案的东西，用一枚老式样的别针别在日记上。詹姆斯取下了它，并交给了他的姑妈，接着小心翼翼地把别针别回了纸页上。

好了，我并不确切知道那东西是什么质地的，但上面印有一个图案，完全把丹顿小姐给迷住了。这图案让她兴奋不已，她拿着它比对着墙壁；接着让詹姆斯拿着它比对着墙，她自己则可站远一点来观察。然后她又近距离地注视了会儿。她在查看完毕时，以最为热情洋溢的词汇，表达了对这位已故波因特先生的品味的赞赏；而且他还想到了在日记本里存留此图案。"这个图案太吸引人了，"她说道，"而且也很显眼。看看，詹姆斯，这些线条如波涛般欢乐地涌动。这让人想起发波，很像，不是吗？还有间隔之中的这些丝带结，它们正好如人所愿地中和了一下色彩。我在想……""我正想说，"詹姆斯顺从地接道，"我在想如果把这图案复制下来做我们的窗帘，会否花费太多。""复制？你怎样去复制它啊，詹姆斯？""嗯，细节我不了解，但我觉得这是个印制出来的图案，你可以按着它刻一个木头或金属的印版。""啊，是啊，詹姆斯，这真是个极好的主意。我几乎要为你如此，呃，为你在星期三时把印花棉布给忘了而感到高兴了。无论如何，如果你能把这可爱的古老图案复制出来，我就答应忘掉这事儿，并原谅你。谁都不会有与这图案一丁点相似的花纹，詹姆斯，注意了，我们绝不能允许这图案被拿出去卖。好了，我必须走了，我已经完全忘了自己进来是要说什么的。不管了，我先留在心里了。"

他姑妈走了之后，詹姆·丹顿花了几分钟更加仔细地查看了下那图案，之前他都没机会这么做。他有点迷惑，心想为何这图案竟如此强烈地打动了丹顿小姐。对他而言，这并非特别引人注目或者漂亮。无疑这足够合适用作窗帘花样，因其是垂直一条条布局的，而且可以看出图案本意是要在顶部汇合的。而且她有一点也对，她认为这些主要的花纹带类似波浪般的——几乎是卷曲的——缕缕发丝。好了，主要的任务是用商家指南或其他的方法来找出什么商铺可以完成这种老旧图案的翻制工作。我不会用故事的这一段落来浪费读者时间的，总之一串大概有可能的商号被列了出来，丹顿先生则定下了一个日子，拿着图样去拜访它们，或者它们中的某几家。

他的头两次探访并不成功，但是吉人自有天相。伯蒙奇[1]的一家商铺是他单子上的第三号，他们正善于接这类生意。他们拿出了样本，用来证明自己有能力制作这类产品；这些样本使得授权他们进行此项工作显得合情合理。"我们的卡特尔先生"对这个活儿产生了强烈的个人兴趣。"想象下，有多少这一类非常美妙的中世纪物件几乎被遗忘在了我们很多的乡村民居里，我敢说，其中很多都面临被当作垃圾扔掉的危险。这难道不令人惋惜吗？莎士比亚说什么来着——不留心的零碎东西[2]。唉，先生，我经常说，他总有些话是适合所有人的。我是说莎士比亚，当然我很清楚没多少人赞同我这观点。那天我就遇到件烦心事，一位先生来到店里，他还是个有名头的人，我记得他对我说，他曾写过有关莎士比亚的文章，我正好引用了一句关于'赫拉克勒斯和画布'[3]的话。天哪，您从没见过他那种生气劲儿。但话说回来，您好心委托我们做的事，我们一定会极度热情地投入这份工作中的，力求达到我们能力所及的最高水平。正如我短短几周前对另一位尊贵客户所说过的，前人可为后人可追，三四周之后，如果一切顺利，我们将给您呈上验证此话的证据，先生。希金斯先生，请记下地址。"

以上便是卡特尔先生与丹顿先生初次见面时所发表之大论的主旨所在。大约一个月后，丹顿先生收到通知，说某些样品已经可供他查验，

<hr>

1 伯蒙奇：伦敦东南部的一个区域。
2 语出莎士比亚剧本《冬天的故事》第四幕第三场（有些版本将第一场列为引子，故第三场为第二场）第26行"……也是一个专门注意人家不留心的零碎东西的小偷"。
3 关于此句的出处研究者存在争议。有人认为这是对莎士比亚《亨利四世》第四幕第二场第26行"衣衫褴褛活像那些被狗儿舔着疮口的叫花子"的错误引用（按照人物学识一般却爱掉书袋的性格）；另一些学者认为此句是《爱的徒劳》第五幕第二场第570—571行"人家要把你的尊容从画布上擦掉"，随后剧中人物扮演赫拉克勒斯上场。画布，指的是给有赫拉克勒斯九项功绩的帷帐，常在游行中或小酒店门口使用。作者究竟指的是哪一句莎士比亚的台词无从得知，似乎他以此隐射对莎士比亚戏剧真正作者的争论。

于是他俩又见面了；看起来，他有理由对那图案的忠实复制感到满意。图案的顶端是根据我前面已经提到过的原定之意图收尾的，也就是说这些竖条汇集在了一起。然而为了符合原图形的颜色，仍然需要做些补充。卡特尔先生提供了一些技术性的建议，我便无需以此烦扰你们了。而且他对这图案的赏心悦目程度也有自己的观点，大致上他对此持有否定意见。"先生，您说，不希望这图案提供给别人，除非是持有您授权的亲朋好友。我会照此处理的。我非常理解您想独自拥有这图案的愿望。让您的屋子彰显品位，是吧？老话说得好，大街货，没人要。"

"你觉得如果这图案广为发售，是否会受欢迎呢？"丹顿先生问道。

"先生，我不觉得会，"卡特尔说道，沉思地抓着自己的胡须，"我不觉得会。不会受欢迎的，雕刻印版的人都不欢迎它，是吧，希金斯先生？"

"他觉得这工作很难？"

"他倒没必要这么觉得。不过事实是艺术家的气质——我们的工匠是艺术家，先生，他们每一个都是——真正的艺术家，和那些世人以这三个字称呼的那些人一样——会导致他们有些奇怪的、难以解释的好恶，这事儿就是个例子。我去查看了两三次他的进度，他说话的方式我能理解，因为他就那习惯；但他真的很不喜欢这件我认为十分美丽的东西；我当时就不理解，直到现在也不清楚为何。似乎，"卡特尔先生说道，并紧紧地盯着丹顿先生，"好像他在这花纹中嗅到了什么邪恶的东西。"

"是吗？他是这么跟你说的？我自己倒并不能从中发现什么邪恶的东西。"

"我也不能，先生。实际上，我是这么说的，'得了，盖特威克，'我说道，'这是怎么了？你为啥有这"偏见"——除了这词儿我想不出别的来形容了？'但是，没有！他并没有进一步解释。我只得耸耸肩了事，就跟现在一样，这是为了谁啊[1]。无论如何，样品已经在眼前了。"接着，所论话题的技术层面又成了主要议题。

调配背景、摺边以及丝带结的颜色是目前为止此项工作中最为耗时

---

1 原文为拉丁文。

的了，这使得必须来来回回寄送好几次原图案和新的样品。八月的部分日子以及九月份时，丹顿先生和姑妈并不在宅子里。因为直到十月份时，才制作出足量的印版来装饰那三四间需要装潢的卧房的窗帘。

西蒙及犹大庆节日[1]那天，姑侄俩结束短途旅行回来了，发现一切都完成了，他俩对整体的效果极其满意。尤其是那新窗帘，与周围环境怡然天成。丹顿先生在为晚餐换衣服时，估量了一下自己的房间，里头布置着大量这种印花棉布；他一次次地为自己的运气感到幸运，先是忘记了姑妈的嘱托，然后又被赐予了这一极其有效的赎罪方式。正如他在晚饭时说的，这图案如此给人宁静之感，又毫不单调无趣。丹顿小姐——顺便说一句，她自己房间里没有这东西——十分愿意赞同他的观点。

次日清晨早餐时，他某种程度上不得不收回点自己的满意之感，不过只是少少而已。"我很后悔一件事儿，"他说道，"我们竟允许他们把那图案的竖条带在顶上给汇集起来了。如果顺其自然的话，我觉得会更好。"

"哦?"他姑妈疑惑地应道。

"是的，昨天晚上我在床上看书时，那部分不停地吸引我的注意力。我是说，我发现自己时不时地就望过去看它们。有一种感觉，似乎某个人在某个不靠边儿的地方，从窗帘之间往外偷看着；我觉得这是因为那些带子在顶端汇集在一起的缘故。另外唯一一件让我烦心的是风。"

"啊，我以为昨晚极其静谧无风呢。"

"也许仅仅是在我这边的屋子吧，但至少那风足够摇动我的窗帘，发出窸窸窣窣的声响，超出了我的忍耐范围。"

是夜，詹姆斯·丹顿的一位单身友人前来过夜。他被安排在与东道主同一层的一间屋子里，但那屋子是在一条长长的走廊的末端，走廊的中间有一扇红色的台面呢门，设置在那儿以阻挡穿堂风及隔绝噪音。

他们三人分开了，丹顿小姐先走了；两位男士则在十一点左右分开。詹姆斯·丹顿还没打算睡觉，于是坐在了一把扶手椅上，读了会儿书。随后他便睡着了，之后他醒了过来，寻思道他的棕色西班牙猎犬没有跟他上楼来，通常它都睡在他房间里。然而他又觉得自己是记错了，因为

---

1 西蒙及犹大节大节庆日：10 月 28 日，用以纪念十二使徒中的西蒙及犹大。

凑巧他动了动自己垂在椅子扶手上的手，手离地板才只有几英寸；他感觉到了它的背，有一丝触到毛茸茸表面的感觉。他顺着那方向伸出了手；敲了敲、摸了摸一个蜷成一团的东西。但是这东西的触感，而且实际上，也并无什么回应，他触摸以后它竟完全一动不动；于是他望了望扶手旁边。他刚才触摸着的东西起来冲着他了。那东西的姿势像是肚子贴地板匍匐着的样子，根据他能回想起来的信息，那是个人的形状。但是那张脸，此刻虽已升到与他的脸仅几英寸之隔而已，五官依旧无可辨认，唯有头发。它的脸虽然无形无状，但却透露出一股可怕的邪恶气息；他从椅子上蹦了起来，跑出了房间，自己惊恐的叫喊声清晰可闻；毫无疑问，他立马就逃走了。当他冲向那头将走道一分为二的台面呢门时，忘记了门是朝他那方向开的，便用尽全身力气撞在了门上；他觉得背上有一阵轻微的、几乎无力的撕扯感，然而，这撕扯的力道似乎在增加。好像那只手，或者是某个比手还可怕的东西，正随着追捕者的怒火迸发而变得更加具体。这时他记起了那门的机关，他打开了门，跑出去后立刻将其关上，并跑到了朋友的房间里，以上便是我们所需要知道的了。

　　让人觉得奇怪的是，自从购得波因特的日记之后，过去了这些时日，詹姆斯·丹顿竟没想找寻这一图案被别在日记中的原因。好吧，他从头到尾读了日记，却未发现有提及此图案的地方，并得出结论说日记中对此并无记述。但是，在离开兰德康姆时（他不知道会不会一去不回了）——自然，在发生了上面我尝试描述的恐怖事件后，他当天便坚持要离开了——他把那日记带走了。他在海滨住所里更加仔细地检查了花纹曾经所在的那一部分。正如他记得自己曾怀疑过的一样，有两三页纸被粘在了一起。将这几页纸对着灯光看时，显然上面是写了字的。在蒸汽之下，它们非常容易便分开了，因为胶水已经失去了大部分效力。这几页纸包含有与那图案相关的内容。

　　那个条目是一七○七年写的。

　　"今日，阿克林顿之老凯斯伯里先生告知我不少爱瓦拉德·查莱特爵士的事，他记得其为大学学院[1]的自费生；并认为其与阿瑟·查莱特博士同属一家族，博士现为学院院长。这位查莱特先生是个翩翩少年，

1　大学学院：牛津大学学院之一，建于 1249 年。

不过这位朋友是个散漫的无神论者，且常爱举杯，当时他人皆称其为豪饮者，据我所知现在人们依旧如此称呼他。由于他的荒唐行径，他多次引人注意，并屡受责备。如若他的放荡历史被全然知晓，则无疑他早已被学院开除——假设他那边没有私下通融——但凯斯伯里先生对此有所怀疑。他长相十分俊美，一直蓄着自己的头发；那头发十分浓密，加之他那散漫不羁的生活方式，使得他有了'押沙龙'[1]这个名号；而且他常常说，确实，他相信自己缩短了大卫的寿命，意指自己的父亲，约伯·查莱特爵士，一位可敬的保皇党人[2]。

"我注意到凯斯伯里先生说他不记得爱瓦拉德·查莱特爵士何时亡故，但应是一六九二或一六九三年。十月份时他突然亡故。[此处删去几行描述其令人厌恶的习性及其臭名昭著的不良行径的内容。]凯斯伯里先生在前一天夜里尚见他情绪高昂，故而闻其死讯时非常惊讶。其尸体发现于镇上之沟渠中，据称他的头发被撕扯得一干二净。牛津中多数丧钟皆为其鸣响，作为一位贵族，次夜其被葬于东边之圣彼得学院。然两年之后，其继承者打算将他迁葬回乡下的领地；据说不幸的是，棺材被弄坏了，发现里面全是头发。此事听上去不可思议，然我认为在普罗特博士的《斯塔福德郡历史》[3]中记载有先例。

"之后，他的房间除去了布置，凯斯伯里先生得到了房中的一部分悬挂品；其上花纹据称是查莱特专门为了纪念自己的头发而设计的，他给了绘制此花纹的伙计一绺头发，以供作画所用。我别在此处的这一份花纹与之同属一批，为凯斯伯里先生赠予。他说他认为此图案有其微妙之处，然其自己从未发现；他都不太想盯着此图案看。"

在窗帘上所花费的钱不如打水漂去，实际上确实如此。卡特尔先生听闻此一故事后，用一莎士比亚的引言做了评论。你们可以毫不费力地猜出来。这话开头是这样的："有许多事情。"[4]

1　押沙龙：见《亨弗里斯先生和他继承的遗产》中之相关注释。
2　保皇党人：指在英国内战中，支持国王查理一世，反对议会党（圆颅党）的人。
3　罗伯特·普罗特（1640—1696）著有《斯塔福德郡自然史》（1686）。
4　此句出自《哈姆莱特》第一幕第五场 166—167 行："天地之间有许多事情，霍拉旭，是你们的哲学里所没有梦到的呢。"为了文意顺畅，第一句结构有所调整，英语中开头便是 There are more things。

大教堂历史一页[1]

　　曾经有位学识渊博的先生，被派去检查并汇报南敏斯特[2]大教堂档案的相关情况。检查这些档案记录需要花费大量的时间，因而在城里准备一个住处便是明智的决定了。虽则大教堂的神职人员竭尽全力地慷慨接待他，雷克先生依旧觉得自行安排更合其意。这想法也是合情合理的。座堂牧师最后写信建议说，如若雷克先生尚未安排好住所，则可以与教堂主司事沃比[3]先生沟通，从他的住所前往教堂十分便利，而且他也愿意有位安静的住客借宿三四周时间。这样的安排恰恰便是雷克先生所希冀的。相关条件轻松谈妥，十二月初时，这位检查员——好比是又一个达彻瑞先生[4]（他自言自语道）——便已将自己安顿在了一个十分舒适的房间里了；这一宅邸既古老又有"教堂风格"。

　　一个人若对主教座堂相关习俗十分熟悉，又被此座大教堂里的座堂牧师及神职人员如此热情接待，那么教堂主司事也一定会对他礼数有加。沃比先生还透过一些委婉言辞间接承认，多年来，他对接待参观者已经习以为常。对雷克先生而言，他发现司事是个非常开朗活泼的伙

1　本篇最初发表于《剑桥评论》(1914 年 6 月 10 日)，随后重印于《瘦鬼及其他鬼故事》及《M.R. 詹姆斯鬼故事集》中。本篇写作时间应不迟于 1913 年 5 月，因 1913 年 5 月 18 日，A.C. 本森在其日记中写道："蒙蒂给我们读了一个很好的鬼故事，里面用风趣笔触塑造了一个可敬的教堂司事，但鬼怪部分则显得薄弱。"本篇为詹姆斯晚期鬼故事中的重要作品，显示出他对于拙劣地以哥特复兴风格修复英国教堂的行径之不满。在故事中，这种修复引起了古老墓穴里的邪恶寄主的超自然反应。

2　南敏斯特：埃塞克斯郡的一个村庄，位于克劳奇河畔伯纳姆以北二英里。此处有一教堂，其部分建筑可追溯到诺曼时期，然并无大教堂（主教座堂）。作者在《M.R. 詹姆斯鬼故事集》的序言中提到，本篇以及《巴切斯特大教堂的牧师座席》中所虚构的教堂原型为坎特伯雷、索尔兹伯里及赫里福教堂的综合体。

3　沃比：在利物米尔（作者故乡）的教堂墓地中确实葬有一位沃比先生。

4　达彻瑞先生：查尔斯·狄更斯未完成之作《埃德温·德鲁德谜案》中一位神秘人物的假名，其真实姓名从未公布。作者酷爱狄更斯作品，对此部小说还曾写过相关文章。

伴；因此在一天的工作结束后，他一有机会便去和司事聊天。

某天夜里大约九点钟时，沃比先生敲了敲他住客房门。"我刚好有事，"他说道，"要去教堂，雷克先生，我记得自己曾答应您，如果我下次夜访教堂便给您一个晚上看看教堂的机会。外面天气不错，挺干燥的，如果您愿意一道的话。"

"我当然愿意，实在感谢您能想到这事儿，沃比先生，我先拿个外套。"

"在这儿呢，先生，我还多备了一盏灯笼，这样您就看得清路了，因为今晚没月光。"

"又会有人觉得我们是贾斯珀和德多斯吧，不是吗？"他们穿过围地时，雷克说道，因为他确定教堂司事读过《埃德温·德鲁德》[1]。

"好吧，他们或许会这样想吧，"沃比先生匆匆一笑后说道，"虽然我不知道咱们是不是应该把这当个好话来听。我老是想，那教堂当时的规矩挺奇怪的，您不觉得吗，先生？一年到头都是早上七点钟进行全体唱诗班的晨祷仪式，现如今来看，对我们那些男孩的嗓子有害啊。而且我觉得如果牧师会提出来的话，其中会有一两个神职人员申请加酬劳的，尤其是唱假声男高音的。"

此刻他们到达了西南门。当沃比先生正在开锁时，雷克问道："您是否遇到过有人凑巧被锁在里面的情况？"

"我遇到过两次。一次是个喝醉的水手，不知道他是怎么进来的。我寻思着他该是礼拜仪式时睡着了。当我发现他的时候，他正在大声祷告，快要把屋顶给掀翻了。天啊！那人可真够吵的啊！他说，那是他十年来第一次待在教堂里头，他祈求再无下一次。另一次是个老怂货，他是中了那些男孩子的圈套。虽然他们后来没这么干过。先生，好了，现在您能看看这景色了。我们的前任座堂牧师曾经时不时地带人进来，不过他偏好有月色的夜晚；而且他会向他们引用那么一段诗歌，据我理解，是和一个苏格兰的主教座堂有关系的。但我不太清楚；基本上，我认为一片漆黑的时候效果会更好。似乎把教堂的面积和高度都延伸了。

---

[1] 在《埃德温·德鲁德谜案》中，杰克·贾斯珀是德鲁德的舅舅，也是杀害他的首要疑凶；德多斯是个石匠，在贾斯珀担任唱诗班指挥的教堂里工作。

好了，我要上唱诗班台去处理些事情，如果您不介意的话，请先站在中殿的某个位置上，您就会明白我的意思了。"

于是乎雷克就等着了，他靠在一根柱子上，望着光线沿着教堂内沿摇曳而上，晃过台阶，照进了唱诗班台；直到它被某个屏风或什么设施给阻断了，只能看到反射光照在了脚柱和屋顶上。没过多久沃比就再次出现在唱诗班台的门口了，他晃了晃灯笼，示意雷克过去找他。

"我想那是沃比，而不是替身。"雷克顺着中殿走上前时自己寻思道。事实上，确实一切顺利。沃比给他看了看那些文件，他特意来座堂牧师座席上取的，还问他，对于教堂景色有何想法。雷克同意这还是值得一游的。"我想，"当他们一起走向圣坛台阶时，他说道，"您已经非常习惯晚上过来这边了，所以一点都不紧张。不过，您肯定偶尔也会受到惊吓吧，不是吗？譬如当一本书掉了下来，或是门突然摔上了？"

"不，雷克先生，现如今，我不能说自己很在意噪音。我最担心的是发现煤气泄漏或是火炉管道爆炸，而不是其他东西。不过，很多年前，确实有您说的情形。您注意到那边其貌不扬的一个祭坛墓了吗？我们认为它是十五世纪的产物，不知您是否同意？好吧，如果您刚才没瞧见，那就走回去瞅一眼吧，如果您愿意的话。"那坟墓在唱诗班台的北面，放置得非常不尴不尬，距离封闭的石屏风只有三英尺远。正如司事所言，确实毫无特色，只不过是一些普通石板的镶嵌而已。墓上唯一一个引人注意的地方便是北面（就在屏风隔壁）的一个不大不小的十字架。

雷克同意说这坟墓应该是在垂直式时代 [1] 之后建造的，"不过，"他说道，"除非这是哪个名人的坟墓，否则请原谅我说，我认为这不是特别值得关注。"

"好吧，我没法说这是什么名垂青史之人的坟墓，"沃比说道，脸上挂着干巴巴的笑容，"因为我们没有任何记录来证明说这坟墓属于谁。话虽如此，如果您有半个小时的空闲时间，先生，等我们回宅子后，雷克先生，我可以跟您说说有关那坟墓的一个故事。我不会现在开始说

---

1 垂直式时代：英国 15 世纪盛行的一种建筑风格，主要特色是垂直线条装饰的窗格。南敏斯特真实存在的那个教堂便是此种风格的。

的。这儿很冷，我们可不能浪费一整晚的时间。"

"我当然愿意洗耳恭听啦！"

"很好，先生，您会如愿的。现在如果我可以向您提个问题的话，"他继续说道，他们正走下唱诗班走道，"在我们本地的小指南手册里——不单是那里，还有在系列图书[1]中那本关于我们座堂的书里——您会发现上面写道，这一部分的建筑早在十二世纪前便建好了。好吧，我自然十分乐意接受这一观点，但是——小心台阶，先生——但是，我把这问题留给您——这一部分墙体（他用钥匙敲了敲）石块的铺设方式，您看着觉得这墙有所谓的撒克逊石工特点吗？没有，我觉得是没有。对我而言一点都没那种特点。好了，如果您愿相信我，我跟那些人——一个是这儿的免费图书馆管理员，一个是专程从伦敦过来的人——说了很多次，五十次吧，即使只有一次机会，我也肯定会直截了当地说说这一部分的石工。但事情就是这样，我想每个人都会有自己的观点的。"

之后沃比先生便一直在讨论人性中这一奇异的特质，几乎一直讨论到他和雷克返回宅子为止。雷克起居室的炉火条件使得沃比先生建议说，不如在他自己的会客室里消磨剩余的睡前时光。于是，片刻之后我们便发现他们已安坐在那儿了。

沃比先生把故事讲得很冗长，我可不会企图用他的原话或原顺序全数讲一遍。雷克在听完这故事后，便即刻将其主要内容付诸笔端，同时还记下了几段沃比的原叙述，这些语句一字不差地刻在了他脑海里。或许方便起见，我应该在某种程度上压缩一下雷克的记录。

看来沃比先生应该在一八二八年左右出生。在他之前，其父亲已与大教堂有所关联，他的祖父亦是。其中一位，或两者都曾是唱诗班歌者，后来两人在此教堂中分别担任过石匠和木匠之职。据沃比坦言，他自己虽然声带无甚禀赋，但大概十岁时亦被安排进了唱诗班。

一八四〇年时，哥特复兴的大潮侵袭到了南敏斯特大教堂。"先生，那时候一大堆可人的物件都被搞掉了，"沃比说道，叹了口气，"我父亲接到清除唱诗班台的指令时，简直不敢相信。那时候来了个新的座堂牧

---

[1] 指贝尔的教堂系列丛书，1896 至 1932 年间由乔治·贝尔及其子（伦敦）出版的有关英国大教堂的丛书。

师，就是博斯科夫牧师。我的父亲曾在城里的一群优秀工匠手下当学徒，因此他一看就知道什么是好的做工。他曾说，这真是暴殄天物，所有那些美丽的橡木护壁板，一如它们刚装上去时般鲜亮；花环状的木雕果实和树叶，以及徽章和管风琴音管上那可爱的古老镀金装饰。全部被丢到了木料场里——每一件都是，除了圣母堂里的一些小件饰品，被整理了出来，成了这个壁炉的饰架。好吧，也许是我的偏见，我觉得唱诗班台从那以后就没好看过了。不过确实发现了不少这教堂的一些历史信息，而且毫无疑问有些部分确实需要整修了。几乎每年冬天我们都会有个塔顶出问题。"雷克先生对沃比关于修复教堂的观点表示了赞同，但也透露出担忧之意，怕这个讨论会导致故事永远都没法开讲。也许这在他的言行举止中便可察觉。

沃比赶忙再次保证说："不是说，这话题有时我一讲就可以花上几个小时，虽然时机恰当时我也会这么做。而是说，博斯科夫牧师对哥特复兴非常执著，除了一切都按此修改外，没有什么能让他满意的。某天早上，晨祷仪式结束后，他指令我父亲在唱诗班台和他碰面。他把法袍脱在法衣室后便回来了，随身带着一卷纸；接着，当时的司事拿了张桌子过来，他们开始在桌上摊开了那张纸，并用祈祷书将其压住了。我父亲也帮他们一起弄，他看见这纸上是一个大教堂唱诗班台的内部构造图。座堂牧师说道，他是个说话很快的先生：'好了，沃比，你觉得这个怎么样？''嗯，'我父亲说道，'我认为自己尚未知晓这是何处。这是赫里福德大教堂[1]吗，牧师先生？''不，沃比，'座堂牧师说道，'这是不久之后，我们希望看到的南敏斯特教堂的样子。''原来如此，先生。'我父亲说道，他就说了那么一句，至少对座堂牧师只说了那么一句。但我记得，父亲常对我说，自己环顾唱诗班台时真的感到一阵眩晕——所有这些舒适得体的建筑，对比这张某个伦敦建筑师所画的恶心的干瘪小图画——他如是称呼那图纸。好吧，我又开始了。但如果您看看以前的景象，就知道我说的意思了。"

1　赫里福德大教堂：赫里福德郡赫里福德市的圣埃塞尔伯特大教堂有诺曼时期至垂直式时代的建筑风格。1786年教堂西塔坍塌，造成了重大损失。詹姆斯·怀厄特进行了粗糙的重建，之后刘易斯·科廷汉姆（1841）及吉尔伯特·斯科特爵士（1863）均进行过修改。1905年，西面前墙的重建完成。作者非常反对这种方式的重建工程。

沃比从墙上拿下了一个带框的版画。"唉，大致而言，座堂牧师给了他一份牧师会决议副本，上面要求他清除唱诗班台上的所有东西，彻底清除，以便为正在城里设计制作的新摆设做好准备。他一召集好工匠便得开工了。好了，先生，如果您看一看这个图，就能看到以前布道坛在什么地方。我正要您注意一下这个，如果您愿意的话。"确实，布道坛很醒目，一个特别大的木质结构，配有一个穹顶型的共鸣板，矗立于唱诗班台北边的牧师座席的最东头，正对着主教宝座。沃比接着解释道，在改造期间，教堂仪式均在中殿举行，唱诗班的成员本以为会休假，结果很是失望。管风琴师更是被人怀疑故意破坏临时管风琴的运转，这还是从伦敦高价租回来的。

拆除工作是从唱诗班台屏风和管风琴台开始的，之后逐渐向东面推进，沃比说，拆除工作中发现了更为古老部分的许多有趣特色。这一切正进行时，牧师会的成员自然经常进出唱诗班台。很快老沃比就发现，目前正在执行的政策，在被采用之前一定存在许多不赞同的声音，尤其在年长的教士中，因为他不经意间听到了一些谈话。有些人认为他们会在高坛座席上得风寒而死，因为没有屏风挡住从中殿吹来的穿堂风了；另一些人则觉得，暴露在唱诗班台两侧走廊上人们的目光之下是不可接受的，他们说道，尤其是在布道之时，他们觉得某种坐姿有助于更好聆听布道，但却容易被人误解。然而，最强烈的反对意见来自于牧师会中最年长者，他直到最后一刻都反对将布道坛拆除。"您不应该碰它的，座堂牧师先生，"某天早上，他极为着重地说道，他俩就站在布道坛前面，"您不清楚自己会造成什么损失。""损失？这又不是什么有特殊价值的东西，教士。""别叫我教士，"那老人极其暴烈地说道，"实际上，三十年来人们都叫我艾洛夫博士，座堂牧师先生，如果在此事上您能好心迁就我的话，我会感激不尽的。至于这布道坛（我在此布道了三十年，虽然我不固执于此），我要说的就是，我知道您动了它便是犯了错。""但是我亲爱的博士，把它留在原地又有个什么道理呢？因我们正在将唱诗班台的其他部分装修成一个完全不同的风格呢。能给出什么理由呢？除了这东西的样式以外。""理由！理由！"老艾洛夫博士说道，"如果你们后生家——如果我这么说没有冒犯您的话，牧师先生——如果您愿意稍微倾听理由，而非整天寻求理由的话，我们会过得更好。但总之，我该说的已经说了。"那老先生蹒跚着走了，事实证明，他再也没有进过大教堂。那季节正是酷暑时节，却突然变了天。艾洛夫博士是头几位去世的，死于胸棘肌的一些病变，他在夜晚痛苦地辞世。在好几次教堂仪式中，成年唱诗班成员和男孩都多有缺席。

正当老先生抗议的当儿，布道坛便被拆除了。实际上，共鸣板（其中一部分还保存了下来，成为了宫廷花园凉亭中的一张桌子）在艾洛夫博士抗议之后一两个小时内便被拆除了。在移除基座——费了不少麻烦——之后，有了一个发现，这让改建团队非常兴奋，那里有个祭坛式坟墓。当然，这便是当晚沃比让雷克注意的那个。为了确定墓穴的主人，他们付出了很多无果的研究努力。从当日至今，墓穴上依旧无名无姓可标。他们在布道坛基座下部将这个墓穴极其仔细地围了起来，以保证上面的细小装饰不会被损坏；只有在坟墓北侧有一丝破损的痕迹；两块组成这一面墓体的石板间有了个缝。大概有个两三英寸宽。石匠帕尔默来唱诗班台附近做些其他小活计时，被要求一周内将那裂缝填补上。

彼时无疑是个非常难熬的时节。不管是如传言所说，大教堂所在之处以前是片沼泽地，抑或是因为其他原因，总之毗邻大教堂的居民中有很大一部分人几乎都无福享受到八九月的细腻阳光和静谧夜晚。对几位长者而言——艾洛夫博士以及其他几位，正如前文所述——那年夏天绝对是致命的；甚而年纪轻点的人，也几乎都因为这病那痛在床上躺了几周时间；无碍者也至少都觉得有种徘徊不去的压迫感，并伴有可怕的噩梦。渐渐地，人们有了一种怀疑，最后演变成了确信，那就是大教堂的改建在其中起了某种作用。一位前任老司事——亦是南敏斯特牧师会的退休金领取者——的遗孀发了些梦，她告诉了自己的朋友们。她梦到一个东西在夜幕降临时从南耳堂的小门中溜了出来，在围地周围轻快掠过，而且每晚的方向都不一样。它钻进了一户又一户的人家，其间便消失了，等到天空转青色时，它才重新出现。她说道，除了那是个移动的物体外，她看不清其他特征；只不过她有个印象，似乎在梦的结尾，那东西会回到教堂里，这时它会转过头来。她不知道为什么，总之她觉得那东西长着红色的眼睛。沃比记得曾在牧师会秘书家中的茶会上听到这位老太太讲述这个梦。他说道，或许梦境的不断重复可以理解为疾病降临的先兆。总之在九月结束之前，那位老太太已经躺在坟墓里了。

　　这座大教堂的重修所引发的关注可不局限于当地。那年夏天的某日，一位有些名气的 F.S.A.[1] 参观了这个地方。他的任务是为古文物学会写一份关于此处相关发现的报告；他的妻子一同来访，其要为他的报告创作一系列插画。早晨的时候，她忙着绘制一幅唱诗班台的粗略素描；下午的时候则专心绘制细节。她首先绘制了那个新近发现的祭坛式坟墓，画完这一部分后，她让自己丈夫注意坟墓后面那块屏风上一个美丽的平面装饰图案。正如坟墓本身一样，这装饰之前也完全被布道坛遮挡住了。他说道，当然得画一画这个装饰；于是她坐在了坟墓上，开始细心地画了起来，直到黄昏时分。

　　这时，她丈夫已经完成了丈量和记录的工作，他俩都觉得是时候回旅馆了。"弗兰克，你能掸一下我的裙子吗，"女士说道，"我肯定，上面一定沾满了灰尘。"他尽职尽责地照办了；但没过一会儿，他便说："我不知道你是不是特别看重这衣服，亲爱的，不过我认为它最风光的日子已经过去了。这儿有一块破了。""破了？哪儿？"她说道。"我不知道破的那一块掉哪儿去了，但破的地方就在这下摆的边沿上。"她急忙拉过裙子看了看，惊恐地发现上面有一个参差不齐的破洞，已经给面料造成了实质性损伤了。她说，看上去很像是被狗咬破了一块似的。无论如何，这裙子是被彻底弄坏了，这让她很是烦恼；而且虽然他们四处找寻，掉下来的那块布料却不见了踪影。他们总结说，造成这一破损的可能性很多，因为唱诗班台上尽是些老旧木制品，上面有一些突起的钉子。最后，他们只能猜测是其中一枚钉子造成了这破损；而一整天都有工人进进出出，他们可能把挂着衣服残片的那件木制品给搬走了。

　　正是在那一阵子，沃比觉得自己的狗在即将被关进后院狗屋时显得十分紧张。（因为他母亲下令狗绝不能睡在屋子里。）某天晚上，他说道，正当他要把它抱起来送出屋去时，那狗儿望着他，"如同个基督徒一般，挥动着自己的爪子，我正要说……好吧，你知道，它们有时候会怎样吵闹的，最终我还是将它藏在了自己外套下，把它抱上了楼——恐怕在这件事上我欺骗了可怜的母亲。之后，这狗变得十分机灵，总会在睡觉前

1 见第 152 页注释。

去床底下躲个半个小时甚至更长时间。我俩就如此行事，我母亲从未发现过这事儿"。不管怎样，沃比自然很高兴有这个伙伴，尤其是当那件恶心事开始之后，南敏斯特依旧记得这"哭喊"事件。

"一夜又一夜，"沃比说道，"那狗儿似乎知道这又要来了；它会爬出来，钻到床上，紧紧挤着我发抖。当那叫喊声开始时，它就像野东西一般，使劲把头往我手下钻，而我自己也几乎一样害怕。我们最多能听到六七次，当它把头又钻出来的时候，我知道那一晚的哭喊结束了。什么样的，先生？嗯，我从未听到过可与此比拟的声响。我有次正好在围地里玩耍，有两个教士碰头并聊了起来，'早上好，'其中一个对另一个说道，'昨晚睡得好吗？'一个说道，这个是汉斯洛先生，另一位则是利奥尔先生 [1]。'没法说好啊，'利奥尔先生说道，'太多《以赛亚书》第三十四章十四节所说的东西了。''三十四章十四节，'汉斯洛先生说道，'说了什么？''你还说自己研读《圣经》！'利奥尔先生说道。（你们肯定知道，汉斯洛先生是所谓西敏恩追随者的一员，大致就是我们所谓的福音教派。）[2] '你自己去查阅吧。'我自己就很想知道他说的是什么，于是跑回了家，拿出了自己的《圣经》，那句话是：'野山羊要与伴偶对叫。'好吧，我想道，过去几晚我们听到的便是这叫声？我跟你说，这句话害我转过身去望了一两眼。当然在这之前我便已问过父母，那哭喊声是怎么回事，但他们都说那最有可能是猫。但他们一语而过，我能看出他们也很困惑。唉！那声音，听上去很饥渴，似乎在呼唤着某个不愿过来的人儿。如果说，你在什么时候会希望有人陪着你，那定是在等待叫声再度响起时。我记得有个两三晚吧，人们站在围地的不同地方盯梢，但最后他们都汇集到了一个角落里，就是最靠近主街道那块儿，什么东西都没出现。

"嗯，接下去有件事。我和另一个唱诗班男孩——他现在在城里干着杂货生意，子承父业——我们在早晨的仪式做完后跑到了唱诗班台上去，听到石匠帕尔默在朝他手下怒吼。于是我们靠近了些，因为我们知

---

1 作者显然暗指约翰·史蒂文斯·汉斯洛（1796—1861），英国植物学家和神职人员，以及阿尔弗雷德·利奥尔（1796—1865），哲学家及旅行家。两人都毕业于剑桥大学，前者毕业于圣约翰学院，后者则是三一学院。
2 西敏恩指查尔斯·西敏恩（1759—1836），英国福音复兴运动领袖，该运动强调耶稣·基督在赎罪式殉难中依靠信仰而获得的解脱与重生。作者父亲便是福音派成员，他对于作者未能从事宗教事业而感到失望。

道他是个坏脾气的老家伙，可能会有些有趣事情发生。事情是，帕尔默吩咐这个人补上那座古老坟墓上的裂缝。好吧，这个人不停地说自己已经尽力而为了，但帕尔默不停地吼着，似乎心思全在这事上了。'你能说自己以此为生？'他说道，'如果你还有道理，真该被炒了才对。我付你工钱是为了啥？座堂牧师和牧师会成员过来时，我该怎么向他们解释？他们随时都可能过来，然后看到你在这儿做的烂活，把整个地方都搞得乱七八糟，石膏啊什么的到处都是。''好吧，工头，我已经尽力而为了，'那人说道，'我也和您一样，不明白为什么补了还会这样掉出来。我往这洞里砸结实了啊，'他说道，'现在却掉出来了，'他说道，'我不明白。'

"'掉出来了？'老帕尔默说道，'为什么没掉在周围。你是说爆了出来吧？'说着他捡起了一块石膏，我也捡了一块，就掉在屏风边上，大概离坟墓有三四英尺距离，而且还没有干透。老帕尔默好奇地盯着那石膏，然后转过来看着我，说道：'好了，孩子们，你们有没有跑这儿来玩过啊？''没有，'我说道，'我没来过，帕尔默先生。我们没人来过这儿，就这一次而已。'正当我说话时，另一个男孩埃文斯对着那裂缝望了望。我听到他猛吸了一口气，然后即刻走开，过来我们这边了。他说道：'我相信里头有东西。我看见有个亮闪闪的东西。''什么！我想可能吧！'老帕尔默说道，'好了，我可没时间在这儿逗留了。你，威廉姆，你再去拿些材料，这次得把活干得像样！否则，我可让你吃不了兜着走。'

"于是这人便动身了，帕尔默也走了，而我们一群男孩则在后头站住了。我对埃文斯说：'你真的在里面见到东西了？''是的，'他说道，'我真的见到了。'于是我说道：'我们往里头塞点东西，搅和搅和吧。'我们试了好几块丢在周围的木头，但它们都太大了。埃文斯正好随身带着一张乐谱，不是首赞美诗就是首圣歌，我现在想不起来那是啥了。他把那纸卷得细细的，往缝里面塞了进去。他塞了有两三次，什么都没发生。'伙计，把纸给我。'我说道，于是我尝试了一下。没，啥事都没发生。然后，我不知道为什么自己会有这个想法，真的。不过我对着那裂缝弯下了腰，把两根手指放进了嘴里，吹了下口哨，你知道怎么吹的，这之后我似乎感觉自己听到了一阵搅动声。于是我对埃文斯说：

'快走，我觉得不舒坦。''呵，瞎扯，'他说道，'把纸卷给我。'他便拿了纸卷往里头塞。接着，我认为自己从未见过一个人的脸惨白成他那样的。'啊，沃比，'他说道，'纸卷卡住了，也可能是被人抓住了。''把它拉出来，要么就别管了，'我说道，'快，我们走吧。'于是他使劲拉了一下，纸卷出了来。至少纸卷的大部分出来了，但前头那块不见了。那是被扯坏的，埃文斯看了一下，发了个牢骚后便把那纸卷给扔了，我俩连忙以最快的速度跑了出去。我们出来后，埃文斯和我说：'你看到那纸头的前端了吧？''没啊，'我说道，'只看到被扯坏了。''对，是的，'他说道，'但前头是湿漉漉的，而且都黑了！'好吧，一来我们受了惊吓；二来这乐谱一两天之后便要用到，我们知道管风琴师对此肯定要发脾气，于是我们对谁都没有说过这事儿。我想工匠们已经把那纸卷跟其他垃圾一起扫走了。但是如果你今天去问埃文斯这件事儿，他会坚持说，自己看到那纸头被扯坏的地方是又湿又黑的。"

这之后，孩子们便对唱诗班台避而远之了，所以沃比也不清楚工匠们把那坟墓修复得如何了。不过他从唱诗班台出来的工匠们的聊天中听到了些只言片语，说是遇到了些困难，于是监工——也就是帕尔默先生——亲自来处理这事了。过了没多久，他凑巧看到帕尔默先生在敲座堂牧师住所的门，管家开门让他进屋了。这之后又过了一两天，沃比从父亲早饭时无意间说出的话中获悉，第二天晨祷结束后，一件有些异乎寻常的事情将在大教堂中进行。"我真愿意今天就干，"他父亲补了一句，"再承受这风险有何意义。""'爸爸，'我说道，'你们明天要在大教堂里做什么啊？'他转过头愤怒地看着我，我从未见过他如此，总体而言，我可怜的父亲，他是个脾气无比好的人。"孩子"，他说道，"我得提醒你，别偷听你长辈们说话。这没教养，而且也不是正派行为。我明天在大教堂做什么或者不做什么，都不管你的事儿。明天你功课结束后，如果让我瞅到你在教堂里晃荡，看我不踹你回去。你给我记好了。'当然我说自己很抱歉啥的，但同样毫无疑问的是我跑去和埃文斯商量计划了。我们知道耳堂角落里有个往上的楼梯，可以通往三拱式拱廊，那个时候进到拱廊的门是开着的。而且即使门没开，我们也知道钥匙一般放在门边的一小块垫子下面。于是我们决定说，到时候我们就去放乐谱。明天早上等当其他男孩们在收拾时，我们就溜上那楼梯，从拱廊上面往下看，是否有行动迹象。

"嗯，就在这天晚上，我就跟一般男孩一样，睡得很沉，突然，那狗把我弄醒了。它爬上了床，我想道，这次我们要听到厉害的声响了，因为似乎它比平时更害怕了。毫无悬念的，大约五分钟后那哭喊声就来了。我没法给您描述那是什么样的；而且感觉走近，比我之前听到的要近。有个有趣的事情，雷克先生，您知道这围地是个回声很大的地方，尤其当您站在这一边时。好吧，这叫声却一点回声的迹象都没有。但是正如我已说的，这天晚上，那叫喊声近得可怕。除了听到叫声，吓了我一跳外，还有让我一惊的是，我听到门外走廊上有东西在窸窸窣窣。那一刻我觉得自己肯定完蛋了，但我注意到狗儿似乎振作了一些，接着有人在门外小声说话，我差一点就大声笑出来，因为我知道那是我父亲和母亲，他们听到那吵闹声便起了身。'到底是什么啊？'我母亲说道。'嘘！我不知道，'我父亲说道，有点激动，'别吵到孩子，希望他没听到什么声响。'

"正因我知道他们就在外面，胆子便大了些。于是我下了床，来到了我的小窗前，窗户是对着围地的，但那狗儿却直接钻进了床底下。我往窗外望了望，一开始，什么都看不清。然后，就在支墩下面的阴影里，我看到了。我总是说那是两点红色，是那种暗红色的，不是灯也不是火，但就正好能从黑影中辨认出来。我刚看到这东西，便发现似乎我们并不是唯一被打扰到的，因为我看到左手边一座房子里的窗子也亮了起来，而且那光线正在移动着。我就转过头去确认一下而已，再转回来看那阴影里的两点红色东西时，它们已经不见了。无论我再怎么找来找去、定神细看，都找不到他们了。接着当晚第三件吓到我的事情发生了，有东西贴在了我裸露的腿上，幸好那是我的小狗从床底下钻出来了。它欢快地吵闹着，只不过没发出声响，我看到它精神又回来了，于是就带它上床一起睡到了大天亮！

"第二天早上，我坦白地告诉了母亲，我让小狗在房间里过夜了。令我吃惊的是，虽然她之前明令禁止，但这次她的反应却很平静。'是吗？'她说道，'好吧，按理说，你背着我做这种事情，应该罚你没早饭吃。不过我不清楚有没有造成什么破坏，但你下次一定要征得我的允许，听到没？'过了一会儿后，我跟父亲说，又听到了猫叫声了。'猫？'

他说道，并望着我可怜的母亲，她咳了一下后，他说道，'哦！啊！对，猫。我想我自己也听到了。'

"总之那早上挺有意思的，似乎一切都乱套了。管风琴师起晚了，协理教士忘了当天是十九号，还在等《诗篇第95》[1]；过了一会儿代理管风琴师资历浅薄，开始演奏起了晚祷颂歌；接着南侧唱诗班的男孩们[2]笑得太多，没法唱下去了；开始唱赞美诗时，独唱的男孩咯咯笑个不停，还发现自己流鼻血了；于是祷告书就塞到了我手里，可我没有练习过那些诗句。即使我熟知诗句，唱歌我也不太擅长。唉，那时候可比现在煎熬，您想，五十年之前啊。我记得站在我身后的假声男高音还捏了我一下。

"就这样我们设法熬了过去。无论是大人还是小孩，都无不以某种方式等待着，想看看住堂牧师汉斯洛先生会不会来到法衣室，发现这些问题。我想他没有过来，不过有一件事情，我觉得他一生以来第一次读错了经课，而且他自己发现了。无论如何，埃文斯和我毫无困难地溜上了我说过的那道楼梯，上到那儿后，我们便挑了个可以把头低下来，望到那古墓的地方平平地匍匐了下来。我们刚刚就绪，就听到当时的司事先是把门廊的铁门关了，锁上了西南门，接着又关了耳堂门，于是我们知道有事要发生了。他们有意要把公众挡在外面的。

"然后，座堂牧师和教士通过北面的专属门进了来，接着我看到了我父亲、老帕尔默，以及几个他们最好的工匠。帕尔默站在唱诗班台正当中和座堂牧师说了会儿话。他拿着一卷绳子，工匠们则手持铁锹。他们每个人看上去都有点紧张。他们就站在那儿说话，终于我听到座堂牧师说，'好了，我没有时间可浪费，帕尔默。如果你认为此事对南敏斯特民众有益，则我允许你进行。不过我必须要说，我这一生，从未在脚踏实地之人嘴里听到过你所告知我的诸般彻底胡诌之言语。汉斯洛，你难道不赞同吗？'据我所能听到的，汉斯洛先生说了些类似'哦，哈！座堂牧师先生，我们被告知，勿要论断他人，不是吗'[3]的话。

---

[1] 《诗篇第95》，原文为 Venite，第一句为"来啊，我们要向耶和华歌唱"。这是圣公会晨课或晨祷时所唱的赞美诗。然而复活节及每月十九号时不唱这首。

[2] 南侧唱诗班：指在轮流吟唱时，站在唱诗班台南边的唱诗班成员。

[3] 见《圣经·马太福音》第7章1节：你们不要论断人，免得你们被论断。

座堂牧师冷笑了一下，直接走到了坟墓那儿，他背对着屏风站在了坟墓后面，其他人也非常小心地从边上慢慢走了过来。汉斯洛在南边停住了脚步，挠了挠自己的下巴，他真这么做了。随后座堂牧师开腔了：'帕尔默，掀掉顶上的石板，或者挪开侧面的某一块石板，对你而言哪个更简单？'

"老帕尔默和他的手下晃悠了一会儿，绕着顶部石板的边沿看了看，听了听侧面的石板，南面、东面和西面到处都敲了，就没听北面的。汉斯洛提到，尝试下南面可能好些，因为光线更足，而且空间也更大，方便挪移。我父亲之前一直看着他们，这时他绕到了北面，跪了下来，摸了摸裂缝边上的石板，然后站了起来，掸了掸膝盖上的灰尘，对座堂牧师说道：'斗胆一说，座堂牧师先生，我认为如果帕尔默先生尝试下这块石板，他会发现能够轻松撬开。在我看来，一个工匠便可用铁锹插进这个裂缝里，将这一块石板撬开来。''啊！谢谢你，沃比，'座堂牧师说道，'这个建议不错。帕尔默，命令你哪个手下动手吧，行吧？'

"于是那人过了来，把铁锹插了进去，使劲推压，正当他们都弯腰看着，我俩把头使劲伸出了拱廊的边沿时，唱诗班台的西端传来了一声极其可怕的坍塌声，如同一整堆的大原木从一节楼梯上滚了下去一般。好吧，您可不能指望我一下子就说完所有发生的事情。当然了，这引起了一阵大骚动。我听到石板掉了下来，铁锹掉在了地上，我还听到座堂牧师说道，'上帝啊'！

"当我再次往下看时，看到座堂牧师摔倒在了地板上，工匠们都逃下了唱诗班台，汉斯洛正要赶去把座堂牧师扶起来，帕尔默则要阻止他手下（这是他事后宣称的），而我父亲则手掩着面孔坐在了祭坛的台阶上。座堂牧师非常生气。'汉斯洛，谢天谢地我真希望你能看看自己的路，'他说道，'我真想不出来，为什么一根木头掉下来，你们就都逃之夭夭了。'汉斯洛只能解释说，他刚才确实在坟墓的另一侧，但座堂牧师并不买账。

"接着帕尔默回来了，汇报说根本没发现这声响的来源，似乎也没东西掉下来。待座堂牧师重新恢复了后，他们又聚在了一起——除了我父亲，他还坐在原地——有人点亮了一根蜡烛，他们往坟墓里望了望。'里面什么都没有啊，'座堂牧师说道，'我都跟你们说什么了？慢着！

这儿有些东西。这是什么？一小部分乐谱纸和一片被撕下来的碎片，看着像是条裙子的一部分。两个都很现代啊，总之没什么意思。下一次你们也许会听取一个受过教育的人的意见了。'大概他就说了类似的话之后，便走了，稍微有些一拐一拐的。他从北门走了出去，只不过他走出去时愤怒地往回对帕尔默吼道，说门为何大开着。帕尔默喊道："实在抱歉啊，先生。'但他耸了耸肩。汉斯洛说道：'我想座堂牧师先生是错怪了。我进来后便关上了门，但他有些恼怒。'然后帕尔默说道：'诶，沃比去哪儿了？'他们看见他坐在台阶上，于是走了过去。看上去他稍微回过点神来，正在擦着自己的额头，帕尔默把他扶了起来，看到这个我很高兴。

"他们离我太远了，我听不到他们在说什么，不过我父亲指了指走廊的北门，帕尔默和汉斯洛两人看上去都非常吃惊且害怕。过了一小会，我父亲和汉斯洛走出了教堂，其他人则尽可能快地把那石板给放了回去，并用石膏封好了。大概在钟敲十二下时，大教堂重新开放了。我们俩则尽可能不露破绽地回家了。

"我非常急切地想知道，是什么把我父亲吓成这样。当我走进家门，发现他拿着一杯烈性酒坐在自己椅子上，而我母亲则站那儿焦虑地看着他。我没忍住，脱口而出坦白了自己去了哪儿。然而似乎他并不打算发作，至少没有发脾气。'你在场，是吗？好吧，你看到了吗？''我目睹了一切，爸爸，'我说道，'除了巨响那一阵外。''你看到是什么东西把座堂牧师撞倒的了吗？'他问道，'那从坟墓里出来的东西？你没看到？唉，幸好幸好。''啊，那是什么，爸爸？'我问道。'唉，你肯定看到了，'他说道，'你没有看到吗？一个跟人一样的东西，全身都是毛，顶上有两只大眼睛？'

"好吧，那时我从他嘴里只能得出那么些话。后来，似乎他觉得自己被吓成那样是很丢人的，当我问他这件事情时，他总是推诿。但是好几年之后，当我长大成人后，关于此事我们时不时地有了更多交谈，他总是说同样的话。'那东西是黑色的，'他会这样说，'一堆毛发，两条腿，光照在了它的眼睛上。'

"雷克先生，这就是那坟墓的故事。这故事我们不会讲给参观者听的，如果您能在我离开人世前不擅用这故事的话，我会很感激的。如果您问埃文斯先生，我猜他也是这么想的。"

事实确实如此。但二十多年过去了，沃比和埃文斯的坟头都已长满了草。因此雷克先生觉得将他在一八九○年记下的这些笔记与我分享亦无阻碍了。与之相伴的，还有一张坟墓的草图以及坟墓北面金属十字架上一小段铭文的副本。这十字架是利奥尔博士出资安上的。铭文出自拉丁文本《圣经》的《以赛亚书》第三十四章，仅仅包含三个词——

IBI CUBAVIT LAMIA.[1]

1　出自《以赛亚书》第 34 章 14 节。意译为 "夜间的怪物必在那里栖身"。Lamia 是罗马神话中的一种怪物，被认为会吞噬孩童。注意拉丁文原文的未完成时，说明 lamia 已经不在坟墓里了。

失踪与重现之怪谈[1]

　　这些在此公之于众的信件，是一位知晓我对鬼故事充满兴趣的朋友最近送给我的。它们的真实性毋庸置疑。这些信件的用纸、墨迹，以及整体的外观均使其年代不容人质疑。

　　信件唯一表达不清的是作者的身份。他只签了名字的首字母，而且信封又荡然无存；而通信人的姓氏——显然是一位已婚的兄弟——亦和他自己的一样神秘不清。我认为，无需进一步的铺垫解释了。幸运的是，第一封信便提供了所有需要的内容。

信一

大克里斯霍尔[2]，1837 年 12 月 22 日

亲爱的罗伯特，

　　写这封信通知你，我无法参加你们的圣诞聚会了，此刻我为自己无法享受欢愉而感到遗憾，同时也为一个你也将一道哀叹之缘由而深感遗憾。但是若我告诉你，几个小时前我刚刚收到一封 B 城的亨特夫人寄来的信件，通知说我们的舅舅亨利突然间神秘失踪

1　本篇最早刊登于《剑桥评论》(1913 年 6 月 4 日)，后收录于《瘦鬼及其他鬼事》及《M.R. 詹姆斯鬼故事集》中。故事中大量使用了潘奇与朱迪木偶戏中的角色及氛围。潘奇为意大利语"小丑"的音译简写。该木偶戏历史悠久，源自意大利（正如本篇中所暗示的），大约于 17 世纪晚期传入英国。通常使用布袋木偶，亦有牵线木偶版本，角色基本相同。除了潘奇和他的妻子朱迪外，常见角色还有一条叫托比的狗（有时是真的狗，而非木偶）、婴儿、刽子手杰克·凯奇、教区执事，以及一个外国人（通常为黑人，只会说"沙拉吧啦"）。作者在本篇中提及的一个叫特恩考克的角色，其身份难以确定。在大部分的表演中，潘奇会用根棒打死大部分角色，随后接受审判，被判处绞刑死。作者曾坦言，早期观看该木偶戏时，其中的鬼魂角色引起了他对超自然故事的兴趣。（见附录《鬼啊——请善待它们！》）

2　大克里斯霍尔：可能是克里斯霍尔的旧称，其为埃塞克斯郡的一个村庄，位于罗伊斯顿以东 6 英里处。

了，并恳请我即刻过去参与正在进行的搜寻工作，那你也一定会认为我的决定是无可避免的了。我很少——我想你也如此——联系舅舅，自然我认为这个请求是不容小视的，因此我计划坐今天下午的邮政火车前往 B 城，夜里晚些时候便可以到达。我不会住进教区牧师住所的，打算就在王首旅馆住宿，你可以写信到该处。随信附了一张汇票，请你将它用在孩子们身上。我会每天（假设我要耽搁上不止一天的时间）都给你写信，告诉你事情的进展。我向你保证，如果事情处理得快，允许我及时赶赴你家，我一定会来的。几分钟后我便要出发了。向你们所有人致以我最热情的问候。相信我，我万分遗憾。你亲爱的哥哥，

W.R.

信二

王首旅馆，1837 年 12 月 23 日

亲爱的罗伯特，

首先，至今还没有任何 H. 舅舅的消息。我想你最终还是得放弃任何"我还可能赶过来过圣诞"的"想法"——我可不会用"希望"这个词——了。不管怎样，我心与你们同在，最诚挚地祝愿你们拥有一个真正快乐的节日。千万别让我侄子侄女们花任何钱给我买礼物。

自我到达此处，我便一直责怪自己将 H. 舅舅的这件事情想得太过简单。从人们的言语中，我推断他生还的希望渺茫，但我无从判断究竟他是发生了意外还是被人谋害了。事实如下。十九号星期五那天，他如往常般，在五点不到一会的时候去教堂朗诵晚祷；当仪式结束后，教区秘书给他捎了个信，听完后，他便按口信所请，前去大约两英里外的一个偏远村舍拜访一位病人。拜访结束后，他大概在六点半左右开始往回走。这便是最后所知的信息了。当地的人们对他的失踪感到非常沉痛；如你所知，他在此已经多年；亦如你所知，虽然他不是一个特别亲切的人，而且为人总有点严厉刻板，但似乎他一直积极做善事，不惜让自己受苦受累。

可怜的亨特夫人倍受打击，自从她离开伍德利 [1] 后，便开始担任他的女管家，这事对她而言就如世界末日一般。我很庆幸自己未采纳住宿在教区牧师住所的想法；我也婉拒了当地一些人好心提供的住宿邀请。我更喜欢独立自在，在这儿我觉得挺舒服的。

你肯定想知道质询和搜寻工作进行得如何了。首先，教区牧师住所中的调查未取得任何成果，简而言之，什么都没发现。我询问了亨特夫人——正如其他人已经做过的——她主人身上是否有不健康的症状，譬如突然中风的前兆，抑或疾病突袭的迹象；或者说他是否有理由担心此类事情发生。但她和舅舅的医生都坦言并无此类问题。他的身体一如往常般健康。其次，合情合理地，池塘和溪流都被捞筛过了；据信他最后到访过的邻近的农田也搜查过了，均毫无结果。我亲自与教区秘书交谈过，更重要的是，我还去过他曾拜访的那户人家。

这些人毫无耍弄阴谋诡计的可能。那户人家里只有一个男人，病卧在床，十分虚弱；他的妻儿自然不可能干出什么事儿来；而且他们中的任何一个人，都不可能会产生诱骗可怜的 H. 舅舅出门，并在其回家路上袭击他的邪念。他们已经把自己所知道的告诉给了其他几个质询者，但那妇人还是向我复述了一次：教区牧师看上去一如往常。他没有和病人待太久——她说道："不是说他的祈祷特别管用，但如果我们都这么想，那教堂里的人怎么过活啊？"他走的时候留下了一些钱，其中一个孩子看见他跨过篱笆梯，走进了隔壁一块农田里。他的穿着亦和往常一样，任何时候，在教区里都戴着环形饰带——我想他是最后一个这么穿的人了吧。

你可以看出来，我事无巨细均写了下来。实际上除此之外，我无事可做了。我没有带工作文件过来，而且这么写下来能帮我理清头绪，或许可以让我注意到自己有所忽视的地方。因此我会继续写下所有发生的事情的，如有需要，连对话我也会写下来——你读或不读都随意，不过请保存好这些信件。如此详尽地写下来，还有另一个理由，不过这理由有点不切实际。

---

1 伍德利：伯克郡的一个城市，位于雷丁以东 3 英里处。位于克里斯霍尔西南方向 55 英里处。

你或许会问，我自己是否有在村舍附近的农田上搜寻过。如我已说过的，其他人已经做过一些——很多次——搜寻了，但我仍然希望明天可以亲自过一遍。已经通知博街[1]了，他们会坐今晚的班车过来，但我觉得他们来了亦难有进展。片雪未下，这或许对我们有利。农田里都是草皮。当然，我今天来来回回地一直密切关注着[2]一切可疑迹象；但回来路上大雾弥漫，我还没准备好在陌生的草地上游荡，尤其是在这种灌木看上去跟人一般的夜晚，远处牛的哞哞声都可能是最后审判的号角。我向你保证，如果亨利舅舅从一小片毗邻走道的杂树林丛中走了出来，手拿自己的头颅，这场面与目前的情景相比，也只会令我更不舒服少许而已。说实话，我心里还真有点期待这种事发生呢。但我现在得先停下笔来了，助理牧师卢卡斯先生来访了。

续上。卢卡斯先生来了，现在已经走了，他除了表达正常的合乎情理的祝福慰问外，别无他话。可以看出来，他已经放弃任何教区牧师仍可能在人世的想法了，对此，就其本人而言，深感遗憾。我还感觉到，即使对于一个比卢卡斯先生更感情用事的人而言，亨利舅舅似乎也没法让人产生强烈的亲近感。

除了卢卡斯先生外，我还有一个访客，即我的邦尼菲斯[3]——王首旅馆的老板——他过来看看，我所需要的是否齐全，而且他还要求博兹[4]的刀笔赐予他公正。一开始他显得非常庄严沉重。"唉，先生，"他说道，"正如我可怜的妻子生前常说的，在打击面前，我们只能低下头颅。据我所知，至今我们备受尊敬的前任教区牧师的去向依旧无人知晓，连他的一根毫毛都没找到。我这话的意思，和《圣经》里说的毛人[5]不是一个意思。"

---

1 博街：指伦敦博街警察局下属的博街探员们，主要职责为侦探及搜捕盗贼。1829 年苏格兰场成立后，他们的权责基本被取代。
2 原文为法语。
3 邦尼菲斯：Boniface，这是剧作家乔治·法夸尔（1677—1707）作品《花花公子的计谋》中的角色名，是一位热情的旅馆老板。后来这个词便衍生为"小旅店的老板"的意思。
4 博兹：英国作家查尔斯·狄更斯在头三部作品中所用的笔名，包括《博兹札记》（1836）、《匹克威克外传》（1836—1837）以及《雾都孤儿》（1837—1838）。
5 指《圣经·创世记》第 27 章 11 节中的情节："雅各对他母亲利百加说：'我哥哥以扫浑身是有毛的，我身上是光滑的。'"

我尽可能得体地说道，我想也不是。不过我还是忍不住加了一句，听说他有时候有些难以相处。有那么一会儿，波曼先生很警觉地看着我，接着他突然从庄重的同情转换成了充满激情的雄辩之中。"我想到，"他说道，"当时就在这儿的会客室里，仅仅因为一桶啤酒的事——我跟他说，这种事对一个有家室的男人来说，一周当中的任何一天都可能碰上——他就对我使用了那种他认为合适的言语。虽然最后证明是他错怪了我，我当时就知道，但我听到他说出那些话，十分震惊，一时舌头打结，不知该怎么回应了。"

他突然停了下来，有些尴尬地看着我。我只说了："天呐，你们有些小争执，听到这个我表示遗憾。我想教区里会很怀念我舅舅？"波曼先生长长了吸了一口气。"啊，是的！"他说道，"您舅舅！请原谅我，我刚说那些个话时，竟忘了他是您的亲戚来着。我必须得说，很自然的想法是，您应该和他有些相像的地方，但这种看法显然是荒谬的。无所谓了，我会记在心里的。我肯定，您肯定一开始就觉得我该管好自己的嘴了，或者说如果我没说出那些不合适的话，也可以不用闭上我的嘴。"

我向他保证，我非常理解。正当我要进一步问他一些问题时，他被叫去处理些事情了。对了，你不必怀疑他害怕我询问他有关亨利舅舅失踪案的事情。虽然毫无疑问，在晚上值夜时，他会觉得我认为他害怕，明天我也许可以获得解释。

我得停笔了，这信得随晚班火车寄出。

信三

1837 年 12 月 25 日

亲爱的罗伯特，

在圣诞节写这么一封信，真是件怪事，而且说到底信里也没实质性内容。也可以说里面有内容，你自己判断吧。至少，没有什么结论性的事件发生。博街探员几乎坦言他们毫无头绪。随着时间推移，以及天气状况的原因，所有的踪迹都显得很模糊，基本上毫无价值了。至今尚未发现死者——恐怕没有其他更合适的词了——的任何物件。

正如我所料，今天早上波曼心神不宁；一大早我就听见他用一种十分清晰的声音——我觉得是故意的——滔滔不绝地在酒吧间跟博街探员们交谈着，他说到本地承受着失去教区牧师的痛苦，并说到一定要翻遍每一块石头（这句话他说得很棒），以便寻出真相。我怀疑他可能是酒会宴请上出了名的演说家。

我在吃早饭时，他过来服务我。他趁给我上松饼的时机，用低沉的声音说道："先生，我希望，您清楚我对您亲戚的感情并无怨恨的因素在里面。伊莱沙，你可以出去了，我会亲自来满足这位先生的所有要求的。先生，请原谅我，但是您必须明白，一个人有时会控制不住自己，当这个人被——我应该说——不合适的言辞伤到了心时（说话的当儿，他的声音越来越响，脸也越来越红）……不，先生，好了，如果您允许的话，我想用简短的话解释下我和你舅舅当时争论的主要原因。那一桶——更准确的说，是一弗京[1]——啤酒……"

我觉得是时候插话了，于是说道，详细讨论这件事情对于我们似乎并无什么帮助。波曼先生勉强同意了，稍微平静一点地继续说道：

"好吧，先生，我听您的。正如您所说，谁对谁错，或许对现在的问题而言，已经没什么要紧的了。我希望您明白的是，我和您一样，随时准备为我们面对的事情伸出援手。趁此机会，我想说，正如我不到三刻钟之前刚跟探员们说过的，要翻遍每一块石头，或许可以为这痛苦的事件点亮一丝光明。"

实际上，波曼先生确实跟着我们一起去搜寻了，虽然我能肯定他是真心想帮助我们，但恐怕他没作出什么正儿八经的贡献。显然他心里还觉得，我们极有可能找到亨利舅舅或者说对其失踪负有责任的人。于是他走遍农田，将手放眼睛上眺望，并且用手杖指着远处的牛或者劳动者，来引起我们的注意。他和我们遇到的老妇人们聊了好几次长时间的天，而且行为举止非常认真严厉，但每次他回来后都说："好吧，我发现她似乎和这次悲剧事件毫无关系。先生，

---

1 弗京：英国容量单位，相当于9英加仑。

我想你们可以相信我，这一块区域上已经基本没有什么值得搜寻的了，除非她故意隐瞒了什么。"

我们没有任何有用的发现，正如我在开头跟你说的。博街探员已经离开本地了，我不知道他们是回伦敦了还是去了别的地方。

今天傍晚时，有个行商与我作伴，他还是有些时髦的。他知悉村里发生了什么，但他虽在本地附近到处走动了几日，却也没发现什么可疑的人物——流浪汉、闲逛的水手们或吉普赛人。今天他在 W 城看了一出潘奇与朱迪木偶戏，现在脑海里还满是这出戏。他问我这戏班有没有到本地了，并说，如果他们过来，让我千万别错过了。他说，那是他遇见过的最好的潘奇和托比狗。你知道的，托比狗是这木偶戏里最近出的新玩意儿。我自己只看到过一次，但不需多久，所以戏班都会有一只托比狗的。

好了，你肯定想知道，为什么我要费事告诉你这些事？我必须得写，因为这和另一件荒诞的琐事（你一定会这么说的）有关。我目前脑海里浮想联翩，或许乎只是胡思乱想而已，但我得将它写下来。先生，是关于一个梦的，我会写在这儿，我得说这是我做过最奇怪的梦之一了。这梦除了受那位行商的闲谈以及亨利舅舅的失踪案影响外，还有什么其他含义吗？我再次声明，你应自行判断。我现在不够镇定，判断力亦不足。

梦开始时的场景，我只能形容为"拉开了幕布"：我发现自己坐在某个地方——我不知道是室内还是室外。我的两边还有别人，但人不多，我没法辨认出他们，也没法太过注意他们。他们从不说话，我记得他们都神情凝重，面色苍白，眼睛呆呆地盯着前方。我面前是一个潘奇与朱迪的木偶戏，大概要比一般的大很多，背景是红黄色的，而景致则是黑色的。木偶戏台后面及两侧则只有一片黑暗，但戏台前方却有足够的光亮。我的心像被吊着似的，内心有着极大的期待，一直等待着排箫[1]吹响，等着"噜—嘟—嘟—呀"的歌声响起。然而，随之而来的却是一击很突然的、巨大声——我没法用其他词形容——巨大声的钟声，我不知道是多远的地方传

---

1 排箫是潘奇与朱迪木偶戏的常见伴奏乐器之一。

来的，总之是在后面的某个地方。小小的幕布拉开了，木偶戏开始了。

我记得有人曾尝试着将潘奇的故事改写成一个严肃的悲剧，不管他最后取得了什么成果，总之这场表演应该会正和他心意的。男主角有点恶魔的气质。他变着法子袭击其他角色。对一些受害人，他埋伏以待，看到他那张恐怖的脸——可以描述为黄里透着苍白——偷偷地朝舞台两侧望去，让我想起了福塞利[1]可怕素描画中的吸血鬼。对其他人他既讲礼貌又巧言善变，尤其是对那可怜的外国人，那人只会说沙拉吧啦。不过我怎么都听不清潘奇在说什么。但角色死亡的那一刻都让我感到恐惧。棍棒击碎头颅的喀拉声，通常情况下都让我很兴奋，但在这出木偶戏里却有种粉碎的音效，好似骨头开裂了一般。而受害者倒下之后便颤抖着，两条腿乱蹦。那婴儿——我继续往下说，听上去就更荒诞了——我肯定，那婴儿是个活物。潘奇拧住了他的脖子，如果他发出的窒息声或着说吱吱声不是真实的，那我可真不知道什么是真实的了。

随着每桩罪行达成，就可察觉到舞台变得更暗了一些，最后有一桩谋杀几乎是在黑暗中进行的，因而我看不清楚那受害人，而且这谋杀花了些时间。随之而来的是艰难的喘息声，以及可怕的被捂住了的声音。完事后，潘奇走到了台边，坐了下来，给自己扇着风，看了看自己的鞋子，上面全是血迹。他向一侧垂着头，以一种非常恶心的方式窃笑着，我看到旁边有几个人都用手捂住了脸，我也很想这么干。但就在此刻，潘奇后面的场景被清掉了，展现出来的不是常见的宅邸正面，而是更为宏大的景色——一个小树林，缓缓上行的山坡，天上则照耀着一轮非常自然的月亮，实际上，我应该说那是个真月亮。那场景中慢慢地出现了一个东西，我很快就认出那是个人，他头部有些特别。一开始我看不清他头上有什么东西。他不是站立着的，而是开始从舞台中部朝潘奇爬了过去，或者说拖拽着自己过去。潘奇依旧背对着他坐着。到了这一刻，我得说

---

1 福塞利：即亨利·福塞利（海因里希·福塞利，1741—1825）瑞士出生的英国画家。其画作中没有叫做《吸血鬼》的，作者可能指其 1781 年的作品《梦魇》，画中一个怪物（很可能是睡魔）停在一个沉睡者的胸口。

一下（虽然在做梦时我并没注意到），所有木偶戏的特点都消失了。潘奇虽然仍是潘奇，这是真的，但是，和其他角色一样，在某种程度上，他也是个活物。他们都是依靠自己的意志行动的。

我再次看他时，他正坐着沉浸在自己的邪念中。不过片刻之后，似乎他注意到了什么，首先他立刻坐直了，然后转过了身去，显然他看到了正朝他过来的那个人。那人实际上已经离他很近了。他确实显露出了毫无疑问的恐惧之情，他抓起了自己的棍子，朝树林跑了去。那人突然飞出手来拦他，他刚好躲开了。此刻我基本上看清这追随者的样子了，不知为何我内心有种强烈的厌恶感。那是个穿着黑色衣物的强壮人物，我觉得他穿着饰带，而他的头部则被一个发白的袋子包着。

于是追跑开始了，我不知道持续了多久，一会儿他们去到了树丛中，一会又沿着农田的陡坡而上，有时候两个人物都会消失个那么几秒钟，只传出一些含糊不清的声响，让人知道他们还在追赶中。最后，终于到了这一时刻，潘奇显然筋疲力尽了，从舞台左边跌跌撞撞地冲了进来，一下摔倒在了树林里。他的追踪者离他并不远，跑过来到处狐疑地望了望。接着，他发现了躺在地上的潘奇，他也把自己摔到了地上，他的背部朝着观众，灵活地将头上的袋子拽掉了，猛地将自己的脸撞到了潘奇的脸上。就在这一刻，一切都陷入了黑暗中。

这时传来一声又长又响、令人颤栗的尖叫声，我醒了过来，发现自己正对着——你觉得究竟会是个什么东西呢？哈——一只大猫头鹰的脸，它正好栖在正对着我床脚的窗台上。它的双翼合拢着，好似缠着裹尸布的手臂。我撞见了它那尖锐的黄色眼睛，之后它便飞走了。我再一次听到了那一击特别大声的钟声，你或许正思忖说，那很可能是教堂的钟声，但我不这么认为。之后我就完全清醒了。

以上这些，我觉得就发生在过去半个小时内。我已无可能再度入睡了，于是就起了身，穿上足够让我保暖的衣服，在圣诞节的初晨，写这封冗长的信件。我是否说漏了什么东西？对了，里头没有托比狗，而且那潘奇和朱迪棚子上写的名字是基德曼与盖洛普，显然这不是那位行商提请我注意的班子。

写到现在，我感觉自己也许可以再睡一会儿了。所以我便就此停笔、封缄。

信四

1837 年 12 月 26 日

亲爱的罗伯特，

一切都结束了。尸体已经发现了。我没能赶着昨晚便寄信将这消息告诉你，对此我毫无编造理由之意。缘由很简单，我根本无法将之付诸笔端。发现尸体过程中的事件让我全然疑惑不解，我需要好好休息一晚，方能面对这一情形。现在我可以为你记述所发生的事件了，显然这是我有史以来，也可能是从今往后最为诡异的一个圣诞节了。

第一件事情并不十分紧要。我觉得波曼先生平安夜都没睡着，因此昨天有些吹毛求疵。至少他起得不是很早，而且据我耳闻，男仆和女佣都没法让他称心满意，女佣都被弄哭了。我也不肯定波曼先生是否依旧能够如大丈夫般保持镇定自若。总之在我下楼时，他是用沙哑的嗓音向我道以节日的问候的；一小会之后，他在早餐时过来客套寒暄一下时，也丝毫没有喜庆之意。我几乎得说他对生活的看法都有些拜伦式[1]的厌世之感了。

"不知为啥，"他说道，"先生，您顺着我的思路，每年圣诞节到来时，我总觉得一年比一年可怕。为啥呢，就拿我眼前的事儿举例子吧。我的用人伊莱沙，已经跟着我十五年了。我以为自己可以对伊莱沙放心的，但就在今天早上，而且是个圣诞节的早上，这是一年里最有福的一天了——铃儿叮当响着，诸如此类……我是要说，今天早上，若不是老天爷庇佑着我们，这姑娘差点——允许我这么说——把芝士放在了您的早餐桌上……"他看见我想要开口，便朝我挥了挥手，"您当然可以说了，'是的，波曼先生，但是你把芝士拿走，并锁在介橱里了。'我确实这么做了，钥匙就在这儿，

1　通常认为英国诗人乔治·戈登·拜伦爵士（1788—1824）有些遁世倾向。

即使不是这把，那把钥匙也和这个差不多大小。先生，这确实千真万确。但您觉得她这行为对我会有什么影响？嗨，如果我说当时我觉得天旋地转，这一点都不夸张。可当我跟伊莱莎唠叨这事时，提醒您一下，我可没恶声恶气的，只是口气比较强硬而已，您知道她怎么回我吗？'哦，'她说道，'行吧，'她说道，'我猜这事儿也没让您伤筋动骨吧？'唉，先生，这太伤我心了，我说不出别的话了。伤心啊，我现在可不想再去想这事儿了。"

说到这儿，突然陷入了一阵不祥的沉默中，于是我斗胆说了些类似"是的，是很烦人"之类的话。接着问道，教堂仪式是几点开始。"十一点钟，"波曼先生说道，重重叹了口气，"唉，您从卢卡斯先生那儿可听不到前任教区牧师的那种演讲咯。我和他虽然存在小矛盾，但平心而论，我更感到惋惜啊。"

我能看出来，他得十分用力地憋住内心的那个恼人的"一桶啤酒的问题"，但他成功了。"但我得说，一个出色的牧师，他坐稳位置可不是理所当然的，即使他认为这是自己的权利所在——但这不是我要说的问题——比如我，可不会固守陈见。有人可能会问：'他是个有口才的人吗？'对此我会回答说：'嘿，您也许比我更有资格来谈论您的舅舅。'还有些人可能问道：'他能否凝聚会众？'这个我也得回答说：'看情况了'。但正如我所说——是，伊莱莎，我的乖乖，我来了——十一点钟，先生，您询问王首旅馆的座席在哪儿就行。"我猜伊莱莎应该就在门边，因此也算了她一份赏钱 [1]。

下一个片段便是去教堂了。我感觉，对卢卡斯先生而言，要好好完成圣诞颂祷可是个艰巨任务，而且他也掌控不住那显然到处弥漫的焦虑和遗憾——无论波曼先生说什么——之感。我觉得他没法应付自如。我也感到不自在。管风琴发出了狼音 [2]，你知道这是什么意思的：风不足了，在演奏圣诞赞歌时发生了两次。我猜是由于敲钟人的疏忽，在布道时，最低音大钟每一分钟都发出一阵轻轻的声响。教区秘书派人上去查看了，但似乎他也无能为力。仪式结束时

---

1 赏钱：原文使用了 vali，其含义便是"小费"，是较为古旧的用法。故翻译译成"赏钱"。
2 狼音：指管风琴因为风力供应不足而发出空荡如哭泣般的声响。

我十分欣慰。仪式之前也有件古怪的事情。我很早就去教堂了，碰到了两个抬着教区棺材架的人，他们正在把那棺材架抬回教堂塔地下。我听到他们说，好像是出了岔子，这棺材架被另一个不在场的人给抬了出来。我还看到教区秘书在忙着把一张有虫蛀痕迹的天鹅绒棺罩折叠起来。这些可不是圣诞节该看到的啊。

仪式之后没多久我便吃了饭，感觉不太想出门，于是在会客室的炉火边坐下了，拿出了最后几期的《匹克威克外传》[1]，我已经留了些时日了。我以为这个肯定可以让自己保持清醒的，没想到却睡得和我们的朋友史密斯一样死。当我被一声尖锐的哨子声以及外面集市上的谈笑声吵醒时，我猜已是两点半了。原来是个潘奇与朱迪木偶戏班，毫无疑问这便是那行商在 W 城所看过的那戏班。我既高兴，又有些不高兴，因为那可怕的梦境变得记忆犹新起来。但无论如何，我觉得要看一看这戏，于是我让伊莱沙拿着个克朗硬币[2]去找那帮戏子，要求他们对着我的窗户，如果他们办得到的话。

这木偶戏十分新潮。无须我赘言，戏班的名字是意大利文的，叫做"佛雷斯塔和卡勒皮基"。确实有托比狗，正和那行商让我期待的一样。B 倾城而出，但我的视线没被阻断，因为我站在二楼的一个大窗边，而且就在不到十码之外的地方。

教堂钟声敲响三点差一刻之时，木偶戏开始了。当然了，这戏码很不错，很快我就觉得，那噩梦使我在潘奇袭击那些倒霉访客时所产生的憎恶感，只不过是暂时的而已。特恩考克、外国人、教区执事，甚至婴儿被杀死时我都笑了。唯一的不足之处在于托比狗开始经常在错误的地方号叫。我猜是有什么东西惹到它了，这是个值得注意的事儿，因为我忘了具体是在什么时候，那狗儿发出了十分凄惨的一声号叫，然后跳下舞台踏板，飞也似的穿过集市，往一条边道上跑去了。木偶戏因此冷了场，但就一小会儿而已。我想戏班的人说，去追它也不是个好主意，晚上它一定会回

1 查尔斯·狄更斯的早期作品《匹克威克外传》最早每月连载于杂志上。时间时 1836 年 4 月至 1837 年 11 月。
2 克朗硬币：对英国旧制五先令硬币的谑称。注意和丹麦克朗区别。

来的。

于是木偶戏继续了。潘奇对朱迪毫不心慈手软，实际上他对所有到访者都一视同仁。接下去便是竖起绞刑架的时候了，下一场便是凯奇先生登台之时了。就在这一刻，发生了件事情，我当时自然没能理解它的含义。你曾经目击过绞刑处决，也知道犯人的头套上绞刑套后是什么样子的。如果你和我一样，那你也肯定再也不愿回想起这场景，我也不想让你再度想起这事。我从稍高处望下去，瞅见在木偶戏棚里面正有这样一个脑袋。一开始观众并没看到。我还想着这脑袋会展现在观众面前，但取而代之的却是慢慢升起的一张没有戴绞刑套的脸，那脸上满是惊恐的表情，我以前从未想象过这样的表情。看上去这人——先不管他是谁——是被迫吊升到舞台上的绞刑架上的，不知怎么的，他的手臂被绑着，或者缚在身后了。我刚好能看到他身后有个戴着睡帽的人头。接着传来了一声喊叫声，随后是一阵坍塌声。整个木偶戏棚往后翻倒了，废墟中看到有人乱踢蹬着腿。然后，看到有两个人——某些人这么说，我只看到了一个——以最快的速度穿过了广场，消失在了一条通往农田的小巷中。

当然，大家都去追赶了。我也跟了上去，但是那俩人的速度真是要人命，那人死了的时候实际上没什么人在场。事情发生在一个白垩矿坑里，那人一步踏空从坑边摔了进去，扭断了脖子。人们到处找寻另一个人，直到我想到说，那人究竟有否离开过集市。一开始大家都肯定地说，那人也跑了；但我们回去一看，他就躺在戏棚子下，也已经死了。

但是在白垩矿坑里，发现了可怜的亨利叔叔的尸体，他头上套着一个袋子，脖子被可怕地砍断了。那袋子有个尖角钻出了泥土，我们才注意到。我没法太过详细地写这一段内容。

忘了告诉你，那两个人的真名叫做基德曼和盖洛普。我很肯定自己听到过这两个名字，但似乎无人知悉他俩。

葬礼之后，我就尽快过去找你。我们碰面后，一定要和你说说我对此整个事件的想法。

双医记[1]

　　据我经验而言，在一些尘封已久的古旧书籍中发现些纸片文档是相当常见的事情。然而要发现有点趣味的东西则是万分困难的。但毕竟还存在这样的可能，因此在未加查看之前，可千万不能把这些纸片给毁了。大战[2]前，我有个习惯，偶尔买些旧分类账本。它们的用纸都不错，而且里面会有很多空白页，我会把空白页挑出来，用来记些笔记和写东西。一九一一年我用很便宜的价格买了一本分类账。本子合得很紧，硬纸板封皮由于多年来加塞了太多额外纸张而有些弯曲。这些塞在里面的纸张中，有四分之三已经对现世之人毫无意义了；但剩下的一部分则非也。毫无疑问这部分纸张属于一个律师，因为上面注有：吾所遇至奇之案，而且还写有姓名首字母缩写，以及一个格雷律师学院[3]的地址。这些纸张只是某个案件的资料，里面包括疑似目击者之陈述。应该成为被告或疑犯的人似乎从未出现过。案宗并不完整，然而话虽如此，它依旧提供了一个谜案，其中似乎还有些超自然的因素。你们得看看能够从中拼凑出什么。

　　以下便是我拣选出来的案情背景及案情信息。

　　案情要素如下：时间为一七一八年六月间，地点在伊斯林顿[4]，故而

1　本篇首发于《瘦鬼及其他鬼故事》，后重印于《M.R.詹姆斯鬼故事集》中。这是一个超自然的谜案，读者需要将小说中的信息消化分解再重组，从而得出完整的故事情节。作者在其中提供了理解故事的所需信息，其中的情节皆可合情合理地重组起来。篇末附有译者解读，读者可先阅读小说，自行重组情节，再查看解读。
2　应指第一次世界大战，发生于1914年7月28日至1918年11月11日。
3　格雷律师学院：伦敦市中心的一群建筑集合，伦敦四所律师学院之一。负责向英格兰及威尔士的大律师授予执业认可资格。另外三所律师学院分别是林肯律师学院、中殿律师学院和内殿律师学院。格雷律师学院的历史可上溯至公元14世纪。
4　伊斯林顿：今伦敦北部一地区，14世纪早期建制。18世纪早期时该地人口仍较为稀少，其中有一些宽阔的公园，以及一些配有大花园的宅邸。一度为花园茶会及其他娱乐活动的流行场所。

是个有些乡村风情的地方，季节也较怡人。某日下午，阿贝尔先生正在花园里散步，等着仆人把马牵过来，以便他可出发进行当日的出诊。已经跟随他二十年的贴身男仆卢克·詹内特过来找他。

"我跟他说，我想和他谈谈，而且我想说的话大概得花个一刻钟。因此他让我去他的书房，那是个可通向游廊走道的房间。他正在走道上散步，于是他便走进了书房，坐了下来。我告诉他说，虽然情非得已，但我仍必须另觅工作了。他询问说是何缘由，毕竟我已跟随他这么久。我说道，若他可原谅我，则于我有大恩大德（看来这一套路在一七一八年也非常普遍），因为本人喜欢周围一切称心如意。据我所忆，他说自己也是这样的人，但他仍然希望知道为什么这么多年了，我竟改主意了。他说道：'你该明白，如果你现在离职，那我的遗嘱里是不会提到有关你的任何旧事的。'我说，我已思量过这一点了。

"'那么，'他说道，'你定有些不满要发泄，如果可以，我愿意改正之。'听到这话，我没法把话憋回去，因此和他说道，我之前证词所言的事项以及配剂室里的床柱，一座发生过这种事情的宅子，我是待不下去的。他听到这话，脸色阴沉地看着我，除了骂我愚蠢，并说他明天早上就会结清欠我的工钱之外，再未说话。他的马匹还在等着，于是，接着他便出门了。当天晚上，我就去战桥 [1] 附近我连襟处借宿了。第二天一大早我回去找前雇主，他小题大做地说我前一晚未住在他宅子里，因此从欠我的工钱里扣了一克朗硬币 [2]。

"这之后我就四处打工，不过每个地方时间都不久。直到我在伊斯林顿道兹大宅成为奎因医生的男仆前，我都未见过阿贝尔医生。"

这份陈词中有一个地方非常含糊不清，即是，提到的前述证词及床柱事件。前述证词并不在这部分文件中。恐怕由于证词本身古怪异常，因而被取出单独查阅，却未再放回其中。然稍后或许可以猜测出那份证词所述事件的性质，但目前我们手中还没什么线索。

下一位出庭的是伊斯林顿的教区牧师乔纳森·普拉特。他提供了一些有关阿贝尔医生及奎因医生的地位及声望方面的详细事例。这两位医

1　战桥：原本是伦敦北部的一个村庄，现在是国王十字区的一部分。
2　英国旧制五先令硬币。

生均在其教区内生活及行医。

"没法希冀说，"他说道，"一个医师会是晨祷和晚祷的常客，抑或常来参加周三的布道，然而依照他们力所能及的程度而言，这两位都可说已履行了忠诚的圣公会成员应尽的义务。同时（因为阁下希望我发表个人观点）我必须说，如经院哲学家所说，以示区别[1]。A^2 医生于我而言，是个困惑的来源；而 Q 医生在我看来则是位朴实、虔诚的信徒。他不会在信仰问题上刨根究底，他的言行举止与自己的智识见解一致。另一位医生则对一些我认为上帝在此现世中并未打算给出答案的问题很感兴趣。比如，他会问我，你觉得那些在某些人看来，既未在反叛天使们堕落时稳住立场，然而又未完全参与他们叛逆计划的存在，现如今他们在造物主的宏图中处于什么位置？

"合情合理来论，我给他的第一句答词是个问题，他如何保证自己可以假设有此类存在？我认为他应该清楚《圣经》经文中并未提及此类存在。看来——既然我已说到这话题，便索性将整个事情都说了——他的立论是建立在哲罗姆所写的一些文字之上的，其中提到了与安东尼交谈的萨堤尔[3]，但他还认为《圣经》中有些部分亦可引用为佐证。'而且除此之外，'他说道，'你知道，这是那些昼夜皆在室外度过的人普遍持有的信仰。我还要补充说，若你能如我一样在夜间的乡村小道上感受到那种持续不断的召唤的话，那么你听到我的联想后，就不会如现在般惊讶了。'那你是有着约翰·弥尔顿的思想啊，'我说道，'你相信他所写的：无论我们醒时或睡时，都有不可见的千百万灵物在地上

---

1 原文为拉丁文 distinguo，中世纪经院哲学家常用的一个表达方式，意为"以示区别"，用以区分定义、关系等。

2 阿贝尔（Abell）的首字母，下面的 Q 为奎因（Quinn）的首字母。

3 圣哲罗姆（345？—420），《圣经》学者，其将《圣经》翻译成了拉丁文，即《武加大译本》（意为《通俗译本》）。作者此处所指的是他所著的《圣保罗生平，第一位宗教隐士》。该书第八章中提到，埃及的隐士圣安东尼（251？—356）偶遇一萨堤尔："于是安东尼……继续行路。没过多久他便在多石的山谷中见到一个矮小不起眼的身影，它的鼻孔连在一起，额头上立着犄角，其下半身则是羊腿。安东尼未被此场景震惊，如一位优秀的士兵一般，他高举信仰之大盾及希望之圆盾。上述之生物却拿出椰枣作为和平之象征。察此情景，安东尼加快了脚步，问其为何神圣，那物回道：'我并非不朽，荒漠游荡者之一。我们受异教徒的崇拜，因各自所犯之错而误入歧途。他们称我们为法翁、萨堤尔及梦魇。'"（译自海伦·瓦德尔英译选段，收录在《荒漠神父们》第 45 页中，纽约，亨利·豪尔特出版社，1936 年。）萨堤尔（Satyr）一般被视为希腊神话里潘神与狄俄倪索斯的复合体的精灵。萨堤尔拥有人类的身体，同时亦有部分山羊的特征。法翁（Faun）为罗马神话中半人半羊的精灵，与希腊神话的潘神对应。

行走。[1]'

"'我不知道,'他说道,'为什么弥尔顿要自作主张说"不可见的",虽然他写这诗时已经瞎了。但其余部分,是的,嗯,是的,我觉得他说得有理。''好吧,'我说道,'虽然不如你这么频繁,但我也不是很少在相当晚的时候被叫出去啊。但我在这儿的这么些年里,我可从没想过要遇到一个萨堤尔。如果你运气更好的话,我肯定皇家学会[2]会很想知悉此事的。'

"我还记得这些琐碎的交谈是因为 A 医生对此非常不满,他怒气冲冲地跺着脚走出了房门,口里念叨着,什么这些腐朽过时的牧师眼里只有一本祈祷书和一品脱葡萄酒之类的话。

"但我们的对话异乎寻常地出现转折,这却并非唯一一次。有天晚上他走了进来,一开始看着挺欢快的,情绪挺好的,但之后当他在炉火边坐下,开始吸烟之后,便陷入了沉思之中。为了吸引回他的注意力,我轻松地说,我想他今天不需要深夜出去见他那些古怪的朋友了吧。这问题确实有效地引起了他的注意,他非常粗鲁地,似乎有些害怕地,看着我,然后说道:'你从不在场?我没见到你。谁带你去的?'接着他以稍加镇定的口吻说道:'你说见面什么来着?我想自己肯定是睡着了。'对此我回答说,我刚才想的是暗黑小道里的法翁和人头马,而不是巫婆安息日[3]。但似乎他对我的话有不同的理解。

"'好吧,'他说道,'两者我都认为无罪。但我发现你是个非常怀疑论的人,这于你自己并不合适。如果你想了解暗黑小道,那你还不如问问我的女管家,她小时候住在小道的另一头。''是的,'我说道,'还有那些住在公立救济院的老婆婆,以及住在破屋子里的孩子们。换了我是你,我会去问你兄弟奎因要颗大圆药片清清自己的脑子。''该死的奎因,'他说道,'别再提他了,他这个月已经抢走了我四个最好的病人了。我相信定是他不得好死的仆人詹内特干的,他以前在我手下,这人可喜欢嚼舌根了。如果老天有眼,他的舌头真该被钉到颈手枷

---

1 见弥尔顿《失乐园》第四卷,第 677—678 行。译文引自朱维之译本。
2 皇家学会:成立于 1660 年,是世界上最古老的科学组织。
3 巫婆安息日:指中世纪至 17 世纪左右,欧洲一些巫婆、巫师以及信奉此术之人的聚会,常在午夜进行。

上。'我想说，这是他唯一一次对我流露出他对奎因医生或詹内特有何憎恶之情。正因我职责所在，我尽力劝他说，他对他们肯定有些误会。然而，不可否认的是，教区里的一些名门望族确实对他冷面相待，而且他们也不愿给出理由。最后他说道，自己在伊斯林顿干得这么不顺心，若他愿意便能够在其他地方生活得轻松些。而且无论如何，他对奎因医生毫无恶意。我想我现在想起来了，自己是说了什么话导致他陷入了一系列的思考中。我相信，是因为我提到说，我弟弟在东印度的迈索尔¹王侯宫廷上见到了一些杂耍把戏。'这可真够方便的了，'阿贝尔医生对我说道，'如果通过一些约定，一个人便拥有将运能及能量传输给无生命物体的能力。''好比说一把斧子会违背举斧者的意愿而自行移动，诸如此类的事？''这，我不知道自己心里想的是否是这种情景。但若你能够命令一本书从书架上飞过来，甚至命令它打开正确的页面……'

"那天晚上挺冷的，他坐在炉火边，朝那个方向伸出了手，就在这时火钩，或者至少是拨火棍，大声地咔嗒一下朝他倒了下来。我没听到他再说什么了。但是我告诉他说，自己无法轻易设想他所谓的这样一个约定之中，竟能不包括一些任何基督徒都不愿付出的、代价更为沉重的条件。对此他表示了赞同。'不过，'他说道，'我毫不怀疑，这些协商可以非常诱人，非常有说服力。然而你仍然不愿意吧，呃，博士？我猜你不愿意的。'

"关于阿贝尔医生的思想以及这两人之间的关系，我知晓的就那么多。正如我所说，奎因医生是个朴素、诚实的人；而且我会愿意去向他征求一些正事上的建议——我也确实这么做过。但是，他偶尔地，尤其是最近，常常被恼人的幻想困扰着。显然曾有那么段时间，他被自己的噩梦骚扰得很严重，他已经无法将其藏在心里了，因此他对朋友们说了下，其中就包括我。那天我在他家里吃晚饭，他不愿让我在通常的时间离开。'如果你走了，'他说道，'那我除了去睡觉便无事可做了，然后我又会梦到虫蛹的。''你还可能梦见更恶劣的东西呢。'我说道。'我不这么认为。'他说道，摇着头，好似一个对自己的思维状况很不满意的

---

1 迈索尔：印度南部偏东的卡纳塔克邦的旧称。

人。'我只是说，'我说道，'虫蛹是个无害的东西啊。''这一个可不是，'他说道，'我都不愿想起它。'

"但是，在我离开他之前，他不得不跟我说（我逼着他说的）这个噩梦最近已经出现好几次了，而且一晚上还不止一次。这梦大致是这样的，似乎有一股强大的力量使他不得不起床，并走出屋子。于是他穿好衣服，下楼来到花园门口。在花园门口立着一把铲子，他必须拿着这铲子，然后走去花园里。在灌木丛的某个特定地点，那里没什么草木，天上挂着个明月（在他梦里总是满月），他感到自己被迫开始挖掘。过了一会之后，铲子便会挖出一个浅色的东西，他能感觉到那是个东西，亚麻或者毛织的，他必须用手把这东西弄干净。每一次都是一样的，那东西有一个人那么大，样子像是蛾子的蛹，上面的褶皱显示出其中一头是有个口的。

"他无法描述如果可在这一阶段便抛下一切，跑进屋子去的话，自己会有多高兴。但他没法这么轻易逃脱。于是他抱怨着，心里十分清楚下一步会是什么。他掰开那一层层的东西——或者说，如有几次看上去那样，剥开了层层薄膜。那东西露出了一个头，上面覆盖着光滑的粉红外皮。随着那生物开始扭动，那层外皮破裂了，他看到了死亡状态下自己的脸。讲述这噩梦让他饱受折磨，仅仅出于同情之心，我也不得不陪他坐了大半个晚上，和他聊着无关痛痒的话题。他说，每次重复做到这个噩梦，他便会惊醒，发现自己正挣扎着透气。"

在这位置插进了一节卢克·詹内特长篇的接续陈词。

"我从不在邻里间碎嘴我主人——阿贝尔医生——的那些个事。当我在另一个宅邸工作时，我记得和我的同事说过床柱那事，但我肯定从没有说过自己或者他与此有关。没有什么人信这事儿，我被人公然顶撞，因此我觉得这事最好还是自己记在心里就够了。当我回到伊斯林顿时，发现阿贝尔医生还在那儿，有人跟我说他已经离开教区了。我心里清楚，出于道德考虑，我必须发挥极大的自制力，因为我确实害怕这个人，但可肯定的是我不应该散布任何他的坏话。我的主人奎因医生是个非常公正诚实之人，从不搞鬼把戏。我肯定，他从未插手或开腔来引诱任何人离开阿贝尔医生，到他这儿看病。不会的，即使有人这样做，他都几乎不愿意为他们看诊；除非他确信如果自己不给他们看病，他们就宁可到城里去找个医生，也不愿意像之前那样去阿贝尔医生那儿了。

"我认为可以证明阿贝尔医生不止一次地进到我主人的宅子里。我们有个新雇的赫特福德郡来的女仆，她问我，主人——也即奎因医生——外出时，那个来找主人的绅士是谁，听到主人外出了，他看着非常失望。她说无论他是谁，至少他对这宅子还挺了解的，他立马就进了书房，然后去了配剂室，最后去了卧房。我让她形容那人长相，她所描述的正足够符合阿贝尔医生。除此之外她还说自己曾在教堂见过这个人，有人跟她说那是位医生。

"就在这之后，我主人便开始晚上睡不好了，他向我以及其他人都抱怨过。他特别提到枕头和床单被褥给他带来的不适。他说必须得买些适合他的床上用品，而且他要自己去采购。于是他带回了一个包裹，说这些用品质量正合适，但我们当时都不知道他是从哪里买的，只见到上面有线绣的冠冕和鸟。女佣们说，这些物件属于不常见的种类，而且品质极好；我主人则说这是他用过最舒服的一套了，此时起他睡得又舒适又香。而且那羽绒枕头品质一流，他的头会沉陷进去，似乎那是朵云彩似的。我在早晨进房间叫醒他时感叹过好几次，他的脸几乎已经隐藏在了两边盖过来的枕头里了。

"自我回到伊斯林顿以来，我和阿贝尔医生便未有过任何交流，但有一天他在街上撞见我时，问我是否正在找另一份工作。对此我回答说我对目前工作非常满意，但他说我是个没定力的家伙，他疑心自己很快就能听说我又在外头找工作了，这话确实被他说中了。"

接着普拉特博士又继续上来陈述了。

"十六号的时候，天才刚亮，那时大概五点左右，我便被人从床上叫起来了，传信说奎因医生去世了或快走了。我一路到了他家后，便知道毫无疑问哪一个是事实了。除了开门让我进屋子的仆人外，宅里的所有人都已经在他的卧房里了，他们站在他的床边，但没有人去触碰他。他在床中央直直地挺着，面朝上，毫无凌乱之势，看上去真像已经准备好下葬的样子。我记得，他的双手甚至已经交叉放在胸口了。唯一不寻常的是，完全看不到他的脸，那枕头或长枕的两端已经盖过了他的脸。我立马把那两个角给拉开了，同时我还责怪那些在场的人，尤其是贴身男仆，竟然不即刻过来帮他主人。然而他只是看着我，摇了摇头，显然他没比我抱更大的希望，眼前除了是具尸体外，其他可能性甚微。

"确实，稍有经验的人一看便知他不仅已经过世，而且是死于窒息的。但无法设想他的死因仅仅是枕头意外盖住脸而造成的。他怎么可能感觉不到压迫感，从而伸手把枕头挪开呢？且有一点，我观察到，紧压在他身下的床单竟然一点都没有乱。接下去得叫一个医生来了。我在离开家时便想到了这一点，于是让来找我的报信人去找阿贝尔医生。后来我听说他不在家，于是就就近找了一个医生，然而除了我们所知的情况以外，他也无话可说，至少在解剖尸体之前没有其他发现了。

"至于是否有人心怀不轨进入这房间（这是下一件需要搞清楚的事），可以看到门闩从锁柱上弹开了，锁柱也被很大的外力从门框上破开了；而且有足够多的目击者，其中还有个铁匠，他们可以作证这是在我来之前几分钟发生的事情。另外，卧房是在宅子的顶楼，窗子既不容易接近而且也无任何人从中逃离的痕迹，无论是窗台上的痕迹还是楼下松软泥地上的脚印皆可证明。"

医生的证词自然也是死因质询报告的一部分，但由于其中除了大脏器的状况良好，身体的好几个地方都有凝血现象外，没有什么值得注意的内容了，因此不再复述。死因裁定为"神意使然之死亡"。

其他文档中还附有一页纸，我一开始以为是不小心被人夹在其中的。但进而一想，我觉得能够推断出它为何会在其中了。

这页纸说的是米德尔塞克斯郡[1]一处庄园（现在已经衰落了）内的一座陵墓被盗事件。此陵墓属于一个贵族之家，姓名我则保密。此一暴行并非普通的墓穴发掘，似乎其目的很可能是盗墓。由于该叙述生硬糟糕，我不再引述。伦敦北部的一个商人因为收购与此事件相关之被盗物品而受到了严厉惩处。[2]

---

1 米德尔塞克斯郡：英格兰东南部旧郡名，随着伦敦的扩张，其大部分已并入大伦敦地区，其余部分则分数赫特福德郡及萨里郡。

2 解读：故事中的两位主角之姓名奎因医生及阿贝尔医生有可能暗指《圣经·创世记》中的该隐和亚伯，但不同于《圣经》所述，此篇是阿贝尔医生杀害了奎因医生，而且使用了超自然手段。阿贝尔的超自然能力（显然是来自与恶魔的立约）可从所谓的"床柱事件"（可以猜测阿贝尔从中学会了用魔法操控无生命物体）以及奎因医生对床上用品感到不舒适（暗示阿贝尔在床单被换上了诅咒）上看出。随后奎因便去寻觅新的床上用品。而阿贝尔从一个贵族的坟墓中盗取了尸体所用的床单被褥，注意奎因医生新买的床上用品的花纹是冠冕和鸟，这是贵族的象征。阿贝尔将其卖给了毫无操守的商人，又想办法让奎因从这个商人手中买下了这套床上用品（文中未解释清楚他是如何做到这一点的）。之后床褥令奎因窒息而死。

闹鬼的玩偶屋[1]

"我猜你常经手这类东西吧?"狄雷特先生说道,他正用手杖指着一个物件。对此物件,等时机适当时再加描述。他说出这话已经是信口开河了,他也知道自己说大话了。因为,虽然奇滕登先生善于寻获六个郡内被人遗忘的奇珍异宝,但二十年来——或许是这辈子以来——他都没预料到自己能经手这么一样物件。刚才那话只是藏家的奉承,奇滕登先生便是这么认为的。

"狄雷特先生,这样的作品!这可是该进博物馆的啊。"

"好吧,我想有些博物馆确实来者不拒吧。"

"几年前,我见过一个类似的,但没有这个好,"奇滕登先生沉思地说道,"但那一个不太可能流入市场。有人跟我说,他们有一些水准之上的此一时期的佳作。别误会,狄雷特先生,我只是在告诉您事实。如果您在我这儿放一个无约束订单,以争取可能的最优价,您知道我有途径知道这类信息的,而且我的声誉在维持……好吧,我能说的便是,我会代你直奔那个物件,然后说:'先生,我已为您尽力而为了。'"

---

1 本篇最早发表于《帝国评论》(1923年2月),后重印于《警示好奇者及其他鬼故事》以及《M.R.詹姆斯鬼故事集》中。作者在《M.R.詹姆斯鬼故事集》的序言中提到,本篇为玛丽王后(国王乔治五世之妻)的玩偶屋中的图书馆所撰写的。1920年,玛丽王后产生了建造一玩偶屋的想法,在建筑师埃德温·鲁琴斯爵士(1869—1944)的指导下,该玩偶屋建成于伊顿附近的温莎堡中。这一玩偶屋是世界上最为精致的一座,其设计及建造花费了三年多的时间。作为伊顿公学的教务长,作者每年夏天均会与国王乔治和王后玛丽进餐一次。他作为众多获邀为玩偶屋的图书馆添砖加瓦的作者之一,创作了本篇作品。由于空间限制,为玩偶屋图书馆创作的故事均被制成邮票大小。获邀参与其中的作者包括麦克斯·毕尔邦(1872—1956)爵士、亚瑟·柯南·道尔爵士(1859—1930)(其写作了一篇罕见的幽默短文,题为《华生如何学到窍门》)以及托马斯·哈代等等。其中一些作品被收录于1924年出版的《王后玩偶屋中的书》,但不包括本篇。
在本篇结尾,作者坦言其基本故事情节为《铜版画》的变体,但实际上两篇作品的唯一相似之处在于,通常无生命的艺术作品却传递出了超自然的信息。显然作者可以放心,两篇作品有足够的差异性,使它们足可作为独立作品而存在。

"很好，很好！"狄雷特先生说道，他用手杖敲着店铺的地板，不无讽刺地附和着，"你要敲那无辜的美国买家多少钱，嗯？"

"哦，我不会对买家太狠心的，无论他是美国人或其他。您瞧，狄雷特先生，它就在这儿——如果我对它的来头稍多一点了解的话……"

"或者说更少的话。"狄雷特插话道。

"哈哈！您可以打趣儿。不过，正如我刚才说的，如果关于这物件我知道更多信息的话——虽然谁都可以亲眼看到这是件珍品，每一个角落都是，自打它来到我店里，我尚未允许任何手下人碰过它呢——那我的要价可得多一位数了。"

"现在什么价，二十五？"

"乘以三，您就算出来了，先生，我开价七十五。"

"我出五十。"狄雷特先生说道。

当然，议定的价格一定是这两个数字之间的某个数，具体是多少并无关系——我猜是六十畿尼。半小时后，这物件便包裹好了；一小时不到，狄雷特先生便已将其搬进自己车里，坐车而去。奇滕登先生手里拿着支票，微笑着在门口目送其离去后，便走回店里，依旧面带微笑地来到了客厅，他妻子正在沏茶。他在门口停了下来。

"那东西走了。"他说道。

"谢天谢地啊！"奇滕登夫人说道，放下了茶壶，"狄雷特先生，是吧？"

"是的，是他。"

"好吧，我宁可是他而不是别人。"

"哦，我不确定。亲爱的，他可不是个坏人啊。"

"也许不是吧，但在我看来，他稍微受点惊吓也不会有什么恶果。"

"好吧，如果你这么想的话。我觉得他已经给自己创造受惊的机会了。无论如何，我们不需要再担惊受怕了，这可是值得感激的。"

于是奇滕登夫妇便坐下喝茶了。

那狄雷特和他新买的物件怎样了？那个物件是什么，故事标题已经告诉你们了。关于它的式样，我会尽可能适当地给出描述。

车上只够放下它的空间，狄雷特先生只好和司机坐在一块儿了。而且他得让车慢些开，虽然玩偶屋的房间里都已仔细地塞上柔软的棉花团，但考虑到里面到处都有无数的细小零部件，还是要避免颠簸才可。他虽已做了预防措施，但这十英里路程还是让人忧心忡忡。终于来到了自家门口，管家柯林斯走了出来。

"听我说，柯林斯，你得帮我一起搬这东西，这是个细致活。我们得把它正着搬出来，明白吗？这里头全是小部件，如果弄乱了，我们可麻烦了。我想想，该放哪儿呢？（停下来思考了一会后）对了，我觉得无论如何，一开始应该放我自己房间里。就在那大桌子上，对了。"

那物件被搬到了——期间有许多闲谈——狄雷特先生一楼的大房间里，那房间望出去便是车道。它上面的罩布被揭开了，它朝前的一面被打开了，接下去的一两个小时里，狄雷特先生忙着把填充物给取出来，以及把房间里的物件按次序摆放好。

当这一十分愉悦的工作完成后，我必须说，要在草莓山哥特风格[1]玩偶屋中，找到比此刻矗立在狄雷特先生宽大的容膝桌上的这座更加完美、诱人的样本是很困难的。 夕阳正斜射着穿过玩偶屋三面高高的框格窗户，点亮了整座屋子。

这玩偶屋有六英尺[2]长。附有一个小礼拜堂或祈祷室，如果你正对着它，则小礼拜堂位于屋子的左侧，右侧则是马厩。屋子的主体，如我已说的，是哥特样式的。也就是说，窗户是带尖角的拱形，拱顶有所谓的交错骨窗檐[3]，配有卷叶形花饰[4]以及尖顶饰，正如我们在那些嵌入教堂墙体中的陵墓华盖上看到的一般。屋角上则是夸张的角楼，上面布满拱形饰板。小礼拜堂建有尖顶和拱壁，其塔楼里有一座钟，窗户上则是彩绘玻璃。当玩偶屋的正面被打开时，你可以看到四个大房间，分别是卧室、餐室、起居室和厨房，每个房间都配有适当的家具，而且十分

---

1 草莓山哥特风格：指的是贺拉斯·沃珀尔（1717—1797）建造的一座宅子。沃珀尔为第一部哥特小说《奥川托城堡》（1764）的作者。1745 年，其从父亲处继承了一大笔遗产，随后便在英格兰东南部的特威克南（目前属于伦敦郊区）购买了一处宅邸，并将其改造成了所谓的"一座小型哥特城堡"，取名为"草莓山"。这座建筑对于 19 世纪的哥特复兴有促进作用，正如沃珀尔的小说当年为哥特小说滥觞一般。

2 六英尺约合 1.83 米。

3 交错骨窗檐：是一种尖顶拱形的类似屋檐的结构，建于窗户上方，起一定保护作用。

4 卷叶形花饰：是哥特式建筑中，一种建在小尖塔、山形墙以及华盖的倾斜边沿上的小装饰。

完好。

右手边的马厩有两层，里面有完备的马匹、马车以及马夫。马厩配有钟，钟铃就在一座哥特式的圆顶塔内。

当然，关于这座屋子的全套设施可以写上好几页——有多少平底煎锅、有多少镀金椅子、里面都有什么画啊、地毯啊、吊灯啊、四柱床啊、桌布啊、杯子啊、陶器以及盘子啊等等。但这些须得交给想象了。我只提一下，这玩偶屋所矗立的基座或底座上（因为这玩偶屋建在一座有些高度的台子上，以使其拥有一段通往前门的台阶以及一个平台，平台的一部分区域装有栏杆）有一个或几个浅浅的抽屉，里面整齐叠放着一套套绣花窗帘、供屋中住户替换的衣物，简而言之，里面是为无限种更换重组所提供的顶吸引人且惹人喜爱的所需材料。

"贺拉斯·沃珀尔风格所在，这玩偶屋便是啊，他肯定和这玩偶屋的制作有些什么关系。"狄雷特先生喃喃议论道，他跪在玩偶屋前，内心充满了虔诚的欣喜之感。"实在太棒了！毫无疑问今天是我的好日子。今天早上带了五百英镑去买那个橱柜，我可从没喜欢过那东西。现在这个物件撞进了我手里，只是那个的十分之一价钱，这真是用这价钱在城里能买到的最值的东西了。好了，好了！这都让人担心说会不会发生什么对此不利的事情了。不管了，先来瞧瞧里面的住户吧。"

于是他把它们排成一排放在了自己面前。此处再次提供了一个机会，有些人可能会抓住机会来盘点下人物服装，我可没这能力。

里面有一位绅士和一位女士，分别穿着蓝色缎子和织锦。还有两个小孩，一男一女。另有一个厨师、一个女护工、一个男仆，以及马厩里的下人们，两个左驭马者[1]、一个马车夫以及两名马夫。

"还有其他人吗？也许还有。"

卧室的四柱床上的帘子四面都紧紧闭合着，他把手指伸进了帘子，在床上摸索着。突然间他缩回了手指，因为似乎感到有什么东西在他按下去时，以一种奇怪的有生命似的方式——或许不是动了一下，而是闪开了。于是他拉起了床帘，床帘在几根长杆上依旧滑动自如。他从床上拿出了一个身穿长麻布睡袍戴着睡帽的白头发的老先生，他把它和其他

1　骑在四匹马拉车前排左马上的驭者。

住户放在了一起。故事现在完整了。

此刻已接近晚餐时间，于是狄雷特先生只花了五分钟时间，草草把那女士和孩子放进了起居室里，把那先生放进了餐室，仆人则分别放进了厨房和马厩里，那老先生则放回了床上。他去了隔壁的更衣室，之后我们便没有再看到他或听到他了，直到大概晚上十一点。

他有个奇思异想便是要睡在他所收藏的宝贝的围绕之中。我们刚才见到他的那个大房间里有他的床。浴缸、衣橱以及其他穿戴设施则都在一间相连的通间里。但他的四柱床——这床本身也是个珍宝——却在那大房间里，他有时候在房间里写东西，也经常坐在里面，或在里面见客人。今天晚上，他上床时心里万分洋洋自得。

听力所及范围内本是没有自鸣钟的，楼梯间没有，马厩里没有，远处教堂塔楼里也没有。但千真万确的是，狄雷特先生在十分舒适的沉睡中被一记一点整的钟声给惊醒了。

他惊了一大跳，远不止双眼大睁、屏住呼吸躺在床上而已，实际上他在床上坐了起来。

虽然房间里一点光亮都没有，但是容膝桌上的玩偶屋却十分清晰地凸显了出来。关于这一点，他直到清晨时分才想到要问问自己，这究竟是怎么回事。但当时就是这样。出来的效果便犹如一轮秋分时节的明月彻底照亮了一座白色石质大宅的正前面，那宅子离他可能有四分之一英里的距离，但每一个细节都栩栩如生得清晰。宅子周围还有树木，树木在礼拜堂和宅子后面高高耸起。他似乎能清楚感觉到凉爽宁静的九月之夜的气息。他觉得自己能听到马厩里偶尔传来的马儿跺脚声和叮叮当当声，因为马儿在走动。另一个让他震惊的是，他意识到，望向那宅子的上方时，看到的不是自己卧房那挂着画作的墙面，而是一片深远幽蓝的夜空。

窗户里有灯光，不止一个，他很快就发现这并不是一座只有四个房间、有个可以打开的正面墙体的玩偶屋，而是一座有很多房间、楼梯间的真正的宅子，但似乎像是倒转望远镜后看到的景象。"你一定有东西要展示给我。"他自言自语道，于是他热切地盯着那点灯的窗户。在现实中，这窗户该是遮着百叶窗或者拉着窗帘的，这毫无疑问，他想道，但事实是，没有东西阻隔他的视线，他能看到房间里正在发生的事情。

两个房间亮了灯，一是底层大门右边的那个房间，一个则在楼上，在左手边。前者灯光足够明亮，后者则很暗淡。楼下这房间是个餐室，餐桌摆在那儿，但晚饭已经吃完了，桌子上只剩下了酒和杯子。餐室里只有那穿蓝色缎子的男人和穿织锦的妇人，他们正在非常严肃地交谈中，两人在桌边坐得很近，他们的手肘靠在桌子上，似乎还时不时地停下来侧耳细听。他有一次站了起来，走到窗户边，打开窗户把头探了出去，然后把手放在了耳朵边。餐具柜上的银烛台上点着一根蜡烛。当那男的离开窗边时，似乎他便走出了餐室。而那妇人则手拿着蜡烛，依旧站在那儿细听。她脸上的表情显示出，她正竭力压制住那要征服她的恐惧之感——她的心情正在平复。同时这张脸也挺让人讨厌的，面部宽大、平坦而且奸诈。此刻男的回来了，她从他那儿拿了个小东西，匆匆走出了房间。他也不见了，但就片刻工夫。正门慢慢打开，他走了出来，站在了门阶¹顶上，东张西望着。接着他转向了楼上亮着灯的那个窗户，晃了晃自己的拳头。

是时候来看看楼上那扇窗户了。透过窗户可以看到里面有张四柱床，扶手椅上坐着名护工或者其他仆人，显然睡得很沉。床上躺着个老人，他醒着，从他挪来挪去、手指不停地在床单上敲着节奏的样子来看，你会觉得他很焦虑。在床的另一边，房门打开了。天花板上可以看到映射出的烛光，那妇人走了进来。她把蜡烛放在一张桌子上，走到炉火边，叫醒了女护工。她手里拿着一个老式的红酒瓶，已经拔去塞子了。护工把酒瓶拿了过去，在一个小小的银质平底锅上倒些瓶里的东西，从桌上的调味瓶里倒些香料和糖，接着便拿到火上去加热了。这当儿，床上的老人力气微弱地召唤那妇人，她走了过去，微笑着，抓起了他的手腕，好像在把他的脉搏，接着似乎惊愕地咬住了自己嘴唇。他焦虑地看着她，然后指了指窗户，说起话来。她点了点头，同楼下的男人一般，她也打开了窗子并仔细听着，或许该说她动作十分虚假浮夸。接着她缩了回来，摇了摇头，看着那老人，老人似乎在唉声叹气。

这时，炉火上的牛乳酒²已经冒热气了，于是护工将它倒进了一个

---

1 原文为法语。
2 牛乳酒：是一种由热牛奶混着麦芽酒、葡萄酒或其他酒的饮品，里面通常会加糖以及其他香料。常被当作治疗感冒的饮品。

小小的双柄银碗里，并拿到了床边。老人似乎不想喝，挥手推开了碗，但那妇人和护工一起强压着他的背，显然是硬要他喝。他一定是让步了，因为她们支撑他坐了起来，然后把那东西放到了他嘴边。他分好几次地喝完了大部分，之后她们让他躺下了。那妇人离开了房间，微笑着跟他道晚安，并把那碗、酒瓶以及银质平底锅拿走了。护工又坐回了扶手椅上，之后一段时间鸦雀无声。

突然，那老人在床上惊坐了起来，他一定是发出了叫喊声，因为护工从椅子上跳了起来，一步便冲到了床边。老人看上去十分难受，样子可怕。他的脸都红了，几乎都要转黑了，双眼不停翻白，两只手紧抓着心口，嘴唇上都是白沫。

有一小会儿，护工离开了，她跑到门边，一下子把门打开，可以推测她正大声叫唤着寻求帮助。接着她又跑回了床边，似乎在激动地尝试着让老人平静下来——让他躺下来——之类的。但当那妇人，她丈夫以及几个仆人表情惊恐地冲进房间时，老人在护工的手下瘫倒了，躺回了床上。他那因痛苦及愤怒而扭曲的表情也逐渐放松至平静状态了。

过了一会之后，宅子左手边出现了灯光，一辆带火的马车驶到了门前。一个戴着白色假发的黑衣人从马车里敏捷地走了出来，跑上了台阶，他手中拿着一个圆柱平底的小皮箱。他在门口便碰到了那男人和他妻子，那妇人手中缠着她的手帕，那男的则表情悲戚，但依旧自控得体。他们带着新来之客去了餐室，那人便把箱子里的文书拿出来放在了桌子上，然后转向他俩，面带惊愕地听他们说着要交代的事情。他一次又一次地点着头，稍稍甩了甩手，似乎是婉拒了茶点以及留宿的邀请。几分钟后他便慢慢走下了台阶，坐进马车，朝他所来之地驶去了。蓝衣男人站在门阶顶上望着他时，那大白脸上渐渐显出了一种让人不舒服的笑容。马车的灯光消失不见后，整个场景都笼罩在了黑暗中。

但狄雷特先生仍然坐在床上，他猜对了，还有后续情节。没过多久，宅子前面又亮了起来。但这次稍有些不同。亮灯的是其他窗户，一个在宅子的顶部，另一个则照亮了礼拜堂的一系列彩窗。他的视线如何能够透过彩窗？这一点不是很清楚，但他就是可以。礼拜堂内部与玩偶屋的其他部分一样布置得十分精细，桌子上有小小的红色垫子，座席上方有哥特式的华盖，还有它的西走廊，以及高高在上的金色管风琴。黑白走道中央放着一个棺材架，角上点着四根长长的蜡烛。棺材架上则是一具盖着黑色天鹅绒棺罩的棺材。

正当他看着时，棺罩的褶皱却动了起来。似乎有一头翘了起来，棺罩滑了下去，掉在了地上，露出了黑色的棺材，以及上面的银色扶手和名牌。其中一根长蜡烛摇晃了几下，倾倒了。先别提问题，正如狄雷特先生赶忙做的一样，先转头看看屋顶那亮灯的窗户吧。房间里，一个男孩和一个女孩躺在两张带脚轮的矮床上，一张供保姆睡的四柱床则高出它们一截。此刻并无保姆身影，但他们的父母在那儿，身上穿着丧服，但他们的行为举止上却看不出什么悲伤的痕迹。确实，他们正热情洋溢地说说笑笑，有时候是互相之间，有时候则冲某个或两个孩子说上一句话，孩子的回应又引来他们的一阵笑声。接着看到，那父亲踮着脚尖出去了，出门时把门附近一个挂钩上的白色罩衣给拿走了。他随手关了门。一小会儿之后，门又慢慢打开了，一个蒙面人在门边左顾右盼。这个弯着腰的邪恶的家伙穿过房间走到矮床边，突然他停了下来，张开了手臂，露出了真面目，当然了，那是父亲扮的。他还笑着，而孩子们却吓坏了，男孩用床单蒙住了头，女孩则飞出了床跑进了母亲臂弯里。随后父母开始安慰孩子们，让孩子们坐在自己大腿上轻拍他们，捡起那白色罩衣，以表明里面没有什么害人的东西，诸如此类的。终于他们把孩子哄回床上了，之后他们朝孩子们挥着鼓励的手势，离开了房间。他们走后，保姆进来了，很快灯就灭了。

狄雷特先生依旧一动不动地看着。

一种新的光亮——不是灯或者蜡烛——一种惨白的令人生厌的光亮，在房间后部、门框附近慢慢亮了起来。房门又开了。观察者定不愿仔细寻思，他眼前那个走进房间的东西是什么。他说可以描绘成一只青蛙——有一个人那么大——但头上还有些稀疏的白发。那东西忙着在矮床附近转悠，但没有花多少时间。然后便有一阵模糊的，似乎来自遥远地方的叫喊声传进了耳朵。即使模糊，那叫喊声依旧极其吓人。

宅子上下都显得异常混乱：灯光游弋，房门开开关关，窗户里人们交错奔跑。马厩塔楼内的钟敲了一下，之后黑暗再次笼罩下来。

不过黑暗又一次消散了，宅子正面显露了出来。门阶底下，身着黑衣的人们排成了两列，手里拿着火炬。台阶上走下更多穿着黑衣服的人，先是一个，接着是又一个小棺材被抬了出来。那些拿火炬的人，走在棺材旁边，静静地朝左手边走去。

狄雷特先生想，夜晚时光从未如此漫长过啊。他在床上从坐姿慢慢地躺了下去，但他还是没合眼，第二天一大早他就派人去请医生了。

医生发现他神经处于焦躁不安状态，故而建议他去海边换换空气。于是他坐着自己的车去到了东海岸的某个安静地界。

在海边他碰到的头几个人之一便是奇滕登先生，似乎对方也一样被建议说该带着妻子换换环境了。

他们相遇时，奇滕登先生看上去有些没法面对他的样子，这并非无缘无故。

"好吧，狄雷特先生，您有点生气，我毫不惊讶。什么？是，好，我该说'非常生气'，想到我和我可怜的妻子曾经经历过的，确实是……但我请您听听，狄雷特先生，两个做法选一个，一方面，我应该把这么个精致的玩意儿拆毁吗？或者说，我该告诉客户说，'我卖给你的是一个定时的旧时代真实生活图片戏剧宫，凌晨一点准时上演'？唉，换做是您，您会怎么说？您知道如果这么做，接下去会怎样。就会有两个太平绅士[1]来到店铺后面的会客厅，可怜的奇滕登先生和夫人就会被扔上二轮板车送到乡村收容所去。街上每个人都会说：'啊，我就觉得会这样。想想那男人喝酒的样子！'如您所知，我隔壁，或者隔壁的隔壁就是个彻底的滴酒不沾之人。好吧，我当时的处境如此。什么？我把它搬回店里？好吧，您怎么想的？不，但我会告诉您我的做法。您可以把钱拿回去，除了我的成本十英镑，之后您就自行处置吧。"

那天晚些时候，在酒店那被无礼地称作"吸烟室"的地方，他俩又小声地说了会儿话。

"关于那东西你到底知道多少，它是哪里来的？"

"说实话，狄雷特先生，我不知道这宅邸。当然，它来自于一间乡村别墅的杂物室，这谁都猜得到。不过我敢进一步说，我相信这东西的

---

1 1713—1744 年的《流浪者法案》规定，若要将人送入疯人院必须有两名太平绅士来判断此人是否对社会造成威胁。

产地在此处方圆百里内。哪个方向，具体多远，我就没概念了。我只是靠猜测来做判断的。那个我实际上支付了支票的人并不是我常规的供货人，现在我找不到他了，但我有印象，英国的这一块区域是他常去的，这就是我能告诉您的一切了。但是，狄雷特先生，有一件事情让我很困惑。那个老伙计——我想您看到他驾车到了宅邸门口吧——我想是的，嗯，他会是医生吗，您同意吗？我妻子认为是这样的，但我坚持认为那是个律师，因为他随身带着文件，其中一份他拿出来的文件是卷起来的。"

"我同意，"狄雷特先生想了一想，说道，"我的结论是，那是老人的遗嘱，正准备要签署。"

"所见略同，"奇滕登先生说道，"而且我认为那遗嘱里会排除小孩们的继承权，嗯？好吧，好吧！这对我而言是个教训，我明白。我再也不买玩偶屋了，也不会再把钱浪费在买画上了——至于毒杀外祖父这件事，唉，如果我够了解自己的话，这是不会发生在我身上的。安心生活，宽以待人，我一辈子就这个座右铭，觉得还不赖。"

内心充满了这些升华的情操后，奇滕登先生回自己房间去了。狄雷特先生第二天去了当地的学会，想从中找到一些能解开这一困惑着他的谜团的线索。他绝望地查看着坎特伯雷及约克协会[1]出版的长篇幅的本地教区登记记录。楼梯间和走廊里挂着的那些印刷画中也没有与他噩梦中的宅邸相像的房子。他心情郁闷地发现自己最终来到了一间废弃的房间里，眼前是一个积满灰尘的教堂模型，放在一个满是灰尘的玻璃箱里：圣司提反教堂，考克森。伊尔布里奇宅邸的 J. 梅利威瑟先生捐赠，一八七七。是为其先祖詹姆斯·梅利威瑟之作品，一七八六卒。这模型的式样有某种特色，让他隐约回想起自己的恐怖经历。他走回到了刚才注意到过的一张墙上的地图前，发现伊尔布里奇宅邸是在考克森教区[2]。凑巧的是，考克森是他刚才浏览教区登记记录时记住名字的几个教区之一，没过多久他就在其中找到了罗杰·米尔佛德的安葬记录，享年七十六，一七五七年九月十一日；还有罗杰及伊莱沙·梅利威瑟的，分

---

1 坎特伯雷及约克协会成立于 1904 年，主要目的是印刷出版主教的登记记录以及其他教会档案。
2 伊尔布里奇宅邸、圣司提反教堂以及考克森皆为虚构。

别是九岁和七岁，在同一个月的十九号。虽然信息稀少，但似乎沿着这条线索是有价值的。下午的时候他便开车去考克森了。教堂北面耳堂的东端便是一座米尔佛德礼拜堂。礼拜堂的北墙上有同一群人的纪念牌。从纪念牌上所写的所有品行来看，似乎老罗杰是个杰出的人，"父亲，地方法官，以及本尊"。纪念牌是眷恋着他的女儿伊丽莎白立的，"她在失去为其福祉如此心心念念之至亲以及一双可爱子女之后，亦不久于人世"。很明显，"以及一双可爱子女"是在原铭文之外加上去的[1]。

另一块较后面才立的石板上刻了詹姆斯·梅利威瑟——伊丽莎白的丈夫——的事，"其在年轻时曾从事——亦有成就——此类艺术，即若其坚持此业，或最为公允之法官皆将认为其应得不列颠维特鲁威[2]之称号。然天降不幸，夺其爱妻及年幼子嗣。其伤心已极，遂退其主业，归于隐士之雅静生活。此其美德之颂文实为过简，其感恩之侄及继承人对此深感悲伤。"

孩子们的纪念文就更为简短了。两者都是九月十二日晚上去世的。

狄雷特先生感到肯定的是，他会在伊尔布里奇宅邸发现那出戏码中的场景的。在一些老旧的速写本里，也许是在一些旧的版画复制品里，他可能还能找到一些令人信服的证据以证明他是对的。然而如今的伊尔布里奇宅邸已不是他要找寻的那座了。它是座四十年代建的伊丽莎白式样建筑，红砖所建，石质墙角以及石质装饰。离它四分之一英里远的地方，在庄园地势低些的地方，有一处野草丛生的楼台遗迹，遗迹后面是一些古老的、被鹿角顶过、被藤蔓缠绕着的大树以及密密麻麻的灌木丛。一些石栏杆零散分布在各处，还有一两堆被荨麻和藤蔓盖住的做工精细的石质部件，上面刻着糟糕的卷叶形花饰。这儿，有人告诉狄雷特先生，是一座老宅邸的遗迹。

当他开车出村子时，教堂钟声敲了四下，狄雷特先生惊了一下，用双手捂住了耳朵。他可不是第一次听到这钟声了。

在等着大西洋另一边报价之时，这玩偶屋便寄存在狄雷特先生马厩

1　这里涉及英语与汉语语序的差异，原文中，"一双可爱子女"是在铭文结尾处的，故可以是后面补刻的。

2　M. 维特鲁威·波里奥（公元前 1 世纪）为一罗马建筑师、工程师，著有《论建筑》。这一著作在 15 世纪被重新发现，对建筑史上的古典复兴起到了一定作用。

顶上的阁楼里，它被非常仔细地遮盖着。狄雷特先生出发去海边当天，柯林斯就把它搬到那儿去了。

[也许有人会说这篇故事只不过是之前我的一篇题为《铜版画》的故事的变体而已，这话也不能说不公平。我只能希望两者的故事设置有足够的不同，使得母题的重复让人可以忍受。]

不寻常的祈祷书[1]

一

戴维森先生一月的第一周是独自在一个乡村小镇上度过的。诸多因素组合起来导致了这一悲惨结果：他的至亲们正在国外享受冬日运动；那些好心的、积极表示想来陪他的朋友们又在家中身体有恙。毫无疑问，他可以找到其他同情自己的人。"不过，"他想道，"他们大部分已经凑好伴儿了，而且毕竟我最多需要养活自己三四天而已。还有如果我能在《莱文索普文稿》的引言写作上取得进展那就更好了。我可以利用这个时间去到离高尔斯福德尽可能近的地方，熟悉下周边。我该去看看莱文索普宅邸[2]的遗迹，以及教堂里的坟墓。"

他来到朗布里奇[3]天鹅旅馆的第一天，风雨交加，导致他除了烟草店什么地方都没去。第二天，天色相对放晴了些，于是他去拜访了高尔斯福德，这让他兴致盎然，但与后面的事儿也没什么关系。第三天对于一月份而言实在是大好日子，如此好的天气待在室内真不值得。他从旅馆老板处得知，游客在夏日时节最钟爱的做法是，坐着早上的火车往西行几站，然后沿着坦特的山谷，穿过斯坦福·圣托马斯及斯坦福·马格

---

1 本篇最初发表于《大西洋月刊》(1921年6月)，后重印于《警示好奇者及其他鬼故事》及《M.R. 詹姆斯鬼故事集》中。标题显然是从"公祷书"(the Book of Common Prayer)演化而来(The Uncommon Prayer-Book)。故事中书商的犹太名字以及他令人厌恶的为人显示出少许反犹太主义倾向。

2 高尔斯福德及莱文索普宅邸为虚构。

3 朗布里奇：沃里克郡的一个村庄，位于沃里克以南二英里处。但作者或许并未实指此地。

达林[1]走回来。圣托马斯及马格达林据说都是极其美丽的村庄。他决定按照这个计划做，此刻我们看到他坐在一节三等车厢里，朝金斯堡交通枢纽驶去了。时间是上午九点四十五分，他正在研究当地的地图。

他唯一的同行者是位老人家，正吸着烟斗，看上去挺愿意交谈的。于是戴文森先生在经过一些必要的寒暄以及关于天气的回应之后，问那老人要去往何处。

"不，先生，不去远地儿，先生，今天早上不去，"老人说道，"我只不过是去那个叫做金斯堡交通枢纽的地方。那儿和这儿之间也就两站路。是的，人们叫它金斯堡交通枢纽。"

"我也去那儿。"戴维森说道。

"哦，真的啊，先生。您熟悉这块区域吗？"

"不熟，我去那儿只是为了能散步走回朗布里奇而已，顺便看看乡村景致。"

"哦，这样啊，先生！是啊，对于喜欢走走路的先生来说，今天可是个好日子。"

"是的，确实。你到了金斯堡之后还要走很远吗？"

"不用的，先生，我一经到了金斯堡交通枢纽，就不用再走很远了。我是去看我女儿的，先生。她住在布洛克斯通[2]。从那个叫做金斯堡交通枢纽的地方穿过田地大约两英里就是了，就是那儿。我想，您已经在您的地图上标记好了吧，先生。"

"我希望自个儿标了。等我看看，布洛克斯通，是吧？金斯堡在这里，是的；布洛克斯通是哪个方向呢——往斯坦福那边吗？啊，我看到了，布洛克斯通庄园，在一个大庭园里。虽然我没找到那村庄。"

"不是啦，先生，您找不到布洛克斯通村的。只有布洛克斯通庄园和小礼拜堂。"

"小礼拜堂？哦，是的，这里也有标记。这礼拜堂看上去离庄园很近。它属于庄园吗？"

"是的，先生，离庄园很近，就一步路。是的，它属于庄园。您瞧，

1　所有这些地名皆为虚构。
2　布洛克斯通为虚构地名。

先生，我女儿，她现在是管理人的妻子，她住在庄园里。现在主人一家不在，她负责照料看护。"

"是说现在没人住那儿了？"

"没有了，先生，有好些年头了。我还是个小伙子的时候，有个老先生住在那儿；他的夫人在他去世后还住在那儿，直活到快九十岁。后来她去世了，现在庄园的主人有其他地方住，我相信是在沃里克郡，而且他们也不会把庄园租出去的。但是怀尔德曼上校会过来打猎；小克拉克先生是房产代理人，他每隔好几个星期会过来一次，看看一切是否如常。我女儿的老公是管理人。"

"那谁使用那小礼拜堂呢？我猜就周围的人而已吧？"

"哦，不是，没有人用那礼拜堂。嗨，没有人去。周围所有人都去斯坦福·圣托马斯教堂；但是我女婿，他现在去金斯堡教堂了，因为斯坦福的那位先生他喜欢弄格列高利唱诗[1]，我女婿他不喜欢这个。他说一周里面随便哪天他都能听到老驴子瞎叫，星期天他可想听点欢快点的，"老人用手捂住嘴，笑了起来，"我女婿就是这么说的。他说他能听到老驴子。"随后他又重复了数遍此话。

戴维森先生也尽可能坦诚地笑了笑，同时在心里寻思道，或许值得把布洛克斯通庄园和礼拜堂囊括在他的散步行程中，因为地图显示说他沿着金斯堡-朗布里奇的路线便可十分轻松地到达坦特山谷。所以当老人想起女婿的妙语而引发的欢笑消退下去后，戴维森先生重新提出了疑问，从而确认庄园与礼拜堂都属于"老式样的地方"这一类风格。而且老人非常愿意带他去那儿，老人女儿在能力范围内也将十分乐意带他参观。

"但没有很多东西可看，先生，不比那家族还生活在那儿时。所有镜子都盖起来了，图画也是；窗帘和地毯都卷起来放好了。不过我敢说她可以拿出一套来给您瞧瞧，因为她会过去查看里头有没有生蛀虫。"

"我不会介意的，谢谢。如果她能带我进小礼拜堂参观，那是我最想看的地方。"

---

[1] 指的是格列高利圣咏，天主教礼仪的传统音乐，以教皇格列高利一世（540？—604，590—604担任教皇）命名，虽然现存的音乐已与他关系甚微。其为纯粹的单声部音乐，演唱时并未限定节拍时值。19世纪受牛津运动影响，格列高利圣咏一度在圣公会教礼中重新盛行起来。

"哦，先生，她可以带您尽情地参观。您瞧，她有门钥匙，大部分星期她都会进去除除灰尘的。那礼拜堂不错的，嗯。我女婿他说，他要力保里头不会唱格列高利唱诗。天啊！我一想到他说的那老驴子就忍不住想笑。'我能听到他瞎叫，'他说道，'一周里面随便哪天。'他确实能，先生，无论怎样，这是真话。"

从金斯堡穿过田地到达布洛克斯通的行程非常愉快。路途的大部分都在乡村的高处，提供了越过一系列山脊、耕地、草场以及密密麻麻的深蓝色树林的宽阔视野。所有景致多少有些突兀地在右手边到了头，被一座朝着西边一大河的陆岬给阻断了。他们穿过的最后一片田地被一个茂密的灌木丛围着，刚走进庄园小径便急急地往下面转了过去，显然布洛克斯通齐整地坐落在一个陡峭狭窄的山谷里。一小会之后他们便瞥见，接近自己脚下的地方，有一群没有冒烟的石质烟囱以及石瓦屋顶。这之后没过几分钟，他们便已在布洛克斯通庄园的后门擦拭鞋子了。管理人的狗们不知在什么地方极其响亮地吠叫着，波特夫人很快就大声喊着让它们安静下来。她向爸爸问好，请两位访客进了屋子。

二

不用期盼说，戴维森先生可以躲过一劫不去参观庄园里的主要房间，虽然事实上这宅子已经完全处于荒废状态了。正如艾福瑞老先生所说，画作、地毯、窗帘以及家具全部都被遮盖起来或者收走了。因此我们朋友准备好的溢美之词便只能浪费在房间的结构，以及一块彩绘天花板上了；一位在瘟疫年间[1]从伦敦跑出来的艺术家在上面绘制了皇权的胜利及暴徒的失败。戴维森先生对这幅画确实很有兴趣。画中克伦威尔、伊瑞顿、布莱德肖、彼得斯[2]以及其他人都在精心设计的刑具中扭

---

[1] 1665—1666 年伦敦爆发瘟疫，大约造成五万六千人丧生。可参见丹尼尔·笛福的历史小说《瘟疫年纪事》（1722）。

[2] 画家所绘的是奥利弗·克伦威尔（1599—1658，1649—1658 年间为英国护国主）及一些议会党成员的失败。亨利·伊瑞顿（1611—1651）为议会军军官，克伦威尔的女婿；约翰·布莱德肖（1602—1659）高等司法院首长，判处国王查理一世死刑；休·彼得（彼得斯）(1598—1660) 一位清教牧师，被支持国王查理二世的势力枉称为国王的侩子手。查理二世于 1660 年复辟。

动着，显然这一部分是整幅画作中最费神费力的。

"是赛德雷尔老夫人[1]要求画上去的，礼拜堂里挂的那幅也是。有人说她是第一个去伦敦，跑到奥利弗·克伦威尔坟上跳舞的人。"艾福瑞先生说道，他沉思地接着说，"好吧，她心里肯定是舒服了，但我自个儿可想不好要不要为了这种事儿，出钱往返伦敦。我女婿也是这么说的。他说他可不会愿意为这事儿就付这么些钱。玛丽，我们一起坐火车过来时，我就跟这位先生说了你们家哈利是怎么评价斯坦福那边的格列高利唱诗的。这可把我们逗乐了，先生，是吧？"

"是的，确实是，哈！哈！"戴维森先生又一次努力对管理人的幽默话做出了回应。"但是，"他说道，"如果波特夫人可以带我参观下礼拜堂的话，不如现在去吧，因为日头不长，我想在天色彻底黑了之前回到朗布里奇。"

即使《郊区生活》[2]并未描绘过布洛克斯通庄园（我认为是没有的），我也不打算在这里指出它的美妙之处。不过我得写一下这个小礼拜堂。它离宅子大约有一百码远，附有一个墓园，被树木围绕着。这是一座大约长七十英尺的石质建筑，是哥特风格的，不过是按十七世纪中叶对哥特风格的理解所建造的。总体而言，它看上去跟牛津大学某些学院的礼拜堂非常近似，只不过它有一个独特的高坛，好似一个教区教堂，而且西南角上还有一个华美的球顶钟塔。

当西门被打开时，戴维森先生无法压制住一阵舒心的惊叹，内部竟如此完整丰富。屏风、布道坛、座席以及窗玻璃均是同一时期的。当他走进中殿，看见西走廊上的管风琴基座以及金色的浮雕琴管时，他已经心满意足了。中殿上的窗玻璃多数绘着徽章；高坛上则有雕像，与多尔修道院里可见到的斯库德莫爵士的作品[3]类似。

但这可不是一篇考古学评论。

---

1 安·赛德雷尔夫人（1585—1671/2）：保皇党人，文学赞助人，其曾经向剑桥大学圣三一学院捐献了很多古稿。作者于1900—1904年间为三一学院的古稿做了分类目录。

2 这是本虚构的杂志，但应该是基于《乡村生活》的。

3 多尔修道院是赫里福德郡的一处西多会修道院，建于1147年。作者在《修道院》（伦敦：大西部铁路公司，1925年）中曾对此修道院有所介绍。约翰·斯库德莫为斯库德莫子爵的后裔，其为神职人员，于1633年重修了修道院教堂中的耳堂以及唱诗班台。

当戴维森先生还在忙着查看管风琴（据信是某一个达拉姆[1]家族成员建造的）遗迹时，艾福瑞老先生慢慢走上了高坛，正在掀起座席桌子上蓝色天鹅绒垫子上的防尘布。显然当年那家族的人便坐在此处。

戴维森先生听到他非常小声地惊声说道："啊，玛丽，这些书又都打开了！"

对方的回应听起来更像是充满怒气而非吃惊。"这……这，这，好吧，我可从没干过这事！"

波特夫人走到了她父亲站着的地方，他们继续用更加低的音调交谈着。戴维森先生显然意识到他们正在讨论某些不太寻常的事情。于是他从走廊的楼梯上走了下来，去到了他们那里。高坛和礼拜堂其他地方相比，并无失常的迹象，看着极其整洁。但座席桌垫上的八本对开本祈祷书毫无疑问是被打开了。

波特夫人对此显得有些恼怒。"这到底会是谁干的？"她说道，"因为除了我以外没人有钥匙，而且除了我们进来的那头门以外再没有其他入口了，窗户也装着栅栏，每一扇都是。我真讨厌这事儿，父亲，真的。"

"怎么了，波特夫人？出什么问题了？"戴维森先生说道。

"没事，先生，没什么要紧事，只是这些书。最近每次我进来打扫这地方，我就把它们合上，并且盖上布防止灰尘，自从我刚来那会儿克拉克先生吩咐过之后我就一直这么做的。但是这些书又这样了，而且总是同一页。就像我所说的，这到底会是谁呢，门和窗户都是关着的啊。我要说，这搞得谁单独走进这儿都会觉得怪怪的，我又不得不进来。我想说的是，不是说我自己这么觉得，我可没那么容易被吓到。这里头也没老鼠啊，老鼠可不会费神去干这种事，您觉得呢，先生？"

"不太可能，我觉得。但这听上去很奇怪。你刚才是说，它们总是在同一页打开吗？"

"总是同一页，先生，《诗篇》的某一篇，头个一两次我还没特别留意到，直到我看见有一行红色的印刷字，从那以后这行字总是吸引我的

---

1 托马斯·达拉姆（1575—1630？）及其儿子罗伯特（1602？—1665）、拉尔夫（1673年卒）以及乔治（1684年卒）均为伊丽莎白晚期、詹姆士一世时期以及王政复辟时期著名的管风琴建造者。

注意。”

戴维森先生沿着座席走了过去，看了看那些打开了的书。千真万确，它们都开在同一页：《诗篇》第 109，而且页眉上，就在篇号和 Deus laudem[1] 之间，有一行红色印刷字，“为了 4 月 25 日”。他无须假装对公祷书的历史颇为了解，因为他确实有足够的知识来确定这一行字是对正文非常诡异的增改，而且是完全未授权的。虽然他记得四月二十五日为圣马可节[2]，但他想不通这首暴虐的诗歌[3]与这节日有何相称之处。他稍有顾虑地斗胆翻了书页以查看扉页，深知这种事需要有特别的准确性，因此他花了大概十分钟一行行地抄了份副本。日期是一六五三年；印刷商自称安东尼·凯德曼。他翻到了特定日期适合的诗篇列表处，是的，上面同样加上了令人费解的一条：为了 4 月 25 日，诗篇第 109。换做一位专家的话，他无疑还会想到很多其他需要探究的地方，但如我已说过的，这位古文物学者可不算个专家。然而他观察了下书的装订——装帧考究，用的是蓝色压花皮革，上面有徽章。这些徽章在中殿的窗户上也以各种不同的组合形式出现过。

“你发现这些书像这样打开着，有多频繁？”他终于对波特夫人说道。

“先生，我真说不好，但到现在为止已经很多次了。父亲，你还想得起来我告诉你说自己什么时候第一次注意到这事儿的？”

“我记得，亲爱的。你当时心情少见的烦躁，我现在倒对这不感到惊讶了。那是五年前了，米迦勒节前后，我过来看望你。你是下午茶时间进来的，说道：‘父亲，那些用布遮着的书又打开了。’您瞧，先生，我不知道我女儿在说些什么，于是说：‘书？’我就是这么说的，接着她就都和我说了。但正如哈利所说的，那是我女婿，先生。‘这到底会是谁干的呢，’他说道，‘因为只有一头门，而且钥匙我们是锁起来的，窗户上又有栅栏，每一扇上都有。好吧，我打赌如果我能抓到他们一次，他们就不会再这么干了。’我可不信他们不会再这么干了，先生。

---

1 《通俗拉丁译本圣经》中《诗篇》第 109 的开头句，意为“我所赞美的神啊”。
2 圣马可节：纪念威尼斯的守护神圣马可的节日，是日人们会身穿红衣。
3 《诗篇》第 109 开头曰“遭难者的哭诉”，讲述遭恶人口舌攻击的人向耶和华祈祷，愿神严惩恶言恶语者。

好吧，这是五年前了。亲爱的，据你所说，从那以后这事儿就经常发生了。小克拉克先生他似乎没多想这事儿。但是他不住在这儿啊，您瞧，他也不需要在阴暗的下午进来这儿做清洁工作，是吧？"

"我猜你在这里工作时从未注意到有其他怪事吧，波特夫人？"戴维森先生说道。

"没有，先生，我没注意到过，"波特夫人说道，"有意思的是，我竟然没注意到过，因为我有个感觉，好像有个人坐在这儿。不是，是在另一边，就在屏风后面。而且我在打扫走廊和长椅时，那人还一直看着我。但正如俗话说的，除了自己，空空如也。我也真心希望永远都看不到人。"

三

随后的对话（也没聊多少）中，关于此一事件并无新信息了。与艾福瑞先生及其女儿友好地道别之后，戴维森先生开始了他的八英里步行之旅。沿着布洛克斯通所在的小山谷，他很快便走进了更加宽阔的坦特山谷，接着走到了斯坦福·圣托马斯，他在那儿感到神清气爽。

我们无需一路陪他到朗布里奇。然而，当晚饭前，他正在换袜子时，突然停了下来，有些响亮地说道："哎呀，这可是件怪事！"之前他没想到，竟然会有祈祷书是在一六五三年印刷的，这可真奇怪。那时离王政复辟还有七年，离克伦威尔去世还有五年，别说是印刷祈祷书了，即便是使用祈祷书也是要判刑的[1]。那人把自己的名字以及印刷日期放在扉页上，真够大胆。戴维森先生一想，只不过那或许根本就不是他的名字，因为艰难时期印刷商的行为可不是光明正大的。

当天傍晚，他正坐在天鹅旅馆的前厅查看火车排程，一辆小机动车停在了门前，里面出来一个穿着皮草外套的小个子男人。他站在台阶

---

1 《公祷书》（BCP）最早印制于1549年，当时为爱德华六世统治时期。1552年对《公祷书》做了修订。天主教女王玛丽（1553—1558年在位）禁止使用《公祷书》，然1559年女王伊丽莎白一世又恢复使用。由于清教徒的反对，1645年威斯敏斯特会议编制的《公众信仰指导》代替了《公祷书》。当时使用《公祷书》是违法的。王政复辟之后，《公祷书》恢复使用，1662年再一次进行了修正。

上，用一种非常闹腾的外国口音冲着自己的司机指手画脚。当他走进旅馆时，可以看到他一头黑发，脸色苍白，养着一撮山羊胡，戴着副夹鼻眼睛。总体而言，看上去非常干净利落。

他去了自己的房间，晚饭前戴维森先生便再未见过他。由于当晚只有他俩吃饭，因此这新住客要找个理由和他聊聊也不是件难事。显然他很想知道戴维森先生在这个时节到这儿来是为了什么。

"您能告诉我这儿离阿灵华斯[1]有多远吗？"这是他一开始提出的几个问题之一。这问题透露了一些他自己的安排。因为戴维森先生想起来，曾经在车站见过一个阿灵华斯大宅出售的广告，宅子及旧家具、画作以及藏书一并出售。那么，这人是个伦敦来的商人了。

"呃，"他说道，"我自己从未去过那儿。我相信那地方在比金斯堡更远的地方，可能不到十二英里吧。我看最近那儿有个宅子要出售。"

对方好奇地看着他，笑了笑。"不是的，"他说道，好像在回答问题似的，"您不用担心我和您竞争。我明天就离开这儿了。"

这澄清了事实。这位商人名叫洪伯格，他坦言自己对书籍感兴趣，觉得在这些老旧乡村宅邸的藏书室里或许有什么可以回报这次旅行的东西。"因为，"他说道，"我们英国人总是有这种在最意想不到的地方藏匿珍品的惊人才能。"

在夜晚的谈话中，他对于自己以及其他人所发现的藏品有着极大的兴趣。"这场销售之后，我打算趁机逛逛这片地区，或许您可以向我推荐些有潜力的地方，戴维森先生？"

然而虽然戴维森先生在布洛克斯通庄园见到过一些非常诱人的上了锁的书柜，他还是缄口不言。他其实不太喜欢洪伯格先生。

第二天，他坐在火车上时，灵光一闪想到了昨天的一个谜团。凑巧他拿出了一本为新一年准备的日程本，他想到要看看四月二十五日有什么重要事件。上面写着："圣马可节；奥利弗·克伦威尔出生，一五九九。"

这一信息，连同那天花板上的绘画，似乎解释了不少事情。赛德雷

1　阿灵华斯为虚构地名。

330 | *The Complete Ghost Stories of M.R.James*

尔老妇人的形象在他的想象中变得更为具体了，她内心中对宗教及国王的热爱，已逐渐让位给深深的仇恨；她痛恨那噤声宗教、屠杀王权的势力。她和少数同党们在这偏远的山谷中每年都在定期举行着什么样的诡异邪恶的仪式？她又究竟是如何躲过当局的呢？还有，这持续不断地将祈祷书打开的行为，不正和他知晓的她的其他特质诡异地相符合吗？谁要是四月二十五日时凑巧在布洛克斯通，那么进去小礼拜堂看看有没有奇特的事情发生，会挺有趣的。当他想到这一点时，似乎没有理由为何他自己到时候不前去一看。如果可能的话，和某个意气相投的朋友一同前去。他打算如此行事。

他自知自己对祈祷书的印制并不熟悉，于是他觉得自己有义务去尽可能了解下这一块领域，同时不能泄露缘由。我可以即刻说，他的探究彻底无果。其中一位十九世纪早期的作家——他是位相当夸夸其谈、幻想联翩的作家——自称曾听说过在共和年间 [1] 有人印刷过一种特殊的反克伦威尔的祈祷书。但他并未宣称自己见过，也没有人相信他。细细研究了这事之后，戴维森先生发现这段陈述是基于一些通信的，对方住在朗布里奇附近。于是他倾向于认为布洛克斯通的祈祷书便是这一陈述的根源所在，这激起了他那么一小会儿的兴趣。

几个月过去了，圣马可节临近。没有什么事情来打搅戴维森先生探访布洛克斯通的计划；那位被他说服同意一起前往的朋友也无意外。他只对此一人透露了那个谜团。一月份他坐过的那趟九点四十五的火车这一次带着他们去到了金斯堡。同样的田间小道引领着他们来到布洛克斯通。不过今天他们停下来好几次，摘了些黄花九轮草；远处的树林以及犁耕过的山地显现出了另一种色彩；正如波特夫人所说，灌木丛中传来"规律的鸟鸣声；有时候您听了之后，很难不分神的"。

她立马就认出了戴维森先生，而且非常乐意招待他们去参观小礼拜堂。新来的参观者威瑟姆先生也被礼拜堂的完整丰富震惊了，正如戴维森先生当时一样。"整个英格兰都找不出第二座。"他说道。

"祈祷书又被打开了吗，波特夫人？"戴维森说道，他们正往高坛走去。

1　指 1649—1660 年之间，英格兰联邦时期。后查理二世复辟王政，共和时期结束。

"啊呀，是吧，我猜是的，先生。"波特夫人边把防尘布拿掉，便说道。"好吧，这！"接着她惊叹道，"如果它们不是合着的！这是我第一次发现它们这样。不过我向您保证，先生们，倒不是我自己在意说它们没被打开。上星期我合上书的时候，最后还摸了摸这些布。是在那位先生拍完东边窗子的照片之后。每一本书我都合上了，有丝带的地方，我也都绑上了。我现在想起来啊，我可不记得以前需要绑丝带啊。不管是谁，或许它们被弄得不一样了。好吧，这难道不是意味着，如果一开始你不成功，你就再试啊试啊试啊。"

她说话时两位先生在检查那些书，现在戴维森开腔了。

"我得很遗憾地说，恐怕这儿有些东西不对头，波特夫人。这些不是原来的书了。"

如果要仔细描述波特夫人随之而来的大声叫喊和疑问，那就太费周章了。其要点如下。一月初时，有位先生曾来参观小礼拜堂，他对此评价很高，说他必须在开春时节回来拍些照。就在一星期前，他开着机动车过来了，还拿了一个很沉的装着感光板的箱子。她把他锁在了里头，因为他说要有很长的曝光时间。她担心造成什么破坏，但他说，不会的，不是爆炸，是因为这些感光板配套的灯运作得很慢。于是他在里头待了差不多一个小时，之后她回来为他开了门。他便拿着箱子及其他东西开车走了，还给了她一张名片。哦，天啊，天啊，想想这事儿！他一定是把那些书给换了，然后用那箱子装走了旧的那几本。

"他是个什么样的人？"

"哦，天啊，那是位小个子的绅士，如果他做出这种事情之后，您还这么称呼他的话。黑头发，如果那是头发的话，戴着金框眼镜，如果那是金做的话；真的，我已经不知该信什么好了。有时候我怀疑他都不是个真的英国人，但似乎他对英语很熟悉，名片上的名字也很正常。"

"如你所说，我们能看看那名片吗？好的，T.W.亨德森，地址是布里斯托附近的某个地方。好了，波特夫人，很明显这个亨德森先生，如他自称的，他已经偷走了你那八本祈祷书，并在原位放了八本差不多大小的。现在听我说，我想你和你丈夫对此也得通气，但你俩对任何其他人都要只字不提。如果你愿意把房产代理人的地址告诉我，是克拉克先生吧？我会写信给他，告诉他究竟发生了什么事，并且说这确实不是你的错。但是，你要明白，我们必须对此三缄其口，为什么？因为这个偷了书的人当然会试着一本一次地把它们卖出去。我可以告诉你，这些书可值不少钱啊。想让书物归原主的唯一办法便是细心关注，缄口不言。"

他们用各种形式重复了这一建议，成功地让波特夫人深深觉得一定要保持沉默。不过他们被迫让步，波特夫人仅能对艾福瑞先生吐露真言，他最近就要来访了。"不过先生，告诉父亲应该是安全的，"波特夫人说道，"父亲不是个健谈的人。"

戴维森先生对他的印象可不是这样的。不过话说回来，布洛克斯通附近也没什么邻里；而且即使是艾福瑞先生也清楚知道，在这一事情上跟任何人碎嘴都很可能导致波特夫妇需要另觅高就。

最后一个问题是，这所谓的亨德森先生是否有人相伴。

"没有的，先生，他来的时候反正是没有。他是自己开机动车的，他行李啥样子，我得想想。车厢里有他的灯和一箱子的感光板，我还帮他把它们搬进小礼拜堂了，出来时全是我一个人搬的，如果我当时知道的话！当他开车走了，行到纪念碑旁边那株大紫杉下面时，我看见他车厢顶上有一捆长长的白色的东西，他来的时候我没有注意到过。但他坐在前座上，先生，后面只有那个箱子。先生，您是不是真的觉得他根本就不叫亨德森？哦，天啊，这事儿多恶心啊！唉，想想看，无辜的人可能就因为这事儿而需要来这里一趟，多麻烦！"

他们离开了哭哭啼啼的波特夫人。回家路上，他们讨论了很久，怎样才能以最好的方法紧盯住潜在的图书售卖。亨德森-洪伯格（关于此人身份实际上并无疑问）所做的便是拿着必备的数量相同的对开本祈祷书——来自学校礼拜堂的废弃印本之类的，按照表面的装订式样来选购，因为看上去与原来那几本非常接近——趁方便时用其替换真品。一周过去了，这一盗窃事件尚未外传。那人一定会花些时间以确定这些书的珍贵程度，毫无疑问的是，他最终一定会小心"出货"的。戴维森和威瑟姆两人对于图书界的一举一动都了如指掌，他们能够相当完整地把握整个大局。他们目前有一薄弱之处便是无法知晓亨德森-洪伯格究竟会用什么名字做生意。但还是有办法解决这些问题的。

然而，所以这些规划都徒劳了。

四

在这同一天——四月二十五日，我们转移到了伦敦的一间办公室里。在这天较晚的时候，紧闭的大门里面，我们发现有两个警探、一个门卫和一位年轻的职员。后面两位都面色苍白，神情焦虑地坐在椅子上，正接受着警探的询问。

"你说你受雇于这位波什韦茨先生多久了？六个月？他是做什么的？在各个地方参加销售会，然后带很多包裹的书回来？他有在什么地方开店铺吗？没有？把书到处放，有时候卖给私人藏家？好，那么，他最后一次出去是什么时候？大概一个多礼拜前？和你说去哪儿了吗？没有？他就说第二天从他的私人住处出发，没法来办公室了——就指这儿吧，嗯？——得去两天；你得如常上班。他的私人住址在哪儿？哦，这就是地址，诺伍德[1]地区。我知道了。有家人吗？不在这个国家里？好，那，说说他回来之后发生了什么事情吧。他是周二回来的，是吧？今天是周六。带回了什么书了吗？一个包裹；在哪儿？保险箱里？你有钥匙吗？没有，也是。当然了，保险箱已经开了。他回来时看上去怎样？高兴吗？好吧，那你的意思是——奇怪？他觉得自己不太舒服，他说的，是吗？他鼻子老闻到奇怪的味道，没法摆脱；吩咐你说，如果有人要见他，在放他们进来时先通报？这不太寻常？周三、周四和周五基本都这样。出去了好几次，他说是去大英博物馆。他经常因为业务关系而去查阅信息。他在办公室里时，不停地来回踱步。那几天有人来访吗？多数是在他出去的时候。有人在办公室见到他吗？哦，柯林森先生？柯林森先生是谁？一个老主顾。有他的地址吗？好了，之后给我们一个地址。嗯，那么，今天早上什么情况？你十二点的时候离开波什韦茨先生，回了家。有人看到你吗？门卫，你看到他了？一直待在家里，直到被叫回

---

[1] 英格兰有两个诺伍德。一个位于德比郡，另一个则在伦敦地区，临近克洛伊登。文中所说的可能是第二个。

来。很好。

"好了，门卫，我们知道你的名字——瓦特金，嗯？很好，你来说说吧；别太快，我们好记下来。"

"我在这儿值班，留到比平常晚。波什韦茨先生要求我留下来，还吩咐说把午餐给他送进去，午餐是按约送到的。十一点半之后我就在大堂待着了，看见布莱先生（那职员）在大概十二点的时候走了。之后没有人来过了，除了一点钟时，波什韦茨先生的午餐送到了，那人五分钟之后就走了。临近下午时，我有点等累了，于是上来到了二楼。外面那头通往办公室的门打开着，我走到了这头平板玻璃门这儿。波什韦茨先生站在桌子后面吸着雪茄，他把雪茄放在了壁炉架上，摸了摸自己的裤袋，拿出了一把钥匙，然后朝保险箱走去。我敲了敲玻璃，想着说看看他需不需要我进去，把烟灰缸拿走。但他没注意到，他正忙着打开保险箱的门。他打开了门之后，便弯身下去，好像在从保险箱的底层拿起个包裹。然后，警官，我看见一个巨大的、破旧白色法兰绒卷似的东西，大概有四五英尺高。那东西直接从保险箱里倒了下来，正对着波什韦茨先生的肩膀，因为他正弯着腰。波什韦茨先生直起了身子，把手放在了那包裹上，惊叹了一下。我都不敢指望你们会相信我说的话，但是千真万确，警官，我看见这布卷的顶端好似一张脸一样[1]。你们肯定没我当时那么吃惊，我向你们保证，我那时看到了一切。好，警官，如果你们要求，我可以描述一下的。那脸的颜色跟这堵墙很像[这墙刷的是土色刷墙水粉]，下头绑着根带子。那双眼睛是干瘪的，看着好像眼窝里有两只很大的蜘蛛尸体似的。头发？不，我不清楚那头上是不是能看到些头发。因为那法兰绒盖住了头顶。我很肯定的是，这东西不对头啊。没，我就看见那么一下子，但记在心里了，就跟拍了照一样——真希望我没记住。是的，警官，那东西直接就掉到波什韦茨先生肩膀上了，那张脸扑向了他的脖子——是的，警官，大概就是那伤口的位置——那样子最像雪貂扑兔子了。然后他就倒了下去，我当然试着进屋子啊；但警官，如你们所知的，门是从里面反锁的，我能做的就是到处给人打电话。后来医生来了，接着是巡警和你们两位先生。我知道的已经都告诉你们

---

1 在《"哦，吹哨吧，我会来找你的，·朋友"》中，这一经典形象已有出现。

了。如果今天你们没有别的事儿了，我很愿意先回家。这件事可吓坏我了，超过我预料。"

"好吧。"当只剩两位警探时，其中一位说道。"嗯？"另一位警探说道，片刻停顿后，"医生的报告怎么说的来着？你有的吧。嗯，对血液的影响类似最致命的蛇咬；几乎是即刻致死。对此我为他感到庆幸。他看上去太糟糕了。不管怎么说，没理由拘留这个叫瓦特金的人；我们很了解他了。那这个保险箱怎么说？我们最好还是再检查一遍吧；顺便，他死时忙着拿出来的那包裹咱们还没打开过呢。"

"好吧，小心处理啊，"另一位探员说道，"你知道，那条蛇可能还在里面。拿个灯把里头的角角落落都看一下。好吧，这里头都可以站一个矮个子了。但空气流通怎么办？"

"也许，"另一位探员慢条斯理地说道，他正在用手电筒检查保险箱，"也许它们不需要太多空气吧。说真的！从这里面出来就感觉外面很暖和！里面像个地窖似的，真的。但这个，房间里到处都是的长条形尘土是怎么回事？一定是打开门之后出现的。如果你挪动保险箱的话，就会把这些给抹掉的，看到没？你觉得这是怎么回事？"

"我觉得？我觉得和这个案子里的其他事情一样。在我看来，这会成为伦敦的又一桩谜案。而且我不认为一个装满了大开本老式祈祷书的摄影箱会让我们有进一步的进展。你说的那包裹里头就是这东西。"

这说法虽是自然流露，但毕竟轻率。前文的叙述表明，实际上有足够多的素材来重构这个案子。当戴维森和威瑟姆两位先生去了苏格兰场之后，线索便很快连了起来，案情也完整了。

让波特夫人宽慰的是，布洛克斯通的主人决定不替换礼拜堂里的书了。我认为它们正安歇在城里的某个保险箱里。警局自有妙法让某些细节不曝光在报纸上；否则，很难想象说，瓦特金关于波什韦茨先生死因的证词竟未在各个报纸上成为一条令人震惊的头条。

邻舍的地界[1]

　　那些大部分时间都花在读书或写书上的人，在遇到大量书籍时自然会特别关注。他们在路过书摊、书店，甚至某个卧房的书架时，都至少要读上几个书名；如果他们置身于一间陌生的藏书室中，那主人家便无须花心思去费神招待他们了。将散乱的书卷归置到一起，抑或将被除尘女仆搞得颠倒不堪的书籍放对头尾，对他们而言算是一种小小的善举[2]。我也乐意做这些事，偶尔翻开一本十八世纪的八开本图书，看看"这是讲什么的"，五分钟后得出结论，这书确实应该静享现在这般的隐遁生活。一个潮湿的八月午后，我正在白顿庄园——

　　"你的开篇有很重的维多利亚时期风格，"我说道，"后文也会如此吗？"

　　"请注意，"我朋友说道，他透过眼镜望着我，"我是个维多利亚时期生人，受教育时亦是。不过一株维多利亚树并不会无缘无故地结出维多利亚果实。而且，想想看，如今有人正在撰写一大堆关于维多利亚时期的机巧熟虑的垃圾文字。看，"他继续说道，把自己的文稿放在膝盖上，"这篇文章，《病态的年月》，登在某一天的《泰晤士报》文艺副刊[3]上。文采？当然有些文采了，但是，哦！我的灵魂和身体啊！请将它拿

1　本篇发表于《伊顿常刊》(1924年3月17日)，后重印于《警示好奇者及其他鬼故事》及《M.R. 詹姆斯鬼故事集》中。在收入《M.R. 詹姆斯鬼故事集》时，作者附加了文末的注解。本篇标题来自《公祷书》之《刻责文，或公示上帝之于罪人的愤怒及审判》，其中有引自《圣经·申命记》第19章14节的经文"不可挪移你邻舍的地界，那是先人所定的"。如作者于文末所注，本篇基于17世纪后期的西奥多西亚·布莱恩（即艾薇女士）案。

2　基督教文献中，善举分为两种：一为肉身善举，譬如喂食饥饿者、埋葬死亡者等等；另一为精神善举，譬如规劝罪人、耐心承受不公正对待，等等。

3　《泰晤士报》文艺副刊并未登载过此文。作者本人对于维多利亚时期有深深的认同感，其对20世纪初评论界对维多利亚时期社会及宗教习俗的批评，比如利顿·斯特莱切（1880—1932）等人的著作不甚赞同。

给我，可以吗？就在你旁边的桌子上。"

"我以为你是要给我读读你写的一些东西呢，"我说道，并未动身，"但，当然了——"

"是的，我知道，"他说道，"很好，那么，我先做这事儿吧。但之后我要跟你说说我的意思。无论如何——"接着他拿起了那几张文稿，扶了扶眼镜。

——在白顿庄园，好几代人之前，有两间乡村别墅的藏书室被合并在了一起，这些藏书的继承人从未承担过仔细检查、去除重复品的任务。现在我可不打算讨论我发现了什么珍贵书籍，比如夹在政治论文里的莎士比亚四开本，抑或其他此类的物件。我要讲的是在这搜检过程中发生在我身上的一件事。我没法解释这件事，也没法把它塞进我日常的生活逻辑里。

如我已说，那是个潮湿的八月午后，风挺大的，也挺暖和的。窗外的大树正婆娑垂泣着。树与树之间露出了一片片黄绿色的乡间景色（因为庄园矗立在一个山坡的高处），远处则是蓝色的群山，烟雨朦胧。天空中低垂的云朵无休无止又无望地朝西北方向飘去。有那么几分钟，我停下了手头的工作——如果您称之为工作的话——站在窗户边，望着这些景色；看到右手边的温室顶上雨水潺潺滑落，其背后树立着教堂的塔楼。一切都有利于我慢悠悠地继续工作，估计好几个小时都不会有人来做清洁。于是我回到了书架前，取出了一套有八九册的、标有"论文"字样的书，把它们拿到了桌子上以便仔细查看。

它们多数是安女王统治时期的。里头有很多诸如《最近的和平》《最近的战争》及《同盟的行径》[1]之类的文章；还有《致教士会议成员之信件》《奎恩希斯[2]圣米迦勒教堂布道录》以及《关于尊敬的温彻斯特（更有可能是温顿）主教大人对于其牧师会之指责的问讯》[3]等。这些文字曾经多么鲜活，说真的它们依旧保留了之前的吸引力，引得我朝窗边

---

1 《同盟的行径》(1711)是乔纳森·斯威夫特（1667—1745）的一篇著名政论文。在文中作者谴责辉格党政府不顾英国的实际利益，卷入西班牙王位继承战争（1702—1713）。其他两篇文章应该是虚构的，标题提供信息息过少，难以确认。

2 奎恩希斯为旧伦敦城的一个老城区。

3 以上几篇基本均为虚构。《致教士会议成员之信件》是一篇出自某位神职人员的匿名文章，文中点评了圣公会的教士们。1706年至1721年，温彻斯特（或温顿）的主教为乔纳森·特里罗尼（1650—1721）。

的一把扶手椅走去，在它们身上花了多于预期的时间。况且一天下来我
也有些累了。教堂的钟声敲了四下，确实已经四点了，因为一八八九年
的时候可没有夏令时[1]。

于是我安坐了下来。首先瞄了瞄一些关于战争的短论，并以尝试
通过写作风格从未确认作者的文章中挑出斯威夫特的作品为乐[2]。但是
我对低地国家[3]的地理知识不足以阅读战争论文。于是我转而阅读教会
相关的文章，读了几页坎特伯雷教长在一七一一年基督教知识普及协
会[4]的年会上所作的发言。当我翻到一封某个伦敦之外的受俸牧师写给
Cxxxxr主教的信件时，已经疲倦不堪了，有那么一会儿我盯着以下几
句话，却丝毫不感到惊讶：

"我认为主教大人您定会（如果您已知晓此事的话）以最大之努力
来消弭此弊端（我自认以此称呼之为适宜举动）。然我亦认为您并不知
晓其存在（除了从乡村歌谣的词句中）

'游荡在白顿树林之中的，
知晓为何游荡及为何哭叫。'"[5]

接着我确实在椅子上坐直了，用手指划着那两句，以确保自己没有
读错。千真万确。这册子的其他部分没有提供更多的信息。接下去一段
显然已经换了主题：开头第一句便是："此一话题我已陈述够多"。而且
作者也十分小心谨慎，这位受俸牧师不仅未具姓名，连姓名首字母缩写
都没有，而且这封信是在伦敦印刷出来的。

这个谜团属于那种对任何人都有微微吸引力的。于我而言，我阅读
过大量的民间文学作品，这谜团真是太吸引人了。我开始解决它，我是
说，着手找到它背后的故事。至少，在有一点上我觉得自己很幸运，因
为我可能是在某个遥远的学院图书馆里偶遇这段文字的，而此刻我却正
在白顿，正在事件的发生地。

1　夏令时是为了利用自然光源，将时间在日长较长的季节调快一个小时的做法。
2　斯威夫特成百上千篇的政论文中有很多都是匿名或假名出版，有书志学家认为迄今其作品仍未被完整辨认出来。
3　指荷兰、比利时及卢森堡三国。
4　该协会创建于1698年。1711年坎特伯雷教长为乔治·斯坦诺普（1660—1728，1702—1728担任教长），其因在政治上趋炎附势而广受批评。
5　作者在剑桥大学的同事A.E.豪斯曼认为这两句为"不错的诗句"。

教堂钟声敲了五下，随之而来的是单独一声锣。我知道这意味着下午茶时间到了。我从松软的椅子上站了起来，服从了召唤。

庄园里只有主人家和我。他过了一小会儿就来了，因为出门履行了一圈儿房东的义务，身上都湿了。在我有机会问他教区里是否仍有某一区域叫做白顿树林之前，得先听他说几条当地的新闻。

"白顿树林，"他说道，"离这儿不到一英里，就在白顿山的顶上。我父亲把它彻底砍伐光了，因为种玉米比种矮橡树要划算。你怎么会想到要了解白顿树林？"

"因为，"我说道，"我刚才正在读的一本旧书册里，有两句乡村歌谣提到了它。听上去好像有个和这树林相关的故事。某个人说，另一个人除了以下诗句，对此可能为何物一无所知——

'游荡在白顿树林之中的，

知晓为何游荡及为何哭叫。'"

"天哪，"菲利普森说道，"我猜这是不是为什么……我得问问老米切尔。"他自己嘟囔了些什么，沉思地喝了几口茶。

"是不是为什么——？"我说道。

"是的，我刚才想说，这是不是为什么我父亲要把树林给砍了。我刚才说，那是为了有更多的耕地，但说实话我不知道这是不是真实原因。我认为他并未开垦过那片地。现在那儿是片野草场。但至少还有个老伙计记得有关的往事，就是老米切尔。"他看了看自己的手表，"我可得过去问问他。不过我觉得你不能一起去，"他继续说道，"如果有个陌生人在场，他不太会说自己觉得有点古怪的事情。"

"好吧，你可得把他说得每件事都记下来啊。那我看看如果天气放晴了，就出去走走；如果没放晴我就继续去整理那些书。"

天气确实放晴了，至少晴朗到让我觉得去最近的山上走走，俯瞰一下这村庄是值得的。我不了解这一区域的布局；这是我第一次拜访菲利普森，而这天又是拜访的第一天。于是我朝花园走去，心情开朗地穿过了湿漉漉的灌木丛，对于冥冥之中的一时冲动我也并不排斥——然而，这冲动真是冥冥之中的吗？——这冲动让我在每一个分叉路口都觉得应该往左走。结果便是，在一排排湿漉漉的黄杨木、月桂以及女贞木之间摸黑走了十多分钟后，我面前出现了一头嵌在石墙中的哥特风格石拱门。整块的私人领地都被这石墙围绕着。一道弹簧锁扣着门,我留了点心眼,在走出石墙上路时,我把门半开着。我穿过了那条路,进到了一条树篱间的窄窄小道中,小道是朝高处延伸的。我悠闲地沿着小道走着,大概走了一英里左右;沿着小道我来到了一片田地上。此刻我占据了有利位置可以俯察庄园、村庄以及周遭的全景;我倚靠在一头门上,朝西边往下望去。

我想我们一定都熟悉这样的景色——是波克簧·佛斯特[1],还是更早时期的画家的作品呢?——在我们父辈以及祖辈的起居室桌子上,放着一卷卷的诗集,里面点缀着木刻形式的风景画。这些书卷以"彩绘布面,压花书脊"做装帧。我突然觉得这么形容是对的。我承认自己喜欢这些画作,尤其是那种展现一位农民倚靠在篱笆门边,朝下行山坡底部俯瞰着的作品。里面有教堂的尖塔,被古老的树木围绕着;一片肥沃的平原被篱笆分割成一块块的田地,并与远处的山脉接壤;在那山的背后太阳正在片状云朵间西沉(或者也可能是在升起),云朵被正在消退(初升)的光线燃亮。此处使用的语句似乎与我脑海中的画作很相符。如果有机会,我愿意尝试着描述下山谷、小树林、村舍以及江河湖海等等。不管怎么说,这些景色对我而言都很美,我此刻观赏的便是这样一片风光。这风景好似直接是从《一位女士选辑的圣歌珍品》中跳出来的;这书是艾琳娜·菲利普森一八五二年的一份生日礼物,来自她亲密的朋友米利森特·格雷夫斯。突然间,我好像被蜇了一下似得转过了头去。有一阵无比尖锐的声响从我右耳穿过,直接刺入了我大脑中,像是蝙蝠的尖叫声,不过要强化十倍。此类声响让人怀疑自己是不是脑子出了问题。我屏住了呼吸,捂住了耳朵,全身颤抖着。有些什么动静,我想再过一两分钟,我就往回走。但我一定要在脑海中把这景色记得更牢些。然而就在我再转过身去时,那况味已经没了。太阳已沉下山了,霞光已经从田野上消散。当教堂钟塔敲响七点的钟声时,我心里想的不再是傍晚柔美的休憩时光;也不是夜晚空气中花朵树木的芬芳;也不是一两英里外某个农场里的人会如何感叹说"今晚雨后的白顿大钟听上去多

---

1 迈尔斯·波克簧·佛斯特(1825—1899),英国画家及书籍插画家,其最有名的作品为《英国风光画》(1862)。

么清脆啊";朝我扑来的画面是昏沉的光线、爬行的蜘蛛以及塔楼上粗野的猫头鹰,还有被遗忘的坟墓以及坟墓底下那些丑恶的东西,还有时光的飞逝以及我生命中失去的一切。就在这时,一阵可怕的尖叫声又一次恐怖来袭,它穿过我的左耳,好像两片嘴唇就在离我头不足一英寸的地方似的。

此刻毫无疑问的是,这是从外面传来的。我脑中一闪而过的是"没有语言,而唯有哭声"[1]。这声响令人讨厌到前无古人,后无来者的地步,然而我在其中又听不出什么情感,我也怀疑这是否出自智慧生物。它的作用便在于夺走每一点残存的快乐,消灭任何快乐的可能性,让这个地方变得片刻不能久留。当然了,我没有看见什么东西,但是我坚信如果我在那儿待下去,那声响会再次以其漫无目的、无穷无尽的节奏朝我袭来,我一想到第三次重复便无法忍受了。我急匆匆地回到那条小道,走下了山去。但当我走到墙上的那道拱门前时,我停了下来。我在这些湿漉漉的小道中能确定自己走对路了吗?此刻这些小道更加潮湿阴暗了!不能确定,我承认自己很是害怕。我所有的神经都被山上的尖叫声给刺激到了。我真的觉得,即使被树丛中的小鸟或者兔子惊一下,我都会受不了的。我顺着沿墙的路走着,当我来到庄园门边,门房那里,看到菲利普森正从村庄方向朝此处走来时,心中并未觉得不好意思。

"你这是去哪儿了啊?"他说道。

"我沿着墙上那头拱门外面的上山小道走了会。"

"哦!是吗?那你离曾经的白顿树林很近了。至少如果你沿着小道到了山顶,并往外走进田地的话。"

如果读者愿意相信的话,这是我第一次决定根据事实去做一番探究。我是否即刻就把自己的经历告诉了菲利普森?没有,我从未有过此类所谓的超自然或超常态,抑或超物质的经历;虽然我很清楚不久之后必须说出此事,但我并不着急这么做。我认为自己在书上看到过,这是常见做法。

因此我只问了:"你见了那位你打算拜访的老人了吗?"

"老米切尔?嗯,我见了;从他那儿听到了个故事。我会把它留到

---

1 语出阿尔弗雷德·丁尼生勋爵的诗作《悼念集:A.H.H.》(1850),第54诗节,第20行。

晚饭之后。这故事真是很诡异。"

于是晚饭后，当我们安坐下来后，他便开始转述——如他所言，忠实地转述——之前的谈话内容。米切尔，年近八十，正坐在托肘椅上。他与已经成家的女儿住在一起，此刻她正忙进忙出地准备着茶水。

一阵寻常寒暄之后，他说道："米切尔，我想请你说说有关那树林子的事情。"

"那片树林子，雷金纳德老爷？"

"白顿树林。你还记得吗？"

米切尔缓缓抬起了手，食指责怪似地指着他，说道："雷金纳德老爷，白顿树林是您父亲砍掉的。我能说的就这么些。"

"嗯，我知道这个，米切尔。你不用这样看着我，好像是我的过错似的。"

"您的过错？不是啊，我说，是您父亲做的，在您出生前。"

"是的，我斗胆说，众所周知，是您父亲建议他这么做的，我想知道为什么。"

米切尔似乎有点被逗乐了。"好吧，"他说道，"我父亲是您父亲以及您祖父的樵夫，如果他不知道什么事儿归他管的话，他早就完蛋了。如果他确实给了这样的建议，那我猜他可能是有理由的，不是吗？"

"他当然可能有了，我希望你能说说是些什么理由。"

"好吧，雷金纳德老爷，不管您为什么会觉得我知道他的理由可能是啥，但那都多少年前了啊？"

"这，这话也对，是很久以前了，即使你以前知道，现在也可能忘记了。我想唯一能做的便是去问问艾力斯，看他能想起些什么。"

这话起到了我预想的作用。

"老艾力斯！"他吼道，"我第一次听人说老艾力斯还能有点用处。我以为您是明事理的人，雷金纳德老爷。您觉得关于白顿树林，老艾力斯能比我知道得更多吗？我很想知道，他有什么资格放在我前头？他老爹也不是这儿的樵夫，只是个庄稼汉而已——他就是干这个的。谁都可以告诉您他所知道的事儿；谁都能说出来，我是说。"

"即使你说的是，米切尔，但如果你十分了解白顿树林，却又不肯告诉我，那，我自然只能采取次优策略，试着从其他人那儿得到点消息。而且老艾力斯在这儿待的时间几乎和你一样长了。"

"他可没我长，差了十八个月呢！谁说我不愿意跟您说树林的事？我可没拒绝啊；只不过这事情有点奇怪，我总觉得不能让它在教区里流传开来。莉琦，你，去厨房待会儿吧。雷金纳德老爷和我要说些体己话。但我想知道一件事儿，雷金纳德老爷，今天是什么让您想起要问这事儿的？"

"哦！呃，我凑巧听到句老话，说白顿树林里有什么东西在游荡。于是我想到说，这会不会和树林被砍伐有些关系。就是因为这个。"

"好吧，您找对人了，雷金纳德老爷，无论您为啥来问这事儿，我相信这教区里没人能把这事儿的来龙去脉讲得比我清楚的，更别提老艾力斯了。您听，事情是这样的：去艾伦的农场最近的路要穿过那树林。我们还是孩子的时候，我可怜的母亲她每周有好几次，需要去农场拿上一夸脱牛奶。当时农场在您父亲名下，艾伦先生是个善人，无论谁家中有小孩要抚养的，他都愿意让他们每周去拿足够的牛奶。不过您先不用管这茬儿。我苦命的母亲从来都不喜欢穿过那树林子，因为本地有很多风言风语，类似您刚才提到的那种说法。但偶尔总有几次，在她碰巧干活干到比较晚的时候，必须穿过树林走捷径。只要她走了那条路，她回家时一定神情怪异。我记得她和我父亲说起过，他会说：'唉，但那东西没法伤害你啊，艾玛。'她会说：'哦！但你可对那没概念，乔治。哎呀，那声音直接穿进我脑海里，之后我就一片迷糊，好像都不知道自己在什么地方似的。乔治，听着，'她说道，'你在黄昏时候去那儿就不一样了。你总是在白天的时候去那儿，不是吗？'他说道：'咋了，我当然白天去啊，你觉得我是傻瓜吗？'他俩会这么聊下去。一段时间后，我想她是筋疲力尽了，您可以理解的，因为不到下午是没法去拿牛奶的，她从不肯让我们小孩去拿，担心我们会受到惊吓。她也不肯亲自和我们说那事。'不，'她说道，'这对我已经够糟糕的了。我可不想别人再遭受这折磨，也不想传闲言碎语。'不过有一次，我记得她说：'嗯，一开始，灌木丛里一路传来一阵窸窣声，特别急促，不是朝着我来，就是在我身后，根据时间有些变化；然后就传来这尖叫声，感觉是直接从我的一只耳朵穿过，从另一只耳朵穿出的。我去得越迟，就越可能听到两次这声音。但谢天谢地，我从没听到过第三次。'然后我问她道：

'为什么好像是某个人一直在前后徘徊着呢，不是吗？'她说道：'是的，是这样的，但我没法猜到她要干什么。'接着我问说：'妈妈，那是个女人？'她说道：'是的，我听出那是个女人。'

"总之，这事情的结果便是我父亲和您父亲说了，告诉他说这树林子不吉利。'里头从没有一点飞禽走兽可猎，连个鸟窝都没有，'他说道，'这对您而言毫无用处。'在谈了很多之后，您父亲因为此事过来看我母亲。他意识到她不是那种傻兮兮的妇人，稍有风吹草动就大惊小怪的。他断定树林里有什么东西。这之后他询问了邻里，我相信他发现了些什么，并写在了一张纸上。您很有可能在庄园里翻到这纸头，雷金纳德老爷。随后他下了命令，那树林子就被砍掉了。我记得，所有的工作都是在白天完成的，三点之后他们便不待在那里了。"

"难道他们没有找到可以解释此事的线索吗，米切尔？没有骸骨或者任何此类的东西吗？"

"什么都没有，雷金纳德老爷，就只有在树林中间发现一个篱笆的印迹和一条沟渠，大致就在如今树篱所在的位置。他们都干了这么些活了，如果那里埋葬着什么人，他们肯定能发现的。但我不知道，这么做最终是否有大作用。这儿的人们还是和以前一样不喜欢那地方。"

"我从米切尔那儿听到的就大概如此，"菲利普森说道，"无论怎么去解释，在这件事上我们依旧还在原地踏步。我得看看能不能找到那文稿。"

"为什么你父亲从未和你说起过这件事？"我问道。

"我上学前他便去世了，你知道吧，我猜他不希望这种故事吓到我们小孩子吧。我还能记得，某个冬日午后，我们回家特别晚，因为我们沿着那条通往树林子的小径往上跑，保姆便摇晃我，还打了我。但在白天时，如果我们想去树林子的话，没人会来干涉的。只不过我们从来都不想去。"

"嗯！"我说道，"你觉得能找得到你父亲写得那张文稿吗？"

"可以的，"他说道，"我觉得可以。我预料它最远就在你身后的壁橱里。里面有一两捆特地单独放好的文稿，我分好几次把大部分都查看过了。我知道里面有一个信封标着白顿树林。但因为现在已无白顿树林了，所以我从未想过那信封值得打开，我从没打开过。不过我们现在就打开它吧。”

“在你动手之前，”我说道（我仍有些犹豫，但觉得或许这是说出实情的时候了），“我最好还是告诉你，米切尔怀疑砍光树林子是没法让事态恢复正常的，我觉得他是对的。”接着我说出了前文中我的经历。无需说，这引起的菲利普森的兴趣。“那东西还在？”他说道，“真神奇。嗨！你愿意现在和我一起去那儿，看看会发生什么吗？”

“我可不会这么干，”我说道，“如果你知道那感觉，那你肯定很乐意往反方向走个十英里。别再提这个了。打开信封吧，看看你父亲写了什么。”

他打开了信封，为我朗读了里面的三四页简短笔记。页眉上写着一句来自司各特《格兰芬拉斯》的箴言，在我看来选得不错：

“人言，那儿游荡着尖叫的鬼魂。”[1]

接着是他和米切尔母亲谈话的记录，我仅摘录如下内容：“我问她，她是否从未觉得自己看见过任何可为其耳闻之声响负责之物。她告知说，仅有一次，那是她穿过树林最阴暗的一晚；当灌木丛中响起那窸窣声时，她似乎被强力胁迫转身望去。她觉得见到了某个裹在碎布里的东西；它的双臂朝前伸出，飞速前来。见此情景，她朝篱笆梯跑去，在翻过梯子时裙子都被划得粉碎。”

之后他去找了另外两个人，发觉他们非常羞于开口。诸般原因之一便是，他们似乎觉得提起这事儿就是对教区缺乏信念。然而，其中一位艾玛·弗罗斯特夫人在劝说下，愿意复述她母亲曾说过的一些事。“他们说，那是一个有些地位的二婚女士。她第一任丈夫姓布朗，也可能是布莱恩。（菲利普森插话道：“是的，在我家族之前，庄园上有姓布莱恩的人。”）她挪走了邻舍的地界；至少，她从两个无依无靠的小孩那儿抢走了一片按法律属于他们的草场，那可是白顿教区最肥美草场中的上佳之地。过了几年后，她更加变本加厉了，通过伪造文书在伦敦赚了成千上万英镑。最后证实那些文书依法而言是假的，她应该被审判，而且很有可能判处死刑，只不过她逃之夭夭了。但是没有挪移邻舍地界的人可

---

[1] 语出沃尔特·司各特爵士（1771—1832）的《格兰芬拉斯，或罗纳德勋爵之挽歌》（1801），第一节第184行。作者在《关于鬼故事的一些想法》中对此诗有所点评。

以躲避施加在他们身上的诅咒，因此我们认为在有人将地界重新划清之前，她是没法离开白顿的。"

那些文稿的末尾有这么个笔记，大意如下："很遗憾，关于毗邻树林的那些田地的前主人，我找不到任何线索。我毫不犹豫地决定，如果我能找到他们的代表，我将尽全力为许多年前他们遭受的不公待遇做出赔偿。因为不容否认的是，此树林如今正以本地人所描述的方式遭受古怪搅扰。由于此刻我无法确知被不合理占用之土地的面积以及其合法主人何在，因此我退而保留一份由本庄园此一区域产生的收益之记录。我的做法是，将大约五英亩土地的年收益金额用于提高本教区福利及其他慈善用途。我希望子孙后代皆可继续如此。"

老菲利普森先生的文稿就大致如此。对于那些如我一样阅读国家审判 [1] 卷宗的人而言，要探明此事就得想远一点了。他们应该记得，在一六七八年至一六八四年间，艾薇女士——之前名为西奥多西亚·布莱恩——她在一系列审判中轮流做原告及被告。在这些审判中，她针对圣保罗大教堂的座堂牧师及牧师会提起诉讼，想要获得一份十分重要且价值连城的沙德威尔 [2] 地区地契的所有权。在最后几轮由首席法官杰弗里斯 [3] 主持的审判中，法庭证明她借以提出诉讼要求的契约书是她吩咐人伪造的。但在一场针对她证词证物作伪事宜的问讯会之后，她彻底失踪了——真的非常彻底，没有任何权威人士能够告诉我她发生了什么。

我所讲的这个故事难道没有透露出，人们仍有可能在其更早时候进行的一次、更为成功的巧取豪夺所得到的土地上听到她吗？

"以上，"我朋友说道，他正把文稿卷起来，"是我一段独特经历的

1　作者酷爱阅读国家审判卷宗，如其在约翰·福克斯爵士的《审判艾薇女士》(牛津大学出版社，1929 年) 序言中所提及的："直到 1648 年，我们开始有了真正鲜活的庭审报告。从这一年开始到 17 世纪末，那些案宗可以成为此类文献的精华……'天主教阴谋'、詹姆斯二世统治时期，以及英国革命后不久的那些卷宗无疑是最丰富的；我不得不说，在这些卷宗中，有杰弗里斯的庭审是最引人注意的。当他作为法官或成为被告时，庭审就变得十分有意思。"他在本篇末尾附注中提到，本篇中的西奥多西亚·布莱恩的原型便来自于此。
2　沙德威尔为东伦敦斯特普尼的一个地区。
3　杰弗里斯是真实存在的，其为第一代维姆的杰弗里斯男爵 (1648—1689)。在斯图亚特时期英格兰，他恶名昭著。在担任伦敦地方司法官时 (1678—1680)，他在"天主教阴谋"事件 (参见《白蜡树》中的相关注释) 中作风严厉。担任首席法官时 (1683—1685)，在镇压蒙默思叛乱后实施了"血腥审判"。1685—1688 年他担任大法官，但后来失势，死于伦敦塔中。见《马丁的教堂围地》。

忠实记录。现在——"

　　但我有很多问题要问他，比如，他朋友是否找到了那片土地的合法主人；他有否对那篱笆做些什么；现在还能否听到那叫声；那本小册子的具体书名及出版日期是什么，等等。一直到睡觉时间都过了，他都没机会再次回到《泰晤士报》文艺副刊的问题上。

　　[多谢约翰·福克斯爵士 [1] 的研究，从其著作《审判艾薇女士》(牛津，一九二九) 中，我们现得知本故事的女主角，在由于伪证罪被起诉后，无罪释放，并于一六九五年寿终正寝。天知道她怎么做到的，毫无疑问她对此指控负有责任。]

1　约翰·查尔斯·福克斯爵士为律师约翰·福克斯之长子，是律师及《最高法院实务年报》的编辑。

山巅所观[1]

　　试想，一个长假期的第一天，独自坐在火车的头等车厢里，悠闲地穿过一片自己并不熟悉的英国乡野，火车每一站都稍作停歇，这该多么惬意啊！你的膝盖上摊着一张地图，凭借教堂塔楼你可以在上面将铁路沿线左右两边的村庄给挑拣出来。火车停站时，那种彻底的静谧让你感到吃惊，只有碎石上的脚步声打破这宁静。或许太阳下山后是感受这一点的最佳时刻。六月下半的一个晴朗午后，我脑海中的这位旅行者正悠闲地行进着。

　　他正在乡野之中。我不需要太过仔细地说明他在何处，只消说，如果你将英格兰地图分为四个等块，则你能在西南那一块找到他。

　　他是一个搞学问的，学期刚刚结束，正在去拜访一位新朋友的路上。这位朋友比他要年长。他们两位第一次见面是在城里的一个官方研讨会上；他们发现双方在品位和生活习惯上都有很多相同之处，而且互相处得来，因此结果便是理查兹乡绅[2]邀请范肖先生去做客，这邀请此刻正被付诸行动。

　　五点左右，旅途结束。一位乐呵呵的乡村行李搬运工告诉范肖，宅邸的车子已经来过车站了，留下信儿说得去前面半英里的地方取点东

1　本篇最早发表于《伦敦导刊》（1925年5月号）上，之后重印于《警示好奇者及其他鬼故事》及《M.R. 詹姆斯鬼故事集》中。小说中所有的地点均为虚构，如福尔纳克修道院、欧德伯恩教堂、兰姆斯菲尔德、温斯通、艾克福德以及索菲尔德等等。但在《M.R. 詹姆斯鬼故事集》的序言中（见附录），作者坦言"赫里福德郡是我想象中的故事发生地"。小说基于一个传统的迷信观点，即尸体，尤其是绞刑犯的尸体，拥有超自然力量。本篇中，一对双简望远镜内装有一个绞刑犯的眼部组织，使得故事主角（其不小心流出的鲜血使得望远镜的超自然能力被激发）可以通过望远镜获得已死之人的视野。
2　一些研究者认为理查兹这个角色是基于作者的好友，住在彭布罗克郡哈弗福韦斯特附近的波伊斯顿的古文物学家亨利·欧文博士。两人在1912—1913年间第一次见面，当时欧文任职于皇家公共档案委员会。

西，希望这位先生愿意等上几分钟，直到车子回来。"不过我发现，"搬运工继续说道，"既然您带了自行车，很有可能您会发现自己骑着车过去也许更舒坦。沿着路一直往前，第一个岔口左转，不到两英里路——我会确保您的行李都放上车的。我冒昧一提，请见谅啊，我只是觉着今天晚上天气挺好，适合骑车。是的，先生，对晒干草的人来说真是合时令的天气啊。我瞧瞧，我有您的自行车单子。谢谢您，先生，非常感谢。您不会迷路的……"

前往宅邸的两英里路正是他需要的，在火车上待了一天，他正好借此排解倦意，也使其对下午茶产生了渴望。当他看到宅邸时，觉得在委员会以及学院会议中端坐多日后，这里便是自己所需要的宁静休憩之处。这房子既没有古旧得令人激动，也并非新得令人失望。范肖沿着驰道向宅邸行进时注意到它的一些特色，比如石膏墙、框格窗、古树和平整的草坪等等。理查兹乡绅高大结实，六十多岁。他正满面笑意地在门廊上等待着。

"先喝茶吧，"他说道，"或者你想来点酒？不用？好吧，花园里已备好茶水。来吧，他们会帮你放好自行车的。像这样的日子里，我总在小溪边的菩提树下喝茶。"

你也没法要求一个更佳地点了：仲夏午后，在一个茂盛的菩提树的树荫之下，闻着树的芬芳，身边不到五英码远就是一条蜿蜒曲折的清凉小溪。他们俩在那儿坐了很久都没有人说要活动一下。但是大概六点时，理查兹先生直起了身子，敲空了烟斗，说道："瞧，现在够清凉了，可以考虑下散步，如果你愿意的话？好的，我的提议是，我们沿着庭园往上走，去到山坡上，可以在那儿俯瞰整个村庄。拿张地图，我会指给你看各景点位置。你可以骑着那东西去，我们也可以乘汽车去，根据你想不想要锻炼而决定。如果你准备好了，我们此刻就能出发，八点前就能回来了，非常闲适。"

"我准备好了。我想拿着手杖，不过，你有双筒望远镜吗？一周前我把自己的借给别人了，天知道他去什么地方了，把望远镜也带走了。"

理查兹先生仔细想了想说："有，我有的，但那不是我自己用的物件，也不知道我有的那副合不合你的意。那一对式样很好，比现在他们制造的那些要重上差不多一倍。你当然可以随意用啦，不过我可不会驮着它。顺道，你晚饭后想喝点什么？”

"随意"这一提议被否决了，他俩在走向前厅的路上达成了令双方满意的决定。范肖先生在前厅找到了自己的手杖；理查兹先生在沉思地拧了会下嘴唇后，走向了前厅桌子的一个抽屉边，从中取出了一把钥匙，接着朝一个嵌在镶板里的橱柜走去。他打开橱柜，从架板上拿下了一个盒子，将其放在了桌子上。"望远镜就在里面，"他说道，"打开盒子有点窍门，我想不起来是什么了。你试试。"于是范肖先生尝试了一下。盒子上没有钥匙孔，而且又坚固又沉，还很光滑。很明显，似乎得按一下盒子的某个部位，才有可能发生点什么。"盒子角，"他自言自语道，"是比较有可能的位置；这些角真是尖得可恶。"他又说道，他用嘴含着大拇指，刚才他使劲按了下盒子底部的一个角。

"怎么了？"乡绅问道。

"啊，我被你这恶心的波吉亚盒子[1]割伤了，该死的东西。"范肖说道。乡绅无关痛痒地轻声笑了出来。"行吧，你至少打开它了。"他说道。

"确实是！好吧，为了合理的缘由，我倒也不会吝啬一滴血。这就是那对望远镜了。如你所说，真是非常重啊，不过我想我还是能够拿得动的。"

"准备出发？"乡绅说道，"那么我们走吧，从花园里出去。"

于是他们出发了，穿过花园走进庭园，庭园明显有个往上的坡度，直达山顶。范肖在火车上便望见过这座山，这一片乡野主要就是这座山构成的。这山是后面一条更宏伟山脉的一处山鼻子。在行进的路上，热衷于土方工程的乡绅指出了好几处地方，他勘探过或者猜测道，这些地方应该存在战壕一类的遗迹。"这儿，"他说道，停在了一处基本为平地、周围长着一圈树的地方，"便是巴克斯特所谓的罗马宅邸。""巴克斯特？"范肖说道。

"我疏忽了。你不知道他的。这副望远镜便是从这个老伙计那儿得来的。我相信这是他制作的。他是村子里的一个老表匠，一个很厉害的

1 见卷一《白蜡树》中的相关注释。民间普遍认为罗德里哥·波吉亚（1431—1503）（1492年其成为教皇亚历山大六世）拥有一枚毒戒指。罗德里哥为凯撒·波吉亚及卢克雷齐娅·波吉亚的父亲。

古文物研究者。我父亲允许他随意挖掘自己感兴趣的地方。当他有所发现时，我父亲便派一两个人去帮忙挖掘。综合而言，他的发现多得惊人，当他去世时——那得是十年或十五年前了——我把所有藏品都买下来，捐给镇上的博物馆了。我们挑一天去那儿，看看那些展品。这副望远镜随其他物件一起运来的，当然了，我把它留了下来。你可以看看，便会发现这基本上是业余工匠的作品——我是指镜身；镜片自然不是他做的。"

"是的，我看得出这望远镜属于那种聪明的跨界工匠之作。不过我不明白他为什么要做得那么沉。对了，巴克斯特在这里真的发现了一座罗马宅邸?"

"是的，我们所立之处，便是一块被草皮覆盖的人工铺筑路面。由于太过粗糙平庸，因此不值得挖掘出来，当然了，有相关的素描图。里面挖出来的小物件和陶器属于同类中的精品。老巴克斯特是个非常机灵的人，似乎他对这种东西有种超乎常人的直觉。对我们这儿的考古学家而言，他可是个无价之宝。他有时候会一连关上好几天店门，在这一片地区四处游荡，在地形图上标注好自己察觉到一些东西的地方；他有一个本子，上面有着关于这些地方更为详尽的笔记。自他去世后，其中很多地方都被试着勘探过，总能发现一些东西来证明他的记录不假。"

"真是个好家伙啊!"范肖先生说道。

"好?"乡绅说道，有些唐突地停下了脚步。

"我是说，对这个地方而言，他是个有用之人，"范肖说道，"不过，他是个坏人吗?"

"这个我也不清楚，"乡绅说道，"我只能说，如果他是个好人，那他真不怎么好运。他不受欢迎，我就不喜欢他。"片刻之后，他加了这么一句。

"哦?"范肖有些疑惑地回道。

"是的，我不喜欢他。巴克斯特咱们说得够多的了。而且这一段路最是陡峭，我可不想边走还得边说话。"

确实那天傍晚攀爬这段滑溜溜的草坡，让人全身冒汗。"我跟你说过，应该带你走捷径的，"乡绅喘着气说道，"真希望我没说过。不过，回去的时候泡个澡对咱俩都没坏处。我们到了，那儿有地方坐。"

山顶上生长着一小簇古老的苏格兰冷杉树；在树丛边沿，正对着最佳的景观之处，有一个又宽又坚固的坐处。他们两人在那儿坐了下来，擦了擦额头，终于喘过气来了。

"这儿，啊，"乡绅说道，他刚刚能够连着气说话，"你的望远镜在这儿可派上用场了。不过你最好先大致看看周围。说真的，今天这儿的风景可真是太棒了！"

此刻我正写作着，同时大风吹打着黑漆漆的窗户，而且不到百码之外便是奔腾翻滚的大海。我发现，召唤出那种可以让读者感受到六月傍晚的氛围，以及乡绅正在谈论的可人英伦景致的文字和情感实在非常难。

越过一片宽阔平坦的平原，他们望见了一连串的宏伟山脉，山上的高地，或苍翠碧绿，或覆盖着树木，都笼罩在渐渐西沉但尚未落山的夕阳之中。虽望不到穿过平原的河流，但平原各处都植被繁茂。平原上有灌木丛、绿色的小麦、树篱以及牧场。一团小小的紧凑蒸汽团移动着，暴露出夜班火车的动向。继而眼观之处凸显出红色的农场和灰色的房子，近处则散落着一家家村屋茅舍，再往近处看，便是半隐半现在山脚下的大宅了。房屋烟囱里冒出的烟又蓝又直，空气中弥漫着一股干草的气息。脚边的灌木丛中，野蔷薇正开放着。这正是夏季的黄金时日。

在静默无言地观赏了几分钟后，乡绅开始指出一些主要的景点，山峰和峡谷，以及告知范肖先生城镇和村庄的所在。"好了，"他说道，"你用望远镜便能找到福尔纳克修道院。穿过那一大片绿色的田野，直线望前，越过田野后头的树林，最后穿过小山坡上的农场即是。"

"是的，是的，"范肖说道，"我看到了。这塔楼真美啊！"

"你肯定看错方向了，"乡绅说道，"我记得那儿没什么塔楼啊，除非你看见的是欧德伯恩教堂。如果你觉得那座塔楼很美的话，那你的要求真是太低了。"

"好吧，我确实觉得那塔楼很美，"范肖说道，他依旧拿着望远镜看着，"无论那是欧德伯恩或者其他地方。而且这塔楼一定是某座大教堂的一部分；在我看来，这看上去像一座中央塔楼——角上有四座大尖塔，大尖塔之间还有四座小尖塔。我一定要去那边看看。离这儿有多远？"

"欧德伯恩离这里大概九英里，或者更近些，"乡绅说道，"我已经好久没去过那里了，不过我觉得自己不怎么会想起它。好了，我要给你看另一个东西。"

范肖放下了望远镜，依旧盯着欧德伯恩的方向看着。"不行，"他说道，"裸眼我就什么都分辨不出来了。你刚才要给我看什么来着？"

"往左有更多可以看的呢，应该不难发现的。你有没有看到一座非常突兀的山丘，顶上是片密密麻麻的树林？就在那座大山脊顶上那棵孤零零的树的对面。"

"看到了，"范肖说道，"而且我自认可以轻易说出这座山的名字。"

"你现在就能？"乡绅说道，"说说看。"

"这个么，绞架山。"他回答道。

"你是怎么猜到的啊？"

"好吧，如果你不想被猜到，就不应该在山上放个仿真绞刑架，还吊了个假人啊。"

"什么意思？"乡绅有些失礼地说道，"那山上除了树林别无他物啊。"

"恰恰相反，"范肖说道，"山顶上有一大片草地，你的仿真绞刑架就立在中央；我一开始看的时候觉得绞刑架上吊着什么东西，不过现在看并没有——有吗？我不确定。"

"胡说八道，胡说八道，范肖，那座山上根本没有什么仿真绞刑架，或者任何此类物件。那里是一片茂密的树林，而且都是比较新的树。我不到一年前还去过那儿呢。把望远镜给我，虽然我觉得是看不到什么特别之物的。"他停顿了一会儿后说道，"不行，我觉得看不到，什么都望不到。"

与此同时，范肖正在扫视那座山。那山可能仅有两三英里远。"咦，真是奇怪，"他说道，"不用望远镜看，确实看着像是一片树林。"他再次拿起了望远镜，"这真是个奇怪的功能。那绞刑架一清二楚啊，还有这草地，而且似乎上头还有人和几辆运货马车，或者可能是一辆马车，车上有几个人。然而当我挪开望远镜时，却什么都看不到。一定是今天下午光线的照射有些问题。我得改天趁太阳高挂时早点上来。"

"你是说看见山上有人，还有一辆马车？"乡绅狐疑地问道，"都这个点了，他们在上面做什么呢，即使山上的树已经被砍掉了？请你说些正经话，再看看。"

"好吧，我当然肯定自己看见他们了。是的，应该说刚才有几个人，刚刚走开。现在——天呐，看上去真的好像有东西吊在绞刑架上。但这副望远镜实在太重了，我没法长时间稳稳当当地举着。不管怎样，我向你保证，山上没有树林。如果你能在地图上给我指好路，我明天就去那儿看看。"

乡绅沉思了一小会。最后他站了起来，说道："好吧，我想这是解决这一问题的最佳方案了。现在我们最好还是往回走吧。我很想洗澡吃饭。"他在回去的路上有些沉默寡言。

他们从花园穿回了宅邸，走进前厅将手杖之类的物件放在了合适的地方。他们在那儿碰到了老管家帕顿，显然他看着有点忧心忡忡。"恕我冒昧，亨利老爷，"他立马就开腔道，"有人来这儿捣乱了，我很担心啊。"他指着那原本装着望远镜的盒子，盒子打开着。

"就这件事而已，帕顿？"乡绅说道，"我难道不能取出自己的望远镜，借给朋友用用吗？你还记得，这是我用自己的钱买的吗？在老巴克斯特的财产售卖会上，嗯？"

帕顿弯了下腰，有些不服气。"哦，很好，亨利老爷，只要您知道是借给谁了就可以了。只不过我觉得提一下名字更为合适，因为我觉得这盒子自从您放在隔板上之后就再未拿下来过了；而且请您见谅，自从发生了……"他放低了嗓音，范肖听不到后面的对话。乡绅简短地回应了他，生硬地笑了下。随后他叫范肖过去，带他去看了看卧房。我认为，是日晚上并无与本故事有关的事件发生。

或许，除了一事。范肖在后半夜被一种感觉侵扰了，似乎有什么不应该被释放的东西跑了出来。那东西飘然入梦。梦中他正走在一个似乎半生不熟的花园中，他停在了一座假山前，假山由古老石块雕刻加工而成，上面有几片教堂的石窗格，甚至还有几组雕像。其中一组雕像让他好奇心大发，看上去那像是一个雕刻过的柱顶，上面刻有一些场景。他觉得一定要把它挖出来，于是便动手了。没想到竟然惊人的容易，他挪开了遮挡着柱顶的石块，把那一块给拉了出来。正当他这么干时，一块锡制标签轻轻咔嗒一下掉在了他脚边。他捡了起来，读了一下："无论如何不可挪移此石块。您忠诚的 J. 帕顿。"正如梦境中常有的那样，他觉得这个禁令极端重要；他的焦急演变成了痛苦烦恼，他连忙查看那石块是否真的被挪动了。确实已经挪动了，事实上，他已经找不到那块石头了。挪移了这石块后，一个洞穴的口子显露了出来，他弯下身朝里头望了望。黑暗中有什么东西搅动着，接着，让他吓了一大跳的是，一只手伸了出来———一双干净的右手，有着整洁的袖口和大衣袖子，显出一副想要和你握手的姿态。他想，不理这手是不是有些粗鲁。然而，正当他盯着那手时，它开始变得毛发浓密，又脏又瘦，姿态也变了，那只手伸了出来似乎要抓住他的腿似的。一见如此，他便抛却了所有关于礼节的想法，决定逃走，他大声叫了起来，把自己给弄醒了。

这是他记住的那个梦；但他总觉得（又如通常情形一般）之前有同样重要的梦境，不过并没有如此迫切。他醒着躺了一小会儿，在脑海中加深了一下最后一个梦的细节印象。他特意回想了下自己看见过的或依稀看见的那雕饰柱顶上面究竟有些什么雕像。他觉得可以肯定的是，其中有什么东西是很不协调的。不过他就只能回想起这些了。

无论是因为那个梦，抑或是因为这是他假期的第一天，总之他并未很早起床；他也没有立马投身于乡村探索之旅中。他花了一早上，懒洋洋却也颇有收获地翻了翻几卷《乡村考古协会学报》，里面有好几篇巴克斯特先生的稿件，内容是火石工具、罗马时期遗址，以及修道院建筑遗迹等等的相关发现。实际上，其稿件的内容囊括了考古学的大部分领域。这些文章是用一种怪异的、华而不实，却又显得未受过良好教育的风格写的。范肖觉得，如果这个人接受过更好初级教育的话，他一定能成为一个非常优秀的古文物学家；或者说他有可能成为（他稍后便为这一观点提供了佐证），因为他似乎有些喜欢咄咄逼人又热衷争论，并且喜用一种好似自己掌握了超人学识的居高自傲态度示人，这让人觉得不太舒服。他本可能成为一个相当值得人敬仰的艺术家的。其中有一座小修道院教堂的想象复原图及三面结构图，构思非常合理。一个显著的建筑特点便是有一座华美的带尖顶的中央塔楼；这让范肖想起了他从山顶望见的景色，乡绅告诉他那肯定是欧德伯恩。但那并非欧德伯恩，而是福尔纳克修道院。"哦，好吧，"他自言自语道，"我猜欧德伯恩教堂也许是福尔纳克的僧侣们建造的，巴克斯特则参考了欧德伯恩的塔楼。正文里是否有相关内容？啊，我发现这是在他去世后出版的——在他的文稿中发现的。"

午饭后，乡绅问范肖打算干些什么。

"嗯，"范肖说道，"我打算在四点左右骑车出去，到达欧德伯恩之后，从绞架山回来。这样一圈应该是十五英里左右，是吧？"

"差不多，"乡绅说道，"你会路过兰姆斯菲尔德和温斯通，这两处地方都值得看看。兰姆斯菲尔德有些窗玻璃可以看，温斯通则有石头。"

"不错，"范肖说道，"我会找个地方喝喝茶的，我能把望远镜带走吗？我会把它绑在自行车上的，就在那支架上。"

"如果你想的话，当然可以，"乡绅说道，"我真得买对好一点的了。如果我今天进城里去的话，我会看看有没有合适的。"

"如果你自个儿并不会用到，那为何必费这心呢？"范肖说道。

"哦，我不知道。一个人总得有副像样的望远镜吧。还有，嗯，老帕顿觉得这副望远镜不适合使用。"

"他是个法官吗？"

"他知道些故事。我不太清楚，有关老巴克斯特的一些事。我已经答应，允许他说给我听了。似乎昨晚开始这事就一直压在他心头了。"

"为何呢？他也和我一样做了个噩梦？"

"他也不太舒服。今天早上他看上去苍老了不少，他说自己连眼睛都没闭上过。"

"好吧，让他在我回来之后再讲那故事。"

"没问题，如果我能做到的话。对了，你得晚些回来吗？如果你的轮胎在八英里外被戳破了，只得走回来，怎么办？我不相信这些个自行车。我吩咐他们给我们准备冷餐吃吧。"

"无论迟还是早，我倒不介意这个。不过我准备了补胎工具。现在我就出发。"

当九点左右范肖拖着自行车上驰道时，他数次觉得，幸好乡绅安排了冷餐。乡绅也这么觉得，而且当他在大厅见到范肖时说了好几次；他对于自行车缺乏信心的态度得到了支持，他为此感到非常满意；相比之下，他对这位又热又累又渴，而且相当憔悴的朋友的同情心倒没那么重。实际上，他说的最关心的话是："你今晚想喝点酒吗？苹果酒可以吗？好的。帕顿，听到了吗？冰镇苹果酒，多拿些来。"接着他对范肖说："你到时候可别一晚上都趴在浴盆上。"

九点半时他们已经吃上晚饭了，范肖正在诉说自己的游历经过，如果可以称之为"游历经过"的话。

"我非常顺利地抵达兰姆斯菲尔德，看了看那些窗玻璃。非常有趣，不过上面很多字我都看不清楚。"

"用望远镜都不行吗？"乡绅说道。

"你这副望远镜在教堂里什么用都没有，就此而言，我猜在任何建筑物里都没有吧。不过我唯一带着进去过的地方全是教堂。"

"唔！好吧，继续讲。"乡绅说道。

"不过，我大致拍了一张那个窗户的照片。我相信洗一张放大照片就能看清我想看的了。接着我去了温斯通，我觉得那块石头很是罕见，只不过我对这一类的古文物也不太熟悉。有人打开过石头下面那古墓吗？"

"巴克斯曾经想过，但是农民不允许他这么干。"

"哦，好吧，我觉得这还是值得打开的。总之，我接着就去了福尔纳克和欧德伯恩。你知道吗，我从山上望见的那塔楼太古怪了。欧德伯恩教堂根本不长那样，当然福尔纳克也没有什么建筑高过三十英尺[1]的，虽然你能看到那儿有座中央塔楼。我没和你说过，是吧？巴克斯特对福尔纳克的推测图中有一座塔楼和我看见的一模一样。"

"我想说，这是你的想法吧。"乡绅插话道。

"不，这事儿不是想法不想法的问题。实际上，那幅画作让我想起了之前所看见的，而且在我看那幅画的标题前，以为画中的是欧德伯恩。"

"好吧，巴克斯特对建筑物有些合理的观点。大概那里的遗迹让他可以轻易地绘制出正确的塔楼样式吧。"

"这当然也有可能，不过我怀疑即使换一个专业人士也未必能够如此精确地绘制出塔楼来。福尔纳克基本上毫无残存，除了支撑它的脚柱

1　约合 9.144 米。

的底座外。不过，这也不是最诡异的事情。"

"绞架山怎么样？"乡绅说道，"对了，帕顿，注意听。我和你说过范肖先生从山上望见了什么的。"

"是的，亨利老爷，您说过；说起这事，我倒不能说有多吃惊。"

"行吧，行吧。你把话留到后面说吧。我们先听听范肖先生今天看见什么了。继续讲吧，范肖。我想，你是掉头从艾克福德以及索菲尔德回来的吧？"

"是的，两地的教堂我都去看了看。接着我到了那个通往绞架山的拐角；我发现如果我骑车穿过绞架山顶上的田地，就能走到从这一边通往宅邸的路。到山顶时大概六点半左右，我右手边有一道门，那是理所应当有的，铁门进去便是种着树木的那一条植被带了。"

"听到了吗，帕顿？他说，一条植被带。"

"我之前是这么认为的，一条植被带。但事实上并不是。你说得很对，我彻彻底底的错了。我没法理解啊。整个山顶都种着非常密集的树木。然后，我走进了树林里，一会儿骑一会儿推，时刻期待着下一分钟就能看到一片空地。然而我的厄运开始了。我猜是因为荆棘刺。我先是意识到前胎瘪了，接着后胎也瘪了。除了停下来找到破口并做上标记外，根本做不了别的；不过即使这个也很难搞定。于是我坚持走了下去，越往里面走，我就越不喜欢那地方。"

"那块区域没什么偷猎的人，哈，帕顿？"乡绅说道。

"确实没有，亨利老爷，几乎没人愿意去——"

"是没有，我知道，现在先不说这个了。范肖，继续说吧。"

"没人愿意去那儿，我可没法怪任何人。我知道自己心里全是些讨人厌的胡思乱想：比如身后有树枝被踩而发生的咔嚓声；前面有模糊不清的人穿行在树背后；嗯，甚至感觉有只手放在了我的肩膀上。我非常迅速地转过了身去，望了一圈，但根本没有什么树枝或者矮树丛可能造成这种假象。然后，当我基本站在那区域的中央时，我确信有人从上面往下看着我——心怀恶意。我再一次停了下来，至少是放缓了脚步，抬头看了看。正当我这么做时，非常令人讨厌的是，低下头来发现，我的小腿擦伤了。你觉得是被什么东西？一个大石块，顶上中央位置有个方形的孔。几步之内还有另外两个类似的石块。这三者组成了一个三角形。好了，你猜出它们放那儿是做什么的了吧？"

"我想是的，"乡绅说道，他此刻十分凝重，完全被这故事吸引了，"坐下，帕顿。"

这正是时候，因为这位老人用一只手撑着，非常吃力地靠这手撑着站着。他一下子坐到了椅子上，以一种十分颤抖的嗓音说道："您没有走到这些石头的中间去吧，是吧，先生？"

"我没有，"范肖强调地说道，"我觉得自己是个蠢货，不过当我意识到自己所在的位置时，我立马扛起自行车尽全力地跑了。在我看来，自己像在一个不圣洁的邪恶坟场里；而且我极其感激的是，这几天日子还很长，依旧天光未暗。嗯，我跑得极其辛苦，虽然只有几百英码的距离。什么东西都勾到了一起：车把手、轮辐、支架和踏板都恶心地缠进了草木中，我反正这么觉得。我至少绊到了五次。终于见到了树篱，我已经根本没心思去找门了。"

"靠近我宅子这边是没有门的。"乡绅插话道。

"那幸好我没有浪费时间。我想办法把车子扔了过去，然后自己非常莽撞地翻到了路上。最后一刻，树枝还不知什么东西勾住了我的脚踝。无论如何，我逃出了树林。我很少感到如此谢天谢地的，而且也很少如此全身酸痛的。接着我就得补一下破胎了。我的装备很齐全，而且我也擅长这活计，但这一次完全没有希望。我走出树林的时候已经七点了，我在一个轮胎上就花了五十分钟。我一发现破洞就补上，一吹气就又瘪了。于是我决定走回来。那座山离这儿不到三英里，是吧？"

"穿过乡间的话不到三英里，但如果沿路走的话就接近六英里了。"

"我想也是。我就觉得自己不可能一个多小时五英里路都走不到，即使拖着辆自行车。好吧，这就是我的故事。你的和帕顿的呢？"

"我的？我可没什么故事，"乡绅说道，"不过，你当时觉得自己是在一个坟场里，这想法倒不离谱。那上头可有过不少死人，帕顿，你不觉得吗？我猜，死尸烂了之后人们就把它们留在上头了。"

帕顿点了点头，很有些说话的欲望。"不是吧。"范肖说道。

"好了，帕顿，"乡绅说道，"你听到范肖先生所经受的煎熬时刻了。你是怎么看的？和巴克斯特先生有任何关系吗？你给自己倒杯葡萄酒，跟我们说说。"

"啊,喝了这个舒服多了,亨利老爷,"帕顿在喝了眼前的东西后说道,"如果您真想知道盘在我心头的事儿的话,我会清清楚楚地给您肯定的答复。好的。"他继续说道,慢慢进入了情绪:"我得说范肖先生今天的经历很大程度上是因为您提到名字的那个人。而且我觉得,亨利老爷,我算有点资格说说这事的,因为我和他也曾经很多年的泛泛之交,大约十年前,在验尸审讯时我还起了誓进了陪审团。如果您回忆一下的话,那时候您,亨利老爷,正在国外旅行,没有人能代表这个家族。"

"审讯?"范肖说道,"关于巴克斯特先生的审讯,是吗?"

"是的,先生,关于——就关于这个人。导致这一事件发生的情况是这样的。也许您已经猜到,死者是个生活习惯非常奇怪的人,至少在我看来是这样的,不过得有凭有据地说。他基本一个人住,像老话说的,光棍一个。他怎么消磨时光的,就没什么人能猜得到了。"

"他不为人知地活着,也几乎无人知道巴克斯特何时死去[1]。"乡绅叼着烟斗说道。

"不好意思,亨利老爷,我正要说到这个呢。但当我提到他如何消磨时光时,我们当然知道他热心于勘探发掘这周边的历史,以及他搜集了一大批物件。好吧,这些故事在巴克斯特博物馆方圆几里内都在流传。很多次当他心情不错时,而且我也有个把小时空闲的时候,他向我展示过他的那些陶器以及诸如此类的东西。据他所说,这些东西都是古罗马时期的。不过,亨利老爷,关于这些您比我更懂。我想说的是,虽然我清楚他会聊些什么,而且和他聊天有时也挺有趣,只不过关于这个人总有点——好吧,比如说,没有人记得礼拜时在教堂或礼拜堂瞧见过他。这引起了流言蜚语。我们的教区牧师只去过他家一次,'永远别问我他说了些什么',这是他唯一肯告诉任何人的。那么他晚上是怎么度过的,尤其是一年当中这个季节的时候?出去劳作的人好几次都在出工时看见他正在往回走,他遇到他们时一言不发,他们说,他看着像是一个从精神病院逃出来的人。他们看见他双眼全是眼白。他们注意到,他拿着个鱼篓,而且总是从同一条路回来。有传言说他自个找了一些事儿

1 "她不为人知地活着,也几乎无人知/露西何时死去。"语出威廉·华兹华斯(1770—1850)的诗作《她生活在人迹罕至的路中》(1800 年,第二节,9—10 行)。

做，不过不是什么光明磊落的活计——嗯，先生，他去的地方离您今晚七点时所在的地方可并不大远。

"嗯，然后，在这样的夜晚之后，巴克斯特会把店铺关了，帮他干活的老妇人会被勒令不准进屋。她知道他骂人的方式，自然就小心遵守他的命令。不过有一天发生了这么件事，大概下午三点钟的时候，他正如我所说的关着屋门，里面突然传来一阵很可怕的动静，窗户都冒烟了，巴克斯特大声叫喊着，听着非常痛苦。于是住他隔壁的那个人就跑到了屋子后门，撞门而入，还有几个其他人也过来了。好吧，那人告诉我说，他这辈子都没闻到过这么恶心的味道，嗯，厨房里满是臭气。看上去巴克斯特是在罐子里煮什么东西，结果打翻到自己腿上了。他躺在地上，努力想憋住不叫出来，但他实在没法忍住，当他看到那些人走进屋子时——哦，他状况还行：他舌头可没像腿那样起水泡，这可不能怪他。然后，他们把他扶了起来，让他坐到了椅子上，接着跑去叫医生了。其中一个人正要去捡起那罐子，巴克斯特大叫了起来，让他不要去碰那东西。于是他照做了，不过除了几片棕色骨头外，他没看见罐子里还有什么东西。接着他们说'劳伦斯医生一会就到了，巴克斯特先生；他很快就能让您舒服些的'。这时他又说道，自己必须回房间去，可不能让医生走到这儿来，看见这些乱七八糟的东西。他们必须得在这上面盖块布或者任何其他东西上去。于是，他们从客厅拿了桌布来。这罐子里肯定有有毒的东西，因为巴克斯特将近两个月之后才再次出来活动。不好意思，亨利老爷，您是想说些什么吗？"

"是，是的，"乡绅说道，"我想你之前并没有和我说过这些。不过，我想说，我记得老劳伦斯和我说过，他曾经照顾过巴克斯特。他说，他真是个怪人物。劳伦斯有一天在他的卧室里，顺手拿起一个盖着黑色天鹅绒的小面具，他觉得好玩儿就戴上了，还走去镜子里照自己。他还没来得及好好看上一眼，巴克斯特就在床上冲他大声吼叫起来：'放下它，你个蠢货！你想透过死人的眼睛望一望吗？'这让他吓了一跳，于是他就把面具摘了下来，他问巴克斯特他说的是什么意思。巴克斯特坚持要他把面具递给他，说卖给他面具的人已经去世了，诸如此类的废话。不过劳伦斯在递面具的时候触摸了一下，他宣称自己可以肯定那是用人头骨的前半部分制成的。他在巴克斯特财产售卖会上买了个蒸馏器，他和我说，根本没法用。似乎那东西会搞脏所有东西，无论他怎么清洁它。你继续说吧，帕顿。"

"好的，亨利老爷，我快说完了，而且时间也晚了，我不知道他们在用人休息室里会怎么想我。嗯，这个烫伤事件发生在巴克斯特先生去世前几年，之后他还是老样子。他做的最后一项工作之一就是完成那副您昨夜带出去的望远镜。您想，他很早就造好了镜架，也准备好了镜片，但还有些程序没完成，不管是什么，我不清楚。不过有一天我拿起那镜架，说道：'巴克斯特先生，你为什么不把它拼起来呢？'他说道：'啊，当我完成时，你会听说的，你会的。当我填充好了，封缄之后，这世上就没有一副望远镜可以与之相比了。'他停了下来，我说道：'为啥啊，巴克斯特先生，你说得这好像是红酒瓶子似的，填充好还封缄——为啥啊，有什么必要？'我说填充和封缄了吗？'他说道，'哦，好吧，我只是让对话怡人有趣而已。'接着，又到了一年中现在这个季节了，一个晴朗的夜晚，我在回家路上路过他的店铺，他正站在台阶前，怡然自得，他说道：'一切都稳妥牢固了，我最佳的作品已经完成，我明天就带着它们出门。''什么，完成那副望远镜了？'我说道，'我能看看它们吗？''不行，不行，'他说道，'今晚我已经让它们安歇去了，当我给你看时，你可得花钱才能用，这我得告诉你。'先生们，这便是我听到他说的最后几句话了。

"那天是六月十七号，就在一个礼拜之后，有件怪事发生了。就因为这事儿我们在审讯时才提出他'精神不健全'，除了这件事之外，任何了解巴克斯特营生的人都不会用这话来指责他。但当时住在他隔壁——现在也还住在那儿——的乔治·威廉姆斯，他那天晚上被巴克斯特先生屋子里的一阵动静给吵醒了，他起了身，走到望着街道的前窗去看看是不是有什么难缠的客人在外头。那天晚上天光很亮，他可以肯定外面没人。于是他站在那儿听着，他听见巴克斯特先生从他前屋的楼梯上很慢地一步步地下来，他觉得这像是有人被推着或者拉着走，又使劲乱抓一气不肯走的感觉。然后他听见通往街道的屋门打开了，巴克斯特先生穿着日常的衣服来到了街上，戴着帽子，穿戴整齐，双手垂直夹着两边，自言自语着，他的头则两边摇晃着。他走路的样子看上去，好像他所去的方向是违背自己意愿似的。乔治·威廉姆斯拉开了窗户，听到他说：'哦，饶命啊，先生们！'然后他突然闭上了嘴，威廉姆斯说，好像有人用手捂住了他的嘴似的，巴克斯特先生往后仰了仰头，他的帽子掉了下来。威廉姆斯看到，他表情看上去非常可怜，于是他情不自禁朝他喊了出来：'怎么了，巴克斯特先生，您没事吧？'他正要说他可以去叫劳伦斯医生过来时，他听到了一句回答：'你最好少管闲事。把头缩回去。'不过他说他没法确定那阵沙哑不清的声音是不是巴克斯特先生的。但是街上就只有他一个人而已，威廉姆斯被他这种说话方式气坏了，于是从窗外缩了回来，回到床上坐着了。他听到巴克斯特先生的脚步声继续前进着，沿着路一直上去，过了几分钟之后他忍不住又往外看了看，发现他依旧以那种奇怪的方式行走着。他记得有一件事情，就是巴克斯特先生在帽子掉了的时候，并未停下来捡回帽子，而此刻那帽子已经回到了他头上。好吧，亨利老爷，这是最后一次有人见到巴克斯特先生，至少是一星期甚至更长时间内。有很多人说他被叫去干活了，或者是因为他与人起了冲突，便一走了之了。然而他在方圆数里内都很有名气，铁路上和小旅馆里都没人见到他，池塘也被搜索过了，毫无发现。最后，有一天晚上，猎场看守人费克斯从山上跑到村子里来，说他看见绞架山上鸟群黑压压的一片，这事很蹊跷，因为他从未在看守时见过任何生物的踪迹。人们面面相觑，第一个人说道：'我愿冒险上去看看。'接着第二个人说道：'我也愿意，如果你去的话。'于是半打人在晚上出发了，劳伦斯医生也被叫去了。亨利老爷，您知道的，他就在那三块石头当中，脖子已经断了。"

没有必要去想象这故事之后所进行的对话，已经无人记得了。不过在帕顿离开他们之前，他对范肖说道："不好意思，先生，我想您今天是把这望远镜带出去了吧？我想是的，我可以问一下，您有否使用它呢？"

"有。我仅仅用它看了看教堂里的一些东西。"

"哦，是吧，您把它拿进教堂了，是么，先生？"

"是的，我拿进去了。我进了兰姆斯菲尔德教堂。顺便，我把它绑在我自行车上了，恐怕现在还在马厩院子里。"

"没关系，先生。我明天一早就把它拿进来，或许您可以好心再用它望一望。"

于是，在宁静且应得的睡眠之后，早餐之前，范肖拿着望远镜走进了花园里，拿它朝着一座远山望了望。他立刻放下了望远镜，上下看了看，还调了调螺旋，试了一次又一次，他耸了耸肩，将望远镜重新放回了前厅桌子上。

"帕顿，"他说道，"这完全没用了。我什么都看不到，就好像有人用黑色封缄纸盖住了镜片一样。"

"你搞坏我的望远镜了，是吧？"乡绅说道，"真谢谢你，这可是我唯一的望远镜。"

"你自己来试试，"范肖说道，"我可没对它做什么。"

于是早餐后，乡绅拿着望远镜来到了游廊上，他站在台阶上，做了几次无谓的尝试之后，他很不耐烦地说道："天呐，这东西真沉啊！"就在这当儿，他把望远镜掉到了石块上，镜片磕碎了，镜筒也裂开了，石板上出现了一小摊液体。是墨水那么黑的颜色，其中散发出来的臭味简直无法形容。

"填充然后封缄，呃？"乡绅说道，"如果我敢触碰这摊水，那我们就能找到那封条了。这就是他沸煮和蒸馏的成果吧，是吧？老妖精！"

"你到底说什么呢？"

"你还不明白吗，好家伙？还记得他和医生说的，透过死人的眼睛望一望？好吧，这是另一种操作方式。不过我保证，它们可不喜欢自己的骨头被沸煮，最后的结局便是它们把他带去了他不愿意去的地方。好了，我去找个铲子，我们把这摊东西好好埋起来吧。"

当他们将这摊水上面的草皮码平整后，乡绅把铲子交给了帕顿——帕顿刚才正专心致志地看着他们的工作。乡绅对范肖说道："这可算个遗憾，你把望远镜拿进了教堂。否则你有可能看到更多东西的。我推断巴克斯特用了一个星期，不过我没觉得他那段时间做了很多工作啊。"

"我不敢苟同，"范肖说道，"有那幅福尔纳克修道院教堂的画作呢。"

警示好奇者[1]

　　我恳请读者在脑海中想象的这一东海岸地界名为海堡。现如今那地方与我孩童时期记忆中的样子并无多少差别。南边是一片片被矮堤隔开的沼泽地，让人想起《远大前程》[2]的头几章；北边则是平坦的田地，延伸进了荒野之中；内陆区域则是石楠荒野、杉树林，其中最多的是金雀花。那儿有长长的海岸线以及一条街道，街道后面是一座用坚硬石块筑成的宽阔教堂，教堂有一座既显眼又坚固的西塔，还有一排六个的钟。我可记得清清楚楚，八月时炎热周日的钟声，我们那时正慢慢沿着白色的、扬灰的上坡路朝教堂走去。教堂矗立在一处虽不高却颇陡的斜坡顶上。在那些炎热的日子里，钟声是一种平平的咯咯声，然而当空气更加柔和时，钟声也听着更为悦耳。沿着同一条路再往下，铁轨一路延伸到小小的车站那儿。快到车站的地方有一座可爱的白色风车，在镇子南端的碎石滩附近还有另外一座风车，而其他风车则立在北边更高的区域。还有亮红色砖块砌成的村舍，屋顶是用石块铺就的……但为何我要用这些毫无新奇之处的细节来烦你们呢？实际情况是，我一开始写海堡，这些细节就涌上了我的铅笔尖。我真该只允许合适的内容出现在白纸上

1　本篇最初发表于《伦敦导刊》(1925 年 8 月)，后重印于《警示好奇者及其他鬼故事》及《M.R. 詹姆斯鬼故事集》中。作者在《M.R. 詹姆斯鬼故事集》序言（见附录）中提到，故事发生地海堡是虚构的，但其原型为萨福克郡的奥尔德堡，作者的外婆便住在那儿。作者常去奥尔德堡看望外婆，直到 1870 年外婆去世。如今，很多作者在本篇中描述的景物，譬如海滩以及圆形炮塔，均大致保持了原貌。小说借用了古老的英国传说，传说盎格鲁—撒克逊时代，一些有魔力的钱币被埋在海岸线上，以防止敌人的舰队登陆。学者麦克·平寇姆有点尖锐地指出，小说"在某种程度上也许传递出詹姆斯自己有些压抑在心的负罪感，因为（一次大战期间）他从事着相对琐碎的学术工作，而其他一些人却共赴国难"。

2　《远大前程》为英国作家查尔斯·狄更斯的名作，创作于 1860—1861 年。开篇几章讲到主角小皮普游荡在肯特郡乡间的沼泽地上，他在那儿遇到了一个藏匿的逃犯。

的。但我疏忽了。不过我还没有完成绘声绘色的描述工作呢。

请离开大海和小镇，路过车站，转到右手边的路上来。这是一条沙石路，与铁路是平行的，如果你沿着这条路，它会带你登上一处更高的地界。你的左手边（此刻你正朝北面行进）是一片石楠荒野，右手边（面向大海的一面）是一条古老杉树组成的草木带。这些树饱经风霜，顶上郁郁葱葱，有着苍老海边树木常有的弧度；在火车上你在天际线上就能望见这些树，如果你尚不知情，则它们会告诉你，你正前往一处风很大的海岸地带。嗯，我所指的小山的顶部，有一排这样的杉树凸显了出来，一路延伸到大海，因为那儿有一条山脊是如此走向的；这条山脊的终点是一处轮廓清晰的高地，从那儿可以俯瞰长着杂草的平坦旷野，高地顶上有一小簇杉树。你可以在某个酷热的春日坐在这儿，心满意足地望着蓝色的海洋、白色的风车、红色的村舍、亮绿色的草地、教堂的塔楼以及远远立在南边的圆形炮塔。

如我已说过的，我从儿时起便了解海堡了；不过如今事隔多年，我关于海堡的早期认知已经与现在的海堡有了一条鸿沟。然而我对这个地方仍有感情，任何凑巧听到的与其有关的故事都对我有吸引力。其中一个故事是这样的：我听到这故事是在距离海堡非常遥远的一个地方，而且是非常偶然的。告诉我这个故事的人认为，他将我视为如此的密友，是非常值得的。

我多多少少了解那一整块乡野（他说道）。春天时我曾经常常去海堡打高尔夫球。通常我都住在"熊"旅馆，和一个叫亨利·朗的朋友一起，你或许也认识他（"稍有交情"，我说道）。我们以前会挑一间起居室，高高兴兴地待在那儿。自从他去世后，我就再没想过去那儿了。而且我们最后一次去海堡时发生的那件怪事也让我不知是否该再去了。

那是一九——年的四月，我们正在海堡，凑巧的是，旅馆里几乎只有我们两位客人。因而那些平时公用的房间基本上都是空着的。更让我们吃惊的是，那天晚饭后，我们起居室的门竟然被人打开了。一个年轻人把头探了进来。我们注意到了这个年轻人。他看着苍白无力，胆子又很小；有着浅色的头发和眼睛，不过并不令人生厌。因此当他问道"打搅了，请问这是个私人房间吗"时，我们并没有吼着回道"是的，这就是"，相反，朗说道，也可能是我说的——这无所谓——"请进来吧。""哦，可以吗？"他说道，看上去舒心了些。当然他显然需要有人陪伴；因为他算是个通情达理的人——不是那种要把整部家族史都说给你听的人——所以我们让他随意就好。我说道："我敢说你发现其他房间都很冷清。"他回道，是的，确实，我们真是太好心了，云云。这些寒暄过后，他假装看起书来。朗在玩单人纸牌游戏，我则在写东西。几分钟后，我就明白了，我们这位客人处于一种非常烦躁不安的状态，这是不言而喻的，于是我就停下了笔，转而开始与他交谈起来。

在几句我已忘却的寒暄之后，他变得相当信任我。"你会觉得我很奇怪吧（他就是以这种方式开场的）？事情是，我被一些事情吓到了。"好吧，我提议说喝点提振精神的东西吧，于是我们就要了喝的。侍者进来时打断了我们一下（我觉得我们的这位年轻人在房门打开那一刻好像很焦躁不安），但过了一会儿他又陷入了自己的忧愁中。他在此地没有认识的人，凑巧他知道我俩是谁（原来是因为镇上某个共同的熟人），而且如果我们不介意的话，他确实需要人出谋划策。当然我们俩都说"愿意效劳"及"不用客气"之类的话，于是朗把牌放到了一边。我们停下来听他说自己的困境。

"这事是在，"他说道，"一个多星期前开始的，当时我骑车去弗洛斯通[1]看教堂，那儿离这边只有五六英里距离。我对建筑非常感兴趣，那教堂有华美的门廊，上面有壁龛和盾形徽章。我拍了张照片，接着有个在清扫教堂墓地的老人走了过来，问我是否想进教堂里面看看。我说好的，于是他拿了钥匙带我进去了。里面并没多少好看的，不过我还是和他说，这是个小巧精致的教堂，他将此处保持得非常干净。'不过，'我说道，'门廊是最好的一部分了。'那时我们正好就在门廊外面，他说道："啊，是的，这门廊很好看。你知道吗，先生，那边的徽章有什么含义？'

"那是一个有三顶王冠的徽章，虽然我并非掌礼官，但还是能说得出来，我觉得这是东盎格利亚王国[2]的旧徽章。

1　弗洛斯通为一虚构地名。
2　东盎格利亚王国由盎格鲁-撒克逊移民建立于 5 世纪晚期至 6 世纪初，大致位于如今的诺福克和萨福克。其最后一位国王圣埃德蒙于 870 年殉难后，长者爱德华（899-924 年在位）将此王国并入了英格兰。

"'你说得对，先生，'他说道，'你知道那徽章上面三个王冠的含义吗？'

"我说，毫无疑问，曾有人知晓其含义，但我却未能得知其义。

"'那么，好吧，'他说道，'看你是个学者，我就告诉你一些你不知道的吧。这三个就是埋在靠近海岸线的地里的神圣王冠，用来阻挡德国人登陆的——啊，我看得出你不相信。不过我要和你说，若不是其中一顶王冠还埋在那儿，他们德国人早就登陆好几次了，他们会的。开着战舰来抢滩，杀死熟睡中的男女老幼。好吧，我告诉你的可是实情，真的；如果你不信我，你可以去问教区牧师。他过来了，我说，你去问他。'

"我环顾了一圈，确实来了个牧师，一个看着很和蔼的老人，正从小径上过来。在我正要开始向老人——他越来越激动了——保证我并没有不信他时，牧师插进话来，说道：'约翰，发生什么事了？先生，日安啊。您是在参观我们的小教堂吗？'

"于是之后我们便小聊了一下，这让那老人淡定了下来，教区牧师又一次问他发生了什么事。

"'哦，'他说道，'没啥事，只是我跟这位先生说，他应该问问您有关神圣王冠的事情。'

"'啊，是，确实，'教区牧师说道，'这故事挺有意思的，不是吗？不过我不知道这位先生对我们的古旧故事是否有兴趣，呃？'

"'哦，他很快就会感兴趣的，'那老人说道，'他会对您所说的话有信心的，先生；唉，您自己就认识威廉·艾格，父子两人都认识。'

"接着我插话说，自己是多么想听听这故事，短短几分钟后，我便和教区牧师走在村庄的街道上了，他有几句话要和教区居民说，接着我们去了教区牧师住宅，他带我进了自己的书房。在路上，他发现我确实有能力对一则民间故事产生学术性的兴趣，而并非普通的旅客。因而他非常愿意交谈，让我非常吃惊的是，他告诉我的那个传说，竟然以前没有记录在印刷书籍中。他说的故事如下：'在附近区域一直都对三顶神圣王冠持有信仰。老人们说，王冠被埋在海岸附近三个不同的地方，以阻挡丹麦人或法国人或德国人。他们说，其中一顶很早之前被人挖掘了出来，另一顶则由于海水侵蚀海岸而不见了，还有一顶留在原处发挥着作用，阻挡着侵略者。嗯，好了，如果您读过有关本郡的一般性指南或历史书籍的话，那您或许记得一六八七年，在兰多山姆发掘出一顶据说是属于东盎格利亚国王雷德沃尔德的王冠，结果，唉！唉！在人们能够好好描述或画图之前，它就融化掉了[1]。好吧，兰多山姆不在海岸线上，不过也不是很内陆的地方，而且它位于一条重要的出入线上。我相信那个王冠就是人们所说的被挖掘出来的那个。我告诉你，南边某个位置曾是一座撒克逊王宫，现在它已经沉入海底了[2]，嗯？嗯，我觉得第二顶王冠就在里头。他们说，除却那两顶之外，还埋藏着第三顶王冠。'

"'他们知道第三顶在哪里吗？'我自然要问道。

"他说：'是的，确实，他们知道，不过他们不愿说出来。'他的表现让人觉得直白的提问不太好。相反，我等了一会儿，说道：'那个老人说你知道威廉·艾格，是什么意思啊，好像这和王冠有什么关系似的？'

"'哎呀，'他说道，'这是另一个有趣的故事。这些姓艾格的人——这个姓氏在这地方历史悠久，不过我发现他们从未出过达官贵人或者大地主——这些姓艾格的，据说他们家族一脉都是最后一顶王冠的守护者。有个老纳撒尼尔·艾格是我知道的第一代守护者，我就在离这儿很近的地方出生长大，我相信他在一八七〇年打仗时一直都驻扎在王冠所在位置。我知道他儿子威廉在南非战争[3]时也这么干了。他的儿子小威廉最近刚刚过世，就住在离那个位置最近的一座茅屋里。我毫不怀疑这减了他的寿，因为他有痨病，还整天风吹日晒，晚上还要看守。他是这一支血脉的最后子嗣，但他无能为力，与他血缘稍微近一点的亲戚都移居殖民地了。我为他写信给他们，恳请他们为了对本家族而言十分重要之事务回国一晤，但毫无回音。因此最后一顶神圣王冠果真存在的话，

1　雷德沃尔德是东盎格利亚国王，其为帝王生涯可追溯到的最早的国王，其在 616 至 633 年之间为国王；大约死于 624 年。兰多山姆是萨福克郡的一个镇，位于伍德布里奇东北四英里处，距离海岸线大概二十英里。据称彼时确有一定王冠被发掘出来，作者在《萨福克和诺福克》(伦敦：J.M. 邓特出版，1930）中写道："其几乎即刻融化，故我们无从知晓其特质。"

2　此处所说的盎格鲁-撒克逊王宫大概是指曾经有国王、女王或皇室成员带着扈从人员短暂居住过的地方。目前大致发现了 193 座盎格鲁-撒克逊时期的王宫，其中 155 座确定了所在位置和名称，另外 38 座仅有名称未确定地理位置。时至今日，并未发现东盎格利亚海岸附近有沉入海底的王宫遗址。

3　"1870 年打仗时"，指的是普法战争（1870—1871），英国并未卷入其中；"南非战争"即是第二次布尔战争（1899—1902）。

现在已经无人守护它了。'

"这就是教区牧师告诉我的，你们可以想象我有多感兴趣。离开他之后唯一盘旋我脑海的便是，如何能够凑巧发现王冠的可能埋藏点。我真希望自己没有想这事啊。

"但这像是命运注定似的，因为我骑着车回去时，路过了教堂墓地围墙，瞥见了一块相当新的墓碑，上面写着威廉·艾格的名字。我当然停下了车，读了读石碑。上面写道：'本教区人士，卒于海堡，一九——，享年二十八岁。'你们瞧，它就在那儿。在恰当的地方，提出一点点谨慎的疑问，我至少要找到距离那王冠所在地最近的茅屋啊。只不过我不知道应该在何处开始我的探寻。又一次命运降临，冥冥中我来到了那条路——你们知道的——上的古董店，我翻了翻几本旧书，居然其中有一本是一七四〇年左右的祈祷书，装订得很不错，我现在就去拿过来，就在我房间里。"

他有些突然地离开了我们，但我们还没来得及交流什么意见，他就已经回来了，喘着气，把书递给了我们。那书已经开好了，就在扉页那一面，上面散乱地写着：

> 我名叫纳撒尼尔·艾格，英格兰是我祖国，
> 海堡为我居住地，耶稣是我救世主，
> 当我死去入坟墓，尸骨都已化尘土，
> 无人把我记得时，主能依旧把我眷顾。

这首诗标记的日期是一七五四年，祈祷书上有很多其他艾格家族的记录，纳撒尼尔、弗雷德里克、威廉等等，最后是威廉，一九——。

"你们看，"他说，"谁都会觉得这是运气好到家了。我之前也这么觉得，不过现在不觉得了。我自然向店家询问了有关威廉·艾格的情况，他当然也正好记得威廉住在北边田间的一处茅屋中，而且死在了那儿。这简直是为我画出了线路图。我可以肯定是哪一间茅屋了，那边就只有一间比较大的。接下去就是要和附近的人混混脸熟，我即刻就往那边散步去了。有一条狗帮了我，它猛得朝我扑了过来，人们只得跑了出来，把它打跑，自然他们恳求我的原谅，于是我们就聊起了天来。我只

需要提起艾格的名字，假装我知道，或者说自以为知道些他的事儿，那妇人便接话道，他那么年纪轻轻就死了，真是令人伤心；她说肯定是因为他在冷天儿的时候都在外头过夜导致的。然后我接话道：'他常在夜里去海边？'她说：'哦，不是的，是去那边的小山丘上，长着树的那座。'于是我就去那边了。

"我稍有一些古墓挖掘知识，我曾在平原地带开启过不少古墓。不过那些都是在主人家的允许下进行的，而且是大白天有人帮手的情况下干的。我必须非常仔细地勘探这个地方后，才能动铲子：我没法把土堆挖通了，那些老杉树长在那儿，我知道一定有讨厌的树根。不过那儿的泥土很轻，满是沙子，很容易挖，有一个类似兔子洞的口，或许可以挖出一条坑道什么的。在奇怪的时间出旅馆和回旅馆将会是令人尴尬的一件事。在我决定了挖掘方式之后，我和旅馆的人说晚上有人叫我出去，我在外面过了一夜。我挖好了坑道：我是如何支撑那坑道，以及在完事之后又如何填满它，这些细节我就不说出来烦你们了。总之我拿到了那顶王冠。"

我俩自然都发出了惊讶和充满兴趣的感叹。于我而言，我早就知道兰多山姆发现王冠的事，而且经常为其命运感到可惜。没人见过盎格鲁–撒克逊王冠，至少在那之前没有人。但是我们的朋友眼神悲戚地看着我们。"是的，"他说，"最糟糕的是，我不知道怎么把它放回去。"

"放回去？"我们叫了出来，"为什么啊，天哪，你做出了本国有史以来最令人兴奋的发现啊。这当然应该放进伦敦塔的珍宝屋[1]中。你有什么难处吗？如果你是在想着这片土地的主人，或者无主珍宝之类的事宜，我们自然可以帮你。在这样一种情况下，是不会有人来咬文嚼字找麻烦的。"

我们可能说了更多话，但他只是把脸埋在双手中，喃喃道："我不知道怎么把它放回去。"

终于朗说道："我希望，如果我显得粗鲁的话，您能原谅我，不过您十分确定自己拿到王冠了吗？"我自己也挺想问这个问题的，因为他那故事仔细一想，确实挺像一个疯狂梦境。不过我怕这会伤害这年轻人

---

1 指伦敦塔一楼的珍宝屋，里面珍藏有 12 至 17 世纪的各种皇室珠宝。在君主登基时，会使用这些珠宝。

的感情，因而没敢说。然而，他对此非常镇静，真的，你或许可以说是绝望式的镇静。他坐直了，说道："哦，是的，这一点毫无疑问。王冠在我这儿，就在我房间里，锁在了我的包里。你们愿意的话可以过去看看。我不会答应将它拿到这里来的。"

我们不可能让这机会溜走。于是就和他一起去了。他的房间与我们的就几个房间之遥。我们当时以为，走廊里有个擦靴仆役正在收靴子，事后却有些不确定了。我们的客人——他名叫帕克斯顿——比之前颤抖得更厉害了，他急匆匆地进了房间，叫我们跟着他。他开了灯，把门小心翼翼地关上了。接着他打开了自己的工具袋，拿出了一堆干净的口袋手巾，里面包着个东西。他把它放在了床上后，打开了手巾。我现在可以说我曾见过一个真正的盎格鲁-撒克逊王冠了。它是银质的———一直以来，兰多山姆那个据说也是银质的——上面有一些宝石，大部分是古老的凹雕玉石和浮雕贝壳，做工很普通，甚至有点粗糙。实际上，它看上去就像你在钱币以及古稿中见到的那样。我觉得没有理由认为，这顶王冠会迟于九世纪。我当然对此深感兴趣，想亲手把它翻转过来，但帕克斯顿阻止了我："你别碰它，"他说道，"我来。"我告诉你，他拿起王冠，翻转过来让我们可以看到它的每一部分时，发出了一声不忍卒听的哀叹。"看够了吗?"他终于问道，我们点了点头。他包起了王冠，将它锁进了包里，然后站着默默地望着我们。"回我们房间吧，"朗说道，"告诉我们是什么麻烦事。"他谢过了我们，说道："你们能先去看看……海岸线上是否没人?"这话不是很好理解，毕竟我们的行为举止并不令人生疑，而且如我已言，旅馆基本上是空的。不过我们也开始有点感觉，不知道是什么，但总之神经紧张是有传染性的。我们动身了，先是开门时，往外望了望，幻想着（我后来发现我俩都有这幻想）一个影子，或不止一个——毫无声息地——在我们走到走廊里时，从我们眼前飘到另一边。"没事。"我们对帕克斯顿低声说道——似乎轻声细语才是恰当的——于是我们走了过去，他在我俩中间，回到了我们的起居室。我正准备在我们回到起居室后，发表一下对刚才我们所见到的独特珍宝的入迷之情，但一看帕克斯顿，便知那样做恐怕太不着调了，于是我等着他开腔。

"该去做什么?"他开口道。朗觉得反应迟钝些比较合适（他事后向我解释的），说道："为何不找出这块土地的主人，然后通知……"

"哦，不是的，不是的！"帕克斯顿不耐烦地插话道，"我请您原谅。你们非常好心，但你没发现这王冠必须放回去吗，可我晚上不敢去那里，而白天去做是不可能的。或许你们还不明白，好吧，唉，事实是我碰了它之后就没有孤身一刻过。"我正要说些非常愚蠢的评论，但我看到了朗的眼神，于是住口了。朗说道："我认为，我或许真的明白，但是，向我们说清楚些，究竟是什么情况，这也能让你宽慰一些吧？"

接着他什么都说出来了，帕克斯顿转过头去望了望，示意我们靠他近些，然后用一种低沉的声音开始讲起。我们自然全神贯注地听着，之后又对比过各自的记录，我写下了我们的共同版本，因此我可自信地说他和我们说的话我几乎每个字都记下了。他说道："这事在我刚开始勘探的时候便开始了，它一次次地阻止着我。总是有一个人，一个男人，站在某一株杉树旁边。你知道，那可是光天化日之下。他从来不出现在我面前，我总是用眼睛余光或左或右地扫到他，但我转过头直接看他时，他便不见了。我会趴倒在地很长时间，仔细地观察着，确定没有人时我再起来，继续我的勘探，但那时他又出现了。除此之外，他开始给我发出一些暗示。无论我把那本祷告书放在那儿——除了把它锁起来以外，我最后就这么干了——当我回到房间里时，那书总是出现在我的桌子上，扉页那一面打开着，就是写着名字的那一页；上面压着一把我的剃须刀，使其保持摊开的状态。我肯定他是没法打开我的包，否则会发生更严重的事情。你们知道，他身虚体弱，但我就是不敢直面他。嗯，之后，在我挖坑道时，情况自然更糟糕了，如果我没有那么强烈的欲望，我应该放弃整个计划，一跑了之的。每时每刻都觉得有人在挠我的背，很长一段时间我以为是因为泥土掉落在了我身上，但随着我越来越接近那……那王冠，这种感觉变得十分清楚。当我真的挖出了王冠，用手指勾住它上面的环洞，把它拉出来的时候，我身后传来了某种哭喊声——哦，我都没法描述那声音有多凄惨！而且还充满了威胁意味。这哭喊声把我发现宝物的喜悦全给冲没了，那一刻喜悦都被切断了。如果我没有那么愚蠢无知的话，我应该即刻将王冠放回去，留它在原处的。但我没有。接下去的时间简直痛苦万分。在体面地回旅馆之前，我还需要度过好几个小时。首先我花时间把坑道给填回去了，把我的痕迹都给盖上了，这整个过程中他都想试图干扰我。你们知道，有时候你看得见他，有时候你看不见他，全凭他喜好。我觉得，他就在那里，但是他可以对你的眼睛施展魔力。好吧，在日出之前没多久我才离开那里，接着我得到车站坐车去海堡，然后再坐火车回来。虽然很快就要天亮了，但我不确定这是否让情况有所好转。路上总是有树篱、金雀花丛，以及庭园篱墙。而且当我开始遇见出去干活的人们时，他们总是非常怪异地看着我身后。这有可能是因为他们看到有人那么早出门而感到吃惊；不过我当时不觉得这是唯一原因，现在也不觉得。他们并不是在看着我。火车站的搬运工也是这个样子。门卫在我上车之后还把门扶着，就像后面还有人过来时一样，你们知道的。哦，你们可以很肯定这不是我的幻想。"他说着发出了一阵尴尬的笑声。他接着说道："即使我把王冠放回去，他也不会原谅我的，我能感觉出来。两个星期前我还是个开心的人。"他颓进了椅子里，我想他是开始哭泣了。

我们不知道该说些什么，但觉得必须要想办法救他，于是——似乎这真的是唯一能做的事了——我们说如果他要着手把王冠放回原位的话，我们会帮助他的。在听了这些事后，我必须说这似乎不太对头。如果这些可怕后果缠上了这个可怜人，那么这王冠原本内涵中或许真含有些用来守护海岸线的诡秘力量？至少这是我的感受，我想朗也有这想法。无论如何，帕克斯顿对我们的提议很感激。我们什么时候可以做这事儿呢？已经快十点半了。当天晚上我们能否设法让旅馆里的人觉得深夜散步毫无可疑呢？我们朝窗外望了望，外面有一轮极好的圆月，那是复活节满月。朗负责与擦靴仆役沟通并赢得他的好感。他说，我们不会待太晚的，如果我们真的觉得散步很怡人，因此在外面稍微多待了一会儿的话，我们会保证他熬夜是不会吃亏的。好了，我们是这家旅馆的大常客，而且从不给他们添麻烦，仆役们也觉得我们给小费的习惯是高于水准线的。因此擦靴仆役被我们劝服了，他允许我们到海边去，而且据我们后来听说，他一直都在望着我们。帕克斯顿的手臂上搭着一件宽大的外套，下面便是用手巾包着的王冠。

于是我们还未来得及思考这事有多离谱儿，便已出发去完成这一怪异的使命了。这一部分我是故意写得比较简短的，因为这确实体现了我们在决定计划和采取行动时有多么迅速。"最快的路是走上山，穿过教堂墓园。"帕克斯顿说道，我们有一小会儿，站在旅馆门前，朝前面上下望了望。周围没有人，一个人影都没有。在旅游淡季，海堡是个作息很早、很安静的地方。在我指出说，沿着前面走，穿过两块田地是更短的路径时，帕克斯顿说道："我们不能从茅屋边上的堤坝走，因为有那条狗。"他给的理由足够充分了。于是我们沿着路往上走来到了教堂，转进了教堂墓地门中。我承认，自己曾想过或许某个躺在地下的人清楚我们的所作所为；不过如果真是这样的话，他们也该清楚他们那边有一位，可以说，正监视着我们，而我们却一点踪迹都发现不了。但我们感觉到有人在盯着，我在别的时候从未有过这种感觉。尤其是当我们穿出教堂墓地，走进一条两边有密密麻麻高大树篱的窄路上时，我们快步走过，好似基督徒穿过那座山谷[1]似的；接着我们来到了开阔的田野上。然后沿着树篱走着，我倒更愿意在开阔地界上走，这样就能看看是否有人跟着我了。穿过一两道门之后，往左一转弯，我们便沿着山脊到了那个小丘上。

当我们接近那里时，亨利·朗有种感觉，我也有这样的感觉，在那儿有某种我只能称之为冥冥之物的东西在等待着我们，同时还有一个更具体的家伙"陪伴"着我们。我无法为你完整描绘出整个过程中帕克斯顿的焦躁感，他如同一头被捕杀的野兽般喘息着，我们两个根本没法看他的脸。我们没有费心去想，等到了那个地方之后，他该怎么办。看上去他非常肯定那不会是件难事。确实不是难事。他一下子朝土丘一侧的某一点扑了过去，我可从未见过那样迅疾的一冲。他即刻就挖了起来，短短几分钟后，他身体的一大半便钻进土里看不见了。我们站在那儿，拿着外套和那一堆手巾，非常惊恐地——我必须承认——朝四周张望着。看不到任何东西，身后一排黑压压的杉树形成了一条天际线，往右半英里处立着更多的树和教堂的塔楼，地平线的左边则是茅屋村舍和风车，我们面前是一片平静死寂的海，在大海与我们之间那条发着微光的堤坝上，某间村舍里的狗儿正隐隐吠着；圆月照出了我们知道的那条海

1　指的是约翰·班扬的《天路历程》(1678—1684)，其中基督徒需要连续穿过耻辱之谷（他在此处与恶魔亚玻伦战斗）、死荫之谷，在此他必须穿过一道通往地狱的门。在《"哦，吹哨吧，我会来找你的，朋友"》中亦提到了恶魔亚玻伦。

边小径，我们头顶上盘旋着欧洲赤松永不停息的轻吟声，我们面前则是大海的浪涛声。然而，在这一切的宁静中，我们心中清晰、尖刻地意识到，某种抑制着的恶意就在身边，好似一条恶犬在缚，随时都有可能被放出来一样。

帕克斯顿从洞里退了出来，朝我们伸出一只手来，低声说道："把那东西给我，打开手巾。"我们拉开了手巾，他拿走了王冠。当他抓住王冠时，月光正好照在上面。我们完全没有触碰这个金属制品，我一直觉得这是明智的。下一刻，帕克斯顿已经再次爬出洞穴了，他正忙着用流血的双手把泥土给铲回去。但他不同意我们去帮忙。将那地方恢复毫无挖掘痕迹是耗时更久的一部分工作，不过虽不知道他如何做到的，但他完成得很好。最终他觉得满意了，我们便往回走了。

我们离开那座山已经数百码距离时，朗突然对他说道："喂，你把外套落在那儿了。这可不行，你瞧？"我确实看见了，一件长长的黑色的外套就铺在刚才那坑道的位置上。但帕克斯顿并未停下脚步，他只不过摇了摇头，举起了手臂上搭着的外套。当我们赶上他时，他毫不激动，似乎一切皆空了地说道："那不是我的外套。"确实，当我们再次回头看时，那个黑色的东西已经不见了。

接着，我们走回了大路上，非常迅速地往回走了。回到旅馆时还远没到十二点，我们试着装出轻轻松松的样子，我和朗说道，今晚是多么适合散步啊。擦靴仆役为我们守着门，走进旅馆时的这些话是说给他听的。他在锁上前门时，再一次上上下下地望了望海岸，说道："先生们，我想你们应该没有遇见什么人吧？""没有，确实啊，一个人都没有。"我说道，我记得那时帕克斯顿眼神怪异地望着我。"只是，我觉得自己看见有人跟着你们几个先生走到了车站大路上，"擦靴仆役说道，"不过，你们三个人一起，我想他也搞不了鬼。"我不知道该如何回应，朗则只说了句："晚安。"于是我们便上楼去了，答应仆役会关掉所有的灯，一会儿便上床睡觉。

回到房里后，我们尽了全力想让帕克斯顿看乐观点。"王冠毫发无损地放回去了，"我们说，"很可能如果你没有碰过它的话，会更好的。"（他非常赞同这一点）"但没有造成什么实质损害啊，而且我们也不会告诉那些胆敢靠近王冠的人。再说，你自己没感觉舒服些吗？"我说道，

"我不怕承认,在去那儿的路上,我很赞同你的感受,好吧,感觉有人跟着我们;但回来的路上,情况就完全不同了,是吧?"不,这话没起到作用。"你们没有什么可担心的,"他说道,"但我还未被宽恕。我仍然要为这次不堪的亵渎行径付出代价。我知道你们会说什么。去教堂或许会有用,是的,可是肉体还是要遭难。确实,我刚才没有感觉到他在外面等我。但是……"他停了下来。接着他转而感谢起我们来,我们很快便阻止了他。我们自然力邀他第二天来起居室,并说到我们很乐意和他一起出门。也许他也玩高尔夫球?是的,他玩,不过他觉得自己明天不会有心情打高尔夫的。于是我们建议他晚点起床,早晨我们玩球时,他就坐到我们房间里来,晚些时候可以一起去散散步。他对这些安排都很同意而且显得不太关心,我们觉得什么最好他就打算照办,不过显然他脑子里相当肯定,要发生的事情是无法躲避或减轻的。你会疑惑说为什么我们不坚持陪着他回家,看他平安回到兄弟亲人的照看之中。事实是,他孤身一人。他之前在城里有一套公寓,不过最近他决定去瑞典定居一段时间,因此搬拆了家私,将自己的物件都运走了,他在出发前打算在此处消磨个两三星期时间。不管怎么说,除却好好睡一觉之外——也可能睡不了太多,我自己便是——我们想不出更好的解决办法了,先看看第二天早晨感觉如何。

在这样一个令人神怡的美丽四月早晨,我和朗都感觉大不相同。早餐时我们看到帕克斯顿,他看上去也很不一样了。"这似乎是我第一个可以睡得安稳的夜晚了。"他说。不过他还是打算按我们说的做,基本早上就待在旅馆里,晚些时候再和我们出去。我们去了高尔夫球场,早上我们遇到了一些其他人,于是和他们打了会球,为了可以早点回去,我们早早地便在那里吃了午饭。但死亡的罗网仍然罩住了他。

我不确定这结果是否可能扭转。我想无论我们做什么,他都会遭难的。总之,发生的事情如下。

我们直接上楼去了房间。帕克斯顿在里头,非常心平气和地看着书。"准备好一会儿就出门了吗?"朗问道,"大概半小时之后?""没问题。"他说,然后我说我们要先换衣服,可能还要泡个澡,我们半小时之后来叫他。我先泡了个澡,然后去床上躺了会,小睡了大概十分钟。我们是同时从各自房间里出来的,便一起去起居室了。帕克斯顿不在那儿了，只有他的书还在。他也不在自己的房间里，楼下的房间里也没人影。我们喊了他名字，一个仆人走了出来，说道："怎么了，我以为先生们你们已经出去了呢。他听到你们在那条小路上叫他，就急匆匆地跑出去了，我朝旅馆餐厅的窗户外望了望，没有看见你俩。但是他沿着沙滩往那边跑过去了。"

我们什么都没说，也往那方向跑了去——那和昨天晚上的冒险之旅是相反的方向。时间还未到四点，天色也不错，虽然已经没有之前那么晴朗了，你会说，没有什么缘由好焦虑的，周围都有人在，一个大男人不会遭什么害的。

但我们跑出去时的表情中一定有什么吓到那仆人的地方，因为她跑到楼梯上，指着外头和我们说道："是的，他就是朝那个方向去的。"我们一路跑到石滩岸上，然后停了下来。面前有两个选择：经过海岸边那些屋子走去，或者沿着海滩最外面边上的沙面走，此刻海浪褪去，沙带显得很宽阔。当然，我们也可以继续沿着这条位于两条路中间的石滩走，这样我们就两边都能注意到了，只不过这条路非常难走。我们选择了走沙面，因为那是最渺无人烟的，有人可能会在那里下狠手，从公众小径上是望不见那儿的。

朗说，他看到帕克斯顿就在前面一些的地方，奔跑着，还挥着手杖，似乎他想引起跑在前面的人的注意。我不太确定，那种海雾从南边很快侵袭了过来。我只能说，前面有某个人。沙子上面有某个人穿着鞋子奔跑的痕迹，在这之前还有某个没穿鞋的足迹。因为鞋子有时候会踩到之前的痕迹，把它们抹去。哦，当然了，关于这件事你只能听到我的一家之辞了，朗已经去世了，我们没时间也没办法画个草图或筑个版，下一个浪头就把所有痕迹都冲走了。我们唯一能做的便是在匆匆追赶时留意这些痕迹。这些痕迹一次次地出现，我们相信不论其他，我们看见的是一串赤脚的足迹，而且这双脚上似乎骨头要比肉多。

帕克斯顿是追随着这样一个东西，而且他还觉得那是自己要找寻的朋友，一想到这点我们就觉得很可怕。你猜得到我们在想什么，他追随着的那个东西可能突然停下来，转过身来扑向他，那东西会有张什么样的脸庞呢，先是在雾气中半隐半现……一路上雾气已经越来越重了。我一边跑着，一边想着这可怜的倒霉鬼怎么会误以为那个东西是我们呢，我突然想起他曾经说过："他可以对你的眼睛施展魔力。"我又想，结果会是怎样呢，因为此刻我已经对避免恶果不抱希望了，好吧，没有必要提及我们奔跑在海雾中时，我脑海里闪过的那些悲伤、低落、恐怖的想法了。太阳依旧照耀在天空上，而我们却什么都看不见，这也非常离奇。我们只能分辨出自己已经跑过那些屋子了，抵达了那条横在屋子与圆形炮塔之间的裂口边了。当你走过炮塔后，你知道，很长一段路程上除了石滩，什么都没有，没有房屋，也没有人影，就是一块沙嘴，或者说石滩，河流在你的右边，大海在你的左边。

但在那前面，就在圆形炮塔旁边，你记得那儿有老旧的炮台，离海挺近的。我想现在那儿可能只剩下一些混凝土块了吧，别的东西都被海水冲蚀了；不过在那时候可还有很多东西，虽然彼时也已废弃了。好了，我们到达那里时，便尽快爬到了炮台上来缓缓气，以及观察一下前面的石滩，如果海雾凑巧能让我们看清什么东西的话。我们需要休息片刻。我们至少跑了有一英里。前面什么东西都看不到，接着我们便默契地同意应该爬下炮台，继续绝望地往前跑去，这时我们听到一声只可形容为"笑声"的声响。我形容它为一声没有气息、没有肺脏一般的笑声，如果你能明白的话，你就知道那是什么样的了，但我觉得你没法明白。那笑声是从底下钻出来的，飘散进了雾气中。这就足够了，我们弯腰往炮台墙头下面看去，帕克斯顿就在底下。

不说你也知道，他已经死了。他的足迹显示，他沿着炮台的一边跑着，在拐角处突然急转，基本可以肯定，他肯定是直直地冲进了某个等在那儿之人大张的双臂中了。他嘴里全是砂石，牙齿和下颚粉碎。他的脸我只望了一眼。

同时，当我们爬下炮台朝尸体走去时，听到了一声叫喊，然后看见有个人从圆形炮塔的堤座那儿跑了过来。他是驻扎在这里的管理员，他那双敏锐的老眼能够洞穿迷雾，发觉有什么事情不对头了。他看到帕克斯顿摔了下来，片刻之后见到了我们朝此处跑上来——幸好，否则我们很难洗脱与这次可怕事件有关的嫌疑。我们问他，有否看见什么人袭击我们的朋友？他说并不确定。

我们叫他去求援，在担架拿来之前一直和尸体待在一起。在那段时间里，我们回溯出他是如何沿着炮台墙头下面那窄窄的沙面一路来到这里的。海滩剩下的部分便是石子了，因此根本不可能推断出另一个人跑哪里去了。

在死因侦讯时我们该说什么？彼时彼地，我们觉得不将王冠的秘密泄露出去是我们的职责，不能让它登在每一张报纸上。我不知道换了你，会说多少，我们当时商量好的是：就说我们和帕克斯顿在前一天才认识，他告诉我们自己正遭受着一个叫做威廉·艾格的人的生命威胁。当我们沿着海滩跟随他时，除了帕克斯顿的足迹外，还发现了一些其他的足迹。不过那时候，自然所有痕迹都已经从沙子上消失了。

幸运的是，那一地区没有人知道威廉·艾格。圆形炮塔看守人的证词为我们洗脱了嫌疑。最终能做的裁定结论便是：未知的某人或若干人之蓄意谋杀。

帕克斯顿真是完全无亲无故，之后进行的多次侦讯最后皆走进了死胡同。从此以后，我便再未去过海堡，也再未靠近过。

晚间消遣[1]

老式书籍最为常见的展现形式不过是：冬日的壁炉边上，年长的祖母对着围成一圈的孩子们讲述一个个鬼怪奇幻故事，孩子们则专心听着；祖母以这令人愉悦的恐怖故事刺激着她的听众们。不过我们从未被允许去探知那些故事的本来面目。我们确实听说过裹着床单、眼睛大如铜铃的妖怪以及更引人入胜的"无皮头和血骨"（《牛津英语词典》将这一词组追溯到了一五五〇年）[2]，但是这些吓人形象背后的文本却已无迹可寻了。

这个正是长久以来困扰我的一个问题，但我最终还是认为不存在解决办法。年长的祖母们已驾鹤西去，而当民间故事搜集者在英国开展工作时，已为时太晚，大部分祖母们讲述的传说背后的真实故事已经难以找寻。然而这一类东西是不会随便彻底失传的，而且用想象力拼凑零散的线索，或许就可组成一幅晚间消遣的图景。正如马赛特夫人的《晚间对话》、乔伊斯先生的《化学对谈录》以及某位写的《游戏所得可为真科学》[3]等书

---

1 本篇最早出版于《警示好奇者及其他鬼故事》，后重印于《M.R. 詹姆斯鬼故事集》。本篇是作者为数不多没有出现实质意义鬼怪的短篇小说之一，其中运用了大量有关异教徒法术的知识。有学者认为，本篇的写作仅仅是为了充实《M.R. 詹姆斯鬼故事集》的篇幅，正如《亨弗里斯先生和他继承的遗产》一样。作者在 1925 年10 月 3 日写给格温多琳·麦克布莱德的信中说："鬼故事集写完了。由于我之前在写的那一篇无法完成，因此我必须开始另一篇的写作了。"（《友人通信》，伦敦，爱德华·阿诺德出版社，1956，p.135）不过本篇虽然开头有些啰嗦碎嘴，但在其平淡的描述下潜藏着极大的恐怖回味。

2 《牛津英语词典》是由牛津大学出版社出版的 20 卷词典，被视为最全面和权威的英语词典，目前正在修订第三版。《牛津英语词典》中将"无皮头和血骨"这一词组追溯至一篇题为《恶魔的遗嘱》（1550 年）的论文，据信为乔治·加斯科因所著。词典将此词组定义为"一个孩童房间里出现的怪物"。词典所言的著作可能是指《恶魔的遗嘱，及最后的立约》，这是一篇反天主教的文献，加斯科因是否为其作者仍无法确定。

3 作者指的是一些传播广泛的青少年教科书。第一本应为简·马赛特（1769—1858）的《化学对话录》（1806），虽然她有很多本类似标题的著作，比如《政治经济学对话录》（1816）等；第二本则为杰里迈亚·乔伊斯（1763—1816）的《化学对谈录》（1809）；第三本则为约翰·艾顿·帕里斯（1785—1856）的《游戏所得可为真科学》（1827），书中插图由乔治·克鲁克山科创作。

一样，旨在以谬误与迷信熄灭实用及真理之光 [1]，其中一些对话如下：

查尔斯：爸爸，我觉得我现在明白杠杆的特性了，您好心在周六为我做了讲解；不过从那时起我就一直在想钟摆，非常疑惑。我在想，为什么你按停钟摆时，钟就不再走动了呢？

爸爸：（你个倒霉孩子，又乱搞大厅里那个钟了？给我过来！错了，这一定是混进正文里的一段编外话。）好吧，孩子，虽则我并不完全赞同，你在脱离我监督之时，擅自进行可能损害一件昂贵科学仪器实用性的实验，然我仍将尽力为你讲解钟摆的原理。去我书房抽屉里拿一块结实的马裤呢布出来，然后去厨子那儿求她好心借一个厨房里使用的砝码给你。

我们便举例到此。

在一户科学之光尚未穿透的人家里，这场景可得多么不同啊！乡绅打了一整天的松鸡，累坏了，而且吃饱喝足，此刻正在壁炉一边打呼噜。他的老母亲则坐在对面织毛衣，孩子们（查尔斯和范妮，不是哈利和露西：他们可会受不了的）聚在她的身边。

祖母：好了，宝贝们，你们可要听话，安静些，否则会吵醒爸爸的，你们知道那会有什么后果。

查尔斯：是的，我知道。他得叫他妈生气了，然后赶我们去睡觉。

祖母（停下织针，严肃地说道）：什么？啐，查尔斯！不能这样说话。我本是要给你们讲个故事的，但如果你用这种词语的话，我就不讲了。（低声地呼喊："哦，奶奶！"）嘘！嘘！我想你们已经吵醒爸爸了！

乡绅（粗声粗气地）：好吧，妈妈，如果你不能让小崽子们安静下来……

祖母：我会的，约翰，好了！吵醒你真不好，我刚还和他们说，如果再把你吵醒，他们就得即刻睡觉去。

乡绅再度睡去。

祖母：好了，你们瞧瞧，孩子们。我和你们说什么了？你们一定要听话，静静地坐着。我和你们说，明天你们可以去采黑莓，如果你们采个一大篮回来，我就给你们做些果酱。

---

1 作者对此类书籍的反讽之意非常明显。

查尔斯：哦，好啊，奶奶，说定了！我知道哪里的黑莓长得最好，我今天看见了。

祖母：查尔斯，是哪儿？

查尔斯：嗯，那条经过柯林斯茅屋的上坡小道上。

祖母（放下了织针）：查尔斯！你做什么都好，那条小道上的黑莓你一个都不准摘。知道不？诶，你怎么会……我刚才想什么来着？好吧，总之，你记着我说的话……

查尔斯及范妮：但是，为什么啊，奶奶？我们为什么不能摘那儿的啊？

祖母：嘘！嘘！好吧，那我就跟你们说说，但是你们不能插话。让我想想。在我还是个小姑娘时，这条小道名声就不好，虽然好像人们现在已经不记得这事儿似的。有一天，天哪，就好比说今晚，那是个夏日傍晚，我回家吃晚饭时告诉我可怜的妈妈，说我去什么地方散步了，以及我是怎么沿着那条小道回来的，我问她为什么那条小道陡处有一小块地方，上面长着红醋栗和灯笼果树。哦，天哪，她吓了一跳！她抓住我晃，还拍我，说道："你这个那么不听话的孩子，我说过有二十多次了吧，不准你走进那条小道？你却大晚上地跑那儿游荡……"她说完了的时候，我吃了一惊，几乎说不出话了。不过我还是让她相信，我才第一次听说这事儿，我说的话千真万确。接着，肯定啦，她说对我那么粗暴，很抱歉，为了补偿我，她在晚饭后把整个故事都跟我讲了。从那以后，我在本地的老人那儿就经常听到一样的故事，而且除了这些传闻以外，我也有些自个儿的原因，确信那小道里确实有些不正常的东西。

好了，那条小道陡峭处的尽头——我想想，你们往上走时，是在你们右手边还是左手边呢？——左手边——你们会在那地方发现一小片树丛和不平整的地面，还围着一圈类似破旧篱笆的东西，你们会注意到那里面有一些老灯笼果树和红醋栗树——至少以前是有的，因为我已经好多年没走过那条路了。好吧，当然那意味着，那儿以前有座村舍；早在我出生前很久很久，那儿住着一个叫戴维斯的人。我听说他不是在这个教区出生的，而且我出生以来，这周围确实没有住过姓戴维斯的人。但先不管这个，这个戴维斯先生离群索居，很少去小酒馆，也不在哪个农户那儿打工，似乎他自己有足够的钱过活。但是他在赶集日会去镇上，把邮局里存着的那些信件拿回来。有一天，他从市集上回来，带了一个年轻人一道；这个年轻人和他一起住了很长一段时间，他们一起游荡。而且也似乎没有人知道，究竟他只是为戴维斯先生做家务，抑或戴维斯先生算他某一方面的老师。我听说，他是个脸色苍白的丑孩子，而且寡言少语的。嗯，那么，这两个人都做些什么事儿呢？我当然不会告诉你们，人们脑子里想的那些乱七八糟的事情，而且我们明白，是吧，当你不确定事情真假时可不能乱说话，即使当事人已经去世或者不在这儿了。不过，我刚才说过的，这两个人经常一起晃荡，早上晚上，爬丘陵，钻森林。尤其是某条路线，他们每个月都会走一次，那条路通往那面刻有古老石像的山丘侧坡 [1]，你们看到过的；有人注意到，夏天他们走那条路线时，会整晚都在外面露营，不是在那个地方，就是那儿附近。我记得有一次我父亲——那是你们的曾祖父——告诉我，他曾经和戴维斯先生讨论过此事（因为他住在我父亲的土地上），他问到为何他如此热衷于去那边，但他只回说：“哦，那是个非常棒的古迹，先生，我一直都对老式样的东西感兴趣，当他（他说的是自己那个同伴）和我一道去那儿时，似乎旧日时光便清楚地回来了。”我父亲说道：“好吧，可能你喜欢这样吧，但是大半夜的，我可不会喜欢那么个孤寂地方。”戴维斯先生笑了笑，那个年轻人一直听着，此刻开口道：“哦，那种时候我们都不想有人一起的。”我父亲说他不得不觉得戴维斯先生是做了什么暗示，那年轻人又快嘴快舌地说道，似乎要改口：“我的意思是，戴维斯先生和我两人互相作伴就够了，不是吗，老爷？夏天晚上，那儿空气可好了，你可以望见月光之下整一片的乡野，而且似乎与白天看上去的样子很不相同。嗨，那些个丘陵上的古墓……”

这时戴维斯先生插进话来，看上去对那小伙子很是生气，他说：“啊，是的，那儿都是老旧的去处，不是吗，先生？嗯，您觉得它们存

---

1 作者曾撰文讨论过多塞特郡的塞那修道院：“我基本相信，此座基督教堂历史十分悠久；我一直认为建立这座教堂是为了抵抗对邪恶老巨人的崇拜，此巨人的石像便位于修道院后面的特兰朵山山侧上。这一雕像显然年代久远，它或许是本国早期异教信仰中最为惊人的雕像。谁能断言它究竟属于不列颠文化抑或撒克逊文化？有人之前认为此巨人便是凯撒所描述过的——一个柳条编织而成的机关，成群的受害者被关在里面，之后再用火烧死。基于这个假说，那么这巨人像以前一定是用枝条插在地上，做成栅栏罩起来的，受害者则被捆缚之后敢进里面封闭的空间中。无论怎么理解，此处一定曾经存在过一座重要的异教教堂，自然这里成为了获胜的新宗教立宗明范的合适地点。”（《修道院》，p.149）此处指的巨人像便是著名的塞那阿巴斯巨人像。

在的目的是什么?"我父亲说（呵，天啊，怪了去了，不是吗，这些事我竟然都记得，那时候我对这可着迷了。虽然对你们而言，可能有些无聊，但我现在一定要讲完），好吧，他说："嗯，戴维斯先生，我听说那些都是坟墓，据我所知，我以前曾凑巧铲起过一个，总会挖到一些古老的尸骨和罐子之类的。不过我不知道那些是谁的坟墓，有人说古罗马人曾经遍布这块乡野，但我没法确定他们是否如此安葬同胞的。"戴维斯先生摇了摇头，思索着说道："啊，可以肯定的是，在我看来，他们比古罗马人还要古老，而且穿得也不一样——意思是说，根据那些图画，罗马人身穿甲胄，而你在古墓中没挖到盔甲吧，是吧，先生，您刚才说过的?"我父亲吃了一惊，说道："我不记得我提到过盔甲什么的，但确实我不记得从坟墓里找到过什么盔甲。不过戴维斯先生，您说得好像自己见过他们一样。"他们两人，戴维斯先生和那个年轻人都笑了起来，戴维斯先生说道："见过他们，先生? 已经过去那么些年咯，这可是件难事啊。不过关于古时代和当时的人们，以及他们的信仰等等，我倒挺愿意去了解更多的。"我父亲说："信仰? 好吧，我敢说他们信奉的是山侧上的那个古巨人。""啊，是哦!"戴维斯先生说道，"好吧，我不该多想的。"我父亲接着说了下去，将自己听说过或读到过的有关异教徒及其祭祀仪式的事告诉给了他们；查尔斯，等你去上学了，开始学拉丁文时，你总有一天会学到这些的。似乎他俩对此非常感兴趣，两个人都是；不过我父亲说，他不得不怀疑自己所说的大部分事情对他俩而言并非新鲜事。他只和戴维斯先生长谈过这么一次，但这次谈话让他记忆犹新。尤其是，他说，那个小伙子说的不想有人一起；因为那时候周围村子里，有很多传言——嗯，我父亲爱管闲事，这儿的人会把某个老妇人当女巫丢进水里。

查尔斯：奶奶，这是什么意思呢，把老妇人当女巫丢进水里? 现在这里有女巫吗?

祖母：没有，没有，亲爱的! 嗨，我怎么就这么跑偏了题呢? 没事，没事，那是另外一件事情了。我刚才要说的是，附近其他地方的人相信，晚上的时候，那人是在山上举行某种聚会，那些上山的人都是心怀鬼胎的。话说回来，你们可别打断我了，时间已经很晚了。好吧，我想戴维斯先生和那个年轻人继续一起生活了三年左右，接着突然之间，发生了一件可怕的事情。我不确定应不应该告诉你们（诸如"哦，要的！要的，奶奶，您一定要告诉我们"之类的恳求）。好吧，那，你们一定要保证不能被吓着，不能在半夜尖叫（"不会的，不会的，我们不会的，当然不会啦！"）。临近年关的某天，一大早，我记得是九月份，天刚刚发白，有个伐木工便要上山去那一长片树林的顶上干活，就在树林深处，一块长着稀稀疏疏几棵巨大橡树的空地上，他远远地穿过晨雾便瞅见有一个白色的人形东西，他有些犹豫，要不要继续往前走，但他还是走了过去，在他走近后，发现那真的是一个人。而且，那是戴维斯先生的年轻同伴，他身穿一件类似白罩衣的衣服，脖子上套着绳子，被吊在了最大一棵橡树的树枝上，已经死去多时了。临近他双脚的地上，躺着一把小斧头，上面遍布血迹。唉，在这样一个孤僻的地方，任何撞见这场景的人都会被吓坏的！这可怜的木工差点吓疯了，他丢下了所有手中的东西，使尽全力地跑了，他直接跑到了牧师住所，把他们都叫醒了，把自己看见的东西告诉了他们。那时候的教区牧师老怀特先生让他去叫几个最精壮的人来，诸如铁匠和教区俗人委员们等等，牧师自己则穿好衣服，他们所有人一起往那可怕的地方走去，还牵着一匹运死尸的马，准备把死尸运回戴维斯家中。当他们抵达的时候，一切正如伐木工所说的，但对他们所有人而言，亲眼见到死尸的穿戴是一个可怕的打击。尤其是对老怀特先生，因为对他而言，尸体身上的衣服好像是对教堂白色法衣的嘲讽，他对我父亲说，只不过样式不一样而已。当他们过去把尸体从橡树上松下来时，发现尸体脖子上有某种金属做的链子，链子朝前的地方还挂着一个像轮子似的小装饰品，他们说，那看上去非常古旧。与此同时，他们派一个男孩跑去戴维斯先生家里，看看他是否在家；因为他们自然而然会对他起些疑心。怀特先生还说，他们得去找隔壁教区的警察，并将此事通报给另一位地方法官（他自己便是一名地方法官），因此大家便到处忙碌起来。由于我父亲那天晚上并不在家，否则他们一定会第一时间叫他的。他们将尸体横放在了马上，他们说为了让那牲畜不跑掉，只能这样做。那马一看到这些树就想逃跑，似乎它已经被吓疯了。不过，他们设法将马的眼睛遮住了，领着它穿过树林，走回到了村子的街道上；就在圈养牲畜的那棵大树下，他们发现很多妇人聚集在那儿，那个他们派去戴维斯先生家中的男孩躺在人群中间，脸色白如纸，无论是好事还是坏事他都说不出来了。因此他们预感到还有更糟糕的事情要来，他们沿着那条小道尽快去往了戴维斯先生家里。当接近那屋子时，那匹他们牵着的马似乎再一次因为恐惧而癫狂了，它暴跳如雷，大声嘶啸，踹着前蹄，牵着的他的人甚至差点有生命危险，马背上的死尸也掉了下来。因此怀特先生让他们尽快把马给牵走，他们直接把死尸搬进了客厅里，因为房门大开着。接着他们看到了究竟是什么把那男孩吓成如此这般，他们也猜到为什么马儿会发疯了，你们知道么，马儿是受不了死人血液的味道的。

客厅里有一张长桌子，比一个人还要长，上面躺着戴维斯先生的尸体。他的双眼被一条麻布带子遮绑住了，双手被反绑着，双脚则用另一根带子绑着。但可怕的是，尸体的胸部无遮无拦，胸骨被斧子从上往下砍开了！哦，那情景太可怕了，在场的所有人都差点晕过去或吐出来，他们只得走出屋子去换口新鲜空气。即使是怀特先生这样可称之为生性坚强之人，也受不了了，他在花园里念了一段祈求力量的祷告。

最后他们将另一具尸体尽量稳妥地安置在了客厅里，也对房子进行了搜查，想知道这么一件恐怖的事情究竟是怎么发生的。他们在碗橱里发现了一些药草以及装着液体的罐子，一些懂行的人仔细研究后，发现其中一些液体是用来使人昏睡的饮品。他们毫不怀疑，那个邪恶的年轻人在戴维斯先生的饮料里放了这些东西，然后将他残害，这之后，他被罪恶感笼罩，只能以死谢罪。

好了，那些验尸官和地方法官要处理的法律事务你们可听不懂了；不过接下去几天，因为这个案子，很多人来来去去的，之后教区里的人聚会讨论，并一致认为他们不能同意将此二人葬在教堂墓地里，和基督徒为伴。因为我告诉你们啊，在那房子的抽屉和橱柜里发现了一些稿子和文字，怀特先生和一些其他神职人员仔细看过的；他们自愿在一份文书上签了字，说这两人犯有严重的邪神崇拜之罪。他们担心附近地区还有人未完全摆脱此种邪恶，因此号召他们前来忏悔，以免发生在这两个人身上的可怕事件再度发生在他人身上，之后他们将那些文稿烧毁了。怀特先生自然和教区居民同心协力，某天夜里很晚的时候，他和挑选出来的十二个人一同前往那座邪恶的屋子，他们随身带了两副做工极其粗糙的尸架来装尸体，还带了黑布。在坡下面的十字路口上，也就是你转向前往巴斯寇姆及威尔寇姆[1]那里，有其他人拿着火把等着，他们挖好了一个坑，一大群从周围过来的人们聚集在那儿。那些走进屋子的人，头戴着帽子走了进去，其中四人抬起了那两具尸体，他们将尸体放在了尸架上，用黑布将它们从头到尾盖了起来，大家都悄然无言。他们抬着尸体走下小道，接着将尸体扔进了坑里，用石头和泥土掩埋了。然后怀特先生对聚集在那里的人们讲了些话，我父亲也在那儿，因为他一听说这消息就赶了回来，他说他永远都不会忘记那场景的诡异劲儿：火把闪烁着，那两个黑色的东西在土坑里互相挤在一起，在场的人们一声不响，除了有小孩或妇人因恐惧而幽咽而已。当怀特先生说完话后，大家都走了，让两具尸体长眠于此。

人们说即使到现在，马匹也不喜欢那个地方，我听说之后很长一段时间内，都有一片类似雾气或光晕一样的东西悬荡在那里，不过我也不知实情究竟如何。不过我知道的是，第二天我父亲因为有事要路过那条小道的路口，他看见有三四小撮人沿着小道站在不同的位置上，看上去像被什么事情迷住了似的；于是他骑着马过去了，问他们有什么事情。他们跑了上来说道："哦，乡绅，是那摊血！看那摊血！"并且不停地说着。因此他下了马，他们带他去看了，就在那儿，有四个地方，我想他是在路上看到了几大摊血：不过他几乎看不出来那是血了，因为差不多每一摊都被黑色的大苍蝇盖住了，这些苍蝇又不挪地儿又不动。这些血是人们抬着戴维斯先生的尸体沿着小道下去时，从他尸体里流出来的。好吧，我父亲除了厌恶地看上一眼，以确定事实真相之外，再受不了别的了，接着他对在场的其中一个人说道："你快去教堂墓地，拿个一篮子或一桶干净的泥土，将这些地方给盖上，我会在这里等着你回来的。"那人很快就回来了，拿着铲子和一个手推车，和他一起来的老人是教堂司事。他们在第一块血迹那儿停了下来，准备好要把泥土盖上去了，就在他们这么做的时候，你们猜怎么了？趴在血迹上的苍蝇飞到了空中，像一朵固体云，沿着小道往上飞去了屋子那里，教堂司事（他同

---

1 这两个地名为虚构。

时也是教区执事）停了下来，看着苍蝇，对我父亲说道"苍蝇之王[1]，先生"，云云。其他几个地方也是一样，每一摊都是这样。

查尔斯：但他是什么意思呢，奶奶？

祖母：好吧，亲爱的，明天你上课时，记得去问问卢卡斯先生。我现在可没法停下来解释这个，已经早就超过你们的睡觉时间了。接着，我父亲下决心说，那间村舍不可再住人，里面的所有东西也不可使用，因此虽然那屋子是附近最好的一座之一，他还是吩咐给手下说，这屋子必须毁掉，任何愿意的人都可以带一捆柴火来烧毁它；后来确实这么办了。他们在客厅里垒了一堆的木头，把茅草屋顶给弄松了，这样火能更好地着起来，接着便点了火；除了烟囱和炉子外，屋子里没什么砖块，因此没过一会儿，这屋子便烧没了。我依稀记得自己还是个小女孩时见过那个烟囱，但最后那烟囱也坍塌了。

现在我要讲的是这故事的最后一部分了。你们也许猜得到，很长一段时间内，人们都说在周围看见过戴维斯先生和那个小伙子，其中一个出现在树林里，两人都曾出现在屋子原来所在的位置，或者一起走过那小道，尤其是在每年春天和秋天时。我没法确证这件事情，如果我们确定世上真有鬼魂之类的东西，那像这样的人似乎不太能好好安息。不过我可以告诉你们一件事，三月的某一天，就在我和你们爷爷结婚之前，我们一起在树林里散了很久的步，就像谈恋爱的年轻人会做的那样，聊聊天，摘摘花；我们都沉浸在二人世界中，没有特别注意到自己在往哪里走。突然，我叫了出来，你们的爷爷问我怎么了。事情是，我的手背感到了一下剧烈的刺痛，我抽回了手，看见上面叮着一个黑色的东西，我用另一只手把它给拍死了。我把那东西拿给他看，他是一个时常关注这些东西的人，他说道："呃，我以前从没见过这样的苍蝇。"虽然我自己看来，觉得这苍蝇和普通的没多大差别，但我相信他说得对。

然后我们环顾了一下四周，真没想到我们正站在那条小道上，就在那座房子曾经所在的地方前面，他们后来告诉我，我们站的地方正是他们将尸体抬出花园门口时短暂放下尸架的地方。你们肯定猜得到，我们

---

1 在《圣经》中堕落天使别西卜的名字本意便是"苍蝇之王"，引申为"魔王"。别西卜常被认为是撒旦的同义词。

赶紧离开了。至少，我把你们爷爷很快地叫走了，我发现自己处在那个地方很是生气；但他出于好奇心，如果我允许他的话，他会多逗留一会儿的。我永远都没法确知，那个地方是否还有什么我们看不见的东西。或许部分由于那苍蝇的毒液在我身上起了反应，我感觉非常奇怪；要命啊，我可怜的手臂和手都肿了起来，真的！我都不敢告诉你们肿得有多厉害！而且还很痛！我母亲在上面涂什么东西都起不到任何作用。直到我们的老护工劝她去巴斯寇姆找那术士过来看看我的手，我才舒服了一些。似乎那术士知道一切，他说我不是第一个受害的。"当太阳在聚集他的力量时，"他说道，"当他处于最高峰时，当他开始失去控制力时，当他虚弱无力时，那些出没在那条小道上的人可要当心了。"不过他不愿告诉我们，他在我手上敷了什么东西，以及对着那东西说了些什么话。这之后我很快就好了，但自那以后我就常常听说有人遭遇和我一样的不幸；一直到最近几年，这种事情才变得非常少见。也许这一类东西确实会随着时间的推移而消亡吧。

查尔斯，这就是为什么我跟你们说不能去那条小道上采黑莓，不行，吃也不可以。现在你都知道了，我可不觉得你还会想去。好了，立刻上床去吧。怎么了，范妮？在你房间里放盏灯？这像什么话！你立刻去脱衣服，做祷告，如果你父亲醒来时不需要我的话，我也许会过来说晚安的。还有你，查尔斯，如果我听到你在上楼睡觉的路上吓唬你妹妹的话，我会马上告诉你父亲的，你还记得上次你遭的罪吧。

房门关上了，奶奶专心地听了一两分钟后，继续织起了毛衣。乡绅则依旧在睡觉。

从前有一个人住在墓园的旁边[1]

你们知道，这是莎士比亚作品中最孝顺的孩子迈密勒斯讲述给他的王后母亲以及宫女们听的故事的开头。这故事是关于鬼怪和妖精的。正当他讲故事时，国王带着卫兵出现了，将王后匆匆关进了监狱中。这故事就没了下文；迈密勒斯在这之后很快就死了，都没有机会来讲完这故事。那么后面曾发生了什么呢？毫无疑问，莎士比亚知道，我斗胆说，我也知道。这可不会是个新鲜故事；这会是个你很可能曾经听到过的故事，甚至曾经对人讲过。每个人都可能以自己最喜欢的形式来处理这故事。以下则是我的版本：

从前有一个人住在墓园的旁边。他的房子底层是石块筑成的，上面层则是木头建的。前窗望向街道，后窗则望向教堂墓地。这房子曾经是教区牧师的，但是（那是伊丽莎白女王时期）牧师是个已婚男子，需要更多的房间；而且他妻子不喜欢大晚上朝卧室窗户望出去竟是教堂墓地。她说她看到——不过不用管她说了什么；总之，她一直不跟丈夫消停，直到他同意搬到村子街道上的一座更大的房子里居住，于是老房子就卖给了约翰·普尔，他是个鳏夫，一个人住在里头。他是个离群索居的老人，人们说他是个吝啬鬼。

有一点倒可能是真的，他在其他方面有些病态，千真万确。在那个时代，在晚上用火把照明，埋葬尸体是非常常见的。有人注意到，每当

---

1 本篇最初发表于《金鱼草》（一本伊顿公学的杂志）1924 年 12 月 6 日刊上，后重印于《M.R. 詹姆斯鬼故事集》。这是作者在完成《警示好奇者及其他鬼故事》之后所写的四篇鬼故事中的第一篇。这四篇鬼故事是他最后一组单独出版的故事。关于本篇标题的来源以及迈密勒斯这个角色请见附录中作者为《鬼魂与奇事》所写的引言。标题出自莎士比亚剧作《冬天的故事》第二幕第一场，迈密勒斯正给皇后和宫女讲故事，这句话是他故事的开头一句。

有葬礼在进行时，约翰·普尔总是站在窗边，不是在一楼的窗边便是在楼上的，看他在哪个位置可以看得更清楚。

有一天晚上，一位老妇人要下葬。她非常的富有，但在当地却不受人欢迎。攻击她的话是些老生常谈，说她不是基督徒，在诸如仲夏前夜以及万圣节前夜 [1]，她都不会待在家里。她双眼通红，看着很可怕，没有乞丐会敲她家的门。然而，当她死时，留了一袋钱给教会。

她下葬的那天晚上没有风雨，天色风平浪静。但是要给她找到抬棺人，以及举火把的人却有些困难，虽然事实是，相较通常做这些工作的人的所得，她留了一笔更大的费用。她是裹着呢绒下葬的，没有棺材。除了那些需要到场干活的人外，根本无人在场——但还有约翰·普尔，他正在窗边望着。就在墓穴要被填上时，教区牧师蹲了下来，往尸体身上丢了个东西——叮当作响的一个东西——他用低沉的嗓音说了句听上去像是"汝之金钱与汝共消亡"的话之后便快步离开了，其他人也是，只剩下一个举火把的人，在教堂司事和他的随从铲土时，为他俩照明。他们的活干得不是很利落，第二天正好是礼拜天，去教堂的教众对教堂司事很是尖刻，说那坟墓是整个墓地上最不干净的一个。当他过去亲自查看时，确实如此，他觉得自己走时可没这么糟糕。

与此同时，约翰·普尔则有点鬼鬼祟祟地转悠着，可以说一半狂喜一半紧张的样子。有好几个傍晚他都去了小酒馆，这显然和他往常的习惯背道而驰。他向那些和他聊天的人暗示自己搞到了一点钱，正在找寻一个更好的住处。"好吧，我不觉得惊奇，"有天晚上铁匠说道，"我也不会喜欢你那地方。我会整晚都胡思乱想的。"店家问他会想些什么。

"嗯，可能是有人爬上了卧房窗户之类的吧，"铁匠说道，"我不知道，威尔金斯老婆婆今天下葬一周了吧，嗯？"

"得了，我觉得你该考虑下别人的感受，"店家说道，"这对普尔老爷来说，可不好受啊，是吧？"

"普尔老爷可不在乎，"铁匠说道，"他在那儿住很久了，早对那儿了如指掌了。我只是说，我可不会选择住那儿。就因为葬礼时的丧钟

1　仲夏前夜（6月23日）与万圣节前夜（10月31日）被认为是女巫夜宴日，虽然五月前夜（4月30日），或五朔节前夜被认为是一个更加重要的日子。

声，还有火把，而且墓地里没人时那些坟墓就这么静悄悄地杵在那儿。有人说墓地有鬼火，普尔老爷，您从没见过鬼火吗？"

"没有，我可从没见过。"普尔老爷闷闷不乐地说道，他又要了一杯酒，很晚才回家。

那天晚上，他正躺在二楼自己的床上，房屋外头开始呼啸起了一阵风，使得他睡不着觉。他起了身，穿过房间走到墙边的一个小橱柜边，从里头拿出了一个叮当作响的东西。他将它放在了自己的睡袍胸前。接着走到了窗边，往教堂墓地望了望。

你是否在教堂里见过那种穿着寿衣的古旧黄铜人像？寿衣在人像的头顶以一种诡异的方式扭结在一起。某个类似这铜像的东西正竖着从泥土里挪了出来，约翰·普尔对教堂墓地的那个位置可是相当熟悉。他冲回了床上，哑然无声地躺着。

此刻，某个东西正依稀在窗扉上刮擦着。约翰·普尔心里几百个不情愿，但还是转过头往那方向看了下。啊呀！挡住窗外月光的是一个诡异的顶上的布打着结的人头轮廓……接着房间里出现了一个人形物。干巴巴的泥土窸窸窣窣地掉落在了地板上。一个低沉沙哑的声音问道："在哪里？"传来一阵到处走动的脚步声，那脚步声停停顿顿，好像行走有困难似的。不时可以望见那东西在角落里窥望，或蹲下来看看椅子底下；最后能够听到它在墙上的那道橱柜门上摸索，它打开了橱柜门。传来一阵长长指甲刮擦到空空架子的声音。那东西猛然转过身来，在床边站了一小会，它举起双手，粗哑地吼叫道："被你拿走了！"……

说到这儿，迈密勒斯王子殿下（我觉得，他会把这故事讲得更为简短的）大叫一声，冲着在场年纪最小的宫女扑去，而宫女则以一样尖声的大叫回应了他的举动。赫米温妮王后殿下即刻把他给拦住了，压制着自己的笑意，狠狠地教训了他。王子脸颊通红，都快要哭了，他要被送去睡觉了。不过，在被他欺负的宫女——她此刻已经从惊吓中恢复了——的求情下，他最终获准留到他惯常的休憩时间为止。等到那时，他也已经恢复了情绪，在向诸位道晚安时宣称，自己知道一个比这个可怕三倍的故事，一旦有机会他愿意马上讲述。

老　鼠[1]

　　"如果此刻你穿过卧房的话，就会看到褴褛发霉的床单如海浪般上下起伏着。""因为什么而上下起伏？"他问道。"哈，因为底下的老鼠啊。"[2]

　　不过真是因为老鼠吗？我要问，因为在另一个故事中，并不是老鼠。这故事我没法给出具体的发生时间，我是在年轻时听到的，而讲这故事的人那时已经老了。故事的结构不太好，但这是我的错，不是他的。

　　故事发生在索福克郡临近海岸的某地。那地方的道路常突然出现下坡，又突然来个上坡；当你往北走去时，在道路陡坡的顶上，路左边立着一座房子。那是座高大的红砖建筑，相对它的高度而言显得有些窄。房子大概建于一七七〇年，正面的顶部是一堵三角形的山墙，中间有一扇圆形的窗户。房子后面则是马厩和下房，这些设施后面则是个像模像样的花园。房子附近长着些参差不齐的苏格兰冷杉。从此处延展开去，是一片长满金雀花的土地。透过这房子正面的高层窗户，可以望见远处的大海。门前立着根杆子，上面挂着招牌；或者说曾经有这么根杆子，因为虽然曾经这是一所有些名气的旅馆，我想现在它已经不是了。

　　一个晴好的春日，我的熟人汤姆森先生来到了这家旅馆，那时他还

1　本篇最初发表于《随意》（一本伊顿的杂志）1929年3月23日刊上，后重印于辛西娅·阿斯奎思女士选录的《战栗集》中（伦敦：哈奇森，1929）以及《M.R.詹姆斯鬼故事集》中。本篇的标题故意取得有些误导性，因为故事中没有真正的老鼠参与其中，无论是现实的或超现实的。很有可能，这篇小说灵感来自于开头那段狄更斯的作品片段。

2　出自查尔斯·狄更斯的短篇小说《汤姆·梯德勒的土地》（《一年到头》圣诞刊，1861）。

是个年轻人。他从剑桥大学来到此处，渴求在不错的地方独自待待，有些时间看看书。这都得到了满足，因为是旅馆老板和老板娘亲自服务，可以让住客舒适，而且旅馆里别无他人住宿。他要了一间二楼的大房间，可以望见马路和风景，不过，房间朝着东面，这可就没办法了。旅馆建得很合理，里头很暖和。

他过了几天风平浪静、闲逸舒适的日子：早上做研究工作，下午则去周围的乡野勘探，傍晚喝着当时流行的白兰地兑白水，和村子里的人或者旅馆里的人聊聊天，之后再看会儿书或写会儿东西后，便上床睡觉了。如果他在可自由行动的这一整个月内都如此度过的话，那他会感到心满意足的：他的工作进展顺利，那一年的四月又是如此美妙。我有理由相信，奥兰多·威索克拉夫特编年著作的天气记录中是将其称作"魅力之年"[1]的。

他有次散步时，沿着北边的路走了走，那条路位于高地上，穿过了一片广袤的公地，人称石楠荒野。在光亮的下午时分，当他刚决定朝这个方向走时，瞥见了一个白色的东西，就在路左边大约几百英码外的地方，他觉得有必要去看看那会是个什么。没过一会儿，他就站在了那东西旁边，发现自己看到的是一个白色的方形石块，从样式上来看，石块朝天的那一面有个洞，像是个柱子的基座。如今你在塞特福德荒野[2]上也能看到类似的石块。看了看这石块之后，他观赏了一下周围的景致。他望见一两座教堂塔楼，一些村舍的红色屋顶以及在阳光下闪闪发光的窗玻璃，还有一大片海。海上偶尔也会有白光闪过。之后他就继续散步了。

傍晚时分，他在旅馆吧台闲聊时问起，为何公地上有块白色石头。

"那个东西，很古老了，"老板（贝茨先生）说道，"那石头早在我们出生前就放那儿了。""是这样的。"另一个人说道。"那石头在可高的地方了，"汤姆森先生说道，"我猜以前上面有个航标。""啊！是的，"

---

1 是指奥兰多·威索克拉夫特（1810—1893）的《1856年天气记录》（伦敦：斯威特出版社，1857）。他还有几本类似的著作，比如《英格兰的气候》（1840）以及《1846年极度异常炎热的夏天》（1846）。

2 荒野位于塞特福德郡城外。塞特福德为诺福克郡一座城市，位于贝里·圣埃德蒙兹以北十二英里处。作者在《索福克和诺福克》中写道："我此刻不会讨论塞特福德，只不过会停下来插一句，距离贝里大道不远处，在西边，你或许可以望见荒野上的一方石块，我一直认为那是个绞刑架的基石。显然那地理位置挺适合土匪强盗的。"

贝茨先生赞同道，"我听说人们在船上就能望见那石头；不管上头曾经立过什么，时间那么久了，也早就无影无踪了。""这也算是好事，"第三个人说道，"据老人们以前所说的，那不是个幸运的标志；我的意思是，对捕鱼可不是好事。""为什么不是啊？"汤姆森问道。"嗯，我自己可不知道，"回应如是，"不过他们有些好笑的传说，我的意思是，古怪的传闻，那些老家伙啊。如果是他们把那东西搞掉的话，我可不会感到惊讶。"

话说到这儿，已经够清楚的了。大家平时也不算健谈，此刻都沉默了。之后是贝茨先生先开的腔，而主题已经变成了村子里的事情以及庄家事儿了。

汤姆森可不会为了活络身心每天都去乡间散步。某个天气晴朗的下午，三点钟时，他正在奋笔疾书。他伸了伸懒腰，站了起来，走出了自己的房间，来到走廊里。面朝他的是另一个房间，旁边就是楼梯口，过去则是另外两个房间，一间朝着旅馆背面，另一间则朝南。走廊的南端有一扇窗户，他走了过去，心里寻思着，浪费了大好下午真是可惜。不过，此刻工作是第一位的；他想自己就休息个五分钟，然后再接着干活。这五分钟可以用来——贝茨夫妇应该不会反对的——看看走廊里的其他房间，他可还从没看过。似乎旅馆里空无一人，这是很有可能的，因为今天是赶集日，他们都去镇上了，除了吧台上或许还留了个女仆外。整个房子都非常安静，太阳晒得人热热的；窗玻璃上赶早的苍蝇嗡嗡吵闹着。于是他开始探索了。对面那房间平凡无奇，不过有一幅老旧的贝里·圣埃德蒙兹的版画；与他房间同一边、紧邻着的两个房间，明快而清爽，每个房间各有一扇窗户，而他的房间则有两扇。最后还剩西南角的一个房间了，就在他刚进去过的那房间对面。这房间锁着门，但是汤姆森处于一种不可抑制的好奇情绪中，而且他很有信心地觉得，如此易达的一个地方不会有什么害人的秘密。于是他过去拿了自己房间的钥匙，当发现这没用时，他便把另外三个房间的钥匙收了过来。其中一个钥匙插进去了，他打开了那扇门。这房间有两扇窗户，分别朝南及朝西，因此里头非常光亮，太阳晒得里面热烘烘的。地上没有地毯，只有光秃秃的地板；墙上没有图画，也没有洗漱台，只有一张床，放在最里面的角落里。那是一张铁床，上面有床褥和枕头，盖着一张蓝幽幽的方格图案床罩。这房间正如你想象的那样，毫无特色，不过里头有什么东西让汤姆森非常迅速却又轻声地把门关上了。实际上，他靠在走廊的窗台上，全身都在颤抖。原来是，在那床罩下，有个人躺着，而且不单是躺着，还在扭动着。可以肯定那是个人而不是个物件，因为枕头上清清楚楚的有个人头形状，不过整个头都盖着床罩。除了死人，可没有人会盖着头躺着；但这个人没有死，没有真正的死去，因为他在扭动、颤抖。如果他是在黄昏时，或跳闪的烛光中看见这场景的话，汤姆斯就会安慰自己，说一定是自己胡思乱想。但在这么亮晃晃的大白天里，这是不可能的。他该怎么办呢？首先，无论如何先锁上这门。他极其小心地靠近了那房门，弯下腰屏息细听着；也许里面会传来一阵沉重的呼吸声，他就能有个合乎常理的解释了。里面完全没有声响。他用颤抖的手将钥匙塞进锁孔，转动钥匙，门锁咔哒了一下，就在那一刻他听到有一阵布料在地上拖动的声音，有东西正在靠近房门。汤姆森如脱兔般飞奔回了自己的房间，把房门给锁上了，他知道这样是徒劳无功的，难道门和锁还能挡得住他心里想的那种东西吗？但那一刻他能想到的就只有这个办法了，而且也没发生什么事情；只不过有一会儿他极度担心，之后又痛苦得不知该如何是好。当然他第一反应就是这旅馆里竟有这样的住客，尽快逃离才是。可是就在前一天他还说自己至少会再待上一个星期的，他要如何改变计划，又不至于被人怀疑自己偷窥了无权进入的地界呢？更何况，贝茨夫妇要么就是完全清楚这个住客的存在，而不搬离这房子；要么就是对此一无所知，等于是说没有什么好害怕的；还可能是他们知道这事情，只不过将那房间锁上，却并未在心上觉得有何异样。无论是哪种情形，似乎都没有什么好害怕的，显然目前为止他在旅馆里也没有什么不快的经历。综合考虑，最简单的应对措施是继续住下去。

好了，他待满了整个礼拜。他无须经过那扇房门，白天安静的时候或者夜晚的时候，他都会在走廊里站一会儿，听了又听，但没有任何声音从那个方向传来。你可能曾想过，汤姆森会尝试着挖出和这家旅馆有关的故事传说——不太可能是从贝茨夫妇那里，但有可能是从教区牧师，或者村里的老人那里。但是他没有，那些遇到过古怪事情，而且对这种事情笃信不疑的人常常会在事后对此三缄其口，对汤姆森而言也是如此。然而，随着他剩下的时间越来越少，他对于此事件就越来越渴求有个解释了。他独自散步时便一直在想办法，找一个最不冒失的方法，趁白天时分再去那房间看看，终于他想好了计划。他乘坐下午的火车离开，大概四点钟发车。在他的行李都放上马车，等待出发时，他要去楼上最后查看一下自己的房间，看看是否有什么东西落下了，然后用房门钥匙——他会给它涂上油（搞得像会有用似的！）——再一次打开那个房间的门，就一小会儿，然后再锁上。

这计划实施顺利。他付清了账单，行李正在装上马车的当儿，他就和店家寒暄了一阵："这乡野真怡人——非常舒服，谢谢您和贝茨夫人——希望以后再回来住。"一方说道。另一方回道："先生，很高兴您能满意，我们尽力而为——听到您的赞许很是高兴——天气那么好，真是运气好。一定要回来啊。"接着，他又说道："我得上去看看，以防我落下本书什么的，不用，你们别麻烦了，我一下就回来。"他尽可能悄无声息地走到了那房门前，打开了门。他的胡思乱想破灭了！他差点笑了出来。原来床边支着，或者你可以说是坐着的只是一个稻草人而已！当然是从花园里搬来的稻草人，被扔在了一个废弃的房间里……是啊；不过这时，欢快意味消散了。稻草人会有赤裸裸瘦骨嶙峋的脚吗？它们的头会软趴趴地撒在肩上吗？它们会站起来，晃动着脑袋，双手紧靠在两侧，如此生硬地颤抖着穿过房间吗？

汤姆森大声地关上了门，冲到了楼梯口，连滚带爬地下了楼，随后昏厥了过去。醒来时，他发现贝茨正弯腰看着他，手里拿着个白兰地瓶子，表情充满责备意味。"先生，您不该这么干的，您真不该这样。对于尽力为您服务的人做出这种事情，实在不是善举。"汤姆森听到了这些话，但他已经不记得自己回了什么。贝茨先生，甚而贝茨夫人，都难以接受他的抱歉，也不相信他的保证，他说不会往外说一句破坏旅馆好名声的话。不过，他们还是接受了。由于此刻已经赶不上火车了，因此他们安排车子送汤姆森去镇上过夜。在他走之前，贝茨夫妇和他说了他们仅有的一点信息。"有人说他很早以前是这里的地主，他和强盗集团是一伙儿的，在这里为非作歹。正因如此，人们说他最后的下场便是被用铁链绞死，就在那个你看见石块的地方，上面曾经立着绞刑架。是的，我相信是渔民们把绞刑架给拆了的，因为他们出海时能望见，那东西导致鱼儿都不过来这一带，他们是这么认为的。是，我们是从之前拥有这所房子的人那儿听来的。'你把那房间锁住,'他们说,'但别把那张床挪出来,你就不会遇到麻烦。'就没别的了,他一次都没有跑出过房间,虽然没人知道他现在会干出什么事来。总之,我们搬来此处后,您是我知道的第一个见到他的人。我自己都没去看过,我也不想看。自从我们把仆人房改在马厩那边之后,在这事儿上就没遇到过问题。我只是希望,先生,您能谨守秘密,请考虑下我们旅馆会遭受多少非议。"诸如此类,云云。

保守秘密的承诺坚守了很多年。我最终听到这个故事的情形是这样的:当汤姆森先生前来和我父亲小住时,我负责带他去房间,他没有让我打开房门,而是自己走上前,亲手把房门一把推开了,接着他拿着蜡烛在门口站了一会儿,仔细地观望着房间内部。然后他似乎恢复了神智,说道:"请见谅。很是荒唐,但我不得不这么做,因为一个特别的缘由。"几天之后我听说了这个缘由,此刻你也已经听说了。

球场天黑后[1]

　　时间已经不早，夜色尚算不错。我止步在距离绵羊桥不远的地方，只有水坝湖的水声[2]破坏这寂静，我正沉思着的时候，头顶上一阵大声的鸣叫吓了我一大跳。受到惊吓总是让人很恼火的，不过我一向善待猫头鹰。这只猫头鹰显然离我很近，我环顾四周寻找了一圈。就在那儿，胖乎乎地立在一根大概十二英尺高的树枝上。我用手杖指着它，说道："刚才是你吗？""放下手杖，"猫头鹰说道，"我知道这不单单是根手杖而已，我不喜欢。是的，刚才是我。如果不是我的话，你觉得会是谁呢？"

　　我们读读上面这些话便可推知我有多惊讶了。我放下了手杖。"好吧，"猫头鹰说道，"怎么了？你若在今日这般的仲夏夜晚来到此处，还想遇着什么？""请原谅，"我说道，"我该早记得的。请允许我说今夜遇着你，我觉得自己运道很好！希望你有时间小聊一会儿？""好吧，"猫头鹰很没礼貌地回道，"我不知道今晚是如此打紧。凑巧我已经吃过晚饭了，如果你话不是很多的话……啊！"突然它尖叫了起来，猛烈地拍动着翅膀。它往前倾着身体，爪子紧紧抓住树枝，继续尖叫着。显然有东西在后面使劲拉它。那拉力突然缓了，猫头鹰差点翻了个跟头，它拍打了一圈，全身的羽毛都竖了起来，朝着一个我看不见的东西恶狠狠地啄着。"哦，我感到抱歉，"一个轻轻的却很清晰的声音诚恳地说道，

1　本篇最初发表于《公学岁月》（一本伊顿杂志）1924年6月28日刊，后收录于《M.R.詹姆斯鬼故事集》。这是作者作品中第一篇明确发生在伊顿公学的，另一篇是则是《哭嚎之井》。本篇在风格和氛围营造上与作者所著的少年幻想作品《五个罐子》（1922）非常接近，后者里也有一只会说话的猫头鹰。标题中的球场是指公学东北角的球场，球场的西南角与教务长花园接壤。

2　指罗姆尼水坝湖，伊顿公学绵羊桥上流水域。水坝湖指的是因为水坝或堰坝挡了水流的前行而形成的水体。

"我确保下那羽毛是不是松的。真心希望没有伤到你。""没有伤到我？"猫头鹰愤恨地说道，"你当然伤到我了，你心里很清楚，你个小异教徒。这羽毛可没松到……哦，如果我能抓到你的话！别的我不知道，总之你搞得我差点摔倒。你为什么就不能让人安静地坐个两分钟呢，你总是要偷偷爬上来……唉，总之，你这次是这么干了。我该直接去总部，然后……"（发现自己在对着空气说话）——"嗨，你现在去哪儿了？哦，真糟糕，这家伙！"

"天啊！"我说道，"恐怕这不是你第一次被这样打搅吧。我可否询问发生什么事情了？"

"可以，你可以问，"猫头鹰说道，说话的时候依旧仔细地张望着，"不过我要到下礼拜后半周时才能告诉你。想想看，有人过来拉别人尾巴上的羽毛！把我弄得可疼了，真的。而且我很想知道这是为了什么？回答我！这是为了什么缘由？"

我想到的只有低声嘀咕出："看见我们这些伶俐的小精灵们而惊骇的猫头鹰。"[1] 我觉得这话不会被听到，没想到猫头鹰尖锐地问道："说什么呢？是的，你无需重复。我听见了。我来告诉你事情根源是什么，你注意听我说的。"它朝我倾过身子来，点了很多次它那圆圆的脑袋，低声说道："傲慢！冷漠！事情就是这样！不要靠近我们的仙后[2]"（这话的语气有些酸涩的蔑视之情）。"哦，千万别！我们对他们那种人而言还不够好。虽然我们自古以来都被誉为田野间最佳歌唱家：哈，不是吗？"

"好吧，"我很是怀疑地说道，"我很愿意听见你们的叫声。不过，你知道吗，有些人想到的总是画眉和夜莺之类的；你一定听说过这话，是吧？还有，也许——当然我不清楚啦——也许你唱歌的风格在他们看来不是很适合伴舞吧，嗯？"

"我真心还不希望呢，"猫头鹰昂首挺胸地说道，"我们家族可从未向舞蹈妥协，以后也永远不会。哼，你在想什么呢！"它继续说着，脾气越来越大，"如果我去坐在那儿朝他们打嗝，那可是件美事。"它停了下来，朝周围、上下好奇地张望了一圈，接着更加大声地继续说道：

[1] 语出莎士比亚剧作《仲夏夜之梦》第二幕第二场6—7行。
[2] 语出《仲夏夜之梦》第二幕第二场12行。

"那些个小样的先生女士们。如果那对他们而言不合适，我可以肯定他们也不称我心意。而且（脾气更急了），如果他们因为在跳舞或继续着他们的愚蠢行径，而希望我不要发出声音，那他们想错了，我会告诉他们的。"

根据之前发生的事情，我担心它这立场可能有些草率，我猜对了。那猫头鹰刚刚最后一次点完头表示着重意味，便有四个瘦小的东西从上面的树枝上落了下来，转瞬间那只不幸鸟儿的身体就被某种类似草绳的东西套住了，它被人抓上了天，朝校董池塘[1]方向而去，它还在大声抗议着。我匆忙赶过去时，听到了池水飞溅的声音，还有咯咯声，以及冷酷的尖笑声。有东西从我头上飞快地跑走了，当我站在一片混乱的池塘边俯望时，一只极度生气又邋里邋遢的猫头鹰笨重地爬上了岸。它站在我脚边，抖了抖身子，拍了拍翅膀，嘶嘶地嘘着，有那么几分钟它没有说出任何值得我复述的话语来。

它盯着我，终于开口道——它声音中那种凶残的、被压制的怒火使得我迅速地往后退了一两步——"听到了吗？它们说很是抱歉，把我错当成了鸭子。哦，这种事足以让任何人都发狂，以至把方圆几英里内的东西都撕成碎片。"它被怒火冲昏了头，即刻就着手干了起来，它连根拔起了一嘴的草，结果！草溜进了它的喉咙，把它呛得哟，我实在担心它会呛爆血管。不过它掌控了这突发状况，猫头鹰坐了起来，眨巴着眼睛，虽透不过气来，但毫发无损。

似乎需要说些表示同情的话语。然而我对这种话是很吝啬的，因为我觉得在它现在的精神状况下，最好心好意的话都会被这鸟儿理解为新一轮嘲讽。于是乎我们站在那儿，望着对方，十分尴尬地沉默了几分钟，这时发生了些分散注意力的事儿。先是凉亭里传来单薄的钟声，接着是城堡院中更为低沉的钟声，后面是勒普顿塔楼钟声，它离得较近，因此盖过了晚钟塔楼[2]的钟声。

"什么声音？"猫头鹰突然刺耳地说道。"我觉得应该是午夜钟声

1　校董池塘位于球场东北角，就在绵羊桥西面。

2　勒普顿塔楼以罗伯特·勒普顿（1504—1535 担任教务长）命名，当年是他下令建造此塔的。勒普顿塔位于伊顿公学校园东面，样式华美。城堡院以及晚钟塔楼是与附近的温莎城堡有关联的建筑。

吧。"我回道，还特意查看了下手表。"午夜?"猫头鹰叫了出来，显然很是惊讶，"我全身湿透，连一英码都飞不了! 听着，你把我拾起来，放到树上去; 先别，我自己爬上你的腿，可别想着我还能干第二次。快点!"我遵命了。"你想到哪棵树上?""嗨，当然是我的树啊! 那边!"它朝校墙点了点头。"好吧，你是说坏凯尔克斯¹树嘛?"我问道，开始朝那方向奔去。"我怎么会知道你们用什么蠢名字来称呼它? 那棵看着树身上有道门似的树。快点走! 它们一会儿就要来了。""谁? 什么事啊?"我边跑边问道，双手抓着这个湿漉漉的家伙，心里很是担心自己会摔倒在长草地上，一下扑在它身上。"你很快就能见到了，"那自私的鸟儿说道，"你只要让我爬上那树，我就会没事的。"

我想应该是这样的吧，因为它很快抓着树干爬了上去，双翅大开，一句感谢之词未说便消失在了一个洞里。我环顾四周，心里很不舒服。晚钟塔楼还在演奏圣大卫乐曲²，随后跟着是一串钟声，这是第三次也是最后一次奏响了，不过其他的钟铃已经履行完职责了。此刻，一片静谧，那"无休无止流淌的水坝湖"³再一次成了唯一破坏——不，是进一步加深了——这静谧的声响。

那猫头鹰为何如此急着要躲起来? 这缘由自然是此刻让我惊恐的东西。无论是什么或者是谁正在来临，我肯定的是，此刻不是我穿过露天球场的好时机。我应该躲在树的阴影后面，尽量不被发现。这正是我所做的。

这些都发生在几年前了，就在夏日开始前。我有时候仍会在夜晚去到球场里，不过我会在午夜真正来临前回去。而且我发现自己不喜欢天黑后凑人群里——譬如六月四号的焰火会⁴。你能瞧见——不，你看不到，不过我能——那些奇诡的脸庞，脸庞的主人如此古怪地掠过，常常

---

1 凯尔克斯（Calx）是伊顿公学墙式足球运动中的术语，其指校墙头上的两个区域（位于球场的西北头），在那儿很可能进球。坏凯尔克斯位于斯劳那一端，或者说是面朝斯劳路的那一头。

2 圣大卫乐曲是对《圣经》中《诗篇 I》所配的音乐。

3 此引言出处未知。

4 6 月 4 日是伊顿的校园演讲日，以庆祝国王乔治三世的生日。乔治三世对伊顿公学及其学生关怀有加。但事实上他的生日是 1738 年 5 月 24 日。当天的庆祝活动包括从校董河洲至瑟利大堂的船队行，以及在球场对面的焰火表演。

在你不经意间出现在你手肘下，它们正仔细地盯着你的脸，好像是在找什么人似的——我觉得如果它们没有找到他的话，那人可得谢天谢地了。"它们是从哪儿来的？"嗯，我觉得，有一些是从水里来的，有一些则是地下爬出来的。它们看上去像是那样的。不过我肯定的是，最好装作没看见它们，也不要碰它们。

是的，相较天黑后来到球场的东西，我自然更喜欢白天球场上的人儿。

哭嚎之井[1]

一九——年，有那么两位来自一支名校童子军队伍的成员，分别叫做阿瑟·威尔考克斯及斯坦利·贾金斯。他们同一年级，住在同一幢宿舍里，在同一个童子军师中，自然也同属一个童子军分队。他们长得很像，以致那些与他们打交道的师长们时常会遇到些焦心、麻烦，甚至惹人生气的事儿。不过，唉，他俩在内心里可是多么不同的两个人，或者说，男孩啊！

阿瑟·威尔考克斯走进大厅时，校长抬起头露出微笑。"诶，威尔考克斯，如果你继续在这儿待很久的话，我们的奖学金基金可要赤字了！喏，这本装帧精美的《肯主教的生平与功绩》[2]给你，我以此对你及你出众的双亲致以衷心的恭喜。"还有，当他穿过球场时，教务长[3]也注意到了他，教务长停下了脚步，对教务次长[4]说道："这孩子的眉毛长得很是特别！""是的，确实，"教务次长应道，"这表明他不是天才就是脑

---

1 本篇最初是以单独的小册子出版的（磨坊出版社，1928），后收录于《M.R. 詹姆斯鬼故事集》中。故事发生地设在多塞特郡的沃巴罗湾附近，文中以"D（或Y）郡中美丽的W（或X）区域"代指，伊顿公学的童子军曾于1927年驻扎此处。当年7月27日，作者在此处为他们朗读了这篇故事。《伊顿公学编年》中作者的讣闻（1936年6月18日）中提到，当作者读完这篇故事后，"由于故事发生地与驻扎地非常邻近，因此有几个孩子夜不成寐"。本篇较《球场天黑后》更为充实丰满，或许是作者未收录进四本鬼故事分册中的故事里最有分量的一篇。里面男学生的形象塑造地很丰满，恐怖场景背后透露出淡淡的黑色幽默。

2 并无此标题的著作。作者有可能是指《托马斯·肯的……著作》（1721，四卷本），或者是两本传记：W.L. 鲍尔斯的《托马斯·肯的生平》（1830），或约翰·拉韦康特·安德森的《托马斯·肯传》（1851）。肯（1637—1711）曾为巴斯及韦尔斯主教（1685—1691），但其作为不矢忠派（1689不愿对荷兰执政威廉及其妻子玛丽宣誓忠诚的人）而被削去此职。

3 教务长：伊顿公学是由教务长（provost）为首的理事会管理的，理事（fellow）及教务长任命校长，代行管理职责。

4 当时的教务次长为休·V·麦克纳滕（1862—1929），其著有《伊顿公学五十载》（1924）。其与作者并不十分合拍。

积水了。"

作为一名童子军，威尔考克斯将每一个他参与竞争的徽章和荣誉都拿到手。厨艺徽章、地图绘制徽章、救生徽章、拾起碎报纸徽章、离开学生寝室时不大声关门徽章，以及很多其他的徽章。关于这救生徽章，在我们谈到斯坦利·贾金斯时，我可能会多说几句。

你若听说以下这些事，也不会觉得惊奇：霍普·琼斯[1]先生在每一首他的歌曲后面都加了一句特别诗句，用以表扬阿瑟·威尔考克斯；副校长将装在精致的猩红色盒子中的良好品行奖章颁给他的时候，热泪盈眶。这奖章是由三年级全体一致投票给他的。我是说一致通过吗？错了，有一个人不赞成，那就是小贾金斯[2]，他说他这么做是有充分的理由的。他好像是和他哥哥住一个房间的。这么多年来，阿瑟·威尔考克斯是第一个，目前为止也是唯一一个既担任官费生又担任自费生[3]队长的男孩，履行这两个职位的职责加上学校平时的学习工作带给他的压力十分大，以至于当你听说他的家庭医生建议说，他必须要彻底休息六个月，并周游世界一圈时，也不会太过惊奇。

追溯他是如何获得这么多令人眼花缭乱的成绩，这会是个不错的任务；不过现在我们说够阿瑟·威尔考克斯了。时间紧迫，得转头讨论一个很不一样的主题了：斯坦利·贾金斯——大贾金斯——的生平。

斯坦利·贾金斯和阿瑟·威尔考克斯一样，也吸引着学校管理层的注意，不过吸引的点可是很不一样。副校长面无笑意地对他说道："什么，又是你，贾金斯？你的品性中几无毅力可言，孩子，你到时候会为来到这所学校而后悔的。听着，把那个，还有这个拿着，你该感到庆幸自己没招惹上那个啥的！"又是贾金斯，在教务长穿过球场时，引起了他的注意，因为一个板球以相当大的力道砸到了他的脚踝，不远处传来一声喊叫："传球，谢谢！""我认为，"教务长说道，停顿了下，揉了揉自己的脚踝，"那孩子最好自个儿过来拿球！""是的，确实，"教务次长

1 威廉姆·霍普–琼斯是数学讲师及童子军领队老师。
2 小贾金斯即使斯坦利·贾金斯的弟弟，在后文中，又以大贾金斯指代斯坦利·贾金斯。
3 自费生是自行负担学费杂费，并住宿在镇上的学生；与其对应的是皇家奖学金获得者，或称官费生，他们有奖学金支持，并住宿在伊顿公学宿舍里。自费生与官费生之间时常有矛盾，作者曾是一名官费生（1876—1882）。

说道，"如果他走得够近的话，我会尽全力给他点颜色看看。"

斯坦利·贾金斯作为一个童子军，除了那些他坑了其他分队导致他们未能获得的徽章外，可从未获得过徽章。在厨艺比赛中，有人发现他竟然往隔壁竞争队伍的荷兰炖锅中放炮仗。在针线活比赛中，他成功地将两个男孩的衣服紧紧地缝在了一起，他俩站起身时，后果是灾难性的。他无资格获得整洁徽章，因为仲夏时节天气炎热，上课时，他总是不听劝阻，要将手指插进墨水里。据他所说，是因为墨水比较凉快的缘故。他能捡起一张废纸的话，那一定是已经扔了至少六次香蕉皮或者橘子皮了。老妇人一看见他走近，便眼含泪水地恳求他不要将她们装了水的桶抬过马路，因为她们十分清楚结果会是怎样的。不过斯坦利·贾金斯在救生比赛中的行为才是最应受责备的，而且影响亦最为深远。你知道的，那比赛的做法是：选出一个肥瘦合适的低年级男孩，让他穿戴整齐，手脚都绑起来后，将他扔进布谷鸟水坝湖[1]中最深的地方。之后童子军要负责救出他，并计算时间。每次斯坦利·贾金斯参加这个比赛，他就会在关键时刻发生严重的痉挛，导致他在地上打滚，嘴里喊着救命。这自然就将在场之人的注意力从水中男孩身上分散开了，如果不是阿瑟·威尔考克斯，那可就要伤亡惨重了。实际上，副校长觉得要采取果断措施，宣布比赛必须暂停。不过这没奏效，比斯利·罗宾森先生[2]指出，每五场比赛中，实际上只有四个低年级男孩会遭殃。副校长说他很不想干涉童子军的相关工作，但这些孩子中的三个是他合唱团的重要成员，他和雷博士[3]都觉得，这一损失造成的不便要多过这个比赛带来的益处。再者说，和这些孩子们的父母通信亦非常烦人，甚至让人感到痛苦：他们开始对于他习惯发送的印刷文本感到不满，其中不止一位家长实际到访过伊顿，他们的抱怨浪费了他很多时间。因而救生比赛现在已经成为了过去式。

简而言之，斯坦利·贾金斯可没帮童子军增光彩，常有传言说，有人通知他可以从童子军队伍退役了。拉姆巴特先生很拥护这个主张，不

---

1 布谷鸟水坝湖：在伊顿公学沃德草地下面，是不会游泳之人的戏水地。

2 A.C. 比斯利·罗宾森和朱利安·拉姆巴特（后文有提及）是童子军的主要带队老师。

3 H.G. 雷是合唱团指挥，负责教授音乐的男老师。

过最终还是温和的劝解取得了胜利，管理层决定再给他一次机会。

于是，在一九——年的仲夏假日之初，我们在童子军营地上又见到了他。童子军驻扎在 D（或 Y）郡中美丽的 W（或 X）区域。

那是个晴好的早晨，斯坦利·贾金斯和两个朋友——他仍然是有朋友的——在高地上躺着晒太阳。斯坦利趴在地上，双手撑着两颊，望着远方。

"我在想，那是什么地方。"他说道。

"哪里？"另一个人说道。

"下面田地上一大丛树那儿。"

"哦，啊！我怎么会知道那是什么？"

"你为什么想知道啊？"第三个人说道。

"不知道。我喜欢那地方的样子。那叫什么啊？你们都没带地图啊？"斯坦利说道，"还好意思自称童子军！"

"地图在这，行了吧，"维尔福瑞德·皮普斯奎科[1]说道，显得很是机智，"地图上标注了那个地方。不过这是在红圈儿里面的。我们不能去那儿。"

"谁理这一个红圈儿啊？"斯坦利说道，"你那张蠢地图上没有写地名啊。"

"好吧，你可以问这老伙计，如果你那么想知道它叫什么的话。""这老伙计"是一位年长的牧羊人，他刚上得高地来，此刻便站在他们后面。

"早上好，年轻人，"他说道，"你们可赶上好天气了啊，是吧？"

"是的，谢谢，"阿尔杰农·蒙特莫伦西说道，他的礼貌是与生俱来的，"您可否告诉我们那边的树丛叫做什么？里头是个什么东西呢？"

"我当然可以告诉你们啊，"牧羊人说道，"那里，便是哭嚎之井。不过你们没必要感到紧张。"

"里头是口井吗？"阿尔杰农说道，"有谁在用那井？"

1　皮普、斯奎科和维尔福瑞德是 1919—1946 年间三个出现在《每日镜报》上的漫画角色，它们分别是企鹅、狗和兔子。

牧羊人笑了。"上帝保佑，"他说道，"这地方无论是人还是羊都不会去用哭嚎之井的，我住在这儿那么些年都没人这么干过。"

"那么，今天这个纪录就要被打破了，"斯坦利·贾金斯说道，"因为我要去那井里取些水来泡茶！"

"老天爷啊，年轻人！"牧羊人声音中透着惊讶地说道，"可千万别说这种话！唉，你们老师难道没提醒你们别去那边吗？他们应该那么做的。"

"嗯，他们说过。"维尔福瑞德·皮普斯奎科。

"闭嘴，你个蠢货！"斯坦利·贾金斯说道，"那井怎么了？水不好吗？无论如何，煮沸了就没事了。"

"我不知道那水是不是有大问题，"牧羊人说道，"我只知道，我的老狗不肯穿过那片田地，更别说我自己，或者其他稍微有点脑子的人了。"

"他们更多蠢货，"斯坦利·贾金斯即刻粗鲁地、又语法混乱地说道，"有人去了那里之后遭受伤害吗？"他加了句。

"三个女人和一个男人，"牧羊人沉重地说道，"现在给我听好了。我了解这地方，但你不了解，我能告诉你的便是：在过去的十年间，没有人在那田地上放过羊，上头也没长过庄稼——但那地其实挺肥沃的。从这儿就能看得清清楚楚，现在里头全是荆棘、植物吸根还有各种各样的垃圾。你有望远镜，年轻人，"他对维尔福瑞德·皮普斯奎科说道，"你反正用望远镜就能看见。"

"是的，"维尔福瑞德说道，"不过我看见里面有足迹。肯定有人偶尔会走进那里。"

"足迹！"牧羊人说道，"我相信你！四条足迹：三个女人和一个男人。"

"什么意思，三个女人一个男人？"斯坦利说道，第一次转过身子来看着那牧羊人（他一直背对着牧羊人说话，直到此刻，他真是个没教养的孩子）。

"意思？唉，我是说：三个女人和一个男人。"

"他们是谁？"阿尔杰农问道，"他们为什么到那里去？"

"可能有人能告诉你们他们是谁，"牧羊人说道，"不过那些人在我出生前便已去世了。那几个人为何要去那儿，可不是人类能知道的。不过我听说，他们活着时可都不是善类。"

"天啊，这事真古怪啊！"阿尔杰农和维尔福瑞德喃喃低语道，不过斯坦利却是一副冷嘲热讽的样子。

"什么，你不会是说它们都是死人吧？什么鬼话！你们相信这种话，得有多蠢。我很想知道，有人见过它们吗？"

"我曾见过，年轻人！"牧羊人说道，"就在这高地上，我近距离地看到过他们，我的老狗如果能说话的话，它会告诉你，它也跟我一起见到了。那是在下午四点左右，和今天很相似的一天。我看到他们，一个个从灌木丛中向外张望，然后站了起来，慢吞吞地沿着那些足迹朝中间那棵树，也就是那井所在的位置走去。"

"他们长什么样子？和我们说说吧！"阿尔杰农和维尔福瑞德渴望地说道。

"碎布裹白骨，后生们，他们四个都是，颤动的碎布和惨白的尸骨。我似乎都能听到他们走动时，骨头在咔咔作响。他们走得很慢，不时地左右张望。"

"他们的脸是什么样的？你当时看得见吗？"

"他们可没什么脸，"牧羊人说道，"不过我似乎可以看到，他们是有牙齿的。"

"啊！"维尔福瑞德叹道，"他们到了树边之后做了什么？"

"这我可说不出来了，先生，"牧羊人说道，"我当时可没想待在那儿，即使我留下来了，也还得去找我的老狗啊，它撒腿跑了！它以前可从没弃我而去过啊；可它那次真是跑了，而且后来我找着它时，它都不认得我了，差点跃过来咬我喉咙。但我不停跟它说话，过了一小会儿，它记起了我的声音后，就凑了过来，像个乞求原谅的孩子似的。我可再也不想瞧见它那副样子了，对其他狗也是。"

那条狗跟着他一起过来的，正在到处凑热闹，它抬起头望着主人，对主人所说的话充分表示了赞同。

男孩们在听了这些话后，静默了一会儿，之后维尔福瑞德说道："为什么叫它哭嚎之井呢？"

"如果冬日傍晚黄昏时分，你在这附近的话，你就不会想问为什么了。"牧羊人就说了这么一句。

"行吧，我可是一个字都不信，"斯坦利·贾金斯说道，"我一有机会就去那里，不去就是小狗！"

"你就是不听我的劝言？"牧羊人说道，"那些警告过你不要去那儿的老师的话你也不听？行了吧，后生，我说，你神志清楚的话就不会想这么干的。我刚才跟你说的难道是假话不成？谁去那块田地上跟我都没半毛钱关系。我只不过不忍心看着一个年轻人在身强力壮时早夭而已。"

"我盼着对你而言，那比半毛钱可要值钱，"斯坦利说道，"我想你在那儿说不定藏了威士忌或别的什么东西，所以不想让人靠近。我觉得你在胡说八道。走吧，你们这几个家伙。"

于是他们起身走了。其他两个男孩和牧羊人说了"晚安"以及"谢谢"，斯坦利则什么都没说。牧羊人耸了耸肩，站在原地，很是难过地望着他们离去。

在回营地的路上，他们针对这件事情又进行了卓绝的争论，其他两人非常直白地告诫斯坦利，如果他去哭嚎之井的话，那他真是个彻头彻尾的傻瓜。

那天傍晚，在各种提示通知中，比斯利·罗宾森先生问道是否所有地图上都标志了红圈。"注意了，"他说道，"不要越进红圈里。"

有几个人——其中包括声音阴沉的斯坦利·贾金斯——问道："为什么啊，老师？"

"因为就是不行，"比斯利·罗宾森回道，"如果对这回答你们不满意的话，我可没办法了。"他转过身与拉姆巴特先生低声说了几句，然后说道："我能说的如下：我们被告知，要警告你们远离那块田地。毕竟他们让我们在此扎营已经很好了，至少我们得遵守他们的规定吧——我相信你们都同意这话吧。"

除了斯坦利·贾金斯，所有人都说："同意，老师！"斯坦利则在喃喃自语："听他们的才见鬼了呢！"

第二天晌午过后，我们听到如下对话。"威尔考克斯，你们的帐篷都在这里了吗？"

"没有，老师，贾金斯的不在！"

"这家伙真是有史以来最邪恶讨厌的东西了！你认为他去哪儿了呢？"

"我想不出来，老师。"

"其他人知道吗？"

"老师，如果他去了哭嚎之井，我可不会感到吃惊的。"

"刚才谁说话？皮普斯奎科？什么是哭嚎之井？"

"老师，就是那块田地里……嗯，老师，那井就在那片荒田里的树丛中。"

"你是说在红圈里面？老天啊！你为什么觉得他去那儿了？"

"嗯，因为昨天他非常着急着想知道那地方，我们和一个牧羊人聊过天，他和我们说了很多关于那井的事情，并劝我们不要去那里。但贾金斯不相信他，他说他一定要去。"

"小蠢货！"霍普·琼斯先生说道，"他随身带了什么吗？"

"有，我想他带了些绳子和一个罐子。我们确实和他说过，他去那儿的话，就是个傻瓜。"

"小畜生！他这么折磨我们究竟是为了什么！唉，快，你们三个跟我一起去，我们必须找到他。为什么有些人就是不能遵守最简单的命令？那牧羊人对你们说了什么？别，别等了，我们一边走一边说。"

他们出发了——阿尔杰农和维尔福瑞德快速地说着，另外两位则越听越着急。终于，他们来到了高地的一个山坡上，正好可以俯望那片前一天牧羊人说起过的田地。从山坡上可以完整地望见那地方，立在虬枝交错的苏格兰冷杉丛中的井清晰可见，也可以看见那四条在荆棘和野草间蜿蜒前行的足迹。

这是个天气晴好，热浪习习的日子。大海望着像是一块金属地板。一丝风的气息都没有。他们爬上山坡顶时全部都筋疲力尽了，于是一下子就躺在了热烘烘的草地上。

"还没有看到他，"霍普·琼斯先生说道，"但我们必须在这停一下，你们都已经累坏了，更别说我了。仔细盯着点。"歇了一会儿，他继续说道："我觉得看见树丛里有动静。"

"是的，"威尔考克斯，"我也看到了。看……不，那不是他。虽然确实有人，他们抬起了头，是吧？"

"我想是的，不过我不确定。"

沉默片刻。接着，威尔考克斯说道：

"那是他，非常肯定，他正在远侧跨篱笆。没看见吗？拿着个亮闪闪的东西。那是你说他随身带着的罐子吧。"

"是的，是他，他直接朝树丛走去了。"维尔福瑞德说道。

就在这时，一直专心盯着看的阿尔杰农突然尖叫起来。

"那沿着足迹动的是什么？在地上爬行——哦，是个女人。哦，别让我盯着她看！别让这事发生！"他翻过了身，抓着草皮，想把自己的头埋进草里。

"别吵！"霍普·琼斯先生大声说道，但这没奏效。"听着，"他说道，"我必须到那儿去。你驻守在这儿，维尔福瑞德，照顾好这个同学。威尔考克斯，你尽快跑回营里去，找些帮手过来。"

他们两人便都走了。维尔福瑞德独自与阿尔杰农待在了一起，他尽全力安抚他，不过他自己也确实没比他开心多少。他时不时地朝山下以及田地里望望。他看见霍普·琼斯先生正快速靠近那里，接着令他大为吃惊的是，他看他停了下来，往上以及周围望了一圈后，便快速转弯走了！这是为什么呢？他望着田地，发现了一个可怕的东西——一个穿着黑色破布的东西——黑布中戳出个白花花的东西，也就是她的脑袋，倚在一根又瘦又长的脖子上。它的头半隐半遮在一顶全然没了形状的黑漆漆的太阳帽里。那东西用瘦骨嶙峋的手朝正在往前走的施救者挥舞着，似乎是在赶走施救者。就在这两人之间，空气似乎都在摇晃波动，他从未见过这种景象。当他这么望着时，也开始觉得自己脑子有点迷糊晃悠，这让他想知道，对于离那东西更近的人而言，那效果又会是怎样的。他迅速地朝别的地方看了看，发现斯坦利·贾金斯正以很快的速度朝树丛走去，很有一番童子军做派：显然他是小心择路的，以避免踩到嘎吱作响的草木或被荆棘枝叶勾住。虽然很明显他自己什么都没看到，但他疑心会有埋伏，因此努力走得悄无声息，维尔福瑞德可全看在眼里，而且他看到的更多。他的心突然非常难受的一沉，他瞥见树丛里有个人正在等待着，还有一个人——另一个穿着可怕黑衣的东西——正从田地的另一方向沿着足迹慢慢靠近着，并且左顾右盼的，正如牧羊人所说的。最糟糕的是，他看到了第四个——这一个毫无疑问是个男的——

就在倒霉鬼斯坦利身后几码远的地方，它正从树丛中站起来，似乎看着很痛苦。它也沿着足迹爬了起来。那悲惨的受害者所有方向的出路都被堵死了。

维尔福瑞德全无办法了。他冲到阿尔杰农身边，摇了摇他。"起来，"他说道，"快喊！最大声地喊。哦，如果我们有哨子就好了！"

阿尔杰农振作了起来。"这儿有一个，"他说道，"威尔考克斯的，肯定是落下了的。"

于是乎一个人吹着哨子，一个人尖叫着。声音穿过静谧的空气，传递了出去。斯坦利听到了，他停了下来，转过了身去。接着传来了一声尖叫，这尖叫凄厉可怕的程度是山坡上任何一个男孩的喊叫都比不过的。太晚了。斯坦利身后蜷伏着那东西扑了过去，抓住了他的腰。那个站着挥手的可怕女人，又再一次挥起了手臂，流露出狂喜之意。那个潜伏在树木间的则缓步往前走了过去，她也伸出了双臂，想要抓住朝她走来的什么东西似的；离得最远的那一个，加快了步伐朝中间走去，欢快地点着头。两个男孩在可怕的沉默中目睹了这一切，他们看见那男的和他的受害者之间的恐怖挣扎，几乎不敢呼吸。斯坦利用他的罐子砸那个东西，那是他仅有的武器。他头上的黑色破帽子的边沿掉了下来，露出一块白色的头骨，上面污渍斑斑，那污渍可能是一撮撮发丝。此时，其中一个女的已经抵达他们那儿，她正在拉紧卷在斯坦利脖子上的绳子。他们很快就占了上风，可怕的尖叫声减弱了，他们三个走进了冷杉树丛中。

或许再等几分钟，营救队伍就可能回来了。霍普·琼斯先生快速跨着步子赶回来，突然他停了下来，转过身去，似乎揉了揉眼睛，接着开始朝着田地跑了过去。而且，那两男孩看了看他们身后，看到的不单是一个军营的人翻过附近高地从营地跑了过来，而且牧羊人也正沿着山坡往上跑。他们召唤他，大声喊叫着，朝牧羊人跑过去了几码距离后又跑了回来。他调整了下自己的步伐。

他俩再一次朝田地望去。毫无动静。或者说，树丛里是有什么东西吗？为什么树木顶上有一团雾气？霍普·琼斯先生爬过了篱笆，正在灌木丛间穿梭。

牧羊人站在他俩身旁喘着气，他俩跑了过去，抓住了他的手臂。"他们抓住他了！在树丛里！"他们只说得出这些话了，并且不停地说着。

"什么？你们的意思是昨天我说了那么多之后，他还是跑那儿去了？可怜的后生家啊！"他本要说更多的，不过其他人插进了话来。营地里过来的救援队伍到了。匆忙几句话后，大家都冲下山去了。

他们一走进那田地便遇到了霍普·琼斯先生。他的肩上扛着斯坦利·贾金斯的尸体。他发现贾金斯被吊在一根树枝上，便割断绳子救他下来，他前后摇晃了他一阵，发现他身体里一滴血都没了。

第二天，霍普·琼斯先生拿着把斧子出发了，他立图把那树丛里的每棵树都给砍了，并且把田地上的所有灌木都给烧了。他回来时，腿上有一道深深的割伤，斧子则只剩下个破斧柄。他连火星子都点不起来，他在树上连一丝砍痕都留不下。

我听说现如今哭嚎之井田地上的常住人口包括三个女人、一个男人以及一个男孩。

阿尔杰农·德·蒙特莫伦西以及维尔福瑞德·皮普斯奎科所经受的惊吓十分严重。他俩即刻便离开了营地；这件事无疑给还留在营地里的人造成了阴影——虽然影响在逐步减退。其中最早恢复情绪的人之一是小贾金斯。

先生们，以上，便是斯坦利·贾金斯的生平故事，同时也间带了一部分阿瑟·威尔考克斯的生平故事。我相信，这故事以前未有人讲述过。如果它有寓意的话，我相信那寓意是不言而喻的；如果它没什么寓意，那么我也不知道该怎么说了。

实　验[1]

一个新年前夜的鬼故事

（故事结尾有完整说明）

牧师霍尔博士正在书房里补写本年度的教区记事录条目。他的习惯是，在受洗礼、婚礼以及葬礼举行时，他会在一本纸簿子上记录下来，然后在十二月的最后几天工整地誊抄在置放于教区档案柜里的牛皮本上。

这时女管家走进了书房，显然很是焦虑。"哦，先生，"她说道，"您肯定想不到，可怜的乡绅去世了！"

"乡绅？乡绅鲍尔斯？你个妇人，胡说些什么呢？嗨，我昨天才刚刚——"

"是的，我知道，先生，但事实就是如此。威肯姆执事去敲丧钟路上给我留下的信儿——不出一分钟您就会听到丧钟了。现在就来了，您听。"

千真万确，钟声刺破了寂静的夜晚——并不响亮，因为教区长住宅并不是直接毗邻教堂墓地的。霍尔博士立刻起了身。

"太糟糕了，惨啊，"他说道，"我必须即刻就去宅子见他们。他昨天看上去好转了那么多。"他停顿了下。"你有听说什么关于他病情严重到这个程度的消息吗？诺里奇并无什么消息啊。感觉很是突然。"

1　本篇最早发表于《晨报》(伦敦) 1930 年 12 月 30 日刊。本篇是作者在《M.R. 詹姆斯鬼故事集》付梓后，其生前便发表的两篇作品之一（另一篇为《无生命物体的恶意》）。故事的结局有些晦涩，因为作者描写的怪物的性质难以确定。

"没有，确实没有，先生，没有此类消息。威肯姆说，他是东西噎在喉咙里一时没缓过来。这确实让人觉得——好吧，我肯定，当时我都得坐上个一两分钟才行，听到这消息时我突然有种很奇怪的想法——据我了解，他们将会要求非常迅速地举行葬礼。有人不能忍受将冷冰冰的尸体放在宅子里的想法，还有——"

"嗯，好吧，我必须从鲍尔斯夫人她本人那儿或者约瑟夫先生那儿了解情况。可以把我的披风给我吗？啊，你能告诉威肯姆，我希望在他敲完钟之后见他吗？"他急匆匆地出发了。

一个小时后他就回来了，发现威肯姆在等着他。"有事儿交给你做，威肯姆，"他边脱下披风边说道，"而且时间挺赶的。"

"好的，先生，"威肯姆说道，"一定是去开墓室吧——"

"不，不，我得到的消息不是这样的。他们告诉我，可怜的乡绅之前命令他们不要将其置于高坛上。必须要是教堂墓地北面的一个土坟。"看到教区执事有种无法言喻的吃惊之感，他便停了下来。"嗯？"他说道。

"打断您了，先生，"威肯姆的声音显得很震惊，"我理解对了吗？不要墓室，您说，而且是在北边？这这！那可怜的绅士为什么一定要离经叛道呢？"

"是的，我也觉得很奇怪，"霍尔博士说，"不过不会错的，约瑟夫先生说这是他的父亲——我应该说继父——明确的遗愿，在他身体健康时，表达过不止一次。干净的泥土、开放的空间。你知道的，可怜的乡绅肯定是有自己的奇思异想，虽然这事儿他从未向我提起过。还有另一件事，威肯姆。不要棺材。"

"哦，天啊，天啊，先生，"威肯姆说动，更为震惊了，"哦，但这会让人传闲话的，这会的，而且莱特也得很失望！我知道他为乡绅寻觅了一些上好的木材，几年前就备好了。"

"好吧，好吧，也许他们家会用某种方式补偿莱特的，"教区牧师很不耐烦地说道，"你要做的是去挖好坟坑，准备好所有事宜——别忘了去莱特那里拿火把——明晚十点前准备好。我毫不怀疑，你这么急赶慢赶，麻烦兮兮的，是会得到补偿的。"

"好吧，先生，如果您的吩咐便是如此，我只能尽己所能去办妥了。我路上要不要去叫那些妇人到宅子去把尸体放置好，先生？"

"不用，这事儿，我认为——我确定——没人吩咐过。如果真需要她们的话，约瑟夫先生会去叫的。你不用去，你要做的事情已经够多的了。晚安，威肯姆。这个令人悲伤的消息传来时，我正在补抄教区记事录。我几乎没想过，会要加上这条现在必须添加的条目。"

一切都井然有序地办妥了。送葬队列点着火把从庄园里穿过，路过宅子，沿着石灰道往上，来到教堂所在的小山顶。整个村庄的人都到场了，还有在有限短短几个小时内通知到了的邻近村庄人士。大家对这么匆忙举行葬礼并未感到多么惊讶。

礼法规章可顾及不到了，也没人责怪伤心的遗孀急着将她的亡夫下葬。也没有人在送葬队伍中特意去关注她。她的儿子约瑟夫——她第一次婚姻时与约克郡的某个姓卡尔威特的人的唯一结晶——是主要的送葬人。

事实是，根本来不及通知到鲍尔斯乡绅那边的亲戚。遗嘱是在乡绅第二次婚姻时签署的，他把一切都留给了遗孀。

"一切"是什么意思呢？土地、房产、家私、画作以及餐具是显而易见的。应该还有些他积攒的钱币，然而除了代理人——都是诚实之人，不会侵占私产——手中的千百块钱之外，并未见到现金。但弗朗西斯·鲍尔斯常年维持上好的租金收入，支出又很少，而且他也没有吝啬的恶名；他家吃喝用度都不错，妻子和继子的适度花销也都得到支持。约瑟夫·卡尔威特读书时期都得到慷慨的财政支持。

那他对这些财富做了什么？搜遍了整个宅子也未发现有秘密窖藏；仆人中无论老幼，都无人说起曾在不寻常的时间和地点遇见过乡绅。什么线索都没有，鲍尔斯夫人和她的儿子都感到非常疑惑。某天傍晚，他们坐在客厅里，第二十次地讨论起了这个问题：

"约瑟夫，你今天又检查了他的藏书和文稿，是吧？"

"是的，母亲，书中没有机关。"

"他之前一直在写什么，为什么他总是写信给格洛斯特[1]的富勒先生？"

"呵，你知道他对于灵魂的中间状态有种诡异的想法。他和那个人就一直忙着讨论这件事。他最后写的东西是一封尚未完成的信件。我去

---

1 格洛斯特：英格兰西南部一城市。

拿过来……是的，又是老生常谈。

　　尊友，——我在我们的研究中取得了一些缓慢之进展，然我不知该信任这些作者到何种程度。最近我读到某人写道，在死亡后一段时间内，灵魂由某些鬼神掌控，譬如拉斐尔，及另一个叫纳尔斯[1]的，这名字我不确定是否读对。由于此一状态离生之状态甚近，因而向其祷告或可让死者前来告知生者一些事项。若召唤方式正确，则他必须到来，召唤方式在一个实验中列明。然一旦来临，并张开嘴巴，则召唤者有可能会听闻及目睹比隐藏的宝藏——召唤者最可能求告的内容——信息更多的内容。此实验将此条放置在所求内容之第一条。但最简易的方式便是将全文发送于你，我将其随信附上；此乃我从手头一本尊敬的莫尔[2]主教写的方术书中抄录的。

约瑟夫读到这儿便停了下来，盯着那信稿，并未发表议论。整整一分多钟，两人都没说话，之后鲍尔斯夫人将针穿过她手头的活计，盯着手上的针线活，咳嗽了下，说道："后面没有了？"

"嗯，没有了，母亲。"

"没了？好吧，这真是件奇怪的事情。你见过富勒先生吗？"

"有，在牛津，或许有一两次吧，非常文明的绅士。"

"我现在觉得，"她说道，"应该告知他发生了什么事情，他俩是亲密的朋友。是的，约瑟夫，你应该这么做，你知道该怎么说的。毕竟，这封信是要寄给他的。"

"您说得对，母亲，我立马就做。"他即刻便坐下来开始书写了。

诺福克到格洛斯特没有快速的交通方式。不过这封信还是寄去了，作为回信，一个较大的包裹被寄了回来。在大宅里那镶了饰板的客厅中，他俩进行了更多次的傍晚谈话。其中一次谈话的末尾，他们说道："如果你肯定的话，那就今天晚上吧，从田间小道走过去。呐，这块布

1　在次经《多比书》及《以诺一书》中，拉斐尔为代表上帝之七大天使之一。纳尔斯（Nares）在拉丁文中为"鼻孔"之意，显然是作者生造的。

2　约翰·莫尔（1646—1714）曾担任诺里奇主教（1691—1707）以及伊利主教（1707—1714）。他去世后，其两万九千本的藏书以及一千八百份的手稿皆由国王乔治一世购得，国王将其捐献给了剑桥大学。

你用得着的。"

"这是什么布，母亲？一块餐巾？"

"是的，这一类的吧，怎么了？"于是他穿过花园出去了，她站在门边，手放在嘴上沉思着。接着她的手垂了下来，她过了半晌才说道："我没那么匆忙就好了！那块布是用来盖尸体脸的啊，肯定是的。"

那是个非常黑漆漆的夜晚，春风呼啸着吹过黑沉沉的田野，风声大到可以盖过一切喊叫或呼唤的声音。如果确有什么呼唤声，至少是无声无息的，也没有任何回应，甚至没人注意到——目前为止。

次日早晨，约瑟夫的母亲很早就来到了他的房间。"把那块布给我，"她说道，"不能被女仆们发现。告诉我，告诉我，快！"

约瑟夫坐在床的另一边，头埋在双手间，他抬起头来，满眼血丝地望着她。"我们让他开口了，"他说道，"你到底为什么要让他的脸袒露着？"

"我有什么办法？你知道那天我有多手忙脚乱！你是说你看到他的脸了？"

约瑟夫只是呻吟了下，又将头埋进了双手中。接着他声音低沉地说道："他说，你也应该看看他的脸。"

她痛苦地吸了口气，抓住了床柱，整个人靠在了上面。"哦，他生气了，"约瑟夫继续说道，"他只不过是在等待时机，我肯定。在我听到底下传来类似狗吠的声音后，就几乎说不出话来了。"他站了起来，在房间里踱着步。"我们怎么办？他自由了！我在这儿一个晚上都不敢睡了。哦，你为什么要这么做？我们可以等的啊。"

"别吵了，"他母亲说道，她的嘴唇都干了，"你知道的，不仅仅是我，你也一样。而且，说这些还有什么用？听着，现在不过六点钟。我们有钱过河，它们跟不过来的。雅茅斯[1]离这儿不远，我听说，大部分的夜船都可以去荷兰。你去准备马，我很快准备好。"

约瑟夫瞪着她说道："这儿的人会怎么说？"

"说什么？唉，你不能和教区牧师说，我们获悉在阿姆斯特丹有财产，如果不去继承便会失去吗？去，快去。如果你没胆这么做，那今晚就继续躺在这儿吧。"他颤抖了下，便走了。

1　雅茅斯：应指诺福克郡一港口城市，在诺里奇以东二十英里处，位于雅尔河河口。

是日傍晚天黑后，一个船夫闹腾地走进了雅茅斯湾的一间小酒馆里，那里坐着一男一女，他俩身边放着马鞍挂包。

"你们准备好了吗，小姐和先生？"他说道，"船要提前开了，我另一位乘客已经在湾边等着了。你们的行李就这么些？"他说着便拎起了挂包。

"是的，我们轻装旅行，"约瑟夫说道，"你还有其他客人要去荷兰？"

"就那一个，"船夫说道，"似乎他的装束更是轻便。"

"你认识他吗？"鲍尔斯夫人问道，她把手搭在了约瑟夫手臂上，他俩同时在门前停了下来。

"怎么，不认识啊，如果他的脸不是藏在兜帽里，那我可能很快就能认得他。他说话的方式很奇特，我疑心你们会发现他认识你们，因为他说，'你快去……把他们带出来，'他这么说的，'我在这里等他们……'，现在他肯定正往这儿走来。"

在当时毒死丈夫是一项轻叛逆罪 [1]，犯有此罪之妇人会被绞死在刑柱上，并遭火焚。诺里奇的巡回审判庭档案中有一名妇人遭此刑罚的记录，随后其子被处以绞刑，法庭根据他们的招供判处他们有罪。判决是在他们的教区牧师在场时做出的，牧师姓名隐去不表，因为尚有隐藏的宝藏未被发现。

莫尔主教的方术书现存于剑桥大学图书馆，编号 Dd II,45，在第144页上，有以下文字：

> 一常证之为真之实验，可用于发现隐藏之宝藏、偷窃、杀人之罪行及任何其他事宜。去往一亡者之墓，于坟头处三呼其名，曰，汝，某，某，某，吾唤汝，吾命汝，吾令汝，以基督徒之名，汝暂离拉斐尔及纳尔斯大人，离此黑夜，速来告知吾隐藏某处之宝之确切所在。取近亡者头之坟上泥土，缝织于一麻布中，置于汝床头右耳之下，寐其上。无论汝于何处躺卧睡眠，是夜其且来，或梦或醒中将宝藏所在地诉诸汝。

1　英国法中从属者杀主的罪行，如仆人杀死主人，妻子杀死夫君，以及教士杀死主教等。

无生命物体的恶行[1]

　　"无生命物体的恶行"是我一个老朋友喜欢论述的话题，而且他也会举些例证。在我们所有人的生命中，无论长短，总在有些日子，一些讨厌的日子中，不得不沮丧、委屈地承认，整个世界都在和我们作对。我说的并不是亲戚朋友所组成的人情世界，详述人情世界的种种差不多是每一位现代小说家的天职。他们在书中称之为"生活"，根据他们的描绘那真是一团古怪的大杂烩。我说的不是这个，而是那些不说话不工作不开议会和研讨会的东西组成的世界。它包括诸如领扣、墨水台、火和剃刀之类的东西，以及随着年龄的增长，还包括了台阶上多出来的一级，你可能注意到它也可能注意不到。这些东西以及诸如此类的东西（因为我只说了其中很小的一部分而已）之间传递着信息，痛苦的一天就安排好了。还记得讲述公鸡和母鸡是如何拜访考伯斯乡绅的那个童话吗？它俩在旅途中遇见并挑选了一堆同伙。它俩用以下宣传语怂恿每一个同伙：

> 我们去往考伯斯乡绅家，
> 欠他一次拜访呢。

　　于是乎它们使得缝衣针、鸡蛋、鸭子、猫儿，很可能——关于这个我的记性有点不牢靠了——最后还有磨盘一道作伴。当它们发现考伯斯乡绅不在家时，它们在他家中各就各位，等待着他回来。他确实

1　本篇发表于伊顿公学杂志《假面舞会》1933 年 6 月刊上。与《老鼠》类似，这一篇的标题亦有些误导读者，因为文中并未说是无生命物体本身具有恶意，而是说这些物体是一起超自然恶行的中介而已。

回来了，毫无疑问，他在自己数量众多的产业上忙活了一天一定累死了。他的神经先是被公鸡刺耳的叫声给刺激了一下。他一屁股坐进了扶手椅上，结果被缝衣针给戳伤了。他想去水槽洗把脸，清醒一下，结果被鸭子溅了一身水。他想用毛巾擦干身体，却被鸡蛋糊了一脸。母鸡和她的同谋者还给他带来了其他羞辱，我现在记不清了，最后他因为疼痛和惊吓，有点发狂了，从后门跑了出去，结果被驻守在合适位置的磨盘砸得脑浆四溅。"确实，"故事的结尾语中说道，"考伯斯乡绅不是个坏蛋就是个非常倒霉的人。"[1] 我更倾向于接受第二种说法。故事中并无什么前情交代来说明考伯斯臭名昭著，或者说那些来访者有什么陈伤旧仇要报。这故事难道不是一个我将要讨论的"恶行"的惊人例证吗？我知道，实际上考伯斯乡绅的客人们严格说来，并不全是无生命的。然而，我们难道可以确定以下这则"恶行"的行凶者真的也是无生命的吗？有些故事似乎让这怀疑有了点道理。

　　早餐后，两名中年男子正坐在一个舒适的花园里。其中一位正读着当日的报纸，另一位则交叉着手臂，正在沉思之中，他脸上贴着块胶布，愁容满面。他的同伴放下报纸。"你，"他说道，"怎么了？早晨阳光明媚，鸟鸣阵阵。一点飞机和摩托车的声音都听不到。"

　　"嗯，"伯顿先生说道，"确实很好，我同意，但我今天可没好运气。剃胡子的时候我把自己割伤了，还把牙粉洒了出来。"

　　"啊，"麦纳斯先生说道，"有些人运气就是好。"他以此表达了同情之心后，继续看起了报纸。"啊呀，"片刻之后他惊叹道，"乔治·威尔金斯去世了！不管怎么说，你至少不会和他有瓜葛了。"

　　"乔治·威尔金斯？"伯顿有些激动地说道，"嘿，我都不知道他生病了。"

　　"这可怜的家伙再无病痛了。似乎是缴械投降[2]，结果了自己。嗯，"

1　这一段基本准确地复述了《格林童话》中《考伯斯先生》一篇的内容。引用的两句诗是作者自己翻译的，原文为："Als hinaus/Nach den Herrn Korbes seinem Haus." 格林兄弟的版本中，结尾时只说考伯斯先生是个坏蛋，并未说其为"非常倒霉的人"。

2　原文为 throw up the sponge，直译为"抛起海绵"。意味"投降、放弃比赛"。语出拳击比赛，在回合之间为拳击手用海绵擦拭身体的人，若抛起海绵，则意味着拳手放弃比赛。现如今"抛起毛巾"的说法更为常见。

他继续说道，"是几天前了，这里登的是死因研讯。他们说，他似乎一度非常焦急抑郁。我在想，因为什么呢？有没有可能是因为你和他有争议的那份遗嘱啊？"

"争议？"伯顿先生生气地说道，"毫无争议，他都无权介入其中。他一丁点证据都拿不出来。不是因为这个，有可能是很多其他事儿。不过天啊！我从未想过他会这么想不开。"

"我不知道，"麦纳斯先生说道，"我想，他确实对事很较真，难以释怀。好吧，我感到抱歉，虽然我没怎么见过他。他一定是忍受了太多痛苦，才会割断自己喉咙的。我根本就不会选择这种方式。呃！幸运的是，至少他还没有成家。这个，午饭前去周围散散步如何？我要去村里办点事。"

伯顿先生非常不甘愿地表示了赞同。或许他不愿让这一地区的无生命物体得到一个捉弄他的机会吧。若真是这样，那他想对了。他刚刚在台阶顶端差点被刮泥板绊了跟头；一根满是刺的树枝扫走了他的帽子，还划伤了他的手指；当他们在爬一处长满草的陡坡时，他大叫着彻底飞到了空中，踏踏实实地摔了个嘴啃泥。"到底怎么了？"他朋友边说边往上赶来，"就是一根大粗绳子！为什么——哦，我明白了——这绳子连着个风筝。"（风筝就在稍稍往上一点的地方躺着）"如果我发现了是哪个小畜生把这倒霉东西留在这儿的话，我会让他玩个够——不如我不给他玩，因为我不会让他再看见这风筝。这风筝还挺不错的。"正当他们走近时，一阵风把风筝给吹了起来，看起来似乎它坐在了自己的风尾上，用两只涂成红色的大眼睛望着他们，在眼睛下面则是三个大大的印刷字母 I.C.U.[1] 麦纳斯先生被逗乐了，他谨慎地检视了一下这东西。"有创意啊，"他说道，"这当然是某张海报的一部分。我明白了！原来海报上写的是 Full Particulars[2]。"伯顿先生却并不觉得好玩，他用手杖一把刺穿了风筝。麦纳斯先生觉得有些可惜。"可以说他是罪有应得，"他说道，"不过制作这风筝可是得花些时间的。"

---

1 英语"我看见你（们）了"的谐音缩写。
2 意为"明细"，麦纳斯是从风筝上的 ICU 三个字母推断出原本写的是什么单词，因此这两个单词在此处并无实际意义。

"谁花时间了?"伯顿先生尖锐地问道,"哦,我明白了,你是说丢风筝的男孩。"

"是的,当然了,还能有谁? 不过我们得下山了,我想在午饭前去送个信。"正当他俩转过一个街角走到主路上时,听见一个非常气闷低沉的声音说道:"小心点! 我来了。"他俩都停了下来,感觉像中枪了一般。

"那是谁?"麦纳斯问道,"天啊,我觉得我知道"——这时,他几乎大声笑了出来,他用手杖指了指,马路对面的一扇打开的窗户里,挂着个鸟笼,里面有只灰色鹦鹉。"我被吓了一跳,老天爷啊,也把你给吓了一跳吧,没有吗?"伯顿默不作声。"好吧,我一会儿就搞定。你可以过去和那只鸟儿交个朋友。"但当他重新回来找伯顿时,发现似乎这不幸的家伙根本不在一种可以和人或和鸟交谈的状态中。他走在前头,而且走得很快。麦纳斯在鹦鹉所在的窗前停了一小会儿,然后一边匆忙赶上前去,一边更加起劲地笑着。他边赶路边说道:"和鹦鹉聊得好吗?"

"不,当然不,"伯顿暴躁地说道,"我都没理那只畜生。"

"好吧,即便你尝试了,它也没法和你说太多,"麦纳斯说道,"刚才我想起来,他们把它挂在窗边好些年了,它都变蠢了。"伯顿似乎要说点什么,但憋了回去。

毫无疑问,对伯顿而言今天可不是出门的吉日。他在吃午饭时噎住了,弄坏了一个烟斗,被地毯绊了一跤,他的书还掉进了花园的池塘里。后来,有电话——也可能是托辞——叫他次日就回城里去,因而原本应该是一周的拜访便只能缩短了。整个傍晚他都非常阴郁,因而他并未明显感觉到麦纳斯先生的失望之情——通常活泼有趣的伙伴竟然变成了这样。

吃早餐时,伯顿先生几乎没有提起前一晚。不过他确实暗示说,他考虑去看一下医生。"我的手抖得厉害,"他说道,"我今天早上真是不敢剃胡子了。"

"哦,我很抱歉,"麦纳斯先生说道,"我的仆人本可以为你效劳的,他们可以很快就帮你捯饬好的。"

两人告了别。伯顿先生用了一些办法,也因为某些原因,为自己单独保留了一间车厢（那火车不是通廊型的）。但这些小心谨慎的行为根本无法阻挡愤怒的死者。

我不会用省略号或星号，因为我不喜欢它们。不过我要说，显然有人在火车上试着为伯顿先生剃了胡子，但做得不怎么成功。那人却对自己的行径很是满意，如果我们可用以下事实做出这一判断的话：伯顿先生胸前那一块曾经雪白的餐巾上，出现了血色的铭文，GEO.W.FECI.[1]

这些事实——若果它们属实的话——难道不能证明"无生命物体的恶行背后存在着一些有生命的东西"这一论点吗？更进一步，这些事实难道不能说明，当这种恶行开始显现时，我们应该格外小心地审视最近的品行是否有偏差，若有可能更要纠正之吗？最后，这些事实难道还不能让我们接受以下结论吗：和乡绅考伯斯一样，伯顿先生不是个坏蛋就是个超乎想象的倒霉鬼？

1 艺术品上常见的拉丁铭文格式，意为"本人乔治·W（威尔金斯）所制"。

短文一篇[1]

烦请你们想象一个乡村教区牧师宅邸[2]内的宽阔花园，它毗邻一片好几英亩的庭园。它与庭园之间被一条树木带隔了开来，树木带中皆是有些年份的树，我们称这条树木带为林场。林场只有三四十英码宽[3]。在围绕花园的小道上，有一道通向林场的紧闭着的大门，门是橡木劈成的。当你从那一边进入林场后，将手穿过一个木门上的方形孔洞，提起铁钩便能打开门，进入林场，走到庭园的铁门处。需要再说一句，从教区牧师宅邸的某些窗户——那些比林场树木稍微低一点的窗户——里，可以望见部分通向林场的小径，以及那扇橡木门。其中一些诸如苏

---

1 作者身后发表的第一个小短篇。最初发表于 1936 年 11 月的《伦敦导刊》行。编者志中写道：

《短文一篇》无疑是已故的伊顿公学教务长 M.R. 詹姆斯博士所著的最后一篇鬼故事，也许亦是其为报刊所写的最后一篇连贯的文字。此篇的来由如下。欧文·休·史密斯先生好心地恳请詹姆斯博士尝试着重新捕捉他写作《古文物专家的鬼故事》时的心绪，以使我可以有风格类似的作品刊登在《伦敦导刊》(1935)的圣诞号上。他回复说会尽力尝试。是年十二月十二日，他将稿件发送予我，稿件是用铅笔写的，寄自伊顿公学教务长宅邸，随稿附有以下信件：
　　我对于信封中的稿件甚为不满。它不仅迟到了，写得也短，而且写得很差。除了日渐显著的无能为力之外，有好几件事情都"共谋"使这篇稿子迟迟不能出炉。因而我恳请你们勿要使用此文，除非其中有一些我未发现的价值。
　　我寄出此稿，是因为欧文·史密斯先生嘱咐我写点东西。
　　当时此篇故事已来不及刊登在我们的圣诞号上了，而且一月刊也来不及了；因此商议决定，将此稿留至今年年末的某个月。
　　在付梓之际，我看到有通知说作者的《鬼故事》手稿（写作于大开页书写纸上）将在 11 月 9 日的苏富比拍卖会上展拍。《短文一篇》的手稿自然不在其中。和其他手稿一样，其也是写于划线的大开页书写纸上的。

本篇最主要的价值在于其直白的半自传特点，尤其是其中重述了作者年幼时的梦境，这一梦境有可能是引导他从事鬼故事写作的重要因素。
2 暗指作者小时候所住的利物米尔大宅，该大宅邻近贝里·圣·埃德蒙兹。
3 一英码约等于 0.9144 米。

格兰冷杉等的树木构成了宅邸周围的主要环境，它们都相当巨大，但并未营造出神秘的阴郁感或透露出一丝凶险的意味——没有什么东西令人产生忧伤悲戚的遐想。那地方覆盖得很好，树木间有些神秘的角落和隐蔽处，却无令人厌恶的萧瑟感或非常压抑的黑暗处。仔细想想，若有什么令人精神不安的事情与这般正常舒心之处有关联，确实会有些令人惊讶。而且，我们住在那里时，我们的孩童之心并未注意到任何有关古今不幸之事的回忆或传说；稍稍长大后，即使内心更加好奇，也未有过这种经历。

对我——即便对我亦是如此——它们是以一种格外欢欣向上的样貌存在的，守护着——虽不是严格意义上的，但满足了基本需要——我远离胡思乱想与恐惧。不过这样的守护却不能将所有闸门都关上。非要我说出第一次对林场大门产生某种不安感是哪一天的话，那我真是有点迷糊了。可能就在我去学校前的那几年，可能就在某个我记忆模糊的晚夏午后，我一个人在庭园里游荡了一阵后，正往回走着；我想起来，也可能是我刚从庭园喝完下午茶回来。总之我是一个人的，正当我拐过路口转到通往林场的小道上时，还碰到了某个往家走的村民。我们以"晚安"结束了对话，分道扬镳，当我大概一分钟后转过身去看他时，有些吃惊地发现他也站在那里看我。但我们没有说话，我又继续走路了。在我穿过铁门，刚走到庭园外面时，无疑夜幕已经降临，不过那时光线还算充足，我无法解答树木间是否有其他人出现这一疑问，而这疑问自然而然就产生了。对此我没法肯定地说"没有"，当然也不想说"有"，因为如果真有什么人在那儿，肯定不是干正经事的。确实，在类似小树林这样的地方里，很难肯定树干间没有人在偷偷望着你，当你前进时，他便四处移动，用树干挡住你的视线。我只能说，如果真有这样一个人，那他肯定不会是我的邻居或熟人，而且可推断出他裹着斗篷或者戴着兜帽。我想我可能比之前走得快多了，而且特意留心将林场大门给关上了。我也觉得那天傍晚之后，我一想到林场，心头便可能有种哈姆莱特称之为"疑虑"[1]的东西存在了。我似乎记得自己曾往面朝那个方向的窗外望去，想知道树木间是否会出现任何移动的物体。如果我看见了，也

---

1 词出莎士比亚戏剧《哈姆莱特》第五幕第二场 215—216 行"说来可笑，一些会使婆娘疑虑的琐事……"。

许我真看见过，并对保姆提到我的怀疑时，她只会回答我"胡思乱想啥呢"，接着就会勒令我迅速上床。

我已经无法确认，自己是在当天后半夜还是第二天后半夜，再一次望向了窗外。我望过月光下的草地，希望自己对于花园半遮半隐处有些动静的想法是错误的。但可以肯定的是，一会儿之后，我便开始做起了一些非己所愿的梦。实际上这些梦境让我十分担心，而且梦境的中心点都是林场的大门。

时光流逝，我很少遇到这种让我烦恼的梦。有个梦听着有些尴尬，梦中我刚洗完澡，正在让水汽散去。我打开了卧房门，走了出去，来到了一个人潮拥挤的铁路站台，我只得迅速编造出漏洞百出的理由加以解释，自己为何是这副可怜的衣衫不整状。但是这样的梦境并不令人惊恐，虽然可能会让人有些绝望，感觉没法再抬头做人了。然而，在我回想的那段时日里，确实有过这样的情况，当一个梦开始时我便知道那会是个噩梦，根本无法将它引向欢乐的一面。这种情况虽不频繁，但比我希望的要频繁得多。

我望向窗外时，园丁艾力斯有可能正干劲十足地捣鼓着耙子和铲子；其他一些熟悉的人因为一些无害的差事会从窗外走过来又走过去；不过我可不会掉以轻心。我可以觉察到，时辰快到了，园丁和其他人会收拾起自己的东西，踏上小道回家去，或者去到某个安全的外部世界。花园孤孤单单的——如果可以这么形容的话——或者说花园留给了不想要普通人作伴的那些住户，它们正等着可以悄悄宣布说"警报解除"。

也正是在此刻，周围的景致开始变得有些凶险；阳光失去了力量，替代它的是一种毫无生气的灰白色日蚀光亮，虽然当时我并不知晓这是日蚀，但几年后我回忆起来便醒悟了。这些景致使得逐渐占据我的那种预感更加强烈了，我焦虑地四处张望着，担心在某个角落里我的恐惧会变成一个有形的存在。我清楚应该朝哪个方向望去。显然在那些灌木后头，在树木之间，有些动静，是的，肯定有动静，而且速度快得超乎可能。现在这动静已不是在树木间了，已经到了通往宅子的小道上了。我还站在窗边，还没来得及让自己适应新的恐惧时就已经感觉到楼梯上有脚步声了，而且有一只手贴在了门上。一开始，这梦境就进行到这里；

对我而言这已经够受的了。除了知道梦境发展下去一定会很恐怖之外，我想不出下一步会是什么。

平心而论，有关我梦境的开头已经说够了。虽则这只是个开头，但我一次次地梦到它；我不知道有多频繁，总之频繁得使我极度厌恶一个人待在花园的那块区域里。我开始觉得，自己能够从那些需要经过那块区域去做工的村民的行为举止上察觉到，他们穿过某个地方时有种焦虑感，而且在他们走近庭园角落时，很乐意有人做伴。不过太过强调这个事情意义不大，因为我已经说过，我从未搜集到任何与这个地方有关的传说故事。

不过，我无法否认极有可能曾经存在过这么一个故事。

话说，我绝不能造成整个林场都是闹鬼之地的印象。里头有一些树木，非常适合攀爬以及躲在里头读书；那里有一段墙，你可以在它顶上走好几百英码，途经一些农家庭院和熟悉的房屋后，便来到了一条常走的马路上；一旦走到了庭园里，你便走出了令人疑心重重的地界——如果这样说太过分了，那应该说远离了一切让人想起林场大门的物事——庭园内自有其草木山水之乐。

我看着这几页稿子，想到，目前为止我们只提到了一些先兆，却几乎没写到实质性事件的来临，你们觉得雷声大雨点小也是合情合理的[1]。究竟我在很长时间内都三缄其口的那些梦的结果是怎样的呢？好吧，它是这样发展下去的。某个下午，天色既不阴暗也未显出凶兆，我正站在宅子楼上的窗边。全家人都出去了。我想方设法从一个废置房间的某个不显眼的架子上挖出了一本书，那书并不深奥，实际上只是一本杂志的合订本而已，里面有某部小说的一些篇章。我现在知道是哪一部小说了，但当时并不知晓，其中一个句子击中了我，我被吸引住了。黄昏时分，有个人在爱尔兰的一座古宅旁的孤寂小径上走着。作为一个想象力丰富的人，他突然被久未打理的古树树影中显露出来的、被他形容为"既透露着古怪恶意，又肃穆且若隐若现的老宅之虚幻景象"强烈地

---

1 原文为"恶魔在剪母猪毛时发的牢骚也是合情合理的"，语出丹麦谚语"魔鬼修剪母猪毛时说，没毛又吵闹"。意在讽刺承诺很多却无法兑现之人。词源应是《圣经》，亚比该的第一任丈夫拿八在剪羊毛，恶魔模仿它，剪起了猪毛。

吸引了注意力 [1]。这些语句足以引起我对于荒僻小径的胡思乱想了。我不可以避免地朝林场大门望去，心中怀着恐惧之情。那门如往常一样是关着的，贯通此门的小道上也没有人。但正如我片刻之前提过的，门上有一个方形孔洞，可以通到解锁的机关处；透过那个洞我可以看见一个白色的，或部分白色的东西，这让我大吃一惊，好似胸膈膜被人打了一拳一般。我可受不了这个，在勇气——其实更接近绝望——的驱使下，我决定，必须要知晓最糟糕的情况，于是我下了楼，用灌木丛作掩护——这自然是白费徒劳——往那边走去，我一直走到可以看清那头门和孔洞的位置。啊呀！事情比我担心的还糟糕，有一张脸正透过那个孔朝我这方向望着。这脸孔不似怪兽般，也不苍白，也不是毫无血肉或如鬼魅般。但我当时就觉得它充满恶意，现在依旧这么认为；总之那脸上有一双巨大的眼睛，大张着，一动不动。那张脸有些粉色，我当时觉得它一定很热，而且就在眼睛上方、它的额头上垂下来一块白色麻布的边缘。

　　这样一张脸从一个孔洞里盯着人看，这场景是有些吓人的，而且更具体地讲，如果它是盯着你看的，那更是吓人。如果那脸上的表情让人无从知晓接下去会发生什么，那么情况并不会有所改善。我刚才已说，我认为那张脸透着恶意，我确实这么认为，倒不是因为它明确表露出厌恶或威胁之情。事实上，那张脸毫无情感可言，我清醒地意识到，它瞳孔周围全是眼白，我们知道，这显示出一种癫狂的气质。这张一动不动的脸已经够我受的了。我逃走了，但走到我认为属于安全地带的区域后，我忍不住停下来，回头望了望。那大门的孔洞里并没有什么白色的东西，但却有一个裹在麻布里的东西在树木间拖沓地穿行着。

　　不要问我当我不得不再次面对家人时，是如何表现的。我因为看到某些东西而很烦恼，这一点已是非常明显的了。我非常肯定的是，自己

1　此一引文来自谢里丹·勒·法努的小说《墓园边的宅邸》。该小说曾连载于《都柏林大学杂志》（1861 年 10 月至 1863 年 2 月）上，1863 年出版单行本。引文来自第 11 章，原文如下："老宅虚幻的景象在她（老萨莉）眼前晃了一下。那景象有点古怪，透着些恶意，显得肃穆，若隐若现的，似乎那宅子因为羞愧和罪恶感躲进了那些高高的铁杉和荨麻之间的阴郁老榆树林里去了。"该小说刊登在杂志上时，引文中"肃穆"（sacred）一词印成了"害怕"（scared），有些专家认为这是正确的；但单行本中印为"肃穆"，而且詹姆斯在《短文一篇》及《有关鬼故事的一些评论》中的引文亦是"肃穆"，结合文意，"肃穆"更为合理。

并未尝试着向他们描述这事情。我为何懒得描述，现在已经没法解释了。毫无疑问这梦那么多年来有一种强大的力量，一直徘徊在我的奇思异想中。即便到了现在，我仍觉得穿过林场大门时要小心慎重。有些疑问时不时地烦扰着我：某些隐僻地界里是否还有些奇异生物出现呢？很久以前，任何人都可以看到它们；在它们平日的活动中，与它们交谈。现如今却只有悠悠岁月中的个别时刻才能与它们狭路相逢，意识到它们的存在。也许这景况对于单纯之人保持内心平静是有好处的。

芬斯坦顿女巫[1]

　　尼古拉斯·哈德曼和斯蒂芬·阿什是剑桥大学国王学院的两位研究员[2]，他们与同辈人一样，都是从姊妹学校伊顿公学升上来的。大约六岁至十六岁之间，他们都生活在伊顿公学。在我们遇着他们时，他俩已都是三十岁左右的男子了。哈德曼是一位林肯郡牧师之子，他父亲住在荒原上的索甘比[3]；阿什的父亲则是肯特郡奥斯普林奇[4]的一位自耕农。

　　哈德曼皮肤黝黑，严峻寡言，嗓音刺耳难听；而且林肯郡口音很重，此处无法再现他的口音。阿什则继承了肯特郡祖先的健全情智，但反应有些慢，他的同龄人认为他是"一位不错的朋友和一个糟糕的敌人"。他们两人都是牧师会的，我们可以猜想，他们都希望在适当的时候可以获得一份学院里的受俸圣职，然后结婚，生养一两个儿子，一个很可能会继承父亲的事业；另一个则可能回归土地，成为一个无欲无求的好农民。

　　我说的是，我们或许可以推测他们的心愿是以上这般的。因为此乃彼时学院研究员中大部分人所做的未来规划。不过在哈伍德所著的《校

1　本篇在作者生前并未出版发表。最初发表于《鬼怪与学者》第12期（1990）。作者的手稿收于剑桥大学图书馆。学者罗斯玛丽·帕多重新检查了手稿，整理了本篇文稿，其准确度较之前版本更高。经其允许，本书才得以收录其整理的版本。本篇是作者在《我曾尝试写作的鬼故事》所提及的故事中唯一完成的。小说成功营造了18世纪早期剑桥的氛围。但其中的一些历史细节有矛盾之处，如果作者有时间润笔，想必这些错误都会得到修正。故事开端说明发生时间为安女王统治时期（1702—1714），然而其他一些细节（见文中相关注释）则显示时间应该更早。但故事成功运用了巫术及魔法元素，这些历史细节也不必太过深究了。

2　在英国的大学及公学（中学）里，fellow一词在学校管理层中是"理事"的意思，而在学生中则是指由特定经费资助，进行一定学科研究的研究员，他们通常有些名气，享有优渥的待遇。后文中的scholar，译为"公费生"，以示与"自费生"（commoner）的区别，后者需要自行负担学杂费，而前者则有奖学金支持。"优等自费生"（fellow-commoner）则是指交付两倍学杂费的自费生，他们可以享有一些与研究员类似的特权。

3　荒原上的索甘比：现在名为索甘比，是林肯郡的一个村子，位于格里姆斯比西南方八英里处。

4　奥斯普林奇：肯特郡的一个村子，位于法弗舍姆西南方一英里处。

友录》[1] 这本书中，有一段记录显示出他俩抱有很不一样的想法。这使我想到，或许讲一讲他俩的冒险故事及其后续影响是有价值的。

我已经不止一次提及"彼时"，但还没有说他们生活在哪个时代。那时，安[2] 坐着英格兰、苏格兰、爱尔兰和法兰西的皇位，詹姆斯·罗德里克博士[3] 是伊顿公学的教务长，理事们在他和艾萨克·牛顿[4] 之间挑选了他。受人缅怀的奥兰治亲王、国王威廉三世[5] 想把牛顿推上这个位置，但国王学院的理事提出，他们是有选举权的，而且教务长宅邸亦被伊顿的副校长——他以"四冲头"之一而著称——占用着。而艾萨克·牛顿爵士则住在三一学院巨庭大门[6] 上方的天文台里，流传甚广的传说云，爵士常温柔地责备他那名为钻石的狗儿，抑或在自己房门上开个洞，以供他的大猫或小猫进出[7]。你可能会觉得，那时候的大学是个快快乐乐、懒洋洋的地方。但话说回来，由于国教危在旦夕[8]，学校里的人又沉浸在剥夺彼时三一学院院长理查德·本特利[9] 学位的兴奋感中，大学之中想必不会缺少课余活动的。而且学校外面自然也比现在活动丰富。帕克公园[10] 中有鹬鸟可猎，那一大块阴郁的积水沼泽是许多怪异禽鸟的出没地，更别提那儿的其他住户了，也许某一天我会找机会谈谈它

---

1 托马斯·哈伍德（1767—1842）著有《伊顿校友录》（1797）一书，里面对 1443—1797 年间伊顿的校友做了描述性的记录。

2 安女王（1665—1714），又译安妮女王，大不列颠王国女王，1712 年至 1714 年在位。

3 显然是弄错了查尔斯·罗德里克的名字，其先后担任伊顿公学校长（1680—1689）、教务长（自 1689）以及国王学院副院长等职位。

4 艾萨克·牛顿（1643—1727）：英国物理学家、数学家、天文学家及自然哲学家，万有引力及牛顿三大运动定律提出者。

5 奥兰治亲王、国王威廉三世（1650—1702）：英格兰、苏格兰及爱尔兰国王，登基前为奥兰治亲王及荷兰执政。1688 年 11 月 5 日，威廉罢黜岳父詹姆斯二世及七世（其为苏格兰詹姆斯七世，英格兰则称为詹姆斯二世），与妻子玛丽共同入主英格兰，确保了新教政权，史称"光荣革命"。

6 三一学院巨庭（Great Court）是剑桥大学三一学院的主要庭院，由托马斯·纳维尔院长兴建于 17 世纪初。

7 牛顿爵士自 1667 年起便担任国王学院理事，直到 1695 年。据称他有一条名为钻石的狗儿，偶尔会踹倒蜡烛，将牛顿的一些手稿烧毁。每每遇到此种情况，牛顿据说都会责备道："哦，钻石！钻石！你可不知道自己干了什么好事。"但这个故事是在牛顿去世近五十年后才流传开来的，因此几乎可以肯定是杜撰的。而且牛顿很可能并无宠物。

8 安女王的父亲詹姆斯二世及七世信奉天主教，其抵制新教势力，后被女婿荷兰执政威廉罢黜。但安女王登基后，其一直无子嗣存活下来，导致天主教势力又有所抬头。

9 理查德·本特利（1662—1742）是同时代最伟大的古典学者，其于 1699 年升任剑桥三一学院院长。1714 年其因解雇埃德蒙·米勒（一个拥有医学研究员资格的大律师）而遭到起诉。诉讼延续多年，期间剑桥大学投票决定剥夺本特利的学位以及皇家神学教授席位（其于 1717 年自行授予），国王乔治一世于 1722 年恢复了他的学位。

10 为英国剑桥的一块公共绿地。

们的。

开场白就到这儿吧。我们必须要回去讨论那两个家伙了——恐怕他们都并非善类，他俩是非常亲密的朋友；但是剑桥大学里，或者说甚至国王学院内部，也没几个人可以说和他俩任何一个的交情深过点头之交的。他们住在小礼拜堂北边国王学院旧楼的一个房间里，他们出门时房门总是紧锁的。那个年代里，研究员，甚至公费生都不会随意走进对方的宿舍并轻松热情地享用起烟草和威士忌兑水。实际上，日常生活的范围仅限于礼拜堂、饭厅和研究员会客厅。

有关哈德曼和阿什消磨"课余时光"的方式，人们只知道他俩会一起出去散很长时间的步，回来后则抽着显然很劣质的烟草。

十月份的一个晴朗下午，一系列事件开始了，或者更恰当地说，应该是厄运之门开启了，这些事件应该可以显示出尼古拉斯·哈德曼和斯蒂芬·阿什是什么样的人。我们可以肯定，小礼拜堂的礼拜仪式是下午三点进行的，我们这两位朋友都在场，他俩坐在面对面的座席上，盯着对方。尖声刺耳的无踏板管风琴为飘飘忽忽无精打采的唱诗班伴奏着；唱诗班正唱着一首布洛博士[1]新作的领唱赞美诗，唱诗声中罗德里克教务长的打鼾声清晰可闻。接近四点钟时，管风琴师塔德威博士[2]以一曲自己创作的进行曲结束了这场心不甘情不愿的集会。唱诗班成员匆匆忙忙跑去三一学院进行类似的表演去了。男孩们则跑回各自在镇上的住处去了。教务长漫步回到了他的宅邸，那时教务长宅邸位于小礼拜堂的最东端。研究员和公费生则穿过北边的一块区域，手压着自己的帽子——强劲的西风吹得黄叶乱飞——走进了学院旧庭，准备去饭厅就餐。我想晚餐定是粗茶淡饭的，而且大家都静默寡言。教务次长以及三四个师长坐在高台上的一张桌边；文科硕士[3]——哈德曼及阿什亦在其中——则和优等自费生坐在第二章桌子上，学士、本科研究员及公费生则占据着另外两张桌子。饭厅里可能有五十人左右。晚餐无甚可说，大概持续了

---

1 约翰·布洛（1649—1708）：英国著名作曲家及管风琴家。
2 塔德威博士（1650？—1726）自 1670 年起担任国王学院的管风琴师直至去世。但 1706 年后他的职权大幅受限，因为他随意议论安女王。他亦是一位作曲家，搜集记录了大量自宗教改革起至安女王驾崩前英国的教堂音乐。
3 博士、硕士及学生均为学位，而本科生、研究生（包括攻读硕士和博士的）则为学历。

四十分钟；之后研究员回到了他们的会客厅而公费生则回了各自的房间。这些人我们不必关注，但我们可以看看师长们的动静。他们坐在一张大桌子旁，没穿礼服，桌上放着一细颈瓶的葡萄酒（我不知道是波尔图[1]酒还是波尔多[2]酒，这得看梅休因爵士什么时候跟葡萄牙签的条约了）[3]，他们就聊了起来。

"贝茨先生，你今天骑马去了哪儿啊？"格林先生说道。

"只去到芬斯坦顿[4]。"

"芬斯坦顿。就是上礼拜淹死了一个女巫的地方吗？那时布兰福德爵士刚好骑马经过。"（他是马尔博罗公爵的儿子及继承人，是一个优等自费生，这之后没多久他便去世了。）[5] "爵爷他有些头脑发热，想去解救那个老东西。是否造成了骚乱？抹大拉学院[6]的道奇森[7]是那片的牧师，不过我怀疑，如果他不搬走的话，没有人会搬家的。那是个败坏了的地方，芬斯坦顿，就在去往亨廷登[8]的路上。"这话是格林先生说的，他对垄断谈话别有技巧。

"好吧，说实话，"贝茨说道，"我没听说这件事，不过在我骑马经过时，听到了葬礼的丧钟，我又正好遇到道奇森，据我判断，他刚喝完啤酒抽完烟，在朝教堂墓地走去。他确有透露一些与你刚才所说的事情相符的信息。请问，你听说那人名字了吗，格林？叫做盖尔平或者吉布森吗？她名字里是有字母'G'吧？"

"吉布森？吉布森嬷嬷！我敢打赌就是这名字！他们把她给淹死了？"好脾气的格林说道，"这些沼泽地上的乡下人真是凶狠啊。我认为验尸官应该调查，巡回法庭审判后肯定得有一打人被判处绞刑，除了

1　葡萄牙一红酒产区。

2　法国一红酒产区。

3　外交官约翰·梅休因（1650—1706）及其儿子，保罗·梅休因爵士（1672？—1757）先后担任英国驻葡萄牙大使，1703 年他们与葡萄牙签订了一系列外交及商业条约。这些条约使得英国在 18 世纪垄断了葡萄牙的贸易，其中包括对波尔图酒的进口。

4　芬斯坦顿是剑桥郡（剑桥市属于剑桥郡）的一个镇，在圣艾夫斯以南二英里处，在剑桥市西北方十英里处。

5　作者将马尔博罗（Marlborough）的拼写改成了 Marlboro，但应该暗指的便是约翰·丘吉尔，马尔博罗公爵一世（1650—1722），英国著名的武官，他的长子约翰（又名杰克）是布兰福德侯爵一世（1686—1703），其因感染天花于 1703 年 2 月 20 日去世。

6　剑桥大学的一个学院。

7　此为虚构人物。

8　亨廷登是英国英格兰剑桥郡的一座城市。亨廷登在历史上是亨廷登郡的郡治，为奥利弗·克伦威尔的出生地。

道奇森的教区外，其他教区都会这样做的。主啊！可那人除了什一税 [1] 和他的啤酒，什么都不关心。"

"道奇森之前，那片教区是马修斯 [2] 管的，"贝茨说道，"那时候，发生过四次要淹死那老妇人的事儿。他和我说，教区里的大人小孩都发誓说那妇人与魔鬼签下了协议 [3]。但马修斯威胁他们说，要去通知治安官，而且他真的会这么做的，于是人们在他任职时便相安无事了。"

"话虽如此，"格林说道，"我记得他在会客厅里说起过，当他看着那妇人时，他心里都有点相信村民的故事了。有一天，他把她指给我看，考虑到她的眼睛，她确实可以当作魔鬼画像的参照物。她双眼红似血，瞳孔则好似山羊的。"说完格林先生便静默了，微微耸了耸肩。

"他们把她葬在教堂墓地了吗，贝茨？"教务次长莫雷尔博士 [4] 说道。

"是的，教务次长先生。我注意到北面挖了个新坟，我认为是给她准备的。"

"说到埋葬女巫，我就想起了马姆斯伯里的威廉 [5] 写的故事，不久前由盖尔博士 [6] 印刷出版的。"这句话是一位刚加入谈话的人说的，他名为纽波罗先生，后来成为了伊顿公学的校长 [7]，和很多同时代的人相比，他

---

1 又名什一捐、十一奉献，指教区内的农民每年产量的十分之一需要缴纳给教会，源于《圣经·旧约》。英国至1936 年方废除。

2 此为虚构人物。

3 指将自己的灵魂出卖给魔鬼。

4 莫雷尔为虚构人物。

5 马姆斯伯里的威廉（1090？—1142？）：英国历史学家，本笃会修士。其著有大量历史及宗教著作，比较著名的有《英格兰国王纪事》（拉丁文）。有关伯克郡女巫的故事在此书的第二部第十三章中。一位伯克郡的妇人"沉迷巫术"，为了惩罚她的罪孽，她的儿子及其他一些家人惨遭杀害。在她弥留之际，她唤来家中在世的亲人，以及一个修士和修女，恳求他们用以下方法抵挡恶灵："将我的尸体缝进一张牡鹿皮中，面朝上地放进一具石棺之中；用铅和铁将石棺盖绑紧；在棺盖上放一块石头，再用三根巨重无比的铁链团团绑住；连唱五十晚圣诗，同时做一样天数的弥撒。"但这些预警措施毫无作用。头两个晚上，恶魔就来了，它闯进了教堂，引起了灾难；第三天晚上，一个异常有威力的恶魔抓起了那妇人的尸体，将其放在了一匹黑马上，突然就消失了——"可是，她可怜的求救呼叫在将方圆近四公里的地方都能听到。"参看马姆斯伯里的威廉所著《英格兰国王纪年》（J.A. 吉尔斯翻译，1847 年，伦敦重印，乔治·贝尔父子出版社，1895 年中的 230—232 页。）

6 盖尔博士：作者应是指托马斯·盖尔（1635—1702），在成为约克郡教长之前，他是三一学院的国王学者（获得国王奖学金的学生）（1655—1662），后成为研究员（1659 年起）及导师（1663—1672）。其与威廉·弗曼（1632—1688）合作，编辑了《早期英国作家文选》（1684—1691 出版，三卷本），这是一套收录早期英国作家有关大不列颠的作品的合集；第一卷收录了马姆斯伯里的威廉的一些著作，但并不包括《英格兰国王纪事》。

7 约翰·纽波罗于 1690—1711 年间担任伊顿校长。如果本篇发生时间是安女王统治时期，则纽波罗早就当过伊顿校长了。

比较爱掉书袋。“格林先生，你知道吗？你应该读读马姆斯伯里。”他接着便讲起来那曾被骚塞以《伯克利的老妇人》[1]为题写成韵诗的故事。之后他们短暂讨论了隐多珥的女巫[2]；接着谈话的内容便转移到了豪迪博士讨论《圣经》版本的著作[3]上去了，他们后面又习以为常地讨伐了下本特利博士之前的恶行，最后又回到了学院圣职和可能的空缺席位这一老生常谈的问题上去了。

这期间，哈德曼和阿什向教务次长鞠了鞠躬后便离去了。晚饭开始后他俩便一言不发，但莫雷尔博士可是个细心观察的人，他注意到他俩对饭后谈话的前半部分内容非常感兴趣。

“两个呆子走了，”格林先生在他俩关门离去后说道，“如果他们以后结婚，我真为他们的妻子感到惋惜；如果他们要去教区担任职位，我对他们的教民表示同情。”

“如果他们真是呆子，那真够安静的。”纽波罗说道。

“这我可不确定，纽波罗，”莫雷尔说道，“那个住在他们楼下的人，可睡得不怎么好啊。他俩为何整晚都踱着步，有人告诉我他们经常如此；他俩心头有何事，使得他们像生病的猫头鹰般哀叹悲鸣，正如伯顿[4]曾描述过的。格林，学院里的每个人你都熟，请你告诉我，你是否去过哈德曼和阿什的房间？”

“我可不熟，”格林说道，“有一天我敲了敲他们的房门，我记得是去年。在他们开门前，里面一阵哐啷哐。我跟他们发誓说什么都没听到，但这件事情在于，我注意到哈德曼为我开门时，脸色苍白得跟鬼一样，而且里面的气味可不得了，好像他们在焚烧旧衣服或骨头似的。哈德曼急急问了问我有何事之后，便当着我的面把门给关上了！”

“好吧，”教务次长说道，“格林，他本可省下这问题的。我可不知道你这一辈子还有什么事儿干。别介意！该是去咖啡厅的时候了，先生

1 罗伯特·骚塞（1774—1834）为英国浪漫派诗人，湖畔派成员。《伯克利的老妇人》收在其《诗篇》（1799）中。

2 参见《维特敏斯特之宅》中的相关注释。

3 亨弗里·豪迪（1659—1707）：牛津大学瓦德汉学院学者，著有《论〈圣经〉原文、希腊文译本及拉丁文通俗译本》（1705）。

4 显然是指罗伯特·伯顿（1577—1640）所著的《忧郁的解剖》（1621），虽然在该著作中无法找到这一类的词句。

们。我跟寇次博士[1]说了，我们应该八点前会到那儿的，现在可快要到时间咯。"

一帮人便因此转战到集市广场上的一间咖啡厅里去了，他们与罗杰·寇次博士以及一些从三一学院、王后学院和科珀斯克里斯蒂学院[2]来的先生们一起在那儿吸陶土烟斗直到十点。

晚钟响了起来，夜色晴朗，哈德曼和阿什各拿着个小包和手杖，出现在了国王学院的门口，他们告知门房——一个醉醺醺的老粗汉，那时候学院里的下人大部分都这样——他们当夜基本不会回来了。他俩都没说话，一直到离开了镇子，走到了去往亨廷登的马路上。这时尼古拉斯·哈德曼说道："如果一切顺利的话，阿什，我们将知悉一件有价值的事情。"

"是的，尼克[3]，那一堆东西之中总有一样是值得拥有的，"阿什说道，"虽然我敢说，肯定会有些失望之处的。纽波罗关于老巫婆的故事让我思考了一阵。尼克，你带了那本书吗？"

"书，什么书？你是说盖尔博士印的马姆斯伯里？一本有大石块那么沉的厚厚的对开本，你觉得我有可能带吗？"

"不，不是马姆斯伯里。我们的书，那本书，我是说。"

"斯蒂芬，如果你愿意的话，可以叫我傻子，但是别再问这种问题了。我难道是不带脑子出来的吗？这和我把那书落在房间里的概率是一样低的。但是请问为什么纽波罗这个蠢货的陈年旧闻害你思考了一阵呢？"

"嗯，只是，如果故事中那些出来找同伴的家伙们今夜正在芬斯坦顿等着我们的朋友的话，那我们很可能会遇到麻烦。"

哈德曼对此嗤之以鼻。"即使它们来了，你觉得圣圈是可以轻易攻破的吗？难道我没有法子将它们击退吗？不过，某种程度上讲，你说得对，你以前也说对过的，斯蒂芬。如果它们比我们早到场的话，可能是

1　罗杰·寇次（1682—1716），又译罗杰·柯特斯，三一学院研究员，数学及实验科学教授，是艾萨克·牛顿爵士的朋友。

2　剑桥大学的一个学院，是唯一一所由剑桥市民创建的学院，学院名称意为"基督圣体"。

3　"尼克"是尼古拉斯的昵称。

会有麻烦，甚至有危险。但是我们可没有他们想要的东西啊。如果能拿到三绺头发和裹尸布，我们就可以让元素精灵[1]听命于我们。它们需要的是灵魂。"

这个想法让他俩都一度退缩了，他们沉默无言。云朵飘过月亮，光秃秃的田野上一阵风刮过，他们静悄悄地走向沉睡中的芬斯坦顿村，剑桥的钟声听上去更加遥远了。

我说，剑桥到芬斯坦顿那条路有十一英里长，记得那条路的人都可以为我佐证，他们还能说出几个路上的观光点。路边偶尔有些旅馆，离开马路一小段距离的地方则有一些农庄，晴朗的夜里，可能还看得到伊利[2]座堂的西塔和灯光，以及很多距离更近的教堂塔楼。距离马路最近的教堂是洛华兹[3]的，就在马路左手边大概五六英里开外的地方。哈德曼和阿什经过时，洛华兹正热闹着。教堂钟声响着，窗户都亮着灯。对于安女王时代的达官贵人而言，葬礼基本必须是夜间举行的。因此这两位旁观者看到有两条拿着火炬的队列缓步穿过教堂边的树林时也就不感到吃惊了，当他俩看到有个身穿白衣的人从教堂南门廊走出来，与送葬队列[4]碰头时，他们知道这一定是牧师。一小会儿之后，队列走进了教堂，于是他俩继续上路了，因为他们已经停了一会儿了。

主路通往洛华兹教堂的拐口在前方不远处，那小路上快速走来了一群人。他们走到路口，转而朝这两位行路者走来。他俩有些害怕了，因为不想在晚上这个时间点被人认出是剑桥大学的牧师。那群人看着是七个人围拢在一个人周围的样子，他们的行动姿态好似是看守押解着一个犯人。那群人靠近了，看来这猜想可能是符合情况的，因为中间那个人显然很不情愿，而且很明显他被其他几个人驱赶着。哈德曼和阿什往路边树篱靠了靠，让他们通过，他们紧紧盯着被捕者的脸。那张脸庞可不是轻易能够忘记的，因为很少有人会流露出如此这般彻底绝望的表情，

1 元素精灵是最先由帕拉塞尔斯在关于炼金术的著作中提出的概念，将世界分为四种元素与其主掌精灵的组成，即为土水风火。
2 伊利（Ely）为英格兰剑桥郡的一座城市，位于剑桥东北方 14 英里处，该地有著名的伊利座堂。
3 洛华兹是一座位于剑桥西北方六英里处的村庄。
4 原文为法语。

但他脑海中却还能装得下不可言说的恐惧感。这便是那两位运气不佳的牧师此刻所看到的场景。除此之外，他们看到被捕者虽然充满了恐惧和绝望，但他除了直直望着前方外无法朝其他方向张望，因为相较于他周围的那七个人的脸庞而言，任何其他事情都变得可忍直视了。事后他俩回想起这场景时，意识到只有他的脸是唯一能够看清楚的。不仅如此，似乎根本没有别的面孔可以给他俩看。

这群人过去了；非常安静地过去了，他俩大气都不敢出地在那儿站了好一会儿，差一点就撒腿就跑或晕厥过去了。他们知道，葬礼上任何一个送葬者都未曾见过这般场景。他们心里想道，对于开了天眼的人而言，这不一定总是件好事。有些人能看到山上都是尸骨和烈火之车[1]，但其他人看到的可能是另一幅场景。然而他俩的性格都是如此顽固不化，双方都不会向对方提议说：折返吧，放弃他们打算实施的那个不祥计划吧。他俩继续往前走了。

很快他们便看到了芬斯坦顿尖塔，再往前走半英里，他们便离开了马路，穿过田野，来到了另一边，从那里可以不用经过街道便走进教堂墓地里。墓地围墙并不难爬，但是他俩都有点泄了气，花了好几分钟才爬过去。接着他们便着手举行那些邪恶的仪式和典礼了，这些仪式可以用来保护他们免受那些理应与他俩一伙的黑暗力量的伤害。那些宣称知悉这事情本质的人说，那些力量是不牢靠的盟友。在黑漆漆的教堂的北面，就在教堂的黑影笼罩下，距离一座新坟——这是教堂北面唯一一座坟墓——不足十英码远的地方，他们挑出了一块草最短的区域，画了两个很大的圆圈，一个圆圈套着另一个。在两个圆圈之间的区域，他们花了些精力画上了行星的标记以及一些希伯来字母，这些字母代指天使和神力之名姓。他们利用魔法中一条奇怪的自相矛盾之处保证这些力量会为他们的工作提供协助。当他们完成防卫工程之后，便停了下来，阿什看了看他的表。时间显示距离十二点不到一刻钟了，他们必须等到午夜降临。

那么这两个受过良好教育的神职人员究竟要做什么呢？他们又如何

---

1 《圣经·列王纪下》第 2 章 11 节："他们正走着说话，忽有火车火马将二人隔开，以利亚就乘旋风升天去了。"

会进行这么一项人们会和最黑暗的中世纪观念以及最有缺憾的文化联系——虽然这联想不一定总是正确——在一起的事情呢？

你会猜测说他俩是虔诚的、易上当的魔法学徒，但这种人怎么会在安女王统治时期混进剑桥大学呢？我只能回答说，彼时德国有很多这样的人。激励着人类寻求与虚空中不可见的人群进行交流沟通的本能是在任何文明中、任何世纪中都会显露出来的。很多人私下里都会认为，此种交流有时候确实存在，但这和主题无关。

哈德曼和阿什决心要获得一份未来下咒时要用到的材料，此物可使他们有能力操控自然之力，达到他们认为很多先人曾达到过的程度。他们想在这天夜里——自信可以完成——通过某些形式的咒语，以获得力量让那天下葬的老妇人的尸体从坟墓中爬出，来到他们面前并给予他们一部分的裹尸布以及几缕头发，哈德曼在路上提起过。这想想就很恐怖。之后尸体便会原样回到地下，然后他们再重新盖上泥土。他们将在次日返回学院，七天之后，还能有谁比尼古拉斯·哈德曼以及斯蒂芬·阿什先生更加有钱有势？

随着午夜临近，哈德曼以一种奇怪的得意姿态从胸襟里抽出了一本纸质书册。那书大概有一百年历史了，写得不清不楚，里面全是图表，类似于他刚才画在地上的那些。他俩全站在那两个圆圈中。他开始朗读，或者说吟诵起一段拉丁文魔咒，这是一种邪恶的宗教仪式，那些最为神圣的名字被随意使唤；阿什则应和着说出预设好的选句。整个夜晚都不安宁，风又很大，但是没有下雨，薄薄的云层一直遮挡着月亮。此时月亮已经低沉下去，落到了地平线上方。晚风将塔楼的天窗吹得哗哗作响；风还偶尔吹动某座钟的钟舌，传来一阵悠远飘渺的钟声。尼古拉斯·哈德曼继续朗读着，而且更加响亮，速度也更快了，阿什则每隔一小会儿应和着他。他们此刻已进入《诗篇》第 91 章了，"Qui Habitat"，"住在……"[1] 他们刚刚还指望着能远离黑夜中游走的惊骇势力[2]，一朵比一般云朵更加漆黑的云飘离了月亮表面，斯蒂芬·阿什就如牛一般倒在了

---

1 《圣经·诗篇》第 91 章开篇为："住在至高者隐秘处的，必住在全能者的荫下。""qui habitat" 为拉丁文版本的开头两个单词，意为"（那）住在……（的）"。

2 《圣经·诗篇》第 91 章 5—6 节："你必不怕黑夜的惊骇，或是白日飞的箭；也不怕黑夜行的瘟疫，或是午间灭人的毒病。"

哈德曼脚下。这两个蠢材的愚蠢行径将得到相应的回报，似乎这已成定局了。

我提到过，那个被沼泽地村民杀了的罪孽深重的卑劣老妇就埋葬在距离这两位施咒者不足十英尺的地方。他们双眼便紧紧盯着她的坟墓，因为这是他们施加魔咒的位置。哈德曼望过去，看到坟墓上面有一个东西，那场景令他终身难忘。有人会说，第一眼看去，那东西是一个巨大的蝙蝠，双翼收卷着，依稀有个近似人样的头部。在很短的时间里，哈德曼瞥见那东西的两颊上有层层褶皱的皮肤（兽皮）；它的大耳朵在月光中显得透明发亮；它那微开的双眼如同两条昏暗的红色火线。事后他还宣称说，他看到那东西蜷伏其上的那个土堆正在它脚下翻滚搅动。他根本没多少时间驻足观察，因为这可怕的东西立了起来，有那么一会儿它似乎在四处张望，想要寻找一个离它较近的受害者。哈德曼几乎跌进了绝望的深渊，但他对自己施了咒的圆圈还有一点点信心。然而那生物突然彻底转向了他这边，急速地直接朝他奔来，它被那些天使的名字以及行星符号阻挡了一小会儿。之后它的利爪便伸向了哈德曼的脸庞，他随即便不省人事了。

次日清晨，是阿什将哈德曼送回剑桥的；而且在他之后二十年的余生中，将他安置在威罗屯[1]的牧师住所里的也是阿什，阿什照料着他，他已经残废了。哈德曼之后再未见过光亮。

学院里的大部分人从未知晓事件的经过。这惨剧发生两天后，格林先生对时任教务次长莫雷尔先生说道："今早理事会议上你们都处理了些什么事儿，次长先生？"

"批准了去威登·劳伊斯[2]的牧师任职推荐，并收到了一份声明书，格林。"

"一份皇家声明还是什么？"

"不是的，格林；如果你去问教务长先生，他也许会告诉你的。"

于是格林去了教务长宅邸。但罗德里克教务长脸色苍白，这可不常

---

1 威罗屯：英国林肯郡的一个村庄，位于根斯堡东北方 7 英里处，剑桥西北方 100 英里处。
2 威登·劳伊斯是英格兰北安普敦郡的一个村庄，位于布莱克雷以北 6 英里处。宗教改革后，该处的教职人选基本都是国王学院决定。

见；而且他没有吸着烟斗，这绝对是很少见的；他显得心情烦乱，沉默寡言。格林先生只获悉，这是一件管理层决定保密的事情。第二个星期，国王学院某套寝室里的杂物被一辆小车朝巴顿[1]方向拖了去，再也没有运回来过。而且管理层的大部分人在接下去的几个月内，都频繁出席小礼拜堂的礼拜活动。

我不得不将以上我所写的事件与一本备忘录中的条目联系在一起。那条目说道，有两个绅士，作为学院的研究员，获准登记一项庄严的弃绝声明，他们已经严重违纪，现愿放弃一切不法行为。而教务长及管理层则同意，竭尽所能将此一事件永远严格保密在管理层之中。

---

1 巴顿是一个位于剑桥西南方3英里处的村庄。

十二个中世纪鬼故事[1]

　　我想我是在最近一期的《皇家手稿目录》上注意到这些故事的。《目录》中给出了这些故事的一个分析，其他人可能也会和我一样对此感到好奇。卡斯雷如果在旧版目录中提到这些故事，他定会这么描述："灵魂异象之实例，十五世纪。"[2]

　　我尽快找机会将它们抄录了下来，发现这些故事丝毫不令人失望。希望其他人也会同意说，它们是值得出版的。

　　文本来源是大英博物馆所藏的《皇家手稿.15.A.xx》。这是一卷保存良好的十二世纪或十三世纪早期的手稿，其中有一些西塞罗[3]的论文，以及《诠释之书》[4]。手稿原来属于拜伦德修道院[5]（约克郡），后来流传到了约翰·塞耶[6]手上。

　　在这本书的空白页（自140页至143页）以及结尾处（对开本163

1　此篇最初刊登于《英国历史评论》第37卷（1922年7月号）上，原文位于第413—422页。第一次翻印（拉丁原文及 M. 本金斯基的英文译本）于休·兰姆选编的《狼人及其他恐怖故事》（1978年）中；另一个版本出现在彼得·海宁编辑的《M.R.詹姆斯：超自然集》（1979；美国版出版时改名为《M.R.詹姆斯鬼故事集》）中，由帕梅拉·张伯伦翻译；《愉悦的恐惧》（2001）中收录了另一个匿名译者的版本。此处的中译本根据莱斯利·波巴·乔什的英译本翻译，同时参考原文。作者对原文进行了大量注释（主要是一些语句的翻译、解释以及简短的点评）及部分修订，为了方便读者参考，所有原文予以保留，并在每个故事之后附上中译；故事的拉丁原文中，作者所写的内容均以楷体表示；注释中作者所写内容则以楷体表示并以 MRJ 标记。括号中的宋体内容为译者注释。

2　此句原文为拉丁文。作者指的是大卫·卡斯雷（1681/2—1754），其于1734年编写了《皇家图书馆手稿目录》，后修订为《哈雷藏书手稿目录》（1759—1763），该目录现藏于大英图书馆。有关哈雷藏书请参看上卷《施展如尼魔咒》中的相关注释。

3　马库斯·图利乌斯·西塞罗（前106—前43）：罗马共和国晚期哲学家、政治家、律师、作家及雄辩家。曾担任罗马共和国执政官，后被马克·安东尼派人杀害于福尔米亚。

4　《诠释之书》(Elucidarium) 是一本基督教神学及民间传说的百科全书式作品，由欧丹城的欧诺里尤斯（Honorius Augustodunensis）完成于11世纪。

5　拜伦德修道院：1155年建成，1538年坍塌，目前只剩下遗迹。位于英格兰北约克郡。

6　约翰·塞耶（1597—1673）：英国保皇派律师、作家、古文物学家及藏书家。

页 b 面）上，拜伦德的一个修士写了一系列的鬼故事，故事的场景都是他生活地的周围。这些故事地方色彩浓郁，虽然有时候令人困惑难解、行文不连贯，而且过度简洁，但显然尽可能忠实地表述了叙述者的原话。

对我而言，它们令我想起丹麦。举凡有幸拥有 E.T. 克里斯滕森那本令人愉快的故事集《日德兰半岛神话》[1] 的人，看到这些故事，都会一次次回想起曾发生在日德兰半岛的那些奇事。我虽无权自称"民间故事家"，但却可以很自信地说，这些故事中斯堪的纳维亚半岛元素真的非常显著。

故事的写作时间不会晚于一四〇〇年太久（公元一四〇〇年是目录中估算的时间）。故事中理查二世[2] 的统治已经成为过去。研究下当地的教会记录，或许能够发现点故事人物的蛛丝马迹，但这工作对我而言不太可行。

字迹并不容易辨认，最后一页更是十分难认：有些词让我感到很困惑。不过拉丁文行文却是清新悦目的。

M.R. 詹姆斯

大英博物馆，皇家手稿 15 A.xx.

I. De quodam spiritu cuiusdam mercenarii de Ryeuall' qui adiuuit hominem ad portandum fabas.

Quidam homo equitauit super equum suum portantem super se vnum medium fabarum. Qui equus cepsitauit [即 cesp-] in via et fregit tibiam. Quo percepto vir tulit fabas super dorsum suum proprium: et dum iret per viam vidit quasi equum stantem super pedes posteriores, pedibus anterioribus sursum erectis. Qui perterritus prohibuit equum in nomine ihesu christi ne noceret ei. Quo facto ibat cum eo quasi equus, et post paululum apparuit in figura acerui de feno rotantis,[3] et lumen erat in medio. Cui dixit viuus Absit quod inferas mihi malum. Quo dicto apparuit in figura hominis, et ille coniurauit eum. Tunc spiritus dixit ei nomen suum et causam et remedium,[4]

---

1 伊瓦尔·堂·克里斯滕森（1843—1929），丹麦民间故事搜集者，编著出版了《日德兰半岛神话》（书名为丹麦文）（1880）、《白话版丹麦神话故事集》（书名为丹麦文，1928—1939，七卷本）以及其他丹麦民间故事以及童话集。

2 理查二世（1367—1400）：1377 年登基为英格兰国王，1399 年被废黜。

3 第二故事说道，一个鬼魂变幻成 "in specie dumi"（我读却是这样的），即荆棘丛状。这些故事中的好几个里，鬼魂可以变幻成很多东西。[MRJ]

4 "它'游荡'的原因以及如何可以得到拯救。" [MRJ]

et addidit Permitte me portare fabas et adiuuare te. Et fecit sic usque ad torrentem sed noluit transire vlterius, et viuus nesciuit qualiter saccus fabaram iterum ponebatur super dorsum suum. Et postea fecit spiritum absolui et missas cantari pro eo et adiutus est.

[一、关于莱戴尔[1]某个劳工的鬼魂帮一个人搬运豆子的故事。

某个人正骑着马,马背上架着一袋豆子。它的马儿不巧失足,折了一条腿。在意识到发生了什么后,那人便提起豆子,将它驮在了自己的背上。正当他步履维艰地走着时,发现有一匹马用后腿站立着,它的前腿则高高地抬在身前。那人被这场景彻底吓坏了,他以耶稣基督的名义恳求那匹马不要加害于他。他这么做了之后,那匹看着是马的东西就在他身边一路走着。一小会儿后,那东西变成了一捆滚动的干草,中心还亮着光。看到此景,此凡人对它说道:"快走,勿要伤我性命!"他说了这些话后,那鬼魂变成了一个人的模样,他命其道出原委。[2]于是那鬼魂便说出了自己的姓名、游荡的原因以及如何可得到拯救。它加了一句道:"请允许我为你搬运这袋豆子。"它真的这么干了,一路将豆子搬到河边,但它不愿再往前走了。那人不知道他那袋豆子是怎么重又回到他背上的。之后,他让那鬼魂得到了赦免,并为其吟唱弥撒,于是它便得到了拯救。]

II. De mirabili certacione inter spiritum et viuentem in tempore fo. 141 a regis Ricardi secundi.

Dicitur quod quidam scissor cognomine [空白] Snawball equitando remeauit ad domum suam in ampilforth quadam nocte de Gillyng, et in via audiuit quasi sonitum anates [s]e lauantes [更正自 anas se lauans] in torrente et paulopost aspexit quasi coruum circa faciem suam volantem et descendentem vsque ad terram, alis suis concucientibus solum quasi deberet mori. Qui scissor de equo suo descendit ut caperet coruum et interim vidit sintillas ignis spargentes de lateribus eiusdem corui. Tunc signauit se et prohibuit eum ex

---

parte dei ne inf erret illi dampnum aliquod ilia vice. Qui euolauit cum eiulatu magno quasi spacium lapidis †encafdi†.[1] Tunc iterum ascendit equum suum et paulopost predictus coruus obuiauit illi in volando et percussit eum in latere et prostrauit in terra scissorem equitantem de equo suo. Qui taliter solotenus prostratus iacuit quasi in extasi et exanimis, valde timens. Tandem resurgens et constans in fide pugnauit cum eo cum gladio suo quousque fuerat lass us, et videbatur sibi quasi percuteret t[er]ricidiu[m] more[2] et prohibuit eum et defendit ex parte dei, dicens Absit quod habeas potestatem nocendi mihi in hac vice, sed recedas. Qui rursus euolauit cum eiulatu horribili quasi per spacium sagitte volantis. Tercia vero vice apparuit eidem scissori ferenti crucem gladii sui super pectus suum pre timore et obuiauit ei in figura canis anulati.[3] Quo viso scissor cogitauit secum animatus in fide. Quid de me fiet ？ coniurabo eum in nomine trinitatis et per virtutem sanguinis Ihesu Christi de quinque plagis quod loqueretur cum eo et ipsura nullatenus lederet sed staret immobilis et responderet ad interrogata et diceret ei nomen suum et causam pene sue cum remedio competenti. Et fecit ita. Qui coniuratus exalans terribiliter et ingemiscens. Sic et sic feci[4] et excommunicatus sum pro tali facto. Vadas igitur ad talem sacerdotem petens absolucionem pro me. Et oportet me implere nouies viginti missas pro me celebrandas. et ex duobus vnum eligas. Aut redeas ad me tali nocte solus, referens responsum de hiis que dixi tibi et docebo te quomodo sanaberis, et ne timeas visum ignis materialis[5] in medio tempore. Aut

---

1 我觉得这个词是个难解之谜。似乎它由 e 开头，以 di 结尾。原文有缩写符号。[MRJ]
2 我认为 more 是 mora 的属格，荒原或沼泽之意。另一个单词我不认识而且也没查到，但我猜测是草皮或泥炭堆的意思。[MRJ]
3 戴有项圈的狗。[MRJ]
4 整个过程中，他花了巨大的经历来隐瞒鬼魂的姓名。他定是个有品德的人，他的亲人或许会反对这些与他有关的故事吧。[MRJ]
5 故事结尾，我们看到 "ne respicias ignem materialem ista nocte ad minus"（至少今晚不可盯看一切燃烧之物）。丹麦神话中，也有类似的情节。克里斯滕森，《传说与迷信》(书名原为丹麦语)，1866，第 585 页：在目睹了一场鬼魂葬礼后，那人 "足够聪明，他走到火炉前，在看到（蜡烛或灯）光之前，先看了看火。因为当人们看到这些东西之后，若不能在看到灯光前，便先看到火，就会生病"。同上，第 371 页："他看到了灯光，便得了重病。" 第 369 页也有一样的内容。此书第二卷（1888）第 690 页："当你看见了什么超自然的东西后，你应该先从门中藏视，再进入屋中。你应在光照到你之前，自寻光亮。" 1883 年的故事集，第 193 页："他回家时，招呼妻子在他进门前将灯光熄灭，但她未照办，于是他便得了重病，人们以为他差点断气了。" 这些例子足以显示，在撞到鬼魂之后，见到灯光是有风险的。Ignis materialis 泛指火光还是特指木火呢？[MRJ]

caro tua putrescet et cutis tua marcescet et dilabetur a te penitus infra breue. Scias igitur quia hodie non audiuisti missam neque ewangelium Iohannis scilicet "In principio" neque vidisti consecracionem corporis et sanguinis domini obuiaui tibi ad presens, alioquin non haberem plenarie potestatem tibi apparendi. Et cum loqueretur cum eo fuit quasi igneus et conspexit per os eius sua interiora et formauit verba sua in intestinis et non loquebatur lingua. Idem quidem scissor petebat licenciam a predicto spiritu quod poterit habere alium socium secum in redeundo, qui respondit. Non. sed habeas super te quatuor euangelia euangelist' et titulum trihumphalem videlicet Ihesus Nazarenus propter duos alios spiritus hie commorantes, quorum vnus nequit loqui coniuratus et est in specie ignis vel dumi et alter est in figura venatoris, et sunt in obuia valde periculosi. Facias vlterius fidem huic lapidi quia non difEamabis ossa mea nisi sacerdotibus celebrantibus pro me, et aliis ad quos mitteris ex parte mea qui possunt mihi prodesse Qui fidem fecit lapidi de hoc secreto non reuelando prout superius est expressum. Demum coniurauit eumdem spiritum quod iret vsque ad hoggebek[1] vsque ad reditum eius. Qui respondit Non. non. non. eiulando. Cui scissor dixit. Tunc vadas ad bilandbanke. et letus efficitur. Dictus vero vir infirmabatur per aliquot dies, et statim conualuit et iuit Eboraco ad predictum presbiterum, qui dudum excommunicauit eum, petens absolucionem. Qui renuit absoluere eum, vocans sibi alium capellanum ipsum consulendo. At ille vocauit adhuc alium, et alius tercium de absolucione huius musitantes.[2] Cui primo dixit scissor. Domine scitis intersigna que suggessi in auribus vestris. Qui respondit. Vere, fili. Tandem post varios tractatus inter partes isdem scissor satisfecit et soluit quinque solidos et recepit absolucionem inscriptam in quadam cedula, adiuratus quod non diffamaret mortuum sed infoderet illam in sepulcro suo penes caput eius secrete. Qua accepta ibat ad quendam fratrem Ric. de Pikeri[n]g nobilem confessorem sciscitans si dicta

---

1 我猜想，这是为了让那鬼魂不至于在裁缝回来前，继续在路上扰人吧。[MRJ]（此句议论针对裁缝要求鬼魂去到霍奇贝克而发。）

2 约克的牧师不愿赦罪，召唤来的提供意见者的数量之多，都证明此事宜之重大。[MRJ]

absolucio esset sufficiens et legitima. Qui respondit quod sic. Tunc idem scissor transiuit ad omnes ordines fratrum Eboraci et fecit fere omnes predictas missas celebrari per duos aut tres dies, et rediens domum fodit predictam absolucionem prout sibi fuerat imperatum in sepulcro. Hiis vero omnibus rite completis venit domum, et quidam presumptuosus vicinus eius audiens quod oportet ipsum referre eidem spiritui que gesserat in Eboraco in tali nocte, adiurauit cum dicens. Absit quod eas ad predictum spiritum nisi premunias me de regressu tuo et de die et hora. Qui taliter constrictus ne displiceret deo premuniit ipsum excitans a sompno et dixit Iam vado. Si volueris mecum venire, eamus, et dabo tibi partem de scriptis meis que porto super me propter timores nocturnos. Cui alter respondit. Vis tu quod eam tecum ? qui respondit. Tu videris. ego nolo precipere tibi. Tunc alter finaliter dixit. Vadas ergo in nomine domini et deus expediat te in omnibus.[1] Quibus dictis venit ad locum constitutum et fecit magnum circulum crucis,[2] et habuit super se quatuor ewangelia et alia sacra verba, et stetit in medio circuli ponens quatuor monilia[3] in modum crucis in fimbriis eiusdem circuli, in quibus monilibus inscripta erant verba salutifera scilicet Ihesus Nazarenus etc. et expectauit aduentum spiritus eiusdem. Qui demum venit in figura capre et ter circa iuit circulum prefatum dicendo a. a. a. qua coniurata cecidit prona in terra et resurrexit in figura hominis magne stature et horribilis et macilenti ad instar vnius regis mortui depicti.[4] Et sciscitatus si labor eius aliqualiter proficeret ei respondit Laudetur deus quod sic. et steti ad dorsum bora nona quando infodisti absolucionem meam in sepulcro et timuisti.nec mirum, quia tres diaboli fuerunt ibidem presentes, qui omnimodis tormentis puniebant me postquam coniurasti me prima vice vsque ad absolucionem meam, suspicantes se permodicum tempus

---

1 这多管闲事的邻居之所作所为很是可笑。他坚持要裁缝提前告知他与鬼魂会面的信息，之后又退缩了，不愿陪裁缝同去。[MRJ]
2 我不知道这是一个将十字架绕进去的圆圈，还是一个用十字架画出来的圆圈。[MRJ]
3 那种小巧的，可以随身佩戴的圣物匣。[MRJ]
4 我认为此处暗指教堂墙上常见的《三生三死》画作，死者与生者常常被绘成国王的形象。[MRJ]
《三生三死》源自一首 15 世纪的英语诗歌，讲述三位国王狩猎途中与下属走散，遇见三位先祖的鬼魂，鬼魂告诫他们要挂念死者，为它们举行弥撒，赎其罪过。

me in sua custodia habituros ad puniendum. Scias igitur quod die lune proxime futura ego cum aliis triginta spiritibus ibimus in gaudium sempiternum. Tu ergo vadas ad torrentem talem et inuenies lapidem latum quern eleues et sub illo lapide capias petram arenaciam. laues eciam totum corpus cum aqua et frica cum petra et sanaberis infra paucos dies.[1] Qui interrogatus de nominibus duorum spirituum respondit. Non possum dicer e tibi illorum nomina. Iterum inquisitus de statu eorundem asseruit quod unus illorum erat secularis et bellicosus et non fuit de ista patria, et occidit mulierem pregnantem et non habebit remedium ante diem iudicii, et videbis eum in figura bouiculi sine ore et oculis et auribus, et nullatenus quamuis coniuretur poterit loqui. Et alius erat religiosus in figura venatoris cum cornu cornantis, et habebit remedium et coniurabitur per quendam puerulum nondum pubescentem domino disponente. Postea inquisiuit eundem spiritum de suo proprio statu, qui respondit ei. Tu detines iniuste capucium et togam quondam amici et socii tui in guerra vltra mare. Satisfacies ergo ei vel grauiter lues. Qui respondit Nescio vbi est. Cui alter respondit In tali villa habitat prope castellum de Alnewyke. Vlterius inquisitus Quod est culpa mea maxima？ respondit. Maxima culpa tua est causa mei. Cui viuus Quo modo et qualiter hoc？ Dixit Quia populus peccat de te menciens et alios mortuos scandalizans et dicens Aut est ille mortuus qui coniurabatur aut ille vel ille. Et inquisiuit eundem spiritum Quid igitur fiet？ Reuelabo ergo nomen tuum. Qui respondit Non. Sed si manseris in tali loco eris diues et in tali loco eris pauper, et habes aliquos inimicos.[2] Tandem spiritus respondit Non possum longius stare et loqui tibi. Quibus discedentibus ab inuicem predictus surdus et mutus et cecus boiiiculus ibat cum viuente vsque ad villain de ampilford, quern coniurauit omnibus modis quibus sciuit, sed nullo modo potuit respondere. Spiritus autem alius per ipsum adiutus consuluit cum quod poneret optima sua scripta in suo capite dum dormiret et non dicas

---

1　需要开个方子救治截缝是因为那乌鸦（大乌鸦？）对其进行了冷不防的袭击。[MRJ]

2　考虑到禁止其透露鬼魂的姓名，这似乎有些不合逻辑。我认为这应该是让截缝搬到别处去住的建议吧。"若你住在——居于——那些地方，你将富足；若在那些地方，则会贫穷；而且你会遇见敌人（现在你所住之处）。"[MRJ]

amplius vel minus quam que precipio tibi, et respicias ad terram et ne respicias ignem materialem ista nocte ad minus. Qui rediens domum per dies aliquot grauiter egrotabat.

[二、关于国王理查二世年间，一个鬼魂与一个凡人之间不可思议的交流。

据说有个名为斯诺波尔的裁缝，某天夜里，他正骑着马从吉令回安珀佛斯 [1] 家里时，听到路上有一阵好似鸭子在河中扑水似的声响。这之后片刻，他看见一个貌似乌鸦的东西绕着他的脸颊飞旋着，接着它落在了地上，极其剧烈地拍打着翅膀，好像快要死了一般。于是那裁缝便下了马，想把那乌鸦给拾起来。正当他那么做时，他看见这鸟儿身侧冒出些许零星火花来。于是他便画了十字，求上帝助他在此次会面中免受这鸟儿的伤害。接着这鸟儿大叫一声，飞出去有投掷一块石头那么远。之后裁缝回到了马上，但很快那只乌鸦又飞来见他，并直接朝他扑来，将裁缝撞下了马，害他摔到了地上。他无助地躺着，风狠狠地吹着他，在极度的恐惧中，他差点不省人事。终于他下定决心站了起来，用自己的剑和那鸟儿打了起来，直到筋疲力尽。他感觉自己好像在和一捆泥炭藓 [2] 打斗；他朝后退去，在上帝的帮助下自我防御着："愿你可在此处伤我性命之力量消散殆尽！你远离此地！"这乌鸦再次可怕地尖叫着，飞了出去，在空中飞去一射距离。这鬼魂第三次出现在同一个裁缝面前，裁缝由于恐惧，将他的剑如同十字架般放在自己胸前，这一次鬼魂以一只戴着项圈的狗的形象出现了。当他看见时，裁缝虔诚地思量道："我会遭遇什么呢？我将以圣三一 [3] 的名义、耶稣基督五处伤口 [4] 之血的力量，命其对我开口；其不得以任何方式伤害我，只能静立，回答我提出的疑问，由是告知我其姓名、陷入此困境之原因及正确的救赎方法。"他确实这么做了，那鬼魂受此质问，极其恐怖地哀叹悲鸣道："我做了种种事情，却因一件可怕罪孽被逐出教会。

1　此处的吉令应即为今天的吉令东，为英格兰北约克郡的一座村庄；安珀佛斯亦是北约克郡的一个村庄。两者皆位于莱戴尔地区。

2　泥炭藓：一种苔藓，能在沼泽地上大片的丛生，遗体逐年堆积成泥炭，并使沼泽地、湖泊逐渐淤积成陆地。

3　圣三一：即三位一体，圣父圣子圣灵为同一本体。

4　指耶稣受难时的五处伤口，手脚各两处钉伤，身侧一处刺伤（相传为士兵为确认耶稣已死而刺，该矛被后世成为"命运之矛"）。

因此，你可否去找一位牧师，为我寻求赦免？我需要做的是，恳请那牧师为我做一百八十场弥撒。到了那时，你可有选择，或是某个夜晚你独自回来找我，将这些我给予的指示之答复带回，届时我会告诉你如何救你自己。这期间，你不必害怕望见燃烧之物；抑或顷刻间，你血肉腐烂、皮肤萎缩并彻底剥落。不管怎样，你应该知道，由于今日你未曾听过弥撒，显然也未听约翰的福音'太初……'[1]，亦未见献祭之圣体，我主的圣血亦未为你斟满[2]，因此我方可向你现形。否则我是无能力这么做的。"

那鬼魂和裁缝说话的时候，看上去它正烈火焚身，裁缝可以透过它的嘴一路看到它的内脏，他发现它并非用舌头说话，而是在肚中酝酿出话语。然后那裁缝请求这鬼魂允许，回程路上给他一个同伴。"不可。但你可让四位福音传道者悬于你上方，你可拥有耶稣基督的凯旋之名，因为附近有另外两个鬼魂亦在游荡。其中一个受了诅咒不可说话，它以烈焰或灌木的形象出现；另一个则以猎人的形象出现，遇见它们将是极端危险的。最后，你要在这块石头上宣誓，除了为我做弥撒的牧师们以及其他你可能会去召唤来帮助我的人之外，你不会向任何人透露我的尸骸所在。"裁缝便在那石头边起了誓，他不会泄露以上所述之秘密。最后，他恳求这鬼魂离开，去到霍奇贝克那么远的地方，直到他回来，但那鬼魂回答说："不，不，不。"发出了一声哀号。裁缝对它说道："那就去比兰班克。"鬼魂被说服了。

此人病了几日，身体稍好些，他便去约克找上文提及的那位之前将那鬼魂逐出教会的牧师，寻求其宽恕。牧师拒绝宽恕它，并叫了另一位教士与裁缝商讨此事。然而这教士又叫了另一位牧师过来，新来的牧师又叫了第三个牧师，来考虑赦免那鬼魂的事宜。裁缝对教士长说道："神父啊，您明白我在您耳边低语之事的重要性吧。"他回答道："是的，孩子。"最后，牧师们仔细思量了各种不同观点后，裁缝的要求得到了满足。他支付了五个硬币，得到了一篇赦罪义。这文刻在小木板上，裁缝发誓不会诽谤中伤死者，仅会悄悄地将此木板埋在死者坟墓靠近其头

---

1 《圣经·新约·约翰福音》开篇"太初有道，道与神同在，道就是神"。
2 弥撒仪式中，布道后进行仪式，圣餐中的面包和酒分别代表耶稣的躯体和血液。

部之处。他一拿到赦罪文，便去咨询一位著名的告解神甫——皮克灵[1]的理查德修士，以确认上文提及的这份文件是否完备有效。修士回复了肯定的意见。于是裁缝遍访约克周围的修士会，花了两三天时间确保之前提及的弥撒仪式全部完成了。在回家的路上，他将前文提及的赦罪文按照指示埋在了死者的坟墓里。他完成这些任务后，便回家了。但是他那爱管闲事的邻居，在听说他需要当晚便向那同一个鬼魂汇报自己在约克完成的任务后，就与他搭茬道："你若不提前告知我你与那鬼魂相会的日期和时间，就休想前去与其相会！"那裁缝遭此胁迫，亦不想忤逆上帝，便提前通知了邻居，将他在睡梦中叫醒，对其说道："我此刻便要去了。若你想与我同行，那就走吧。我会给你一些我随身携带的符咒，以免遭受对黑夜的恐惧。"邻居对他说："你想要我一起去吗？"他回答说："看上去是你想去。不过，我并非自己认为你想去。"于是他邻居确定地说道："那，你去吧，以主的名义，望上帝助你快速解决一切事宜。"

此番交谈后，裁缝便前往约定之地了，他用十字架在地上画了一个巨大的圆圈，他将四福音书及其他神圣经文举过头顶。接着他站在圆圈中央，将四个十字架以及圣贤遗物放置在圆圈边沿四点上。这些圣物匣上均刻有救赎的文字，譬如"拿撒勒[2]的耶稣"等等。他等待着鬼魂的出现。终于，那鬼魂以山羊的形象出现了，它绕着圆圈走了三次，不停叫唤着："咩，咩，咩！"鬼魂道出原委后，便直直倒在了地上，起来时变成了一个身形巨大的人，看上去既恐怖又显得憔悴，好似某一幅亡君画作中的形象。裁缝问它，自己的这些努力是否有用，鬼魂回说："有，有用，赞美上帝！第九个钟时——你正在埋葬我的赦罪文时，我便站在你身后，你很害怕。这毫不奇怪，因为那地方有三个恶魔，在我们第一次相会，你令我道出原委之后，一直到我获得赦免，恶魔都在用各种酷刑惩罚我。它们希望我屈服，以稍微延长对我的惩罚。你或许知道，下礼拜一我便会和三十个其他的鬼魂一起进入永恒的欢乐之中。而你则应去某一条河边，你会发现一块宽大的石头，你要举起它。抓起石

---

1 原文为 Pikering，现北约克郡莱戴尔地区有一集镇名为 Pickering（皮克灵），两者或指同一地方。

2 拿撒勒：又译纳匝勒，是以色列北部城市，位于历史上的加利利地区，为耶稣之故乡。

头下面的一些砂砾石，接着用水清洗全身，用砂砾石磨磋你自己，短短几天后你便能彻底恢复健康。"

　　裁缝询问其他两个鬼魂的姓名时，它回答道："我无法告诉你其他鬼魂的姓名。"裁缝继而询问其他鬼魂的境遇，鬼魂揭露道，其中一个并非神职人员，他曾经凶狠好斗，并非本国人；他杀害了一位孕妇，在审判日之前他都无法得到救赎。"你将看见它以一头小公牛的形象示人，但是没有口眼鼻，无论它被人下令坦白多少次，都无法开口。另一个鬼魂，曾为神职人员，它以一个吹着号角的猎人形象出现，它将有赎罪的机会。一位年轻小伙将令其坦白，根据上帝的计划，时辰尚未到。"

　　之后，裁缝问鬼魂，他自己的境遇如何，它对他说道："你以不正当的手段取得了你旧友、海外战争时之战友的披风和披肩。因此，你应将衣物归还于他，否则你会为此付出沉重代价。"裁缝回答道："可我不知道他在何方！"鬼魂回说："他居住在靠近艾尼克城堡[1]附近的某个村庄里。"裁缝追问说："我最大的问题是什么？"鬼魂说："你最大问题是由我引起的。"这凡人又问道："此话怎讲？"鬼魂说："因为有人违背你的意愿，造谣中伤其他死者，他们说：'不是这个死人被下令忏悔，就是这个，或是那个。'"于是裁缝问鬼魂："那怎么办？我应该透露你的姓名吗？"但鬼魂说："不可。但若你在某地或能富足，在另一地却可能贫穷，且遭遇强大的敌人。"最后那鬼魂说道："我不可再做久留，与你交谈了。"他俩各自离开之后，那头之前提及的又聋又哑又瞎的小公牛与此凡人一道走回了安珀佛斯村。裁缝以各种他能想到的方式，恳求此鬼魂坦白，但那鬼魂却全然无法回应。那个他救助了的鬼魂，建议他睡觉时，将最重要的文件放置在枕头底下，并言说："除了我指示你的话语外，或多或少皆不可泄露。目视地上，至少今晚不可盯看一切燃烧之物。"那裁缝回家后，大病了好几日。]

　　III. De spiritu Eoberti filii Roberti de Boltebi de Killeburne comprehenso in cimiterio.

　　Memorandum quod predictus Robertus iunior moriebatur et sepeliebatur

---

1　艾尼克城堡位于英格兰最北部的诺森伯兰郡。

in cymiterio sed solebat egredi de sepulcro in noctibus et inquietare villanos et deterrere ac canes ville sequebantur cum et latrabant magnaliter. Tandem iuuenes ville mutuo loquebantur proponentes comprehendere eum si aliquo modo potuissent et conuenientes ad cimiterium. Sed illo viso fugerunt omnes exceptis duobus quorum vnus nomine Robertus Foxton comprehendit eum in egressu de cimiterio et posuit eum super le kirkestile, altero acclamante viriliter Teneas firmiter quousque veniam ad te. Cui alter respondit Vadas cicius ad parochianum ut coniuretur, quia deo concedente quod habeo firmiter tenebo vsque ad aduentum sacerdotis. Qui quidem parochialis presbiter festinauit velociter et coniurauit eum in nomine sancte trinitatis et in virtute Ihesu Christi quatinus responderet ei ad interrogata. quo coniurato loquebatur in interioribus visceribus et non cum lingua sĕd quasi in vacuo dolio,[1] et confitebatur delicta sua diuersa. Quibus cognitis presbiter absoluit eum sed onerauit predictos comprebensores ne reuelare[n]t aliqualiter confessionem eius, et de cetero requieuit in pace, deo disponente.

Dicitur autem quod ante assolucionem volebat stare[2] ad hostia domus et fenestras et sub parietibus et muris quasi auscultans. fforsitan exspectans si quis vellet egredi et coniurare cum suis necessitatibus succurrendo. Referunt aliqui quod erat adiuuans et consenciens neci cuiusdam viri, et fecit alia mala de quibus non est dicendum per singula ad presens.[3]

[三、关于基尔伯恩的罗伯特·德·博尔特比的儿子罗伯特的鬼魂，其在墓地被人抓获。

此事值得铭记，上文提及的小罗伯特逝世后，被葬于教堂墓地，但其常常在夜晚爬出坟墓，惊醒、吓坏了村民，村里的狗儿跟着它，疯狂地吠叫。终于，村里的年轻人聚拢了起来，他们说已下定决心用一切可

---

1 "quasi in vacuo dolio"（好似一个空桶般）这一描写很形象。这些鬼不似荷马笔下那些鬼魂般叽叽喳喳地发出响声。[MRJ]

　　荷马在《奥德赛》中多次提及鬼怪——或者更确切地说，亡灵——发出此类声响。如《奥德赛》24.6—9 写道："蝙蝠一只只抓着对方形成了一条链带，当其中一只从位置上跌落时，它们便在可怕洞穴的深处飞来飞去发出吱吱响声；它们（追求者的亡灵）也如此吱吱地一道离去。"（根据里士满·莱提摩尔的英译本翻译）

2 "volebat stare" 意为 "他愿意伫立着。"[MRJ]

3 此篇中亦有同样的，关于提及死者罪孽的警告。[MRJ]

能的方法将那鬼魂抓获，接着他们便一道去了教堂墓地。但在看见了鬼魂后，除了两人外，其余人都四散而逃了。正当那鬼走出坟墓时，一个名为罗伯特·福克斯顿的人将其抓获，并将那鬼推到了墓地的有顶木门上；另一个男孩则勇敢地叫喊："紧紧抓住他，等我过来！"他的朋友回应道："快去找牧师，令这鬼道出原委，因为上帝已赐予我力量紧紧抓住它，牧师到来之前我都可以继续抓住它！"牧师尽快地赶来了，他以圣三一的名义以及耶稣基督的力量命令那鬼魂回答他提出的问题。鬼魂受此命令后，便好似一个空桶般，从腹腔深处说出话来，而不是用他的舌头，他坦白了自己所犯的诸多罪过。等这些事情全然揭示后，牧师赦免了他，但他告诫前文提及的捉鬼者，千万不可将鬼魂的坦白泄露出去，这样，根据上帝的计划，那鬼魂未来便可安息。

据说，在赦罪之前，这鬼魂常常潜伏在房屋的窗下或墙边，好像在聆听什么。或许由于它意识到自己需要被宽恕方可，因此在那儿等着有人会出来，并令其道出原委。有些人声称，此人生前为一同谋犯，他知悉一桩谋杀案，而且他还犯过其他罪孽，但在此处绝不可提及。]

IV. Iterum tradunt veteres quod quidam nomine Iacobus Tankerlay quondam Rector de Kereby sepeliebatur coram capitulo Bellelande et solebat egredi in noctibus vsque kereby et quadam nocte exsufflauit oculum concubine sue ibidem et dicitur quod abbas et conuentus fecerunt corpus eius effodi de tumulo cum cista sua et coegerunt Rogerum Wayneman cariare ilium vsque ad Gormyr[e] et dum iactaret predictam cistam in aquam fer[e] pre timore boues demergerentur. Absit quod ego taliter scribens sim in aliquo periculo, quia sicut audiui a senioribus ita scripsi. Misereatur ei omnipotens, si tamen fuerit de numero saluandorum.[1]

[四、那老人又讲述了某个叫做雅各布·谭克雷的人的故事。他生前是科尔比的牧师。他亲爱的小贝拉琅德[2]亲眼看着他下葬的，但夜

1　我想这句语义模糊的句子的意思是：当韦恩曼正要将棺材扔进哥麦尔里河里时，那些拉车的牛差点因为恐惧而沉入沼泽地中。[MRJ]
2　即后文提及的情妇。

里，他的鬼魂常常游荡在科尔比村；某个晚上，他将他情妇的眼睛给挖了出来。这之后，修道院院长以及一帮当地人，将他的尸体从坟墓里，连同他棺材一起给挖了出来。他们说服罗杰·韦恩曼将这尸体运到哥麦尔去。正当罗杰要将上文提及的棺材扔进水里时，他的牛差点因恐惧而溺亡。希望我写下此事不会受到伤害，因为我是按照老人所言如实记录的。若雅各布·谭克雷属于应被拯救的人，那望万能的主怜悯他。]

V. Item est mirabile dictu quod scribo. Dicitur quod quedam mulier cepit quendam spiritum et portauit in domum quandam super dorsum suum in presencia hominum quorum vnus retulit quod vidit manus mulieris demergentes in came spiritus profunde, quasi caro eiusdem epiritus esset putrida et non solida sed fantastica.[1]

[五、我所写的事情说来确实令人震惊：故事说，某个妇人抓住了某个鬼，她将鬼驮在背上。当着一群人的面，将那鬼带回了自己家里。其中一人描述说，他看到那妇人的手深深地陷入了那东西的肉中，好像那肉是腐烂的一般，而不是固体的，更像是一片幻影。]

VI. De quodam canonico de Newburg post mortem capto quem[空白] comprehendit.

Contigit quod ipse cum magistro aratorum pariter loquebatur et in agro gradiebatur. Et subito predictus magister fugit valde perterritus [fugit] et alter luctabatur cum quodam spiritu qui dilacerauit turpiter vestes suas. Sed tandem optinuit victoriam et coniurauit eum. Qui coniuratus confitebatur se fuisse talem canonicum de Newburg et excommunicatum pro quibusdam cocliaribus argenti que in quodam loco abscondit. Supplicauit ergo viuenti quod adiret ad locum predictum et acciperet ilia, reportando Priori suo et peteret absolucionem. Qui fecit ita et inuenit dicta cboclearia argenti in loco memorato Qui absolutus in pace deinceps requieuit. Prefatus tamen vir

---

1　这非常奇怪。为什么这妇人要抓个鬼带回家啊？[MRJ]

egrotauit et elanguit per multos dies, et afiirmauit quod apparuit sibi in habitu canonicorum.[1]

[六、某个纽伯里[2]的牧师如何在死后被人抓获。

故事说，一个人正和当地的农场工头肩并肩地走在田地上，突然这工头显得极度害怕，然后逃跑了；而另一个人则和恶意将他衣服撕烂的幽灵打斗了起来。最终，那人战胜了幽灵，他令其道出原委。那幽灵受命坦白后，它确实道出了原委。事实是，它生前是纽伯里的一位牧师，由于它偷了一些银匙羹并藏在了某个地方，因而被逐出了教会。他由是恳请那凡人在得知此事后，去那地方拿出匙羹，并以它的名义送还给小修道院，并请求修道院宽恕它。于是那人便照做了，他真的在幽灵描述的地方找到了银匙羹。那幽灵被及时宽恕，从此后便可安息了。然而故事中的这个人却生病了，卧床了许多天，他宣称那幽灵曾以牧师的打扮出现在他眼前。]

VII. De quodam spiritu alibi coniurato qui fatebatur se grauiter puniri eo quod erat mercenarius cuiusdam patris familias et furabatur garbas illius quas dabat bobus suis vt apparerent corpulenti ; et aliud quod plus se grauat, quod non profunde sed superficietenus arabat terram suam, volens quod boues eius forent pingues, et affirmauit quod erant quindecim Spiritus in loco vno grauiter puniti pro delictis suis que faciebant. Supplicauit igitur quod suggereret domino suo pro indulgencia et absolucione quatinus posset optinere remedium oportunum.

[七、此故事是关于某一个在他处受命坦白的鬼魂的。它说，他生前是某个地主的帮工，他常常将地主习惯留给奶牛、帮助它们增重的残羹剩饭偷走。因此它遭受了严厉的惩罚。它还讲述了另一件重压在心头

---

1 似乎这是个白天出现的鬼魂。当事人与工头一道走在田野里。工头突然焦虑起来，并逃跑了，另一个人则发现自己在和一个鬼魂打斗。或许小修道院只是将偷窃匙羹的人逐出了教会，"无论他是谁"，因为他们不知道是谁偷的。就好比《兰斯的寒鸦》中所描写的一样。[MRJ]
《兰斯的寒鸦》是英国牧师、小说家及幽默诗人理查德·巴仁姆（1788—1845）所写的一首诗，诗中一只寒鸦偷走了枢机的戒指，教会里的人遍寻不得，枢机在不知是何人偷了戒指的情况下，对偷戒者下了诅咒。后来才发现受诅咒的原来是一只寒鸦。詹姆斯认为故事中的牧师生前偷了匙羹，但修道院中之人并不知道是他偷的，只是说无论偷取匙羹，都将在死后被逐出教会。于是真正偷窃之人至死也逃不过这诅咒。

2 英格兰伯克郡的一座城市。

的事情。即，他帮地主耕地时，都只做些表面工作，从不深耕。他还一心指望地主的奶牛还能一样地长胖。而且，单单某个地方，便有十五个鬼魂，它们因为所犯的罪孽而受到了严厉的惩罚。它祈祷，自己可以说服主人给予它仁慈与谅解，令其可以获得适当的救赎。]

VIII. Item de alio spiritu sequente Willelmum de Bradeforth et vociferante how how how. ter. per tres vices. Contigit quod quarta nocte circa mediam noctem remeauit ad nouum locum de villa de Ampilford, et dum rediret per viam audiuit vocem terribilem clamantem longe post se quasi in monte, et paulo post iterum clamauit similiter sed proprius, et tercia vice vociferabatur per viam compendii vltra se.[1] et demum vidit pallidum equum, et canis eius latrauit paululum, sed valde timens abscondit se inter tibias eiusdem Willelmi. Quo facto Willelmus prohibuit eundem spiritum in nomine domini et in virtute sanguinis Ihesu Christi quod discederet et non impediret viam eius. quo audito recessit ad instar cuiusdam canvas[2] reuoluentis quatuor angulis et volutabat. Ex quo colligitur quod fuit spiritus desiderans magnaliter coniurari et efficaciter adiuuari.[3]

[八、类似的，这个故事说，有一个鬼魂连续三次跟随着布莱德佛斯的威廉，而且每次都"哦呜！哦呜！哦呜！"地号叫着。就在第四个晚上，大约午夜时分，威廉去了一个在安珀佛斯村的新地方，回来的路上，他听到了一阵可怕的尖叫声，就在他身后远处，似乎是从山那边传来的。一小会儿后，那声音又以类似的方式叫唤了起来，但是近了许多。第三次叫声是从他前面的十字路口传来的。就在这时，他瞥见了一匹苍白的马。他的狗微弱地吠了几下，但由于它已被彻底吓坏，那狗儿躲到了威廉的两腿之间。面对此景，威廉以主的名义，以耶稣基督圣血的力量命令那鬼魂退后，离开马路，不要阻挡他的去处。听到这个后，

---

1 "per viam compendii vltra se" 意为"在他前面的十字路口"。[MRJ]
2 Du Cange 衍生出"canava,""canavis"及"canvoys"等形式。
3 布莱德福德（注意作者的翻译与英译者不同）的威廉三个晚上都听到了哭叫声。第四个晚上他遇见那鬼魂。我怀疑他回应哭叫声是很不谨慎的，因为无论是丹麦抑或其他地方，都有很多故事说道，有人以无礼之词回应尖叫的鬼魂，接下去一刻，他们便发现那叫声距离马车已经很近了。注意对那受惊狗儿的描述。[MRJ]

那鬼魂消散成了一个好似酒桶的形状，四周旋转了起来，开始滚走了。以此可以判断，这是个一心寻求坦白的鬼魂，如是它便以最有效的方式得到了帮助。]

IX. Item de spiritu hominis de Aton[1] in Clyueland. Refertur quod sequebatur virum per quater viginti milliaria qui deberet coniurare et succurrere ei. Qui coniuratus confitebatur se fuisse excommunicatum pro re quadam / sex denariorum / sed post absolucionem et satisfaccionem factam requieuit in pace. In his omnibus ostendit se deus cum nil malum est impunitum remuneratorem iustum et cum nil bonum a conuerso irremuneratum.

Dicitur quod idem spiritus priusquam esset coniuratus iactauit viuentem vltra sepem et suscepit eum ex altera parte in descensu. Qui coniuratus respondit Si fecisses sic imprimis non tibi nocuissem †. . ter †[2] in talibus locis fuisti perterritus et ego feci hoc.

[九、此为另一个鬼故事，有关一个来自克利夫兰的阿顿的人。故事说，一个鬼魂跟着一个可能会令其道出原委，并由此帮助它的人，走了二十四英里。当它受命坦白时，它承认说自己因为一件六个硬币的事情而被逐出教会，但在它获得赦免，进行了忏悔后，便安息了。在所有这些事件中，上帝都显灵了，因为赎罪的人将不会遭受伤害，且尚不会受惩罚；相反，不赎罪的人必受罪，必不会有好结果。

据说这同一个鬼魂，在其受命坦白前，曾将此人扔过一片树篱，然后在他跌落时从另一边接住了他。它坦白之后，向那人解释道："如果你一开始就命我告白，我就不会如此粗暴地对你，但你彼时害怕得不可动弹，我便那么做了。"]

---

1 《目录》注释说"阿顿"有可能是"艾顿"。那鬼魂将他扔过了一片树篱，在他跌落时，又在另一边接住了他。怪物特洛儿（北欧神话中的一种怪物）的女儿（据说）嫁给了铁匠。当他得知村民都躲避他女儿后，某个礼拜日教堂仪式前，他来到了教堂。所有人都在教堂墓地上。他将他们赶成紧密的一小撮。然后对女儿说道："你是抛还是抓？""我来抓。"为了善待人类，她说道。"很好，绕到教堂另一边去。"接着他将他们一个个地扔过了教堂，她则将他们接住，完好无损地放到了地上。"我下一次到来时，"特洛儿说道，"地将抛，由我来接——如果你们不对地更友好的话。"这个与此故事相关度不大，但应有更多人知道。[MRJ]

2 "nocuissem"后面的那个单词我看不清，它是 -ter 结尾的。[MRJ]

背页空白

这些故事在卷末最后三页（从 163 页 b 面至 164 页 [1]）上继续。我删除了一段选文 "de triplici genere confessionis" [2] 以及一个从书籍中摘录的鬼故事。《目录》中有故事梗概。一个仆人犯有与其女主人通奸之罪，遭其主人怀疑。其被带至一个 "vates qui habet spiritum phitonis" [3] 处，但他路上边忏悔了，还鞭打自己，从而那鬼魂便失去了记忆。海斯特巴赫的凯撒里乌斯 [4] 有很多这样的故事。

X. Quomodo latro penitens post confessionem euanuit ab oculis demonis.

Contigit olim in Exon. quod quidam fossor magnus laborator et comestor mansit in quadam cellula spaciose domus que habebat plures cellulas cum muris intermixtis et ubi [ui：或为 non nisi？] vnum domicilium. hic autem fossor esuriens solebat sepius ascendere per quandam scalam in domicilium et amputare carnes ibidem suspensas et coquere et inde comedere eciam in quadragesima. Dominus vero domus videns carnes suas sic amputatas inquisiuit a domesticis suis de hoc facto. Negantibus autem omnibus et se purgantibus per iuramenta. minabatur ille quod vellet ire ad maleficum quendam nigromanticum et sciscitari per ipsum hoc factum mirandum. Quo audito fossor ille valde timuit et ibat ad fratres et confitebatur delictum suum in secreto et sacramentaliter absoluebatur. Prefatus quidem dominus domus vt minabatiir ibat ad nigromanticum, et ille vnxit vnguem cuiusdam pueruli et per incantaciones suas inquisiuit ab eo quid videret. Qui respondit Garcionem video coma tonsum. Cui dixit Coniures igitur eum quod appareat tibi in pulcherima forma qua poterit. Et fecit sic. Et affirmauit puerulus Ecce aspicio

---

1　三页是指对开本的 163b，164a 及 164b。
2　拉丁文，意为 "关于三段式忏悔仪式"。
3　拉丁文，意为 "掌有一个预言者鬼魂的牧师"。
4　海斯特巴赫的凯撒里乌斯（约 1180—约 1240）：德国熙笃会修道院海斯特巴赫修道院的院长，著有《圣徒言行录》（Hagiography）。

valde pulcrum equum. Et postea vidit quendam hominem in tali figura quasi fossorem predictum ascendentem per scalam et carnes amputantem cum equo pariter consequente. Et clericus inquisiuit Quid faciunt iam homo et equus？ et respondit infans Ecce coquit et comedit carnes illas. Et vlterius inquisitus Et quid nunc facit？ Et ait puerulus Vadunt pariter ad ecclesiam fratrum. sed equus exspectat pre foribus et homo intrat et flexis genibus loquitur cum quodam fratre qui ponit manum suam super caput eius. Iterum clericus inquisiuit a puerulo Quid faciunt nunc？ Cui respondit Ambo simul euanuerunt ab oculis meis et amplius non video eos, et nescio sine dubio vbi sunt. [1]

[十、一个忏悔了的窃贼，在其告白后，如何从一个恶魔的眼前消失的。

从前在埃克森有那么个扒手，他作案频繁，又贪吃。他待在一个宅邸的一间宽阔的房间里。宅邸的墙体内建有很多个储藏室，都在一个建筑之中。那扒手饿了时便常常会用一个楼里的梯子，爬上墙去把挂着的肉割下来，然后煮了吃了；他这样过了四十天。宅邸的主人发现他挂的肉竟然被割成这样了，便拿这事质问起仆人来。但仆人都否认是他们做的，并且发誓自己说的是真话。主人威胁说，他想到要去寻找一个著名的邪恶巫师，在他帮助下弄清这件罕见的事情。那扒手听到这个后，可吓坏了，他去找了修士，私下里忏悔了自己的罪孽，他通过圣礼获得了宽恕。但是上文提及的宅邸主人正如他威胁过的，已经出门去找那巫师了。那巫师在某个年轻小伙的手指甲上涂了油，然后用他的咒语问他看见了什么。那小伙说："我看到男孩刚剪了头发。"巫师对他说道："你要命他以其可达到的最美形式展现在你面前。"于是那男孩照办了。那小伙说道："看！我看到一匹极其美丽的马儿。"这之后，他看到某个人，长得和那扒手一模一样，正爬在一部梯子上割肉，那匹马就跟在他后面。那教士[2]问道："那人和那马此刻在做什么？"小伙子回

---

1 那巫师在小孩的指甲上"涂油"，而不是手掌上。我认为，巫师，而不是宅邸的主人，才是那个提问的教士。[MRJ]。"教士"一词，为拉丁文。

2 如原注释所言，应该指巫师。

答说："看，他在煮食那些肉。"他被进一步提问："他现在在做什么？"小伙子说："他们一起去了一个修道院。但那马等在门前，而那人走了进去，跪了下来，他对一位修士说着话，那修士将手放在那人头上。"教士再一次问那小伙："他们现在在干吗？"他回答说："他俩都从我眼前消失了，我再也看不见他们了，而且毫无疑问，我不知道他们在哪里。"]

XI. De opere dei mirando qui vocat ea que non sunt, tanquam ea que sunt, et qui potest facere quando et quicquid vult. et de quodam miro.

Est memorie comendatum quod quidam homo de Clyueland cognomine Ricardus Rountre relinquens vxorem suam grauidam ibat ad tumbam sancti Iacobi cum aliis quam pluribus qui quadam nocte pernoctabant in quadam silua prope viam regiam. hinc est quod quilibet illorum vigilabat per quoddam spacium noctis propter timorem nocturnum, et ceteri securius dormiebant. Contigit quod in illa parte noctis qua prefatus homo fuit custos et vigil noctis audiebat magnum sonitum transiencium per viam regalem. et aliqui sedebant et equitabant super equos ones et boues et quidam super alia animalia, et vniuersa pecora que fuerunt sua mortuaria quando moriebantur. Tandem vidit quasi paruulum volutantem in quadam caliga super terram. Et coniurauit ipsum Quis esset et quare sic volutasset? Respondit Non oportet te me coniurare Tu enim eras pater mens et ego filius tuus abortiuus sine baptismo et absque nomine sepelitus. Quo audito isdem peregrinus exuit se suam camisiam et induit puerulum suum imponens ei nomen in nomine sancte Trinitatis. et tulit secum illam veterem caligam in testimonium hmus rei. Qui quidem infans taliter nominatus vehementer exultabat et de cetero iuit pedibus suis erectus qui super terram antea volutabat. Completa vero peregrinacione fecit conuiuium vicinis suis et peciit ab vxore sua caligas suas. Que ostendit vnam et alteram non inuenit caligam. Tunc maritus suus ostendit illi caligam in quo puer inuoluebatur, et hoc mirabatur. Obstetricibus autem confitentibus veritatem de morte et sepultura pueri in predicta caliga fiebat diuorcium inter maritum et vxorem eius quod fuit compater filii sui taliter abortiui, Sed credo quod hoc diuorcium displicuit valde deo.[1]

[十一、关于上帝的非凡功绩。他可召唤不存在的东西，正如他召唤存在的东西一般；他可以在任何时候做任何他所想的事情。特别讲述其中一件神迹。

此事值得铭记。某个来自克利夫兰，名为理查德·朗特里的人，离开了他怀孕在身的妻子，与一大群人出发去圣雅各的坟上了[2]。某天晚上，他们在靠近大路的某个树林中过夜。因为恐惧黑夜，他们中的好几位都轮流守了会儿夜，好让其他人平安无事地睡着。结果，轮到上文提及的这位男子守夜时，他醒了过来，听到了大路上传来一阵旅人经过而造成的巨大响动。有些人或坐或骑地架在马、羊和奶牛上，其他人则骑着别的动物。所有这些牲畜都是他们死时陪着他们进入坟墓的。最后面，他看到一个似乎很小的鬼躲在某种靴子式样的东西里翻滚而来。他命令这小鬼道："你是谁，为何翻滚？"它回答道："你不得与我对话。因为你是我的父亲，我是你的儿子。我应小产而亡，未能享有洗礼之益处，因而我埋葬时仍无名无姓。"听到这话后，这朝圣者脱下了自己的衬衣，给他儿子穿上，并以圣三一的名义给予了他一个名字。他将那只旧靴子拿走了，以作为此事的证据。那婴儿确实万分欢喜，在这样正式得名之后，他未来便不必再翻滚前行，可以用自己的双腿直立行走了。在完成朝圣之旅后，此人与邻里举办了一场聚会，他问妻子要靴子。她只拿来了一只，却找不到另一只。于是她丈夫将那男孩翻滚时栖身其中的靴子拿了出来，这让她大吃一惊。产科大夫坦白了实情，他说男婴早夭，其将尸体放置于早前提及的靴子中后，将他埋葬了。即便如此，这对夫妻还是离了婚，因为在这样一次流产中，她和儿子一样承受了痛苦。不过我相信，这离婚大大忤逆了上帝之意。]

[此一页难以辨读，字迹模糊，某几处内容已难觅]

---

1 关于死者夜间成队而出的故事不胜枚举，但这是我所知的唯一一个死者骑着各自"坐骑"（他们死时，献给教堂的，或者教堂索要的牲畜）的故事。这是一个奇怪的联想，让人想起异教的习俗：通过埋葬牲畜做陪葬品，为死者提供交通工具。显然那妻子并未参与孩子的不得体葬礼，作者对其抱有同情。离婚似乎是不必要的，虽然助洗人（通常称为"教父教母"，但此处助洗人为亲生父亲）之间不可成婚，但此处只有一个助洗人。不过我对教会法并不熟悉。[MRJ]

2 从后文看，应该是去朝圣。

XII. De sorore veteris Ade de Lond comprehensa post mortem secundum relacionem antiquorum.

Memorandum quod predicta mulier in cimiterio de Ampilford sepeliebatur et infra breue post mortem comprehendebatur per Willelmum Trower seniorem et coniurata confitebatur se ipsam peragrare viam suam in nocte propter quasdam cartas quas tradidit iniuste Ade fratri suo. Hinc est quod olim quadam discordia otta inter maritum suum et ipsam, in preiudicium predicti viri sui et propriorum filiorum optulit fratri suo predictas cartas, ita quod post mortem suam frater suus expulsit maritum suum de domo sua, videlicet vno toft et crofte cum pertinenciis in Ampilford, et in Heslarton de vna bouata terre cum pertinenciis, per violenciam. Supplicabat igitur predicto Willelmo quod suggereret eidem fratri quod vellet redonare marito suo et filiis easdem cartas, et restituere illis terram suam. alioquin nullo modo posset in pace requiescere ante diem iudicii. Qui quidem Willelmus secundum iussionem suam suggessit predicto Ade. sed ille renuit cartas restituere, dicens non credo [. . .] hiis dictis. Cui ille. Verus est in omnibus sermo meus, vnde deo concedente audietis sororem vestram vobis colloquentem de hac materia infra breue. Et altera nocte rursus comprehendit illam ac attulit ad cameram prefati Ade, et loquebatur cum eo. Cui respondit induratus frater suus secundum quosdam. Si ambulaueris imperpetuum nolo predictas cartas redonare. Cui respondit ilia ingemiscens. ludicet deus inter me et te ob quam causam. Scias ergo quia vsque ad mortem tuam minime requiescam. vnde post mortem tuam tu peragrabis loco mei. Dicitur vlterius quod dextera manus illius pendebat iusum et erat valde nigra. Et interrogabatur qua de causa, respondebat quia sepius pugnando [?] extendit illam, iurando falsum. Tandem coniurata fuit ad alterum locum propter timorem nocturnum et terrorem gentis ville. Peto tamen veniam si forte offendi in scribendo contra veritatem. Dicitur tamen quod Adam [de lond 据 上文] iunior vero beredi partim satisfecit post mortena Ade senioris.

[十二、关于老亚当·德·郎德的姐姐，根据德高望重之人的叙

述，其死后被人抓住。

此事值得铭记。上文提及的妇人安葬于安珀佛斯的教堂墓地中。她死后不久，便被老威廉·特洛瓦抓住。在他命其道出原委之后，她坦白说自己之所以夜晚游荡在街上，是因为某些她以不义手段交予她弟弟亚当的文件。实情是，有次她与丈夫吵架之后，她对上文提及的丈夫及自己的儿子们充满了偏见，一气之下她将有关文件寄给了弟弟。因而，她去世后，她弟弟残暴地将她丈夫赶出了自己的房产，那是一个宅邸加马厩，面积一直延伸到安珀佛斯；还有一些牧草地，在海斯拉顿。于是她恳请这位威廉去建议她弟弟，将文件归还她丈夫和儿子们，将土地还给他们，否则在审判日之前她都完全无法安息了。因此根据她的请求，威廉便向亚当提出了建议。但他拒绝归还文件，他说："我不相信 […] 你告诉我的。"威廉对他说："我的故事千真万确，上帝保佑，希望你很快就能听到你姐姐亲口对你说这件事。"

另一个晚上，他又抓住了她，并带她去了亚当的房间，她便与亚当说话了。但根据某几个人的说法，她那硬心肠的弟弟说道："即便你要永世游荡，我都不会归还文件的。"她哀嚎着对他说道："让上帝裁决我与你之间的这件事宜吧。但你应该知道，因为这件事，我在你死前都不会安息。你死后便会接替我继续游荡。"据说后来他的右手折了，而且发黑。当他被问到这事的原因时，他说打斗时 [？] 他经常扭伤手，但他撒谎了。最后，因为村民夜间的恐惧和害怕，透露这些事情的妇人鬼魂去了另一个地方。如果我不巧写得与事实不符，我祈求原谅。而且据说，在老亚当死后，小亚当·德·郎德确实部分满足了财产继承人的要求。]

附　录[1]

1　在 20 世纪 20 年代至 30 年代间，作者在多个场合对鬼故事的本质、历史以及理论发表了一些评论，其中几份重要文字获得了出版。除了这些文章外，作者还写了几篇关于他最喜爱的维多利亚时期的诡异题材作家谢里丹·勒·法努的文章，但由于这些文章与作者关于鬼故事的观点并无直接关系，因此本附录不做收录。
作者为 V.H. 柯林斯选编的《鬼魂与奇事》(伦敦：牛津大学出版社，1924）所写的引言是继《古文物专家的鬼故事续》序言后第一篇讨论鬼故事写作实践的文字。编者维尔·亨利·柯林斯较鲜为人知，但他编辑了许多分主题的英国文学作品集，如《鬼魂与奇事》(1924）、《鬼魂与奇事续》(1929）及《行动诗歌》(1913）等。作者在这篇引言中暗示，若自己是编者，或许选材会有不同。
《有关鬼故事的一些评论》最初发表于伦敦《书商》杂志 1929 年 12 月号上（极好的一期，收录的全是古怪故事，其中有阿尔杰农·布莱克伍德、阿瑟·马钦以及其他几位重要作家的供稿）。这是作者最为详尽的一篇探讨鬼故事的文章。文章不仅从理论角度探讨了应该如何写作鬼故事，而且还回顾了鬼怪文学的简史。作者批评了同代作家对于暴力及性意象的滥用，明显流露出其本人的含蓄、间接写作倾向。
《鬼——请善待它们！》最初发表于伦敦的《晚间新闻》上（1931 年 4 月 17 日）。这篇文章是较为私人性质的，作者在其中再一次强调了以下原则——避免使用难以理解的术语、场景的设置要相对贴近当代，以及着重于超自然现象的"恐怖与恶意"上。作者的作品充分体现了这几个原则。
作者为《鬼故事集》所写的序言令人联想其故事的真实来源（地理上的以及其他方面的），也提供了这些作品写作与出版的日期。
《我曾尝试写作的鬼故事》最初发表于伊顿的一本名为《试金石》(1929 年 11 月 30 日）的杂志上，后重印于《鬼故事集》中。作者在文中提供了几篇故事梗概，这些都是做着曾经尝试过写作，但未能完成的故事；其中一些实际上经过细节完善，便可完成或部分完成了。

泉　州

《鬼魂与奇事》引言

　　在本引言开头，我必须说清楚，本书介绍的故事并非由我选编。我很高兴这不是我选编的，因为这省却了许多麻烦，而且如果有任何我不喜欢的地方，我可以自由批评（如果我想的话）。但现在还未到评论的时候，首先应发些总体的感想。对我而言，这不是个可以轻易攻克的难题。

　　常常有人要求我系统阐述下有关鬼故事和奇异、神秘及超自然故事写作的观点。不过我从未确定自己是否有什么观点可以系统性阐述的。我怀疑，实际上这个门类[1]太小太特殊，不适合强加一些宽泛的原则。如果把这问题放宽，问问一般而言，主导短篇小说写作的因素有哪些的话，就可以说上很多了，而且前人也多有赘述。当然，也有一些超自然因素主导情节的长篇小说，不过其中成功的并不多。鬼故事最多也只是某种特殊的短篇小说而已，也受制于统领整个分类的宽泛原则。我想，这些原则是没有任何作家会遵照的。实际上，称它们为"原则"是荒谬的；它们是成功之作中观察到的品质而已。

　　我注意到了一些这样的品质，在无法落笔讨论宽泛原则时，倒是可以写下一些更为具体的东西来。那么好了，对我而言，撰写一篇鬼故事时，有两种原料是最为重要的：氛围以及操控良好的情节递进。我自然假设作者在开始写作前就已经想好了中心思想。那些角色会以温和的方式被介绍给我们；我们会看到他们正在进行日常的活计，不受不祥之兆的困扰，对他们的周边环境很是满意；然后让那不吉利的东西在这宁静

1　原文为法语。

的环境中露脸，一开始并不引人注意，然后变得更加扎眼，直到它控制了整个舞台。有时候，为自然解释留下点空间未尝不可。不过我要说，这空间得留得窄些，让它显得不太实际。接着说说场景。侦探故事是不可能现代过头的，摩托车、电话机、飞机以及最新的俚语在里头都是合适的。对鬼故事而言，留一点距离的淡淡烟雾是可行的。"三十年前"，"一战前不久"，都是非常适合作为开场的。如果选择了一个真的非常遥远的日期，那么有好几个办法可以让读者与其产生联系。发现相关文件是貌似可信的；或者你可以从你自己的鬼魂说起，回溯过去诉说缘由；或者（如《画家肖肯》[1] 中）你可以将场景直接设置在你想要的时代中，我认为这是最难成功的一个方法。总体而言（虽然可以举出不少反驳我的例证）我认为一个现代到足以让普通读者自行判断其自然程度的场景设置，是比任何古老场景更为合适的。因为一定程度的真实性是最优秀鬼故事的魅力所在；不是说要极其的真实，只需要真实到，能让读者自己对受难者产生认同感即可；而一个古代故事的读者几乎难免会陷入纯粹观察者的境地。

这些只是感想。很多其他观点都是人尽皆知的，而且在实践中亦得到了证实。选集里的故事说明赋予故事吸引公众的能力的方法何其多样，因为这些故事没有一个不是曾经风靡一时的。或许可以针对这些故事发表些学究气的评论。尤其是里面列出的日期看上去很卖弄学问，但实际上并非毫无意义和作用。

沃尔特·司各特爵士[2] 告诉我们，笛福的《维尔夫人》（一七〇六）成功帮助某一版本的《德黑朗古特论死亡》脱销，这书差点就成为滞销货了[3]。不用说，笛福自有这种完美的平地起高楼的写作能力。但在这篇文章上，有人表达了疑问，并不是故事的真实性存疑，而是其虚构性存在疑问。虽然我没法说出任何相关的调查，但我记得安德鲁·朗先生曾

---

1 谢里丹·勒·法努的一篇短篇小说，最初发表于《都柏林大学杂志》（1839 年 5 月），修订后收录于《鬼故事及神秘传说》（1851）中。原始版本重印于作者身后出版的《珀赛尔文稿》（1880）中。

2 沃尔特·司各特（1771—1832）：苏格兰著名历史小说家及诗人，代表作有《艾凡赫》等。

3 指丹尼尔·笛福（1660—1731）的《维尔夫人的鬼魂》（1706）。沃尔特·司各特爵士认为（这一观点发表于其论文《丹尼尔·笛福》中，该文收于《散文杂集》（1827）第 4 卷中）这篇作品是为了促进查尔斯·德黑朗古特的《基督徒对死亡恐惧之辩驳》（1675，翻译自 1651 年的法语文章《虔诚之心对死亡恐惧之抚慰》）的销售，但这个说法现在已经证伪了。

指出《维尔夫人》并非虚构，它是对一件据称真实发生的事件的记录[1]。无论故事是虚构的或是真实的，这小说本身值得赞赏。

公认的佳作《游荡者威利之故事》（一八二四）[2]植根于古老的民间故事，或许很多读者都想到了这一点。我无法引证相应的苏格兰故事，但可以在沃尔嘉德的英格葆·斯基尔夫人的马车夫克劳斯的故事中找到一个相似的丹麦传说。

"英格葆夫人是斯基尔的遗孀。据说斯基尔在死前几年，用不正当手段从艾厄斯泰兹村搞到了一些田地。这些田地仍旧叫做艾厄斯泰兹田地，但却属于沃尔嘉德了。斯基尔对佃农们非常严厉，而她的遗孀更是变本加厉。一天，她正坐车去教堂——那天是她亡夫的忌日——她对马车夫说：'我想知道我那死去的丈夫过得怎么样。'那名叫克劳斯的马车夫是个心直口快的人，他回说：'这个，夫人啊，可不容易知道，不过我肯定他不会挨冻。'她非常生气，威胁马车夫说，从即日起第三个礼拜日，他必须告诉她亡夫过得如何，否则他就小命难保。

"克劳斯知道这女人说到做到，于是他先去一位牧师处寻求意见，据说这牧师和任何主教一样博学多识。不过牧师只能告诉他，自己有一位兄弟，在挪威做牧师，他知道得更多；克劳斯最好是去找他。他照办了，这挪威牧师想了想，说道：'好吧，我可以让你们俩相见，不过若你惧怕他，则此事对你而言有风险。因为你要亲自传递信息。'他们商定，夜幕降临后，就去一处大树林中呼唤地主。当他们抵达后，牧师便开始朗诵经文，直到克劳斯头上的头发全竖了起来为止。一会儿后，他们听到一阵可怕的声响，一辆烈焰熊熊的红色马车由几匹全身冒着火花的马儿拉着，穿过树林奔驰而来。马车在他们身边停了下来。克劳斯认出了他的主人。'是谁想和我说话？'他在马车上吼道。克劳斯摘下帽子，说道：'夫人向老爷您问好，她想知道老爷去世后日子过得如何。''告诉她，'地主说道，'我下了地狱，它们正在为她打造一把椅子。这椅子只差一条腿就完成了，当椅子做好时，她就会被抓来，除非

1　这一观点来自安德鲁·朗（1844—1930）的《英国文学史》（伦敦：英文，格林，1912）第416—417页。安德鲁·朗是一位苏格兰民俗学家及评论家，相关注释见卷一《马丁的教堂围地》。
2　《游荡者威利之故事》是沃尔特·司各特爵士的长篇小说《雷德冈列特》中的一章。

她将艾厄斯泰兹的田地还回去。为了证明你曾与我交谈，我将这婚戒交给你，你可以将此物给她。'

"马车夫伸出了自己的帽子，那戒指便放进了帽子里；但那马车和马匹却消失了。在第三个礼拜日，英格葆夫人的马车驶向教堂时，克劳斯就等在外面了。她看见他时，再次问道他带来了什么讯息，克劳斯诉说了自己的所见所闻，并将那戒指给了她。她认出了那戒指。

"'很好，'她说道，'你救了自己一命，我死后便将与我丈夫团聚——这是毫无疑问的——我永远都不会放弃艾厄斯泰兹的田地的。'"

在其他版本中，田地被还回去了，在 E.T. 克里斯滕森 [1] 篇幅浩繁的故事集中，我相信某个地方存在着另一版本，其中一张地租收据起到了一定作用。

《丽姬娅》《狼人》[2] 以及《画家肖肯》这三篇小说都创作于一八三八——一八三九年间。第一篇代表的是一种梦幻似的、狂想般、半寓言似的小说种类。"人人图书馆" [3] 负责坡小说的编辑形容它"如此完整无瑕，评论家的刀笔在此无缝可入"，而且毫无疑问，可以找到其他一样热情澎湃的描述。现在很多人看来，这篇小说已经位列经典了。不可否认，《狼人》是比较老派的（"做好准备，聆听一则怪诞故事"），但同样不可否认的是，故事叙述得很棒。但《肖肯》与我自己的理念更为贴合。这确实是勒·法努佳作中的最佳作品之一。我们有（如果可允许我暂时变成书目学家的话）两个《肖肯》的文本。本书中收录的是原版，最初发表于一八三九年的《都柏林大学杂志》上。一八八三年作为《珀塞尔文稿》的一篇，重印于其中。另一个版本，则于一八五一年，出现在一本罕见的、在都柏林出版的匿名集子中，书名为《鬼故事及神秘传说》。在那集子里，书中每一篇故事的开头都有一段选自《圣经》的箴言，而且选得很恰当。《肖肯》开头的那段是从《约伯记》中来的。"他本不像我是人……又使我们可以同听审判。我们中间没有……可以

---

1 详见《十二个中世纪鬼故事》中的相关注释。

2 《丽姬娅》（《美国博物馆》，巴尔的摩，1838 年 9 月；《怪诞及奇异故事集》，1840）是美国作家埃德加·爱伦·坡的作品；《狼人》是英国军官及作家弗雷德里克·马利亚特船长（1792—1848）的作品，是《幽灵船》（1839）中的一个章节。

3 爱尔兰诗人及评论家培德莱克·科拉姆（1881—1972）为人人图书馆版坡的《神秘及幻想故事集》撰写了引言。

向我们两造按手（的人）。愿他把杖离开我，不使惊惶威吓我。"[1]

箴言后故事就开始了，"现如今有一幅引人注目的肖肯画作保存完好"，珀塞尔神父与凡戴尔船长的简短对话都转至第三人叙述了；整个开场都缩短了，文本中有许多不同之处，结尾则是如下文字——"罗丝·维尔德考斯特，她那神秘的命运一定会永远成为难解之谜"——有关那画作的第二次且无必要的描述被删除了。对了，这幅画现在在哪儿呢？很明显，这是一幅真实存在的画作，但我从未见过，也未见过任何复制版本。很有可能勒·法努是在一个私人宅邸中见到这幅画的。若真如此，则很有可能这幅画未能在自由之友的广泛暴动中幸存下来。

鲍沃·利顿及乔治·艾略特的两篇小说均创作于一八五九年左右[2]。第一篇名气很大，这是理所当然的。故事中的一些细节是否来自于威灵顿那座收税官一家居住的闹鬼磨坊[3]呢？我一度这么认为过。这个故事也有两个版本，第二个版本中，偶遇圣日耳曼伯爵卡廖斯特罗[4]式样男子的情节不见了。插句题外话，我在想是否很多读者也与我一样厌烦"G——街的J——先生"这种老式的写作伎俩啊。

或许大家会同意《敞开之门》（一八八五）是整本选集中最美的一篇。我将其与同样写得很美的《被围之城》[5]列在一个档次上。这两个作品我认为是欧利芬特夫人探讨另一个世界的作品中最靠前的两部。针对这篇作品，我又一次想道，是否某篇非常古老的故事早已提供了这部作品的母题？我指的是朗塞斯顿[6]的拉德尔先生的生平。他自言这是其1665 年经历的真实事件。他在其中说道，有个年轻男孩被一个女鬼困扰着，他知道这女子大约八年前便去世了。每天去上学时，他就会在一

1　语出《圣经·旧约·约伯记》第 9 章 32—34 节。
2　指爱德华·鲍沃·利顿（1803—1873）的《闹鬼之处及作祟者，或，宅邸及大脑》（《布莱克伍德的爱丁堡杂志》，1859 年 8 月）；乔治·艾略特（1819—1880）的《揭开的面纱》（《布莱克伍德的爱丁堡杂志》，1859 年 7 月）。
3　参见克罗夫人的《自然的黑夜面》，以及斯泰德的《真实的鬼故事》。[MRJ]
　　作者指的凯瑟琳·克罗的《自然的黑夜面》（1848）以及 W.T. 斯泰德的《真实的鬼故事》（1897），这两本书中均提及了作者所言的闹鬼磨坊。有人认为鲍沃·利顿的小说是以伦敦伯克利广场 50 号的那所闹鬼宅邸为原型的，作者在《校园怪谈》中提到过这座鬼宅。
4　圣日耳曼伯爵（1710—1784?）：一个神秘人物，身世经历不详，行踪诡秘，据说是冒险家、炼金术士。卡廖斯特伯爵（1743—1795）相传是他的学生，一名神秘主义者、冒险家。
5　玛格丽特·欧利芬特的《敞开之门》（《布莱克伍德的爱丁堡杂志》1882 年 1 月）以及《被围之城》（1880）。
6　朗塞斯顿：英格兰西南部康沃尔郡一城市。

片田地上遇到她。故事叙述得引人入胜，我不知道是否有评论家讨论过这篇故事。手头唯一能找到的版本收录于 T. 查雷的《来自无形世界的讯息》[1]中。那鬼魂（他最终与其交谈并进行了驱邪）对他所说的话，拉德尔先生秘而不宣，故事结尾是这样的："它静悄悄地消失了，自此之后再未出现，未来亦不会再来搅扰任何人。"

这一水平的鬼故事佳作中有很多都是古老主题的变体，确实，这些故事或多或少都要构建在传统的基础上，这是不可避免的。我认为，一位作者在创作新故事时，显示出一些古老传说或许是其构思的底子所在，这并不会有损其身价。

但我认为《猴爪》（一九〇二）以及雅各布斯先生的任何其他超自然题材短篇小说都并非源自古老传说。它们看来是绝对原创的。这些小说总是很可怕，而且如我开头所建言的，它们都是为理性解释保留空间的极好范例。毕竟这些解释都不怎么说得通。你可以肯定确实有鬼魂作祟，但有时候你会发现要确切指出它是在哪一刻发挥作用的却很困难。

关于这个集子中的其他故事，希望读者都能喜欢，我本人无甚评论可表。威尔斯先生具有让自然科学服务于虚构文学的才能，这是无人能比的，而《水晶蛋》[2]（一九〇〇）即是此一才能的极好例证。布莱克伍德先生貌似将《古代魔法师》（一九〇八）[3]的场景设在了拉昂——虽然庆幸的是，拉昂的大教堂依旧完好。对于《盗尸人》（一八八四）及《月奴》（一九〇一）[4]这样的故事只说些赞美之词的话，是既不恰当又没用处的。

本书确实是两百年来鬼故事的代表性选集，这一点望能获得大众认同。当然，本书的每一位读者，举凡熟悉此一文学类型的，都会有自己的增删之见——我亦如此。不过我要说，本书中的每一篇小说在某种程度上都有其立足之地。

---

1 作者指的应该是 T. 欧特威的《鬼怪；或，来自无形世界的讯息》(1835)，后以《来自无形世界的讯息》(1844) 为题再版。"查雷" 可能是 V.H. 柯林斯或者作者的打字员在整理稿件时搞错了。

2 H.G. 威尔斯的《水晶蛋》(《新评论》，1879；后收录于《空间与时间故事》，1900 中)。

3 指阿尔杰农·布莱克伍德的《古代魔法师》，收录于《约翰·塞楞斯——神奇医师》(1908) 中。故事发生在拉昂，法国北部的一个城市。

4 指罗伯特·路易斯·斯蒂文森的《盗尸人》(《蓓尔·美尔杂志》，1884 年圣诞号)；巴里·潘恩的《月奴》(《黑暗中的故事》，1901)。

让我用一段为所有鬼故事正名，并将鬼故事归于合适地位的文字作为这篇散漫无章法的序言的结尾吧：

赫米温妮 ……来，哥儿，现在我又要你了。请你陪我坐下来，讲一个故事给我听。

迈密勒斯 是快乐的故事呢，还是悲哀的故事？

赫米温妮 随你的意思讲个快乐点儿的吧。

迈密勒斯 冬天最好讲悲哀的故事。我有一个关于鬼怪和妖精的。

赫米温妮 讲给我们听吧，好哥儿。来，坐下来；讲吧，尽你的本事用你那些鬼怪吓我，这是你的拿手好戏哩。

迈密勒斯 从前有一个人——

赫米温妮 不，坐下来讲；好，讲下去。

迈密勒斯 住在墓园的旁边。——我要悄悄地讲，不让那些蟋蟀听见。

赫米温妮 那么好，靠近我的耳朵讲吧。[1]

1　本段选自莎士比亚戏剧《冬天的故事》第二幕第一场 22—32 行。此处选用朱生豪译本，为散文体，因此与原文诗行并不对应。

有关鬼故事的一些评论

几乎所有古代鬼故事都宣称是对真实事件的记录。在开篇我就必须说明，我不讨论这些故事——无论是古代、中世纪抑或后中世纪 [1] 的——也不讨论我们当代的一些纪实之作。我关心的是一个小说的分支；如果你审视整个门类的其余分支，会发现这一分支并不庞大。但在最近三十年间，这一分支硕果累累得惊人。我讨论的对象便是明确虚构的鬼故事，清楚这一点我才能继续讨论。

一八五四年，乔治·鲍罗在"格拉摩根郡 [2] 的高泰·沃尔的酒馆里"，对着一群威尔士听众，叙述了他所谓的"绝对是世界上最好的鬼故事"。你可以在耐普为《未开垦的威尔士》做的注解里读到这个故事的英文版，也可以在最近出的一版配有绝好插图的《潘菲洛历险记》[3] 中读到西班牙文版本。故事来源于一六○四年出版的洛佩·德·维加的《朝圣者在自己的国家》[4]。你会发现这是一则写作于莎士比亚时代的极为有趣的恐怖故事，不过如果你赞同鲍罗对它的评价的话，那我会大吃一惊的。故事仅仅叙述了一个流浪者在一座"医院"里过夜时经历的一系列噩梦，那医院是因为闹鬼而被废弃的。鬼魂们成群而来，对受害者的床铺玩起

1　通常指都铎王朝（1485—1601）及之后的时代。
2　格拉摩根郡是威尔士十三历史旧郡之一，现已拆分。
3　原文为西班牙语。
4　作者指的是苏格兰作家乔治·鲍罗（1803—1881），他的《未开垦的威尔士：其人其语其景》（1862）是根据自己1854年在威尔士游历的经历写成的。该书第99章中，提到了西班牙作家洛佩·德·维加（1562—1635）讲的一个鬼故事。这故事可以在威廉·I. 耐普的《乔治·鲍罗生平、作品及通信》（伦敦：约翰·穆瑞，1899）卷2，第120—124页上找到。维加的《潘菲洛历险记：鬼故事》最初是作为《朝圣者在自己的国家》（1604）中的第五部发表的。作者此处指的应是1920年出版的一个插图版本（马德里：黑门尼斯·弗洛伊德）。

了鬼把戏。他们因为打牌而争吵，冲那人喷水，还在房间里乱扔火把。最后它们偷了他的衣服，然后消失了；但次日清晨，衣服还在他睡觉前放置的地方。实际上，与其说它们是鬼，还不如说是小妖精呢。

但你至少看到了一篇纯粹为了让读者感受到愉悦恐惧感的作品；我认为，这正是鬼故事的真正目的所在。

据我所知，这故事之后，差不多过了两百年，才再一次出现鬼故事的文学尝试。当然，舞台上有过鬼魂角色，但我们必须把这些排除在外。在我国，鬼魂在格兰维尔、波芒[1] 等人手上属于准科学的研究对象；但这些故事搜集者，他们是想证明来世以及灵魂世界的相关理论。欧洲大陆则出过一些更好的论文，里面还有一些例证，比如拉瓦塔[2] 所写的那些。所有这些，如果确实提供了我们先人所谓的"乐趣"（约翰逊博士曾言《科里奥兰纳斯》很有趣）[3]，那也是间接性的。《奥川托城堡》[4]或许是鬼故事作为一种文学类型的滥觞，不过从现代观点来看，恐怕这书只是有趣而已。之后我们便有了雷德克里夫夫人[5]，她的鬼怪远比同辈作家的出色，但气人的是，她都把鬼怪含糊地搪塞过去了；还有"修士"·刘易斯，他那为自己带来"修士"这一绰号的著作，写得令人害怕、憎恶，但却令人印象不深[6]。不过"修士"·刘易斯促成了一些超出他写作能力的佳作。在他的赞助下，司各特的诗歌首次得已出版。他编辑的《恐怖及奇幻故事》[7]中，不单收录了他的一些翻译作品，还包括了《格兰芬拉斯》以及《圣约翰节前夜》等作品，这些作品永远都将立于最佳鬼故事之列。他用歌谣形式编纂这些故事，他本人喜爱这种形式，

1　约瑟夫·格兰维尔（1636—1680）所著的《撒都该派的挫败》（书名为拉丁文，关于撒都该，参见卷一《铜版画》中的有关注释）（1681）中有一部分内容宣称证明了"显灵、魂魄及巫师的真实存在性"。卷一的《马丁的教堂围地》中提到过格兰维尔；约翰·波芒（1731 年去世）著有《有关灵魂、显灵、巫术及其他魔法行径之历史、哲学及神学的讨论》（1705）。

2　路德维格·拉瓦塔（1527—1586），瑞士改革派神学家，著有《关于夜间行走之勒穆瑞斯及灵魂》（标题为拉丁文）（1570），勒穆瑞斯为罗马神话中亡者的恶魂。

3　萨缪尔·约翰逊对于《科里奥兰纳斯》的评价见于其编辑的《莎士比亚全集》（1765）中。参见《约翰逊评莎士比亚》（耶鲁大学版萨缪尔·约翰逊作品集，卷 8）（纽黑文：耶鲁大学出版社，1968）第 823 页。《科里奥兰纳斯》为莎士比亚晚年撰写的历史悲剧，因此约翰逊的评价显得很突兀。

4　参见《闹鬼的玩偶屋》中的相关注释。

5　安·雷德克里夫最出名的作品便是《尤多尔佛之谜》（1794）。见卷一《第十三号房间》相关注释。

6　指马修·刘易斯，著有《修士》（1796），他因而获得此绰号。

7　《奇幻故事集》（1801）是刘易斯主编的一本超自然民间诗歌集；《恐怖故事集》（1801）则是一卷无名氏编纂的模仿作品。

而且也搜集了很多歌谣，我们必须记住，民间歌谣是鬼故事的直系鼻祖。试想《桑德斯教士》《年轻班杰》以及《鄂舍井妇人》等。我有点想详细讨论下《恐怖故事集》，因为其中大部分内容都非常荒谬，刘易斯对此秉笔改之，加入了以下一类的诗句：

> 所有在场之人皆惊叫一声；
> 皆嫌恶地转身。
> 鬼魂质问伊摩琴之时，
> 蛆虫爬进又爬出，
> 爬走在它的双眼及太阳穴周围。

但是本文的结构还是要把控一下的。

　　如果我讨论的是广义上包括超自然现象的恐怖书籍的话，则应该将马图林的《麦尔莫斯》[1]也包括进来，可以肯定的是，我不知道这部作品有任何仿作。但是《麦尔莫斯》是一部很长——长得令人发指——的作品，而我们的重心要落在短篇鬼故事上。如果说司各特并非这一类别的创始人，那至少他为我们贡献了两篇经典作品——《游荡者威利之故事》以及《壁毯之屋》[2]。我们知道第一篇是一部长篇小说中的片段；举凡搜检下那之后几年的长篇小说，就肯定能发现（诶，正如我们在《匹克威克外传》以及《尼古拉斯·尼克比》中发现的一样）里头穿插有这一类的故事；其中一些故事可能出彩到值得单独重印。但真正令人欢欣的狩猎场、我们猎物的适当栖息地是在杂志、年刊以及那些旨在令全家欢愉的定期出版物中。三四十年代[3]的时候，这些杂志出得又快又厚，很多都早夭了。我不欣羡那些投入精力备查过刊的人，因为我自己尝试过这个任务[4]，但为他们提供一个成功标准却并非妄言。他们将会发现一些鬼故事，但什么样的呢？查尔斯·狄更斯将会告诉我们。在《家常话》杂

1　查尔斯·罗伯特·马图林的《游荡者麦尔莫斯》(1824)常被认为是最后一部早期哥特小说，亦是最佳的一部。

2　《壁毯之屋》收录于《1829纪念集》(1828)中，《纪念集》是1828—1857年间英国的一本文学年刊。

3　作者指19世纪。

4　作者指自己花费精力查阅过刊，寻找尚未得到确认的谢里丹·勒·法努的作品。这段经历他在《格罗夫人的鬼魂及其他神秘故事》(1923)的点评及注释中有提及。

志的一页中——可以在以《圣诞树》（我认为这是狄更斯的节日作品中最为杰出的一组）为题的圣诞故事[1]中找到——这位伟人借此机会概述了一下他那个时期鬼故事的典型情节。如其所言，它们可以"简化为非常少的几种大致类别；因为鬼怪的原创性很少，它们'行走'在老路上"。他花了点篇幅讲述一个贵族的经历，其遇见了两百年前在庭园里自溺而亡的年轻貌美女管家的鬼魂；以及更为粗制滥造的，诸如洗不去的血印、关不上的门、敲十三下的钟、幽灵马车、死后的契约、遇到替身妖的女孩、远在印度的表兄弟在死时万里显灵以及"真的看见了那孤儿"的女佣等等。我们对这些情节依旧记忆犹新。但却忘了——我自己则很少读到类似的——他用来结束讨论的那两个故事："雷根是我们身处的一座德国城堡，我们孤单坐在里面，等待鬼怪出现——我们被带到了一间相对显得欢快的房间里，作为接待我们的地方。"（之后有更多的描写，属于此类文字中的出彩之作）"在这房间里，大约在后半夜，我们见到了各种超自然神秘现象。雷根是一个受鬼魂侵扰的德国学生，我们和他在一起，挪得离炉火更近了。那男孩坐在角落里，当房门无意间被吹开时，他眼睛张得又大又圆，他从坐着的脚凳上跳了起来。"

正如我上文说的，这种德国背景的鬼故事我了解甚少；不过我相信，搜检杂志的人一定了解更多的。还可以获得其他类型的例子，尤其是在由狄更斯本人开创的圣诞号时期。不可将其圣诞号与他的《圣诞丛书》相混淆，虽然后者推动了前者的出现。这些故事中鬼魂虽未缺席，但我却不认为将《圣诞颂歌》称为鬼故事是合适的；不过我确实认为信号员和陪审员（见于《玛格比铁路枢纽站》及《马利古德医生》中）[2]的故事可称为鬼故事。

这些故事写于一八六五及一八六六年，但无人可以否认它们符合有关鬼故事的现代观点。故事场景及人物皆为作者同时代的；他们没有什

---

1 《家常话》杂志是狄更斯做主编的一本周刊（1850—1859），标题来自莎士比亚的《亨利五世》第四幕第三场，亨利王说"……我们的名字在他的嘴里本来就像家常话一样熟悉……"（方平译本）。狄更斯的《圣诞树》（《家常话》圣诞号，.1850）收录于《圣诞故事》（牛津新版插图版狄更斯，卷11）（伦敦：牛津大学出版社，1956）中。

2 《圣诞颂歌》为狄更斯1843年发表的一篇中篇小说。"信号员"指《一号支线：信号员》，这是《玛格比铁路枢纽站》中的一部分（《一到头》杂志圣诞号，1866）。"陪审员"指的是《偏听则暗》（后改名为《谋杀审判》），这是《马利古德医生的处方》中的一部分（《一到头》杂志圣诞号，1865）。

么古代色彩。如今，成功鬼故事并不绝对仰仗这一套路了，但大部分成功鬼故事均有这一特点。束着腰带的骑士在穹顶房间中遇见了鬼怪，说出了"我的神啊"或之类的话，使得人物几乎没有真实性可言。我们会觉得，十五世纪的时候什么事情都有可能发生。这样写不行，如果撞见鬼魂的人想要让我产生同理心，那他说话的方式必须和我差不多，穿着上即使不和我一个风格，也别穿得太像神秘剧里的人物。这儿可没瓦尔杜街 1 什么事。

如果说狄更斯的鬼故事不错，而且合规矩，那么它们并非那个年代的最佳鬼故事。这棕榈枝我想应该授予 J.S. 勒·法努，他写的《守望者》（或称《熟面孔》）、《哈勃特尔法官先生》以及《卡米拉》是难以超越的，而《画家肖肯》《托比乡绅的遗嘱》《墓园边的宅邸》中的鬼屋、《恶魔迪肯》《格罗夫人的鬼魂》2 等作品亦不相伯仲。是否因为勒·法努兼具法国和爱尔兰的血统，而且他生活的环境也兼具这两者风格，因此他拥有在故事氛围中加入不祥预兆的才能？总之他是一位语言的艺术家；别的人如何能想出以下这句话中的描述手法："老宅虚幻的景象在她眼前晃了一下。那景象有点古怪，透着些恶意，显得肃穆，若隐若现的。"3 勒·法努还有几篇出名的短篇小说，但并不算特别标准的鬼故事，即《绿茶》和《飞龙旅店的房间》；以及另一篇《受扰的从男爵》，这篇并不出名，甚至鲜为人知，但其中的一些笔法值得赞叹，但结构上有所欠缺。在深思熟虑后，我认为任何地方的鬼故事都不会超越勒·法努的最佳作品；而在这些最佳作品中，我认为排第一的是《熟面孔》（又名《守望者》）。

彼时其他一些著名的小说家也有过相关尝试，鲍沃·利顿便是其中之一。若不提及《闹鬼之处及作祟者》则根本无权讨论鬼故事。在我看

1　瓦尔杜街（Wardour Street）是伦敦的一条历史悠久的单向街道，20 世纪初曾经是电影业集中之地。

2　勒·法努的《守望者》，发表于 1847 年 11 月的《都柏林大学杂志》上，后收录于《鬼故事及神秘传说》（1851）中，经修改后改名为《熟面孔》，收录于《暗黑镜中》1872。《哈勒特尔法官先生》收录于《暗黑镜中》。《卡米拉》连载于《深蓝》杂志 1871 年 12 月—1872 年 3 月刊上，后收录于《暗黑镜中》。《画家肖肯》见前文相关注释。《托比乡绅的遗嘱》发表于《坦普尔酒吧区》杂志 1868 年 1 月刊上。《墓园边的宅邸》参见《短文一篇》中的相关注释。《恶魔迪肯》发表于《深蓝》杂志 1872 年圣诞号上。《格罗夫人的鬼魂》发表于《一年到头》1870 年 12 月 31 号刊上。最后两篇及《托比乡绅的遗嘱》都收录于《格罗夫人的鬼魂及其他神秘故事》中。

3　参见《短文一篇》中的相关注释。

来，这故事被其结尾给毁了；卡廖斯特罗元素（若不确切，求恕）很突兀。萨克雷在这方向的某次尝试的效果远比它好（虽然故事乍看有点滑稽），即收录于《迂回文稿》中的《斧头上的刻痕》[1]。自然，这文章开头像是一篇大仲马加利顿风格的小品文；但随着萨克雷对自己的作品产生了创作热情后，他对故事本身产生了兴趣，如其所言，故事结束，他与品托先生[2]还依依不舍。我们也得提及威尔基·柯林斯。《闹鬼旅店》无论怎么看都是篇不错的中篇小说；而且从当代美国品味来说，也足够恐怖[3]。

罗达·布劳顿、里德尔夫人、亨利·伍德夫人以及欧利芬特夫人均著有一些足够吸引人的作品。我承认自己常常阅读《约翰·鲁德罗》的第五系列中的《费瑟斯顿故事》，其中的本国味道令人欢喜，而且里面的鬼怪令人信服。（有些年轻人可能不知道《约翰·鲁德罗》，这是亨利·伍德夫人的作品。）[4] 宗教性的鬼故事——若可如此称之的话——中，欧利芬特夫人的《敞开之门》和《被围之城》独占鳌头；虽然它们也有一篇竞争者，而且实力也不弱，即勒·法努的《神秘房客》[5]。

说到这儿，我清楚会有个年代跳跃；我的读者们肯定意识到之前有好几个跳跃。我的记忆确实从欧利芬特夫人跳跃到了马瑞恩·克劳福德及其恐怖故事《上铺》上。这篇故事（稍次于其的还有《尖叫的骷髅》）是他的《离奇故事集》中最好的一篇，总体而言，是鬼故事作品中水平较高的一篇[6]。

我想以上这篇是写于八十年代晚期的。九十年代初期是创作大爆发时期，插图月刊如洪水般涌现，要跟上单篇的短篇小说或成卷故事集的产出速度已经不可能了。鬼故事的产出从未有今天这般丰富过，要读到

1 威廉·梅克比斯·萨克雷的《斧头上的刻痕》连载于《康恩希尔杂志》1862 年 4—6 月，后收录于《迂回文稿》（*Roundabout Papers*）（1863）中。
2 是萨克雷这篇小说中的人物。
3 威尔基·柯林斯的《闹鬼旅店》（1879）是一部充满凶杀情节的中篇小说，里面有很多恐怖的噩梦描写以及血腥的谋杀情节。
4 《约翰·鲁德罗：第五系列》（1890）是艾伦（普莱斯）·伍德（亨利·伍德夫人）的作品。
5 勒·法努的《神秘房客》发表于 1850 年 1—2 月的《都柏林大学杂志》。
6 F. 马瑞恩·克劳福德的《上铺》最初收录于亨利·诺曼编辑的《残矛》（1886）中；《尖叫的骷髅》发表于《红杂志》（1908 年 12 月），两篇均收录于《游魂》（1911）中，该作品集在英国出版时改名为《离奇故事集》（1911）。

任何一篇举例用的作品都只能是凭运气了。因此除了零散的总体评价外，我没法说其他的了。有些长篇小说，全篇或部分地以鬼怪事件为自己的写作内容。如《德拉库拉》[1]，这书吃了篇幅过长的亏。（插一句，我猜想这书一定是基于五十年代出版的《钱伯斯文库》第四卷中的某个故事的。）[2] 还有《简称爱丽丝》[3]，我一直很佩服此篇将鬼魂编织进故事网中的技巧。这是很难得的作品。

在短篇小说集中，E.F. 本森的三卷作品位列前茅[4]，虽然在我看来，他有时候会越过适度恐怖的雷池。不过与某些编撰了几卷题为《勿在夜里》之类的故事集的美国人[5]相比，他在这方面是无可厚非的。这些故事纯粹就是恶心，而恶心是很容易做到的。我，亲自对你说[6]，如果选择用大木偶剧院[7]的套路来构思及写作的话，完全可以让读者感到生理上的不适。我脑海中想到的这些故事的作者自以为跟随着埃德加·爱伦·坡以及安布罗斯·比尔斯[8]（他有时确实令人不可原谅）的脚步，但却全然没有任何一人的力道。

含蓄，可能是一个老生常谈的原则了，然后从艺术角度来讲，我肯定这是很重要的一个原则。含蓄对于作品效果产生裨益，而喧闹则有损作品本身，最近的很多鬼故事中常有喧宾夺主之势。他们将性也拖了进来，这是一个致命的错误；性在长篇小说中已经显得令人厌烦了；它在一个鬼故事中出现，或被作为故事的主干，我对其毫无耐心。

1　指布拉姆·斯托克 1897 年出版的《德拉库拉》。

2　作者指的是《钱伯斯启发性及趣味性小册子文库》（1852—1854，共 12 卷）。在《M.R. 詹姆斯：超自然之书》（1979）中，彼得·海宁宣称他在其中发现了一篇题为《克灵之吸血鬼》的匿名故事，并且将文本出版了：但他给出的日期却是 1856 年 1 月 14 日，晚于《钱伯斯文库》的出版日期。因此如果这日期无误，则海宁应是在其他文献中发现这篇故事的。

3　威廉姆·德·摩根 1907 年出版的《简称爱丽丝》。

4　指 E.F. 本森的《塔楼里的房间》（1912）、《可见的与不可见的》（1923）及《鬼怪故事》（1928）。本森后来又写了一卷鬼故事，题为《鬼怪故事续》（1934），其他怪异故事则散见于他的作品中。他是作者的多年好友，1893 年他在剑桥大学闲谈社听作者朗诵了他的第一批鬼故事。

5　实际上，《勿在夜里》系列是由一名叫克里斯丁·坎培尔的英国编辑选编的，虽然其中很多内容都是从一本叫做《怪异故事》的美国低俗杂志中选来的。该系列从《勿在夜里》（1925）开始，以《夜班公车之夜》（1937）结束。一名叫做赫伯特·阿斯拜力的美国编辑出版过一卷题为《勿在夜里》（1928）的故事集，显然是盗版了早期《勿在夜里》系列的一些内容。这一卷故事很快就停止出版了，现在非常稀少。

6　原文为法语。

7　大木偶剧院为巴黎的一座剧院，19 世纪末 20 世纪初时，该剧院以表演情节刺激的戏剧而出名。

8　安布罗斯·葛温奈特·比尔斯（1842—1913）：美国记者、短篇小说家、讽刺作家。著有短篇小说《鹰溪桥上之事》和讽刺小说《魔鬼辞典》等。

　　但同时也不能过于温和及单调。恶念与恐惧、邪恶脸庞的怒视、"透着诡异恶意的无情咧嘴笑容"[1]、在黑暗中追来的东西、以及"远处拉长了的尖叫声"等都各就各位，加上少量的血腥，血可要深思熟虑之后洒出，而且要小心翼翼地省着点用；那些我常常撞见的折腾来折腾去的作品，仅仅让我回想起 M.G. 刘易斯[2]的手法而已。

　　显然我是不会开始写一系列有关最近出版的故事集的"短评"的；但是一两个说明性的例子倒是符合题意。A.M. 布雷奇在《一些鬼故事》[3]中选择了正确的方向，如果说他笔下的鬼魂有一半是友善的，那剩下的则令人生畏，没有一个是粗制滥造的。H.R. 韦克菲尔德的《他们在傍晚归来》[4]（标题不错）给了我们一个混合包裹，我希望从中移除一两篇品味恶劣的作品。剩下的故事中，有些是非常令人喜欢的，非常别出心裁。回溯几年，我凑巧发现了艾弗雷特夫人的《死亡面具》[5]，这书整体的语调非常平静，但其中一些故事的构思十分突出。休·本森的《隐形光》以及《夏洛特的镜子》[6]宗教味儿太重。K. 普利查德和海斯凯斯·普利查德非常具有独创性，非常成功，但在技巧上有点过度神秘主义了[7]。将这一批评加于阿尔杰农·布莱克伍德身上是不恰当的，但是他的《约翰·塞楞斯》确实适合这一批评[8]。我不知道应该将艾略特·欧当内尔先生内容多样的那几卷书归为事实记录还是虚构小说。我希望它们或可归为后者，因为一个由他的神祇管理，并遭受他笔下恶魔侵扰的世界似乎很是危险。

　　我还可以像这样讨论一长串的作者；但在这种篇幅的文章中所能做出的评论常常给人甚少启发。在读了众多鬼故事后，我发现获得最大成功的作者是那些能够让我们构想出某个具体时间和空间，并给予我们足

1　语出谢里丹·勒·法努的《墓园边的宅邸》。

2　即前文的"修士"·刘易斯。

3　《一些鬼故事》（1927）是 A.M. 布雷奇（1889—1956）写作的好几卷鬼故事中的一卷。

4　《他们在傍晚归来》（1928）是 H. 拉塞尔·韦克菲尔德（1888—1964）创作的七卷鬼故事之一。

5　指 H.D. 艾弗雷特夫人的《死亡面具及其他故事》（1920），这本书非常少见，后由鬼故事出版社于 1995 年增添了几篇作品后重印。

6　罗伯特·休·本森的《隐形光》（1930）及《夏洛特的镜子》（1906）是两卷以牧师叙述的短篇小说集。

7　凯特与海斯凯斯·普利查德是一对母子，他们一起创作了很多以灵媒侦探福莱科斯曼·罗为主角的短篇小说，发表于《培生杂志》（1898—1899）。后收于故事集《鬼魂》中（1899）。

8　见上文相关注释。

够多的不拖泥带水、真实性高的细节的人，但他们在故事达到高潮时，要让我们对他们的情节构建稍带迷茫。我们可不想把他们的超自然故事给看穿了。

说了那么一会儿了，我几乎都将讨论对象限定在英语鬼故事中。事实是，要么是外国作家写的优秀鬼故事不多，要么是（更为可能）我的无知蒙蔽了我的双眼。不过如果我不赞美下艾克曼-夏特希昂的作品的话，则会自觉忘恩负义了。他俩混有法德两种血统，好比勒·法努的法国-爱尔兰血统一般，这使得他们写出了一些一等的鬼故事。较长的短篇小说中，有《林屋》（若您允许，还有《狼人休斯》）；短一点则有《白与黑》《表哥艾洛夫的梦》及《隐形眼》[1] 等，这些故事多年来都让我又惊又喜。是时候让这些故事比现在更容易让人读到了[2]。

这一系列极不连贯的随想不需要什么结束语。我仅恳请读者相信，虽然我至此尚未提及《螺丝在拧紧》[3]，但我确实读过。

1　所有标题均为法语。

2　埃米尔·艾克曼（1822—1899）及亚历山大·夏特希昂（1826—1890）以艾克曼-夏特希昂的名义出版了不少作品。作者指的是 1866 年的《林屋》，英文版翻译为《野蛮猎人》；《狼人休斯》刊登于 1859 年 5 月的《宪政》杂志上；《白与黑》收于《来自莱茵河畔的故事》（1862）中；《表格艾洛夫的梦》收录于《奇幻故事》（1860）中；《隐形眼》收于《艺术家》（1857）中。

3　指亨利·詹姆斯的《螺丝在拧紧》（1898），又译《碧庐冤孽》。

鬼——请善待它们!

鬼在一开始是怎么让我感兴趣的呢?这个问题我可以非常明确地回答你。在我小时候,凑巧看到了一套潘奇与朱迪玩具,人物是在卡纸上刻出来的。其中一个角色便是鬼。那是个身着白衣的高个子,头部则又长又窄,很不自然,而且有着惨白凄凉的面容。

我有关鬼的最初概念便是基于这个形象的。它在我的梦中游荡了好些年。

至于其他问题——我为何喜欢鬼故事,或者哪些鬼故事最佳,或者为什么它们是最佳的,或者写鬼故事有没有什么方子等等——我发现自己一直都觉得这些问题很难明确回答。不过,显然公众很喜欢提这些问题。最近几年鬼故事的复苏是引人注目的,当然它和侦探故事的流行亦有关系。

鬼故事本身可以写得极其精彩,也可能写得很糟糕。和其他东西一样,火候过了或者欠了,都会导致鬼故事失败。布拉姆·斯托克的《德拉库拉》是本想法极佳的书,可是——说通俗点——黄油抹得太厚了。这书的问题便是过了火候。要举出欠火候的例子是很难的,因为火候不到的作品在脑海里留不下什么印象。

我这里说的是文学意义上的鬼故事。那些声称"真实可证"(用灵异研究会[1]的说法)的故事则是很不一样的。那些故事大概都很简短,而且会符合某几个常见套路的某一种。这也是合情合理的,因为如果真的有鬼的话——我随时准备相信——那真实鬼故事除了描述它们的正常

1　灵异研究会 1882 年创办于英国;1885 年设立美国分支。

习性（如果"正常"这个词用得恰当的话）外，不需要做别的；而且这些故事会跟牛奶一样温和。

相反，文学意义上的鬼则需要用某些惊人的描写来显示自己存在的意义，若这样写，则必须为其设置一个背景，从而将鬼完全突显，让它成为中心角色。

由于鬼可以有效完成的事情非常有限，基本就是致死、致疯以及揭示秘密，故对我而言，场景设置就非常重要了。因为千变万化的最大机会就在于场景设置中。

在这一点上，以及在超自然事物第一次显现的情节上，一定要花心思去构思。不过我们不需要，也绝不能将盒子里的颜色全用上了。鬼故事这一门类发展初期时，我们需要悬崖峭壁上闹鬼的城堡将我们带进合适的场景中。这一倾向仍未绝迹，我刚刚读到过一篇小说，其中写到了康沃尔[1]某处荒凉高地上的一座神秘宅邸，以及一位进行着最可恶魔法实验的绅士[2]。残破的老宅子也常常作为鬼故事的合适场景，被描述或展现在纸上！

"你无法想象出某个老僧侣或修士徘徊在这条长长的回廊上吗？"不，我想象不出来。

我知道哈里森·安斯华兹可以。《兰开郡女巫》里充斥着身着腐朽法衣的西多会[3]修士以及他所谓的女信徒们，他们无甚目的地悄声游走在回廊周围。这些情节让人毫无印象。不是说我心里对《兰开郡女巫》毫无好感，它作为一篇小说——虽然大部分内容很是荒谬——还是有些显著优点的。[4]

虽然老生常谈，但依旧要说，时代越是久远，就越难让鬼显出效果来。我们一直假设此处谈的是死者的鬼魂，如果是元素精灵之类的角色就不适用于这条规则了。

---

1 康沃尔为英格兰西南部的一个郡。

2 无法确定作者指的是哪部作品。有可能是 J.B. 普瑞斯特雷的《披星戴月》（1927，在美国出版时以《黑暗老宅》为题），但这部小说的发生地是在威尔士，而非康沃尔。

3 天主教隐修会。又译西都会（Cistercians）。1098 年由法国人罗贝尔始建于法国勃艮第地区第戎附近的西多旷野。

4 W. 哈里森·安斯华兹的《兰开郡女巫》（1849）是一部非超自然的历史小说，内容是关于 17 世纪的一场著名女巫审判的。

粗略言之，鬼应该和目击者是同时代的。如同老哈姆莱特[1]以及雅各布·马利[2]一般。第二个例子我举得很有信心，不管评论家对《圣诞颂歌》的某些部分进行了怎样的批评，我仍然认为，不可否认，对雅各布·马利的介绍以及登场的描写都是非常有效果的。

而且要注意到，这两个经典例子的场景都是当代的，甚至是很普通的。克隆堡[3]的城墙以及埃比尼泽·斯克鲁奇[4]的房间，对熟悉这些场景的人而言，这些都是日常生活的一部分。

但每一条规则都是有例外的。古代背景的鬼魂作怪也可以很可怕，也可以显出真实性，但是将过去与现在满意地连接起来则需要花去你很大的努力。无论在什么情况下，都必须有普通的、头脑冷静的同时代人——霍拉旭[5]——在场，正如侦探需要华生和黑斯廷斯[6]来扮演普通的观察者一样。

对我而言，场景设置或环境设置是一个关键点，场景设置对普通读者而言越可轻易感知越佳。另一个关键点，则是我们的鬼在最终的恐怖一闪或一击前，应该先让人逐步感知，营造一种不安的氛围。

你会问，必须恐怖吗？我想是的。我只知道有两篇鬼故事佳作，其语言中美及怜悯的元素赢过了恐怖感，分别是拉诺·法尔克纳的《西利亚·德·诺维尔》[7]以及欧利芬特夫人的《敞开之门》。这两篇中均有恐怖的时刻，但到结尾时我们都跟着哈姆莱特叹道："唉，可怜的亡魂！"[8]也许我限定仅此两个故事是有些严格过头了，但我相信这两个基本上是同类故事中最杰出的作品了。

总体而言，我认为必须具备恐怖及恶意元素。然而含蓄也是一样必要的。我曾经读过一系列叫做《勿在夜里》（以及其他类似标题）的书，

1 指莎士比亚戏剧《哈姆莱特》中，哈姆莱特父亲的鬼魂。
2 查尔斯·狄更斯的《圣诞颂歌》中的一个鬼魂，他生前是男主角斯克鲁奇的生意合伙人。
3 克隆堡位于丹麦西兰岛北端靠近赫尔辛格的地方，哥本哈根以北约30公里处，是北欧重要的文艺复兴建筑。克隆堡城堡是《哈姆莱特》中艾尔西诺的原型。
4 《圣诞颂歌》的主角。
5 莎士比亚的《哈姆莱特》中，男主角哈姆莱特的好朋友。
6 这里指的是阿瑟·柯南·道尔爵士所著的福尔摩斯系列小说中的约翰·华生医生以及阿加莎·克里斯蒂侦探小说中赫克尔·波洛的同伴黑斯廷斯上尉。
7 拉诺·法尔克纳是玛丽·伊丽莎白·霍克（1848—1908）的笔名。《西利亚·德·诺维尔》出版于1891年。
8 语出《哈姆莱特》第一幕第五场第四行。

我想是来自美国的，书里的故事将这条规则破坏得引人注目。那些故事的唯一目的和华德尔先生的胖男孩 [1] 一样。

当然，所有鬼故事作家都希望能让自己的读者起鸡皮疙瘩；但那些故事的作者手法很无耻。他们粗暴性急得令人难以置信，并沉沦在粗鄙恶俗中。若说有什么主题是鬼故事应该拒之门外的，那就是停尸房主题。这一主题以及性——我不是说《勿在夜里》里有相关内容，但显然其他最近的作家写了这两样内容，他们将整个鬼故事写作都毁了。

从讨论差的鬼故事回到讨论优秀者上来，我认为谁将鬼故事的可能性发挥到极致了呢？我会毫不犹豫地说，是约瑟夫·谢里丹·勒·法努。一本题为《暗黑镜中》的集子里有四篇登峰造极的短篇小说，即《绿茶》《熟面孔》《哈勃特尔法官先生》以及《卡米拉》。这四篇均符合我的要求：场景设置都很不一样，但均为作者视角；超自然现象的显现推进地极佳；高潮亦令人满意。勒·法努是一位学者加诗人，这些故事也显露出他这两个身份。诚然，他早在一八七三年便去世了，但他的风格中几无任何陈腐之味。

至于在世的作家，我则有些犹豫开口，但如果非要我列出什么名单的话，那 E.F. 本森、布莱克伍德、布雷奇、德·拉·梅尔 [2] 和韦克菲尔德的名字将出现在其中。

然而，虽然鬼故事有其吸引力，但我认为对其敝帚自珍是没有意义的。这些故事本意在于令我们感到舒服开心。如果它们做到了，那不错；但，如果没做到，那就让我们将其束之高阁，再勿谈论之。

1　华德尔先生是狄更斯的小说《匹克威克外传》中的人物。胖男孩指的是他的仆人乔，他一完成某个任务，便跑去睡觉。作者在此处借用此典故，意思是《勿在夜里》的故事令人昏昏欲睡。

2　指沃尔特·德·拉·梅尔（1873—1956）：英国作家，著有《谜语及其他短篇小说》（1922）、《鉴赏家及其他短篇小说》（1926）以及其他几卷怪异故事集，还著有一本超自然题材的长篇小说《回归》（1910）。

《鬼故事集》序言

根据最近常见的风潮，我将自己的四卷鬼故事集成了一卷，并附加了一些类似的作品。

有人告诉我，这些作品为我的读者带去了某种欢愉。若此话为真，则我创作这些故事的所有目标都达成了。似乎并无多少理由来为这些故事加上个长篇大论般的序言，以诉说我写作的初衷。然而，我的出版商们仍要求我写一篇序言，姑且就用它来回答一些向我提出来的疑问吧。

首先，这些故事是否基于我自身的经历？这个问题的答案是"不是"：除了其中一篇，在文本中详细描述了，一场噩梦提供了思路[1]。或者又问道，这些故事是否来自他人的经历？不是。是否受书籍启发？这问题要准确回答就有些难了。其他人也写过可怕的蜘蛛，比如艾克曼－夏特希昂写过一篇叫做《蟹蛛》[2]的短篇小说佳作；也有人写过活动起来的画作；国家审判档案记录了杰弗里斯法官的发言，以及十七世纪末的法庭实况，诸如此类。地点对我的启发更为丰富，如果有人对我的地点设置感到好奇的话，我记述如下：圣贝特朗·德·科曼热和维堡[3]是真实地点；写作《"哦，吹哨吧，我会来找你的，朋友"》时，我脑中想的是费利克斯托；《校园怪谈》中的地点即为东西恩[4]的庙林预备学校；《律书》中则是剑桥大学图书馆；《马丁的教堂围地》中则是德文郡的萨普福德·考特尼；巴切斯特大教堂和南敏斯特大教堂[5]则是坎特伯雷、

---

1 指卷一的《"哦，吹哨吧，我会来找你的，朋友"》。
2 原文为法语，这篇作品收于《奇幻故事》(1860)中，英文版还有一个译名为《死亡水域》。
3 分别用于《埃尔伯力克教士的剪贴册》以及《第十三号房间》中。
4 伦敦一郊区地名。
5 分别出现在《巴切斯特大教堂的牧师座席》及《大教堂历史一页》中。

索尔兹伯里以及赫里福三处的混合体；赫里福郡是《山巅所观》中设想的故事发生地，而《警示好奇者》中的海堡则是萨福克郡的奥尔德堡。

我尚未意识到自己曾在其他方面借鉴过文学作品及本土传说——无论是书面的或口头的——除了一点，我尽可能让我笔下鬼怪的行为不与民间传说的规矩失和。至于散落在书页中的那些看似学识渊博的段落基本上都是我凭空捏造的。显然，我在《托马斯修道院院长的宝藏》中摘抄过的那本书根本是不存在的。

其他提问者问道，我是否有任何有关鬼故事写作的理论。没有什么想法是值得用"理论"来称呼的，而且也没必要在此处复述。关于这一主题的某些想法已经写在《鬼魂与奇事》(世界文学经典，牛津，一九二四)的引言中了。这一类的小说和其他类别一样，没什么成功配方。正如约翰逊博士所言，大众是最终的裁判者：如果他们满意了，则写得好；如果他们不满意，即使告诉他们为何要感到满意也是没有用的 [1]。

追加的一些问题还有：我相信鬼吗？关于这个问题，我会说，我愿意考虑相关证据，如果它让我满意的话，我便接受之。最后，我还会写更多的鬼故事吗？恐怕这个问题我得回答说，大概不会了。

现如今若不搞点书目学内容，我们就什么都不是了。因此我加了一两段有关这几卷集子以及内容的相关事实。

《古文物专家的鬼故事》于一九○四年由阿诺德先生们（剩下几本亦是）出版。首次出版时收录了四幅由已故的詹姆斯·麦克布莱德创作的插图。那卷中的《埃尔伯力克教士的剪贴册》写于一八九四年 [2]，完成后不久便发表于《国家评论》上。《失去的心脏》刊登于《蓓尔·美尔杂志》。后面的五个故事，大部分都是在圣诞节期间，在剑桥大学国王学院内朗读给朋友听过的。我只记得《第十三号房间》是在一八九九年 [3] 写的，《托马斯修道院院长的宝藏》则完成于一九○四年夏天。

1　詹姆斯·包斯威尔（1740—1795）引用萨缪尔·约翰逊的话："写书之人，以为自己比其他同类更聪明更智慧；他认为自己可指导他人，娱乐他人。但毕竟他想吸引的普罗大众才是他这些主张的裁判者。"见包斯威尔所著的《约翰逊传》(1791)，标注的日期为1749年。
2　实际上是1892或1893年写的。见相关篇目之题解。
3　实际上，作者很可能是1900年创作这一篇的。

第二卷《鬼故事续》[1] 出版于一九一一年。里面的七个故事中的前六个都是圣诞期间的作品，第一篇（《校园怪谈》）是为了国王学院教堂唱诗班学校所创作的。《巴切斯特大教堂的牧师座席》发于《现代评论》。《亨弗里斯先生和他继承的遗产》则是为了填充本卷篇幅而写的。

《瘦鬼及其他鬼故事》是第三个集子，收录了五篇故事，于一九一九年出版。其中《大教堂历史一页》和《失踪与重现之怪谈》发表于《剑桥评论》。

一九二五年出版的《警示好奇者》中的六篇故事中，第一篇《闹鬼的玩偶屋》是为皇后陛下玩偶屋中的图书馆创作的，后来发表在了《帝国评论》上。《不寻常的祈祷书》发表于《大西洋月刊》上；而集子的标题故事则发表于《伦敦导刊》；另一篇，我记得是《邻舍的地界》发表于昙花一现的《伊顿常刊》。本书中附加的篇章（并非全是严格意义上的短篇小说）除了一篇外，其他的都发表于类似的早夭杂志上。其中一篇《老鼠》是为《随意》杂志撰写的，后来收录在了辛西娅·阿斯奎思女士编辑的《战栗集》中了。例外的一篇是指《哭嚎之井》，这是为伊顿公学的童子军们撰写的，并于一九二七年八月在沃巴罗湾的营火边读给他们听了。后来位于斯坦福·丁雷[2] 的磨坊出版社的罗伯特·贾森·哈迪及凯罗·棱将其以限量版单行本的形式出版了。

集子中的四五篇故事曾于近几年被收录于类似的作品集中。我第一卷故事集中的四篇故事由拉格茜尔·温塞特翻译成了挪威语，于一九一九年以《鬼魂与巫术》[3] 为题出版。

1　即《古文物专家的鬼故事续》。
2　英格兰西伯克郡的一个村庄。
3　原文为挪威语。

我曾尝试写作的鬼故事

在写作短篇小说方面，我既无甚经验亦没什么毅力——我考虑的仅仅是鬼故事而已，因为我从未想尝试写作其他题材——有时，想到那些曾经时不时地闪过我脑海，但却从未以恰当形式完成的故事时，我还会觉得有意思。从未以恰当形式完成，因为有些我其实已经写下来了，但它们在某处的抽屉中安息着。借用沃尔特·司各特爵士最常被人引用的话说，就是"没有胆量再去看它（们）一眼"。[1] 它们写得不够好。其中一些在我设置的场景中，那些构思就是不肯开花结果，但或许却在其他得以出版的故事中以别的形式出现了。让我回想一下这些故事，以利他人（姑且言之）。

有一个故事说，有个人坐着火车在法国旅行[2]。坐他对面的是典型的年长法国妇人，长着唇毛，表情十分坚定。除了一本古旧的小说外，他没有东西可读。他是因为装帧才买的那书，书名为《列支敦士登夫人》[3]。他看厌了窗外的景色，对面的人[4]也无甚可研究的了，于是他开始睡眼惺忪地翻起那本书来。在看到一段两个人物间的对话时，他停了下来。那两个人物在谈论一位熟人，一位住在马尔西利-莱-艾埃[5]的一座大宅子里的妇人。然后是对宅子的描述，接着我们就到了关键点，那妇人的丈夫神秘失踪了。那妇人的名字亦被提及，看书的人不禁觉得自己

1　这句话实际上出自莎士比亚《麦克白》第二幕第二场50—51行中，"我不敢回想刚才所干的事，更没有胆量再去看它一眼。"（朱生豪译本）

2　下文是一篇尚未取标题的故事片段之情节概括。《愉悦的恐惧》中收录了这一片段，编者称之为《马尔西利-莱-艾埃》。

3　原文为法语。在手稿片段中，作者写的书名为《列支敦士登的卡洛琳》。

4　原文为法语。

5　马尔西利-莱-艾埃是法国北部香槟-阿登大区下属奥布省的一个市镇，位于特鲁瓦以西20英里处。

在其他相关地方看到过这个名字。就在这时，火车在一处乡村车站停靠了，那旅行者吃了一惊，从瞌睡中醒来——那书还在他手中敞开着——坐在他对面的妇人却已出去了，她包上的标签上，他看到了似乎和小说中一样的名字。然后，他继续去了特鲁瓦¹，他从那儿出发开始了短程远足。其中一次远足时，他在午饭时间抵达了——是的——马尔西利-莱-艾埃。中心广场的酒店正对着一座筑有三面山形墙的、有些过分装饰的宅子。宅子里走出了一个着装华美的妇人，他以前曾经见过她。接着他和侍者聊了天。是的，那妇人是个寡妇，或者说人们是这么认为的。不管怎么说，没人知道她丈夫遭遇了什么。写到这儿我觉得写不下去了。当然，那本书中并无旅行者自以为读到过的那段对话。

还有一个挺长的故事，有关两个本科生去到其中一位的乡村别墅过圣诞节。他²的一个舅舅住得很近，那舅舅是财产的下一继承人。一个道貌岸然、学识渊博的罗马教士与他舅舅住在一起，年轻人挺喜欢他的。某日与舅舅晚饭后，摸黑走回家去，他们路过灌木丛时，传来一些奇怪的响动。早晨他们发现宅子周围的雪地上有些奇怪的、不成形的踪迹。有东西尝试着引开宅子主人的同伴，让其孤身一人，并引诱他天黑后出门。最终那教士被打败，那鬼怪认错了受害者，反将教士害死了。

有个故事是关于剑桥大学国王学院的两个学生的，发生在十六世纪（历史上，这两人确实因为魔法行为而被开除）。讲他们如何在晚上前去探访芬斯坦顿的一个女巫。在亨廷顿路拐向洛华兹的路口上，他们又是如何遇见一支押着一个不情不愿之人的队伍。那个人他们似乎还认识。他们到达芬斯坦顿后，又是如何发现女巫已经死了，并且在女巫新掘的坟墓上看见有个东西坐在上面。³

以上是某些已经发展到付诸笔端阶段的故事，至少是部分写下来了。还有其他一些则是时不时地闪过脑海，但从未落到纸上的。比如，一个人（自然是一个心头有事的人）在傍晚时分坐在书房里时，被一声轻轻的响动吓了一跳，他快速转过身，看见某张死人脸从窗帘间往外张

1 特鲁瓦为法国东北部城市。
2 指作为乡村别墅业主的那位学生。
3 这是《芬斯坦顿女巫》的情节概括。这篇作品在作者生前并未出版。作者其实将故事背景转换到了18世纪早期，而且两位主角亦不是学生，而是国王学院的研究员。

望着。虽是死人脸，却长着活生生的眼睛。他冲向了窗帘，将它扯了下来。结果一张纸面具掉到了地上。但窗帘后面空无一人，面具上的眼睛只不过是两个洞而已。关于这个故事该怎么继续呢？

深夜时，你正快步往家里走去，心中满是对温暖的房间、明亮的炉火的期待。突然有东西拍了你的肩，当你停了下来，大吃一惊时，看见的是什么样的脸庞，或根本没有脸呢？

类似的，坏人先生[1]决定解决好人先生，并在路边选了一处合适的灌木丛，打算在那儿伏击好人先生。当好人先生和一位意料之外的朋友路过那灌木丛时，竟然发现坏人先生在路上打滚。他还能开口告诉他们自己在灌木丛中发现了某个东西等待着他，那东西甚至召唤他。这话足够阻止好人先生和朋友去灌木丛中一探究竟了。这故事还是有可能性的，但是构造合适场景所需的精力已超我所能。

圣诞拉炮也有各种可能性，如果合适的人拉了，并且发现里面的箴言传递了合意的信息。他们大概或提前从聚会退场，声称身体微恙。不过很有可能，之前站得太久了才是更真实的理由。

插句话，很多日常物件都能作为因果报应的媒介，在不需要因果报应的情节中，则可作为恶行的媒介。你要小心处理在马车道上捡到的包裹，尤其当里面有削下来的指甲以及头发时。无论如何，都不要将其带进屋里。它可能并非孤身一物……[2]（我们当代的很多作家认为，省略号是对引人入胜写作的极好替代品。显然这很容易使用。我们再多来点……）

周一深夜，一只蟾蜍闯进了我的书房。虽然，似乎至今还未有任何事情与它的出现产生关联，但我还是觉得，过度思考这些话题有可能打开天眼，看见更为令人敬畏的来访者，这是很不谨慎的[3]。我说得够多了。

---

1 坏人先生是约翰·班扬的作品《坏人先生的生与死》（1680，《天路历程》的姐妹作品）中的主角。但作者在此处应该只是以好人、坏人来笼统概括人物的正邪善恶。

2 这一段似乎是未完成的《约翰·亨弗里斯》的情节描述。那是《亨弗里斯先生和他继承的遗产》的早期版本。

3 作者在 1929 年 11 月 11 日致格温多琳·麦克布莱德的信中写道："有这么件事。今天早上他们给我送了一本新版的《暗黑镜中》……我读了《绿茶》以及其他一些内容。我常在晚间写作，刚才我走回房间时，竟看见一只蟾蜍在地板上跳动。幸好是只小个头的蟾蜍。它躲进门附近的帘子后面去了。在我走出房时，它会抓住我的腿吗？它预示着什么呢？"（《致友人信》，第 159 页）